Stephanie Laurens

L'ÉPOUSE DE SCANDAL

Cynster Tome 3

ROMAN

Traduit de l'anglais
par Lynda Leith

AdA

L'arbre généalogique de la famille Cynster
(au début de cette histoire)

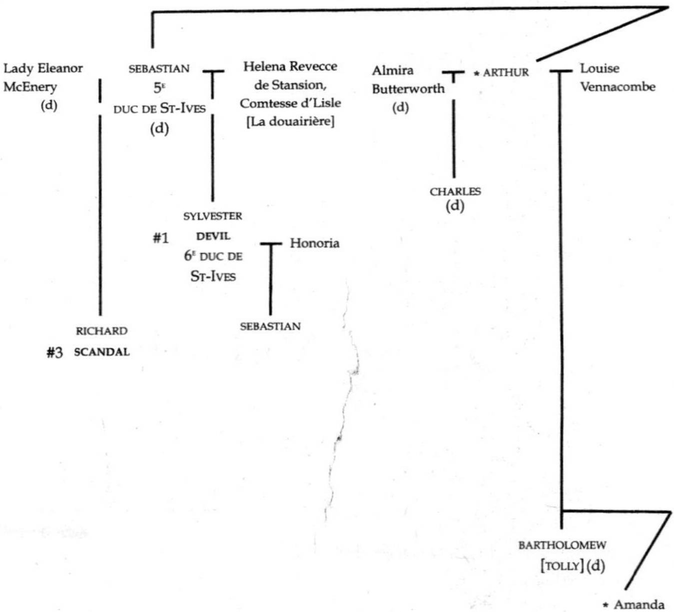

SÉRIE CYNSTER
1 *La fiancée de Devil*
2 *La promesse d'un séducteur*

Les noms en capitales indiquent les membres masculins de la famille Cynster.

* Indique des jumeaux.

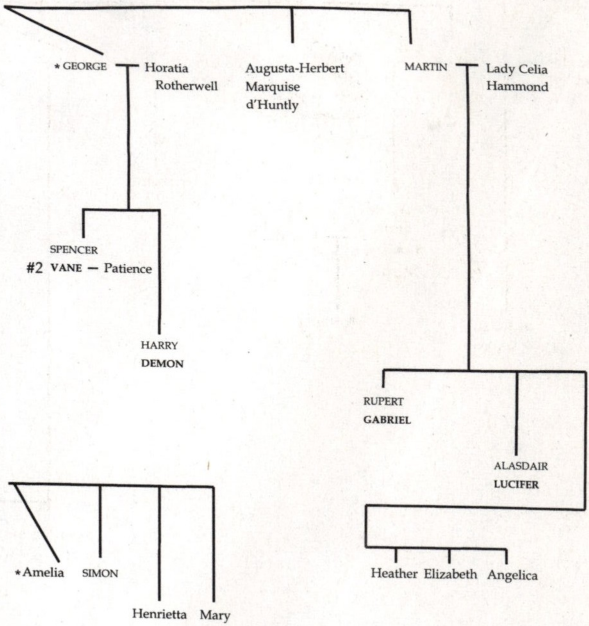
* GEORGE
Horatia Rotherwell
Augusta-Herbert Marquise d'Huntly
MARTIN
Lady Celia Hammond
SPENCER
#2 VANE – Patience
HARRY
DEMON
RUPERT
GABRIEL
ALASDAIR
LUCIFER
* Amelia
SIMON
Henrietta
Mary
Heather
Elizabeth
Angelica

PROLOGUE

1er décembre 1819
Manoir Casphairn, le val de Casphairn
Galloway Hills, Écosse

Elle n'avait jamais eu une vision semblable auparavant. Des yeux — bleus, bleus — bleus comme le ciel au-dessus du haut sommet du Merrick, bleus comme les bleuets parsemant les champs du val.

C'étaient les yeux d'un penseur, prévoyant, néanmoins déterminé.

Ou bien les yeux d'un guerrier.

Catriona se réveilla, presque étonnée de se découvrir seule. Depuis les profondeurs de son grand lit, elle scruta son environnement familier, les épais rideaux de velours voilant à moitié le lit, leurs pendants tendus sur les fenêtres derrière lesquelles le vent murmurait, soufflant l'histoire de l'hiver qui approchait à quiconque était encore éveillé.

Des braises luisaient dans l'âtre, jetant une lueur sur le bois poli ; le léger lustre du plancher, les teintes pâles de la chaise et de la commode. On était au cœur de la nuit, à l'heure où l'on passe d'un jour à l'autre. Tout était normal et rassurant ; rien n'avait changé.

Pourtant, il y avait bien eu changement.

Son cœur ralentissant, Catriona tira les couvertures autour d'elle et médita sur la vision qui lui était apparue — la vision du visage d'un homme. Les détails restaient fortement gravés dans son esprit. Tout comme la conviction que cet homme aurait une signification, qu'il affecterait sa vie d'une manière essentielle encore inconnue.

Il pouvait même être celui que la Dame avait choisi pour elle.

Cette pensée n'était pas mal accueillie. Après tout, à vingt-deux ans, elle avait depuis longtemps passé l'âge où les filles invitent leurs amants dans leurs lits, un âge où elle aurait pu s'attendre à jouer son rôle dans ce rite éternel. Non, elle ne regrettait pas que sa vie se fût déroulée autrement. Et c'était tout aussi bien, car sa voie avait été tracée dès l'instant de sa naissance. *Elle* était « la dame du val ».

Ce titre, une des coutumes locales, lui appartenait, à elle seule, et personne d'autre ne pouvait y prétendre. En tant qu'enfant unique de ses parents, elle avait reçu en héritage après leur mort le manoir Casphairn ainsi que le val et ses responsabilités inhérentes. Cela avait été de même pour sa mère qui avait auparavant hérité du manoir, des terres et du rôle de sa propre mère. Chacune de ses ancêtres directes avait été « la dame du val ».

Emmitouflée dans un chaud duvet, Catriona sourit. La signification exacte de son titre échappait à la plupart des étrangers. Certains croyaient qu'elle était une sorcière — elle avait même utilisé cette invention pour effrayer les prétendants potentiels. L'Église comme l'État n'aimaient pas beaucoup les sorcières, mais l'isolement du val assurait sa sécurité ; peu de gens connaissaient son existence et personne ne remettait son autorité en question ni la doctrine dont elle découlait.

Tous les habitants du val savaient ce qu'elle était, ce que son rôle entraînait. Avec des racines enfouies profondément dans le sol fertile depuis des générations, ses métayers, tous ceux qui résidaient et travaillaient dans le val, la considéraient comme « leur dame », comme l'intermédiaire locale de la Dame elle-même, plus ancienne que le temps, l'esprit de la terre qui les faisait vivre, la gardienne de leur passé et de leur avenir. Tous, chacun à sa façon, rendaient hommage à la Dame et, avec une confiance absolue et inconditionnelle, se fiaient à sa représentante terrestre pour prendre soin d'eux et du val.

Surveiller, protéger, soigner, nourrir et guérir —, c'étaient là les principes de la Dame, les seules directives que suivait Catriona et auxquelles elle avait inlassablement consacré sa vie. Comme sa mère, sa grand-mère et son arrière-grand-mère avant elle. Elle vivait une existence simple en accord avec les préceptes de la Dame, une tâche habituellement facile.

Sauf dans un domaine.

Son regard se reporta sur le parchemin déplié posé sur sa commode. Un notaire de Perth lui avait écrit pour l'informer de la mort de son tuteur, Seamus McEnery, et pour la prier de venir assister à la lecture de son testament à la résidence McEnery. Celle-ci s'élevait sur un morne flanc de coteau dans les Trossachs, au nord-ouest de Perth ; Catriona s'en souvenait nettement — c'était le seul endroit à l'extérieur du val où elle avait passé plus d'une journée.

À la mort de ses parents, six ans auparavant, le cousin de son père, Seamus, était devenu son tuteur légal comme le voulait la coutume. Un être dur et froid, il avait insisté pour qu'elle vienne vivre à la résidence McEnery afin qu'il puisse être mieux à même de lui trouver un prétendant — un homme pour prendre la relève de la gestion des terres. Seamus tenait fermement les cordons de sa bourse, et Catriona avait été obligée d'obéir ; elle avait quitté le val et s'était rendue dans le nord pour le rencontrer.

Pour lutter contre Seamus — pour son héritage, son indépendance, son droit inaliénable de demeurer la dame du val, à résider au manoir Casphairn et à s'occuper de son peuple. Trois semaines d'agitation et de drames plus tard, elle était rentrée au val ; Seamus n'avait plus parlé de prétendants ni de sa vocation. Et, Catriona en était très convaincue, il n'avait plus jamais blasphémé contre la Dame.

Aujourd'hui, Seamus, le démon qu'elle avait combattu, était mort. Son fils aîné, Jamie, allait lui succéder. Catriona connaissait Jamie ; comme tous les enfants de Seamus, il était d'un naturel doux et faible. Jamie n'était pas de la trempe de Seamus. En réfléchissant à la meilleure façon de réagir à la demande du notaire, elle avait été très tentée de commencer comme elle avait l'intention de continuer et de répondre en suggérant qu'après la lecture du testament et la désignation formelle de Jamie comme son tuteur, ce dernier vienne lui rendre visite à son manoir. Bien qu'elle n'entrevoie aucune difficulté à s'occuper de Jamie, elle préférait négocier en position de force. Le val était son foyer ; dans ses limites, elle régnait en maîtresse absolue. Néanmoins…

Elle fixa de nouveau le parchemin ; après un instant, ses contours se brouillèrent — une fois de plus, la vision s'imposa à son imagination. Pendant une minute entière, elle l'examina ; elle vit nettement le visage : un puissant nez patriarcal, un menton résolument carré, des traits ciselés dans la pierre à en juger par leur côté anguleux et dur. Son front était dissimulé par une mèche de cheveux noirs ; les yeux, ces yeux d'un bleu perçant, étaient profondément enchâssés sous des sourcils noirs arqués et encadrés par des cils noirs. Ses lèvres, maintenues en une ligne droite et intransigeante, ne lui révélaient pas grand-chose — c'était là en effet sa façon de résumer son visage — un faciès qui cachait ses pensées et ses émotions ; les dissimuler aux observateurs fortuits.

Elle n'était pas de ceux-là. Le pressentiment — nenni, la certitude — d'une rencontre future s'imposait à elle ; elle centra son esprit et glissa sous la garde de l'homme, derrière sa façade réservée. Et elle ressentit ce qui s'y cachait.

La faim — passionnée, vorace — une envie d'animal rôdant la submergea. Cette envie la caressa avec des doigts de feu ; son tiraillement était encore plus physique. Au-delà, dans les ombres plus profondes… l'agitation se tapissait. Le sentiment niché dans l'âme d'être à la dérive, sans gouvernail sur la mer de la vie.

Catriona cilla et revint dans sa chambre. Et elle vit la lettre toujours posée sur son bureau. Elle grimaça. Elle était douée pour interpréter les messages de la Dame — celui-ci était clair comme de l'eau de roche. Elle devait aller à la résidence McEnery et alors elle rencontrerait cet étranger affamé, réservé et agité au visage de pierre et aux yeux de guerrier.

Un guerrier perdu : un guerrier sans cause.

Catriona fronçant les sourcils, plongea plus profondément sous les couvertures. Quand elle avait vu en songe ce visage pour la première fois, elle avait senti instinctivement au fond d'elle qu'enfin la Dame lui envoyait un époux — celui qui se tiendrait à ses côtés et partagerait la charge de la protection du val — l'homme qu'elle amènerait dans son lit. Enfin. Maintenant, cependant…

— Son visage est trop énergique. *Beaucoup trop* énergique.

En tant que dame du val, il était impératif qu'elle soit la partenaire dominante dans son mariage, comme sa mère dans le sien. Il était gravé dans la pierre qu'aucun homme ne pourrait jamais la diriger. Un mari arrogant et dominateur n'était pas pour elle — jamais *cela* ne ferait l'affaire. Ce qui, dans ce cas, était bien dommage. Une véritable déception.

Elle avait immédiatement reconnu la source de son agitation, l'agitation de ceux qui n'ont pas de but, mais elle n'avait jamais rencontré quoi que ce soit ressemblant à cette faim qui rôdait en lui. Une force vivante, tangible se tendit vers elle et la toucha, et Catriona ressentit un désir irrépressible de l'assouvir. Une envie instinctive d'apaiser l'homme, de lui apporter du répit. De...

Elle ne trouvait pas les mots, et son trouble grandissait, mais avec un sentiment d'excitation, d'audace, de défi. Des éléments qu'elle ne rencontrait généralement pas dans la ronde de ses occupations quotidiennes. Mais alors, peut-être n'était-ce que son instinct de guérisseuse qui la guidait. Catriona s'indigna.

— Peu importe, il ne peut *pas* être celui que la Dame me destine ; pas avec un *tel* visage.

La Dame lui envoyait-elle un mâle blessé, un canard boiteux à guérir ? Ses yeux, ses traits aux lignes acérées ne ressemblaient pas à ceux d'un estropié.

Peu lui importait, elle avait reçu ses instructions. Elle irait dans les Highlands, à la résidence McEnery, et verrait ce qui — ou plutôt, qui — l'attendait.

Traduisant sa pensée par une exclamation bien sentie, Catriona se glissa plus loin sous les couvertures. Se tournant sur un côté, elle ferma les yeux — et obligea son esprit à partir une fois encore à la recherche du visage de l'étranger.

CHAPITRE 1

5 décembre 1819
Keltyburn, les Trossachs
Les Highlands d'Écosse

Y aura-t-il autre chose, monsieur ?

Un joli enchevêtrement de corps féminins soignés, nubiles et nus surgit à l'esprit de Richard Cynster. L'aubergiste avait fini de débarrasser les restes de son dîner — les corps féminins auraient satisfait cet appétit qui n'était pas encore rassasié. Toutefois…

Richard secoua la tête. Il ne craignait certes pas de choquer son valet de chambre de gentlemen, Worboys, debout, raidecomme un piquet.

À son service depuis huit ans, Worboys n'en était plus à ce stade. Par contre, il n'était pas magicien et Richard avait la ferme conviction qu'il faudrait des pouvoirs magiques pour trouver de quoi le satisfaire à Keltyburn.

Ils étaient arrivés dans le hameau alors que la dernière lumière du jour quittait le ciel nuageux ; la nuit était rapidement tombée, un voile noir. L'épais brouillard qui s'était abaissé sur les montagnes, planant lourdement sur leur chemin et obscurcissant l'étroite route sinueuse desservant Keltyhead et menant à leur destination, avait rendu la proposition de passer la nuit dans le confort douteux de Keltyburn Arms très attirante.

D'ailleurs, il souhaitait poser le regard sur la dernière demeure de sa mère en plein jour, et avant de quitter Keltyburn, il y avait une chose qu'il désirait faire.

Richard remua.

— Je vais me retirer bientôt. Va au lit : je n'aurai plus besoin de toi ce soir.

Worboys hésita ; Richard savait qu'il se demandait qui allait brosser et suspendre son manteau, qui s'occuperait de ses bottes. Il soupira.

— Va au lit, Worboys.

Worboys se raidit.

— Très bien, monsieur : mais j'aurais bien aimé que nous poussions jusqu'à la résidence McEnery. Là, au moins, j'aurais pu faire confiance aux cireurs de chaussures.

— Sois reconnaissant que nous soyons ici, lui conseilla Richard, et non jetés hors de la route ou coincés dans une congère à mi-chemin en haut de cette maudite montagne.

Worboys renifla avec éloquence. Une indication claire de sa part qu'être coincé dans un amoncellement de neige par temps assez froid pour se geler, comme on dit, le fameux appendice était préférable à un mauvais cirage. Cependant, il se retira.

Ses lèvres tressaillant sous un léger sourire, Richard étira ses longues jambes vers le feu ronflant dans l'âtre. Peu importait l'état du cirage dans l'auberge, le propriétaire n'avait pas lésiné pour leur confort. Richard n'avait vu aucun autre client, mais dans ce genre de petit coin calme, ce n'était pas étonnant.

Les flammes flamboyèrent ; Richard fixa son regard sur elles — et se demanda, non pour la première fois, si cette expédition dans les Highlands, précipitée par son ennui et une peur très précise, n'était pas irréfléchie. Cependant, les divertissements de Londres avaient perdu de leur fraîcheur ; les corps parfumés offerts à lui si volontiers — trop volontiers — ne l'attiraient plus. Alors que l'envie et le désir sexuel étaient toujours là, il était devenu pointilleux, difficile à satisfaire, encore plus qu'il ne l'était auparavant. Il voulait d'une femme davantage que son corps et quelques moments de félicité terrestre.

Il fronça les sourcils, recala ses épaules et rassembla ses pensées. C'était une lettre qui l'avait amené ici, provenant de l'exécuteur testamentaire de Seamus McEnery, le mari de sa mère depuis longtemps décédée, qui avait lui-même récemment quitté cette terre. La missive juridique qui ne lui apprenait rien l'avait convoqué à la lecture du testament qui devait avoir lieu le surlendemain à la résidence McEnery. S'il souhaitait réclamer un legs que lui avait fait sa mère, et qu'apparemment Seamus avait retenu pendant presque trente ans, il devait y assister en personne.

Du peu qu'il avait appris sur le défunt mari de sa mère, cela ressemblait à Seamus McEnery. L'homme avait été impétueux, effronté et vigoureux, un despote dur, déterminé et rusé. Ce qui expliquait très probablement pourquoi lui-même était né. Sa mère n'avait pas aimé être mariée à un tel homme ; son père, Sebastian Cynster, cinquième duc de St-Ives, dépêché à la résidence McEnery pour éteindre le feu politique de Seamus, avait eu pitié d'elle et lui avait donné la joie qu'il pouvait.

Avec Richard pour résultat. L'histoire était ancienne — trente ans, pour être précis — elle ne provoquait plus aucune émotion chez lui, à l'exception d'un certain regret. Pour la mère qu'il n'avait jamais connue. Elle était morte de fièvre à peine quelques mois après sa naissance ; Seamus l'avait ensuite envoyé en hâte aux Cynster, le geste le plus miséricordieux qu'il ait eu. Ils l'avaient adopté et élevé comme l'un des leurs, ce qui était à tous les points de vue importants. Les Cynster se reproduisaient à l'identique, particulièrement les hommes. Il était un Cynster jusqu'à la moelle.

Et c'était pour cette autre raison qu'il avait quitté Londres. L'unique événement mondain qu'il ratait était le déjeuner de noces tardif de son cousin Vane, un événement qui l'inquiétait. Il n'était pas aveugle : il avait vu la lueur brillant avec insistance dans les yeux des dames Cynster plus âgées. Comme Helena, la douairière, sa très aimée belle-mère, sans parler de son armée de tantes. S'il avait assisté à la fête en l'honneur de Vane et Patience, elles se seraient occupées de lui. Il ne s'ennuyait pas encore assez, n'était pas encore assez agité pour s'offrir à leurs machinations conjugales. Pas encore.

Il se connaissait bien, peut-être trop bien. Il n'était pas un homme impulsif. Il aimait sa vie bien ordonnée, prévisible : il aimait être en contrôle. Il avait connu la guerre en son temps, mais il était un homme de paix. De passion. De maison et d'un foyer.

La phrase amenait des images dans son esprit : de Vane et de sa nouvelle épouse, de son demi-frère Devil, de la duchesse Honoria et de leurs fils. Richard changea de position, conscient de ce qu'avaient à présent son frère et son cousin. Ce que lui-même voulait. Aspirait à avoir. Après tout, il était un Cynster ; il commençait à soupçonner que de telles fâcheuses pensées étaient enracinées, une sensibilité innée. Elles s'infiltraient en lui et le rendaient… frustré.

Insatisfait.

Agité.

Vulnérable.

Une latte de plancher craqua ; Richard leva les yeux, scrutant le couloir au-delà de l'entrée en arche. Une femme émergea des ombres. Enveloppée dans une cape de grosse toile bise, une femme âgée au visage extrêmement ridé lui fit face. Elle prit rapidement sa mesure ; son regard devint glacial. Richard réprima un grand sourire.

L'échine raide et le pas ferme, la femme tourna et grimpa les marches.

Retombant sur sa chaise, Richard laissa ses lèvres se courber. Il ne courait pas le risque de succomber à la tentation au Keltyburn Arms.

Il reporta les yeux sur les flammes ; graduellement, son sourire s'évanouit. Il changea une dernière fois de position, soulageant ses épaules ; une minute plus tard, il se leva d'un mouvement gracieux et se rendit à la fenêtre embuée.

Frottant pour en éclaircir un bout, il regarda dehors. Un paysage étoilé éclairé par la lune se présenta sous ses yeux, une lumière couvrant la neige sur le sol. En regardant du coin de l'œil, il pouvait voir l'église. L'église presbytérienne d'Écosse. Richard hésita, puis il se redressa. Récupérant son manteau, il sortit.

À l'étage, Catriona était assise à une petite table en bois au plateau vide à l'exception d'un bol en argent rempli d'eau de source pure dans lequel elle plongeait son regard.

Vaguement, elle entendit sa compagne, Algaria, marcher dans le couloir et entrer dans la chambre adjacente, mais elle était profondément absorbée par l'eau, ses sens fusionnant avec sa surface, concentrée sur elle.

Et la vision se forma — les mêmes traits forts, les mêmes yeux arrogants. La même aura d'agitation. Elle ne chercha pas à approfondir davantage — elle n'osa pas.

La vision était nette — il était proche.

Prenant une rapide inspiration, Catriona cligna des paupières et recula. Un coup retentit à la porte et elle s'ouvrit : Algaria entra. Et vit instantanément à quoi elle s'était occupée. Elle referma promptement la porte.

— Qu'as-tu vu ?

Catriona secoua la tête.

— C'est déroutant.

Le visage était encore plus dur qu'elle ne l'avait cru, l'essence de la force d'un homme y était présente, nettement dépeinte à la vue de tous. C'était un homme qui n'avait aucune raison de cacher son tempérament : il en portait les signes ouvertement, avec arrogance, comme un chef.

Comme un guerrier.

Catriona fronça les sourcils. Elle n'arrêtait pas de tomber sur ce mot, mais elle n'avait pas besoin d'un guerrier — il lui fallait un gentleman docile, obligeant et entiché d'elle qu'elle puisse épouser pour ainsi engendrer une héritière. Cet homme concordait à sa description sur un seul aspect : c'était incontestablement un mâle. La Dame, Celle-qui-savait-tout, ne pouvait certainement pas lui destiner cet homme.

— Mais si ce n'est pas cela, alors quoi ?

Repoussant le bol en argent, elle s'appuya sur la table et posa son menton dans sa main en coupe.

— Je dois emmêler mes messages.

Cependant, cela ne lui était pas arrivé depuis ses quatorze ans.

— Ils sont peut-être deux ?

— Deux quoi ? demanda Algaria qui rôdait tout près. Quelle était la vision ?

Catriona secoua la tête. L'affaire était trop personnelle — trop sensible — pour la divulguer à qui que ce fût d'autre, même à Algaria, sa guide depuis la mort de sa mère. Pas avant qu'elle ait saisi elle-même la vérité sur l'affaire et l'ait comprise entièrement.

Peu importe ce qu'elle devait comprendre.

— C'est inutile. Je dois consulter la Dame directement.

Résolument, elle se leva.

— Quoi ? *Maintenant* ? s'écria Algaria en la dévisageant. Il gèle dehors.

— Je vais seulement me rendre au cercle au fond du cimetière. Je ne serai pas longue.

Elle détestait l'incertitude, ne pas être sûre du chemin à suivre. Et cette fois, l'incertitude avait provoqué en elle une tension inhabituelle, un sentiment d'attente, un pressentiment troublant d'excitation. Pas le genre d'excitation auquel elle était accoutumée non plus, mais quelque chose de plus éblouissant, de plus séduisant. Faisant voler sa cape autour d'elle, elle en glissa les rubans dans les boucles à son cou.

— Il y a un gentleman au rez-de-chaussée.

Les yeux noirs d'Algaria lancèrent des éclairs.

— En voilà un que tu devrais éviter.

— Oh ?

Catriona hésita. Son homme pouvait-il se trouver ici, sous le même toit ? La tension qui la tenait affermit sa détermination ; elle noua ses rubans.

— Je vais m'assurer qu'il ne me voie pas. Et tout le monde au village me connaît de vue ; du moins, on connaît cette vision.

Elle libéra ses cheveux, les laissant glisser sur ses épaules.

— Il n'y a pas de danger ici.

Algaria soupira.

— Très bien : mais ne t'attarde pas. Je suppose que tu me diras de quoi il s'agit lorsque tu le pourras.

De la porte, Catriona lui lança un sourire éclatant.

— Je le promets. Dès que j'en serai sûre.

À mi-chemin dans l'escalier, elle vit le gentleman, petit, rondelet et vêtu méticuleusement, examinant les journaux abandonnés dans le salon principal de l'auberge. Son visage était aussi circulaire que sa silhouette ; ce n'était assurément pas un guerrier. Catriona se glissa silencieusement dans le couloir. Ce fut le travail d'une minute seulement d'ouvrir en douceur la lourde porte pas encore verrouillée pour la nuit.

Puis, elle se retrouva dehors.

Marquant une pause sur le seuil en pierre de l'auberge, elle inspira l'air glacial et sec et sentit le froid lui monter à la tête. Revigorée, elle resserra sa cape autour d'elle et s'avança, surveillant ses pas, faisant attention à ne pas glisser sur la neige glacée.

Dans le cimetière, à l'abri d'un mur, Richard baissa les yeux sur la tombe de sa mère. L'inscription sur la pierre tombale était brève : *Lady Eleanor McEnery, épouse de Seamus McEnery, laird de Keltyhead.* Cela et rien de plus. Pas de souvenir affectueux ; aucune mention du bâtard qu'elle avait abandonné.

L'expression de Richard ne se modifia pas ; il avait accepté son statut depuis longtemps. Quand il avait été abandonné sur le pas de la porte de son père, Helena, la mère de Devil, avait stupéfié tout le monde en déclarant qu'il était son fils. Ce faisant, elle lui avait donné une place dans la bonne société — personne, même aujourd'hui, ne risquerait de provoquer son mécontentement, ou celui de tout le clan Cynster, même en faisant la plus petite allusion au fait qu'il n'était pas ce qu'elle prétendait qu'il était. Le fils légitime de son père. D'une perspicacité innée, d'une exubérante générosité, Helena lui avait assuré une position dans l'élite de la société, ce pour quoi il n'avait jamais cessé de la remercier dans son cœur.

La femme dont les ossements reposaient sous cette pierre froide lui avait cependant donné la vie — et il ne pouvait rien faire pour la remercier.

Sauf, peut-être, de vivre pleinement sa vie.

Tout ce qu'il savait de sa mère lui avait été appris par son père lorsque, en toute innocence, il lui avait demandé s'il avait aimé sa mère. Sebastian lui avait ébouriffé les cheveux et avait répondu :

— Elle était extrêmement ravissante et très seule ; elle méritait davantage que ce qu'elle avait reçu du mariage.

Il marqua une pause, puis il ajouta :

— J'ai eu de la peine pour elle.

Il l'avait regardé et son sourire lent avait plissé son visage.

— Mais je t'aime. Je regrette sa mort, mais je ne peux pas regretter ta naissance.

Il pouvait comprendre ce que son père avait ressenti — après tout, il était lui-même un Cynster jusqu'à la moelle. La famille, les enfants, la maison et le foyer — voilà ce qui importait aux Cynster. Il s'agissait de leurs objectifs de guerriers par excellence, les ultimes victoires de la vie pour eux.

Pendant de longues minutes de silence, il se tint debout devant la tombe, jusqu'à ce qu'enfin le froid pénètre ses bottes. Avec un soupir, il remua, puis se redressa et après un dernier regard interminable, il se retourna et revint sur ses pas.

Que lui avait laissé sa mère ? Et pourquoi, ayant dissimulé son legs toutes ces années, Seamus avait-il décidé de le convoquer maintenant, après sa propre mort ? Richard contourna l'église presbytérienne à un rythme lent, le son de ses pas étouffé par la brise sifflant doucement à travers les branches alourdies par la neige. Il atteignit le sentier principal et s'y engagea. Il entendit des pas clairs et déterminés approchant avec ardeur de l'autre côté de l'église. S'arrêtant, il se tourna et vit…

Une créature de magie et de clair de lune.

Une femme, tête nue, sa cape sombre ondulant autour d'elle. Sur ses épaules et son dos s'étalait la plus merveilleuse des crinières de cheveux soyeux tombant en cascade, brillant comme le cuivre luisant sous le clair de lune, un phare devant les arbres d'hiver derrière elle. Sa foulée était ferme, chaque pas décidé ; ses yeux étaient tournés vers le sol, mais il aurait pu jurer qu'elle ne surveillait pas ses pas.

Elle avançait sans marquer de pause, se dirigeant droit sur lui. Il ne pouvait pas voir son visage, ou sa silhouette sous la longue cape, mais son instinct bien développé lui mentait rarement.

Ses sens se réveillèrent, s'étirèrent, puis se concentrèrent avec force — un cas clair de désir sexuel à première vue. Ses lèvres se soulevant sous une anticipation vorace, Richard se tourna silencieusement et se prépara à faire la connaissance de la dame.

Catriona progressait vivement sur le sentier, lèvres pressées, un pli lui barrant le front. Elle était une disciple de la Dame depuis trop longtemps pour ne pas savoir comment formuler ses demandes de clarification ; la question qu'elle avait posée avait été succincte et précise. Elle avait demandé la véritable importance de l'homme dont le visage la hantait. La réponse de la Dame, les mots qui s'étaient formés dans son esprit avaient été d'une concision brutale : *il sera le père de tes enfants.*

Il n'y avait pas, peu importait la manière dont elle les retournait, de nombreuses façons d'interpréter ces mots.

Ce qui la laissait avec un très gros problème. Même si c'était sans précédent, la Dame *devait* avoir commis une erreur. Cet homme était arrogant, sans pitié — dominateur. *Elle* avait besoin d'une âme simple et douce, un homme satisfait de la soutenir discrètement pendant qu'elle régnait sur leur nid. Elle n'avait que faire de la force — il lui fallait de la faiblesse. Ce n'était pas du tout pertinent de lui envoyer un guerrier sans cause.

Catriona expira sèchement pour exprimer son indignation, son souffle formant de la buée devant son visage. À travers les minces volutes qui s'éclaircissaient, elle repéra — la dernière chose qu'elle s'attendait à voir — une paire de grandes bottes noires d'Hesse très cirées directement sur sa trajectoire. Elle essaya d'arrêter, mais ses semelles ne purent s'agripper à rien sur le sentier glacé — son élan la propulsa en avant.

Elle tenta de reprendre son équilibre mais ses bras étaient coincés sous sa cape. En haletant, elle leva les yeux, juste au moment où elle entra en collision avec le propriétaire des bottes.

L'impact lui coupa le souffle et elle crut un instant avoir frappé un arbre. Cependant, son nez s'enfouit dans une cravate douce au milieu d'un torse, juste au-dessus du V d'un gilet en soie. Le menton de l'homme arrivait au-dessus sa tête et elle sentit des picotements sur le haut de son crâne quand il l'effleura. Et des bras solides comme l'acier se refermèrent sur elle.

Son instinct se réveilla avec agitation ; levant les mains, elle repoussa le torse.

Ses pieds glissèrent, puis dérapèrent.

Elle haleta encore une fois — et s'agrippa furieusement au lieu de repousser. Les bras d'acier se resserrèrent et tout à coup, elle se sentit soulevée de terre. Catriona inspira avec difficulté — sa respiration était trop superficielle pour calmer son étourdissement. Elle avait du mal à respirer, ses sens volaient dans toutes les directions ; elle comprit, le souffle coupé, que son corps était pressé contre celui d'un homme de la hauteur de ses seins jusqu'aux cuisses.

Pas n'importe quel homme : un mâle avec un corps comme de l'acier chaud et souple. Elle dut se pencher en arrière pour regarder son visage.

Des yeux bleus, très bleus croisèrent les siens.

Catriona s'immobilisa ; elle le dévisagea. Puis, elle cilla. Il lui fallut une demi-seconde pour vérifier — mine arrogante et menton résolu — qu'il s'agissait de lui.

Plissant les yeux, elle fixa les siens ; si la Dame n'avait pas commis d'erreur, alors il lui incombait de poursuivre.

— Déposez-moi.

Elle avait appris comment se faire obéir sur les genoux de sa mère ; ses mots simples contenaient des traces d'autorité, des nuances de force.

Il les entendit ; il inclina la tête d'un côté, un sourcil noir se haussant, puis les extrémités de ses longues lèvres se soulevèrent.

— Dans une minute.

Ce fut au tour de Catriona d'écouter et de déceler l'intention dans son ronronnement grave. Ses yeux s'arrondirent brusquement.

— Mais d'abord…

Si elle avait été capable de réfléchir, elle aurait crié, mais le choc provoqué par son contact, la chaleur intime de sa paume alors qu'il encadrait son visage la troublèrent. Ses lèvres achevèrent sa conquête — elles plongèrent avec une assurance arrogante et se déposèrent sur les siennes.

La première caresse la stupéfia ; elle cessa de respirer. Le concept même de la respiration s'évanouit de son esprit quand ses lèvres se déplacèrent paresseusement sur les siennes. Elles n'étaient ni chaudes ni froides et pourtant la chaleur s'attardait à leur contact. Elles se pressèrent davantage, puis se firent plus douces, elles burent et avalèrent, puis recommencèrent. Fermes et exigeantes, elles affectaient ses sens, l'atteignant très profondément, la remuant.

Elle bougea contre son bras cerclé autour d'elle ; il se resserra davantage. La chaleur l'entoura — même à travers son épaisse cape, elle se tendit vers elle, l'enveloppa, puis s'enfonça dans sa chair. Et elle augmenta, s'accrut, un crescendo de chaleur cherchant la libération. La faim chaude de l'homme la contaminait. Totalement troublée, elle tenta de la tenir à distance, d'en nier l'existence, essaya vainement de la refroidir.

Sans réussir. Elle faisait face à une défaite ignominieuse — sans s'attendre aucunement à ce qui suivit — quand la main dure inclinant son visage se déplaça. Il modifia sa prise, un pouce pressé avec insistance au centre de son menton.

La mâchoire de Catriona s'ouvrit doucement, ses lèvres s'entrouvrirent.

Il entra.

Le choc de la première caresse de sa langue contre la sienne la bouleversa. Elle aurait haleté, mais c'était impossible ; elle ne pouvait que ressentir. Ressentir et suivre et expérimenter la réalité de cette faim brûlante, du besoin physiquement séduisant, profondément évocateur et étonnamment subtil. Et se prémunir fermement contre la tentation qui la traversa.

Même alors qu'il élevait son arrogance à de nouveaux niveaux.

Elle ne l'aurait pas cru possible, mais il l'attira encore plus près, imprimant sa dureté de mâle sur sa douce chair féminine. Impitoyablement arrogant, il inclina la tête d'un côté et la goûta — langoureusement, sans se presser — comme s'il avait tout le temps du monde.

Ensuite, il s'installa pour jouer.

Pour avancer et battre en retraite, pour l'inciter par la ruse à se joindre au jeu. Cette idée même la choqua dans tout son être — et provoqua des piqûres d'excitation dans tous ses nerfs. Ils se tendirent, se raidirent. Les lèvres et la langue de l'homme continuèrent leur danse excitante.

Elle agit — avec hésitation ; au lieu de la réaction agressive qu'elle avait attendue, les lèvres de l'homme s'adoucirent très légèrement, encourageantes. Elle osa davantage, répondant à la pression de ses lèvres, à la caresse sensuelle de sa langue.

Sans même le savoir, elle plongea dans le baiser.

Richard fut parcouru d'un sentiment de victoire ; il cria mentalement son triomphe. Il avait dévasté sa résistance guindée ; elle était douce et malléable, de la pure magie entre ses bras. Elle avait le goût du plus sucré des vins d'été. La sensation grisante lui monta directement à la tête.

Et tomba dans son bas-ventre.

Dissipant la faim bourgeonnante, il se régala en faisant attention à ne pas lui faire peur, à ne pas la laisser reprendre assez ses esprits pour reconnaître les libertés qu'il prenait. Il n'était pas assez idiot pour croire qu'elle ne s'écarterait pas s'il lui donnait un motif suffisant. Elle n'était pas une simple demoiselle de campagne ni une servante naïve — ses deux mots, son attitude suintaient l'autorité. Et elle n'était pas jeune ; aucune jeune dame n'aurait eu l'assurance de lui ordonner « déposez-moi », à lui en particulier. Elle n'était pas une jeune fille, mais bien une femme — souple et bien balancée, elle allait très bien entre ses bras.

Le fait qu'elle allait si bien avec lui et que ses courbes étaient attirantes, collées avec force contre lui, augmenta encore son désir sexuel. Le doux balancement de sa lourde chevelure veloutée, un voile chaud et vivant s'amoncelant sur le dos de ses mains et le parfum — les fleurs sauvages, la promesse du printemps et de la fécondité — qui s'éleva des mèches soyeuses convertit son désir en douleur.

Ce fut lui qui s'écarta et mit fin à leur baiser — c'était ça ou bien souffrir une agonie encore pire. Car, il devrait la laisser partir, intouchée, non expérimentée, son désir non assouvi ; un cimetière complètement enneigé au cœur d'une nuit d'hiver était un défi difficile à relever, même pour lui.

Et malgré les caresses intimes qu'ils avaient échangées, il savait qu'elle n'était pas ce genre de femme. Il avait fait une brèche dans ses défenses grâce à une insouciance purement effrontée, provoquée par son ordre hautain de la déposer. En ce moment, il aurait aimé l'allonger, mais cela, il le savait, n'arriverait pas.

Il leva la tête.

Les yeux de Catriona s'élargirent brusquement, elle le regarda comme s'il était un fantôme.

— *Ma Dame protégez-moi.*

Ses mots furent prononcés dans un murmure fervent ; condensés par le froid, ils embuèrent l'air entre eux. Elle scruta son visage — à la recherche de quoi, Richard était incapable de le deviner ; avec son arrogance coutumière, il haussa un sourcil.

Les lèvres, douces et rosées — beaucoup plus rosées qu'avant — se raffermirent.

— Par le voile de la Dame ! C'est de la *folie* !

Elle secoua la tête et repoussa son torse. Perplexe, Richard la déposa à terre avec précaution, puis il la lâcha. Fronçant les sourcils d'un air distrait, elle le contourna et passa derrière lui, puis elle pivota pour lui faire face.

— Qui *êtes-vous* ?

— Richard Cynster.

Il esquissa une élégante révérence à son intention. Se redressant, il emprisonna son regard.

— Entièrement à votre service.

Le regard de Catriona le rabroua.

— Avez-vous l'habitude d'accoster des femmes innocentes dans les cimetières ?

— Seulement quand elles me tombent dans les bras.

— Je vous ai *demandé* de me déposer.

— Vous m'avez *ordonné* de vous déposer, et je l'ai fait. En fin de compte.

— Oui. Mais…

Sa tirade — il était certain que cela aurait été une tirade — mourut sur ses lèvres. Elle cligna des paupières vers lui.

— Vous êtes *Anglais* !

Une accusation plutôt qu'une observation ; Richard haussa un sourcil.

— Les Cynster le sont.

En plissant les yeux, elle étudia son visage.

— De lignée normande ?

Il sourit, fièrement arrogant.

— Nous sommes arrivés avec Guillaume le Conquérant.

Son sourire s'approfondissant, il se permit de la balayer du regard.

— Nous aimons encore mettre la main à la pâte, évidemment, déclara-t-il en levant la tête et emprisonnant son regard. Garder la main avec la conquête occasionnelle.

Même dans la faible clarté, il vit son regard mauvais, il aperçut les éclairs qui surgirent dans ses yeux.

— Sachez que tout ceci est une *très grosse erreur* !

Sur ce, elle s'éloigna en pivotant brusquement. La neige crissa, plus fort qu'avant alors qu'elle s'en allait avec raideur dans une envolée de jupes et de cape. Arquant les sourcils, Richard la regarda passer le porche du cimetière en trombe ; il vit, dans l'ombre, le rapide regard qu'elle lui jeta avec ses yeux plissés. Ensuite, rejetant la tête en arrière, le menton haut, elle marcha au pas sur la route.

Vers l'auberge.

Les extrémités des lèvres de Richard se relevèrent. Ses sourcils se haussèrent d'un autre cran considérable.

Une erreur ?

Il l'observa jusqu'à ce qu'elle disparaisse de sa vue, puis il bougea, redressa ses épaules et, ses lèvres se courbant en un sourire vorace, il partit sans se presser dans son sillage.

CHAPITRE 2

Richard se leva tôt le lendemain matin. Il se rasa et s'habilla, conscient d'une excitation familière — l'excitation de la chasse. Rabattant le dernier pli de sa cravate, il tendit la main vers son épingle à diamant — un cri grossier atteignit ses oreilles. Il s'immobilisa — et il entendit, étouffé par les fenêtres bien fermées pour protéger du froid de l'hiver, le claquement caractéristique des sabots sur les pavés.

Trois rapides enjambées l'amenèrent à la fenêtre pour regarder en bas par la vitre givrée. Un lourd carrosse de voyage était arrêté devant la porte de l'auberge, des valets d'écurie retenant une paire de chevaux puissants, leurs souffles formant de la buée alors qu'ils piaffaient. Des garçons de l'auberge luttaient avec une malle pour la placer sur le toit du carrosse, dirigés par l'aubergiste.

Puis, une dame émergea sur le porche, directement sous Richard. L'aubergiste bondit pour ouvrir la porte du carrosse. Sa révérence était respectueuse, ce qui n'étonna pas Richard — la dame était celle dont il avait fait la connaissance dans le cimetière.

— Bon sang !

Il jura, les yeux sur ses longues tresses couleur de feu sous la lumière du matin, attachées ensemble de sorte qu'elles cascadent comme une rivière dans son dos.

Sur un hochement de tête majestueux, la dame entra dans le carrosse sans jeter un regard en arrière ; elle était suivie par la femme plus âgée que Richard avait vue dans l'auberge. Juste avant de monter les marches du carrosse, la vieille femme se retourna et leva les yeux vers Richard. Il résista à l'envie de reculer ; un instant plus tard, elle se retourna et suivit sa compagne dans le carrosse.

L'aubergiste ferma la porte, le cocher fit claquer les rênes et le carrosse roula lentement hors de la cour. Richard jura encore — sa proie lui échappait. Le carrosse atteignit le bout de la rue du village et tourna, non à gauche vers Crieff, mais à droite — en remontant la route pour Keltyhead.

Richard fronça les sourcils. Selon Jessup, son palefrenier et cocher, l'étroite route sinueuse de Keltyhead menait à la résidence McEnery et nulle part ailleurs.

Un coup discret fut frappé à la porte ; Worboys entra. Refermant la porte, il déclara :

— La dame sur laquelle vous vous informiez vient juste de quitter l'auberge, monsieur.

— Je le sais.

Richard se détourna de la fenêtre ; le carrosse était hors de vue.

— Qui est-elle ?

— Une mademoiselle Catriona Hennessy, monsieur. Une parente de feu monsieur McEnery, déclara Worboys avec une expression hautaine. L'aubergiste, un païen ignorant, maintient que la dame est une sorcière, monsieur.

Richard s'étrangla de rire et se retourna vers sa glace. Ensorcelante, oui. Une sorcière ? Ce n'était pas un sortilège exotique qui l'avait ensorcelé dans la nuit, au détour de la cour froide de l'église presbytérienne. Des souvenirs de courbes féminines chaudes aux lignes pures, de lèvres douces et pulpeuses, d'un baiser enivrant lui revinrent…

Insérant son épingle dans sa cravate, il tendit la main vers son manteau.

— Nous partirons dès que j'aurai pris mon petit-déjeuner.

Son premier coup d'œil sur la résidence McEnery teinta la vision de Richard sur Seamus McEnery et les dernières années de sa mère. Accrochée au côté de la montagne fouetté par le vent, la bâtisse de deux étages semblait taillée dans le roc et usée par les intempéries. Rien d'attrayant comme habitation pour des hommes. Des hommes vivants, car l'endroit ressemblait plutôt à un mausolée.

Vivants, en tout cas — l'endroit pouvait être qualifié de mausolée. L'impression dominante de dureté et de froid était accentuée par l'absence de jardin — même les arbres, qui auraient pu adoucir les lignes sévères, s'arrêtaient bien avant la maison comme s'ils avaient peur de s'approcher davantage.

Descendant de son carrosse, Richard ne décela aucun signe de chaleur ou de vie, aucune lumière brûlant pour défier la journée morne, aucune riche tenture drapée élégamment sur les châssis à guillotine. En effet, les fenêtres étaient étroites et peu nombreuses, vraisemblablement par nécessité. Il avait eu froid à Keltyburn, au pied de la montagne : ici, il gelait.

La porte s'ouvrit après le coup péremptoire de Worboys ; Richard monta les marches, laissant Worboys et les deux valets de pied s'occuper de son bagage. Un vieux majordome attendait debout juste à l'intérieur de la porte.

— Richard Cynster, se présenta-t-il d'une voix traînante et il lui tendit sa canne. Ici à la demande de feu monsieur McEnery.

Le majordome s'inclina devant lui.

— La famille est dans le boudoir, monsieur.

Il soulagea Richard de son lourd manteau, puis il passa devant lui. Richard le suivit ; l'impression de tombeau s'intensifia pendant qu'ils progressaient dans les couloirs dallés non recouverts de tapis, sous des entrées en arche flanquées de colonnes de granit massif, devant une enfilade de portes fermées au monde. Le froid était pénétrant ; Richard songeait à demander à récupérer son manteau quand le majordome s'arrêta et ouvrit une porte.

Annoncé, Richard entra.

— Oh ! Dites donc.

Un gentleman au teint rose avec une tignasse de cheveux roux s'efforça de se lever — il participait à une partie de jonchets avec un garçon et une fille sur la carpette devant le feu.

C'était une scène très ressemblante à celles dont Richard avait l'habitude et son air distant se radoucit.

— Ne vous interrompez pas pour moi.

— Non, non ! C'est-à-dire…

Inspirant brusquement, il avança la main.

— Jamie McEnery, dit-il avant d'ajouter, comme s'il se rappelait l'affaire avec quelque étonnement : laird de Keltyhead.

Richard s'empara de la main tendue. D'environ trois ans son cadet, Jamie avait une bonne tête de moins que lui, il était trapu et avait un visage rond et le genre d'expression que l'on ne pouvait que qualifier de franche.

— Avez-vous fait bon voyage ?

— Relativement.

Richard jeta un coup d'œil au nombre étonnant de personnes assises dans la pièce, toutes vêtues de vêtements de deuil.

— Allez ! Laissez-moi vous présenter.

Jamie le conduisit et Richard salua doucement Mary, l'épouse de Jamie, une jeune femme au visage doux trop soumise à son goût, mais, soupçonna-t-il, seyant très bien à Jamie. Il s'avança vers leurs enfants, Martha et Alister, qui l'observaient avec de gros yeux ronds comme s'ils n'avaient jamais vu quelqu'un comme lui auparavant. Vint ensuite la fratrie de Jamie, deux sœurs au teint blafard et leurs maris très jeunes au naturel doux, un groupe à l'allure plutôt malade et, pour finir, le jeune frère de Jamie, Malcom, qui non seulement avait l'air d'un faible, mais aussi d'un grincheux.

Acceptant un fauteuil, Richard se sentait comme un gros prédateur en maraude accueilli inopinément dans une pièce remplie de maigres poulets.

Il cacha cependant ses crocs et consentit obligeamment à prendre du thé pour se réchauffer de son voyage. Le temps fournit un sujet de conversation opportun.

— On dirait qu'il va encore neiger, remarqua Jamie. C'est une bonne chose que vous soyez arrivé avant.

Richard approuva et but son thé.

— Il a fait particulièrement froid ici cette année, l'informa nerveusement Mary. Toutefois, les villes — Édimbourg et Glasgow — sont légèrement plus chaudes.

Sa belle-sœur murmura un acquiescement inaudible.

Malcolm s'agita, une grimace de mécontentement sur le visage.

— Je ne sais pas pourquoi nous ne pouvons pas nous y retirer pour l'hiver comme nos voisins. Il n'y a rien à faire ici.

Un silence tendu s'ensuivit, puis Jamie se hâta de parler.

— Chassez-vous ? On peut attraper du bon gibier : Pa a toujours insisté pour que les terriers soient bien entretenus.

Avec un sourire agréable, Richard releva le défi de la conversation et aida Jamie à détourner le sujet de la situation financière précaire dans laquelle les familles étaient à l'évidence plongées. Un rapide regard confirma que les vestons des hommes et leurs bottes étaient bien usés, même rapiécés, et les robes des dames loin d'être à la dernière mode. Les vêtements des plus jeunes enfants avaient clairement été déjà portés par d'autres, alors que le veston de Malcom était trop grand pour lui — un des vestons de Jamie, sûrement.

La réponse à la question de Malcom était évidente — les enfants de Seamus vivaient sous son toit glacial parce qu'ils n'avaient nulle part où aller.

Au moins, songea Richard, ils avaient cet endroit comme refuge et Seamus avait dû bien les pourvoir après sa mort, car il n'y avait aucun signe de pauvreté dans la maison elle-même ni chez les domestiques. Ni dans la qualité du thé.

Terminant le sien, il posa sa tasse et se demanda, non pour la première fois, où se cachait sa sorcière. Il n'avait repéré aucune trace d'elle ni de son ombre plus âgée, même sur le visage des autres. Il avait vu son minois ensorcelant assez clairement sous le clair de lune pour constater que la seule ressemblance qu'elle partageait avec Jamie et sa fratrie était les cheveux roux. Et possiblement les taches de rousseur, concéda-t-il.

Les visages de Jamie et Malcolm étaient un collage de taches de rousseur, leurs sœurs étant moins touchées. Dans son souvenir, le teint de la sorcière était ivoire et crémeux, clair à l'exception de quelques taches de rousseur saupoudrées sur son nez mutin. Il allait devoir vérifier lorsqu'il la verrait la prochaine fois ; malgré son désir de hâter cet événement, il ne parla pas d'elle. Ignorant qui elle était — sa position par rapport à la famille — il était trop avisé pour mentionner leur rencontre ou exprimer un intérêt envers les autres personnes pouvant être présentes.

Il se leva langoureusement, provoquant un trouble nerveux parmi les dames.

Jamie l'imita aussitôt.

— Pouvons-nous vous offrir quelque chose ? Je veux dire : avez-vous besoin de quelque chose ?

Bien qu'il s'efforcât d'ajuster le son de sa voix en tant que chef de famille, Jamie avait une franchise que Richard approuvait ; il lui sourit paresseusement.

— Non, merci. J'ai tout ce qu'il me faut.

À l'exception d'une sorcière insaisissable.

Sur un sourire agréable et avec une grâce sans faille habituelle, il s'excusa et se retira dans sa chambre pour se rafraîchir avant le déjeuner.

Richard ne posa les yeux sur sa sorcière que le soir, quand elle entra d'un pas gracieux dans le salon, immédiatement précédée du majordome. Pendant que ce vénérable individu clamait « le dîner est servi », elle regarda le groupe avec un sourire calme et distant — jusqu'à ce qu'elle tombe sur lui, debout à côté de la chaise de Mary.

Son sourire s'évanouit — un ahurissement stupéfait le remplaça.

Lentement, à dessein, Richard lui sourit en retour.

Pendant un moment instable, son silence abasourdi la domina, puis Jamie s'avança.

— Ah... Catriona, voici monsieur Cynster. Il a été convoqué pour la lecture du testament.

Désertant son visage, elle fixa son regard sur celui de Jamie.

— Convoqué ?

Son ton communiquait bien plus qu'une simple question.

Jamie agita nerveusement les pieds et lança un regard contrit à Richard.

— La première femme de Pa lui a fait un legs. Pa l'a retenu jusqu'à aujourd'hui.

Fronçant les sourcils, elle ouvrit les lèvres pour interroger Jamie. S'étant silencieusement approché comme un prédateur, Richard prit sa main — elle sursauta et essaya de la retirer, mais il ne la lâcha pas.

— Bonsoir, mademoiselle…

Richard pencha un regard interrogateur vers Jamie.

Ce fut plutôt sa sorcière qui répondit d'une voix plus froide que la glace.

— Mademoiselle Hennessy.

Encore une fois, elle tira subrepticement, tentant de libérer sa main ; Richard porta son regard sur son visage sans se presser, il attendit qu'elle relevât la tête, il emprisonna son regard dans le sien, puis il leva doucement sa main.

— Ravi, ronronna-t-il.

Lentement, délibérément, il frôla ses jointures de ses lèvres — et il sentit le frisson de sensibilité qui la traversa — le frisson qu'elle ne put dissimuler. Son sourire s'approfondit.

— Mademoiselle Hennessy.

Le regard qu'elle lui décocha aurait dû l'envoyer s'allonger mort sur le tapis d'Aubusson ;

Richard haussa simplement un sourcil, intentionnellement arrogant, intentionnellement provocateur.

Et il continua à retenir sa main et son regard.

— Ce que Jamie hésite naturellement à expliquer, mademoiselle Hennessy, est que la première femme de monsieur McEnery était ma mère.

Les sourcils toujours froncés, elle jeta un coup d'œil à Jamie, puis elle rougit.

— Votre…

Elle comprit et le regarda de nouveau.

— Oh ! Je vois.

Une véritable touche de rose teintait ses joues ivoire.

À l'étonnement de Richard, il n'y avait aucune trace de condamnation ou de consternation dans sa voix — elle ne retira même pas sa main brusquement comme il s'y était attendu ; ses doigts minces restèrent passifs dans sa main. Les yeux de Catriona scrutèrent les siens, puis elle inclina la tête, froidement gracieuse. Ce geste indiquait clairement qu'elle comprenait la raison de sa présence et y donnait assentiment. Il n'y avait rien dans son maintien indiquant qu'elle était perturbée d'avoir appris qu'il était un bâtard.

De toute sa vie, Richard n'avait jamais reçu une acceptation aussi calme.

— Mon père est le…

Jamie s'interrompit et s'éclaircit la gorge.

— En fait, *je* suis son tuteur.

— Ah, fit Richard avec un sourire courtois à l'endroit de Catriona. Cela explique sa présence ici, alors.

Il essuya avec succès un autre de ses regards meurtriers, mais avant qu'il puisse réagir, Mary s'activa et réclama le bras de Jamie.

— Si vous pouviez accompagner Catriona, monsieur Cynster ?

Jamie à sa suite, Mary s'avança ; totalement satisfait, Richard posa la main de la fascinante mademoiselle Hennessy sur sa manche et la guida élégamment dans leur sillage.

Elle marcha avec grâce à côté de lui, un galion entièrement armé, un détachement de reine flottant autour d'elle comme une cape. Alors qu'ils quittaient le salon, Richard remarqua que la dame plus âgée était aussi apparue ; elle s'était tenue près de la porte.

— La dame qui vous accompagne ?

Il y eut une hésitation palpable, puis elle choisit de répondre.

— Mademoiselle O'Rourke est ma dame de compagnie.

La salle à manger était située de l'autre côté de l'énorme vestibule ; Richard amena sa jolie protégée jusqu'à la chaise voisine de celle de Jamie, au bout de la table. Puis à l'invitation de ce dernier, il prit la chaise opposée, à la droite de Jamie. Le reste de la famille et mademoiselle O'Rourke s'installèrent. La pièce était grande, la table longue ; la distance entre les convives suffisait à décourager les conversations qui n'avaient pas encore été refroidies par l'atmosphère. Malgré la flambée rugissante dans l'âtre, il faisait froid ; un sentiment d'austérité de longue date planait sur la pièce.

— Pourriez-vous me passer les condiments ?

Ceci formant les limites de la conversation pendant la succession des plats, Richard utilisa le temps pour satisfaire sa curiosité à propos de Seamus McEnery. Il examina la résidence de Seamus, sa maisonnée, sa famille afin de recueillir des impressions qui pourraient le familiariser avec l'homme.

Un examen superficiel de ceux qu'il avait rencontrés plus tôt ne lui en apprit guère davantage ; tous étaient dociles, d'un naturel doux et effacé. Leur timidité illustrait même la façon dont Seamus avait élevé ses enfants. Mademoiselle O'Rourke possédait un visage intéressant, profondément ridé et anormalement usé par les intempéries pour une dame de la bonne société ; Richard n'eut pas besoin de l'étudier longtemps pour savoir qu'elle se méfiait fortement de lui. Le fait ne l'inquiéta pas ; les dames de compagnie des belles dames se méfiaient généralement de lui au premier regard. Il restait : Catriona Hennessy.

Sans aucun doute, elle était le corps le plus captivant se trouvant dans la pièce. Ses cheveux brillants – ni dorés ni roux, mais véritablement cuivrés – s'empilaient en hauteur sur sa tête, des mèches folles s'échappant pour encadrer son visage de flamme. Elle était vêtue d'une robe de soie lavande foncée, dont l'encolure ronde était assez décolletée pour donner une juste indication du trésor qui s'y cachait. Avec ses épaules et ses bras joliment tournés, enveloppés d'une peau ressemblant à du satin ivoire, elle était un spectacle conçu pour la volupté.

Richard regarda avec avidité. Son visage formait un ovale délicat avec un petit nez droit et un large front lisse. Ses sourcils et ses cils étaient brun pâle, bordant des yeux d'un vert vif — une chose qu'il avait été incapable de voir sous le clair de lune, bien qu'il se rappelât comme les mouchetures dorées dans le vert avaient flamboyé d'indignation. Il était certain qu'elles s'enflammeraient sous la colère — et brûleraient de passion. Le seul trait qui n'était pas tout à fait parfait était son menton ; il était, considérait Richard, un peu trop ferme, trop déterminé. Trop volontaire. Elle avait une petite taille, menue et svelte, néanmoins sa silhouette, bien qu'élancée et souple, n'était pas celle d'un garçon. Non, en effet. Sa silhouette faisait frémir les paumes de Richard.

Non retenu par les habituelles exigences de la conversation polie du dîner, il laissa subrepticement son regard se délecter. Ce ne fut que lorsque les desserts furent déposés devant eux qu'il se cala dans sa chaise et permit à son esprit mondain de faire le point. Là seulement, il remarqua que les autres personnes échangeaient des commentaires décousus et des regards désœuvrés sans leur porter, à lui ou Catriona, la moindre attention. Exceptée la silencieuse, mais vigilante et désapprobatrice mademoiselle O'Rourke, ils gardaient tous prudemment les yeux détournés comme s'ils craignaient d'attirer leur regard. Seul Jamie interagissait soit avec Catriona, soit avec lui mais d'une manière guindée.

Curieux, Richard essaya d'attirer l'attention de Malcolm, mais en vain ; le jeune semblait s'enfoncer davantage dans sa chaise. Obsrvant Catriona, Richard la vit lever la tête et parcourir la table des yeux ; tout le monde prit soin de ne pas croiser son regard. Aucunement perturbée, elle se tapota les lèvres avec sa serviette de table. Richard centra son attention sur les douces courbes roses et se souvint, avec une netteté surprenante, exactement le goût qu'elles avaient.

Chassant ce souvenir, il réprima un hochement de tête. Apparemment, la famille de Seamus était d'une timidité si craintive qu'ils étaient poussés à les traiter, lui et Catriona, comme des animaux potentiellement dangereux qui pouvaient les mordre s'ils les provoquaient.

Ce qui en disait certainement long sur sa sorcière.

Peut-être s'agissait-il véritablement d'une sorcière ?

Cette pensée en suscita d'autres : par exemple, comment une sorcière se comporterait-elle au lit ? Il était profondément plongé dans ses fantasmes lubriques quand Jamie s'éclaircit nerveusement la gorge et se tourna vers Catriona.

— En fait, Catriona, je me disais que, à présent que Pa est parti et que tu deviendras ma pupille, il serait vraiment mieux — plus convenable, je veux dire — que tu viennes vivre ici.

Surprise en train de manger une bouchée de bagatelle, Catriona s'immobilisa, puis avala, posa sa cuillère et regarda Jamie droit dans les yeux.

— Avec nous, la famille, se hâta-t-il de poursuivre. Tu dois te sentir seule dans le val, laissée à toi-même.

L'expression de Catriona devint sévère, ses yeux verts soutenant ceux de Jamie.

— Ton père a pensé la même chose, tu te rappelles ?

Ce fut immédiatement clair que tout le monde à table, sauf Richard, s'en souvenait ; un frisson commun traversa la pièce, parcourant même les valets de pied silencieux près des murs.

— Heureusement, continua Catriona, le regard toujours fixé sur celui de Jamie, Seamus s'est ravisé et m'a permis de vivre comme le souhaite la Dame, au manoir.

Elle marqua une pause, ses yeux calmes accordant à tout le monde le temps de saisir le poids de ses paroles. Puis, elle haussa les sourcils.

— Désires-tu vraiment mesurer ta volonté à celle de la Dame ?

Jamie blêmit.

— Non, non ! Nous avons seulement pensé que tu aimerais peut-être…

Il gesticula vaguement. Catriona baissa la tête et prit sa cuillère.

— Je suis parfaitement heureuse au manoir.

L'affaire était close. Jamie échangea un regard avec Mary à l'autre bout de la table ; elle haussa légèrement les épaules et grimaça. Les autres membres de la famille lancèrent des regards rapides à Catriona, puis ils les détournèrent en vitesse.

Richard, lui, continua de l'étudier. Son autorité était remarquable ; elle s'en servait comme un bouclier. Elle l'avait levé et Jamie, pauvre homme, s'y était heurté la tête la première. Richard reconnut le stratagème ; elle avait essayé la même chose avec lui avec son « déposez-moi », mais il était trop expérimenté pour tomber dans le piège. Elle n'avait plus été qu'une femme à part entière une fois qu'il avait posé de nouveau les mains sur elle, une femme douce, chaude et malléable. La pensée de poser de nouveau les mains sur elle, de sentir sa chair chaude, malléable et féminine sous lui le fit remuer sur sa chaise.

Et centra son esprit encore plus. Sur la raison, précisément, pour laquelle il la trouvait si… attrayante. En fait, ce n'était pas une beauté classique ; elle était plus puissamment attirante que cela. C'était le port indépendant de son menton trop décidé, le sentiment sous-jacent de liberté sauvage qui l'avait attiré — avait attiré et exacerbé son instinct de chasseur avec autant de force. Son aura de mystère, de magie, les forces féminines trop puissantes pour de simples mots étaient un défi déclaré pour un homme comme lui.

Pour un séducteur comme lui qui s'ennuyait.

Elle n'aurait jamais été acceptable dans les soirées mondaines ; cette trace de sauvagerie était trop forte au goût de la bonne société. Elle était loin de la faible demoiselle ; elle était différente et n'utilisait aucune ruse pour le dissimuler. Son assurance, sa présence, son autorité l'avaient amené à penser qu'elle était vers la fin de la vingtaine ; à présent qu'il la voyait plus clairement, il réalisa que ce n'était pas le cas. Début vingtaine. Ce qui rendait son assurance et sa confiance en elle encore plus fascinantes. Un défi plus stimulant.

Richard déposa sa coupe ; il en avait assez du silence glacial.

— Vivez-vous depuis longtemps dans ce manoir, mademoiselle Hennessy ?

Elle leva la tête, une légère surprise dans les yeux.

— J'y ai vécu toute ma vie, monsieur Cynster.

Richard haussa les sourcils.

— Où est-il situé, précisément ?

— Dans la Basse-Écosse.

Comme il attendait, souhaitant manifestement en apprendre davantage, elle ajouta :

— Le manoir s'élève dans le val de Casphairn, qui est une vallée au flanc de la montagne Merrick.

Léchant la bagatelle sur sa cuillère, elle le considéra du regard.

— C'est…

— Dans les collines de Galloway, rétorqua-t-il.

Elle haussa les sourcils.

— En effet.

— Et qui est votre propriétaire ?

— Personne.

Quand il haussa de nouveau les sourcils, elle expliqua :

— Le manoir m'appartient ; j'en ai hérité de mes parents.

Richard inclina la tête.

— Et cette dame dont vous parlez ?

Le sourire qu'elle lui offrit était sans âge.

— La Dame. Celle-qui-sait-tout.

La modulation de sa voix changea, insufflant le respect.

— Ah, répondit Richard en cillant. Je vois.

Et c'était le cas. Le christianisme pouvait bien régner sur Londres et les villes, et au Parlement, mais les anciennes façons de faire, les doctrines des temps passés dominaient encore la campagne. Il avait grandi à Cambridgeshire en milieu rural, dans les champs et les taillis, voyant les vieilles femmes cueillir des herbes, entendant parler de leurs baumes et de leurs potions qui pouvaient guérir un grand éventail de maladies mortelles. Il en avait trop vu pour être sceptique et il en savait assez pour traiter tous les praticiens avec le respect qui leur était dû.

Elle soutint posément son regard ; Richard vit une lueur de triomphe, de satisfaction victorieuse dans ses yeux. Elle pensait l'avoir prévenu avec succès de rester loin d'elle — l'avoir effrayé. Elle sourit intérieurement avec délectation ; en apparence, son expression ne révéla rien du tout.

— Catriona ?

Ils se tournèrent tous les deux pour voir Mary se lever et lui faire signe ; Catriona se leva aussi et se joignit aux femmes s'exilant vers le salon, laissant les gentlemen à leur porto.

Qui était excellent, au grand soulagement de Richard. En faisant tournoyer son verre, il considéra le liquide rubis à l'intérieur.

— Alors — il jeta un coup d'œil à Jamie —, Catriona est maintenant sous votre garde ?

Le soupir de Jamie était sincère.

— Oui : pendant trois ans encore. Jusqu'à ce qu'elle ait vingt-cinq ans.

— Ses parents sont-ils morts depuis longtemps ?

— Six ans. Ils ont été tués dans un accident à Glasgow pendant qu'ils organisaient l'achat d'une cargaison ; cela a été un terrible choc.

Richard haussa les sourcils.

— Un choc particulièrement gros pour Catriona. Elle devait avoir — quoi ? Dix-sept ans ?

— Seize ans. Naturellement, Pa voulait qu'elle demeure ici ; le val est un lieu isolé, ce n'est pas un endroit pour une fille seule, croirait-on.

— Elle ne désirait pas venir ?

Le visage de Jamie se contorsionna.

— Pa l'a obligée. Elle est venue.

Il frissonna et but une longue gorgée de son porto.

— Cela a été atroce. Les disputes, les cris. J'ai cru que Pa aurait une attaque tant elle l'a irrité. Je ne pense pas qu'une personne s'était déjà opposée à lui comme elle l'a fait — *j'n'aurais* pas osé.

À mesure qu'il buvait du porto, l'accent de Jamie refaisait surface ; comme de nombreux Écossais de son âge, il avait appris à le supprimer.

— Elle v' lait pas rester ; Pa la voulait ici. Il avait formé le projet de bien la marier ; elle avait besoin de quelqu'un pour s'occuper de ses terres, croyait-il.

— Ses terres ?

— Le val, reprit Jamie en vidant son verre. Toute la foutue vallée lui appartient, de la gorge jusqu'au sommet. Mais elle ne voulait accepter aucun des plans de Pa. Elle a dit qu'elle savait ce qu'elle faisait, qu'elle avait la Dame pour la guider et que, elle le jurait sur la tombe de sa mère, elle allait obéir à la Dame et non à Pa. Elle était farouchement opposée au mariage. Remarquez, quand ces lairds qui avaient proposé de l'épouser à cause de ses terres ont vraiment fait sa connaissance, ils n'avaient plus le même discours. Toutes les offres ont disparu comme la brume sous une forte brise.

Richard fronça les sourcils, se demandant si les idées écossaises sur les attraits féminins étaient si différentes.

— Évidemment, tout un chacun s'imaginait au lit avec elle, jusqu'à ce qu'ils discutent avec elle.

Les lèvres de Jamie tressaillirent ; il échangea un regard de conspirateur avec Richard.

— Elle leur a fait une peur bleue — les pauvres étaient venus d'Édimbourg et de Glasgow, ou de l'une des villes, des lairds en mal d'un domaine. Y ne savait pas pour la Dame et à entendre Catriona, s'ils déplaisaient même un peu à la Dame, elle les transformerait en crapaud. Ou bien en anguille. Ou en une quelconque autre créature gluante.

Richard arbora un large sourire.

— Ils l'ont crue ?

— Ben, oui ; elle peut se montrer très persuasive.

Se rappelant qu'il avait été témoin à deux reprises du pouvoir qu'elle exerçait, Richard n'eut aucune difficulté à le croire.

— Et l'autre, Algaria — mademoiselle O'Rourke — était là pour l'aider. Donc — Jamie tendit la main vers la carafe —, après cela, il n'y a plus eu d'offres. Pa était furieux — Catriona était inébranlable. La lutte a fait rage pendant des semaines.

— Et ?

— Elle a gagné, répondit Jamie en déposant son verre. Elle est rentrée au val et c'est tout. Pa n'a plus jamais parlé d'elle. J'pensais pas qu'elle accepterait de vivre ici aujourd'hui, mais Mary a dit que nous devions au moins le lui proposer. Particulièrement après avoir trouvé ces lettres.

— Des lettres ?

— Des offres pour ses terres, plutôt que des demandes en mariage. Des tas. Certaines venant de lairds ayant abandonné l'idée de coucher avec elle, d'autres venant de partout, certaines émanant de ses voisins dans la Basse-Écosse. Toutes, cependant, pour des sommes dérisoires.

Jamie vida encore une fois son verre.

— J'ai trouvé la pile dans le bureau de Pa : il avait gribouillé des commentaires sur plusieurs d'entre elles, ajouta Jamie en se tordant les lèvres. Comme « Bah ! Suis-je un idiot ? »

— La terre est bonne ?

— Bonne ? fit Jamie en posant son verre de nouveau. Vous n'en trouverez pas de meilleure dans toute l'Écosse.

Il rencontra le regard de Richard.

Avec une grimace contrite, Jamie repoussa sa chaise.

— Nous ferions mieux de retourner au salon.

Entrant dans la longue pièce aux côtés de Jamie, Richard marqua une pause juste après le seuil. D'un côté, Catriona était debout en train de bavarder avec l'une des sœurs sans couleur de Jamie. Peut-être que le terme bavarder était un peu fort — d'après ses gestes, un sermon était probablement plus près de la vérité. La très vigilante mademoiselle O'Rourke se tenait debout en silence, les mains serrées, près de l'épaule de Catriona ; son regard, noir et inexpressif, était déjà fixé sur lui. Richard résista à l'envie de lui sourire malicieusement ; et, avec sa grâce habituelle, il traversa la pièce pour aller rendre hommage à son hôtesse.

Mary était facilement flattée, facilement troublée ; Richard passa un peu de temps à la calmer, jusqu'à ce qu'elle puisse lui sourire et répondre à ses questions.

— Elle ne semble pas voir le besoin d'avoir un mari, lui dit-elle en faisant glisser furtivement son regard vers Catriona avant de revenir sur Richard. Cela semble étrange, je sais, mais elle dirige le manoir depuis six ans à présent, et j'en comprends que tout se passe très bien.

Un autre regard craintif s'attarda sur l'élégante robe lavande foncée de Catriona.

— Elle ne semble certainement manquer de rien et elle n'a jamais présenté aucune demande aux McEnery.

— Je suis étonné — Richard endossa sa voix la plus indolente — qu'il n'y ait aucun aspirant local disponible. Ou bien la vallée ne compte-t-elle que quelques âmes ?

— Oh, non. La population est assez considérable, je crois. Toutefois, aucun des jeunes hommes ne lèveraient les yeux sur Catriona, vous savez, ajouta Mary en le regardant gravement. Elle est leur « dame », voyez-vous. La dame du val.

— Ah.

Richard hocha la tête, bien qu'il ne vît rien du tout, mais il y avait une limite aux questions qu'il pouvait poser à la douce Mary sans éveiller ses soupçons. Cependant, il voulait comprendre qui était Catriona Hennessy, ce qu'elle était et comment elle en était arrivée là. Elle était une « dame » fascinante à de nombreux égards ; il s'était tellement ennuyé, elle était comme une bouffée d'air frais : un goût nouveau sur son palais blasé.

Il jeta un coup d'œil de son côté et la vit regarder sévèrement Algaria O'Rourke alors que la femme plus âgée tentait d'étouffer un bâillement. La conversation qui s'ensuivit fut facile à comprendre ; motivée par l'inquiétude, Catriona s'imposa et ordonna à sa gardienne d'aller se coucher. Richard détourna vite les yeux — et il sentit, une seconde plus tard, le coup d'œil méfiant de la vieille femme sur lui. Elle partit, toutefois, dépassant la table roulante en chemin. Le majordome positionna la table devant Mary.

— Laissez-moi vous aider, lui dit Richard en prenant les deux premières tasses que versa Mary. Je vais les apporter à mademoiselle Hennessy et à…

— Meg, répondit Mary en lui souriant. Si vous pouviez avoir cette gentillesse.

Richard sourit et s'en alla.

— Meg ? Mademoiselle Hennessy ?

Les deux se tournèrent en réaction à sa voix traînante. Les yeux de Meg se fixèrent sur les tasses dans ses mains.

— Oh ! Ah…

Elle avala et son teint prit une délicate teinte verte.

— Je… ne pense pas, ajouta-t-elle en jetant un regard désespéré à Catriona. Si vous voulez bien m'excuser ?

Avec un regard impuissant sur Richard, elle se hâta de traverser la pièce et se glissa par la porte.

— Bon ! Est-il si mauvais ?

Les sourcils arqués, Richard baissa la tête sur le thé.

— Bien sûr que non, répondit Catriona en le soulageant d'une tasse. C'est simplement que Meg grossit et qu'elle est un peu fragile en ce moment. Les choses les plus inattendues lui retournent l'estomac.

— Est-ce de cela que vous discutiez avec autant de sérieux ?

— Oui.

Richard rencontra le regard de Catriona par-dessus le bord de sa tasse pendant qu'elle buvait ; sa tête dépassait à peine son épaule, néanmoins son comportement proclamait qu'elle était aussi puissante, sinon plus que lui. Il n'y avait aucune trace de faiblesse féminine ni d'aveu d'émotivité.

Abaissant sa tasse, elle l'étudia posément.

— Je suis une guérisseuse.

La déclaration était calme ; Richard afficha une surprise feinte.

— Oh ?

Il en avait déduit autant, mais mieux valait qu'elle le considère comme un sudiste ignorant, un english crédule, si elle était ainsi disposée.

— Œil de triton et doigt de grenouille ?

Le regard qu'elle lui lança prenait sa mesure.

— J'utilise des herbes, des racines et autres usages.

— Passez-vous beaucoup de temps à rôder autour d'un chaudron bouillonnant ou cela ressemble-t-il davantage à un office ?

Elle prit une inspiration tendue, les yeux sur son expression inébranlablement innocente, puis elle expira.

— Un office. *Encyclopédique.*

— Pas une caverne, alors.

Petit à petit, Richard la fit parler — et avec chaque réponse factuelle, sa froideur fondait un peu plus. Il s'en tint à son attitude badine et inoffensive, laissant son regard se poser sur son visage seulement brièvement et poliment. Sa chevelure attirait plus fréquemment ses yeux, un phare magnétique. Même parmi les rouquins dans la pièce, sa glorieuse couronne la faisait ressortir du lot. Les boucles souples chatoyaient sous la lumière des bougies ; celles autour de son visage et de son cou étaient légèrement secouées lorsqu'elle bougeait, exerçant le même attrait hypnotisant que des flammes dansantes. Elles contenaient une promesse de chaleur — Richard ressentit une envie écrasante d'y réchauffer ses mains.

Il cilla et s'obligea à regarder ailleurs.

— Naturellement, il y a des choses qui ne sont pas disponibles localement, mais j'envoie quelqu'un les chercher.

— Naturellement, murmura-t-il.

Changeant de position afin de se tenir à côté d'elle, balayant le salon du regard, il jeta un coup d'œil rapide sur son profil. La glace avait fondu de manière significative ; avec ses tresses flamboyantes et ces étincelles dorées dans ses yeux, il était certain que se cachait un volcan. Pour la première fois depuis qu'il l'avait rejointe, il se concentra intensément sur son visage.

— Vos lèvres ont le goût des roses, le saviez-vous ?

Elle se raidit, mais elle ne le déçut pas ; le regard qu'elle lui décocha par-dessus sa tasse contenait du feu et non de la glace.

— Je pensais que vous seriez assez gentleman pour oublier entièrement cet incident. L'effacer de votre esprit.

Il y avait de la force dans ses derniers mots ; Richard la laissa passer sans réagir. Il baissa sur elle un sourire paresseux.

— Vous comprenez cela de travers. Je suis bien *trop* gentleman pour oublier cet incident, même pas son plus petit détail.

— Aucun gentleman ne le mentionnerait.

— Combien de gentlemen connaissez-vous ?

Elle s'indigna.

— Vous n'auriez pas dû vous saisir de moi ainsi.

— Ma chère mademoiselle Hennessy ! Vous m'êtes tombée dans les bras.

— Vous n'auriez pas dû me tenir comme vous l'avez fait.

— Si je ne vous avais pas tenue, vous auriez glissé et vous seriez tombée sur votre pulpeux…

— Et vous n'auriez certainement pas dû m'embrasser.

— C'était inévitable.

Elle cilla.

— Inévitable ?

Richard baissa les yeux dans ses yeux verts.

— Totalement, répondit-il en soutenant son regard et en haussant les sourcils. Évidemment, vous n'étiez pas obligée de m'embrasser en retour.

La couleur lui monta aux joues ; elle baissa les yeux sur sa tasse.

— Un moment de folie temporaire, immédiatement regretté.

— Oh ?

Elle leva la tête en entendant la menace dans le ton de sa voix, mais elle ne fut pas assez rapide pour l'empêcher de toucher, non pas sa nuque, exposée d'une manière si tentante, mais les boucles cuivrées qui caressaient sa peau sensible. Discrètement, sans être vu, Richard les caressa.

Et elle frissonna, trembla.

Puis, elle respira avec difficulté et poussa sa tasse vide vers lui.

— Je trouve la compagnie beaucoup trop épuisante — et le voyage jusqu'ici a été ennuyeux à l'extrême.

Ses mots étaient enrobés d'une mince couche de glace, son ton comme un vent froid soufflant directement de l'Arctique.

— Si vous voulez bien m'excuser, je crois que je vais me retirer.

— Bon, *cela,* dit Richard en prenant la tasse, je ne m'y attendais pas.

Elle arrêta son mouvement de départ et lui lança un regard méfiant.

— Qu'est-ce que vous n'attendiez pas ?

— Je ne m'attendais pas à ce que vous vous enfuyiez.

Il baissa les yeux sur elle pendant qu'elle l'étudiait et il se demanda comment elle faisait. Il ne restait aucune trace de chaleur volcanique, pas même une minuscule lueur de chaleur féminine ; elle était enrobée de glace polaire, plus froide que n'importe quel iceberg. Et l'air s'était littéralement glacé — la dame du val pouvait donner des leçons aux vierges frigides de Londres. Il laissa les extrémités de ses lèvres se courber.

— Je vous taquine, c'est tout.

Il comprit alors qu'aucun homme ne l'avait déjà fait — n'avait osé le faire.

Elle fronça les sourcils, les jaugeant, lui et ses paroles. Enfin, elle souffla.

— Je ne partirai pas si vous gardez vos mains pour vous et ne mentionnez pas notre précédente rencontre. Comme je vous l'ai dit, c'était une erreur totale et complète.

Catriona imprégna ses derniers mots de conviction, mais comme avant, cela eut peu d'effet. Il semblait immunisé, comme s'il pouvait facilement faire dévier ses pouvoirs de suggestion — une observation qui ne contribua pas beaucoup à calmer ses nerfs capricieux.

Quand elle était entrée dans le salon et l'avait vu là, le regard bleu et direct, comme s'il l'attendait, elle s'était sentie prête à défaillir pour la première fois de sa vie. Sidérée aussi. Et… quelque chose d'autre. Quelque chose ressemblant davantage à une brûlante excitation, quelque chose qui la rendait nerveuse, sensible, vivante d'une manière qu'elle n'avait jamais été avant.

Pour la première fois depuis longtemps, elle n'était pas certaine de pouvoir maîtriser son entourage, sa situation. Elle n'était pas du tout sûre de pouvoir *le* contrôler.

C'était là tout son problème.

Elle l'observa pendant qu'il déposait leurs tasses vides sur une table basse et elle souhaita qu'il eût été obligé de les garder dans ses mains. Des mains qu'elle avait déjà examinées un peu ; des mains longues et élégantes, des mains d'artistes, non de guerrier. Du moins, pas d'un simple guerrier. Debout à côté de lui, elle était bien trop consciente que ses propres sens tourmentés avaient donné une juste impression de l'homme qui lui avait volé un baiser — plusieurs baisers. Il était grand et fort : pas la simple force des muscles, mais une puissance plus souple, plus experte, infiniment plus dangereuse. Il y avait de l'intelligence dans ses yeux et quelque chose d'autre — les braises de cette faim brûlante qui rôdait luisaient au fond du bleu.

Il se redressa. Et désigna le reste du groupe d'un signe de tête.

— Est-ce l'ensemble de la famille de Seamus ?

— Oui, répondit-elle en scrutant les occupants de la pièce. Ils vivent tous ici.

— Tout le temps, ai-je compris.

— Ils ont peu de choix. Seamus était un avare à plusieurs égards, dit-elle en survolant la pièce du regard. Vous avez dû remarquer l'ambiance : une fois que Jamie et Mary ainsi que les autres auront enfin réalisé que cela leur appartient et qu'ils n'ont plus besoin de l'approbation de Seamus pour chaque cent dépensé, ils rendront certainement l'endroit plus agréable à vivre.

— Davantage comme un foyer ? Tout à fait !

Étonnée par son acuité, Catriona leva les yeux ; son masque poli ne lui apprit rien.

Il emprisonna son regard.

— À l'évidence, vous n'aimiez pas Seamus. Si vous ne voulez pas considérer l'idée de déménager ici, pourquoi êtes-vous venue ?

— Je suis ici pour présenter mes respects une dernière fois.

Elle réfléchit, puis elle ajouta, plus franchement :

— C'était un homme dur, mais il faisait ce qu'il croyait juste. Il a peut-être été un adversaire pour moi, mais je le respectais.

— Magnanime dans la victoire ?

— Il n'y a pas eu de bataille.

— Ce n'est pas ce que racontent les gens.

Elle s'indigna.

— Il était dans l'erreur : je lui ai montré la bonne voie.

— Dans l'erreur parce qu'il voulait que vous vous mariiez ?

— Exactement.

— Qu'avez-vous contre les mâles de votre espèce ?

Comment en étaient-ils venus à ce sujet ? Elle jeta un regard vif en biais à son persécuteur.

— Cela, précisément : ce sont des mâles.

— Un fait désolant, mais la plupart des femmes y trouvent des compensations.

Elle s'indigna encore, émettant un son indiquant clairement son incrédulité.

— Comme ?

— Comme…

Le ton de sa voix la pénétra ; elle se tourna et rencontra ses yeux — et la lueur qui dansait au fond. Elle cessa de respirer ; son pouls lui semblait tout à coup résonner plus fort. Avec effort, elle trouva assez de souffle pour le prévenir :

— *Ne me taquinez pas.*

Ses lèvres, ces choses indignes de confiance — elle s'efforça de ne pas les regarder — se soulevèrent ; ses yeux n'en brillèrent que davantage.

— Vous faire taquiner un peu vous ferait du bien.

Sa voix avait pris des intonations de ronronnement grave, glissant sur les sens de Catriona ; elle décela le pouvoir dans ces mots, même si elle n'avait jamais avant rencontré leur pareil. C'était… captivant ; instinctivement, elle résista. Elle avait l'impression d'osciller, mais elle savait qu'elle n'avait pas bougé.

— Vous pourriez même découvrir que vous — ses sourcils tressautèrent — aimez cela.

Sa main se leva, cachée du regard des autres, dans le dos de Catriona ; elle la sentit avec chaque pore de sa peau, chaque nerf de son corps. À trois centimètres de sa peau enveloppée de soie, la main de Richard remonta, frôlant lentement sans toucher jusqu'à ce qu'elle atteigne son encolure et se lève…

— *Non* !

Le mot forma un ordre essoufflé ; la main s'arrêta, rôdant autour, proche, très proche de ses boucles tremblantes. S'il les touchait encore…

— Très bien.

Un ronronnement séducteur, sans aucune trace de contrition ; c'était lui qui se montrait cette fois magnanime dans la victoire. Cependant, sa main ne disparut pas — elle prit la direction inverse. Lentement, si lentement que sa peau eut amplement le temps de picoter et de s'échauffer, sa main suivit son dos, descendit vers ses omoplates, dessinant la légère échancrure de sa taille puis, encore plus lentement, la courbe de ses hanches.

Il ne la toucha pas une fois, néanmoins quand sa main retomba, elle tremblait intérieurement — si violemment qu'elle put à peine formuler les mots suivants quand elle s'écarta et tourna la tête de profil.

— Si vous voulez bien m'excuser, je devrais me retirer.

Elle le quitta sans croiser son regard, très certaine du triomphe masculin qu'elle y verrait, ne sachant pas si elle pourrait retenir sa colère.

Meg était revenue ; le visage blême, elle était assise dans un fauteuil à oreilles. Catriona s'arrêta devant elle.

— Viens dans ma chambre lorsque tu monteras — j'aurai préparé la potion.

— Montes-tu maintenant ?

— Oui, répondit-elle sèchement, puis elle s'obligea à sourire. J'ai bien peur que le voyage jusqu'ici ait été plus épuisant que je ne l'avais cru.

Sur un hochement de tête majestueux, elle sortit avec grâce de la pièce, consciente jusqu'à la dernière seconde du regard bleu, si bleu fixé inébranlablement sur son dos.

CHAPITRE 3

Quelques minutes avant onze heures, le lendemain matin, Catriona se rendit à la bibliothèque où ils avaient été convoqués pour écouter la lecture du dernier testament de Seamus. Elle avait pris le petit-déjeuner dans sa chambre — parce qu'il y faisait plus chaud.

Elle se mentait à elle-même et elle savait pourquoi. Elle avait mangé en privé afin de ne pas devoir affronter Richard Cynster et le pouvoir qu'il exerçait. Elle le savait, bien sûr, mais elle ne se résignait pas à l'envisager. Du tout. Là l'attendait le trouble.

Un valet de pied se tenait devant la porte de la bibliothèque ; il l'ouvrit et elle entra avec grâce. Et remercia l'âme sensible qui avait donné l'ordre d'allumer un feu. L'énorme foyer occupait tout une extrémité de l'immense pièce, la plus grande de la maison, s'étirant sur la longueur d'une aile entière. Comme les murs étaient en pierre et les fenêtres étroites sans tentures, la pièce était perpétuellement froide. Elle s'était habillée en conséquence d'une robe en laine de mérinos bleue avec de longues manches serrées, mais elle apprécia tout de même le feu.

Jamie et Mary étaient assis sur la méridienne ; les autres étaient installés dans des fauteuils à oreilles de chaque côté, tous les sièges disposés en demicercle devant le feu. Sur un côté trônait un énorme et vieux bureau derrière lequel Seamus avait eu l'habitude de s'asseoir. Aujourd'hui, un notaire de Perth était installé dans le fauteuil de Seamus et il remuait des papiers.

Prenant place dans un fauteuil vide, entre Meg et Malcolm, Catriona répondit au hochement de tête poli du notaire, puis elle salua les autres personnes, laissant en tout dernier lieu son regard se poser sur Richard Cynster.

Il était assis de l'autre côté du canapé, derrière Mary, remplissant un fauteuil avec une grâce indolente, un contraste sévère avec les postures hésitantes des autres mâles présents. Il inclina la tête, l'air impassible ; Catriona inclina sa tête en retour et obligea ses yeux à regarder ailleurs.

Un regard avait suffi à lui emplir l'esprit d'une vision beaucoup plus impétueuse que celle qui l'avait amenée ici. Il portait un manteau bleu d'une teinte plus foncée que sa robe, admirablement coupé pour étreindre ses larges épaules. Un gilet de soie rayé bleu et noir recouvrait une chemise blanche comme la neige couronnée d'une cravate nouée à la perfection. Son pantalon de chausse, fait de la plus belle peau de daim, collait beaucoup trop à ses longues cuisses puissantes à son goût ; ses bottes, elle les connaissait déjà.

Elle aurait souhaité qu'il soit n'importe où sauf ici ; elle devait faire un effort pour détourner son regard.

Malcolm, à côté d'elle, ne se contenait pas autant ; affalé dans son fauteuil, il se mordillait le poing et dévisageait ouvertement l'élégance même se prélassant en face. Catriona réprima une envie hargneuse de lui dire qu'il ne ferait jamais le poids, pas tant qu'il s'avachirait ainsi.

Au lieu de cela, elle respira à fond et résolument, elle s'installa confortablement, retrouvant le calme avec chaque respiration. Les mains serrées sur ses cuisses, elle se rappela qu'elle était là sur les ordres de la Dame ; elle avait peut-être été envoyée ici pour rencontrer Richard Cynster afin d'apprendre ce qu'elle devait éviter.

Les hommes à l'autorité naturelle.

Rejetant son envie d'en regarder un, elle fixa plutôt les yeux sur le notaire et l'adjura intérieurement de passer aux choses sérieuses. Il leva les yeux et cilla, puis il scruta l'horloge sur le manteau de la cheminée avec des yeux de hibou.

— Harumph ! Oui.

Il balaya la pièce du regard, à l'évidence comptant les têtes, associant les visages avec une liste avant de la mettre de côté.

— Bien, alors, si nous sommes tous rassemblés...

Comme personne ne le contredisait, il prit un long parchemin, s'éclaircit la gorge et commença.

— Je lis les mots de notre client, Seamus McEnery, laird de Keltyhead, comme ils ont été dictés à notre clerc le 5 septembre de cette année.

Il s'éclaircit encore la gorge et changea sa voix ; tous comprirent qu'ils entendaient à présent les paroles dites mot à mot de Seamus.

— « Mes dernières volontés ne seront pas ce à quoi vous qui êtes rassemblés ici à ma demande vous attendez. C'est ma dernière occasion d'influencer les choses sur cette terre : de redresser mes torts, de rectifier des omissions que j'ai faites. Avec le recul dû à l'âge, j'ai été amené à utiliser ceci, mon testament, dans ce but. »

Comme on pouvait s'y attendre, un trouble nerveux parcourut les auditeurs. Catriona n'était pas sensible à cette déclaration, mais elle se demandait quand même ce qu'avait mijoté le vieux blaireau rusé. Richard Cynster lui-même, remarqua-t-elle, changea légèrement de position.

S'installant confortablement dans son fauteuil, Richard réprima un froncement de sourcils et s'efforça de chasser le pressentiment qu'avait suscité le paragraphe d'introduction de Seamus. Il n'était qu'un participant secondaire dans cette scène ; il n'y avait aucune raison d'imaginer que ces mots lui étaient adressés.

Quand le notaire poursuivit, il sembla pourtant qu'il avait eu tort sur ce point.

— « Mon premier legs terminera un chapitre de ma vie autrement depuis longtemps fermé. Je souhaite remettre entre les mains de son fils le collier que ma première épouse lui a légué. Comme j'ai stipulé qu'il, Richard Melville Cynster, doit être ici pour le recevoir, il a à présent servi son objectif. »

Le notaire farfouilla sur le bureau, puis il se leva et rejoignit Richard.

— Merci, murmura Richard, prenant les rangs délicats des mains ratatinées du notaire.

Avec douceur, il démêla les maillons en or finement ouvragés, entrecoupés de fleurs opaques en pierres précieuses roses. Au centre du collier pendait un long cristal d'améthyste, gravé de symboles trop petits pour qu'il puisse les déchiffrer.

— C'était très déplacé de la part de monsieur McEnery de ne pas vous l'avoir remis, chuchota l'homme de loi. Je vous prie de croire que c'était entièrement à l'encontre de nos conseils.

Examinant le pendentif, remarquant l'étrange chaleur des pierres, Richard hocha distraitement la tête. Pendant que le notaire revenait à son bureau, Richard leva les yeux — de l'autre côté du cercle de sièges, le regard de Catriona était fixé sur le collier. Sa concentration d'esprit était totale ; exprès, il laissa pendre le cristal, puis il le déplaça — son regard resta rivé dessus. Le notaire se rassit ; Richard referma le poing sur le pendentif. Catriona soupira et leva les yeux ; elle croisa son regard, puis détourna calmement la tête. Résistant à l'envie de hausser les sourcils, Richard empocha le bijou.

— Bon, où en étions-nous ? Ah… oui.

Le notaire s'éclaircit la gorge, puis roucoula :

— « En ce qui concerne toute la fortune que je possède au moment de ma mort, les propriétés, les meubles et les fonds, tout cela doit être retenu en fidéicommis pendant une période d'une semaine à partir d'aujourd'hui, le jour où mon testament est lu. »

L'homme marqua une pause, inspira, puis poursuivit en hâte :

— « Si, au cours de cette semaine, Richard Melville Cynster accepte d'épouser Catriona Mary Hennessy, la succession sera divisée parmi mes enfants survivants, comme il est indiqué ci-dessous. Si, par contre, à la fin de cette semaine Richard Cynster refuse d'épouser Catriona Hennessy, tous mes biens seront vendus et les fonds répartis en parts égales entre les diocèses d'Édimbourg et de Glasgow. »

Le choc — total et écrasant — les rendit tous muets. Pendant une minute, seuls le bruissement du parchemin et le crépitement occasionnel du feu rompirent le silence. Richard reprit ses esprits, si c'était bien la bonne expression, le premier ; il prit une énorme inspiration, conscient d'un sentiment d'irréalité, comme s'il s'agissait d'un rêve dément. Il jeta un coup d'œil à Catriona, mais elle ne le regardait pas. Son regard était fixé au loin, son visage affichait une incrédulité ahurie.

— *Comment a-t-il pu ?*

Sa question véhémente rompit le sortilège ; elle se concentra brusquement sur le notaire.

Une cacophonie de questions et d'exclamations se fit entendre. La famille de Seamus était incapable de comprendre ce que leur père leur avait fait ; la plupart étaient sans défense, à peine cohérents.

Assise à côté de Richard, Mary tourna un visage affligé vers lui.

— Mon Dieu : *comment* nous en sortirons-nous ?

Ses yeux se remplirent de larmes ; elle agrippa la main de Richard, pas en signe de supplication, mais pour son soutien.

Instinctivement, il la lui offrit, refermant ses doigts autour des siens et les pressant d'une manière rassurante. Il vit son visage lorsqu'elle se tourna vers Jamie, vit le désespoir qui la submergeait.

— Qu'allons-nous faire ?

Elle se retenait tout juste de sangloter alors que Jamie la prenait dans ses bras.

Aussi abasourdi qu'elle, Jamie dirigea son regard vers le notaire par-dessus sa tête.

— *Pourquoi* ?

C'était, se disait Richard, la question la plus pertinente ; le notaire prit cela comme un signal et il agita les mains afin de faire taire les autres.

— Puis-je continuer ?

Ils se turent et il reprit le testament. Il inspira, puis il leva les yeux, regardant par-dessus son pince-nez.

— C'est un testament des plus irréguliers, de sorte que je n'ai aucun remords à rompre avec la tradition et à vous affirmer que moi et mes collègues du cabinet avons fortement présenté des arguments contre ces dispositions, mais monsieur McEnery ne voulait rien entendre. Tel quel, le testament est légal et, à notre avis, incontestable selon la loi.

Sur ce, il baissa le regard sur le parchemin.

— « Ces paroles suivantes s'adressent à ma pupille, Catriona Mary Hennessy. Peu importe ce qu'elle peut penser, il est de mon devoir de m'occuper de son avenir. Comme je n'ai pas été assez fort dans la vie pour l'influencer, par ma mort je la place sur le chemin d'un homme qui, si la moitié des histoires sur lui et son clan sont vraies, possède les talents nécessaires pour traiter avec elle. »

S'ensuivit une description détaillée de la façon dont la succession serait divisée entre les enfants de

Seamus dans le cas où Richard accepte d'épouser Catriona et que personne n'écouta. La famille et Catriona étaient trop occupées à décrier la perfidie de Seamus ; Richard était trop absorbé par son observation que personne parmi eux n'imaginait d'autre fin que celle où la succession serait transmise à l'Église.

Quand le notaire eut fini la lecture du testament, le désespoir, total et absolu, s'était emparé des McEnery. Jamie, ravalant son amère déception, se leva pour serrer la main du notaire et le remercier. Puis, il se détourna pour réconforter une Mary affolée et en sanglots.

— C'est profondément injuste, pleura-t-elle. Pas même ce qu'il faut pour survivre ! Et les enfants ?

— Chut, chut.

Jamie tenta de la calmer, son expression affichant la plus abjecte des défaites.

— Il était fou, répliqua Malcolm en crachant les mots. Il nous a floués de tout ce que nous étions en droit d'attendre.

Meg et Cordelia sanglotaient, leurs faibles conjoints étaient incohérents.

Assis en silence dans son fauteuil, non touché par les émotions submergeant ses hôtes, Richard observait, écoutait et réfléchissait. Songeait au fait que personne dans le groupe ne s'attendait à ce qu'il les sauve.

Médita sur Catriona, soignée et mince en bleu foncé, sa chevelure brûlant encore plus vivement dans la pièce terne et sombre. Elle réconfortait Meg, la guidant pour qu'elle ne cède pas à l'hystérie, propageant le calme presque comme s'il s'agissait d'un courant visible. Tendant l'oreille, il écouta ses paroles.

— Il n'y a rien à faire, c'est donc inutile de te mettre dans un état de crise et faire une fausse couche. Tu sais aussi bien que n'importe qui que je ne m'entendais pas avec Seamus, mais je ne l'aurais jamais cru capable de cela. Je suis aussi profondément choquée que toi.

Elle continua de parler rapidement, remplissant les oreilles de Meg, obligeant la femme à l'écouter et à ne pas se laisser aller à des larmes excessives.

— Le notaire dit que c'est un fait accompli[1], donc à part maudire le cadavre de Seamus, il est inutile d'avoir des vapeurs maintenant. Nous devons tous nous rassembler et voir ce qui peut être fait, ce qui peut être sauvé.

Elle poursuivit, avançant dans ses pensées, celles de Meg, de Cordelia et de leurs maris ; dans une veine plus positive. Toutefois, cette veine suivait la ligne de ce qu'il fallait faire pour gérer ce choc inattendu ; à aucun moment Catriona, ni personne d'autre, pas mêmes Jamie ou Mary quand ils se joignirent au groupe ne firent allusion à une autre solution.

Catriona ne lui jeta pas un seul regard ; c'était presque comme si elle l'avait chassé de son esprit, avait oublié son existence. Comme s'ils l'avaient oublié — le prédateur sombre, l'intrus, le Cynster en leur sein. Personne ne songea à se tourner vers Richard.

---

1 En français dans le texte original.

Pour eux et non seulement pour Catriona, la fin était un fait accompli*. Ils ne se donnèrent même pas la peine de lui demander sa décision, sa réaction au défi de Seamus.

Mais alors, c'étaient eux les faibles et les sans défense ; lui était d'une autre trempe.

— Hum hum.

Richard leva les yeux pour voir le notaire, ses papiers empilés, le regarder. Son interjection surprit les autres qui se turent.

— Si je pouvais avoir votre décision officielle, monsieur Cynster, afin que nous puissions commencer à finaliser la succession ?

Richard haussa les sourcils.

— J'ai une semaine pour décider, je crois ?

Le notaire cligna des paupières, puis il se redressa.

— En effet, ajouta-t-il en jetant un coup d'œil à Catriona. Sept jours entiers, selon la période stipulée dans le testament.

— Très bien.

Décroisant les jambes, Richard se leva.

— Vous pourrez revenir me voir ici, dans une semaine à partir d'aujourd'hui — il sourit légèrement à l'homme — et je vous donnerai alors ma réponse.

Réagissant à son attitude, le notaire exécuta une révérence.

— Comme vous le désirez, monsieur. En accord avec le testament, la succession restera en fidéicommis jusque là.

Rassemblant rapidement ses papiers, le notaire serra la main de Richard, puis de Jamie — de nouveau abasourdi — et sur un hochement de tête en direction des autres, il sortit de la bibliothèque.

La porte se referma derrière lui ; le cliquetis du loquet résonna à travers l'immense pièce, dans un silence anormal. D'un même élan, la famille sidérée se tourna pour dévisager Richard, à l'exception de Catriona ; elle le fixait déjà à travers des yeux plissés d'un air qui ne présageait rien de bon.

Richard sourit doucement, agréablement.

— Si vous voulez bien m'excuser, je crois que je vais aller me délier les jambes.

Sur ce, il s'exécuta, se dirigeant nonchalamment vers la porte.

* * *

— N'y compte pas trop.

Brutalement candide, Catriona poussa presque Jamie dans un fauteuil du boudoir, puis elle se laissa choir dans la méridienne en face de lui.

— Maintenant, concentre-toi, l'exhorta-t-elle, et dis-moi tout ce que tu sais sur Richard Cynster.

Encore hébété, Jamie haussa les épaules.

— Il est le fils de la première femme de Pa ; le sien et celui de l'homme du gouvernement anglais envoyé ici à un moment donné. Un duc, qu'il était — j'ai oublié le titre, si jamais je l'ai déjà entendu, dit-il en faisant la grimace. Je ne me souviens pas de grand-chose : c'était bien avant ma naissance. Je sais uniquement ce que Pa a laissé échapper de temps en temps.

Catriona retint sa colère avec difficulté.

— Dis-moi seulement tout ce dont tu peux te rappeler.

Elle avait besoin de connaître l'ennemi. Devant l'air dérouté de Jamie, elle soupira.

— D'accord : des questions. Vit-il à Londres ?

— Ouais ; il est arrivé de là. C'est son valet de chambre qui l'a dit.

— Il a un valet de chambre ?

— Ouais, du genre très guindé.

— Quelle est sa réputation ? ajouta-t-elle en clignant des paupières. Non : laisse tomber.

Elle marmonna pour elle-même :

— J'en sais plus que toi là-dessus.

Sur un homme avec des lèvres comme du marbre frais, des bras qui l'avaient retenue contre son gré et un corps… elle cilla encore.

— Sa famille : que connais-tu d'elle ? Le reconnaît-elle ouvertement ?

— Apparemment, répondit Jamie en haussant les épaules. Je me souviens que Pa a dit que les Cynster étaient un groupe diablement puissant — des militaires, surtout, une très vieille famille. Ils en ont envoyé sept à Waterloo — je me rappelle que Pa a dit que la haute société les avait qualifiés d'invincibles parce que les sept sont revenus avec à peine une égratignure.

Catriona fit un petit bruit de bouche.

— Sont-ils riches ?

— Ouais, c'est ce que je dirais.

— Importants dans la société ?

— Ouais : ils ont de bonnes relations et tout. Il y a ce groupe parmi eux…

Jamie s'interrompit en rougissant.

Catriona plissa les paupières.

— Ce groupe parmi eux ?

Jamie changea de position.

— Ce n'est rien dont…

Ses mots s'estompèrent.

— Dont je devrais me soucier ? ajouta Catriona en soutenant son regard sans pitié. Laisse-moi en juger. Ce groupe ?

Elle patienta : enfin, Jamie capitula.

— Ils sont six ; tous des cousins. La haute société les appelle la barre Cynster.

— Et que fait ce groupe ?

Jamie se tortilla.

— Ils ont une réputation. Et des surnoms comme Devil et Demon et Lucifer.

— Je vois. Et quel est le surnom sous lequel on connaît Richard Cynster ?

— Scandal.

Les lèvres de Catriona formèrent une ligne mince.

— J'aurais pu deviner. Et, non ; tu n'as pas besoin de m'expliquer comment il a reçu ce titre.

Jamie parut soulagé.

— J'me rappelle pas que Pa ait dit autre chose ; outre que le fait qu'ils étaient tous des salauds extrêmement forts avec les femmes, mais c'est normal qu'il dise cela, vu les circonstances.

Catriona soupira. Des salauds extrêmement forts avec les femmes — donc, grâce aux idées malencontreuses de feu son tuteur, elle se retrouvait à devoir affronter un salaud extrêmement fort qui, pour couronner le tout, était en vérité un bâtard. Cela le rendait-il plus ou moins puissant ? Sans trop savoir pourquoi, elle ne croyait pas que la réponse était moins.

Elle regarda Jamie.

— Seamus n'a rien dit d'autre ?

Jamie secoua la tête.

— Sauf qu'il n'y avait qu'un idiot pour croire qu'il peut résister à un Cynster.

Des salauds extrêmement forts avec les femmes — cela, songea Catriona, résumait tout. Les bras croisés, elle fit les cent pas devant les fenêtres du boudoir du fond, surveillant la pelouse recouverte de neige par laquelle Richard Cynster reviendrait à la maison.

Elle voyait tout à présent : ce que Seamus avait eu l'intention de faire avec son injuste testament. Son ultime tentative d'interférer dans sa vie, au-delà de la tombe, rien de moins.

Elle ne le tolérerait pas, Cynster ou non, puissant salaud ou non.

Les antécédents de Richard Cynster étaient encore pires qu'elle ne les avait imaginés. Elle en connaissait peu sur les manières de la bonne société, mais le fait que la femme de son père, en fait, toute la famille ait accepté apparemment si volontiers un bâtard parmi eux sentait la domination masculine. Cela suggérait que les épouses Cynster étaient faibles, de simples petites choses soumises à leurs puissants maris. Les mâles Cynster avaient l'air de tyrans déchaînés, très probablement des dictateurs pour leur famille, habitués à régner sans pitié.

Cependant, aucun homme n'allait régner sur elle. Elle ne permettrait jamais que cela se produise ; le destin du val et de son peuple reposait sur ses épaules. Et pour accomplir ce destin, pour atteindre son but sur cette terre, elle devait rester libre, indépendante, capable d'exercer sa volonté, en mesure d'agir pour répondre au besoin son peuple, sans les limites d'un mariage conformiste. Sans un mari conformiste.

Un mari conformiste et un *puissant salaud*, cela n'était tout simplement pas possible pour la dame du val.

Le crissement distant d'une botte sur la neige l'amena à regarder par la fenêtre. On était en milieu d'après-midi ; la lumière faiblissait rapidement. Elle vit la silhouette sombre qu'elle attendait émerger des arbres et avancer lentement sur la pente, son physique puissant aucunement caché par le lourd pardessus à plusieurs capes.

La panique s'empara d'elle : cela devait être la panique. Elle lui coupa le souffle et la laissa tremblante. Tout à coup, la pièce lui sembla beaucoup trop sombre. Elle attrapa un briquet à amadou et courut, allumant toutes les bougies qu'elle pouvait atteindre. Quand il eut rejoint la terrasse et qu'elle ouvrit les longues fenêtres pour lui faire signe d'entrer, le boudoir resplendissait de lumière.

Il entra, époussetant les flocons de neige dans sa chevelure noire, sans rien de plus qu'un sourcil qui tressaillait pour montrer qu'il avait remarqué son activité frénétique. Catriona l'ignora. Pressant ses mains, elle attendit seulement qu'il ait retiré son manteau d'un coup d'épaule et se soit tourné pour lui déclarer :

— Je ne sais pas ce qui se *passe* dans votre esprit, mais je *n'accepterai pas* de vous épouser.

La déclaration était aussi catégorique et définitive qu'elle pouvait la faire. Il se redressa et pivota vers elle.

La pièce rétrécit.

Les murs se pressèrent sur elle ; elle ne pouvait pas respirer, elle pouvait à peine réfléchir. L'envie obsédante de fuir — de s'échapper — était forte ; plus forte encore était l'attirance hypnotique, l'impulsion de découvrir quel était ce pouvoir qui faisait battre son cœur, picoter sa peau et tressaillir ses nerfs.

Elle tint bon et leva le menton d'un air de défi.

Les yeux de Richard rencontrèrent les siens ; il y avait de la considération claire dans le bleu, mais au-delà, son expression ne lui apprit rien. Puis, il bougea vers elle, vers le feu ; Catriona s'écarta brusquement pour lui permettre de se réchauffer les mains. Pendant qu'il le faisait, elle s'efforça de respirer, de réfléchir — de réprimer les sensations vibrantes qui la mettaient à bout de nerfs, de desserrer l'étau qui tenait son souffle sous son emprise. Pourquoi un grand mâle provoquait-il une telle réaction, elle l'ignorait — ou plutôt elle ne voulait pas y penser. Le forgeron du val ne lui faisait certainement pas le même effet.

Il se redressa et elle décida que c'était ses mouvements, si facilement contrôlés, rappelant tellement la force contenue, comme une panthère pas encore prête à attaquer, qui la troublaient le plus. Appuyant un bras sur le manteau de la cheminée, il baissa la tête vers elle.

— Pourquoi ?

Elle fronça les sourcils.

— Pourquoi quoi ?

Les extrémités des lèvres de Richard tressautèrent.

— Pourquoi n'acceptez-vous pas de m'épouser ?

— Parce que je n'ai aucunement besoin d'un mari.

« Particulièrement d'un mari comme vous. »

Elle croisa les bras sous ses seins et se concentra uniquement sur son visage.

— Mon rôle dans le val ne permet pas les relations habituelles qu'une femme de mon rang serait en droit d'apprécier. Je suis célibataire par choix et non par manque d'offres. C'est un sacrifice auquel j'ai consenti pour mon peuple, ajouta-t-elle en relevant légèrement le menton.

Elle était plutôt contente de sa tactique ; les hommes comme les Cynster comprenaient le sacrifice et l'honneur.

Ses sourcils noirs se haussèrent pendant qu'il la considérait en silence. Puis :

— Qui héritera du manoir, de votre rôle, si vous ne vous mariez pas et n'avez pas d'héritier ?

Catriona réprima un juron ; extérieurement, elle se contenta de hausser à son tour les sourcils.

— En temps voulu, évidemment, je me marierai pour avoir des héritiers, mais je n'ai pas besoin de le faire avant plusieurs années encore.

— Ah ! Vous n'éprouvez donc pas une aversion totale et absolue pour le mariage ?

La tête haute, les yeux fixés sur les siens, Catriona prit une profonde inspiration et la retint.

— Non, admit-elle enfin et elle commença à faire les cent pas. Cependant, il y a différentes oppositions, conditions et considérations à prendre en compte.

— Comme ?

— Comme mon dévouement envers la Dame. Et mes devoirs de guérisseuse. Vous ne le comprenez peut-être pas, mais…

Appuyé contre le manteau de la cheminée, Richard écouta ses arguments — l'ensemble tournait autour des devoirs qui, selon elle, lui incombaient parce qu'elle était propriétaire du manoir. Elle marchait sans cesse de long en large ; il lui ordonna presque de s'asseoir, afin qu'il puisse prendre place lui aussi et ne pas la surplomber, l'obligeant à lever la tête chaque fois qu'elle voulait examiner sa posture qui ne laissait délibérément rien paraître. Puis il comprit qui cette action lui rappelait. Honoria. La duchesse de Devil faisait aussi les cent pas, faisait pareillement bruisser ses jupes en rythme avec sa colère. Les jupes de Catriona se balançaient sous sa tension agitée ; Richard réprima un soupir et s'appuya plus lourdement sur le manteau de la cheminée.

— Vous voyez donc, conclut-elle en pivotant pour l'affronter, qu'en ce moment, un mari est simplement hors de question.

— Non, je ne vois pas, répondit-il en emprisonnant son regard. Tout ce que vous m'avez donné est une litanie de devoirs qui ne peuvent en aucune façon exclure un mari.

Jamais avant dans sa vie d'adulte n'avait-elle eu à s'expliquer, cela était clairement écrit dans l'expression stupéfiée, légèrement prétentieuse qui imprégnait ses yeux verts. Puis, ils flamboyèrent.

— Je n'ai pas le temps pour un mari !

Rapide comme l'éclair, elle ajouta :

— Pour des argumentations comme celle-ci.

— Pourquoi devriez-vous argumenter ?

— Pourquoi, en effet ; mais tous les hommes argumentent, et un mari le ferait certainement. Il voudrait que je fasse les choses à sa manière et non à la mienne — pas à la manière de la Dame.

— Ah ! Donc, votre véritable inquiétude est qu'un mari se mêle de vos responsabilités.

— Qu'il chercherait à intervenir dans la *manière dont j'accomplis mes devoirs.*

Elle cessa de marcher sans but et le scruta de près.

— Les gentlemen comme vous ont l'habitude de s'attendre à ce que les choses se passent toutes à leur manière. Je ne pourrais absolument pas épouser un tel homme.

— Parce que vous voudriez que *toutes les choses se passent à votre manière* ?

Les yeux de la jeune femme lancèrent des éclairs.

— Parce que j'ai besoin d'être libre d'accomplir mes devoirs ; libre de toute interférence maritale.

Calmement, il prit sa mesure.

— Et si un mari n'intervenait pas ?

Elle grogna pour tourner cela en dérision et recommença à arpenter la pièce.

Les lèvres de Richard tressautèrent.

— C'est possible, vous savez.

— Que vous laissiez votre femme agir comme elle l'entend ?

Au bout de son trajet, elle tourna et le balaya d'un regard dédaigneusement méprisant.

— Même dans le val les poules n'ont pas de dents.

Il ne lui fut pas difficile de ne pas sourire ; Richard sentit son regard parcourir chaque centimètre de son corps. Il dut immédiatement mettre le frein à sa réaction instinctive. La ravir ne servirait pas son but — il devait d'ailleurs encore décider ce que ce but était. En apprendre davantage sur elle, cependant, l'aiderait grandement à clarifier ce point.

— Si nous nous mariions, un homme tel que moi — son ton imita la distinction de Catriona — pourrait, étant donné votre rôle, accepter — il gesticula librement — de vous accommoder, vous et vos devoirs.

Elle lui lança un regard sceptique ; il emprisonna ce regard.

— Il n'y a pas de raison pour qu'un certain accord ne puisse pas être atteint.

Elle le considéra, un léger froncement se formant dans ses yeux, puis elle toussota et se détourna.

Richard l'étudia à son tour, la courbe gracieuse de sa colonne vertébrale de la nuque jusqu'aux hémisphères bien faits de son derrière. Ce spectacle le troublait, l'attirait — la raideur de sa posture, le pur défi dans sa réticence ne firent qu'intensifier l'attrait magnétique.

— Vous ne songez *pas* sérieusement à m'épouser.

Elle lança cette déclaration, claire et irréfutable, dans l'obscurité derrière la fenêtre. Richard abaissa son bras et s'appuya de nouveau contre le manteau de la cheminée.

— Non ?

Elle continua à contempler le crépuscule.

— Vous avez réclamé la semaine de grâce uniquement parce que nous avons tous tenu pour acquis que vous alliez refuser.

Elle marqua une pause, puis ajouta :

— Vous n'aimez pas être tenu pour acquis.

Richard sentit ses sourcils se hausser.

— En fait, c'était parce que *vous* m'avez tenu pour acquis. Les autres ne comptent pas.

Le rapide regard qu'elle lui décocha était cinglant.

— J'aurais dû savoir que vous diriez que c'était ma faute.

— Vous remarquerez peut-être que je ne l'ai pas fait. Vous *étiez* la raison pour laquelle j'ai si promptement réclamé ce temps, mais… à la réflexion — son geste engloba les bois où il avait fait une randonnée — je l'aurais exigé de toute façon.

Elle fronça les sourcils.

— Pourquoi ?

Il l'étudia et se demanda s'il réussirait un jour à expliquer à qui que ce soit ses sentiments sur la famille.

— Disons simplement que j'ai une aversion inhérente à prendre des décisions précipitées, et Seamus a établi son plan avec beaucoup de soins. Il savait que je n'aimerais pas servir de pion pour priver sa famille de ses droits.

Les sourcils de Catriona se froncèrent davantage.

— Parce que vous êtes un bâtard ?

— Non. Parce que je suis un Cynster.

Le froncement dans ses yeux se fit plus perplexe.

— Je ne comprends pas.

Richard grimaça.

— Moi non plus. Je ne comprends pas clairement, par exemple, pourquoi Seamus est allé jusque-là — a conçu de tels stratagèmes — pour m'amener ici, dans cette étrange situation.

Elle toussota et se retourna vers la fenêtre.

— C'est parce que vous ne connaissiez pas Seamus. Il intriguait et planifiait tout le temps ; comme de nombreux hommes riches et de rang élevé. En effet, il passait souvent tellement de temps à établir des plans qu'il n'en venait jamais à leur réalisation.

Richard haussa les sourcils.

— Pas étonnant que mon père ait été envoyé ici.

La question de Catriona apparut dans ses yeux ; il rencontra son regard.

— Les Cynster sont réputés pour agir. Il nous arrive de planifier, juste assez, mais nos talents résident dans l'exécution. Nous ne traînons jamais les pieds.

Avec une certaine réserve, elle se retourna vers la nuit. Après un moment, elle leva une main et commença à dessiner des spirales sur la vitre froide.

— Je me disais…

Elle marqua une pause ; il pouvait sentir dans sa voix qu'elle grimaçait.

— Seamus a peut-être envisagé le mariage pour moi comme pénitence — un genre de punition différée — avec vous payant le prix à la place de votre père.

Richard fronça les sourcils.

— S'il pensait cela, la plaisanterie s'est retournée contre lui : ce ne serait pas une épreuve d'être marié à vous.

Elle tourna la tête ; leurs regards s'immobilisèrent l'un sur l'autre — tout le reste s'immobilisa aussi. Le temps, leurs respirations, même les battements de leurs cœurs. Le désir miroita, remplissant l'atmosphère, intensifiant les sens, tendant les nerfs.

Elle prit une inspiration et détourna la tête.

— Quoi qu'il en soit, vous ne considérez *pas* la chose.

Richard soupira. Quand allait-elle apprendre qu'elle ne pouvait pas l'influencer avec son ton ?

— Pensez ce que vous voulez. Cependant, le notaire est parti et il ne reviendra pas avant une semaine. Je n'arrêterai pas ma décision avant cela.

Il n'allait pas se faire presser, il n'était pas impulsif — et il avait besoin d'en savoir plus. Sur elle, sur le *motif* qui avait poussé Seamus à rédiger un testament aussi injuste.

Elle expira brusquement et marmonna quelque chose ; il lui sembla que cela pouvait être « aussi têtu qu'une mule ».

S'écartant du manteau de la cheminée, il marcha lentement vers elle, ses pas étouffés par le tapis. Pendant qu'il s'approchait, elle pivota vivement, réussissant tout juste à réprimer un halètement de surprise.

Elle s'apprêta à reculer d'un pas — et s'arrêta. Elle releva plutôt le menton.

Il sourit intérieurement — elle paraissait délicieusement troublée et il en était la cause.

— Ne vous inquiétez pas, je ne suis pas sur le point de vous attaquer.

Des mouchetures dorées flamboyèrent dans ses yeux.

— Je n'ai pas imaginé…

— Oui, vous l'avez fait.

Il baissa le regard sur elle, sur ses yeux trop arrondis, sur la manière dont ses seins se levaient et s'abaissaient. Reportant ses yeux sur ceux de Catriona, il grimaça.

— Si cela peut calmer votre esprit, en tant que pupille de mon hôte et célibataire vertueuse, vous êtes en réalité retirée de ma liste de victimes potentielles de mes charmes.

Il pouvait facilement suivre ses pensées dans ses yeux brillants.

— Ah, non, murmura-t-il, cela ne signifie pas que vous êtes en sécurité avec moi. Il sourit. Simplement que je ne vous séduirai pas sans vous épouser.

Elle lui lança un regard mauvais — à cette distance, il pouvait sentir sa chaleur. Elle disparut brusquement ; une expression d'appréhension lui emplit les yeux. Puis, elle se concentra sur lui.

— Je viens de prendre conscience… Seamus a seulement exigé que *vous* acceptiez de vous marier avec *moi* et non que *moi* je consente à *vous* épouser. Il savait que je refuserais ; je ne suis nullement obligé de lui obéir.

Elle fronça les sourcils.

— Qu'a-t-il *imaginé* pouvoir accomplir ?

Baissant les yeux sur son visage tourné vers lui, sur ses yeux, larges et perplexes, sur ses lèvres, chaudes et légèrement entrouvertes, Richard lutta contre son envie de l'embrasser.

— Je vous l'ai dit : Seamus connaissait bien les Cynster.

— Et alors ?

Elle scruta son visage, puis ses yeux.

— Alors, il savait que si j'annonce publiquement mon intention de vous épouser, je le ferais.

Les yeux de Catriona s'élargirent brusquement, puis ils formèrent deux fentes laissant entrevoir des tessons verts.

— C'est *ridicule* ! Vous ne pouvez pas simplement déclarer que nous allons nous marier — *je* dois accepter. Et je ne le ferai pas !

— *Si* je décide de vous avoir — il s'assura de mesurer ses mots, marquant une pause pour lui laisser le temps de comprendre qu'il le pouvait —, je vais devoir vous faire changer d'avis.

— Et comment, exactement, vous imaginez-vous pouvoir y arriver ?

Les mots lui furent jetés à la tête, un défi, une injure. Ses sourcils se haussant lentement, son regard attentif se fixa sur le sien et Richard la retint — et il leva une main.

Puis, il caressa sciemment la boucle tremblotant près d'une oreille.

Son enveloppe de glace éclata — elle haleta, frissonna et recula. Puis, le sang se vida de son visage et revint en force alors qu'elle se raidissait.

Et elle lui lança un regard brûlant.

— Oubliez ça !

Elle pivota brusquement en faisant siffler ses jupes ; l'échine raide, elle sortit d'un air digne.

Et elle claqua la porte derrière elle.

CHAPITRE 4

Ce soir-là, Catriona dormit mal, tourmentée par une vision du visage du guerrier. Obligée de revoir cette même vision en chair et en os à la table du petit-déjeuner, elle réprima une moue et décida d'aller faire une longue promenade à cheval.

En montant pour se changer, elle croisa Algaria en haut des marches. Le regard noir d'Algaria la balaya, puis il se fixa sur son visage.

— Où vas-tu de si bon matin ?

— J'ai besoin d'un peu d'air frais ; comment un endroit si froid peut-il être aussi étouffant ?

— Hum.

Baissant les yeux sur le vestibule, Algaria renifla d'une manière méprisante.

— L'atmosphère est certainement loin d'être conviviale — elle jeta un regard perspicace à Catriona — avec toute cette comédie inutile.

— Cette comédie ?

— Si. C'est clair comme le jour que ce bâtard en bas n'a aucune intention de se marier — ni avec toi ni, je te garantis, avec qui que ce soit.

Le visage d'Algaria était fermé, les rides profondément gravées.

— C'est évident qu'il s'agit d'un propre à rien et qu'il ne fait que s'amuser à nos dépens. Mary elle-même ne garde aucun espoir, sauf celui qu'il finisse par décliner son rôle dans le stratagème de fou de Seamus et retourne à Londres. Elle pense qu'il fait tout une histoire de réfléchir à la question par politesse.

Catriona se raidit.

— Vraiment ?

Les lèvres d'Algaria tressautèrent.

— Pas besoin de te sentir insultée : c'est ce que nous voulons après tout. Qu'il parte et nous laisse tranquilles, ajouta-t-elle en commençant à descendre.

Catriona fixa l'arrière de la tête d'Algaria.

— Hum.

Sa réponse était censée approuver — mais une touche de déception s'y était infiltrée. Elle boucha ses oreilles pour ne pas l'entendre et après avoir pivoté, elle se dirigea d'un pas résolu vers sa chambre.

Ce fut l'affaire de quelques minutes seulement d'enfiler son habit d'amazone, une veste bien ajustée et une jupe longue en sergé couleur de pierre précieuse verte. Fonctionnel, il n'était pas particulièrement chaud ; elle chercha dans son placard sa cape démodée bordée de fourrure. Sa chevelure posait problème — en fin de compte, elle la tressa et l'enroula autour de sa tête.

— Voilà !

Certaine que ses cheveux resteraient en place, même lorsqu'elle chevaucherait, elle lança la cape autour de ses épaules et se dirigea vers la porte.

Les écuries étaient blotties entre la résidence principale et la montagne, protégées des vents incessants et, à ce moment-là, de la neige qui tombait légèrement. C'était une journée au temps couvert, mais les nuages étaient trop fins pour la décourager ; elle avait l'habitude de se promener par tous les temps, là où ses devoirs l'appelaient. Les paysages étaient peut-être gris, mais ils n'étaient pas cachés par le brouillard ; les nuages maintenaient la température au-dessus du point de congélation. Alors que la neige sur les champs dénudés montait jusqu'aux sabots, elle couvrait à peine les sentiers et les pistes.

Un jour d'hiver parfaitement acceptable pour faire une randonnée de cheval dans les Trossachs. C'était là la réflexion déterminée de Catriona alors que sur un puissant alezan, elle quittait la cour de l'écurie et se dirigeait vers les arbres. Elle était souvent monté pendant les quelques semaines qu'elle avait passées ici pour échapper au champ de bataille qu'était la maison ; elle se souvenait bien des pistes. Celle qu'elle emprunta sinuait entre les bosquets de bouleaux ceignant le flanc de montagne rocailleux, puis croisait une autre piste menant au sommet.

Attendant avec impatience de galoper rapidement à travers le sommet dégagé de Keltyhead, elle poussa sa monture en avant.

Les Highlands s'étalaient devant elle quand elle émergea des arbres sur la cime de la montagne normalement fouettée par le vent. La brise avait laissé place à un murmure, sifflant entre les rameaux nus. Même la légère tombée de neige avait cessé. Le moral de Catriona monta en flèche ; scrutant les vastes paysages des yeux, elle prit une profonde inspiration. Directement devant elle, une aire ouverte couverte d'une mince couche d'herbes rudes des montagnes lui faisait signe — elle n'attendit plus. Un sourire sur le visage, un « youpi ! » sur les lèvres, elle mit l'alezan au petit galop, puis aisément au galop.

Froid et mordant, l'air se précipita pour lui souhaiter la bienvenue. Il fouetta ses joues et tira sur ses tresses. Elle l'accueillit avec joie — un des plaisirs simples de la Dame. Euphorique, ne faisant qu'un avec sa monture, elle progressa à travers l'espace dégagé, elle-même immergée dans le grand silence qui l'entourait.

Elle était au milieu de l'étendue sans arbres lorsqu'un claquement sourd et un hennissement rompirent le calme. Jetant un coup d'œil en arrière, elle vit une haute silhouette familière, à cheval, l'observant depuis l'orée de la forêt. Aussi immobile et sombre que les arbres derrière lui, il l'étudiait. Puis, il bougea ; le cheval noir au large poitrail avança puissamment, lancé sur une trajectoire pour l'intercepter.

Son souffle se coinça dans sa gorge ; brusquement, Catriona regarda en avant et poussa sa monture à aller plus vite. Maudit soit cet homme ! Pourquoi ne pouvait-il pas la laisser tranquille ? La pensée était acariâtre, le sourire qui tiraillait ses lèvres l'était beaucoup moins — *celui-là* était instinctivement féminin, un reflet du frisson[1] d'excitation qui avait vivement secoué ses nerfs.

L'avait-il suivie ?

Elle continua à dévaler, décidée à le distancer — il montait avec beaucoup plus de poids qu'elle. Et elle savait qu'elle était bonne cavalière ; alors que la fin de l'étendue approchait, elle réfléchit pour savoir laquelle des trois pistes devant, chacune menant dans une direction unique sur un terrain différent, servirait au mieux son but. Cela dépendait de la proximité de Richard. Elle jeta un coup d'œil par-dessus son épaule, s'attendant à le voir au loin — et elle faillit presque tomber de sa selle. Ses yeux s'élargissant, elle haleta de surprise et pivota brusquement vers l'avant. Il n'était qu'à deux longueurs derrière elle !

Plongeant dans le sentier le plus proche, elle fila à travers les tournants et les virages, sur le sol rocailleux caché par les grands arbres. Elle surgit dans la clairière suivante au galop sur le plat, l'alezan réagissant avec enthousiasme au défi. Ils volèrent sur le sol blanc comme la neige —, mais elle entendit le claquement lourd des sabots du cheval noir s'approchant inexorablement avec insistance et persévérance, gagnant peu à peu du terrain, s'avançant à côté d'elle.

Un coup d'œil révéla son ennemi en train de monter sans effort, maîtrisant l'un des gros étalons de Seamus avec facilité. Il montait le cheval comme un dieu — le guerrier de ses rêves. Le spectacle lui coupa le souffle ; elle regarda brusquement devant elle. Pourquoi diable courrait-elle ?

---

1 En français dans le texte original.

Et comment expliquerait-elle sa défilade imprudente une fois qu'il l'aurait rattrapée ? Quel prétexte pourrait-elle fournir pour expliquer sa fuite si précipitée ?

Catriona cilla, puis en prenant une inspiration, elle ralentit l'alezan. En décrivant un arc en douceur, elle vira pour revenir dans la clairière, le cheval noir suivant sur les sabots de l'alezan. Elle ralentit sa cadence au pas alors qu'ils s'approchaient d'un endroit où les arbres reculaient. Stoppant, elle croisa les mains sur le pommeau de sa selle ; les yeux fixés sur les montagnes blanches étalées devant elle, elle inspira profondément, puis expira, obligeant ses épaules à se détendre.

— Si vivifiant, un galop rapide dans cette contrée. Ne trouvez-vous pas ?

Son expression affichant un calme infini, elle regarda par-dessus son épaule.

Des yeux bleus, bleus rencontrèrent les siens. Un de ses sourcils noirs s'arqua lentement.

— Vous montez comme un garçon manqué.

L'expression de Richard demeura impassible ; elle avait le sentiment qu'il avait voulu cette remarque comme une réprimande. Ses sens pris de vertige, par contre, le comprirent comme un compliment — venant d'un homme qui montait bien ; il lui fallut faire un effort pour empêcher un sourire idiot de courber ses lèvres. Elle soutint son regard bleu avec une assurance majestueuse.

— Je monte comme je l'entends.

Son insistance était subtile, mais il la perçut ; son sourcil tressauta plus haut d'une manière agaçante.

— Aller à bride abattue, sans craindre pour la vie ou les blessures ?

Elle haussa les épaules avec autant de morgue qu'elle put et reprit sa contemplation du paysage.

— Hum, murmura-t-il.

Elle pouvait sentir son regard sur son visage.

— Je commence à comprendre le raisonnement de Seamus.

— Vraiment ?

Elle tenta de les retenir, mais les mots sortirent d'eux-mêmes.

— Et que voulez-vous dire exactement par là ?

— Que vous vivez en toute liberté depuis trop longtemps, sans personne pour vous retenir ! Vous avez besoin de quelqu'un pour vous surveiller, pour votre propre protection.

— Je dirige ma vie depuis six ans sans l'aide ni l'interférence de qui que ce soit. Je n'ai eu besoin de la protection de personne : pourquoi en aurais-je besoin aujourd'hui ?

— Parce que…

Et, assez soudainement, Richard comprit tout : pourquoi, à sa mort, Seamus avait foulé au pied la tradition pour faire tout ce qu'il pouvait pour mettre Catriona entre les mains d'un homme fort, un homme qui pourrait la protéger. Le regard lointain, fixé sans les voir sur les cimes blanches devant eux, il poursuivit :

— À mesure que le temps passera, vous devrez affronter différentes menaces, d'un genre que vous n'avez pas encore connu.

Pas encore, parce que de son vivant, Seamus avait agi comme son protecteur, bien qu'à distance. Ils avaient trouvé les lettres, mais combien d'avances supplémentaires lui avaient-elles été faites directement ? Et Jamie n'était en rien comme Seamus : il ne serait pas capable de résister à des offres renouvelées, aux insistances trompeuses. Il les transmettrait à Catriona et alors *elle* devrait s'occuper de toutes les menaces que lui avait cachées Seamus.

Voilà la raison pour laquelle lui, Richard, était ici — celle qui avait amené Seamus à formuler son testament comme il l'avait fait.

Fronçant les sourcils, Richard se concentra de nouveau pour découvrir Catriona examinant son visage. Elle s'indigna, puis elle se détourna avec arrogance, le nez en l'air.

— Ne me laissez pas vous retenir.

Avec un geste désinvolte de la main, elle le congédia.

— Je connais bien cette région : je suis tout à fait capable de trouver mon propre chemin pour rentrer.

Richard ravala un rire.

— Comme c'est rassurant.

Elle le regarda de biais avec ses yeux plissés et il répondit par un sourire charmant.

— Je suis perdu.

Ses paupières se rétrécirent pendant qu'elle débattait clairement pour décider si elle oserait le traiter de menteur. Se décidant, elle passa de la défense à l'attaque.

— C'est véritablement inadmissible de votre part d'encourager les espoirs de la famille.

— En réfléchissant pour savoir s'il y a une possibilité de les aider ?

Il haussa ses sourcils avec morgue.

— Cela serait inadmissible de ma part de faire autrement.

Elle le regarda les sourcils froncés.

— Il ne s'agit pas de votre famille.

— Non ; mais ils forment *une* famille et, en tant que telle, ils commandent mon respect. Et ma considération.

Vraiment ? Elle ne prononça pas ce mot, mais il était visible dans ses yeux. Richard soutint son regard.

— J'avais vaguement imaginé que les familles étaient au cœur de votre doctrine également.

Elle cilla.

— C'est le cas.

— Alors, ne devriez-vous pas réfléchir à ce que vous pouvez faire pour les aider ? Ils sont plus faibles, moins capables que vous et moi. Et rien de cela n'est leur fait.

Ce fut difficile de se retrancher derrière ses défenses, elle réussit en plissant le front et en feignant un frisson.

— Il fait froid lorsque nous sommes immobiles. Et il y a de la neige qui s'en vient encore. Nous ferions mieux de rentrer à la résidence, ajouta-t-elle en levant la tête.

Richard ne rechigna pas quand elle tourna son cheval. Il amena sa bête noire à côté de l'alezan, puis resta galamment en arrière pour avancer d'un pas tranquille pendant qu'elle lançait son cheval sur une piste raide. Le regard contemplatif de Richard se fixa sur ses hanches, oscillant sciemment, d'abord d'un côté puis de l'autre. Il passa la descente non pas à réfléchir à la famille de Seamus, mais aux solutions pour les libérer de cet injuste testament.

Le comportement de la famille de Seamus dans le salon et à la table de la salle à manger ce soir-là mit sérieusement le tempérament de Catriona à l'épreuve. Bien qu'ils crussent à l'évidence que leur cause était perdue, ils s'évertuèrent néanmoins à jeter une lumière des plus flatteuses sur elle pour convaincre un prétendant réticent de ses multiples charmes. Comme ils étaient effacés, empotés et presque sans défense, elle fut obligée de contenir sa colère — contrainte d'offrir un sourire tendu au lieu de les annihiler avec sa langue acérée. Richard remarqua qu'elle bouillait — elle lui rappelait un volcan à peine éteint — et attendit son heure.

Quand ils revinrent dans le salon et que la table roulante arriva, personne ne remit en question sa suggestion d'apporter lui-même une tasse à Catriona. Comme, à ce moment-là, elle se tenait raide et droite en regardant par l'une des fenêtres sans tentures, il était peu probable que quelqu'un d'autre ose. Alors qu'il s'avançait lentement, une tasse dans chaque main, il fixa son regard délibérément inexpressif sur le visage d'Algaria O'Rourke. À sa place habituelle à côté de Catriona, elle lui rendit son regard noir et insondable.

— Oh, Algaria ?

Dans son dos, Richard entendit Mary appeler et vit la consternation et l'indécision imprégner le visage d'Algaria.

S'arrêtant devant elle, un pas derrière le dos de Catriona, Richard lui sourit.

— Je ne mords pas ; du moins, pas dans les salons.

Le commentaire, peut-être son ton, atteignit Catriona ; elle remua, se tourna et saisit la situation en un clin d'œil. Tendant la main vers une tasse, elle dit à Algaria.

— Oh, vas-y ! Et tu pourrais prendre des nouvelles de Meg pour moi.

Avec un dernier regard d'avertissement pour Richard, Algaria inclina la tête et s'en alla. Richard observa sa retraite, son échine raide comme un piquet.

— Est-ce qu'*elle* mord ?

Catriona s'étouffa presque avec son thé.

— C'est une véritable disciple ; elle a été ma guide après le décès de ma mère. Donc, méfiez-vous : elle pourrait vous transformer en crapaud si vous dépassez trop la limite.

Richard but, puis se tourna et examina Catriona. Elle bouillait encore de colère.

— Vous pouvez vous en prendre à moi, si vous voulez.

Le coup d'œil qu'elle lui jeta suggérait qu'elle y songeait sérieusement.

— Tout cela est votre faute. Tant qu'ils pensent qu'il y a une petite chance — même la plus lointaine possibilité —, ils se sentiront obligés de vous pousser — elle gesticula — à vous intéresser à moi.

— Vous pourriez leur expliquer qu'ils n'ont pas besoin de faire d'efforts.

Catriona se raidit, puis leva la tête — et elle vit la chaleur tapie dans ses yeux. Elle fronça les sourcils.

— Arrêtez ça.

— Arrêter quoi ?

— Arrêtez de penser à ce baiser dans le cimetière.

— Pourquoi ? C'était un baiser très agréable, même dans un cimetière.

Elle s'efforça de ne pas remuer les épaules, se contraignit à ne pas elle-même se le remémorer.

— C'était une erreur.

— C'est ce que vous répétez sans cesse.

— Vous pourriez mettre fin à toute cette comédie, cette attente agonisante insensée simplement en annonçant votre décision.

— Comment puis-je le faire si je l'ignore moi-même ?

Elle le regarda en plissant les paupières.

— Vous savez parfaitement bien que vous allez rentrer à Londres dans une semaine sans être encombré d'une femme.

Il se contenta de hausser les sourcils avec cette assurance confiante irritante qui ne manquait jamais de lui taper sur les nerfs. Elle détourna les yeux.

— Vous ne voulez pas m'épouser, pas plus que je ne souhaite me marier avec vous.

Tournant la tête, il baissa les yeux sur elle ; elle sentit l'intensité soudaine de son regard.

— Ah, mais je souhaite, beaucoup, vous amener au lit autant, sinon plus, que vous désirez que je le fasse, ce qui pourrait bien nous prédisposer à nous marier.

Stupéfaite, Catriona leva les yeux ; poliment, il haussa les sourcils, ses yeux comme une flamme bleue.

— Ne le croyez-vous pas ?

Elle referma la bouche d'un coup sec.

— Je ne le pense *pas* !

Ses joues brûlaient ; elle prit une inspiration et regarda ailleurs, ajoutant à travers ses dents serrées :

— Je ne souhaite certainement *pas* que vous m'ameniez au lit.

Il examina son profil et même sans le regarder, elle sut que ses sourcils s'étaient relevés d'un cran supplémentaire.

— *Maintenant,* qui ment ?

Elle se redressa, mais elle fut incapable de croiser son regard.

— Vous ne faites que me taquiner.

— Vraiment ?

Le mot murmuré fit trembler ses nerfs. Puis, ses doigts se posèrent sur la peau sensible de sa nuque. Elle perdit l'esprit, perdit le souffle. Ses doigts se déplacèrent sous la plus légère des caresses.

Elle inspira avec difficulté et pivota brusquement pour le regarder en face.

— Arrêtez ça !

— Pourquoi ?

Avec une expression indéchiffrable, il étudia le pli sur son front.

— Vous aimez cela.

Se mordant la langue pour retenir un autre mensonge, elle s'obligea à rencontrer son regard — à ignorer les folles sensations qui la submergeaient de l'intérieur.

— Étant donné que vous n'allez *pas* m'amener au lit, il n'y aura aucune raison pour nous de nous marier. Puis vous rentrerez à Londres, et la fortune de Seamus ira à l'Église. Pourquoi ne voulez-vous pas l'admettre ?

Il haussa les sourcils.

— Je vais admettre que si je suis un participant dans l'affaire, un mariage nécessitera certainement une fin dans un lit. Dans votre cas, selon moi, les deux sont inséparables ; l'un entraînera l'autre.

— Très probablement.

Catriona parla à travers des dents serrées.

— *Cependant*, comme il n'y aura *pas de mariage*...

— Qu'est-ce que c'est ?

Avant qu'elle puisse se concentrer, encore moins reprendre ses esprits, il tendit la main pour prendre une fine chaîne qui pendait sur sa gorge, visible au-dessus de l'encolure de sa robe.

Avant qu'elle ne puisse lui saisir la main, il libéra la chaîne, retirant le pendentif de son sanctuaire dans la vallée entre ses seins.

Et le serra dans sa main le tourna entre ses longs doigts. Catriona se figea.

Plissant les yeux devant le long cristal, il fronça les sourcils.

— Il est gravé, comme celui sur le collier de ma mère, sauf qu'il s'agit d'une autre pierre.

Prenant une inspiration tremblante, Catriona libéra le pendentif de sa main.

— Du quartz rose.

Elle se demanda si sa voix était aussi tendue qu'elle-même l'était. Elle lâcha le collier dans son abri — et haleta presque sous le choc provoqué par sa chaleur. Il était chaud à cause de sa peau, mais la chaleur de la main de Richard avait beaucoup augmenté sa température. Avec un effort herculéen, elle rebattit ses défenses affaiblies et se retira derrière un mur hautain.

— Et maintenant, si vous en avez fini de me taquiner…

Le petit rire qu'il émit était la définition même de diabolique.

— Douce sorcière, je n'ai même pas commencé.

Ses yeux bleus soutenaient les siens ; retenue un instant de trop, Catriona sentit les flammes chaudes la brûler. Et elle ressentit…

— Vous êtes un *démon*, répliqua-t-elle en rassemblant ses jupes. Et très certainement pas un gentleman !

Les lèvres de Richard tressautèrent, juste un peu aux extrémités.

— Naturellement pas. Je suis un bâtard.

Il l'était — et beaucoup plus que cela.

Et il sera le père de tes enfants.

Catriona se réveilla en sursaut sur un halètement qui resta suspendu, tremblant, dans l'obscurité. Autour d'elle, la pièce était calme et silencieuse, le couvre-lit étendu sur elle dans un désordre confus. Elle était allongée sur le dos et son cœur battait à un rythme qu'elle ne connaissait pas, mais soupçonnait trop bien. Ses bras étaient allongés et tendus sur ses flancs, ses doigts agrippant les draps.

Il lui fallut faire un effort pour redresser les doigts, apaiser ses muscles raidis. Graduellement, la tension qui la tenait diminua, sa respiration ralentit.

Laissant derrière la confusion, la consternation — et une force intérieure qui la poussait de plus en plus impérieusement à mesure que les jours et les heures passaient. Et encore plus quand la nuit arrivait.

La nuit — elle ne pouvait pas — n'avait pas besoin de se le cacher quand dans ses rêves, ses envies les plus profondes et ses besoins inexprimés la dominaient. Outrepassés, comme toujours, par la volonté de la Dame.

Cependant, cela ne se produisait pas maintenant. Au lieu de cela, la volonté de la Dame et ses propres envies intimes agissaient de concert, la poussaient en avant dans les bras de…

— D'un homme que je ne peux *pas* épouser.

Roulant sur un coude, Catriona tendit la main vers le verre d'eau sur la table de chevet. Elle but ; l'eau fraîche éteignit le feu qui s'attardait — le feu qui avait flambé devant le rêve de ses lèvres sur les siennes, du contact du marbre froid qui incitait la passion. Une chaleur qui s'était propagée en elle comme un incendie de forêt en réaction à la faim brûlante dans les yeux de Richard, dans son âme.

En réponse à son désir.

Seule dans la nuit, il était inutile de nier que depuis le début, elle l'avait désiré. Elle l'avait désiré irrévocablement, avec certitude, avec une conviction totale qui la stupéfiait. Elle le voulait dans son lit, souhaitait qu'il soit celui qui occupe l'espace vide à côté d'elle, dissipe l'intime solitude qui faisait partie de son aura publique. Cependant, on lui avait enseigné depuis l'enfance à placer ses désirs personnels après les besoins de son peuple ; dans ce cas-ci, le choix avait été clair.

C'est du moins ce qu'elle avait cru.

Elle n'était plus aussi sûre. De rien.

S'affalant, elle centra son attention sur le ciel de lit. Elle avait occasionnellement affronté la volonté de la Dame dans le passé, au cours de sa jeunesse débridée et obstinée ; elle savait quelle impression cela donnait. Un mélange épuisant d'incertitude, d'insatisfaction et une confusion écrasante dont elle ne pouvait pas se libérer.

Elle était en conflit avec elle-même parce qu'elle était en désaccord avec le destin, avec la volonté de la Dame. Étouffant un cri de pure frustration, elle frappa son oreiller, puis elle se tourna sur le côté et s'installa confortablement.

Il fallait que ce soit impossible. La Dame l'avait-elle vu ? Savait-elle ce que — dans ce cas — elle suggérait ? Ordonnait ?

Savait-elle dans quoi elle engageait sa disciple en chef ?

Dans un mariage avec un bâtard à l'autorité naturelle. Cette pensée lui figea l'esprit ; elle fixa l'obscurité sans rien voir, puis elle se secoua mentalement, ferma les yeux et s'exhorta à s'endormir — sans plus faire de rêves.

Elle s'éveilla tard le lendemain matin — trop tard pour le petit-déjeuner. Après avoir pris du thé et un toast sur un plateau, elle s'habilla chaudement, enfila avec effort sa pelisse et, évitant les yeux attentifs d'Algaria, partit pour une longue randonnée. Elle avait besoin de s'éclaircir les idées.

La journée était plus belle que la précédente ; il ne restait qu'une poudre de neige sur les sentiers. Marquant une pause sur le côté de la maison, Catriona regarda autour d'elle ; ne voyant personne, elle marcha d'un pas vif vers l'entrée de l'un des trois sentiers menant en bas et elle se glissa dans les ombres sous les arbres.

Sous les branches qui s'étalaient, une paix fraîche régnait. Elle avança en se balançant, le crissement de ses bottes sur les feuilles sèches étant le seul bruit qu'elle pouvait entendre. L'air était frais et propre ; elle l'inspira profondément dans ses poumons. Et elle se sentit mieux.

Le sentier virait en épingle, descendant dans un creux ; elle tourna — et le vit qui l'attendait, négligemment appuyé contre le tronc d'un grand arbre, son pardessus le protégeant du vent léger qui ébouriffait sa chevelure noire.

Ses yeux étaient posés sur elle, son attitude étant celle d'un homme attendant sa maîtresse dans un lieu de rendez-vous.

Quand elle arriva à sa hauteur, Catriona fut tentée de tendre le bras et de poser sa main sur son cœur, pour voir s'il battait trop violemment. Il avait dû quitter la maison sur ses talons, courir sur l'autre sentier pour arriver ici — être ici — maintenant. Cependant, le toucher était hors de question. Elle haussa plutôt les sourcils.

— Encore perdu ?

Les yeux de Richard soutinrent posément son regard.

— Non.

Il marqua une pause, puis ajouta :

— Je vous attendais.

Elle l'évalua du regard, puis toussota et agita la main pour signifier qu'elle acceptait sa compagnie. Il accorda son pas au sien alors qu'elle continuait d'avancer, d'une enjambée féline. Il était beaucoup plus grand, plus fort qu'elle, sa présence pesant lourdement sur les sens de Catriona. Elle inspira avec difficulté ; elle leva la tête vers les parcelles de ciel encadrées par les branches nues.

— Les Cynster vivent-ils à Londres ?

— Oui. Certains de manière permanente, d'autres une partie du temps.

— Et vous ?

— De manière permanente, ces jours-ci, dit-il en scrutant leur environnement. Toutefois, j'ai grandi à Cambridgeshire, à la Maison Somersham, la résidence ducale principale.

Elle lui jeta un rapide coup d'œil.

— Jamie a dit que votre père était duc.

— Sebastian Sylvester Cynster, cinquième duc de St-Ives.

L'affection dans son ton était facile à entendre ; elle le regarda encore.

— Vous avez été élevé au sein de la famille ?

— Oh, oui.

— Et vous avez un frère aîné ?

— Devil.

Quand elle haussa les sourcils, il sourit franchement et ajouta :

— Sylvester Sebastian pour *maman* ; Devil pour tous les autres.

— Je vois.

— Devil détient le titre à présent. Il vit à la Maison Somersham avec sa duchesse, Honoria, et son héritier.

— Est-ce une grande famille ?

— Non, si vous voulez parler d'autres frères et sœurs, mais oui, si vous voulez parler du clan, comme on pourrait l'appeler, qui est largement étendu.

— Il y a beaucoup de Cynster ?

— *Plus* qu'assez, comme vous le dira toute maman affectueuse de la bonne société.

— Je vois.

Cela l'intéressait trop pour lui donner l'impression d'être convenablement désapprobatrice.

— Vous avez donc… quoi ? Beaucoup de cousins ?

Avec une facilité imprévue pour elle, il les décrit — ses oncles et ses tantes, et leurs enfants, à commencer par ses quatre cousins adultes. Après avoir rapidement listé les relations principales de la famille, il énuméra ses plus jeunes cousins et cousines.

— Évidemment, conclut-il, en ville, j'ai tendance à rencontrer seulement Amanda et Amelia.

Catriona les situa sur l'arbre mental qu'elle s'était construit.

— Les jumelles ?

— Hum.

Il fronça les sourcils et baissa les yeux. Devant son silence, elle l'incita à continuer :

— Pourquoi sont-elles une inquiétude ?

Il lui jeta un bref coup d'œil.

— Je me disais que… Devil et Vane étant depuis peu des hommes mariés, ils ne vont probablement pas passer beaucoup de temps en ville. Et avec moi ici…

Ses sourcils lui barrèrent davantage le front.

— Il y a Demon, bien sûr, mais il devra peut-être se rendre dans sa ferme de chevaux de courses, ce qui laisse tout entre les mains de Gabriel et Lucifer. J'espère seulement que Demon se souviendra de les mettre en garde avant de quitter la ville, ajouta-t-il en grimaçant.

— Pourquoi cela serait-il nécessaire ? Sûrement qu'avec tous vos parents et connaissances, les jumelles seront attentivement surveillées.

Son expression se durcit ; il lui lança un autre regard.

— Il existe certains dangers au sein de la haute société et il est préférable que ce soient des experts qui s'en occupent.

Elle ouvrit de grands yeux.

— J'aurais cru que vous vous classiez comme l'un de ces dangers.

Son masque glissa ; le guerrier transparut.

— C'est précisément pourquoi moi et les autres sommes le genre de gardes dont les jumelles ont le plus besoin.

Elle pouvait voir — d'après ses yeux, son expression — qu'il était dangereusement sérieux.

Néanmoins… regardant devant elle, elle s'efforça de garder les lèvres droites — et échoua. Un petit gloussement lui échappa.

Il la regarda avec les paupières plissées.

Elle agita la main dans un geste apaisant.

— C'est juste l'idée de… la vision de vous et de vos cousins avançant sur la pointe des pieds dans les salles de bal, surveillant furtivement deux jeunes dames.

— De jeunes dames *Cynster.*

— En effet.

Inclinant la tête, elle rencontra son regard.

— Et si cependant les jumelles ne veulent pas être surveillées : et si, à dire vrai, elles possèdent les mêmes penchants que vous ? Vous venez de la même famille — de tels penchants ne sont pas seulement masculins. aux hommes.

Il s'immobilisa net et la dévisagea, puis il toussota, secoua ses épaules et se remit à marcher. En fronçant encore le front.

— Elles sont trop jeunes, déclara-t-il enfin.

Catriona détourna les yeux sur les sommets enneigés des contreforts. Après un moment, elle dit d'un ton méditatif :

— Donc, la famille est grande et vous avez été élevé avec elle ; et c'est pour cela que la famille est importante à vos yeux.

Elle ne le regarda pas, mais elle sentit son regard caresser brièvement son visage. Bien qu'exprimée comme un fait, cette déclaration était sa principale interrogation ; pourquoi un homme comme lui éprouvait-il des sentiments aussi forts envers la famille ?

Ils se promenèrent pendant encore une minute entière avant qu'il réponde.

— En fait, je pense que c'est l'inverse.

Perplexe, elle leva la tête ; il emprisonna son regard.

— Nous Cynster, nous sommes tels que nous sommes *parce* que la famille est importante pour nous.

Il baissa la tête et ils continuèrent à avancer.

Elle ne tenta pas de dissimuler son intérêt ; elle garda les yeux sur son visage, son esprit sur ses paroles.

Il grimaça légèrement.

— Les Cynster ont un instinct de possession très élevé ; nous avons *besoin* de possessions. Après tout, la devise de la famille est *Posséder et chérir.* Toutefois, même il y a longtemps, cette devise n'était pas seulement une devise matérielle.

Il marqua une pause ; quand il parla de nouveau, il le fit lentement, clairement, les yeux plissés fixés sur la neige.

— Nous avons toujours été une lignée guerrière, mais nous ne combattons pas uniquement pour les terres et la richesse matérielle. On nous enfonce dans le crâne à un très jeune âge que le succès — la véritable réussite — signifie capturer et conserver quelque chose de plus. On nous fait comprendre que ce quelque chose de plus est l'avenir — exceller, c'est très bien, mais l'on a besoin d'exceller *et de survivre.* S'emparer de terres, c'est bien joli, mais nous désirons les conserver pour toujours. Ce qui veut dire créer et développer une famille, c'est-à-dire défendre la famille et engendrer la génération suivante. Sans assurer cet avenir, la réussite matérielle n'est pas du tout une véritable réussite.

Il semblait l'avoir oubliée ; Catriona marchait en silence en faisant attention à ne pas troubler son humeur. Puis, il leva la tête, plissa un peu les paupières sous la lumière éclatante, le visage exactement comme celui qu'elle avait vu dans ses rêves : le guerrier prévoyant.

— On pourrait dire, murmura-t-il, qu'un Cynster sans famille est un Cynster qui a échoué.

Ils avaient atteint le bout de la corniche ; le sentier tournait, rendu à ce point rocailleux qu'il formait un petit cap panoramique, puis il remontait en sinuant à travers les arbres.

Ils s'arrêtèrent là, le vent soufflant un air frais et froid venant des cimes blanches des montagnes devant eux.

Ensemble, ils admirèrent le paysage majestueux ; sans qu'il le lui ait demandé, Catriona pointa les différents sommets et les grands sites en les nommant et en citant leur importance.

Richard écouta attentivement, ses yeux bleus plissés pour se protéger du vent et de la lumière. Pendant qu'il contemplait le paysage, Catriona l'étudia subrepticement.

Son expression, avait-elle compris, était très rarement spontanée, même si parfois il paraissait ouvert et décontracté. En réalité, il était réservé, ses sentiments bien gardés derrière son masque — cette façade qu'il présentait au monde. Les réactions qu'il affichait étaient celles qu'il voulait montrer ; même sa désinvolture et son charme agréable étaient des talents cultivés avec soin.

Cependant, lorsqu'il avait parlé de sa famille — et de la famille en général — son masque avait glissé et elle avait vu l'homme derrière et un peu de sa vulnérabilité. Cet aperçu privilégié l'avait émue, remuée — et poussée à poser une main ferme sur ses propres réactions avant qu'elles ne l'emportent trop loin. Richard Cynster, avait-elle déjà compris, était la tentation incarnée ; ce matin n'avait fait qu'ajouter une nouvelle dimension à son charme attirant.

Tout à fait la dernière chose dont elle avait besoin.

Elle pivota avec un soupir à moitié étouffé.

— Nous ferions mieux de rentrer.

Richard se tourna et, scrutant le sentier devant, réprima un de ses propres soupirs. Resserrant sa prise sur ses élans de séducteur, il offrit le bras à Catriona pour remonter la première partie du sentier, rendu dangereux par la neige fondante. Marchant lentement à côté d'elle, conscient avec chaque pore de sa peau de sa douce chaleur glissant à ses côtés, il ne fit pas la moindre avance et cela exigea de lui un effort considérable ; parler de sa famille, expliquer les raisons pour lesquelles il ressentait tout cela tout en maintenant une distance entre eux avait nécessité une détermination surhumaine. Cependant, il ne savait pas encore exactement jusqu'où il pouvait la pousser — et il ne savait pas encore s'il devait le faire.

Comme il l'avait prévu, elle glissa sur le sentier ; résigné, il l'attrapa contre lui, incapable d'amortir le choc de ses douces courbes sur lui, encore moins sa réaction instantanée. Heureusement, elle s'absorbait dans son retour à l'équilibre mais quand elle tomba de nouveau sur lui, un sein mûr se pressant contre son torse, une hanche et une cuisse aux lignes pures contre sa hanche, Richard dut se mordre la lèvre pour retenir un gémissement.

Quand ils rejoignirent enfin l'endroit où le sentier était nivelé, il avait cessé de dissimuler sa mine renfrognée. Elle s'arrêta pour reprendre son souffle, il stoppa pour laisser son corps s'apaiser.

Innocemment, elle admira le paysage ; agacé, irrité et considérablement frustré, il l'observa. Et remit son masque impassible.

— Vous comprenez bien pourquoi Seamus a agi comme il l'a fait, n'est-ce pas ?

Elle se tourna pour lui faire face.

— Parce qu'il était en colère ?

Richard pinça les lèvres.

— Non.

Il hésita, examinant les yeux clairs de Catriona.

— Vous êtes une proposition attirante, à la fois personnellement et à cause de vos terres. Vous ne pouvez pas ne pas en avoir conscience. Les offres pour votre main ont apparemment été légion, la plupart émanant d'hommes qui vendraient votre val sans votre consentement et vous traiteraient avec beaucoup moins de respect que ce qui vous est dû. Seamus, plus que quiconque, en était conscient ; il a donc tenté un dernier coup, une ultime tentative pour assurer votre sécurité.

Elle sourit à demi, son expression, ses yeux remplis d'une supériorité féminine expressément destinée à le piquer — lui ou n'importe quel mâle.

— Seamus était un tyran pour sa propre famille ; cela ne lui serait jamais venu à l'esprit que je sois capable de prendre soin de moi-même.

Si elle lui avait tapoté la main et dit de ne pas s'inquiéter, cela aurait eu le même effet ; il ne se donna pas la peine de retenir son soupir exaspéré.

— Catriona, vous êtes incapable de vous défendre contre un jeune blanc-bec déterminé, encore moins contre un homme déterminé.

Son nez espiègle se retroussa.

— Sottises.

Ses yeux verts affrontèrent ceux de Richard.

— D'ailleurs, la Dame me protège.

— Oh ?

— En effet : les hommes pensent toujours qu'ils ont le dessus, simplement parce qu'ils sont plus gros et plus forts.

— Et ils ont tort ?

— Totalement. La Dame a des façons de s'occuper des prétendants importuns, et moi aussi.

Richard soupira et détourna la tête. Puis, il pivota brusquement vers elle et s'avança d'un pas. Elle poussa un petit cri et bondit en arrière — se collant avec obligeance contre le tronc d'un grand arbre. Il écarta une main à côté d'elle sur le tronc ; de l'autre main, il emprisonna et encadra son visage. La base de l'arbre était plus haute que le sentier, rendant Catriona relativement grande. Richard releva son visage vers elle ; avec ses jupes frôlant ses bottes et à peine deux centimètres entre eux, il baissa les yeux sur ses yeux arrondis.

— Montrez-moi.

Ses yeux s'élargirent encore pendant qu'ils scrutaient ceux de Richard. Ses seins se levaient et s'abaissaient rapidement, tirant sur le tissu de sa cape — et elle était quand même essoufflée.

— Vous montrer… quoi ?

— Les façons qu'a votre Dame de s'occuper des prétendants importuns.

Son regard tomba sur ses lèvres ; avec son pouce, il effleura sa lèvre inférieure.

Et il sentit son frisson. Son cœur battait la chamade, et il ne l'avait même pas embrassée.

Cette pensée l'incita à l'action ; penchant la tête, il frôla ses lèvres des siennes avec une lenteur désespérante, ne sachant pas trop si c'était elle ou lui-même qu'il taquinait le plus.

— Comment aviez-vous prévu de vous défendre contre un homme qui vous accoste et vous embrasse ?

Il murmura la raillerie contre ses lèvres, puis il leva la tête — les lèvres de Catriona s'entrouvrirent à peine. Il inspira et revint en chercher plus — une lente exploration tranquille de ses lèvres pulpeuses, de la caverne douce et chaude de sa bouche.

Et elle fondit pour lui — sans aucune trace de lutte, elle l'accueillit à l'intérieur, sa langue s'entremêlant timidement avec la sienne.

Il recula seulement pour prendre une inspiration et, la voix grave et grinçante, il demanda :

— Comment exactement aviez-vous prévu d'empêcher un homme de vous ravir ?

Il n'attendit pas la réponse, mais s'empara de sa bouche, acceptant tout ce qu'elle avait à offrir et en exigeant plus. En lui ordonnant de donner davantage. Ce qu'elle fit.

Sans réserve.

« La maudite femme n'a pour ainsi dire aucune défense. »

Une partie du cerveau de Catriona savait ce qu'il pensait — le reste de son cerveau s'en moquait. Elle ne s'était jamais attendue à avoir la moindre défense contre lui ; elle pouvait habituellement figer un homme d'un simple regard, pourtant depuis le début, il avait résisté à ses intimidations autant qu'à ses subtiles manipulations. Toutefois, elle n'allait certainement pas lui expliquer cela : qu'avec lui, ses défenses, celles dont la Dame lui avait fait don, ne voulaient pas, pour une raison malencontreuse et inconnue, fonctionner.

Même avec sa tête qui tournait, son esprit torturé, elle n'était pas folle. Elle pouvait sans peine embrouiller un homme mentalement ou verbalement, elle pouvait le faire trébucher sur ses propres pieds, le faire bredouiller, éternuer — toute une série de contrariétés qui faisait fuir même l'homme le plus sûr de lui.

Mais pas lui.

Avec lui, tout ce qu'elle-même pouvait faire était fuir.

Mais en ce moment, elle ne le pouvait pas. Tout ce qu'elle pouvait faire était…

Prendre plaisir à son rapt.

La tâche n'était pas ardue. Ses sens la commandaient.

Avec enthousiasme.

À un moment, elle leva les bras et les enroula autour du cou de Richard et il s'approcha davantage, la pression de son torse soulageant ses seins douloureux. Elle l'embrassa en retour avec un abandon vertigineux et elle le sentit changer de position. Puis, sa main s'inséra derrière elle, entre l'arbre et son dos, et elle se glissa vers le bas. Ses sens capricieux bondirent quand il prit son derrière en coupe, inclinant ses hanches pour les écarter de l'arbre. Puis, il pressa une cuisse dure entre elles.

Elle se serait dégagée de leur baiser et aurait haleté, mais il ne voulait pas la lâcher — leur baiser continua avec une urgence croissante, une urgence qu'elle sentait dans ses os. Leurs lèvres fusionnèrent, se séparèrent un peu, puis s'unirent encore — celles de Richard étaient fraîches comme le marbre, celles de Catriona brûlaient. Il se pencha contre elle — elle l'attira plus près. Son épaisse pelisse étouffait la sensation de son corps rencontrant le sien, pourtant la chaleur la submergea quand même, vague après vague, de plus en plus intense ; ils devaient faire fondre la neige à des mètres à la ronde.

Toutefois, elle ne s'écarta pas, ne se débattit pas pour s'enfuir, elle lui rendit ses baisers avec une ferveur grandissante, sans être perturbée par l'intimité qu'il pressait contre elle, savourant avec enthousiasme chaque nuance, chaque facette : que pouvait-elle faire d'autre ? C'était une expérience qu'elle ne revivrait peut-être jamais.

Elle en profita donc — et encouragea, invita, incita.

Et il réagit. Passionnément.

Son désir, sa passion embrasèrent Catriona. Quand sa main lâcha son visage pour se refermer sur un sein, elle haleta et oscilla — ses genoux tremblèrent littéralement. Sa main se fit plus ferme sur son derrière, la soutenant pendant que ses longs doigts se fermaient et caressaient, serrant davantage un mamelon, le pressant délicatement. Elle s'arqua contre lui, poussée par l'instinct et par un besoin brûlant qui était la réponse à celui de Richard. Sa faim qui rôdait n'avait jamais été aussi évidente, imprimée avec autant de force sur les sens de Catriona. Elle la goûta dans son baiser, la sentit dans ses muscles tendus, dans l'arête de chair rampante contre son ventre.

Il inclina les hanches de Catriona — une tempête de feu et de flammes la parcourut. Elle serra violemment la tête de son compagnon, entremêlant ses doigts dans ses mèches épaisses tout en penchant ses lèvres sous les siennes.

Crac !

À peine quelques secondes plus tard, c'est du moins ce qu'il lui sembla, elle avançait prudemment sur le sentier à quelques mètres de l'arbre confortable, une main sur la manche de Richard, l'autre retenant ses jupes alors qu'elle enjambait la racine d'un arbre quand des pas fermes s'approchèrent par-derrière.

Ils se retournèrent tous les deux avec des expressions totalement feintes de surprise polie ; Catriona ne pouvait qu'être reconnaissante aux ombres tachetées qui dissimulaient son visage au moment où le regard noir d'Algaria la découvrit.

Algaria fronça les sourcils.

— Je pensais que tu t'étais peut-être perdue.

Se retenant de faire remarquer qu'elle connaissait ces bois mieux que sa guide, Catriona inclina la tête. Avec précaution — elle tournait encore.

— J'ai montré la vue à monsieur Cynster. Nous étions sur le chemin du retour.

En passant par un arbre.

Elle réussit à trouver juste assez de souffle pour prononcer ces mots : Algaria s'indigna et leur fit signe de la main de continuer.

— Ne m'attendez pas : je vais revenir lentement.

Catriona lança un bref regard à son compagnon à temps pour voir ses lèvres tressauter ; elle ignora la lumière dangereuse dans ses yeux.

— Très bien.

Dignement hautaine, comme il seyait à la disciple supérieure de la Dame, elle se tourna et permit à son adversaire de la guider. Elle sentit son regard sur son visage, mais elle garda les yeux fixés sur le sentier et le paysage ; elle était encore étourdie et rouge, et ses sens continuaient de vociférer. Avec insistance.

Elle les ignora inébranlablement — ainsi que la question de ce qui aurait pu se passer si Algaria n'était pas arrivée. De telles conjectures n'étaient pas apaisantes et, en ce moment, elle avait besoin de calme.

De calme pour gérer Richard Cynster — et de calme pour se gérer elle-même. Et elle n'était pas certaine de ce qui serait le plus difficile.

Son attitude envers la famille l'intriguait, elle avait donc tenté de le faire parler, poussée par un désir pressant d'en savoir davantage sur lui afin de pouvoir interpréter ses visions sous un éclairage plus sensé. Au lieu de cela, ce qu'elle avait appris rendait sa décision encore plus ardue : comment pouvait-elle rester indifférente face à un homme qui désirait une véritable famille et cherchait activement à en fonder une ?

Néanmoins, le reste — tout ce qu'elle avait entendu depuis qu'ils avaient quitté le point de vue — n'avait fait que renforcer sa détermination à lui résister. Sa façade s'était dérobée juste assez longtemps pour conforter son opinion personnelle — pour confirmer sa motivation émotionnelle. En effet, c'était bien un guerrier sans cause : la cause qu'il s'efforçait de trouver et qu'il désirait, était une famille à défendre et à protéger.

Ce qui était bien joli, mais les guerriers, particulièrement du type congénital, ne suspendaient pas leurs épées dans le vestibule pour se transformer en simples hommes de famille. Loin de là.

Ils restaient toujours des guerriers dans le cœur, dans l'âme.

Et les guerriers régnaient.

Elle réprima un soupir et elle vit la maison se dessiner devant. Tout ce qu'elle avait découvert avait confirmé sa résistance, tout en augmentant la tentation de se donner à lui — de le voir devenir son seigneur. Mais, d'abord et avant tout, elle était la dame du val : elle ne pouvait pas, ne pouvait tout simplement pas le laisser entrer dans sa vie, ne pouvait pas le laisser la considérer comme faisant partie de sa cause, même si cela était tentant.

Et ça l'était. À quel point, elle ne l'avait pas compris, pas avant de se tenir pressée contre lui sous cet arbre.

Ils sortirent des bois et mirent le pied sur la pelouse tachetée par la neige ; Algaria les suivait de près. Plus calme, plus déterminée, Catriona respira profondément ; elle regarda brièvement le visage de Richard, puis tourna les yeux vers la maison. La tentation incarnée, voilà ce qu'il était — ses dispositions étaient fortement attirantes, sa sensualité si fascinante qu'il éveillait ses sens à ne désirer que lui. Cependant, sa force elle-même était ce qui se dressait entre eux. Il avait une personnalité trop puissante, il était trop mâle pour abandonner sa supériorité naturelle en faveur de sa femme. Une femme sorcière, qui plus est.

Il était un gentleman intensément attirant attaché à la famille, mais il restait surtout un guerrier au plus profond de lui-même.

La maison s'éleva devant eux, froide et grise ; Catriona sentit le regard de Richard sur son visage.

— Vous avez l'air pâle.

Elle leva la tête et réalisa qu'il pensait qu'elle avait encore des vertiges. Elle laissa une froide arrogance imprégner ses yeux.

— Je n'ai pas très bien dormi récemment.

Elle regarda devant elle ; du coin de l'œil, elle vit ses lèvres tressauter.

— Vraiment ? Vous devriez peut-être adopter la coutume locale d'une goutte de whisky avant de vous mettre au lit. Jamie me dit que les gens du pays ne jurent que par cela.

Catriona s'indigna.

— Ils jureraient par n'importe quelle « coutume » qui veut que l'on boive du whisky.

Il rigola.

— Compréhensible : c'est un bon remontant. Je ne l'avais pas vraiment bien goûté auparavant. Je suis un converti fanatique de la coutume locale.

— Les convertis sont toujours les plus fanatiques, observa Catriona. Toutefois, si cela vous intéresse vraiment, vous devriez faire une visite à la distillerie dans la vallée.

Ils avaient atteint les marches de l'entrée latérale ; décrivant la distillerie, elle entra à l'intérieur.

CHAPITRE 5

Ah… Richard ?

Au milieu du vestibule, Richard s'arrêta et pivota — Jamie se tenait avec hésitation dans l'embrasure d'une porte.

— Je… ah, me demandais si vous pouviez m'accorder un peu de votre temps ?

Le déjeuner était terminé. Sa sorcière avait décliné son invitation à trouver un nouvel arbre. Relevant la tête fièrement et balançant ses hanches d'une manière séduisante, elle s'était retirée dans sa chambre. Richard ne vit aucune raison de reporter cet entretien avec Jamie et le rejoignit.

Il savait ce qui l'attendait.

Jamie ne le déçut pas. Refermant la porte, Jamie le suivit dans la pièce et désigna une grosse chaise tournée en angle devant un bureau. Richard s'y laissa tomber, se prélassant gracieusement en faisant balancer une botte sur son genou.

Son hôte, par contre, ne s'installa pas sur la chaise derrière le bureau, mais marcha nerveusement de long en large devant l'âtre — devant Richard. Jetant un coup d'œil autour de lui, Richard remarqua les registres remplissant les étagères bordant un mur, les cartes géographiques et les diagrammes de la région éparpillés dans la pièce. Il s'agissait clairement du bureau de la propriété et aussi du domaine de Jamie. La pièce était petite, mais confortable, beaucoup plus confortable que la bibliothèque qu'avait habitée Seamus.

— Je me demandais, finit par dire Jamie, si vous aviez déjà décidé de la réponse vous alliez donner au notaire la semaine prochaine.

Le regard qu'il braqua sur Richard le priait : pas de le sauver, mais de lui annoncer le pire.

— J'ai bien peur, répondit Richard avec sa voix traînante de Londres, de ne pas avoir encore pris de décision.

Jamie fronça les sourcils et continua à faire les cent pas.

— Mais… bien, ce n'est pas très probable, non ?

— Cela, rétorqua Richard, je ne peux vraiment pas le dire.

Dans le vestibule, Algaria pressait l'oreille sur les panneaux de chêne de la porte du bureau en restant dans l'ombre. Elle traversait la galerie à l'étage en se rendant à la chambre de Catriona pour l'interroger sur la raison de sa retraite quand elle avait entendu Jamie parler à Richard dans l'entrée. Son intention était évidente ; ce qu'elle avait entendu jusque là le confirmait. Elle ne répugnait pas à écouter aux portes de temps à autre si cela servait à apaiser son esprit. Et celui de Catriona.

— Mais vous résidez normalement à Londres, si je comprends bien. J'ai bien peur que Catriona ne vive jamais ailleurs qu'au manoir Casphairn.

— J'en ai bien l'impression.

— Eh bien, elle est vraiment une sorte de sorcière, vous savez. Pas du genre qui change les gens en crapaud ou en anguille ou peu importe ce qu'elle peut dire, mais elle peut vraiment faire des trucs étranges — elle le fait — et obliger d'autres personnes à faire des choses étranges.

— Vraiment ?

Le ton de cette réponse fit grincer des dents à Algaria.

— Et vous êtes certainement habitué aux bals et aux fêtes à Londres ; un flot constant de divertissements, j'imagine.

— En effet : un flot interminable de bals et de fêtes.

Le sous-entendu de cette réplique inquiéta Algaria, mais avant qu'elle puisse définir cette crainte, Jamie reprit la parole.

— Et, ah…

Il toussa.

— J'imagine qu'il y a de nombreuses dames — de très belles dames — honorant de leur présence les bals et les fêtes.

S'appuyant confortablement sur le dossier de sa chaise, Richard se contenta de hocher la tête et garda un visage impassible.

Cette indifférence rendit Jamie nerveux.

— Je comprends que la vie au manoir est très paisible : aucun bal et aucune fête. En fait, selon Catriona, c'est même plus tranquille qu'ici.

— Mais pas plus froid.

Les mots franchirent les lèvres de Richard avant qu'il ait eu le temps de réfléchir ; heureusement, Jamie les prit au sens propre.

— Vrai, mais c'est quand même très froid. Les Basses-Terres sont bien plus glaciales que Londres, ajouta-t-il en lui jetant un regard scrutateur.

— Indubitablement.

Pendant que Jamie continuait de souligner les contrastes sévères entre la vie qu'il imaginait que Richard menait à Londres — seulement une légère exagération de la vérité — et l'existence qu'il pouvait s'attendre à vivre en tant que seigneur du manoir de Casphairn, Richard s'en tint poliment à des réponses évasives. Comme Jamie était son hôte, il se sentait obligé de se plier à son jeu, mais il ne voulait s'engager dans un sens ni dans l'autre.

Il ne le pouvait pas. Il ne s'était pas encore décidé.

Il était poussé par une impulsion étrange suscitée par une sorcière à considérer sérieusement la proposition de Seamus. Et plus il en apprenait sur Catriona Hennessy, plus il se sentait enclin à l'accepter. À relever le gant de Seamus, à assumer son défi qui l'appelait de plus en plus jour après jour — un appel à une force plus grande — l'offre d'une mission.

Une mission pour la vie, il fallait en convenir, mais il développait un goût sérieux pour l'une des contreparties qui en découlerait. L'idée d'avoir une sorcière dans son lit pour le reste de sa vie, qu'il pourrait exciter et taquiner et avec qui il pourrait s'amuser comme il lui plairait — et comme il lui plairait à elle — commençait à prendre la forme d'une puissante motivation.

Il se méfiait cependant de toute cette situation. Le sort et Seamus McEnery avaient conspiré pour le placer là — il n'avait aucune raison de faire confiance à l'un ou à l'autre. Pas sur la question du mariage, étant donné ce qu'il signifiait pour lui.

Donc, il se dérobait et ne disait rien — à la manière d'un gentleman.

— Bien !

Jamie soupira et conclut quelque peu découragé :

— La vérité est, je suppose, que la vie dans les Basses-Terres, marié à une sorcière au caractère sauvage, ne saurait être comparée à la vie mondaine que vous menez à Londres.

Les paupières baissées, Richard inclina gravement la tête.

— Non, en effet.

La vie avec une sorcière au caractère sauvage était infiniment plus attirante.

Essoufflée, Algaria atteignit le haut des marches juste au moment où la porte du bureau s'ouvrit.

Silencieusement, elle se glissa dans l'ombre de la galerie et se dirigea vers la chambre de Catriona.

Son bref coup à la porte restant sans réponse, elle fronça les sourcils et frappa une seconde fois. Quand aucun son ne lui parvint de l'intérieur, elle ouvrit la porte.

Et elle vit Catriona effondrée sur le sol.

Étouffant un cri, Algaria referma rapidement la porte et se précipita en avant. Un bref regard sur les articles posés sur la table à côté de laquelle gisait Catriona lui suffit pour comprendre. Son élève d'autrefois s'était adonnée à la divination, une divination intense, si l'on en jugeait par son évanouissement.

Alors même qu'Algaria se penchait vers elle, Catriona remua.

Une seconde plus tard, quand un linge mouillé passa sur son visage, elle reprit pleinement connaissance. Regardant à travers ses cils, elle vit son aide-soignante et se détendit.

— Oh, *enfer* !

Algaria s'assit sur ses talons.

— Enfer ?

S'efforçant de se relever sur un coude, Catriona agita la main.

— Pas toi ; toute cette situation.

Elle était allée plus loin que la simple divination — elle avait mis les pouvoirs existants au défi de réexaminer la question et exigé une réponse sans équivoque.

La réponse reçue avait été catégorique.

— Ah, eh bien, la situation vient de s'améliorer.

— C'est vrai ?

Catriona fonça les sourcils pendant qu'Algaria l'aidait à se remettre debout. L'expression suffisante de sa guide l'intrigua.

— Comment ?

— Dans une minute.

Algaria la guida vers le lit.

— Allez, allonge-toi sur le dos et repose-toi, et je vais te raconter tout ce que j'ai entendu.

Encore affaiblie par ses efforts — affronter Celle qui savait tout était excessivement épuisant —, Catriona s'allongea bien volontiers. Algaria s'assit à côté d'elle et entreprit de lui raconter la discussion de Jamie avec Richard Cynster dans le bureau.

La mémoire d'Algaria, parfaite par les exigences de sa vocation, était exceptionnelle ; Catriona ne doutait pas d'entendre exactement les mots qui avaient été prononcés. La sincérité d'Algaria ne faisait pas l'ombre d'un doute, tout comme son dévouement. Catriona en était convaincue. Cependant, le récit d'Algaria déclencha chez elle un mal de tête.

Gigantesque.

— Donc ! conclut triomphalement Algaria. C'est comme je l'ai dit : il ne fait que se divertir ; il te taquine, si tu préfères. Toutefois, il est certain qu'il rentrera à Londres et te laissera célibataire — il n'a aucunement tenté de le nier.

— Hum.

Fronçant les sourcils d'un air sinistre, Catriona se massa les tempes.

En observant son visage, l'expression victorieuse d'Algaria disparut.

— Qu'y a-t-il ?

Catriona lui jeta un coup d'œil, puis elle grimaça.

— Une complication.

Elle vit les questions se précipiter sur les lèvres d'Algaria ; elle les tut d'une main levée.

— Je suis trop fatiguée pour réfléchir en ce moment, ajouta-t-elle avant de poursuivre. J'ai besoin de me reposer et de méditer — de voir comment ce que j'ai appris concorde avec les faits et comment tout cela pourrait s'assembler.

Levant la tête, elle sourit faiblement à Algaria.

— Laisse-moi me reposer une ou deux heures ; reviens me réveiller pour le dîner.

Algaria hésita.

— Tu me diras alors ce que tu as appris ?

Comprenant rapidement la peur de la vieille femme d'être tenue à l'écart, Catriona sourit et lui pressa la main.

— Avant le dîner, je te raconterai tout.

* * *

Le dîner arriva beaucoup trop vite ; il sembla à Catriona qu'elle avait à peine eu le temps d'organiser ses pensées avant le retour d'Algaria.

Luttant pour s'appuyer sur ses oreillers, elle fit signe à sa compagne d'avancer.

— Viens t'asseoir et je te dirai tout.

Elle s'exécuta en commençant par les premières visions qu'elle avait eues jusqu'à ses communications avec la Dame en terminant avec la plus récente.

Alors qu'elle répétait ce dernier ordre catégorique, Algaria la dévisagea. Puis, elle fronça les sourcils.

— Uniquement cela : pas de réserve ?

— Pas une seule.

Elle pouvait difficilement l'exprimer plus simplement : « Il sera le père de tes enfants. »

Les mots résonnaient encore dans la tête de Catriona.

Le pli sur le front d'Algaria reflétait le sien.

— Mais…

Ensemble, elles examinèrent le problème — de façon concise ; Catriona avait déjà ressassé les mêmes questions de si nombreuses fois que sa tête la faisait encore souffrir.

— Mais, il est trop *fort*, insista Algaria. Il n'est pas le genre d'homme que tu peux épouser — il ne sera jamais satisfait de s'installer confortablement dans un bonheur amoureux et te laisser prendre les décisions.

Déroutée, elle secoua la tête.

— Mais si la Dame dit…

— Exactement.

Catriona patienta pendant qu'Algaria étudiait la question sous tous ses angles : l'opinion de sa guide reflétait en grande partie la sienne.

En fin de compte, Algaria secoua simplement la tête.

— Je ne comprends rien à ce qu'elle dit ; nous devrons juste attendre un signe quelconque pour savoir comment nous aurons à procéder.

Catriona attira son regard.

— Je viens de recevoir le prochain signe. Tu me l'as apporté.

Algaria la dévisagea, puis cilla.

— La nouvelle qu'il partira ?

— En effet ; et s'il nous quitte, comment, exactement, va-t-il devenir le père de mon enfant ? Je ne peux pas le pourchasser à Londres, et pourtant, comme tu le dis, il semble certain qu'il s'en ira à la fin de la semaine — au cours de toutes mes discussions avec lui, je n'ai eu aucune indication du contraire.

Algaria lui jeta un regard rapide.

— Tu sembles vraiment lui plaire, mais tu plais à de nombreux hommes.

Catriona inclina la tête.

— Comme tu le dis ; physiquement, je suis assez attirante, mais après mûre réflexion…

Elle médita là-dessus, puis elle déclara :

— Tout ce qu'il a fait et dit est cohérent avec la conversation que tu as surprise : il réfléchit à la possibilité parce qu'il y a différents éléments dans la situation proposée qui l'attirent, mais finalement, je n'ai rien à lui offrir qu'il ne puisse en réalité trouver à Londres avec une femme qui conviendra beaucoup mieux à son mode de vie.

Elle se sentit fière de cette évaluation — cela avait exigé d'elle qu'elle scrute son âme. Richard Cynster était attiré par elle pour un certain nombre de raisons, mais elle ne ferait pas, en fin de compte, une femme convenable pour lui. Il était beaucoup trop prévoyant pour ne pas le voir.

— Donc, quelle est la suite ? demanda Algaria. S'il s'en va…

Catriona prit une profonde inspiration.

— S'il s'en va, il s'en va : nous ne pouvons rien faire pour l'arrêter. Ce qui signifie…

Elle regarda Algaria, attendant qu'elle en arrive à la même conclusion qu'elle.

Cette fois, sa guide la déçut. Complètement perplexe, Algaria la dévisageait.

— Ce qui signifie quoi ?

— Cela signifie, déclara Catriona en se levant du lit pour faire les cent pas, que je dois engendrer un enfant de lui, mais que nous ne serons pas mariés.

Elle chassa d'une main dédaigneuse le froncement de sourcils d'Algaria.

— Cela, si tu y réfléchis, est la solution parfaite pour moi : avoir un enfant en dehors des liens du mariage. La Dame, tu le remarqueras, ne mentionne pas le mariage, seulement le fait que je vais avoir un enfant de lui. Et tu dois admettre que s'il était un étalon, il serait un cadeau.

— Un *cadeau* ? Tu vas…

La voix d'Algaria s'estompa ; frappée d'horreur, elle la dévisagea. Puis elle dit : — Comment ?

Catriona marcha avec plus de détermination.

— Vraisemblablement en allant dans son lit.

— Oui, mais…

À l'évidence sidérée, Algaria inspira profondément.

— Ce n'est pas si simple.

Irritée par sa propre incertitude tenace *et* son manque d'expérience, Catriona fronça les sourcils.

— Cela ne peut pas être si difficile. C'est un séducteur — l'activité devrait lui venir naturellement. Et c'est le bon moment dans mon cycle — tous les signes sont propices.

Algaria secoua la tête.

— Mais, et si, après l'acte, il change d'avis et décide de rester. Tu ne peux pas être *certaine* qu'il partira.

— J'y ai pensé.

Catriona marcha de long en large devant le foyer, tous les propos de Richard sur la famille encore fraîchement à l'esprit. Et même s'ils n'en avaient pas discuté, elle pouvait deviner sa position sur l'éventuel abandon d'un bâtard engendré par lui. Elle ressentait quelques scrupules à cet égard, mais... elle avait toujours obéi à la Dame et cela ne changerait jamais. D'ailleurs, l'enfant de Richard ne serait pas seul : ce serait un enfant très aimé. Le sien.

— Il ne le saura pas.

Algaria se contenta de la fixer.

— Il va te faire un enfant et il ne le saura pas ?

Elle se leva du lit et posa une main sur le front de Catriona.

Irritée, Catriona la repoussa.

— J'ai pensé à tout — c'est réalisable —, tu le sais aussi bien que moi. C'est épineux, il faut en convenir — il doit dormir suffisamment pour ne se souvenir de rien consciemment, néanmoins son corps et ses sens doivent être capables de réagir et de satisfaire. Une potion somnifère engourdira l'esprit, un aphrodisiaque excitera le corps. Les doses devront être parfaitement évaluées, l'une par rapport à l'autre, mais si je jauge les quantités correctement, tout devrait bien se passer.

Algaria était blême, mais elle ne la contredit pas — elle ne le pouvait pas ; elle lui avait elle-même enseigné la plupart de ces connaissances. Par contre, elle pouvait protester.

— Tu es folle. Cela ne fonctionnera tout simplement pas ; trop de choses peuvent mal tourner.

— Sottises !

Algaria se fit sévère, mais sa peur et son inquiétude transparaissaient.

— Je ne prendrai pas part à cela : ce plan est aussi dément que celui de Seamus.

— C'est ce qu'exige la Dame. Elle va me guider.

Lèvres serrées, Algaria secoua la tête.

— Tu as dû mal interpréter.

Catriona se redressa — elle savait qu'Algaria ne croyait pas cela ; il n'y avait aucune possibilité qu'elle ait pu mal interpréter une directive aussi forte et répétée. Croisant les bras, elle rendit à sa guide son regard noir.

— Donne-moi une autre solution et j'y réfléchirai — tant que le résultat est que Richard Melville Cynster devienne le père de mon enfant.

Lentement, Algaria secoua la tête.

— Je suis contre ; cela ne peut *pas* être bien.

Consciente de la profonde méfiance de sa guide envers la plupart des hommes, en particulier des hommes comme Richard Cynster, Catriona ne discuta pas.

— J'ai les ordres de la Dame : je suis décidée à y obéir.

Elle marqua une pause, puis elle demanda plus doucement :

— M'aideras-tu ?

Algaria rencontra son regard et le soutint un moment. Puis, lentement, elle secoua la tête.

— Non, je ne peux pas. Je ne prendrai pas part à cela ; rien de bon n'en sortira, crois-moi.

Elle parla avec lenteur ; elle n'avait pas d'autre solution à offrir et elle le savait. Catriona soupira.

— Très bien. Laisse-moi : je dois travailler sur le mélange.

Elle avait tout ce qu'il lui fallait dans sa trousse de voyage, la trousse qu'elle avait héritée de sa mère. Elle remplaçait religieusement chaque herbe et remède spécifique à mesure qu'ils devenaient périmés sans s'interroger sur la raison qui motivait l'inclusion de chacun dans la sélection. L'aphrodisiaque avait toujours été là — il y était aujourd'hui quand elle en avait besoin. Ainsi qu'une puissante potion somnifère.

Algaria retourna vers la porte ; main sur la poignée, elle s'arrêta et regarda derrière elle.

Sentant son regard, Catriona leva les yeux et haussa un sourcil.

Algaria se redressa et leva le menton.

— Si tu m'aimes un tant soit peu, je t'en prie, *ne va pas au-devant* de Richard Cynster.

Catriona soutint posément son regard noir.

— La Dame le veut, je le dois donc.

Le processus pour droguer son adversaire s'avéra beaucoup plus facile qu'elle s'y était attendue. Tard ce soir-là, Catriona fit les cent pas dans sa chambre et attendit le moment de vérité — celui où elle se rendrait dans la chambre de Richard et découvrirait à quel point elle avait réussi.

Mélanger la potion nécessitait juste une série de dosages, tous basés sur sa vaste expérience. D'une manière habituelle, elle tenait entre ses mains la santé de plus de deux cents âmes qui résidaient dans le val — elle les traitait de la naissance à la mort ; elle connaissait ses herbes. Sa seule incertitude se situait dans l'estimation du poids de sa cible — finalement, elle ajouta simplement un soupçon supplémentaire de chaque potion et pria la Dame avec ferveur.

Pour lui faire avaler la drogue, elle s'était souvenue de son propos sur le whisky ; il était parfait pour ses besoins. Le goût fort et fumé masquerait le piquant des herbes, du moins pour quelqu'un qui n'était pas connaisseur. Elle avait jaugé la quantité à ajouter dans la carafe afin qu'un bon petit verre contienne suffisamment de drogue pour accomplir l'effet attendu.

Introduire la potion dans la carafe avait été la simplicité même. Elle était toujours la dernière à descendre pour le dîner ; elle avait juste attendu son heure habituelle, puis elle s'était arrêtée à sa chambre en chemin. La tension était montée quand elle était presque arrivée à sa porte. Elle s'était ouverte et son domestique en était sorti.

Debout, immobile comme une statue dans l'ombre, elle l'avait regardé partir, puis, respirant à peine, elle était entrée dans sa chambre.

C'était l'une des plus grandes de la maison ; la carafe était posée sur un buffet sous l'une des fenêtres. Il ne lui avait fallu qu'un instant pour évaluer le volume dans la carafe et ajouter la quantité requise de son propre mélange. Ensuite, bouchant la fiole, elle avait quitté la pièce d'un pas gracieux et elle était descendue dîner.

Et elle avait eu toutes les misères du monde à refroidir sa sensibilité, à étouffer sa propre conscience de ce qu'elle s'apprêtait à faire, particulièrement sous le regard bleu de Richard.

Il avait senti qu'elle était crispée, elle avait donc joué le rôle de la femme hautaine et elle avait prié pour qu'il considère sa nervosité comme un effet persistant du baiser du matin.

Catriona s'indigna et pivota, la jupe de son peignoir s'évasant autour d'elle.

Sous lui, elle portait une chemise de nuit en fine batiste — elle supposait que pour Richard, elle aurait dû être en soie, mais elle ne possédait pas un tel vêtement. La pensée de ses mains sur son corps recouvert seulement d'une mince chemise de nuit la fit frissonner. Elle jeta un coup d'œil à l'horloge sur le manteau de la cheminée quand elle sonna.

Douze coups distincts.

Il était temps pour elle de partir.

Respirant avec difficulté à travers l'étau qui lui enserrait les poumons, elle ferma les yeux et prononça une brève prière, puis, serrant son peignoir autour d'elle, elle se dirigea vers la porte avec détermination.

Pour respecter son rendez-vous avec celui qui allait lui faire un enfant.

CHAPITRE 6

Deux minutes plus tard, Catriona se tenait dans l'ombre devant la porte de Richard et elle fixait les panneaux de chêne. Un sentiment écrasant de fatalité pesa lourdement sur elle ; elle était au seuil de quelque chose de beaucoup plus importante qu'une simple pièce. En ouvrant la porte et en entrant, elle ferait un pas irrévocable vers un avenir à peine discerné.

Jamais auparavant n'avait-elle fait face à un tel choix — affronté une décision si cruciale qui changerait sa vie. Modifiant sa position, elle serra davantage son peignoir et se morigéna. Bien sûr que passer ce seuil allait changer sa vie — avoir un enfant était assurément irrévocable, mais cela faisait très clairement partie de son avenir. Ce dernier l'attendait juste au-delà de la porte — pourquoi hésitait-elle ?

Parce que ce n'était pas un enfant qui était allongé derrière la porte.

Exaspérée, elle se redressa et tendit la main vers la poignée, ouvrant simultanément ses sens — pour déceler tout signe d'avertissement, toute prémonition de dernière minute indiquant que son intention était mauvaise. Tout ce qu'elle ressentit fut la paix et le silence, un profond calme tranquille dans toute la maison.

Prenant une longue inspiration, elle poussa la porte. Elle s'ouvrit largement sans un son ; au-delà, la chambre était silencieuse et immobile, éclairée uniquement par la lueur du feu dansant encore dans l'âtre.

Entrant silencieusement, Catriona ferma la porte, remit doucement le verrou en place sans un bruit. Les yeux déjà adaptés à l'obscurité, elle scruta la pièce du regard. L'immense lit à colonnes était caché dans les ombres, sa tête collée sur le mur du couloir. La vue retint son regard, ses sens. Lentement, sur des pieds chaussés de pantoufles, elle s'en approcha.

Elle était à cinq pas de lui quand elle vit qu'il était vide, son couvre-lit tiré, non défait. Ses yeux s'ouvrant brusquement en grand, le souffle coincé dans sa gorge, elle pivota vivement et parcourut une seconde fois la pièce des yeux.

Et, d'où elle se trouvait, elle vit un bras enveloppé dans une manche de manteau foncé, une large manchette blanche dorée par la lumière du feu, tombant sur le côté du fauteuil à oreilles devant l'âtre. Le bras pendait mollement, ses longs doigts lâches atteignant presque le plancher. Un verre en cristal traînait au bout des doigts, sa base en équilibre sur les lattes cirées du plancher.

Il était vide.

Inspirant à fond pour se calmer, Catriona attendit que son cœur ralentisse, puis, avec précaution et en silence, elle avança d'un pas léger et contourna le fauteuil.

Au moins, une partie de sa potion avait fonctionné — il dormait. Affalé dans le fauteuil, ses longues jambes étirées devant lui, son gilet déboutonné, sa cravate dénouée, il réussissait encore à paraître élégant. Élégamment dissolu, élégamment dangereux. Son torse, recouvert d'une fine chemise en lin, se levait et s'abaissait avec régularité.

Le regard de Catriona vagabonda, puis se leva sur son visage ; elle examina les traits minces dorés par les flammes — un masque de bronze plus détendu qu'elle l'avait vu jusqu'ici.

Avec ses yeux fermés, il était plus facile de se concentrer sur son visage, sur ce qu'il affichait. La force s'y trouvait toujours, aveuglante d'évidence même au repos ; une trace non pas de tristesse, mais une absence de bonheur qui s'attardait autour de sa bouche bien formée n'était pas ce qu'elle avait remarquée auparavant.

Réprimant un froncement de sourcils, elle rangea cette vision dans sa mémoire, puis elle s'ébroua intérieurement et concentra son esprit sur ce qu'elle devait faire. La première étape avait été accomplie — il dormait.

Entièrement habillé.

Dans un fauteuil devant le feu.

À une bonne dizaine de pas du lit.

Catriona plissa sérieusement le front.

— Et maintenant, quoi ? marmonna-t-elle.

Les mains se levant sur ses hanches, elle l'étudia — et elle réfléchit — et l'étudia encore un peu. Sa tête allait de droite à gauche avant même qu'elle arrive à la conclusion qu'avec lui endormi, *elle* allait devoir prendre les choses en main pour les opérations à venir et, pour cela, elle avait absolument besoin de lui dans le lit. Un fauteuil, cela pouvait être possible, mais son imagination hésitait devant cette idée.

Elle jeta un regard noir à sa victime endormie.

— J'aurais dû savoir que vous trouveriez une façon de vous montrer difficile, l'informa-t-elle dans un murmure sifflant.

Se penchant, elle récupéra le verre entre ses doigts avant qu'il tombe et elle pivota pour le déposer sur une petite table. Le verre cliqueta sur la surface polie.

Catriona se retourna, son regard glissant vers le visage de Richard. Les croissants noirs de ses cils papillonnèrent. Puis se levèrent.

Il la regarda droit dans les yeux.

Elle se figea. Son esprit s'immobilisa ; elle cessa de respirer.

Les lèvres de Richard se courbèrent, d'abord par les coins, puis pleinement en un sourire séduisant.

— J'aurais dû savoir que vous alliez apparaître dans mes rêves.

Osant respirer — juste un peu — Catriona se redressa lentement et acheva son mouvement pour se tenir debout devant lui. Ses yeux la suivirent et quand ses paupières se levèrent davantage, il apparut évident qu'il était drogué. Ses pupilles entourées d'un bleu profond étaient immenses, son regard flou, non acéré et attentif comme il l'était d'habitude.

Son sourire séduisant, à la fois invitant et évocateur, s'approfondit.

— C'est juste, je suppose, la sorcière de mes rêves hantant mes rêves.

Il était éveillé, mais il pensait rêver. Catriona rendit grâce à la Dame — ainsi, elle pouvait l'amener au lit. Laissant se détendre ses traits qui avaient perdu toute expression sous le choc, elle lui sourit en retour.

— Je suis venue passer la nuit avec vous.

Son sourire prit un tour malicieux.

— C'est habituellement ma réplique, mais dans les circonstances, je vais vous permettre de me l'emprunter.

Il ne semblait pas pressé de se lever de son fauteuil ; souriant toujours, Catriona lui tendit une main. Récupérant son bras droit de l'autre côté du fauteuil, il l'étira et saisit ses doigts ; avant qu'elle puisse le pousser à se lever, il l'attira à lui. Son regard la balaya, beaucoup plus chaud que le feu dans son dos.

— Vous devez vous débarrasser de ce peignoir.

Catriona n'hésita qu'une seconde ; toute discussion pourrait le ramener à la raison. Lui retirant ses doigts, souriant toujours, elle leva les mains et souleva le peignoir lâche sur ses épaules, puis le laissa glisser sur ses bras.

Son regard bleu hébété le suivit jusqu'au plancher, puis lentement, très lentement, comme s'il avait tout le temps du monde, il se leva, caressant ses jambes, ses cuisses, ses hanches, ses seins — quand il atteignit enfin son visage, ses joues étaient en feu.

Une situation en rien aidée par la lueur malicieuse dans ses yeux ni par son sourire ouvertement lascif.

— Bonne à croquer.

Il fit cette déclaration comme s'il considérait faire exactement cela. Son regard glissa de son visage pour errer avidement encore une fois — et Catriona réalisa qu'avec le feu derrière elle, sa fine chemise de nuit était transparente.

— Ahh… venez au lit.

Elle tendit les deux mains.

Le regard encore sur son corps, il leva les mains, chaque mouvement lent et lourd, comme si ses membres étaient de plomb. Ses doigts se refermèrent sur les siens — puis, il leva son regard bleu sur son visage, sur ses yeux, et elle vit le rire malicieux flamboyer.

— Pas encore.

Il la tira sur ses cuisses.

Catriona s'apprêta à crier — et elle dut ravaler le son. Elle se raidit pour se débattre — et elle dut réprimer cette envie impulsive. Un son aigu ou une bagarre pouvait le réveiller. Elle se tortilla sur ses cuisses et réussit à se placer en face de lui. Ses cuisses étaient comme du chêne sous les siennes, son torse, lorsqu'elle mit les mains dessus, lui donna l'impression d'être une pierre chaude. Autour d'elle, les bras étaient lourds et détendus — ils auraient tout aussi bien pu être des bandes d'acier la retenant au piège.

Ils bougèrent ; elle sentit ses doigts glisser dans son dos jusqu'à sa nuque, s'écartant dans son épaisse chevelure. Il lui pencha la tête — ses lèvres couvrirent les siennes.

Goulûment.

Elle répondait à son baiser, échangeant un souffle contre un autre, une caresse fiévreuse pour une autre avant même de pouvoir réfléchir. La chaleur monta, s'accumulant en elle, irradiant de lui. Alors que sa raison était emportée dans un tourbillon et que le désir dansait dans l'air, elle pensa qu'elle ne rencontrerait pas trop de difficulté pour réaliser son plan. Pourvu qu'elle puisse l'amener au lit.

Avec un effort, elle se libéra du baiser. Il la lâcha, la tête de Catriona se pencha légèrement en arrière — et revint en avant pendant qu'il faisait courir une flamme sur sa gorge.

— Le lit, haleta-t-elle. Nous devons aller au lit.

— Plus tard.

La mauvaise humeur de Catriona se manifesta avec fureur. Elle ouvrit la bouche — et perdit le souffle dans un halètement quand ses mains se refermèrent avec possessivité sur ses seins, protégés uniquement par une fine batiste. Ses pouces dessinèrent des cercles, puis un doigt et un pouce serrèrent fermement. Elle se mordit la lèvre avec force, rejetant son cri instinctif.

Ses mains quittèrent ses seins, et elle respira de nouveau. Seulement pour sentir ces longs doigts, ces paumes dures suivre son corps, explorer chaque courbe, la caressant subtilement, néanmoins dans un but plus profond — comme s'il la découvrait.

Léchant ses lèvres soudainement sèches, elle réussit à souffler :

— Richard, le lit.

Ses mains s'arrêtèrent ; elle sentit son attention — et retint son souffle. Allait-il se réveiller ? Qu'avait-elle dit pour qu'il se concentre ainsi ?

Lentes et assurées, ses mains reprirent leur vagabondage, imprégnant leur chaleur à travers la mince chemise de nuit.

— C'est la première fois que vous prononcez mon nom.

Il murmura ses mots dans un souffle contre sa mâchoire, puis il posa un baiser léger sur ses lèvres déjà gonflées.

— Dites-le encore.

Catriona prit une inspiration trop superficielle pour calmer son esprit ; elle leva une main et repoussa délicatement la lourde mèche de cheveux retombant sur son front.

— Richard ?

Il s'empara de son propre nom sur ses lèvres, puis il but avidement pendant que ses mains continuaient d'errer, dessinant ses seins, ses hanches, les longs muscles de son dos, l'arrière de ses cuisses, les globes de son derrière. L'excitant lentement — ainsi que lui-même. Quand il leva ensuite la tête, elle frissonnait.

— Richard, amenez-moi dans votre lit.

Elle n'eut aucune difficulté à investir la prière d'une émotion crédible.

Sa réponse fut un petit rire malicieux — un son qui fit des ravages sur ses nerfs déjà trop tendus.

— Pas encore. Qu'est-ce qui presse ?

Il releva légèrement le menton de Catriona et se fit un chemin en grignotant sa gorge.

— Nous avons toute la nuit — et le temps s'arrête dans les rêves, de toute façon.

« Pas dans celui-ci. »

Catriona s'efforça de maîtriser sa raison.

— Pensez seulement comme nous serions plus à l'aise dans votre lit.

— Je suis parfaitement à l'aise ici, et vous aussi. Et nous sommes sur le point de l'être encore plus.

Catriona redressa la tête, prenant note au passage qu'une grande main prenait actuellement son derrière en coupe, caressant avec beaucoup trop d'expertise, laissant sa chair enflammée, enfiévrée. Elle baissa les yeux — et vit de longs doigts, foncés contre le blanc de sa chemise de nuit, libérant ingénieusement les minuscules boutons.

Ses yeux s'arrondirent brusquement ; elle inspira une bouffée d'air désespérée — et la perdit dans un soupir douloureusement frissonnant alors que sa main ouvrait son corsage d'une chiquenaude et que ses doigts frôlaient le bout de son sein gonflé.

Ses doigts ingénieux revinrent, caressant, dessinant, excitant, puis prenant possession.

Elle laissa retomber ses paupières, sentit fondre ses os, sentit sa volonté s'évaporer comme brume au soleil. Mais…

— *Le lit*, murmura-t-elle.

— Plus tard, insista-t-il.

L'air frais caressa ses seins chauds quand il repoussa se chemise de nuit en arrière et les dénuda complètement. Une main se referma fermement sur l'un, le pétrissant délicatement.

— C'est *mon* rêve. J'ai l'intention d'en profiter — et de profiter de vous — pleinement.

Catriona réprima un gémissement. Entrouvrant les paupières, elle étudia son visage, éclairé par la lueur du feu. Elle vit le sourire endormi d'anticipation lascive sur ses lèvres, sentit la chaleur de son désir dans son regard, fixé sur son sein, sur le mamelon palpitant et douloureux que ses doigts malicieux excitaient, taquinaient.

Il sentit son regard et lui jeta un bref coup d'œil — puis il sourit, étrangement confiant et reporta son attention sur son sein.

— Il y a des femmes à Londres qui s'imaginent frigides.

Son sourire s'intensifia — il fut un instant distinctement prédateur.

— Certaines aiment croire que leur chair est froide, que leur passion est enfermée dans la glace.

Ses doigts experts jouaient sur sa chair sensible — jamais violents, toujours excitants. Ses lèvres se tordirent d'un air ironiquement triomphant.

— J'en ai fait fondre quelques-unes. Il y a un truc pour cela.

Comme s'il voulait en faire la démonstration, il la fit bouger entre ses bras, exposant son autre sein, lui laissant simultanément sentir à quel point sa prise sur son derrière était intime.

— Vous, par contre, vous ne poserez aucun problème : vous ressemblez à cette montagne à l'ombre de laquelle vous êtes née.

Hébétée, Catriona cligna des paupières.

— Merrick ?

— Hum.

Il tourna la tête et la regarda dans les yeux.

— De la neige et de la glace au sommet...

Baissant les yeux, il leva la main sur son sein nu et fit courir ses doigts vers le bas, sur la courbe de son ventre, dans le creux au sommet de ses cuisses.

— Mais le feu brûle en dessous.

Catriona inspira sèchement quand ses doigts suivirent délicatement la ligne entre ses cuisses. Elle ne put retenir son envie de se tortiller et elle sentit ses doigts se resserrer sur ses fesses. Il la maintint immobile et continua à jouer, dessinant les longues lignes de ses jambes à travers sa fine chemise de nuit. Son contact était terriblement excitant, elle respirait rapidement — son cœur résonnait dans sa gorge — lorsqu'il fit descendre sa main et attrapa le bas de sa chemise de nuit.

Il le souleva lentement, puis il glissa une main en dessous ; la chemise se leva sur le dos de sa main pendant qu'il suivait, caressait, évaluait sa cheville, son mollet, son genou et sa cuisse.

Il releva le vêtement sur sa hanche, puis, avec une concentration totale et absolue, il se mit à caresser l'étendue de cuisse ainsi exposée. Sous ses doigts, mille feux éclatèrent, la réchauffèrent, couvrant sa peau de sueur.

Prise par son jeu, aussi absorbée que lui, Catriona sut qu'il avait raison. Elle n'eut pas besoin qu'il la change une seconde fois de position pour examiner les boucles cuivrées à la jonction entre ses cuisses, n'eut pas besoin de sentir ses doigts les effleurer, puis les écarter, puis glisser plus loin dans sa douceur.

Elle n'avait pas besoin qu'il la contemple avec des yeux flous éclairés par une flamme bleue et lui dise :

— Vous êtes exactement comme cette montagne : à l'intérieur, vous êtes un volcan.

Il baissa de nouveau le regard.

— Endormi, peut-être.

Très doucement, il caressa la chair douce entre ses cuisses, qui s'était entrouverte de son propre chef.

— Je vais vous réveiller. Jusqu'à ce que la passion se déverse comme la lave à travers vos veines. Jusqu'à ce que vous soyez chaude et douloureuse et mouillée. Jusqu'à ce que vous soyez humide et que vous ayez un besoin si absolu d'être prise que vous écarterez largement vos belles cuisses et vous me laisserez vous pénétrer. Vous remplir. Jusqu'à ce que je me baigne dans votre chaleur.

Catriona ferma les yeux et sentit son corps s'abandonner — sentit l'humidité qu'il provoqua. Elle sentit ses doigts glisser et déraper, sur et entre les plis palpitants. Puis, ses lèvres effleurèrent les siennes. Sur un halètement, elle l'embrassa en retour en faisant glisser ses mains de l'endroit où elles étaient restées passives pendant qu'il la retenait contre lui et explora son torse et ses alentours.

Le baiser s'approfondit, puis il se retira et émit un petit rire — un son malicieusement diabolique.

— Vous n'êtes pas du tout comme ces femmes de Londres. La chose la plus fascinante chez vous est que vous savez que vous avez du feu dans votre âme.

Les yeux fermés, le corps si enflammé qu'elle se sentait liquide, Catriona sentit qu'il l'ouvrait, le sentit presser doucement, puis glisser lentement, délibérément un long doigt en elle.

Elle ressentit profondément l'invasion, la sentit dans son âme.

Elle l'accueillit de tout son cœur.

Il bougea en elle, caressant délicatement ; la tension soudaine qui l'avait saisie s'apaisa. Elle se ramollit autour de lui, autour de son doigt explorateur, se détendant contre lui, s'enfonçant dans son étreinte.

— Vous n'êtes pas une femme de glace et de neige.

Elle entendit ses paroles et les ressentit, un souffle sur sa tempe, un écho profond dans son torse. Elle resserra sa prise sur lui, écartant ses mains dans son dos, s'accrochant désespérément à lui comme s'il était un rocher l'ancrant pour la protéger des vagues de chaleur qui la traversaient.

Des vagues qu'il provoquait avec chaque glissement expert, chaque torsion subtile de son doigt, chaque caresse exploratrice.

— Vous êtes la chaleur, la chaleur pure. La chaleur élémentaire. La chaleur de la terre, le feu le plus pur.

Il avait raison — elle brûlait à présent d'une flamme plus chaude que le bleu de ses yeux. Elle avait toujours su que ce serait ainsi — que la passion chez elle serait chaude et enflammée, torride et brûlante. Comment l'avait-elle su, elle l'ignorait, mais elle en avait connaissance depuis toujours. Et cela avait été tellement difficile de garder le feu à l'intérieur, de l'étouffer, de le maîtriser, de le cacher pendant toutes ces années où elle avait attendu.

Attendu ceci.

Elle avait depuis longtemps renoncé à l'arrêter pour le mener jusqu'au lit. Cela exigerait qu'il retirât ses mains de son corps, et elle ne pouvait pas supporter cela. Ses mains étaient de la pure magie, des doigts malicieux faits pour l'exciter, allumer les feux de sa passion. Et il y avait un raz-de-marée de flammes qui descendait sur elle.

Elle entrouvrit ses paupières juste assez pour trouver sa tête — pour déposer ses lèvres de nouveau sur les siennes. Elle l'embrassa profondément, avec urgence et d'une manière délurée. Elle laissa ses cuisses s'ouvrir davantage, le pressa d'explorer plus loin.

Au lieu de cela, il se retira. Et rigola malicieusement encore une fois.

— Oh, non. Pas encore, douce sorcière.

Il retira sa main d'entre ses cuisses.

Ses seins se soulevant vivement, Catriona resta dans ses bras et le dévisagea.

— Que voulez-vous dire ? réussit-elle enfin à lâcher dans un souffle. Pas encore ?

Il était tout sourire.

— C'est mon rêve, vous vous souvenez ? Vous devez attendre jusqu'à ce que vous soyez folle de désir.

Lèvres écartées, elle le fixa.

— Je *suis* folle de désir.

Le regard qu'il braqua sur elle était dédaigneusement condescendant.

— Vous êtes *loin* d'être folle de désir.

Sur ce, il la souleva et la déposa sur ses pieds entre ses propres cuisses. Ses jambes tremblèrent ; les mains de Richard la stabilisèrent. Sa chemise de nuit glissa lentement pour recouvrir ses jambes, le corsage béat. Catriona ramena brusquement les deux pans ensemble et ignora le tressaillement moqueur de son sourcil.

Une fois qu'elle eut repris son équilibre, il se leva — et tituba aussitôt ; *elle* dut le stabiliser.

Son front ne se plissa que fugitivement ; un autre petit rire le dérida.

— J'ai dû boire plus de whisky que je ne l'avais cru.

S'écroulant presque sous son poids, Catriona, tout à coup méfiante, regarda son visage. Les yeux de Richard rencontrèrent les siens, toujours aussi foncés que la nuit, son regard encore distrait et flou, ses lèvres formant toujours ce sourire franc de jeune garçon.

Il… rêvait toujours.

Déplaçant ses pieds afin de pouvoir mieux le soutenir alors qu'il retombait sans retenue sur elle de tout son poids, Catriona marmonna un juron et s'efforça de lui faire doucement contourner le fauteuil.

— Le lit, déclara-t-elle.

— Oh, en effet, affirma-t-il. C'est assurément le temps d'aller au lit.

Son rire diabolique suivit ; elle refusa de l'écouter. Si elle n'était pas certaine de l'avoir elle-même drogué, elle aurait cru qu'il était ivre — il pouvait à peine mettre un pied devant l'autre. Certainement pas en ligne droite.

— Continuez à regarder le lit, ordonna-t-elle pendant qu'ils titubaient lourdement vers la porte. Regardez : il est là-bas.

Employant toute sa force, elle réussit à le tourner et à les remettre tous les deux sur la bonne voie.

— Je n'ai jamais eu autant de difficulté dans ma vie, dit-il sans paraître vraiment inquiet. D'habitude, je sais précisément où se trouve le lit.

Après deux autres pas lourds, il ajouta :

— Ce doit être le whisky. J'espère que je ne suis pas trop ivre pour vous servir.

Grinçant des dents sous l'effort pour le tenir en équilibre, Catriona ne le rassura pas. Et ensuite, elle souhaita l'avoir fait.

— Oubliez ça, murmura-t-il avant de lui décocher un regard lubrique. Si je suis trop affaibli, je vais simplement vous exciter jusqu'à ce que l'effet se dissipe.

Catriona ferma fugitivement les yeux et réprima une plainte. Qu'avait-elle fait ? Elle avait endossé de son plein gré le premier rôle dans les rêves d'un séducteur. Elle devait être folle.

Il était toutefois trop tard pour reculer. Beaucoup trop tard. Cela lui importait peu de devenir folle de désir, elle voulait atteindre le bout de cette route chaude et torride sur laquelle il l'avait amenée.

Elle désirait vraiment être passionnée et avoir besoin d'être prise et de le sentir la pénétrer.

Trois pas vacillants supplémentaires et ils rejoignirent le côté du lit — le côté opposé à celui qu'ils visaient d'abord. Catriona était simplement soulagée.

— Voilà !

Le faisant pivoter afin que son dos fût dirigé vers le lit, elle posa les deux paumes sur son torse et poussa. Il s'écroula obligeamment à travers le lit —, mais il la prit avec lui.

Atterrissant à moitié sur lui, Catriona ne réussit même pas à lâcher un petit cri. Elle se tortilla tout de suite, arrivant à se libérer de ses bras à force de lutter, mais pas de ses mains — elles étaient partout. Elle tenta de les ignorer.

— Nous devons vous déshabiller.

Du moins, le dévêtir suffisamment.

De manière prévisible, il rigola.

— Je vous en prie !

Jetant ses deux bras largement ouverts sur le lit, il s'allongea en affichant un grand sourire.

Catriona le regarda les yeux plissés et tira pour défaire sa cravate. Elle la lança à l'autre bout du lit, puis, s'agenouillant à côté de lui, elle saisit le revers de son manteau. Le tirant de toutes ses forces, elle ne réussissait même pas à le rapprocher de son épaule. Exaspérée, elle s'assit sur ses talons et remarqua que son torse tremblait, même si son expression demeurait candide.

Elle lui jeta un regard mauvais.

— Si vous ne m'aidez pas à vous déshabiller, je vais partir.

Riant doucement, il roula sur une épaule, puis il s'assit.

— C'est impossible de me retirer un manteau bien coupé sans mon aide.

Catriona s'indigna. Elle le regarda pendant qu'il ôtait son manteau d'un coup d'épaule et l'envoyait rejoindre sa cravate. Ignorant ce qui l'incitait à agir ainsi, elle tendit les bras et fit courir ses mains sur son torse, repoussant son gilet pour explorer la vaste étendue. Sous ses mains exploratrices, des muscles remuèrent, ondulèrent, puis se raidirent. Il lui attrapa les poignets et la tira sur lui, puis il pencha la tête et l'embrassa.

Elle plongea dans son étreinte, sentit la chaleur l'envelopper, monter en elle, lécher son échine avec une lenteur désespérante alors qu'il la prenait davantage dans ses bras. De leur propre chef, ses doigts déboutonnèrent vite sa chemise, puis se glissèrent à l'intérieur, s'écartant largement sur la peau chaude et tendue, sur les muscles bombés, les bandes dures de chair parsemée de poils fins.

Il rompit le baiser avec un doux juron. Sous ses cils, elle le vit se débattre pour retirer à la fois son gilet et sa chemise et les lancer plus loin. Elle vit également une main se baisser à sa ceinture, défaisant les boutons à cet endroit. Fermant rapidement les yeux, elle leva les bras vers lui, soulagée lorsqu'il captura ses lèvres avec les siennes et l'embrassa jusqu'à ce qu'elle perde la raison.

Il changea de position, se relevant sur ses genoux et la guidant en arrière sur le lit. Elle s'affala obligeamment, les yeux fermés, l'adjurant intérieurement d'être rapide.

Son poids bougea sur le lit ; elle entendit le claquement sourd de ses chaussures, puis son pantalon toucha le sol. Elle garda les paupières fermement closes — elle n'allait certainement pas regarder. Puis, elle le sentit à côté d'elle ; il se pencha sur elle et ses lèvres couvrirent les siennes.

Il l'embrassa passionnément, impérieusement — plus intimement qu'avant. Il prit sa bouche comme si elle s'était offerte ; dans un sens, elle supposait que c'était bien le cas. La revendication était complète, sans retenue — comme si, même endormi, il savait qu'elle lui appartenait. Qu'il n'avait qu'à la prendre.

Et il la prit.

Sans savoir exactement quand, elle ouvrit ses sens, les laissa se tendre et lui dire ce que ses yeux ne pouvaient pas. Elle envoya explorer ses mains sur la vaste étendue de son torse tendu et dur sous ses mains et rendu rugueux par des poils crépus, puis sur les courbes arrondies de ses épaules. Remuant les doigts sur l'acier du haut de ses bras, elle se souleva contre lui, poussée par leur baiser — il était penché très loin sur elle, son corps, chaud et dur, à peine à trois centimètres du sien.

Il était allongé à côté d'elle, une hanche contre la sienne, son corps dégageant une chaleur et une sensualité qui l'enveloppaient, qui les englobaient tous les deux et les protégeaient du monde.

Et toujours, il l'embrassait, plongeait plus profondément, exigeant plus et s'en emparant. Enhardie, elle répondit à ses exigences — et elle laissa ses mains s'aventurer plus bas.

Jusqu'à sa hanche. Les doigts tendus, elle dessina l'os large, sentit la texture légèrement différente de sa peau. Et elle sentit la pause soudaine dans leur baiser — l'attention brusquement recentrée de ses sens.

Délibérément, elle laissa sa main tomber, ses doigts suivant avec langueur le bas de son ventre. Elle cessa de respirer — il se retira de leur baiser.

Juste au moment où elle le trouva.

Les yeux fermés, elle toucha avec hésitation, étonnée de découvrir une peau si délicate. Et elle le sentit trembler, puis se raidir. Intriguée, elle tendit lentement la main plus loin et enroula ses doigts autour de la longueur pesante. Chaque muscle qu'il possédait se contracta. Celui dans sa main palpita.

Ses lèvres se courbant en un sourire coquin, elle cajola et caressa, ferma les mains et soupesa, puis elle explora encore plus loin.

Il interrompit ses mains et les saisit.

— Douce sorcière, vous me tuez.

Les mots donnaient l'impression d'avoir été prononcés à travers des dents serrées ; elle émit son propre petit rire malicieux.

Seulement pour le voir l'embrasser voracement, avec une faim de loup, jusqu'à ce que sa raison parte en vrilles et qu'elle perde pied avec la réalité. Puis, il se retira.

— Maintenant, c'est mon tour.

Il se lança par-dessus elle en s'agenouillant, un genou de chaque côté d'elle. Attrapant le bas de sa chemise de nuit, il la souleva.

Les yeux fermés, l'attente battant dans ses veines, Catriona resta immobile et attendit.

Il leva son vêtement jusqu'à sa taille — puis directement sur ses épaules, relevant du même coup ses bras avec l'intention claire de le lui arracher.

Catriona haleta et s'anima. Saisissant les plis de sa chemise de nuit, elle s'efforça de la rabaisser. Il n'avait pas besoin qu'elle soit nue pour…

Il rigola, le son encore plus évocateur alors qu'elle avait la tête emballée dans son vêtement, son corps entièrement exposé. À la nuit, devant lui.

— En fait, dit-il d'une voix traînante, c'est une meilleure idée.

La chemise bougea, se tortilla ; Catriona patienta une demi-seconde, puis elle essaya de bouger les bras, seulement pour découvrir qu'ils étaient coincés. Sa tête, ses bras et ses épaules étaient enveloppés, piégés dans sa chemise de nuit.

— Hum. *Parfait.*

La voix lente qui ronronnait l'amena à se mordre la lèvre, la fit se tendre dans l'expectative. Une espérance qui se réalisa lorsqu'elle le sentit abaisser son corps nu sur le sien. Il changea de position, glissant plus bas, ses jambes à l'extérieur des siennes.

— Positivement succulente.

Elle sentit son souffle sur la peau douce de ses seins et se demanda ce qu'il voulait dire.

L'instant suivant, elle s'arqua avec violence et cria presque quand sa bouche se referma avec chaleur sur un mamelon. Il déposa des baisers, bouche ouverte sur sa chair tremblante, puis il lécha avec amour chaque pointe jusqu'à ce qu'elle forme un bouton serré — avant de les torturer avec sa langue.

Catriona se débattit violemment — simplement pour reprendre son souffle. Quand elle crut s'être enfin habituée aux nouvelles sensations, il téta un mamelon avec acharnement — elle cria et fondit de nouveau.

Heureusement, les plis de sa chemise de nuit entrèrent dans sa bouche et étouffèrent son hurlement. Quand sa raison lui revint, elle comprit que ses attentions n'avaient pas diminué : elle ne l'avait pas réveillé pleinement en sursaut. Quand il téta l'autre sein, elle était prête pour la foudre — la secousse éclair de sensation pure. Son corps s'arqua, mais elle retint son cri.

Haletante, le souffle court, le corps enfiévré, elle attendit, tentant désespérément d'imaginer ce qu'il ferait ensuite.

Ses lèvres s'aventurèrent plus bas, laissant des traînées de feu sur son corps, sur sa taille. Il déposa des baisers chauds sur son ventre ; elle se raidit, puis elle se détendit quand les traînées continuèrent sur ses cuisses, d'abord l'une, puis l'autre.

Il changea ensuite de position, se déplaçant vers l'arrière et plus loin. Ses sens en éveil, Catriona le situa agenouillé et à califourchon sur ses mollets. Puis, elle sentit ses mains se refermer sur ses genoux et leur donner un petit coup, écartant ses cuisses.

Après une légère hésitation, elle le laissa l'ouvrir ; reprenant son souffle, elle attendit qu'il la couvre de son corps.

Au lieu de cela, elle sentit un effleurement, puis des baisers légers sur l'intérieur de sa cuisse. D'abord l'une, puis l'autre.

Quand ce qu'il *pouvait* avoir l'intention de faire surgit dans son esprit, elle haleta et voulut serrer les cuisses, seulement pour découvrir ses larges épaules entre elles.

Il rigola malicieusement.

Et il déposa un long baiser chaud sur ses bouclettes humides.

— Pas encore, douce sorcière.

Puis, il l'embrassa.

Et il la lécha. Et il téta si délicatement qu'elle crut qu'elle allait mourir.

Au-delà de la raison, elle se débattit, essayant de se libérer de sa chemise de nuit ; vaincue, elle tenta de s'asseoir — seulement pour sentir le poids lourd de son avant-bras sur sa taille faire pression sur elle pour qu'elle reste allongée. Seulement pour sentir son autre main glisser sous son derrière et l'incliner vers le haut. Afin qu'il puisse mieux savourer sa douceur.

Et il la savoura. Longtemps et lentement, avec langueur et d'une manière dévastatrice, ses lèvres et sa langue opérèrent leur magie, jusqu'à ce que le feu brûle sous chaque centimètre de sa peau, jusqu'au moment où ses os eurent fondu et que ses nerfs se soient ratatinés et que sa raison fut réduite en cendres. Jusqu'à ce qu'elle halète, criant presque sous l'impulsion de son besoin.

Elle était passionnée, elle avait besoin qu'il la remplisse — elle était prête.

Elle était folle de désir.

Alors, il se retira.

— *Richard* !

Son cri fut faible — une demande et une supplique.

Il revint sur ses genoux avec un gémissement satisfait ; l'instant d'après, il lissa les plis de sa chemise de nuit pour l'écarter, cherchant les mains de Catriona. Leurs doigts se touchèrent et s'entremêlèrent ; il la tira afin qu'elle s'assoie.

Catriona lança ses jambes sous elle afin d'être agenouillée elle aussi —, mais avant qu'elle puisse rabaisser son vêtement, il le fit passer d'un coup par-dessus sa tête. Atterrée, elle le regarda flotter par-dessus le bord du lit.

Elle contempla son persécuteur.

Ce qui était une grosse erreur.

Complètement habillé, il était intimidant. Nu, il était envoûtant. Un mâle fascinant, engourdissant pour l'esprit — une présence virile et puissante attendant seulement de la prendre.

Pendant tout ce qui avait mené à ce moment, elle avait inébranlablement refusé de laisser son esprit former un portrait — d'imaginer à quoi il ressemblerait une fois nu, sans le voile de civilité qu'il portait lorsqu'il régnait sur le monde. Prenant avec difficulté une inspiration tendue, elle se demanda si l'imaginer aurait été mieux — si cela l'aurait mieux préparée à affronter ceci.

À son avis, pour tous ses sens, il était magnifique, son long corps mince couvert de muscles fermes. Voir son corps la remua profondément, déploya une émotion primitive en elle.

Elle avala et obligea son regard à se lever, soulagée de voir son sourire de jeune garçon toujours en place.

— C'est mieux.

Pendant que ses yeux avaient vagabondé sur lui, il avait fait de même avec des résultats très évidents. Il tendit les bras vers elle, elle essaya de rester en arrière, mais ses genoux glissèrent sur les draps.

À son étonnement, il ne la prit pas dans ses bras, mais, s'asseyant sur ses chevilles, il arrêta ses genoux avec les siens et la fit doucement retomber afin qu'elle soit assise comme lui, sur ses chevilles, les genoux largement écartés.

Il arbora un grand sourire, exprimant l'essence même de l'attente sexuelle masculine.

— Prochain épisode.

Sa raison depuis longtemps perdue, ses sens pris de vertiges, elle ne pouvait même pas faire apparaître un froncement de sourcils.

— Épisode ?

Ses mains confiantes et fermes se refermèrent sur ses seins. Ses pouces frottèrent ses mamelons ruchés et son corps s'anima instantanément. Ses paupières tombèrent de leur propre chef alors qu'elle s'arquait légèrement, pressant ses seins dans ses paumes.

— Que voulez-vous dire ?

— Je veux voir jusqu'où vous pouvez monter : jusqu'où je peux vous faire monter sans que vous explosiez.

Elle s'efforça de froncer les sourcils, s'efforça de comprendre ses paroles et ne réussit pas. Pas alors qu'il avait les mains sur ses seins, puis parcourant son corps, ses flancs, ses cuisses serrées et tremblantes.

Puis, il caressa ses douces bouclettes, glissa de longs doigts plus loin pour la caresser là, là où elle était chaude et en fusion. Deux doigts s'enfoncèrent et la remplirent, puis se retirèrent ; il dessina un cercle à sa porte, puis il poussa — et elle haleta. Ses doigts s'éloignèrent dans un glissement et s'amusèrent, puis revinrent au même point douloureusement sensible et replongèrent.

Une lumière blanche éclata derrière ses paupières. Et soudainement, Catriona comprit. Elle lui attrapa le poignet — et elle sentit, sous ses doigts, le mouvement séduisant des tendons et des muscles pendant qu'il l'explorait — lentement, délibérément, d'une manière évocatrice.

Elle ouvrit brusquement les yeux et regarda son visage. Ses traits étaient durcis par la passion. Complètement excité, son regard était fixé sur l'endroit où sa main travaillait entre ses cuisses.

Elle ne pouvait pas en croire ses sens.

— Vous m'allumez ? Comme *ça* ?

Il leva la tête et rencontra son regard. Le sien était encore voilé, ses yeux comme des flaques sombres ; c'était comme si l'effet des drogues s'amplifiait. Puis, il sourit — le même sourire de jeune garçon.

— J'ai envie de plonger en vous depuis la première fois où j'ai posé les yeux sur vous — j'ai eu une érection presque chaque minute que j'ai passée avec vous. Être dans votre entourage, particulièrement chaque fois que vous levez votre nez mutin en l'air, a été une torture. J'ai pensé vous donner une dose de votre propre magie avant de soulager ma douleur.

Son sourire se fit doux, distinctement rêveur.

— Et en ce qui concerne ceci — il plongea encore ; Catriona haleta et vacilla — j'ai l'intention de vous allumer encore beaucoup plus.

— Beaucoup *plus* ?

Bouleversée, elle le dévisagea et essaya d'imaginer ce qu'il n'avait pas encore fait.

Le sourire de Richard s'élargit.

— Quand je serai en vous. Ce sera long et lent — la plus parfaite des tortures pour une affriolante sorcière comme vous.

Catriona se contenta de le fixer du regard — qu'avait-elle fait ? Qu'avait-elle provoqué ? Il rêvait. Il rêvait vraiment : la réalité fusionnant en douceur avec le fantasme. Il ne savait pas ce qu'il faisait. Il ne comprenait pas qu'il lui faisait peur, qu'il la poussait trop loin. Qu'il lui procurait beaucoup trop de sensations. Il ignorait qu'elle était réelle.

Elle allait perdre la tête s'il ne la remplissait pas bientôt. S'il ne l'allongeait pas sur le dos pour la prendre. Rapidement. Elle pouvait sentir la passion croître, bouillonner dans ses veines, exactement comme il l'avait prédit. Ses feux intérieurs faisaient rage, elle était en fusion et produisait une chaleur liquide. Et elle avait besoin de la libérer.

Elle le voulait — tout de suite, immédiatement, depuis dix minutes déjà. C'était son propre besoin qui l'effrayait et non celui de Richard.

Toutefois, il ne savait pas cela — et elle ne pouvait pas le lui expliquer. Elle ne voulait pas supplier. Une panique inattendue surgit en elle.

Cela avait dû paraître sur son visage, car il fronça les sourcils. Ses doigts ralentirent et il inclina légèrement la tête d'un côté en l'étudiant. Il cilla une fois, deux fois — la perplexité était nettement inscrite sur son visage.

— Qu'y a-t-il ?

Catriona ouvrit les lèvres —, mais aucun son n'en sortit. Que pouvait-elle dire ? Que pouvait-elle admettre ? Il était clairement hébété, son esprit de plus en plus embrouillé — il agissait à l'instinct. Quel genre d'instinct possédait un séducteur ?

Son regard fixé sur le sien, elle s'humecta les lèvres, soudainement consciente de l'énorme risque qu'elle avait pris. Algaria avait tenté de la prévenir, mais elle n'avait pas compris. Elle ne maîtrisait pas la situation — et Richard non plus.

Ce qui signifiait qu'elle s'était offerte à la merci de l'âme même d'un séducteur, de son véritable moi intérieur, de sa vraie nature — et elle ignorait ce qu'était cette dernière.

Elle était sur le point de le découvrir.

Agissant à l'instinct, elle leva les bras vers lui.

— Je vous veux maintenant.

Elle n'essaya pas de cacher la sincérité de son besoin — sa vulnérabilité. Sa seule garantie concernant sa sécurité était l'insistance de la Dame pour dire qu'il était le bon. Mettant sa confiance dans le jugement de la Dame, elle se tendit vers lui avec ses bras, ses yeux.

— *S'il vous plaît.*

Elle ne le vit pas bouger, elle sentit seulement ses bras se refermer autour d'elle alors qu'il l'étreignait plus près de lui.

— Chut.

Il la tint contre lui, peau chaude contre peau chaude et il pressa son visage dans sa chevelure.

— Je ne voulais pas vous effrayer.

Ses mains lui caressaient le dos d'une manière réconfortante, apaisante. Prenant légèrement son derrière en coupe, il changea de position sur elle, son érection remontant sur le ventre de Catriona.

— Mettez cela sur le compte de trop d'imagination. Je fantasme sur vous depuis si longtemps, sur la sensation que j'éprouverai à votre contact — il fit glisser ses mains sur son dos et ses hanches, sur votre goût.

À l'aide d'une épaule, il donna un petit coup délicat pour lui relever la tête et il l'embrassa — doucement, lentement — la faim en lui se réfrénait, le goût piquant de sa compagne s'attardait encore sur ses lèvres et sa langue.

Puis, il leva la tête et contempla son visage.

— Je vous veux de la pire des manières possibles — il la scruta d'un air contrit, submergé par la passion comme un jeune garçon —, de toutes les manières connues de l'homme. Je veux vous voir vous épanouir pour moi, écarter vos jambes pour moi et tendre les bras vers moi. Je veux être en vous plus que je désire respirer ; je veux sentir que vous montez au ciel sous moi alors que je vous chevauche. Et je veux me réveiller et vous trouver à côté de moi ; je veux vous garder dans mes bras pour toujours.

Il déposa un baiser sur ses lèvres.

— Je veux prendre *soin* de vous pour toujours.

Levant la tête, il la regarda dans les yeux.

— Je veux être votre amant de toutes les façons, dans tous les sens du mot et de l'acte.

Emprisonnée dans son regard sombre et brumeux, Catriona ne put que trembler. Il l'avait de nouveau complètement séduite.

— Venez.

Ce fut elle qui lui prit la main, elle qui s'allongea sur le lit, écarta largement les cuisses et tendit les bras vers lui.

Et il vint à elle — le guerrier invincible sans cause — dépourvu de son masque, du bouclier qu'il levait devant le monde, à cause de sa machination. À cet instant, quand il la regarda dans les yeux et fit sa déclaration, il fut incapable de mentir. Il voulait l'aimer — et il désirait qu'elle l'aime en retour. Pas seulement physiquement, mais de toutes les façons. Il voulait qu'elle fasse partie de sa vie — et il voulait faire partie de la sienne. Elle n'eut pas besoin de pouvoirs supérieurs pour déchiffrer la vérité : elle était là, limpide dans ses yeux non voilés.

C'était là, écrit dans son âme — et pendant ce moment, elle fut en mesure de lire les mots. La vérité. Ce dont il avait envie en réalité.

Elle l'accueillit donc en elle, enroulant ses bras autour de lui pendant qu'il la couvrait. Donnant de petits coups pour qu'elle écarte les cuisses plus largement, il s'installa entre elles et il s'inséra dans son fourreau glissant. Tournant la tête, il prit un mamelon dur comme un petit caillou dans sa bouche et téta farouchement ; elle s'arqua et il poussa plus loin en elle, l'étirant.

Elle se raidit et s'efforça d'ordonner à ses muscles de se détendre. Il tendit une main vers le bas, entre leurs corps et il caressa le petit bout qu'il avait taquiné plus tôt.

Elle fut parcourue de sensations — un éclair irrégulier frappant profondément en elle. Il rompit les digues et provoqua un violent raz-de-marée, une passion en fusion, de la lave chaude qui s'éleva et partit dans un tourbillon, dans la chaleur pure du moment. Elle le sentit se retirer, puis revenir d'une puissante poussée et la remplir.

Elle le sentit avancer tout au fond jusqu'à son noyau.

Elle fondit autour de lui et l'accueillit avec bonheur en elle — dans son corps et dans son cœur. Elle savait que c'était dangereux : elle vit le trou béant bâillant à ses pieds, mais le désir qui le poussait, le besoin brut qui le submergeait à présent, l'incitant à la pénétrer encore et encore — aussi sûrement qu'il avait pris Richard dans son piège, il l'avait prise aussi. Elle sauta dans le trou sans y penser à deux fois.

Et elle se donna à lui, ouvrit son corps et ses sens et le laissa combler les deux.

Vulnérable d'une exquise façon, écartée sous sa force dure, tenue immobile par elle, empalée dessus, elle l'embrassa avec frénésie et le pressa de continuer.

Cependant, même elle ne pouvait pervertir sa véritable nature ; malgré l'énergie affluant si fortement entre eux, il l'exploita et se mit en devoir de la satisfaire. De lui donner du plaisir.

D'une manière déchaînée et merveilleuse.

Son rythme déferlant devint le sien, s'emparant même des battements de son cœur. Il se servit de son propre corps pour l'aimer ; elle apprit à se servir du sien pour l'aimer à son tour. Il n'était pas un professeur doux, il ne lui imposa néanmoins que du plaisir. Elle leva les genoux et agrippa ses hanches et elle s'abandonna à son amour.

À la joie, à la passion et au plaisir croissant. À l'instant qui s'abattit sur elle sans qu'elle le voie venir et lui vola sa raison, ses sens et jusqu'à son âme.

Et qui la laissa flotter dans un vide de délices, ancrée uniquement par les battements de cœur de Richard.

Elle réussit de justesse à étouffer son cri ; elle ne fut même pas certaine d'y être arrivée. Elle n'était même pas sûre de s'en soucier.

Richard la sentit fondre sous lui, il sentit disparaître ses dernières contractions, sentit son abandon final. Sur un halètement et un gémissement, il s'enfonça plus loin et ferma les yeux, emprisonnant le spectacle de Catriona, la crinière flamboyante de sa chevelure formant un cadre pour l'extase de sa compagne, pour l'expression de paix suprême qui imprégnait son visage.

De violents frissons le submergèrent ; il sentit qu'elle l'agrippait fermement.

Il haleta encore et s'abandonna, la suivit dans son néant.

Plus tard, beaucoup plus tard, il la libéra de son poids et il la prit dans ses bras. Elle tourna et se blottit plus près, le réchauffant à l'intérieur comme à l'extérieur. Il sentit que ses propres lèvres se relevaient — il ne comprenait pas pourquoi il se sentait aussi content. Pourquoi il se sentait aussi à l'aise. Si complet.

Puis, il se souvint.

Mais il ne s'agissait que d'un rêve.

Avec un doux soupir, il ferma les yeux et souhaita que les rêves puissent durer toujours.

CHAPITRE 7

Richard se réveilla le lendemain matin, très lentement. Un siècle sembla s'écouler avant qu'il soit certain d'être dans ce monde et non dans un autre. Il se sentait désorienté, léthargique. Épuisé.

S'il n'était pas plus avisé, il aurait dit qu'il se sentait comblé.

Cette idée lui fit froncer les sourcils. Les pensées qui suivirent accentuèrent ses doutes.

— Sottises.

Il jeta un coup d'œil sur la place à côté de lui. Les couvertures étaient lisses, l'oreiller encore gonflé. Aucune trace de compagne de lit. Pour prouver son fait, il souleva les couvertures et regarda à l'intérieur. À côté de lui, le drap n'était pas froissé ; il était, en fait, très bien mis.

Au lieu de s'apaiser, ses doutes s'obscurcirent. Il glissa son regard vers la partie de son anatomie qui exposait avec le plus d'évidence son rêve troublant. Il contempla son membre comme s'il pouvait répondre à la folle question dans sa tête ; il se contenta de rester là dans son état habituel d'érection matinale partielle et ne lui révéla rien. Il vérifia, mais il n'y avait aucune preuve visible qu'il avait été engagée dans un quelconque accouplement nocturne déchaîné.

Lâchant les couvertures, Richard s'installa confortablement sur les oreillers ; croisant les bras au-dessus de sa tête, il contempla le ciel de lit. Toutefois, plus il laissait son esprit s'attarder sur son rêve, plus il devenait net, refusant de s'évanouir sous la froide lumière du matin. Plus il y pensait, plus les détails se précisaient, plus les souvenirs sensuels s'intensifiaient.

— Ridicule.

Rejetant les couvertures vers l'arrière, il se leva.

Il se lava et se rasa, assisté par Worboys, puis il s'habilla, enfila son manteau d'un coup d'épaule et prit la direction du rez-de-chaussée. Tout au long de ses ablutions, son rêve avait refusé de sortir de sa tête et n'avait fait que devenir plus clair. Plus détaillé.

Lèvres pressées, il descendit la dernière marche. Étant donné sa récente abstinence, étant donné la présence constante de la sorcière sous le même toit, étant donné les fantasmes qu'il concoctait consciemment ou non à son sujet, ce n'était probablement *pas* étonnant qu'elle ait commencé à habiter ses rêves.

Il entra lentement dans le salon du petit-déjeuner en sachant qu'il était en retard. Échangeant de légers hochements de tête avec le reste de la terne maisonnée de Seamus, il remplit son assiette et l'emporta à la table. L'objet de ses rêves lubriques n'était pas présent, mais Catriona s'était révélée une personne matinale.

À la maison McEnery, le bavardage matinal animé n'existait pas, ce qui convenait à son humeur. Il mangea en silence. Il avait rudement faim. Il avait vidé la moitié de son assiette quand des pas pressés résonnèrent dans le couloir. Tout le monde leva la tête. Catriona entra à la hâte.

Son regard percuta le sien ; elle s'arrêta comme si elle avait foncé dans un mur. Pendant un instant, elle le dévisagea avec une expression indéchiffrable.

— Bien ! Je me demandais quand tu allais te réveiller.

Le commentaire sec et désapprobateur d'Algaria rompit le charme ; Richard ne pouvait pas dire qui l'avait jeté : Catriona ou lui-même. Ou une autre force.

Catriona lança un coup d'œil à Algaria, puis s'approcha de la table.

— Je… ah, ne me suis pas réveillée à l'heure.

— Tu dormais comme une souche quand je suis passée te voir.

— Hum.

Sans croiser le regard de qui que ce soit, Catriona se servit une grosse portion de kedgeree offerte par le majordome. Au lieu de son thé habituel accompagné d'un toast.

Richard fronça les sourcils — d'abord en direction de l'assiette, puis sur la sienne. Et il se demanda s'il était possible que des personnes partagent des rêves.

Ce fut une journée atrocement morne, avec la neige fondue fouettant la maison. Privée de toute occasion de marcher pour s'éclaircir les idées, Catriona se mit en devoir de passer l'office en revue. Ce qui ne semblait pas avoir été fait depuis sa dernière visite. La tâche s'avéra si prenante qu'elle n'eut pas une minute à consacrer à une réflexion sensée sur le problème qu'elle voyait poindre à l'horizon.

Elle ne l'avait constaté que ce matin-là lorsqu'elle s'était précipitée dans le salon du petit-déjeuner. Non qu'elle aurait pu l'anticiper, étant donné qu'elle n'avait pas prévu la profondeur de sa relation avec Richard.

Lui qui devait être le père de son enfant.

Cependant, elle n'eut pas l'occasion d'y réfléchir, de s'attarder sur le fait que sa vision de lui s'était modifiée et si cela signifiait qu'elle pouvait ou devait changer son plan, ou encore si son plan était à présent plus sûr ou plus dangereux.

Il avait été confus ce matin — et cela, elle ne s'y était pas attendue. Elle l'avait vu dans ses yeux lorsqu'il l'avait regardée — un souvenir de la nuit. Étant donné ce qui s'était passé, elle n'était pas étonnée ; elle n'avait pas prévu qu'il soit même à moitié réveillé, encore moins dans cet étrange état de rêve éveillé.

Par conséquent, ce n'était pas surprenant qu'il se remémorât quelque chose ; son trouble lui révélait qu'il ne se souvenait pas suffisamment. Pas assez pour avoir la certitude que cela n'avait pas été un rêve.

Elle était en sécurité, mais il était inquiet. Elle devait méditer là-dessus.

— Attachez tout cela en grappes et suspendez-les correctement. Et lorsque vous aurez terminé, vous pourrez jeter tout ceci.

« Tout ceci » était un vieux tas d'herbes qui avaient depuis longtemps perdu leur efficacité. Les mains sur les hanches, Catriona survola du regard l'office grandement amélioré, puis elle hocha sèchement la tête.

— Nous allons commencer par les huiles demain matin.

— Oui, m'dame, acquiescèrent de concert la gouvernante et deux servantes.

Catriona les laissa à leurs tâches et se dirigea vers le boudoir familial. Son chemin passait par un labyrinthe de couloirs donnant sur une étroite galerie surplombant l'allée sur le côté de la maison.

La galerie menait à l'aile principale de la résidence. Elle s'y était engagée avant de lever la tête pour voir une grande silhouette debout devant l'une des longues fenêtres exposant la journée d'hiver. Il l'entendit et tourna la tête, puis il pivota complètement sans tout à fait lui bloquer la voie, mais donnant l'impression qu'il aimerait le faire.

Les pas de Catriona ne faiblirent pas et elle garda la tête haute. Cependant, elle ralentit en s'approchant de lui, consciente tout à coup d'une présence électrique dans l'air, d'une réaction ouvertement sexuelle. De sa part à lui — et de la sienne.

Elle stoppa à un bon mètre de distance, n'osant pas s'aventurer plus près, ne sachant pas trop exactement où cette soudaine envie brûlante de le toucher pouvait la mener. Conservant une expression innocente, elle leva le menton et arqua un sourcil en signe d'interrogation.

Il baissa les yeux sur elle, l'expression aussi indéchiffrable que la sienne.

Et l'attirance passionnée entre eux devint plus forte, plus intense.

Elle lui coupa le souffle et souffla une chaleur sur tout son corps. Les mamelons complètement durcis, elle tint bon et pria pour qu'il ne le remarque pas.

— Je me demandais, dit-il enfin, si vous aimeriez aller vous promener.

Son ton exprimait clairement qu'il la voulait à lui seul, dans un endroit privé afin de pouvoir examiner ce qu'il ressentait.

— Jusqu'au jardin d'hiver, comme nous n'avons pas d'autre choix.

Le fait qu'elle considéra la possibilité d'accepter, même en sachant la vérité, l'effrayait.

— Ah… je ne pense pas.

La prudence s'imposa à toute allure ; Catriona adoucit son refus avec un sourire.

— Je dois m'occuper de Meg ; elle ne va pas bien.

— Algaria ne peut-elle pas se charger de Meg ?

Son agacement la fit presque sourire de plaisir ; son masque glissait — le guerrier apparaissait.

— Non. Meg préfère que ce soit moi.

Ses lèvres s'amincirent.

— Moi aussi.

Catriona ne put s'empêcher de lui offrir un grand sourire.

— Elle est malade ; vous ne l'êtes pas.

— C'est ce que vous dites.

Enfonçant les mains dans les poches de son pantalon, il tourna et avança à côté d'elle d'un pas nonchalant quand elle reprit sa progression dans l'aile principale.

Catriona lui jeta un regard prudent.

— Vous n'êtes pas malade.

Il haussa un sourcil arrogant.

— Vous pouvez le dire simplement en me regardant ?

— Généralement, oui.

Elle emprisonna son regard.

— Dans votre cas, votre aura brille très fort et il n'y a pas trace de maladie.

Il scruta son regard, puis il toussota.

— Lorsque vous en aurez fini avec Meg, vous pourrez venir me trouver et examiner ma force plus en détail.

Catriona s'efforça de garder les lèvres assez droites pour froncer les sourcils.

— Vous ne vous sentez pas tout à fait dans votre assiette. Parfaitement compréhensible.

Ils avaient rejoint le bas de l'escalier principal, et elle fit un signe de tête en direction de la scène triste au-delà des fenêtres du vestibule.

Il la contempla sans sembler la voir. Il s'arrêta devant les marches ; elle stoppa sur le premier degré et le regarda en face.

— J'irais très bien, dit-il en rencontrant son regard, si seulement je pouvais…

Ses mots s'estompèrent ; le désir les submergea, tangible et brûlant comme un vent du désert. Il la dévisagea ; Catriona se retint avec force à la rampe et s'efforça de ne pas réagir, de conserver son propre masque en place alors que celui de Richard vacillait.

Puis, il cligna des paupières, fronça les sourcils et secoua la tête.

— Oubliez ça.

Plus ébranlée qu'elle pouvait le lui montrer pour son propre bien, Catriona sourit faiblement.

— Plus tard, peut-être.

Il la regarda de nouveau, puis il acquiesça d'un signe de tête.

— Plus tard.

Il ne devait pas y avoir de plus tard — pas ce jour-là. Malgré ses meilleures intentions, Catriona se retrouva constamment sollicitée, par Meg, par les enfants et même par Mary, qui était habituellement aussi robuste qu'un cheval. Les tensions dans la maison, générées par le testament injuste de Seamus, sapaient les forces.

Le seul moment qu'elle eut pour elle fut la demi-heure où elle s'habilla pour le dîner. Trop peu de temps pour réfléchir aux conséquences de la tournure imprévue prise par son plan simple. Pendant qu'elle se hâtait d'enfiler sa robe, puis de secouer sa chevelure, la brosser et la tresser de nouveau, elle réévalua rapidement sa position.

Si les choses s'étaient déroulées comme elle les avait planifiées, elle aurait fermement évité Richard pendant le jour, n'aurait rien fait pour lui donner la moindre raison de changer d'avis. Elle avait prévu de rester distante jusqu'à ce qu'il refuse le décret de Seamus, elle l'aurait regardé filer sur la route de Londres, puis aurait pris la direction du val en portant son enfant.

Tel avait été son plan.

Maintenant, toutefois, un petit élément lui avait échappé. Elle devait s'adapter. Il s'était suffisamment rappelé la nuit pour être gravement perturbé. L'idée qu'il pouvait être perturbé d'une façon ou d'une autre à la suite de ses machinations, elle ne pouvait l'accepter.

Elle allait devoir agir à ce propos.

La première chose qu'elle fit en descendant dîner, la dernière comme toujours, consista à ajouter à sa carafe fatidique quelques gouttes d'une autre potion, une qui l'empêcherait de se souvenir d'autres « rêves ».

La deuxième chose fut pour elle de se lever, plutôt que fuir, quand il regagna le salon après dîner et marcha droit jusqu'à elle.

À ses côtés, Algaria se raidit. Catriona la chassa d'un signe de la main — elle partit avec réticence. Richard lui accorda à peine un signe d'intelligence en prenant sa place.

— Où diable étiez-vous ?

Catriona ouvrit de grands yeux.

— J'ai calmé Meg, médicamenté les enfants — tous les six —, puis j'ai préparé une potion pour Mary, ensuite j'ai revu les enfants, puis j'ai aidé Meg à se lever et j'ai de nouveau examiné les enfants avant de…

Elle agita la main.

— Ma journée a passé comme un coup de vent, j'en ai bien peur.

Il la regarda de près.

— J'avais espéré vous revoir après le déjeuner.

Catriona lui lança un regard impuissant et contrit.

Richard réprima un grognement et il jeta presque un regard mauvais au reste du groupe. Il avait rempli ce qui se classait probablement comme la journée la plus ennuyeuse de sa vie en perdant son temps dans la bibliothèque et dans la salle de billard, priant pour que sa soudaine susceptibilité disparaisse.

En vain.

Même maintenant, simplement debout à côté d'elle, son corps se souvenait littéralement de la sensation de celui de Catriona pressée contre lui. Nu — peau contre peau. La pensée lui donnait chaud — encore plus qu'avant. Si elle avait représenté un problème hier avec sa capacité à l'exciter, après le rêve de la veille, elle se qualifiait en tant que crise majeure.

— Je voulais vous parler.

À propos de quoi, il ne savait pas trop. Cependant, il voulait assurément savoir si elle ressentait la même chose que lui : si elle pouvait sentir le désir pur qui brûlait dans l'air entre eux. Il l'avait observée avec soin, mais il n'avait pas décelé de sensibilité particulière ; il la regarda du coin de l'œil maintenant, alors qu'avec moins de trente centimètres entre eux elle pesait calmement ses paroles. Pas une trace de réceptivité n'apparaissait.

Alors que tout ce qui occupait son esprit à lui était ce qu'il avait éprouvé en glissant en elle.

Il réprima un gémissement ; il était inutile de bander ses muscles pour se protéger des sensations dont il se souvenait — ils étaient assez durs comme cela.

— Nous devons parler.

Le regard qu'elle lui décocha fut interrogateur.

— Vous n'êtes pas malade ; vous n'avez pas besoin de mes conseils professionnels.

Elle semblait positive — Richard n'en était pas si convaincu. Il n'était peut-être pas physiquement malade, mais… il savait que son « rêve » en était un pour la simple raison qu'il ne pouvait pas réellement s'être produit. Les chances qu'elle se présente dans sa chambre à coucher comme cela, souriante et disant qu'elle était venue coucher avec lui, étaient, à son avis, plus que nulles.

Et si cela avait vraiment eu lieu, ce qui avait suivi ne s'était sûrement pas réalisé.

Toutefois, il n'avait jamais eu de souvenirs semblables, même pas d'événements véritables. De femmes réelles — celles avec qui il *avait* partagé un lit. Autant il répugnait à y penser, autant il n'était pas sûr que toutes les longues nuits de sa brillante carrière lascive de séducteur ne revenaient pas pour le hanter.

Parce qu'il était certain — jusqu'au fond de lui — qu'il la connaissait comme l'entend la Bible.

Il prit une profonde inspiration et expira à travers des dents serrées.

— En savez-vous beaucoup sur les rêves ? lui demanda-t-il en la regardant. Pouvez-vous les interpréter ?

Elle leva la tête pour rencontrer ses yeux ; il sentit son hésitation.

— Parfois, répondit-elle enfin. Les rêves ont régulièrement une signification, mais celle-ci est obscure. Et c'est souvent quelque chose de différent de ce qui apparaît dans le rêve, s'empressa-t-elle d'ajouter.

Il lui décocha un regard exaspéré.

— Cela aide beaucoup.

Elle cilla et le contempla. Avec beaucoup de soin, pensa-t-il.

— Si vous êtes préoccupé par un rêve, alors la meilleure chose à faire est de l'oublier pour l'instant, car s'il *est* censé signifier quelque chose, alors ce quelque chose deviendra évident, habituellement après quelques jours. Ou bien le rêve disparaîtra.

— Vraiment ?

Richard haussa un sourcil, puis hocha la tête à contrecœur. C'était probablement un sage conseil — il était aussi bien de le mettre en pratique. Mais d'abord, il avait besoin d'empêcher Catriona de l'abandonner encore. D'un signe de tête, il désigna la table roulante positionnée devant Mary.

— Je vais aller chercher nos tasses.

Catriona inclina la tête avec grâce et le regarda traverser la pièce. Et elle jura qu'elle allait commencer à trimballer un éventail. Elle avait tellement chaud, elle s'étonnait de ne pas s'être enflammée spontanément — être partie en flammes juste ici dans le salon de Mary. Les bouffées de chaleur qui la submergeaient prenaient deux formes : chaudes et encore plus chaudes. Chaudes lorsqu'il ne la regardait pas directement, plus chaudes lorsqu'il le faisait. La seule raison pour laquelle elle était encore debout ici, à mettre à contribution chaque once de sa volonté et de son expérience pour paraître indifférente, était parce qu'elle s'était elle-même convaincue que c'était le prix à payer pour la façon dont son plan bouleversait Richard — supporter l'effet secondaire et lui offrir la paix qu'elle pouvait. Cependant…

Elle avait désespérément besoin de son thé.

Il revint et lui tendit sa tasse ; elle l'accepta et sirota avec gratitude.

Richard but aussi, plutôt pour la même raison, puis il déposa la tasse dans sa soucoupe.

— Parlez-moi de votre rôle, le fait d'être la dame du val.

Catriona cilla et leva les yeux vers lui.

— La dame du val ?

Quand il se contenta de patienter, elle demanda :

— Vous désirez savoir ce que je fais ?

Richard acquiesça de la tête. Et il vit la méfiance s'infiltrer dans ses yeux.

— Pourquoi ?

— Parce que…

Il marqua une pause, puis continua :

— Je veux savoir ce que je rejette.

Si elle pensait qu'il songeait à aller dans le sens du plan de Seamus, elle ne lui dirait rien. Il couronna ses mots d'un de ses sourires taquins et il fut récompensé par son indignation.

— Vous n'avez pas besoin de le savoir.

— Où est le mal ?

Il lui jeta un regard en coin, elle retroussa son nez encore une fois et il devint misérablement inconfortable.

— Vous êtes la guérisseuse locale, mais cela ne peut pas résumer l'ensemble de vos obligations, pas si vous êtes propriétaire du val.

— Bien sûr que non.

— Je suppose que vous gardez le contrôle sur les loyers et sur les ventes de produits d'alimentation, mais quant aux autres domaines ? Le bétail, par exemple. Supervisez-vous vous-même la reproduction ou quelqu'un vous aide-t-il ?

Le bref regard qu'elle lui lança fut en partie irrité, en partie résigné.

— Il y a d'autres gens, évidemment. La majorité de la gestion de l'agriculture incombe à l'un de mes employés, mais la laiterie est séparée.

— Fabriquez-vous votre propre fromage ?

À force d'une succession de questions prudentes, il tira d'elle un portrait raisonnable de ses avoirs et de la manière dont elle les gérait. Comme il s'y était attendu, il y avait des trous dans sa gestion — des domaines importants où elle se fiait à d'autres personnes sans qualifications réelles. Elle faisait trop facilement confiance, malgré, ou peut-être à cause de ses croyances.

Il avait déjà prouvé cela.

Catriona répondit à ses questions parce qu'elle ne voyait aucune raison de ne pas le faire. Et il l'étonna — avec sa perspicacité, sa compréhension, son expérience. Finalement, elle demanda :

— Comment connaissez-vous les questions qu'il faut poser ?

Elle fronça les sourcils vers lui, reconnaissante que la chaleur entre eux ait diminuée. Pas disparue, mais calmée.

— Gérez-vous de grands domaines dans vos temps libres ?

Il parut légèrement perplexe.

— Mes temps libres ?

— J'avais déduit que vos conquêtes à Londres vous prenaient la *plupart* de votre temps.

— Ahhh !

Sa réponse acerbe l'amusa.

— Vous oubliez que je suis un Cynster.

— Et alors ?

Son sourire commença par être taquin, mais quelque part en chemin il devint résolu.

— Vous avez oublié, murmura-t-il, la devise familiale.

Catriona sentit l'atmosphère changer autour d'elle ; elle fut étonnée de ne pas l'entendre crépiter. Elle soutint son regard et haussa un sourcil hautain.

— Qui est ?

— *Posséder… et chérir.*

Les mots restèrent suspendus entre eux, contenant plus d'une signification ; soutenant son regard, Catriona pria pour qu'il ne voie pas à travers son masque aussi facilement qu'elle voyait à travers le sien. Elle n'avait pas besoin qu'on lui dise que ces mots n'étaient pas seulement une devise — ils étaient une raison d'être[1]. Pour eux tous, peut-être, mais particulièrement pour lui.

Le bâtard — le guerrier sans cause.

À peine capable de respirer, elle tendit la main vers la tasse vide de Richard.

— Si vous voulez bien m'excuser, je dois aller m'enquérir de Meg.

Il la laissa partir sans un mot, ce qui était tout aussi bien. Combien de temps encore aurait-elle pu résister à la tentation de tendre la main vers lui — de lui

1 En français dans le texte original.

permettre de la prendre pour cause — elle n'aimait pas y penser.

Néanmoins, plus tard cette nuit-là, quand le dernier coup de minuit s'estompa, elle se tenait encore une fois debout devant sa porte fermée — et la fixait. Tout en se disant en termes très simples précisément pourquoi elle se trouvait là.

D'abord et avant tout, il y avait les ordres de la Dame, des ordres qu'elle ne pouvait pas braver. Et c'était un fait indiscutable qu'il fallait passer un minimum de trois nuits avec lui —, c'est ce qu'elle conseillerait à n'importe quelle femme à sa place.

Et en dernier lieu, mais elle devait l'admettre, loin d'être la moindre des choses, il y avait le simple fait qu'elle le désirait. Elle voulait s'allonger encore dans ses bras, ne désirait rien rater du court laps de temps que le destin leur avait accordé. Elle voulait l'étreindre encore, ce guerrier vulnérable et se donner entièrement à lui — s'offrir pour remplir le vide dans son âme. Elle ne pouvait pas l'épouser, mais cela ne signifiait pas qu'il — ainsi qu'elle-même — ne pouvait pas connaître cela.

Même si ce n'était que dans les rêves de Richard.

Elle prit une profonde inspiration et tendit la main vers la poignée de porte.

Allongé sur le dos dans son lit, complètement réveillé, Richard fixait la carafe de whisky d'un air morose. Il s'était passé de son dernier verre coutumier avant de dormir. Il lui était venu à l'esprit que le whisky — qui n'était pas sa boisson habituelle — pouvait être responsable de ses rêves trop pénétrants.

Si c'était le cas, il l'éviterait. Il ne pouvait pas supporter une autre journée comme celle-ci, avec son corps qui réclamait à grands cris — qui réagissait — comme si quelque chose qui ne s'était pas produit s'était en fait réalisé. Il deviendrait fou. Certains prétendaient que les Écossais étaient tous déments — voyez Seamus. Le whisky était peut-être à blâmer.

Le léger bruissement d'air alors que la porte s'ouvrait lui fit tourner la tête. La porte bougea — sans aucune hésitation — et Catriona entra. Elle referma la porte en silence, puis elle jeta un regard circulaire dans la chambre — et elle le vit. La lumière de l'âtre avait baissé mais il pouvait quand même voir son doux sourire étrangement ensorcelant.

Chaque muscle de son corps se contracta ; il ne pouvait plus respirer. Son état empira quand, un sourire s'ébauchant encore sur le visage, elle marcha vers le lit en retirant son peignoir, un peignoir dont il se rappelait, tout en avançant. Elle le laissa tomber au moment où elle atteignit le bord du lit. La tête penchée d'un côté, elle l'étudia en souriant toujours doucement.

Complètement rigide, il l'observa, puis il vit qu'elle scrutait son faciès. La lumière provenant du feu ne rejoignant pas la tête du lit, il était possible qu'elle puisse voir ses yeux ouverts, mais elle ne pouvait pas déchiffrer ce qu'ils exprimaient. Si c'était le cas, elle fuirait.

Au lieu de cela, son sourire s'approfondit. Elle tendit la main vers les couvertures, puis elle hésita. Ensuite, elle haussa les épaules et se redressa — et déboutonna calmement le corsage de sa chemise de nuit, saisit la jupe et la souleva par-dessus de sa tête.

Richard inspira une bouffée d'air tortionnaire ; s'il avait pu bouger, il se serait pincé. Il *savait* cependant qu'il ne dormait pas.

Il ne rêvait pas. Ceci était réel.

Entièrement nue, ses longues tresses pendant librement sur ses épaules et sur son dos, sa peau — les seins soyeux, les flancs minces — luisant comme de l'ivoire sous la faible clarté, elle leva les couvertures et s'y glissa. L'inclinaison du matelas pendant qu'elle s'installait à côté de lui déclencha une réaction instinctive, presque violente. Il réussit tout juste à la refouler — l'envie primitive de rouler sur le côté, de la couvrir, de la prendre.

Son esprit partait dans tous les sens, sa raison était confuse, s'efforçant de comprendre le fait que ceci était *réel* — qu'elle se trouvait ici, dans son lit, un fait indéniable — parfaitement nue.

Par tous les diables, à quoi jouait-elle ?

Il n'avait pas bougé — il n'osait pas ; s'il remuait, les rênes lui fileraient entre les mains et Dieu seul savait ce qui se produirait alors. Chaque muscle tremblant sous la contrainte, il la regarda.

Et elle le toucha.

Elle écarta une petite main chaude sur son torse, puis elle la fit glisser avec audace pour le prendre en coupe. Après cela, l'enfer, Dieu — et même sa Dame — perdirent toute importance.

Il ferma les yeux sur un long gémissement. Les doigts de Catriona se resserrèrent, puis les rênes de Richard se rompirent. Il lui attrapa les mains, d'abord l'une, puis l'autre et les emprisonna au-dessus de la tête de sa compagne avec l'une des siennes. D'un même mouvement, il se souleva sur elle, trouva ses lèvres et les pilla.

Une pensée brûlait dans son cerveau enfiévré : confirmer, au-delà de tout doute, qu'*elle* avait bien été la femme dans son rêve. Qu'elle avait été la femme qu'il avait excitée la nuit précédente, la femme qui l'avait supplié de la prendre, puis s'était tortillée comme une dévergondée entre ses bras.

Il ferma sa main sur un sein ferme et le reconnut. Il le sentit gonfler, trouva le petit caillou dur de son mamelon. Et il le reconnut également. Il fit rapidement glisser sa main en bas, dessinant une courbe après l'autre du sein jusqu'à la hanche, de la hanche jusqu'à la cuisse ; les globes de son derrière lisses et parfaits remplirent sa main. Comme ils l'avaient fait la nuit précédente.

Et elle était avec lui, comme elle l'avait été la veille ; chaudes et pressées, sa bouche et ses lèvres fusionnaient avec les siennes, sa langue se battant en duel avec la sienne. Les bras toujours ancrés au-dessus de sa tête, son corps s'arqua sous celui de Richard, le caressant comme lui l'avait caressée.

Pris par la passion de Catriona, poussée par une envie sauvage, il lui écarta largement les cuisses. Et il la toucha. Elle était mouillée, d'une chaleur brûlante — elle se leva sous son contact, le suppliant en silence de continuer. Il glissa un doigt profondément et elle haleta.

Son nom.

Il le but sur ses lèvres et il repoussa encore davantage ses cuisses et se positionna entre elles. Et pénétra en elle dans un glissement.

Arc-bouté au-dessus d'elle, il laissa sa tête retomber en arrière alors qu'elle se refermait autour de lui comme du velours brûlant. Il bougea en elle et elle réagit en lui rendant coup pour coup, le prenant tout au fond de sa chaleur et le retenant.

Libérées, ses mains se levèrent pour caresser son torse, puis elles se déployèrent sur ses flancs aux muscles bandés. Elle l'étreignit légèrement, puis repositionna ses hanches et le guida plus profondément en elle.

Il haleta et s'abaissa sur les coudes avant d'encadrer son visage et de l'embrasser. Voracement. La friction entre leurs corps les rendait fous tous les deux — fous de désir.

Il les garda cependant comme cela, les retint là, dans la chaleur de la fournaise, dans l'œil du cyclone. Il prolongea leur union aussi longtemps qu'il put, dépendant de l'effet causé par cette drogue que représentait la joie pure de la remplir.

Sous lui, Catriona savourait l'intimité exquise, reconnaissant avec une remarquable clarté que c'était ainsi que cela devait être. Leurs corps exécutaient une danse plus vieille que le temps, celui de Richard dur et pressant, le sien doux, soumis.

Les deux corps aimants.

Cette pensée lui vint avec un soupir interrompu et un gémissement guttural ; leurs corps collés ensemble, ils montèrent plus haut et plus haut, tous les deux entièrement centrés sur la sensation — sensation qui dépassait le simple cadre physique, qui s'engouffrait dans un autre niveau de conscience.

Un niveau où chaque contact devenait lourd de sens, de sentiment, d'émotion, où ils demandaient et rendaient chaque caresse, à travers chaque poussée profonde qui les reliait.

C'était un niveau où les battements de cœur s'unissaient et augmentaient, où les corps cessaient d'exister et où les âmes, libérées, pouvaient toucher. Et être touchées.

C'était un niveau de joie sans limites, d'extase infinie. Délivrés, ensemble, ils explorèrent — et vécurent chaque moment précieux.

Leur fusionnement, lorsqu'il se produisit, ne fut que chaleur, une chaleur radieuse, des rivières en fusion se déversant dans leurs corps, dans leurs veines. Ils jouirent en bloc, fondirent ensemble, fusionnèrent puis s'apaisèrent lentement.

Richard reprit vie le premier, mais il était trop profondément comblé, trop secoué pour bouger. Son esprit était encore dans les limbes, pris de vertige entre la vérité, la réalité et une vérité encore plus grande. Le corps de Catriona sous lui, autour de lui, formait son ancre ; les bras serrés autour de lui, elle paraissait aussi peu encline à remuer que lui.

Il sembla s'écouler des heures avant qu'ils puissent supporter de se séparer, lentement, à contrecœur, dégageant leurs membres. Même alors, elle tourna vers lui, se glissant entre ses bras comme si c'était sa place.

Richard l'étreignit — et essaya de refouler ses pensées, tenta de ne pas admettre cette vérité plus grande. Il voulut plutôt se concentrer sur le fait beaucoup moins troublant que c'était bien elle la nuit précédente — que cela n'avait pas été un rêve. Il ne devenait pas fou. Du moins, pas de la façon qu'il avait cru.

L'horloge dans l'escalier sonna une heure. Il jeta un coup d'œil sur son visage et réalisa qu'elle était réveillée. Il hésita, puis il dit :

— Parfois, les rêves ne prennent pas le tour que nous attendions.

Il sentit qu'elle expirait lentement, puis elle murmura :

— Non.

Levant la tête, elle s'étira et l'embrassa, longuement et avec insistance, puis elle se laissa retomber en s'installant dans ses bras.

— Non.

Elle s'endormit avec la tête sur son épaule, l'abandonnant les sourcils froncés dans l'obscurité.

CHAPITRE 8

Elle caressait comme une déesse. Il pouvait sentir ses mains sur lui, sur son dos, sur ses flancs. Sur son…

Richard se réveilla en sursaut. Il jeta un coup d'œil sur la place à côté de lui dans le lit et vit qu'il avait rêvé.

— Ou plutôt, murmura-t-il, ses lèvres formant un trait mince, je me souvenais.

Il remarqua l'état du lit — aussi propre et bien fait que le matin précédent. Survolant la pièce du regard, il ne vit aucun signe de la présence de la sorcière. S'allongeant confortablement sur les oreillers, il fronça les sourcils. Il n'était pas quelqu'un qui avait le sommeil particulièrement lourd, mais à l'évidence elle pouvait glisser hors de ses bras et même lisser le drap à côté de lui sans le réveiller. Elle se déplaçait en douceur — elle planait plutôt qu'elle marchait ; ses mains étaient habituées à apaiser, ses gestes étaient toujours gracieux.

Il ne voulait pas penser à ses mains.

Sur un juron, il repoussa les couvertures et traversa la pièce avec raideur jusqu'à la cloche pour appeler les domestiques. Il était de nouveau en mode chasseur ; tout ce qu'il voulait, c'était localiser sa proie.

Il la trouva dans le salon du petit-déjeuner, mangeant d'un air enjoué un œuf mollet. Elle l'accueillit avec un sourire pétulant.

Et un bonheur si évident qu'il fut momentanément déconcerté.

Il hésita, puis il répondit par un hochement de tête et se dirigea vers le buffet. Après avoir choisi parmi une variété de viandes offertes, il revint à table, à la chaise en face d'elle. Malcolm, grignotant avec morosité un toast à l'autre bout de la table, et Algaria O'Rourke étaient les seules autres personnes descendues.

La gardienne de Catriona était assise à côté d'elle, le surveillant avec son air habituel de désapprobation ; Richard l'ignora et mangea — tout en regardant Catriona faire la même chose.

Il la regarda lécher le jaune d'œuf sur sa lèvre inférieure, puis lécher sa cuillère. Il vit ses lèvres roses briller quand elle sirota son thé.

Il changea de position sur sa chaise, baissa les yeux sur son assiette et essaya de se rappeler comment tendre un piège.

— Avez-vous eu des rêves troublants la nuit dernière ?

Il leva la tête ; Catriona lui souriait, ses yeux verts l'étudiant ouvertement. Il attendit que les yeux de Catriona rejoignent les siens.

— Non, répondit-il tout en soutenant posément son regard. En fait, je crois n'avoir rêvé à *rien* la nuit dernière.

Le sourire de Catriona irradiait, réchauffant autant que le soleil.

— Bien.

Richard cilla et se secoua mentalement.

— Je me demandais…

— Catriona ?

Tous relevèrent la tête vers Mary, hésitant dans l'embrasure de la porte en se tordant les mains.

— Si tu as terminé, pourrais-tu venir voir les enfants ? Ils sont tellement *grincheux*.

— Bien sûr.

Déposant sa serviette près de son assiette, Catriona se leva.

— Sont-ils encore fiévreux ?

Elle sortit d'un pas affairé sans même lui accorder un dernier regard ; Richard regarda son derrière qui s'en allait en plissant les yeux.

Se retournant vers son assiette, il revint à ses plans : le premier point à l'ordre du jour était une très longue chevauchée.

Il resta à cheval tard dans l'après-midi, jusqu'à ce que la lumière ait disparu. Rentrant à la maison, il commanda un plateau que Worboys lui apporta dans ses appartements.

Et il resta pour brosser le pardessus et ranger les gants. Et pour l'interroger.

— Ai-je raison de supposer que nous partirons dans le sillage du notaire, monsieur ?

— Hum, répondit Richard avec une portion de bœuf rôti dans la bouche.

— Je dois dire, insista Worboys, que ce séjour s'est avéré des plus *instructifs.* Il nous fait apprécier les petites joies de Londres.

Enfoncé dans le fauteuil à oreilles près du feu, Richard ne répondit pas.

— Dois-je comprendre que nous retournerons directement dans la capitale ? Ou bien avez-vous l'intention de faire une visite dans le Leicestershire ?

— Je n'en ai pas la moindre idée.

Worboys renifla, désapprouvant clairement un tel désœuvrement. Il ouvrit la porte du placard. Pendant qu'il réorganisait des manteaux et redressait des manches, Richard mastiqua régulièrement, le regard sur les flammes.

Et médita sur le sort d'une certaine sorcière.

Une partie de son cerveau — la partie Cynster — avait, depuis le premier moment où il avait posé les yeux sur elle, songé à faire d'elle sa femme. Depuis la lecture du testament, il avait caressé cette idée. Essayant de décider, d'une manière ou d'une autre, s'il devait saisir l'occasion qu'avait créée Seamus, s'incliner devant le destin et prendre femme — ou partir et la laisser derrière lui.

Tel avait été son état avant qu'elle vienne dans son lit.

Ses longs doigts se resserrant à présent autour d'une coupe ciselée, Richard fixait les flammes jaillissantes.

— Êtes-vous prêt à vous habiller pour le dîner, monsieur ?

Richard leva la tête, les traits déterminés.

— Je le suis, en effet.

Un motif. Elle devait avoir une raison pour le rejoindre dans son lit.

Passant le seuil du salon, Richard localisa instantanément Catriona et avança, apparemment avec langueur, en réalité dans un but féroce, vers elle.

Elle l'accueillit avec un sourire franc ; il le lui rendit avec un sourire totalement trompeur de son propre cru.

Ses souvenirs de leur première nuit étaient incomplets, néanmoins, il était prêt à jurer qu'elle avait été vierge. Une vierge enthousiaste, impatiente et prête à se dévergonder, mais une vierge quand même. Elle ne s'était jamais allongée avec un homme avant lui.

Ce qui soulevait une très grande question : pourquoi lui ?

Ou bien était-ce : pourquoi maintenant ?

— Je me demandais, dit-il tout en s'appropriant sa place dorénavant coutumière à côté d'elle, où vous avez l'intention de vous rendre après que nous aurons réglé cette affaire de testament.

Elle tourna et rencontra son regard.

— Tiens, au val, bien sûr. Je ne m'éloigne jamais longtemps ; normalement pas plus d'un jour.

— Vous ne vous rendez jamais à Édimbourg ou à Glasgow ?

— Pas même à Carlisle et c'est plus proche.

— Mais vous commandez des choses ; vous l'avez mentionné.

— J'ai des agents qui viennent au val, répondit-elle en haussant les épaules. Il semble plus sage de ne pas trop afficher mon existence, ni celle du val. Nous nous en sortons très bien dans l'anonymat.

— Hum, fit Richard en étudiant son visage. Y a-t-il beaucoup d'autres familles de rang dans le val ?

— De rang ?

— Indépendantes. Qui ne sont pas vos locataires.

Elle secoua la tête.

— Non, je suis propriétaire de l'ensemble du val.

Fugitivement, elle haussa les sourcils.

— Nous n'avons même pas de vicaire parce qu'il n'y a pas d'église, évidemment.

Richard toussota.

— Comment avez-vous échappé à cela ? Ou bien est-ce que la charge initiale a simplement disparu ?

Elle tenta de garder les lèvres droites, sans réussir.

— La Dame n'approuve pas la violence. Cependant, la réponse à votre question est la géographie. Le val est isolé ; en effet, si vous ignorez qu'il est là, il n'est pas facile à trouver.

— Vous devez au moins avoir des voisins, les propriétaires environnants.

Elle hocha la tête.

— Mais dans les montagnes, la population est largement éparpillée. C'est une existence solitaire, ajouta-t-elle en levant les yeux sur lui.

Il avait l'impression qu'elle avait voulu donner un certain sens à cette dernière phrase, mais qu'elle en présentait un autre une fois prononcé. Elle soutint son regard un instant, puis elle sembla faire un mouvement en arrière. Elle cligna des paupières et détourna les yeux, souriant rapidement au moment où elle tendait la main vers l'une des tasses apportées par Mary.

Richard sourit à Mary aussi et la soulagea de la deuxième tasse.

— Ma chère, je ne te remercierai jamais assez, dit Mary en regardant Catriona avec de la gratitude dans les yeux. Je ne sais pas *comment* nous aurions pu nous en sortir si tu n'avais pas été ici ; les enfants nous auraient rendus fous. Au lieu de cela, ils ont écouté tes histoires tout l'après-midi ; j'ignore comment tu fais. Tu es tellement bonne avec eux, même les petits.

Catriona afficha l'un de ses sourires « dame du val ».

— Cela fait simplement partie de l'expertise de la guérisseuse.

Derrière sa tasse de thé, Richard haussa un sourcil sceptique. Les guérisseuses de sa connaissance prenaient souvent plaisir à faire peur aux enfants et les traitaient comme patients seulement à contrecœur. Toutes les guérisseuses, ni même tous les adultes, ne possédaient la patience de supporter les caprices des enfants.

— Peu importe, dit Mary, nous apprécions très sincèrement tes efforts.

Elle leva un regard d'espoir vers Catriona.

— Es-tu certaine de ne pas vouloir rester ?

Une ombre passa sur son visage, puis elle grimaça.

— J'ignore où nous serons après la semaine prochaine — elle jeta un regard d'excuse à Richard —, mais tu seras toujours la bienvenue où que nous soyons.

Catriona lui pressa la main.

— Je sais, et ne t'inquiète pas. Les choses s'arrangeront. Toutefois, je dois retourner au val ; je suis déjà partie depuis beaucoup plus longtemps que je ne l'avais prévu.

Un léger pli, une ombre d'inquiétude, voilèrent temporairement ses yeux. Richard le remarqua. Vidant sa tasse, il se fit la réflexion que Catriona Hennessy prenait son rôle de dame du val très au sérieux.

Peut-être trop au sérieux.

Il voulait savoir pourquoi elle avait mis une potion dans son whisky, puis était grimpée dans son lit. Et s'était offerte à lui.

Était-ce simplement pour l'expérience — ou bien y avait-il autre chose ?

Allongé sur son lit, les tentures du lit tirées, Richard fixait l'obscurité et écoutait l'horloge dans l'escalier annoncer les quarts d'heure.

Et attendait qu'elle vienne à lui.

Il ne savait pas ce qu'il ressentait — ses réactions, même après une journée entière à dos de cheval dans un monde vide, étaient encore trop violemment embrouillées pour qu'il soit sûr d'elles, encore moins pour qu'il puisse les prendre en considération. D'un côté, il se sentait honoré qu'elle l'ait choisi, quelqu'en fût la raison ; de l'autre, il était furieux qu'elle ait osé.

Et il y avait d'autres sentiments qui surgissaient en lui chaque fois qu'il pensait à elle — et aux ébats nocturnes — lesquels allaient bien au-delà de toute réaction rationnelle. De toute réaction qu'il pouvait comprendre.

Il voulait savoir — il avait besoin de savoir — pourquoi.

Évidemment, il pouvait le lui demander — attendre simplement qu'elle apparaisse, puis lui poser une question simple. S'il procédait ainsi, il doutait de recevoir une réponse. Il doutait aussi qu'elle reste passer la nuit dans ses bras.

Les deux nuits précédentes, elle avait cru qu'il dormait — qu'il était drogué. Capable physiquement, mais pas *compos mentis.* La première nuit, cela avait en effet été le cas. Il ne pouvait pas encore tout se rappeler — certains petits bouts étaient clairs comme de l'eau de roche, alors que d'autres formaient une fantasmagorie de sensations remémorées, noyant tous les autres souvenirs. Il savait qu'il avait parlé et qu'elle avait répondu — ce qui expliquait pourquoi elle n'avait pas réagi la veille quand il avait pris la parole encore une fois. Elle pensait qu'il parlait dans ses rêves.

Et cela, après une journée entière à planifier, était la seule voie qui pourrait, pensait-il, lui apporter la réponse qu'il souhaitait. S'il lui soumettait la question pendant qu'elle était dans ses bras et le croyait endormi, elle serait beaucoup moins timide à répondre. Elle pourrait même lui dire la vérité.

Pas sur-le-champ, peut-être, mais…

Une chose qu'il se rappelait de cette première nuit était la façon dont il l'avait excitée — une partie de cela brûlait, comme la lumière d'un phare, dans son cerveau. Elle s'était effondrée très vite. Ce qui, à présent qu'il la connaissait au sens biblique, n'était pas étonnant. Elle avait contenu toute sa passion chaude pendant trop longtemps — nouvelle à ce jeu, elle n'avait pas eu l'habileté de retarder la fin très longtemps, de retenir toute cette énergie refoulée.

Il venait seulement de commencer à la torturer — il pouvait accomplir beaucoup plus. Et il y prendrait plaisir. Tant qu'elle le croirait endormi, elle parlerait — à un moment donné, il en était sûr. Et plus elle résisterait, plus il aurait du plaisir. Et elle aussi.

Ce soir, il obtiendrait sa réponse. Ce qui expliquait pourquoi les tentures du lit avaient été tirées.

Et pourquoi il ne l'entendit pas entrer, pourquoi il ne sut pas qu'elle était là jusqu'à ce que les tentures s'écartent. Il avait laissé une ouverture au pied du lit laissant filtrer un faible rayon de lumière provenant du feu, juste assez pour qu'il puisse la voir clairement grâce à son excellente vision de nuit. Elle vérifia qu'il était là, allongé et détendu sous les couvertures, puis elle jeta un regard interrogateur sur les tentures qui entouraient presque le lit.

Ses lèvres se relevèrent dans un doux sourire ensorcelant qui le fit se raidir. Levant les mains jusqu'à ses épaules, elle fit glisser son peignoir et le laisser tomber. Dessous, elle était nue, tout en membres ivoire et chevelure rousse flamboyante.

Richard combattit l'envie de tendre les bras vers elle ; il ne pouvait pas empêcher son regard de la dévorer. Elle le sentit et elle le regarda, puis elle sourit.

Et, soulevant les couvertures, elle se glissa à côté de lui.

Il tourna et l'attira dans ses bras avant qu'elle puisse le toucher. Elle soupira doucement et s'affaissa contre lui, puis elle leva son visage vers le sien.

Il l'embrassa délicatement, sans se presser, satisfait de savourer la douce chaleur de son corps pressé librement sur le sien, content d'explorer la douce chaleur de sa bouche qu'il pouvait prendre comme il le voulait.

Tout comme elle. Il refoula cette pensée, canalisa son agressivité vers l'anticipation et s'assura que chaque caresse était languissante. Il était censé dormir, lui faire l'amour dans ses rêves.

Il se retint donc et laissa l'urgence en elle s'accroître, lui permit de se réchauffer, laissa sa peau s'enfiévrer, ses baisers devenir de plus en plus exigeants. Il s'enfonça dans les oreillers et la laissa prendre les rênes — du moins, il le lui fit croire. À moitié sur lui, elle l'embrassait passionnément et se tortillait — la chair surchauffée, comme une enveloppe de soie pressant une caresse intime après l'autre sur lui.

Il grinça des dents — et aima chaque minute.

Cependant, il lui maintenait les mains en hauteur, entrelaçant ses doigts avec les siens pour l'empêcher de précipiter les événements — événements qu'il comptait pleinement orchestrer.

Enveloppée dans l'obscurité tiède, Catriona s'abandonna à la nuit, à ses désirs les plus profonds et se donna à lui. C'était la dernière nuit qu'ils partageraient — elle était déterminée à la remplir de plaisir, tant au niveau émotionnel que physique. Les sensations physiques étaient un pur bonheur, mais la joie émotionnelle qu'elle trouvait dans leur union, elle serait prête à vendre son âme pour elle.

Presque aveugle dans l'obscurité dense, elle pouvait le voir seulement comme une ombre foncée — fermant les yeux, elle pouvait le sentir plus clairement. Se passant de la vue, elle explora — avec le toucher, par impression tactile alors qu'elle s'allongeait sur lui. Les mains enfermées dans celles de Richard, elle était intensément consciente des sensations ressenties à travers la peau douce de ses seins, de son abdomen et de son bas-ventre. Savourant les contrastes fascinants — les textures — de la peau chaude et tendue rendue rugueuse par les poils raides — de la force innée, facilement discernable, couchée si détendue, si malléable sous elle — elle se tortilla, lentement, sensuellement. Remplissant son esprit, faisant le plein de souvenirs.

Entre eux, la chaleur montait, enflait et s'intensifiait.

Il semblait satisfait de se laisser ballotter dans la vague de chaleur ; avec un grognement intérieur, elle tira pour libérer ses doigts des siens, elle encadra son visage et l'embrassa voracement.

Avec avidité.

Elle plongea dans le baiser, prise dans l'éclat soudain comme sous une tache solaire, ses membres réchauffés le devenant davantage jusqu'à ce qu'elle fonde contre lui. Qu'elle veuille fondre sous lui — le voir fusionner avec elle. Glissant les doigts dans la chevelure de Richard, elle se mit en devoir de le torturer, de le défier avec ses lèvres et sa langue. De le pousser à agir.

Malgré sa réaction ardente, il resta allongé sur le dos sous elle. Réprimant un juron contre les effets de sa potion, elle évita ses mains et lança les siennes sur la trace des saillies et des creux sur son torse, sur les os lourds de ses épaules, sur les muscles tendus du haut de ses bras.

Ses bras se refermèrent sur elle, lourds et chauds sur sa taille, la privant d'explorer plus bas.

Non qu'elle ait besoin de le toucher là : il était déjà en pleine érection. La force dure comme l'acier de Richard montait sur sa hanche, chaude et urgente. Au moins, cette partie de lui coopérait. Le reste, non.

Changeant de position, elle s'allongea entièrement sur lui, installant son érection entre ses cuisses. Elle fit rouler ses hanches, expérimentant jusqu'à ce qu'elle trouve le glissement particulier qui le caressait de la manière la plus évocatrice.

Et elle sentit les muscles de ses bras remuer, se tendre, se détendre, puis se tendre encore, comme s'il n'arrivait pas à se décider.

Ravalant un juron, elle retint ses lèvres prisonnières avec les siennes, puis elle mit son cœur et son âme dans une lente ondulation bien pesée de ses seins, ses hanches et ses cuisses — même les bouclettes à la base de son ventre entraient en jeu. Délibérément suggestive, elle l'appela. Et il répondit. Elle sentit la vague de réaction dans son corps, sentit le besoin qu'elle appâtait s'enflammer et enfler. Elle sentit que sa dureté le devenait davantage, sentit que ses muscles contractés se tendaient.

Sur un halètement — de soulagement, de plaisir anticipé —, elle arracha ses lèvres aux siennes et descendit à moitié en se tortillant et à moitié en glissant. Comme une marionnette, le corps de Richard suivit ; alors qu'elle se tournait sur le dos, elle saisit le haut de son bras, le tirant par-dessus elle.

Les rênes de son désir fermement tenues dans une poigne de fer, Richard suivit son exemple — il lui permit de changer de position, de tirer — il lui laissa croire qu'il suivait aveuglément ses directives alors qu'elle le pressait de se caler sur elle. Il obéit, bougeant avec lourdeur, sans hâte.

Pendant qu'elle haletait, excitée.

Consumée par la passion. À son contact, les cuisses de Catriona s'écartèrent. Il balança lourdement son corps sur elle, puis il se laissa délicatement tomber entre ses jambes, puis il prit son temps pour s'installer — et positionner Catriona. Impatiente, elle s'arqua et il sentit sa chaleur le brûler, toucher et s'accrocher à cette partie la plus délicieusement sensible de son anatomie.

Il retint son souffle — et il sentit quelque chose bouger, puis se verrouiller en place dans sa poitrine. Avec un halètement doux et pressant, elle s'arqua encore — et il s'enfonça doucement en elle.

Lentement. Savourant chaque centimètre de sa douceur chaude alors qu'elle s'étirait pour l'accommoder, se délectant du subtil amollissement de son corps alors qu'elle l'acceptait en elle.

Elle soupira quand il plongea jusqu'au bout, puis ses mains, tendues sur les bras de Richard, se détendirent. Et parcoururent ses flancs avec légèreté.

Il les attrapa — d'abord l'une, puis l'autre — laissant son poids tomber sur elle alors qu'il les emprisonnait. Et délicatement, mais avec fermeté, il lui retira les rênes.

Sous lui, elle changea de position, s'enfonçant davantage dans le matelas moelleux, inclinant ses hanches pour l'étreindre plus efficacement.

Avec hésitation, elle leva les jambes, les faisant glisser sur les côtes de Richard.

— *Oui.*

Il prononça le mot dans un souffle sur les lèvres de Catriona au moment où il s'installait sur elle de tout son long. Il trouva ses lèvres et s'en empara, il prit sa bouche, puis il poussa plus loin en elle.

Il but son halètement instinctif — un halètement de pur plaisir. Souriant pour lui-même, il recula, puis il s'enfonça de nouveau et il sentit naître sa réaction éclatante. Il se mit en devoir de la nourrir.

D'alimenter sa passion, de la faire chavirer. Encore plus qu'elle ne l'avait jamais fait.

Avec chaque coup de hanches lent et mesuré, les flammes s'élevèrent plus haut en elle ; il conserva un rythme chaloupé régulier jusqu'à ce qu'elle brûle. Jusqu'à ce que, chaude et passionnée, inondée de désir, elle se lève sous lui, rencontrant chaque coup, son corps caressant le sien, s'accrochant à lui, collant à lui. Jusqu'à ce qu'elle s'enflamme, pressée dans son désir, capable de tout dans son besoin.

Chavirée.

Emprisonnée dans la chaleur, Catriona remua les doigts, essayant de les glisser hors de la prise de Richard, voulant désespérément le tenir dans ses bras, l'attirer vers elle — souhaitant atteindre le sommet aveuglant du pur bonheur physique qui planait à l'horizon. Profondément enfoncée dans le matelas, elle se tortilla et haleta, tentant de combler le dernier centimètre de distance entre eux, s'efforçant de lui faire franchir cette ultime fraction de centimètre au fond d'elle. Les doigts de Richard, serrés sur les siens, ne cédaient pas, mais, à son immense soulagement, devant son attente montante, il leva légèrement le torse, juste assez pour que ses mamelons douloureusement contractés le frôlent.

Afin qu'ils soient effleurés par son torse.

Un cri enfla dans sa gorge ; s'efforçant de soulever ses paupières lourdes, elle le ravala alors qu'il se levait plus haut, interrompant leur baiser. Il ressemblait à une ombre dense apparaissant indistinctement au-dessus d'elle, des épaules et un torse se mouvant à un rythme lent et puissant, un rythme qu'elle pouvait sentir dans son être. Dans sa matrice.

Avec les mains toujours ancrées, une de chaque côté de sa tête, elle agrippa ses côtes avec ses cuisses, haletant, s'arquant pendant qu'il poussait plus fort, plus profondément.

Ensuite, il recula encore plus loin ; lèvres entrouvertes, les sens pris de vertige, elle attendit, tremblante, le prochain coup qui allait l'empaler. Seulement pour le sentir osciller légèrement, la pénétrer uniquement avec la pointe de la longueur dure qu'elle voulait enfouie au fond d'elle.

Elle ouvrit les lèvres pour protester — mais elle eut de nouveau le souffle court quand, penchant la tête, il prit un mamelon ruché dans sa bouche. Ses hanches se balançant doucement, de manière provocante, il se régala de ses seins gonflés jusqu'à ce qu'elle soit trempée par une mer sans fin. Une mer de plaisir pur.

Après avoir lapé sa chair chaude, ses lèvres la brûlèrent lorsqu'elles revinrent effleurer les siennes.

— Pourquoi êtes-vous ici ?

Au début, elle ne fut pas sûre qu'il avait parlé ou si elle avait simplement entendu les mots dans sa tête. Cependant, ses hanches avaient cessé d'osciller ; il était allongé, dur et aussi chaud qu'un fer rouge, écartant à peine les plis enflés à sa porte.

La laissant vide.

— Parce que je vous veux.

Après un moment de pause, il recommença à se balancer, une fois, deux fois — puis, il glissa en elle de nouveau. Elle soupira, puis elle perdit le peu de souffle qu'il lui restait quand il poussa plus loin, donna de petits coups plus en profondeur et retomba encore une fois de tout son poids sur elle.

Richard la chevaucha, juste un peu plus profondément, avec juste un peu plus de force, avec une fraction supplémentaire d'intimité. Il avait beaucoup de mal à s'accrocher à ses rênes — seules une détermination d'acier et la puissance de sa volonté de Cynster — son endurance — lui permettait d'y arriver, de la voir haletante sous lui, sa chevelure comme un voile enflammé étalé sur les oreillers, ses cuisses l'agrippant avec un tel sentiment d'urgence pendant qu'il l'aimait. Elle réagissait sans ruse, sans réticence, sans hésitation — avec une absence totale de retenue, exerçant le charme le plus fortement féminin qu'il avait rencontré.

Son accueil, chaque fois qu'il plongeait en elle, était favorable jusqu'à la moelle. La tentation de se perdre dans ses bras, dans son corps, augmentait avec chaque seconde qui passait.

Il avait toutefois besoin de connaître les raisons de Catriona tout autant que celles de la femme qu'elle était.

Il ralentit graduellement, laissant le rythme s'allonger : mourir, non, mais diminuer au point où son besoin désespérément urgent — un besoin qu'il savait bien comment maîtriser — s'accroisse et se manifeste de nouveau.

Quand elle gémit et se tortilla, essayant de l'inciter à continuer plus vite, il effleura sa tempe d'un baiser.

— Pourquoi me voulez-vous ? Pourquoi moi ? Pourquoi maintenant ?

L'ombre d'un pli passa sur son visage comme une brise faisant onduler le maïs, puis elle secoua la tête et le froncement disparu. Elle se leva sous lui, se trémoussant avec plus d'insistance ; ravalant un juron, il l'empala pleinement encore, puis il l'embrassa jusqu'à ce qu'elle en perde le souffle.

Et il lui en donna un peu plus : il la chevaucha jusqu'à ce qu'elle grimpe un peu plus haut sur la montagne du désir. Malgré son poids, elle ondulait sous lui, relevant les hanches, le rencontrant plus franchement. Lâchant les mains de Catriona, il saisit un oreiller ; la libérant de leur baiser, il recula doucement, lui souleva les hanches et fourra l'oreiller sous elles.

L'inclinant de manière à pouvoir se glisser plus profondément en elle — sans la stimuler jusqu'à l'orgasme. Le souffle lui manqua lorsqu'il replongea plus loin — un son insistant et évocateur.

Il le bloqua pour ne pas l'entendre.

— Enroulez vos jambes autour de moi.

Elle obéit immédiatement ; les bras arc-boutés, il se tint au-dessus d'elle et la fit monter, plus haut, jusqu'au cran suivant, au prochain niveau de passion. Avec enthousiasme, elle s'accrocha à lui, ses mains à présent libérées suivant la trace de son torse et de ses bras, puis s'y accrochant avec force quand il plongea plus profondément et la poussa plus loin.

Les doigts s'enfonçant dans les tendons bandés, Catriona laissa retomber sa tête, lèvres entrouvertes alors qu'elle cherchait son souffle. Les sens étourdis, sa raison disparue depuis longtemps, elle s'abandonna au tourbillon de sensations qu'il provoquait, se laissa aller à la puissance qu'elle pouvait sentir dans chaque coup de hanches qui les unissait, dans chaque battement synchronisé de leurs cœurs. Un sentiment de beauté, de délice, de joie inimaginable planait dans l'air — juste hors de portée.

— Pourquoi êtes-vous ici, avec vos jambes largement ouvertes refermées sur ma taille ; avec moi qui suis enfoui en vous de toute ma longueur ?

La question flotta jusqu'à elle, un murmure dans la nuit. C'était au-dessus de ses forces — les yeux fermés, elle secoua la tête. Et elle se concentra sur le fléchissement puissant de son corps au moment où il fusionnait avec le sien.

Puissamment, néanmoins toujours lentement. Dans un coin obscur de son esprit, une pensée vague, plutôt mordante se forma : si sa performance était telle quand il dormait, à quoi ressemblerait-elle quand il serait réveillé ?

Un doux gémissement la prit par surprise — elle se mordit la lèvre, déterminée à rester silencieuse. Puis, elle haleta quand il plongea avec plus de force, plus vite, plus profondément…

Elle reprit son souffle sur un halètement étranglé — puis elle cria, abasourdie d'incrédulité lorsqu'il se retira et la quitta. Luttant pour soulever les paupières, elle le vit se lever complètement et se retirer de sur elle. Stupéfaite, elle tendit les bras vers lui, à moitié assise.

De grandes mains larges l'attrapèrent et la retournèrent d'un coup, puis se refermèrent sur ses hanches et la tirèrent sur les genoux.

Et elles étaient partout, ses mains dures et larges — pétrissant, caressant, serrant, fouillant. Jusqu'à ce que ses seins deviennent douloureux, que sa peau luise, que ses nerfs soient tendus et picotent. Jusqu'à ce que la chaleur en elle ressemble à une véritable fournaise chauffée à blanc et qu'un pur désir en fusion lui emplisse les veines. Et le bas-ventre.

Agenouillé derrière elle, tendant les bras autour et par-dessus elle — une présence sombre dotée d'une érection rampante dans la nuit — il inclina la tête et grignota son lobe d'oreille, puis il l'apaisa avec ses lèvres.

— Penchez-vous plus en avant.

Les mains de Richard serrèrent ses hanches pour la tenir en équilibre pendant qu'elle s'exécutait. Ensuite, il écarta plus largement ses cuisses en leur donnant de petits coups et il la caressa — il caressa sa chair glissante et enflée jusqu'à ce qu'elle recommence à palpiter, jusqu'à ce qu'elle prononce son nom dans un sanglot.

Il glissa en elle — en douceur, facilement — la remplissant profondément, jusqu'à ce qu'elle soit si pleine de lui qu'elle puisse le sentir à travers tout son corps. Les yeux fermés de plaisir ravi, elle recula en se pressant et le prit entièrement.

Richard sentit son étau se serrer autour de lui ; les traits contractés, marqués par la passion, il ne pouvait pas sourire, même pas d'un air suffisant. Elle avait besoin de lui en elle tout de suite — s'il n'était pas là, elle aurait l'impression d'être vide et chaude, et elle aurait mal. De cette façon, il pouvait la remplir sans risquer que son entêtement reprenne le dessus. Elle ne pouvait pas atteindre le ciel ainsi, pas sans la coopération active de Richard. La prendre par-derrière, avec elle à genoux, il pouvait la garder enfermée un peu plus longtemps dans la toile qu'il avait tissée — et essayer encore d'obtenir une réponse à sa question.

Mais d'abord…

Il allait l'aimer jusqu'à ce qu'elle ne puisse plus réfléchir, jusqu'à ce qu'elle n'ait plus aucune volonté pour lui résister. Il la caressa donc à l'intérieur et à l'extérieur en se servant de son corps, de concert avec ses mains et ses lèvres, apportant consciemment le poids de toute la puissance de son expertise et de son expérience.

Il avait l'intention d'être sans pitié.

Il remplit ses mains de ses seins gonflés et il pétrit, et elle geigna de désir ; il bloqua le son dans ses oreilles et parsema de baisers sa nuque exposée. Localisant ses mamelons, il taquina et tordit jusqu'à ce qu'elle gémisse et sanglote. Repoussant du nez le lourd rideau de sa chevelure, il déposa des baisers bouche ouverte le long de son épaule, puis de son échine.

Et pendant tout ce temps, il la remplit avec un rythme lent et régulier assuré de la laisser à la fois satisfaite et en manque — se glorifiant de ce qui était, et prête à vendre son âme — à dire la vérité — afin d'en obtenir davantage.

Il allait être impitoyable.

Il avait déjà étudié ses courbes — il les connaissait bien. Maintenant, avec elle à genoux devant lui, il embrassa d'autres aspects de sa beauté : ses os délicats, la force souple de la courbe très féminine de son échine aux lignes pures. Le creux délicat entre son épaule et sa gorge, la longue étendue de son cou.

Laissant errer son regard, il se redressa, les mains revenant doucement en arrière pour se refermer sur ses hanches. Les lignes douces de son dos étaient exquises, parfaitement ivoire, sans tache, immaculée. Ses mains s'aventurant lentement plus loin, il traça les longs muscles de ses cuisses, raides, un peu tremblants, se bandant légèrement pendant qu'il la chevauchait. Le regard de Richard, par contre, s'était fixé sur les globes fermes de son derrière, des hémisphères ivoire rencontrant son propre corps avec une force satisfaisante chaque fois qu'il s'enfonçait en elle, sur son membre rigide et engorgé, luisant à cause de son humidité, glissant en elle sans effort, loin dans l'étreinte de son fourreau enthousiaste et anticipateur.

Le spectacle l'ensorcelait. Elle gémit doucement, puis elle pivota les hanches, s'accrochant à lui, se refermant comme un gant brûlant autour de lui au moment où il poussait plus loin.

Richard haleta, il ferma les paupières et resserra son emprise sur ses impulsions. Il rouvrit les yeux et, d'une respiration saccadée, il se pencha en avant. Et il se rappela à lui-même qu'il devait être impitoyable.

Mais à l'instant où ses mains se recourbèrent sur les épaules de Catriona, puis suivirent leur chemin pour prendre ses seins en coupe, il sut que le mieux qu'il pouvait espérer, avec elle, était d'être impitoyablement doux.

Elle-même ne pouvait pas vénérer sa Dame avec le même dévouement avec lequel il vénérait Catriona — se sentait poussé à la vénérer. Elle était son temple, lui son prêtre ; il la servait. Il lui prodiguait son attention. Inexorablement son esclave, attiré plus intensément avec chaque coup fiévreux, chaque caresse qu'il lui offrait, et qu'elle lui offrait en retour, il était une victime de l'émotion qui le liait à elle par l'entremise de cet acte et encore plus viscéralement, rejoignant son âme. Exigeant son obéissance, l'acceptation de sa capitulation. C'était comme si une partie profondément enfouie en lui la reconnaissait en tant que sa partenaire — et son salut.

Quand il se redressa ensuite, sa respiration n'était plus saccadée, sa maîtrise de soi était gravement affaiblie. Il savait qu'il avait une question à poser — il lui fallut un moment pour se rappeler ce que c'était. Avec elle à genoux devant lui, son membre plongé dans sa douce chaleur, il était difficile d'imaginer qu'autre chose avait de l'importance.

Mais une chose en avait. Le torse se gonflant, il se mit en devoir de l'amener sur le dernier bout de leur route. Ses doigts se resserrant sur ses hanches, il regarda en bas — et remarqua une tache de vin, juste à côté de son pouce sur sa fesse droite — une marque couleur de fraise en forme de papillon en vol. De la taille de l'ongle de son pouce, la marque était clairement visible sur sa peau pâle.

Richard prit avec difficulté une profonde inspiration ; ses doigts s'enfonçant dans les hanches de Catriona, il l'ancra sur place et plongea au fond. Encore et encore — la poussant plus haut, la propulsant plus rapidement vers l'orgasme bouleversant qu'il avait délibérément conçu pour elle. Encore et encore, plus haut et toujours plus haut — elle haleta, puis elle sanglota dans son désir pressant. Il l'amena juste au seuil de la dernière étape…

Et il se retira d'elle, la relevant contre lui, ses mains remplies de ses seins, son érection palpitante montant entre les globes de son derrière. Il la tint contre lui, droite sur les genoux et il lui embrassa délicatement une oreille.

Le changement s'exécuta si vite que Catriona réalisa à peine, perçut tous juste son murmure rauque par-dessus le battement fou de son cœur.

— Pourquoi me voulez-vous en vous ?

Elle ne pouvait pas voir son visage, elle était si enfiévrée et pressée d'un urgent désir qu'elle ne pouvait pas réfléchir — elle entendit néanmoins la demande du guerrier dans sa voix ; elle répondit franchement.

— Parce que j'ai besoin de vous.

Les mots sortirent dans un sanglot — un sanglot de manque à l'état pur. Se relevant sur une main, elle tendit l'autre et dessina la courbe de sa joue mince.

— *S'il vous plaît,* Richard. *Maintenant.*

Le visage de Richard se trouvait à côté du sien ; elle entendit un léger sifflement, puis un juron étouffé.

Puis, il la contourna d'une main, attrapant d'abord un oreiller, puis un autre, les empilant devant elle alors même que son autre main poussait sur son dos et la guidait vers le bas. Rapidement, il lui ramena les genoux vers lui et elle fut allongée sur le ventre, les oreillers en tas sous ses hanches.

Et il vint derrière elle, entre ses cuisses écartées, ses hanches se pressant sur son derrière. Sur sa peau tremblotante sous les nerfs à vif, l'intérieur de ses cuisses atrocement sensible au frôlement de ses membres recouverts d'une fine couche de poils.

D'un seul coup puissant, il plongea en elle.

Elle cria avec une joie pure. Horrifiée, elle attrapa des poignées de draps entortillés et les maintint contre son visage. Et elle l'entendit gémir — arc-bouté au-dessus d'elle, ses mains plantées de chaque côté, il se retira et replongea plus loin — si loin — encore.

Au septième ciel — et sachant qu'il y avait plus à venir —, Catriona ferma les yeux, enfouit son visage dans la literie et abandonna — sa raison, ses sens, son corps à la gloire qui l'appelait. Elle capitula devant son désir de le prendre au fond d'elle et l'aimer, de l'étreindre avec force et le caresser.

Il la chevaucha violemment, la remplissant complètement, la poussant — directement au-dessus d'un précipice et dans le soleil.

Elle cria alors qu'il explosait autour d'elle.

Les yeux hermétiquement fermés, Richard, arc-bouté par-dessus elle, se délecta du son charmant. À moitié étouffé par les draps, il était encore parfaitement magique ; le son de son extase était de l'extase à l'état pur pour lui. Il resta immobile, enfoncé jusqu'au bout en elle, rigide, tendu comme un ressort, il savoura ses contractions, la caresse ondulante de son corps pendant que l'orgasme la submergeait.

Il attendit, sans patience, mais avec une détermination de fer qu'elle s'apaise sous lui, puis, grinçant des dents, il se pencha en avant et attrapa deux autres oreillers, il la souleva et il releva ses hanches encore plus haut.

Afin de pouvoir continuer à la monter, à l'amener vers le prochain sommet — celui dont elle n'imaginait même pas l'existence.

Quand elle comprit qu'il était là, elle se joignit à lui — avec enthousiasme, comme une femme délurée — aussi concentrée que lui. De nouveau fiévreuse, rouge, la peau humide, elle se tortilla sous lui, le poussant à poursuivre non pas avec des mots, mais avec des actes, avec l'encouragement flagrant de son corps séduisant.

Et lorsqu'il l'envoya valser dans les étoiles encore une fois, l'effet fut cataclysmique. Il l'entendit dans son cri sans retenue. Le son le prit dans son filet — tirailla son cœur, son bas-ventre, son âme. Fermant les yeux, il la remplit entièrement et la suivit rapidement au-delà de la fin du monde.

* * *

Catriona s'éveilla, désorientée, pas tout à fait certaine d'*être* réveillée. Une douce paix la tenait sous son emprise, une chaleur l'enveloppait — elle ne voulait pas bouger, troubler le charme.

Cependant, un pressentiment la tenaillait — à contrecœur, elle souleva les paupières. Et regarda dans l'obscurité lugubre. Cligner rapidement améliora légèrement sa vision, assez pour réaliser où elle se trouvait — là où elle ne devait pas être.

Dans le lit de Richard.

La chaleur qui l'entourait, c'était lui. Le fait qu'elle puisse voir l'avertit que le cœur de la nuit était passé — le matin était tout près.

Maniant un fouet mental, elle prit une inspiration superficielle — la seule chose qu'elle pouvait réussir avec le bras de Richard sur sa taille — et commença à démêler ses membres de ceux de l'homme. C'était le troisième matin où elle devait s'échapper en douceur de ses bras, mais la tâche ne devenait pas plus aisée avec la pratique.

Après un moment, elle arriva à se glisser hors du lit. Enfilant rapidement son peignoir, elle l'attacha, puis elle lissa adroitement le drap, replaça les couvertures et regonfla silencieusement l'oreiller.

Marquant une pause, elle baissa les yeux sur son compagnon de la nuit. Il dormait vautré sur le ventre, le bras et la jambe qui avaient été lancés sur elle, à présent détendus sur le lit. Elle observa son visage, ce qu'elle pouvait en voir. Les traits sévères s'étaient apaisés, mais ils gardaient encore leur dureté, une promesse de force ; ses cils étaient immobiles, des croissants noirs sur ses pommettes, ses lèvres toujours fermes, déterminées. Même au repos, son faciès ne lui révélait pas grand-chose — au-delà du fait qu'ici était allongé un guerrier sans cause.

Elle devait le quitter.

Inspirant profondément, elle tendit la main pour repousser délicatement la mèche en maraude qui avait l'habitude de tomber sur son front — et elle interrompit son geste.

Pendant un instant, sa main plana au-dessus des couvertures bien placées, puis elle soupira et, avec une grimace triste, elle recula.

Elle ne pouvait pas courir le risque de le réveiller.

Et elle sentait que la maisonnée se levait, les bonnes marchant dans les combles, des portes claquant au loin.

Serrant son peignoir autour d'elle pour se protéger du froid matinal, elle jeta un dernier long regard — sur le mari qu'elle ne pouvait pas avoir —, puis elle se glissa à travers les tentures du lit.

Dès l'instant où celles-ci reprirent leur place, Richard ouvrit les yeux. Il écouta — et il entendit le plus léger des cliquetis quand la porte se ferma. Pendant un moment, il se contenta de fixer les tentures fermées, l'espace vide à côté de lui, puis il prit une énorme bouffée d'air et se tourna sur le dos ; croisant les bras derrière la tête, il fixa le ciel de lit.

Il ne tenait toujours pas sa réponse — du moins, pas en entier. Cependant, il avait bien appris quelque chose pendant la nuit. Peu importe ce qui alimentait son désir pour elle — elle le ressentait elle aussi. Quand ils étaient ensemble, ses sentiments pour lui formaient la contrepartie des sentiments de Richard pour elle.

Ce qu'étaient ses sentiments, par contre, cela il ne savait comment les décrire. Il y avait un lien sensuel entre eux, quelque chose qui imprégnait leur interaction amoureuse d'une énergie plus intense, plus forte, plus vive que la normale. Il connaissait tout sur ce qui était normal : il avait séduit tellement de femmes, la différence était frappante. Même dans son innocence, elle devait en être consciente — cette puissance qui explosait entre eux chaque fois qu'ils se touchaient, chaque fois qu'ils s'embrassaient.

Dans son cas, elle était à présent constamment avec lui, prête à dresser la tête chaque fois qu'il posait les yeux sur elle. Et, que le ciel lui vienne en aide, il commençait même à s'y habituer. Elle était très rapidement devenue une partie de lui.

Grimaçant, il repoussa les couvertures, s'assit et fit courir ses mains sur son visage. Il se connaissait trop bien pour ne pas savoir, ne pas accepter le fait qu'il n'abandonnerait pas facilement — qu'il ne se couperait pas de cette force, de cette vague enivrante de possessivité qui l'emportait chaque fois qu'il la voyait.

Il ignorait encore pourquoi elle s'était donnée à lui. Au plus noir de la nuit, quand ils avaient remué et dégagé leurs membres et qu'elle s'était silencieusement glissée entre ses bras, il n'avait pas eu le courage de l'interroger plus avant — il l'avait embrassée, l'avait calmée pour qu'elle s'endorme, puis il avait resserré ses bras autour d'elle et il avait lui-même plongé dans un profond sommeil béatement comblé.

Se levant, il s'étira, puis grimaça. Il tirerait les choses au clair avec elle ce soir. Une fois qu'elle serait dans ses bras. Aujourd'hui, particulièrement après la nuit dernière, il devait s'occuper d'autres choses.

Le notaire serait de retour demain.

Il patienta à la table du petit-déjeuner jusqu'à l'apparition de Jamie. Son hôte dépassa Algaria dans l'embrasure de la porte. Après avoir attendu et attendu encore l'entrée de Catriona, Algaria avait jeté un regard noir à Richard qui aurait dû l'écorcher, puis elle s'était levée et s'en était allée à la recherche de son élève d'autrefois.

Richard la regarda partir — Algaria savait sans l'ombre d'un doute où son élève d'autrefois passait ses nuits — puis il se tourna vers Jamie.

Qui avait un visage inquiet et les traits tirés, étant à l'évidence éprouvé par les difficultés de décider de l'endroit où la famille déménagerait et de la manière dont ils s'en sortiraient. Jamie sourit faiblement.

— La journée n'est pas particulièrement belle, j'en ai bien peur.

Richard ne l'avait pas remarqué.

— En fait, je me demandais si vous accepteriez d'apaiser ma curiosité.

Avant que Jamie puisse l'interroger, Richard agita paresseusement la main vers l'assiette de Jamie et il prit sa tasse de café.

— Une fois que vous aurez terminé votre petit-déjeuner.

Malcom et l'un de leurs beaux-frères quelconques étant présents, Richard ne souhaitait pas crier ses plans sur les toits, ne voulant particulièrement pas qu'ils reviennent aux oreilles de sa sorcière.

Il avait l'intention de l'informer en personne. Ce soir. Il attendait ce moment avec impatience et il ne permettrait à personne de gâcher ses projets.

Jamie mangea rapidement ; ensemble, ils quittèrent le salon du petit-déjeuner et s'avancèrent dans le vestibule. Jamie marqua une pause et lui jeta un regard interrogateur. Richard désigna le bureau de Jamie de la main et ils poursuivirent leur chemin dans le couloir.

— Je suis curieux, murmura Richard, à propos de ces lettres que vous avez mentionnées. Celles que Seamus a reçues au sujet de Catriona et de ses terres. J'essaie de comprendre exactement pourquoi votre père voulait que j'épouse Catriona — si je pouvais voir ce qu'il affrontait par rapport à elle, cela pourrait clarifier la question.

Les sourcils de Jamie se haussèrent. Il cilla devant Richard, comme un hibou.

— Je vois.

Il s'arrêta en face de la porte de son bureau ; Richard stoppa aussi. Jamie s'éclaircit la gorge.

— Est-ce que vous... heu... *songez* à...

Richard grimaça légèrement.

— Je songe, oui. Cependant...

Il rencontra le regard de Jamie.

— Si même cela arrive aux oreilles de Catriona, la vie pour nous tous s'en trouvera d'autant plus difficile.

Jamie cligna des paupières et se redressa.

— En effet.

Pendant que Richard l'observait, le visage de Jamie perdit un peu de sa pâleur anormale alors que l'espoir, même mince, remplaçait l'abattement.

— Ces lettres ?

— Oh ! Oui, fit Jamie en se secouant. Je les ai laissées dans la bibliothèque.

L'après-midi tira à sa fin derrière les fenêtres de la bibliothèque avant qu'il eût terminé de lire toutes les lettres. Quand Jamie avait parlé d'une pile, Richard n'avait pas imaginé qu'elle mesurait littéralement soixante centimètres de hauteur. Et elles n'étaient pas classées en ordre. Il avait passé des heures à les trier, puis encore davantage à déchiffrer les écritures et les demandes.

Car il y avait eu des demandes. Nombreuses.

Il n'y avait aucune trace des réponses de Seamus, mais d'après l'incessante correspondance, son attitude avait été claire. Il avait réalisé un travail exemplaire pour défendre Catriona et son val.

Poussant un soupir, Richard replaça la dernière des lettres sur la pile, puis il repoussa sa chaise, ouvrit le grand tiroir du bas du bureau et rangea le tout en deux moitiés, là où Jamie les avait laissées. Ensuite, il s'installa confortablement sur la chaise et fixa les trois piles qu'il avait séparées du reste du tas et qu'il avait alignées sur le buvard.

Chaque petite pile venait de l'un des voisins les plus proches de Catriona. Plus tôt, il s'était accordé une pause et il s'était aventuré dans le couloir du bureau de Jamie pour aller vérifier les cartes géographiques. Ses voisins convoitaient sa propriété. Cependant, au contraire des souvenirs de Jamie, les trois continuaient à offrir le mariage : sir Olwyn Glean à lui-même, sir Thomas Jenner à son fils, Matthew, alors que Dougal Douglas n'avait pas précisé à qui.

Les trois séries de correspondance étaient en cours — toutes en étaient arrivées au stade des menaces voilées dans les deux camps. Seamus était loin de se montrer subtil, Glean était condescendant, Jenner pontifiant et Douglas était le plus troublant, le plus lourd de sous-entendus. Richard alluma la lampe de bureau et relut les lettres, toutes, puis il les empila ensemble. L'air décidé, les lèvres formant un trait mince, il considéra la pile, puis il la plia et la glissa dans la poche de son manteau.

Au loin, le gong du dîner retentit. Repoussant sa chaise en arrière, Richard se leva et se dirigea à l'étage pour se changer.

Ce soir-là, Catriona tournait et se retournait dans son lit. Complètement réveillée, elle fixa le ciel de lit, puis elle se tourna — et se retourna — encore.

Elle n'arrivait pas à dormir.

Un démon en elle l'informait de la raison — et la poussait à agir. Lui faisait remarquer qu'il n'y avait qu'une courte distance d'ici à la chambre à coucher de Richard. Jusqu'au lit de Richard. Jusqu'aux bras de Richard.

Et tout le reste de lui.

Avec un grognement frustré, Catriona ferma les oreilles à la tentation. Il le fallait — elle ne pouvait pas y céder.

Elle avait su qu'elle serait tentée d'aller vers lui, qu'elle essaierait de se dire à elle-même qu'une nuit de plus importerait peu. Toutefois, sa seule justification pour être allée au-devant de lui était les ordres reçus de la Dame — et ils ne comprenaient pas des nuits supplémentaires purement destinées à son propre plaisir. À ce moment de son cycle, trois nuits suffisaient. De la façon dont il l'avait aimé, cela devrait *amplement* faire l'affaire. Elle ne pouvait pas en justifier davantage.

Elle avait toutefois su qu'elle serait tentée et en plein jour, pendant que sa résolution restait ferme et qu'il s'était installé dans la bibliothèque, elle s'était rendue dans sa chambre et avait remplacé le whisky drogué par une portion non contaminée. Afin qu'elle ne puisse pas le rejoindre, même si elle faiblissait.

Elle s'était réveillée bien avant que l'horloge sonne douze coups.

Elle sonnait à présent quatre heures et elle ne s'était toujours pas rendormie. Elle ne s'était pas le moins du monde calmée. D'abord, elle avait chaud, puis pas assez chaud. Son corps était agité, ses émotions perturbées. En ce qui concernait ses pensées…, elle aurait bien mieux aimé dormir.

Le fait que le jour suivant le départ du notaire, elle ne reverrait jamais Richard restait au centre de ses préoccupations.

Et il ne verrait jamais son enfant.

Elle ne savait pas laquelle de ses deux idées l'ennuyait le plus.

CHAPITRE 9

Le matin finit par se lever. Lassée, lessivée, Catriona se traîna hors du lit inconfortable. Elle se lava et s'habilla, puis elle s'arrêta devant la porte — et colla un sourire jovial et pétulant sur son visage avant d'ouvrir.

Comme elle en avait précédemment eu l'habitude, elle était arrivée tôt à la table du petit-déjeuner. Au moment où les autres apparurent, elle se versait du thé et se servait un toast tout en maintenant l'apparence de sa vive joie matinale.

Richard vit son sourire, ses yeux brillants, à l'instant où il entra d'un pas raide. Délicieusement joyeux, son air déclarait qu'elle n'avait pas un souci au monde.

Elle était loin de la vérité.

Le regard de Catriona vola sur le visage de Richard — il vit ses yeux s'arrondir. Richard réprima l'envie de gronder. Il rencontra son regard — l'épingla sur place un bref instant — avant de se tourner et se rendre au buffet du même pas raide.

Et il forma une pile haute dans son assiette. Il aurait mieux aimé exécuter la menace contenue dans ce coup d'œil, mais d'autres personnes étaient présentes. Il y avait la nécessité de rester courtois — pour adhérer au comportement sophistiqué dont il se voilait habituellement. Il se le rappela — alors qu'il mourrait d'envie de déchirer ce voile.

Il était frustré au point de devenir violent.

Jamais dans sa vie n'avait-il dû s'adapter à ce niveau de frustration sexuelle. De plan contrarié. En ce qui concernait le côté émotionnel de la médaille…, il ne pouvait même pas y penser. Pas sans qu'un brouillard tournoyant de colère lui embrouille le cerveau.

Sa réaction n'était pas rationnelle — cette constatation ne l'aidait pas le moins du monde. Quand il s'agissait de Catriona Hennessy, sorcière, ses pensées — ses sentiments — ne pouvaient absolument pas être qualifiées de rationnelles. Elles étaient trop puissantes. Fortes. Et très près d'échapper à son contrôle.

Déposant son assiette avec un bruit sourd en face d'elle, Richard s'assit. Il rencontra ses yeux larges avec un regard dur et il vit vaciller son sourire gai. Se rappelant trop tard ce que le matin amenait, il grinça des dents et tourna la tête vers son petit-déjeuner. Et il garda les yeux baissés en mangeant.

Elle l'avait déjà fui auparavant — il ne voulait pas regarder par la fenêtre de la bibliothèque et voir sa voiture rouler en s'éloignant dans l'allée. Ses plans étaient autres.

— Mademoiselle ? Y vous attendent dans la bibliothèque.

Catriona pivota vivement en se redressant, son attention quittant immédiatement l'enfant qu'elle bordait.

— Déjà ?

La tête passée par l'entrebâillement de la porte de la chambre des enfants, la domestique hocha la tête, les yeux ronds.

— C'est comme on m'l'a dit, le notaire c'est qu'y est arrivé tôt.

Catriona réprima un juron.

— Très bien.

Se tournant vers l'infirmière des enfants, elle lui donna des instructions rapides, elle tapota des têtes tout autour, puis elle se hâta dans les longs couloirs froids.

Elle s'arrêta dans le vestibule principal pour vérifier son reflet dans la glace — ce qu'elle y vit ne la rassura pas. Sa chevelure était soignée, mais pas aussi brillante que d'habitude ; les boucles sur sa nuque pendaient mollement. En ce qui concernait ses yeux, ils étaient beaucoup trop larges et ternes.

Délavés — exactement comme elle se sentait. Sa robe de jour d'un brun riche, normalement une bonne couleur pour elle, ne contribuait en rien à masquer son teint blafard. Elle était fatiguée ; elle se sentait encore vidée de son énergie. Pas en état, devait-elle l'admettre franchement, de supporter le chagrin inévitable quand le coup fatal tomberait *enfin* et que la famille maltraitée de Seamus apprendrait qu'elle allait devoir quitter la maison. Elle avait eu l'intention de partir cet après-midi, mais elle avait déjà modifié ses plans — on aurait besoin d'elle ici pendant au moins un jour de plus, pour calmer Meg et les enfants, surtout.

Avec un soupir, elle s'arma de courage et se dirigea vers la bibliothèque.

Le majordome lui ouvrit la porte ; elle entra avec grâce — et elle fut immédiatement consciente d'une présence dans l'air. Une présence inattendue. Les poils se redressèrent sur sa nuque ; elle s'arrêta juste à l'entrée de la longue pièce et fit le point.

La famille — *tous ses membres* ! — elle réprima un soupir — était rassemblée devant le feu comme la fois précédente. Assis au bureau, le notaire brassait des papiers ; il la regarda fugitivement, puis il détourna les yeux.

Vers l'endroit où se tenait Richard, regardant dehors par la fenêtre, le dos à la pièce.

De concert avec le notaire, Catriona examina ce dos, élégamment habillé de bleu foncé. Son malaise antérieur réapparut — ce sentiment nerveux et crispé qui l'avait écrasée ce matin dans le salon du petit-déjeuner quand il lui avait jeté un regard des plus accusateurs. Comme s'il avait un très gros compte à régler avec elle.

Elle ne savait pas — ne pouvait pas deviner — de quoi il s'agissait.

Ni son dos, grand et droit, ni ses mains, serrées devant lui, n'offraient d'indication. Et maintenant, ce malaise était accompagné d'un autre pressentiment. Une impression vive, croissante de quelque chose… d'imminent. D'une chose capitale. L'énergie était forte, omniprésente dans la bibliothèque ; elle ne pouvait pas en discerner le centre d'attention. Sur ses gardes, elle avança en douceur et s'installa sur la chaise inoccupée à côté de Mary.

À cet instant, Richard se tourna — et il la regarda.

Elle rencontra son regard — et comprit immédiatement qui était la source de cette énergie. Et qui en faisait l'objet. Le souffle coupé tout à coup, elle jeta un coup d'œil à la porte, puis elle revint à lui.

Avançant tel un prédateur pour se tenir debout à côté du manteau de la cheminée, il la fixa calmement, son message clair. Il se trouvait maintenant à trois mètres, la porte à dix mètres. Aucune issue de secours.

Son intention, par contre, restait floue.

Catriona inspira avec difficulté à travers l'étau à présent familier qui s'était refermé sur ses poumons et elle laissa son expression s'imprégner de morgue. Inclinant le menton vers le haut, elle lui rendit son regard, puis elle le tourna d'un air lourd de sous-entendus vers le notaire. Et l'exhorta en elle-même à procéder à son affaire. D'en finir avec cette histoire, afin que Richard Cynster puisse partir et qu'elle puisse respirer de nouveau.

Le notaire toussa, promena un regard circulaire aux sourcils broussailleux sur la pièce, puis il scruta les papiers dans sa main.

— Comme vous en êtes tous conscients…

Son préambule donna les grandes lignes de la situation comme ils la connaissaient ; chacun changea de position et remua les pieds et attendit qu'il en vienne au fait. Enfin, il s'éclaircit la gorge et regarda Richard directement.

— Mon but aujourd'hui est de vous demander, Richard Melville Cynster, si vous acceptez les conditions du testament de notre client Seamus McEnery et si vous êtes d'accord pour y satisfaire.

— J'accepte et je le veux.

Les mots, si inattendus, furent prononcés avec tant de calme que Catriona ne les comprit pas, elle ne put en saisir le sens. Son esprit refusait de croire ses oreilles.

Apparemment similairement affecté, le notaire cligna des paupières. Il scruta ses papiers, ajusta ses lunettes, prit une inspiration et regarda Richard encore une fois.

— Vous déclarez que vous allez épouser la pupille de feu monsieur McEnery ?

Richard rencontra posément son regard, puis il regarda Catriona. Emprisonnant le regard de la jeune femme, il parla calmement, avec sang-froid.

— Oui. Je vais épouser Catriona Mary Hennessy, pupille de feu Seamus McEnery.

— Hourra !

Le cri de jubilation de Malcom précéda la cacophonie ; les exclamations, les remerciements sincères, les effusions de profond soulagement éclatèrent dans la pièce.

Catriona les entendit à peine — son regard fixé sur celui de Richard, elle laissa la marée la submerger et elle sentit un changement pas très subtil dans l'énergie autour d'elle. Un piège inconnu se refermait sur elle — et elle ne pouvait même pas voir ce que c'était.

Malgré les tapes dans le dos que lui assenait Jamie en lui serrant vigoureusement la main, en dépit des questions du notaire, le regard bleu de Richard ne vacilla pas. Piégée par ce faisceau calme, Catriona se leva lentement, beaucoup moins stable. Tendant une main, elle agrippa le dossier de la chaise et se redressa de toute sa hauteur, tellement moins imposante que la sienne ; incapable de s'en empêcher, elle releva le menton d'un air de défi.

Graduellement, la clameur s'estompa autour d'eux quand la famille sentit l'affrontement de deux volontés se produisant devant eux.

Catriona attendit que le silence règne, puis d'une voix froide et claire, elle déclara :

— *Moi*, par contre, je ne vous épouserai pas.

Une ombre passa dans les yeux de Richard ; les traits de son visage se contractèrent. Il changea de position — les autres s'écartèrent rapidement d'eux. Il marcha vers elle de sa démarche féline habituelle. Tout en étant subtilement intimidante, son approche ne présentait pas de menace. Il s'arrêta directement devant elle, baissa la tête en retenant toujours son regard dans le sien, puis il jeta un bref coup d'œil aux autres par-dessus son épaule.

— Si vous voulez bien nous excuser ?

Il n'attendit pas de réponse, ni de leur part ni de celle de Catriona ; il s'empara de sa main — avant qu'elle puisse ciller, il traversait la longue pièce à grandes enjambées en la tirant dans son sillage.

Catriona réprima un juron venimeux ; elle dut avancer rapidement pour garder son rythme. Elle retint cependant sa colère — il y avait un certain avantage à mettre de la distance entre eux et le reste du groupe.

Il ne s'arrêta pas avant d'avoir rejoint l'autre bout de la pièce, serré contre le mur des bibliothèques et flanqué par deux lourds fauteuils à oreille et une petite table. Dès l'instant où il la lâcha, elle pivota pour l'affronter.

— Je ne vous épouserai *pas.* Je vous ai expliqué pourquoi.

— En effet.

Les mots étaient comme un ronronnement meurtrier. Elle cilla et se retrouva clouée sur place par un regard si dur qu'elle eut littéralement l'impression d'être assommée.

— Mais c'était *avant* que vous veniez dans mon lit.

Le monde de Catriona vacilla. Elle pouvait entendre son cœur battre la chamade dans sa poitrine. Elle cilla encore, lentement. Et elle ouvrit les lèvres pour nier — l'expression dans ses yeux, brûlant d'une flamme bleue, la fit changer d'avis. Elle releva le menton.

— Vous ne réussirez jamais à convaincre qui que ce soit de cela.

Ses sourcils se haussèrent.

— Oh ?

À son étonnement, il jeta un regard autour de lui — le carnet à croquis de Meg et un crayon étaient posés sur la petite table. Il prit les deux ; devant ses yeux intrigués, il ouvrit le cahier sur une page blanche et il crayonna rapidement, puis il le lui tendit.

— Et comment, précisément, avez-vous l'intention d'expliquer ma connaissance de ceci ?

Elle fixa la feuille. Il avait dessiné sa tache de vin. Son monde avait déjà vacillé ; à présent, il tournait violemment.

Il changea de position en se penchant plus près, tout à la fois protecteur et menaçant.

— Je suis sûr de pouvoir me souvenir des circonstances dans lesquelles je l'ai vue. Vous étiez dans mon lit, sur les genoux, entièrement nue devant moi — et j'étais plongé en vous au maximum.

Les mots, prononcés à voix basse, avec force et succinctement à moins de quinze centimètres d'elle ravagèrent ses défenses. Catriona les sentit faiblir, puis se fissurer — et elle sentit filtrer l'émotion, les sensations, tout ce qu'elle avait ressenti à ce moment-là quand elle était dans son lit. Et l'émouvoir.

Il lui fallut toute sa volonté pour les bloquer avant de colmater la fissure dans son bouclier. Elle fixa le dessin sans le voir jusqu'à ce qu'elle ait retrouvé un certain degré de calme, puis, très lentement, elle leva les yeux sur son visage.

— Vous étiez réveillé.

— Je l'étais.

Son visage était un masque d'angles et de traits durs — la détermination incarnée. Catriona se prépara mentalement.

— Complètement réveillé ?

— *Bien* réveillé. Je n'ai pas touché au whisky le deuxième soir. Ni le troisième.

Elle examina son visage, ses yeux, puis elle grimaça et baissa la tête.

Il attendit. Comme elle n'ajoutait rien, il se redressa et lui retira le cahier de croquis des mains.

— Donc — il hocha la tête en direction des autres — si nous allions leur annoncer la nouvelle ?

Elle leva la tête.

— Je n'ai pas changé d'avis.

Il baissa le regard sur elle — il s'approcha, la surplombant.

— Eh bien, *faites-le.*

Il avança d'un autre pas ; les yeux fixés sur les siens, Catriona recula. Elle regarda brièvement dans la pièce et vit que les autres les observaient. Immédiatement, elle raidit l'échine ; reportant son regard sur son persécuteur, elle s'arrêta, leva les mains et poussa sur son torse.

— Arrêtez cela ! Vous tentez sciemment de m'effrayer.

— Je ne tente *pas* de vous effrayer, gronda-t-il à travers des dents serrées. Je tente de vous *intimider ;* il y a une différence.

Catriona lui lança un regard noir.

— Vous n'avez pas besoin de m'intimider ; prenez le temps de vous arrêter pour *réfléchir* ! Vous ne voulez pas m'épouser, vous ne désirez pas vous marier du tout. Je ne suis qu'une femme, exactement comme toutes les autres, ajouta-t-elle en gesticulant, comme si elle voulait englober la horde. Si vous partez, tout simplement, vous découvrirez que je suis comme toutes les autres, et vous m'oublierez en une semaine.

— On voit que vous n'y connaissez rien.

Son ton était méprisant ; ses yeux la transpercèrent. Il fit claquer une main sur l'étagère près de l'épaule de Catriona, l'emprisonnant à moitié. Elle sentit les étagères dans son dos ; elle raidit l'échine et releva le menton d'un cran supplémentaire. Et elle garda les yeux fixés sur les siens.

Lèvres serrées, il la regarda.

— Simplement pour que vous le sachiez, j'insiste généralement pour que les dames que je fréquente ne m'inspirent pas de passion. Certaines essaient, je l'admets, mais aucune n'a eu de succès. Elles restent toutes exactement là où je les veux : à bonne distance de moi. Elles n'entrent pas dans mes rêves, ne nuisent pas à mes aspirations, ne mettent pas mes espoirs au défi ; ni mes peurs, dit-il en plissant les yeux. *Vous*, par contre, êtes différente. *Vous* avez réussi à m'inspirer la passion sans même essayer, avant même que je sache à quel point vous alliez être ensorcelante. À présent, je vous ai dans la peau et vous allez y rester. Je suggère que vous vous y habituiez, ajouta-t-il avec le regard dur.

Catriona soutint son regard.

— On dirait que vous préféreriez ne *pas* m'avoir dans la peau, comme vous le dites.

Il hésita ; un long moment s'écoula.

— Je veux bien admettre que je ne suis pas certain d'approuver notre intimité particulière, et je n'approuve assurément pas votre initiative. Cependant, la simple vérité est que vous ayant eue sous moi, je ne suis pas sur le point de vous laisser partir. C'est aussi simple que cela.

Il soutint posément son regard.

Catriona lut la vérité dans ses yeux — elle fronça les sourcils et secoua la tête.

— C'est *impossible.*

— C'est possible.

Des yeux bleus retinrent les siens.

— Le destin vous a offert à moi sur un plateau d'argent ; je ne vais certainement pas refuser.

Un moment lourd de tension s'ensuivit. Catriona pouvait sentir la sensualité présente entre eux, une chose vivante, essentielle. Elle irradiait une chaleur, elle semblait presque avoir une volonté propre — une chose dangereusement compulsive. Les yeux fixés sur les siens, elle prit une lente bouffée d'air extrêmement nécessaire — et essaya une nouvelle tactique.

— Vous avez accepté parce que vous êtes en colère.

Cela aussi, elle pouvait le sentir — une rage étouffée retenue derrière son masque. La propre fureur de Catriona éclata ; elle lui lança un regard mauvais.

— Comme c'est typiquement masculin : vous avez consenti à m'épouser et avez créé on ne sait quel fouillis juridique, tout cela parce que vous êtes d'une humeur massacrante à cause d'une de mes actions, dit-elle en fronçant les sourcils. Je ne peux pas imaginer ce que c'est, mais ce n'est guère une raison suffisante pour faire une telle histoire.

Il se raidit.

— Je ne suis pas en colère, je suis frustré. Une conséquence non pas de ce que vous avez *fait*, mais de ce que vous avez *omis* de faire.

Les mots, sèchement rétorqués à travers des dents serrées, contenaient suffisamment de force — étaient assez intimidants — pour la faire reculer d'un pas. L'expression dans ses yeux la fit se presser contre les bibliothèques. Elle refusa toutefois de trembler devant lui — elle lui rendit un regard belliqueux.

— Quoi ?

— Vous avez omis de venir dans mon lit.

Le sourire qu'il pencha sur elle lui rappela puissamment le loup du *Petit chaperon rouge.* Elle l'étudia avec un ahurissement grandissant.

— Vous avez accepté de m'épouser simplement parce que je n'ai pas succombé à votre charme pratiquement légendaire ? Parce que je ne suis pas assez bête pour être incapable de résister à…

— *Non* !

Richard utilisa le ton dont il s'était le plus récemment servi avec ses troupes à Waterloo. Heureusement, il fonctionna — il l'interrompit au milieu de sa tirade ; il pouvait voir quelle direction elle prenait. Les yeux fixés sur elle en guise d'avertissement, les lèvres pressées, la mâchoire contractée, il agrippa fortement l'étagère — et il attendit. Jusqu'à ce qu'il puisse parler d'une voix des plus raisonnables.

— Je voulais dire que *je* suis frustré sexuellement parce que je *vous* désirais. C'est *moi* qui ne peux pas vous résister. Et, non, je n'aime pas que vous puissiez y arriver.

Elle cligna des paupières dans sa direction, observant ses yeux, son visage.

— Oh.

Richard soutint son grand regard légèrement méfiant — et retint sa colère, s'accrocha à l'illusion de bienséance qui était tout ce qu'il y avait entre elle et une démonstration efficace de l'argument le plus fort le poussant au mariage. S'il cédait à l'envie de la lui montrer, il allait définitivement choquer Jamie et la compagnie.

— J'espère bien, dit-il, et malgré la formulation polie, son ton était violent, que nous sommes maintenant sur la même longueur d'onde sur ce point. Je veux vous épouser parce que je vous veux pour femme.

Catriona hocha la tête ; elle n'avait pas besoin de plus amples explications là-dessus. Ses sentiments — son besoin — l'atteignaient par vagues. Et n'aidaient pas du tout sa cause.

Serrant les mains devant elle, elle inspira profondément — et tenta désespérément de trouver un défaut, une fissure dans le mur qu'il érigeait autour d'elle.

— Mais pourquoi avez-vous *décidé* de m'épouser ? Vous me désiriez depuis le début, mais vous avez opté pour le mariage seulement récemment.

— Parce que…

Richard s'interrompit et la considéra du regard, puis il chassa la prudence et poursuivit :

— Parce que vous êtes une foutue sorcière indépendante. Qui mène sa barque seule. Une douce sorcière sans défense qui accorde une confiance touchante, mais mal placée dans la capacité protectrice de pouvoirs mystiques.

Son visage se durcit.

— Mais vous vivez dans un monde d'hommes — et avec la mort de Seamus, votre protection contre eux a disparu. Elle s'est évaporée — et, le plus révélateur, vous ne le voyez même pas. Vous n'avez même pas reconnu le danger.

Elle plissa le front.

— Quel danger ?

— Le danger posé par vos voisins.

Brièvement, succinctement, il donna des détails — il tira les lettres pliées de sa poche et lui montra les demandes et les menaces reçues par Seamus.

— Regardez la dernière provenant de Dougal Douglas.

Il attendit pendant qu'elle la cherchait.

— Vous devez lire entre les lignes, mais son message est assez clair.

Catriona lut l'unique feuille, en diagonale et encore de haut en bas, puis elle prit une inspiration tendue.

— Il va attirer l'attention des autorités sur moi — l'Église et l'État — si je ne l'épouse pas ?

Elle leva la tête, une chose ressemblant à de la peur dans les yeux.

Richard fronça les sourcils et reprit les lettres.

— Ne vous inquiétez pas. Il y a une manière simple de lui mettre des bâtons dans les roues.

— Ah oui ?

— Épousez-moi.

— Comment cela aidera-t-il ?

— Si vous m'épousez, vos terres deviendront ma propriété légale, de sorte qu'il sera inutile de continuer à s'intéresser à vous.

Catriona jeta un coup d'œil aux lettres dans sa main.

— Et s'il le faisait quand même, par dépit ?

— S'il le faisait, je peux vous garantir qu'il n'en ressortirait rien.

Elle regarda son visage.

— Parce que vous êtes un Cynster ?

— Précisément.

Richard hésita, puis il ajouta :

— Seamus savait qu'il avait besoin d'un certain type d'homme pour vous — un homme correct, avec un certain pouvoir.

Il réfléchit, puis il grimaça.

— Un Cynster convenait parfaitement et il en avait un — moi — au bout de sa laisse. À témoin, le collier de ma mère. Par-dessus tout, il savait que si l'on donne une terre à un Cynster, jamais il ne l'abandonne : *Posséder et chérir*, voilà ce qui nous régit toujours. Ce qui signifiait que vous seriez en sécurité — si vous étiez à moi, je ne pourrais jamais me résoudre à vendre le val.

Il plongea son regard dans les yeux de Catriona et déclara ce qui semblait une évidence :

— À travers toute cette comédie dans son testament, Seamus poursuivait un seul véritable but : assurer votre sécurité permanente.

— Hum.

Elle fronça les sourcils, puis elle grimaça et détourna les yeux.

Quand elle n'ajouta rien, Richard insista sans pitié.

— En se faisant largement connaître comme votre tuteur, Seamus a attiré toutes les démarches à lui, vous épargnant. Pendant que Seamus était en vie, vous étiez protégée ; à présent qu'il a disparu, la saison de la chasse est ouverte — et c'est vous et votre val qui êtes les proies.

Elle jeta un coup d'œil à la correspondance.

— Je n'avais pas compris. J'ignorais.

— Aujourd'hui, vous savez.

Elle leva la tête ; Richard rangea le tas de lettres dans sa poche, puis il emprisonna son regard.

— Vous l'avez dit avant-hier dans la nuit. *Vous avez besoin de moi.* Vous pouvez choisir de ne pas le reconnaître consciemment, mais vous le savez. Vous ne l'acceptez peut-être pas, mais cela n'altère pas la réalité.

Les yeux de Catriona crachèrent des étincelles dorées.

— *Vous* n'êtes pas mon gardien !

Il baissa le regard sur elle ; il ne put retenir son grognement.

— En ce qui vous concerne, si le chapeau me va, je vais le porter.

Elle lui jeta un regard mauvais — il ne céda pas. Lentement, son regard mauvais disparut — elle fronça les sourcils en étudiant ses yeux.

Il étudia les siens.

— Pourquoi êtes-vous venue dans mon lit ?

Les yeux fixés sur les siens, Catriona prit une profonde inspiration. Il avait été totalement franc — totalement ouvert — avec elle.

— Parce que la Dame le voulait.

Pendant un long instant, il fixa ses yeux, puis ses sourcils se haussèrent.

— Votre Dame vous a dit de venir dans mon lit ?

— Oui.

Elle lui expliqua brièvement.

Richard l'écouta en silence. Sincèrement étonné. Il s'était attendu à ce que la réponse soit la solitude — une chose qu'il comprenait, qu'il avait instinctivement reconnue en elle. Une intervention divine était un peu plus difficile à assimiler. Tout comme le désir possessif qui rugissait en lui à la pensée qu'elle puisse porter son enfant.

Il ne savait pas du tout ce qu'il ressentait à propos de son motif, mais l'occasion était trop bonne pour ne pas la saisir.

— Dans ce cas…

Il s'éloigna de la bibliothèque en se redressant.

— Il n'y a à l'évidence aucun obstacle à notre mariage de votre côté.

Elle fronça les sourcils.

— Pourquoi imaginez-vous cela ?

Les sourcils hauts sur le front, il soutint son regard.

— Des enfants. La Dame vous a dit que j'allais être le père de vos enfants.

Elle le dévisagea sans comprendre ; il s'expliqua.

— Des enfants. Au pluriel. Plus d'un.

Elle cligna des paupières, puis ses traits se vidèrent de toute expression.

— Il est un peu difficile à imaginer que vous puissiez engendrer toute une progéniture de moi sans l'avantage du mariage.

— Des jumeaux.

Elle recentra brusquement son attention sur son visage.

— Il y a des jumeaux dans la famille ; Amanda et Amelia.

Richard secoua la tête.

— Leur père est un jumeau et leur mère a des frères jumeaux. Pas du tout comme nous.

— Mais… La Dame n'a pas mentionné le mariage, ajouta-t-elle en le dévisageant.

— Les dieux n'ont pas de telles cérémonies ; le mariage est une institution créée par l'homme.

— Mais…

Elle n'avait plus de « mais » à opposer.

Il le sentit ; il la considéra, puis il dit d'une voix plus basse, moins énergique — plus séduisante :

— Je pensais ce que j'ai dit plus tôt : que si nous nous marions, je n'interviendrai pas dans votre rôle.

Il scruta ses yeux, puis son regard se calma.

— Je jure de toujours vous soutenir dans votre charge, de m'incliner devant vous en tant que dame du val.

Il était sincère ; c'était là, dans ses yeux — une promesse d'allégeance que seul un guerrier pouvait donner — et seulement à sa reine. Catriona sentit sa détermination faiblir, fléchir… elle était en train de perdre la bataille qu'elle menait pour rester hors de sa portée. Et elle la perdait sur beaucoup trop de fronts. Plus d'une partie de son cerveau la pressait de reconsidérer — d'accepter tout ce qu'il offrait.

Comme la Dame s'était peut-être attendue à ce qu'elle le fasse.

Sa tête, son esprit et ses sens tournoyaient. Avec un effort, elle se ressaisit — elle baissa les yeux et s'obligea à mettre de côté toutes les complications liées aux motivations de Richard et aux siennes. Et de plonger au cœur de l'affaire.

Après un moment de silence, elle leva la tête et le regarda en face.

— Vous ne me laisserez pas partir, n'est-ce pas ?

Il la regarda franchement — à travers des yeux bleus, si bleus.

— Non.

Elle l'évalua du regard. Le visage de Richard se durcit. Le regard fixé sur elle, il ajouta doucement.

— Et vous voudrez peut-être méditer sur le fait que si vous me refusez et que vous portez mon enfant, j'aurai un droit légal inattaquable sur lui.

Catriona entendit la profondeur de son engagement, pas envers elle, mais envers l'enfant à naître.

— Vous m'enlèveriez notre enfant ?

Le regard de Richard ne vacilla pas ; elle y avait lu sa réponse avant qu'il déclare :

— Je réclamerais n'importe quel enfant de moi des bras de la Dame elle-même si elle cherchait à le garder loin de moi.

Avec une respiration irrégulière, Catriona se redressa — et elle sentit le piège se refermer sur elle, tendrement, mais sans issue. Le guerrier s'était assuré une cause.

— Ce ne sera pas aussi mauvais que je l'avais craint.

Catriona tira une brosse à travers sa chevelure et jeta un coup à Algaria dans la glace. Sa guide d'autrefois était perturbée au point de paniquer.

— Il a promis de me soutenir dans ma charge, mon rôle, de ne pas l'affaiblir. Il n'était pas obligé de faire cela.

— Hum ! C'est ce qu'il dit aujourd'hui ; attends seulement qu'il te ramène au val. Une fois que tu seras enceinte, il va prendre le pouvoir !

Marchant de long en large, Algaria pivota vivement.

— Ne vois-tu pas qu'il aura l'autorité de vendre le val ?

— Il ne le fera pas.

En le déclarant, elle en était convaincue.

— Il ne possède pas de terre — c'est un bâtard — *et* un Cynster. Il est plus probable de le voir *conserver* le val plus que quiconque — le garder pour ses enfants.

Le protéger pour ses enfants. Réprimant une envie de sourire, Catriona mania vigoureusement sa brosse.

Algaria n'avait pas été présente dans la bibliothèque ; s'attendant à partir le lendemain, elle avait été abasourdie d'apprendre le mariage imminent. Et convaincue que Richard devait avoir obligé Catriona à accepter en se servant d'un pouvoir non spécifié et totalement inconcevable.

Le seul pouvoir qu'il avait utilisé était ce qu'il était — ce qu'il était vraiment derrière son masque ; Catriona avait essayé d'expliquer cela, mais Algaria n'était pas prête à écouter.

— Je ne peux pas croire que tu as acquiescé, tout simplement !

S'arrêtant, Algaria la dévisagea.

— Crois-moi, ça n'a pas été une chose simple. Nos discussions ont soulevé toute une série de questions.

— Avez-vous discuté de son caractère ? Le fait qu'il voudra agir en maître, qu'il aura besoin de régner tout autant qu'il aura besoin de respirer ?

Soupirant, Catriona déposa sa brosse.

— Je n'ai pas dit que cela allait être facile.

— *Facile* ? Ce sera impossible !

— Algaria.

Se tournant sur le tabouret, Catriona fit face à sa guide, à son bras droit.

— Je n'ai pas pris cette décision à la légère. Quand nous en sommes venus au fait, il y avait beaucoup trop de raisons convaincantes expliquant pourquoi ce mariage devait avoir lieu ; et peu de motifs, s'il y en avait, pour s'y opposer.

Algaria ouvrit la bouche ; Catriona la fit taire en levant la main.

— Non — je suis au courant de sa force — et lui aussi. Il a juré de la contenir, de l'utiliser pour me soutenir et pas de la brandir contre moi, ajouta-t-elle en soutenant posément le regard noir d'Algaria. J'ai l'intention de lui donner l'occasion de respecter cette promesse. C'est un droit qu'il a réclamé — et que je ne peux pas à juste titre lui refuser. Jusqu'à ce qu'il échoue — jusqu'à ce qu'il rompe cette promesse —, je ne souhaite plus entendre parler de cette question.

Elle patienta, mais Algaria, les lèvres pincées, ne dit rien — elle recommença à arpenter la pièce.

— Tu aurais pu proposer des fiançailles ; au moins jusqu'à ce qu'il révèle sa véritable nature.

— Je doute qu'il aurait accepté, et tu sais que cela n'a jamais été dans nos manières.

— Épouser des hommes comme lui n'a jamais été dans nos manières non plus !

Catriona soupira et laissa l'agitation d'Algaria glisser sur elle sans l'émouvoir. Elle ne la partageait pas, mais elle pouvait comprendre l'état d'Algaria. En commun avec toutes les disciples de la Dame, Algaria avait une méfiance profondément ancrée envers les hommes autoritaires — pour de bonnes et évidentes raisons. C'était une méfiance qu'elle avait partagée jusqu'à ce qu'elle rencontre Richard Cynster et sente l'attirance qu'un homme fort pouvait provoquer. Jusqu'à ce qu'elle voie sa vulnérabilité derrière son masque. Algaria possédait le talent de voir derrière son masque elle aussi, mais il était inutile de le suggérer maintenant. Sa guide d'autrefois était trop dégoûtée par la vision de force et de domination pour s'arrêter et voir au-delà.

Évaluant Algaria du regard, elle soupira de nouveau.

— Les temps changent et nous devons évoluer aussi. Je connais trop les voies de la vie pour essayer de résister à son courant — les flots qui m'emportent dans ses bras sont considérables. Bien plus qu'un seul et puissant mouvement — la volonté de la Dame et plus encore.

Algaria ralentit ; Catriona attira son regard.

— Je ne me battrai pas contre le destin ; je ne combattrai pas la vie. Ce n'est pas la raison pour laquelle la Dame m'a placée ici.

Elle soutint le regard noir d'Algaria un moment, puis elle se retourna calmement vers la glace et prit sa brosse.

— J'ai accepté d'épouser Richard Cynster devant témoins ; nous nous marierons dès que possible.

Elle passa la brosse à travers sa lourde chevelure ; le tiraillement rythmé sur son cuir chevelu était apaisant.

— Et ensuite, murmura-t-elle, ses yeux se fermant, ensuite, nous rentrerons au val.

Lèvres pressées, Algaria la quitta ; dans un état de fatigue mentale inhabituelle, Catriona s'installa dans son lit. La pensée de rendre visite à Richard surgit seulement pour être chassée — elle serait à lui bien assez tôt et il le savait. Triomphant, il s'était montré magnanime dans sa victoire — dans le salon, il l'avait regardé les sourcils froncés par-dessus leurs tasses de thé et il lui avait dit d'aller au lit et de dormir un peu.

À moitié endormie, Catriona sentit ses lèvres s'étirer. Heureusement, personne n'avait été assez proche pour entendre — tous les membres de la famille avaient été distraits, s'efforçant d'assimiler leur « nouvelle » situation. C'était, en fait, leur ancienne situation — cela était l'un des côtés positifs de cette affaire — maintenant qu'on leur avait rendu leur héritage, ils le considéraient à présent comme étant véritablement à eux.

Mary achèterait de nouvelles tentures.

Cette idée la fit sourire ; elle s'enfonça doucement dans un sommeil plus profond. Plus paisible, plus serein, plus rassuré qu'elle s'y était attendue.

Les choses, d'une manière ou d'une autre, allaient s'arranger au mieux — ainsi lui murmura la Dame.

CHAPITRE 10

Ils se marièrent par licence spéciale, accordée par l'évêque de Perth. Trois jours plus tard, dans l'église presbytérienne du village, Catriona se tint à côté de Richard Cynster et écouta pendant qu'il promettait de l'aimer, l'honorer et la protéger. S'il réalisait ses trois promesses, elle serait en sécurité ; elle prononça ses vœux en réponse — l'aimer, l'honorer et lui obéir — de tout son cœur.

Et elle sentit la bénédiction de la Dame dans le rayon de soleil qui perça les lourds nuages et entra par la petite fenêtre en rosace placée en hauteur au-dessus de l'autel pour les toucher de Sa gloire.

Richard la prit dans ses bras et l'embrassa — avec insistance. Ce n'est que lorsqu'il leva la tête et qu'ils se tournèrent pour traverser la courte distance jusqu'à la nef que le rayon de soleil disparut.

Quand ils eurent signé le registre, puis qu'ils sortirent lentement sur le petit porche, l'hiver avait repris son empire. Des nuages lourds de neige, gris et menaçants, s'étiraient partout à l'horizon. Un tapis de neige avait déjà recouvert le sol ; des flocons légers tourbillonnaient dans le vent glacial.

La famille les suivit jusqu'à la porte, excitée et volubile. En raison du décès de Seamus, tous s'étaient mis d'accord pour une courte cérémonie privée dans la vieille église — tout ce que désiraient Richard et elle de toute façon. La température, comme la mort de Seamus, avait mis un frein aux autres festivités de circonstance. La neige avait commencé à tomber sérieusement ; les cols se remplissaient lentement. Richard et elle s'étaient trouvés parfaitement d'accord pour dire qu'ils devaient partir immédiatement après la célébration, afin de s'assurer de ne pas être bloqués par la neige pendant des semaines.

Marquant une pause sous le porche de l'église, Catriona vit la vapeur du souffle des chevaux de leur carrosse s'élever au-dessus du porche du cimetière. Elle leva la tête vers Richard ; il regardait de l'autre côté du cimetière. Elle suivit son regard — et devina ses pensées.

— Allez !

Elle le poussa légèrement. Il baissa la tête vers elle, son masque en place ; elle l'ignora.

— Allez lui dire au revoir.

Elle plongea loin en elle-même, puis elle se concentra de nouveau sur lui.

— Je ne crois pas que nous reviendrons ici ni l'un ni l'autre.

Il hésita un instant de plus, puis il hocha la tête et quitta le porche. Elle le regarda se diriger vers une pierre tombale simple près du mur, puis elle pivota et accorda son attention à Jamie, à Meg et aux autres.

S'arrêtant devant la dernière demeure de sa mère, Richard se demanda ce qu'elle aurait pensé de son mariage avec Catriona Hennessy. Sa mère venait elle aussi des Basses-Terres d'Écosse ; elle approuverait peut-être. Il contempla la pierre tombale, l'examina avec soin, laissant sa vision imprégner son esprit.

Et il se rappela sa pensée lorsqu'il s'était tenu ici sous le clair de lune juste avant de rencontrer son ensorcelante femme.

Sa femme. Les mots, même sans être prononcés, provoquèrent un éclair de sensation troublante en lui, assez puissant pour le remuer au cœur de lui-même.

La sensation et le souvenir s'entremêlaient ; plissant les yeux, il contempla la tombe de sa mère et fit silencieusement une nouvelle promesse.

De vivre pleinement sa vie.

Se redressant, il prit une profonde inspiration et pivota. Et il découvrit Catriona l'attendant à un mètre derrière lui. Elle rencontra son regard, puis posa le sien sur la tombe.

Richard lui fit signe d'avancer ; elle le rejoignit.

Pendant un moment, côte à côte, ils regardèrent la pierre tombale ; silencieusement, Richard fit ses adieux. Puis, il prit la main gantée de Catriona.

— Venez. Il fait froid.

Il l'entraîna plus loin. Ce fut elle qui, à mi-chemin sur le sentier, jeta un regard en arrière, puis observa son visage avant de déplacer ses yeux en avant vers l'endroit où leur groupe patientait sous le porche du cimetière.

Ils avaient deux carrosses — celui de Richard et le sien. Leurs adieux furent écourtés par la neige qui augmentait ; en quelques minutes, Richard aida Catriona à monter dans son carrosse, puis il la suivit à l'intérieur. Jamie ferma la portière et recula. À travers la vitre, Richard rencontra les yeux de Jamie et, souriant, il leva la main en guise de bref salut. Jamie sourit et le salua en retour.

— Au revoir !

— Bonne chance !

Le carrosse fit une embardée ; les invités, agitant follement la main, s'éloignèrent lentement. S'installant confortablement, enveloppé dans son pardessus, Richard étira les jambes et appuya ses épaules contre la banquette en cuir. À côté de lui, Catriona disposa ses jupes d'un coup de poignet, puis elle resserra sa cape autour d'elle. Les bottes déposées sur une brique chaude, emmitouflée dans la flanelle, elle posa la tête sur les assises et ferma les yeux.

Le silence, teinté d'attente, emplit le carrosse pendant qu'il roulait en grondant pour quitter les Highlands.

Richard ne vit aucune raison de le rompre — alors que chaque kilomètre de paysage blanc faisait place au suivant, son esprit était occupé à énumérer les différentes lettres qu'il devait écrire. La première — une courte note à Devil — avait déjà été expédiée avec Worboys, envoyé devant pour assurer le confort de leur première nuit.

Informer Devil de son changement de statut avait été facile ; aviser Helena, la duchesse douairière de St-Ives, le serait beaucoup moins. Il allait lui annoncer la nouvelle de son mariage, mais voulait éviter que sa belle-mère pour accueillir Catriona dans la famille Cynster, ne surgît sans attendre sur le seuil du manoir Casphairn. Oh, non ; il voulait du temps — il souhaitait leur donner du temps à tous les deux — afin qu'ils trouvent leur équilibre personnel.

Pour apprendre comment poursuivre leur vie, pour découvrir comment vivre avec une femme ensorcelante.

C'était vraiment la priorité. Helena devrait attendre.

— J'espère que nous atteindrons l'auberge du Sanglier avant la tombée de la nuit.

Catriona contemplait la blancheur tourbillonnante dehors. Richard examina son profil ; ses lèvres tressaillirent d'amusement. Les redressant en ligne droite, il regarda devant lui.

— Nous allons séjourner à l'auberge L'Ange.

— Oh ? fit-elle en se retournant. Mais…

Ses mots s'estompèrent.

Tournant la tête, Richard rencontra ses yeux, une question claire dans les siens.

— Bien — elle gesticula —, c'est simplement que c'est un établissement bien *supérieur.*

— Je sais. C'est pourquoi j'ai dépêché Worboys nous assurer des chambres là-bas.

— Ah oui ?

Elle le dévisagea, puis grimaça.

Richard garda un air innocent.

— N'aimez-vous pas L'Ange ?

— Ce n'est pas cela. C'est juste que *supérieur* signifie également coûteux.

— Un fait dont vous n'aurez pas besoin de vous soucier.

Elle toussota.

— Tout cela est très bien, mais…

Richard vit ses yeux s'arrondirent au moment où elle remarqua enfin les aménagements luxueux de son carrosse — le beau cuir souple, le cuivre brillant —, se rappela finalement les silhouettes et les poitrails puissants de ses quatre chevaux gris entre les brancards. Quand elle prit enfin en considération ce qu'elle aurait dû depuis longtemps.

Ses yeux, très surpris, pivotèrent vivement vers lui, frappés de saisissement. Elle ouvrit les lèvres sur des mots pressés et s'étouffa presque. S'éclaircissant la gorge, elle se cala dans la banquette et gesticula avec désinvolture.

— Êtes-vous…

— Très.

S'amusant beaucoup, Richard pencha la tête en arrière et ferma les yeux.

Et il sentit l'intensité croissante de son regard.

— Combien est-ce, très ?

Il réfléchit, puis il dit :

— Assez pour assurer notre sécurité, à vous et à moi… et de votre val si nécessaire.

Elle scruta son visage, puis s'affala sur son siège.

— Hum. Je n'avais pas réalisé.

— Je sais.

— Les Cynster sont-ils *extrêmement* riches ?

— Oui.

Après un moment, il poursuivit, les yeux toujours fermés.

— Dans la famille, mon statut de bâtard ne compte pas ; mon père a assuré mon avenir en tant que son deuxième fils, ce que, concrètement, je suis.

Elle demeura silencieuse pendant si longtemps, il se demanda à quoi elle pensait.

— Jamie a mentionné que vous êtes accepté socialement.

La déclaration murmurée ne contenait aucune interrogation ; ouvrant les yeux, Richard tourna la tête et la regarda — elle fixait la neige dehors.

— Je suppose que cela signifie que vous auriez pu choisir parmi les jeunes femmes des meilleures familles.

Poussé par le silence qui s'ensuivit, il répondit.

— Oui.

— Donc…

Elle soupira et tourna la tête pour croiser ses yeux.

— Que pensera votre famille quand elle apprendra que vous avez épousé une sorcière écossaise ?

Il aurait rétorqué avec esprit que sa parenté allait croire qu'il avait perdu l'esprit ou bien que c'était bien fait pour lui, mais les ombres dans ses yeux le retinrent. L'incitèrent à tendre la main et, lentement, à glisser un bras autour d'elle. Et à la soulever, avec une facilité qui provoqua un frisson très net en elle, pour la déposer sur ses genoux.

— La seule chose dont ils se soucient, chuchota-t-il en jonglant avec elle, est que je vous ai choisie.

Il l'aurait embrassée, mais elle l'immobilisa, ses petites mains repoussant son torse.

— Mais vous ne l'avez pas fait.

Le souffle agréablement court, elle fouilla ses yeux, puis elle rougit légèrement.

— Me choisir, je veux dire.

Il l'avait choisie à l'instant où il avait refermé ses bras autour d'elle la première fois, sous le clair de lune près de la tombe de sa mère, mais il n'était pas assez ensorcelé pour l'admettre ; sa sorcière avait déjà assez d'ascendant sur lui. Ignorant ses mains, il pencha la tête et effleura ses lèvres avec les siennes.

— Vous êtes à moi.

Leurs souffles se mêlant, passionnés, leurs regards plongèrent l'un dans l'autre — puis, simultanément, tombèrent sur les lèvres de l'autre. Exploratrices, affamées, leurs lèvres se touchèrent de nouveau — avec une douceur douloureuse — puis se séparèrent.

— C'est tout ce qui compte.

Les cils de Catriona papillotèrent ; pendant un instant, des yeux verts croisèrent des yeux bleus et l'atmosphère autour d'eux miroita.

Sa respiration devint superficielle ; au même moment, il resserra ses bras autour d'elle, puis il baissa la tête et l'embrassa.

Et elle l'embrassa aussi. Avec une douceur, une innocence dévastatrice — comme si c'était la première fois. Ce qui, pour elle, l'était d'une certaine façon. La première fois qu'elle l'accueillait en toute connaissance de cause comme amant — un amant totalement conscient, pleinement réveillé. Richard le réalisa, retint un gémissement et il maîtrisa ses désirs violents. Il était brutalement affamé après quatre jours de privation.

Il approfondit le baiser par degré, leur permettant tous les deux de se plonger dans la caresse, dans la chaleur et la passion, dans la mer agréable de plaisirs. Il laissa leurs braises reprendre lentement des forces, puis allumer une flamme ; avec la touche de l'expert, il attisa les flammes jusqu'à ce qu'elles brûlent régulièrement.

Elle suivit volontiers son exemple, ouvertement et sans ruse. Comme elle en avait coutume, elle donna librement tout ce qu'il demandait, acceptant chaque geste intime quand il l'offrait, abandonnant sa bouche à sa conquête. Il la savoura bien, puis il l'incita à présenter ses propres demandes, à le rejoindre et à l'imiter, à rendre les lents et paresseux coups de sa langue par des caresses tout aussi évocatrices.

Cependant, leurs nerfs restaient curieusement tendus, leur jeu étrangement chargé comme si leur première relation en tant que couple marié était, sans savoir pourquoi, différente. Richard le sentit chez elle, dans la nervosité qui imprégnait sa silhouette menue, dans sa respiration tendue — il le sentit chez lui — une vigilance, une conscience rehaussée par une délicieuse sensibilité.

Comme si leurs nerfs, leurs corps, le cœur même de leurs êtres vibraient au rythme d'une certaine magie dans l'air.

Délicatement, il la souleva, la réinstallant sur ses cuisses afin qu'elle soit assise à travers ses jambes en lui faisant face, un genou de chaque côté de ses hanches. Prise par leur baiser, elle sembla à peine le remarquer ; faisant remonter ses mains par-dessus ses épaules, elle glissa les doigts dans ses cheveux et inclina les lèvres sous les siennes.

Elle gémit quand il ferma les mains sur ses seins. Il pétrit et, à travers le tissu épais de sa pelisse, il sentit les rondeurs s'affermirent et remplir ses mains. Même avec le bénéfice d'un certain nombre de briques chaudes, même avec la chaleur montant entre eux, il faisait trop froid pour songer à la dénuder. Alors, il fit glisser ses mains sur elle en longues caresses balayant son corps — des caresses destinées à l'exciter. À aimer.

Quand elle se tortilla impatiemment sur ses cuisses, Richard tendit la main entre elles, il trouva la lisière de sa jupe et glissa la main en dessous.

Il la trouva — étonnamment chaude dans l'air froid du carrosse. Elle aurait interrompu leur baiser, mais il refusa de la laisser partir ; il garda ses lèvres prisonnières, il remplit sa bouche avec de petits coups lents et langoureux pendant qu'il la caressait, l'écartait, la pénétrait.

Elle fondit sous ses doigts ; il explora plus loin, puis il caressa doucement. Elle était chaude et très prête.

Il dut mettre fin à leur baiser pour s'occuper de ses propres vêtements. Les doigts explorateurs de Catriona avaient déjà repoussé son pardessus et défait son manteau et son gilet. Les doigts écartés sur le lin fin de sa chemise, les seins montant et descendant d'une manière spectaculaire, les lèvres gonflées et entrouvertes, les yeux comme des pierres précieuses vertes sous de lourdes paupières, elle le fixait d'un regard aveugle pendant qu'il défaisait les boutons de son pantalon d'un seul geste. Ils se détachèrent — brusquement, elle leva la tête et le dévisagea.

— Que…

La question à moitié glapie était éloquente ; Richard arqua un sourcil suggestif.

— *Ici* ?

Il leva le sourcil plus haut.

— Où d'autres ?

— Mais…

Atterrée, elle le dévisagea. Puis, elle regarda le toit du carrosse.

— Votre cocher…

— Est assez bien payé pour feindre la surdité.

Prêt, Richard tendit les bras vers elle.

Elle le regarda de nouveau et se lécha les lèvres, jeta un coup d'œil au siège à côté d'eux, puis secoua la tête d'incrédulité.

— Comment ?

Il lui montra, l'attirant complètement sur lui, puis se glissant délicatement dans sa douceur. Quand elle finit par comprendre son intention et le sentit la pénétrer, elle écarta les cuisses, glissa les genoux sur les coussins et avec un doux gémissement, elle se laissa tomber, s'empalant entièrement sur lui.

Alors qu'elle se refermait, brûlante autour de lui, Richard observa son visage et voyant l'expression de pur soulagement submerger ses beaux traits, il eut la nette impression qu'elle était aussi reconnaissante de l'avoir en elle encore une fois qu'il l'était d'y être.

Enroulant ses bras autour d'elle, en plaçant un sous ses hanches, il s'empara de ses lèvres dans un baiser scellant leur alliance, puis il la souleva. Il la berça.

Elle comprit rapidement le rythme. Se levant sur les genoux, elle tenta d'augmenter le tempo.

— Non.

Ancrant ses hanches, il la tira complètement vers le bas, la retint là un moment, puis il reprit de la vitesse.

— Restez en cadence avec les chevaux.

Elle cilla, mais elle obéit ; graduellement, le mouvement régulier de balancier devint si instinctif qu'ils n'eurent plus besoin d'y penser — ils purent plutôt se concentrer uniquement sur le plaisir indescriptible de leurs corps fusionnant intimement, encore et encore, dans un voyage de délices infinis.

Fermement retenue, collée sur Richard, Catriona frissonna — de plaisir pur, d'excitation aiguë. Avec un sentiment déferlant d'interdit — d'extravagance, de non-conformisme — dans son âme et dans celle de Richard. Les yeux fermés, étroitement enlacés, leur état complètement habillé contredisait, faisait contraste — centrait ses sens — avec le point où leur nudité était en relation. Le long de la face intérieure nue de ses cuisses, tout ce qu'elle pouvait sentir était le tissu de son pantalon, le cuir lisse de la banquette. Sur ses flancs et ses jambes et sur la courbe de ses fesses, tout ce qu'elle pouvait sentir était le déplacement et le glissement de sa chemise de batiste et de ses jupons.

Ce n'était qu'au cœur d'elle-même, dans la chair douce, gonflée et échauffée entre ses cuisses largement écartées qu'elle pouvait le sentir, ce n'était qu'à cet endroit que leur contact n'était pas entravé. Ce n'était que dans ce lieu délicieusement mouillé, puissamment soyeux, qu'ils fusionnaient.

Avec des sens aiguisés, elle se glorifia du pouvoir inhérent de leur union, de la répétition profondément compulsive, de l'énergie bourgeonnante montant en eux.

Les sens pleinement éveillés, avec une sensibilité extrême, elle était intimement consciente qu'à l'extérieur du carrosse, le monde, glacial et recouvert d'un tapis blanc, continuait de tourner, voué à son propre rythme régulier, le rythme insatiable de la vie. Sous la neige, la vie rayonnait, les graines chaudes, la fécondité attendant de s'épanouir. Exactement comme eux, sous leurs lourds habits — comme leurs corps et leurs vies — qui fusionnaient, semaient des graines dans l'obscurité qui fleuriraient plus tard — à l'été, lorsque le soleil reviendrait.

À leur rythme personnel, en cadence avec leur respiration, les battements de leurs cœurs, de leurs corps qui se bandaient, fixés sur la démarche ondulante des chevaux avançant d'un pas lourd dans ce paysage hivernal, se fondant eux aussi avec lui. Une partie naturelle du décor, l'acte de leur union imprégné de la même force intrinsèque qui soufflait la vie dans le monde.

Pendant que la neige tourbillonnait et que la lumière déclinait doucement et que les bêtes progressaient, leurs corps, étreints dans les bras de l'autre, se raidissaient lentement, poussant vers la libération miroitante ; ils étaient un morceau du casse-tête du monde à ce moment-là. Un morceau essentiel, nécessaire.

Avec cette certitude investissant son esprit, son âme, Catriona arracha ses lèvres à celles de Richard. Posant la tête sur son épaule, le front près de sa mâchoire, elle respira rapidement, d'une manière saccadée. Son corps bougeait constamment sans sa direction, poussé par un besoin qu'il ne lui était plus utile de cacher. Qu'elle ne savait pas comment dissimuler.

Prise par l'instant, elle s'accrochait à lui, pleinement consciente de la force d'acier de son partenaire, de sa longueur dure et chaude glissant si facilement tout au fond d'elle, donnant de petits coups sur son utérus dans le but de le remplir sous peu, de fournir la graine pour son fruit.

Le besoin augmenta, puis la submergea ; elle s'entendit gémir. Il changea de position et effleura sa tempe d'un baiser, puis il resserra les bras autour d'elle et l'incita à continuer. Il la poussa plus profondément sur lui.

Elle prit avec difficulté une inspiration fortement nécessaire et se resserra autour de lui et l'attira en elle — dans son corps, dans son âme.

Dans son cœur.

Elle pouvait sentir son détachement protecteur disparaître — sentir glisser son bouclier — la laissant sans défense. À ses pieds, le trou où elle avait sauté cette première nuit s'ouvrait et l'appelait de nouveau — l'incitant à s'engager, à sauter dedans comme lorsqu'elle s'était donnée à lui la première fois, quand elle l'avait accueilli la première fois — le guerrier — dans son corps. La deuxième nuit où elle était allée le retrouver, le trou s'était creusé davantage, la troisième nuit avait scellé son destin.

Maintenant, poussée par le même destin, attirée par une force plus puissante qu'elle n'avait jamais connue, elle s'avança avec plaisir et glissa dans l'obscurité.

Puis, elle dégringola.

Dans une obscurité chaude de passion, crépitant sous le désir, surchauffée par leurs corps ardents. La poussée de désir augmenta en elle et la saisit, la balaya comme une vague la soulevant pour l'amener dans l'oubli béni. Elle profita de la vague, profita de lui avec un besoin urgent — il la rejoignit, il refléta son énergie et la poussa en avant. Encore plus loin.

Jusqu'au point culminant, au sommet de la joie qui enfla et monta et s'écrasa sur elle, éclaboussant son corps et son esprit, l'émerveilla, lui offrit un orgasme si fragilement beau qu'il miroita dans ses veines et brilla sous sa peau.

Les yeux fermés, les doigts serrés sur la chemise de Richard, elle étouffa son cri sur son torse chaud. Elle s'accrocha, béatement regonflée jusqu'au sommet du plaisir pendant un long instant, puis elle lâcha prise.

Et elle flotta en paix.

Il la prit dans ses bras, pressa un baiser sur sa joue et la remplit encore plus profondément, avec plus de vigueur encore. Entièrement ouverte, elle le reçut avec joie, souriant doucement devant son profond gémissement de plénitude, devant la chaleur qui inonda son utérus.

Elle avait pris sa décision et elle s'était avancée dans l'inconnu, et il n'y avait nulle part où atterrir à part dans les bras de Richard.

Ils se refermèrent sur elle, l'étreignant étroitement.

Fermant les yeux pour se protéger d'une poussée aiguë d'émotions, Catriona s'abandonna et se fondit dans son étreinte.

— J'en déduis, dit Richard d'une voix traînante, que c'est Merrick qui se dessine devant ?

— Oui.

Le nez presque collé sur la vitre, Catriona n'accorda pas plus d'un regard rapide au sommet majestueux surplombant l'entrée du val. Le carrosse oscillait et avançait à toute allure, rapidement tiré par les puissants chevaux de Richard ; ils étaient presque arrivés à la maison et elle devait réfléchir à beaucoup de choses.

— Voici la ferme des Melchett.

Elle désigna d'un signe de tête un petit groupe compact de bâtiments aux toits bas se blottissant ensemble pour se protéger d'une élévation.

— Les bois au-delà produisent la majorité de notre bois de chauffage.

Elle sentit le hochement de tête de Richard ; elle garda les yeux fixés sur la scène au-delà de la fenêtre, comme si elle cataloguait tout ce qu'elle voyait. En réalité, son esprit était entraîné dans un tourbillon inhabituel et étrangement agréable — dû, évidemment, à Richard. Ils étaient entrés dans le val dix minutes plus tôt, ayant quitté Ayr, sur la côte, au point du jour après deux nuits seulement sur la route.

La première, passée à l'auberge L'Ange à Stirling, lui avait ouvert les yeux sur les avantages de voyager avec un gentleman — du genre riche, puissant et protecteur. Par l'entremise de Worboys, Richard avait fait connaître ses désirs — leurs exigences ; tout s'était passé comme il l'avait décrété. Même Algaria, effectuant le trajet derrière eux dans le carrosse du val, avait atténué sa désapprobation silencieuse. Elle avait même apprécié le confort d'un boudoir privé et la qualité d'un excellent dîner.

Algaria s'était plongée dans le silence ; à mesure que les jours s'écoulaient, elle s'était refermée sur elle-même. Soupirant intérieurement, Catriona l'accepta et attendit que sa guide voie la lumière.

En ce qui la concernait, la révélation s'était déjà produite.

En tant que mari et femme, elle et Richard avaient partagé une chambre, partagé un lit au cours des deux nuits précédentes. Assez de temps, assez d'occasions pour percevoir ce que l'avenir pouvait lui réserver. S'endormir dans ses bras avait été le paradis. Se réveiller là s'était avéré un nouveau plaisir.

Sentant la chaleur sur ses joues, Catriona sourit en elle-même. Elle évita d'en examiner la cause et garda le regard sur les champs blancs, ses joues chaudes collées sur la vitre froide.

Pendant que son cerveau se rappelait tous les détails et que ses sens incontrôlables se délectaient de la sensation remémorée.

Elle s'était réveillée ce matin-là pour le découvrir entièrement sur elle, s'était réveillée avec la sensation de Richard se glissant en elle. Elle avait haleté et serré le bras enroulé autour de sa taille, seulement pour le voir incliner ses hanches vers l'arrière afin qu'il puisse la pénétrer plus profondément.

Il l'avait aimé comme chaque fois — lentement, langoureusement, puissamment. Infatigablement. Cela semblait être son style. Un style qui, elle le découvrait, créait une dépendance chez elle. Il y avait une intensité dans leur intimité, à la fois physique et émotionnelle, à laquelle elle ne s'était pas attendue.

Elle avait fermé les yeux et l'avait savouré, l'avait laissé s'infiltrer en elle et nourrir son âme.

À présent, elle était presque pendue à la fenêtre tant elle était excitée, impatiente d'être à la maison. De commencer une nouvelle vie — d'avoir Richard avec elle pour en faire partie.

— Là !

Comme une enfant, elle pointa à travers les bouleaux, une forêt de troncs et de branches nues. Elle jeta un coup d'œil à Richard par-dessus son épaule.
— C'est le manoir Casphairn.

Il changea de position et s'approcha davantage pour voir par-dessus l'épaule de Catriona.

— En pierre grise ?

Catriona hocha la tête alors qu'une tourelle surgissait devant eux.

— Le parc paraît étendu.

— Il l'est, répondit-elle en le regardant. Il est nécessaire de protéger le manoir des vents et de la neige venant du Merrick.

Il hocha la tête et se réinstalla confortablement. Catriona se retourna vers la fenêtre.

— Encore dix minutes et nous y serons.

L'inquiétude tintait dans sa voix — liée à la façon dont se passerait l'entrée de Richard dans le val, dans sa vie. Réprimant un froncement de sourcils, elle regarda fixement par la vitre.

Richard remarqua son air préoccupé, comme il avait noté sa concentration d'esprit à propos de ses avoirs. Son esprit était clairement centré sur ses champs, sur son val — sur ses responsabilités et non sur lui.

Le regard sur son profil, il retint une grimace. Les deux derniers jours s'étaient déroulés à sa manière — entièrement à sa manière. Elle était à lui sur un plan au moins. Mais une fois qu'ils auraient atteint le manoir Casphairn, il affronterait de nouveaux défis — d'un genre qu'il n'avait jamais relevé avant.

Comme respecter sa promesse de ne pas intervenir dans son rôle, dans la manière dont elle dirigeait le val. Comme apprendre à accepter ce qu'il signifiait pour elle — peu importe ce que c'était.

Ce dernier point agaçait son tempérament, son âme de Cynster. Il n'était pas du tout certain d'aimer que la main de sa Dame eût joué dans la réalisation de leur mariage. Il fallait reconnaître que sans une telle intervention divine, Catriona ne serait peut-être pas à lui aujourd'hui — sur aucun plan. Toute sorcière qu'elle était, elle était têtue, volontaire et ne se laissait pas facilement influencer, particulièrement lorsqu'il s'agissait d'affaires touchant sa vocation.

Le regard fixé sur son visage, il sentit ses propres traits se durcirent, sentit sa détermination s'accroître.

Ce devait être, songea-t-il, sa semaine pour faire des promesses.

Dans ce cas — le cas de Catriona —, il n'avait même pas à penser à la formulation, la déclaration résonnait simplement dans son cerveau. Elle viendrait à lui de son propre accord, se jura-t-il, et non parce que sa Dame l'avait ordonné. Elle le voudrait, voudrait tout de lui, pour elle-même — pour ce qu'il lui donnait.

Ce n'était pas, il en était convaincu, ce qu'elle ressentait pour lui en ce moment, mais il était chasseur dans l'âme — il était parfaitement préparé au jeu de la patience. Préparé à poser des pièges, des trappes soigneusement camouflées, à persister jusqu'à ce qu'elle soit à lui.

Dans son corps, comme elle était déjà et à lui dans son esprit également.

À lui — librement. C'était, comprit-il soudain, la seule façon de l'avoir véritablement — la seule façon de savoir qu'elle était réellement à lui.

Quand le carrosse ralentit, oscilla, puis passa deux montants de portes dans un grondement et poursuivit dans la longue avenue traversant le parc, Richard observa sa nouvelle épouse — et conjectura vaguement sur la manière dont elle lui dirait — comment elle lui montrerait — quand le temps viendrait, qu'elle était véritablement à lui.

— Bonjour, m'dame ! Et c'est un bon matin celui qui vous ramène à la maison saine et sauve.

— Merci, madame Broom.

Prenant la main de Richard, Catriona descendit les marches de son carrosse et, à son étonnement, ne fut pas capable de savoir exactement à quoi pensait sa gouvernante. Madame Broom était habituellement facile à lire. Mais dans son visage peu attrayant, l'immense sourire qui se dessina alors qu'elle observait Richard, si beau et élégant, défiait toute interprétation.

La vue d'un carrosse inconnu précédant le sien dans la longue allée avait attiré les gens du manoir en courant. Les servantes et les valets d'écurie et les ouvriers, tous entassés dans la cour, se rassemblaient en un groupe épars autour de l'escalier principal devant lequel le cocher de Richard s'était arrêté.

Richard était descendu le premier ; depuis les ombres dans la voiture, Catriona avait regardé les yeux de ses gens s'arrondirent, y avait lu la surprise, les hypothèses.

Elle s'attendait à de la méfiance, un comportement défensif, prête à le combattre —, mais rien ne s'était encore manifesté.

Laissant une main dans celle de Richard, elle salua de l'autre, souriant. Elle attirait l'attention de ses gens, puis la dirigeait vers Richard.

— Voici mon mari, monsieur Richard Cynster. Nous nous sommes mariés il y a deux jours.

Une vague d'excitation, un murmure d'approbation nette balayèrent la foule. Catriona sourit à Richard, puis se tourna habilement vers un vieil homme s'appuyant lourdement sur un bâton à côté de madame Broom.

— Laissez-moi vous présenter McArdle.

Le vieil homme fit une révérence, lente et profonde ; quand il se redressa, un sourire plus large que n'importe quel autre dans les souvenirs de Catriona couronnait son visage.

— C't'un plaisir de vous accueillir au manoir Casphairn, monsieur.

Souriant en retour, Richard inclina courtoisement la tête.

— C'est un plaisir d'être ici, McArdle.

Comme si un rituel — un dont *elle* n'avait pas connaissance — avait été complété avec succès, tout le monde — tous ceux qui la servaient depuis sa naissance, tous ceux qui étaient sous sa garde, se détendirent et accueillirent Richard Cynster parmi eux. Complètement perplexe, Catriona sentit leur accueil chaleureux inclure Richard. Il réagit ; posant la main de Catriona sur sa manche, il se tourna vers elle. Avec elle à ses côtés, il fit lentement le tour du cercle rassemblé afin de pouvoir rencontrer chaque membre de sa maisonnée.

Pendant qu'elle faisait les présentations, Catriona observa son personnel : la réaction unanime à l'égard de Richard était sincère. Ils étaient, en effet, très contents de le voir, de l'accueillir comme son mari. Plus il parlait, plus ils souriaient et plus ces sourires s'élargissaient. Plus elle s'interrogeait.

Quand ils furent libres d'entrer, Richard la guida dans les marches. Ils dépassèrent Algaria au bout, debout en silence et repliée sur elle-même. Catriona rencontra son regard noir — et sut instantanément ce qu'elle, au moins, pensait.

Toutefois, la réaction de Richard n'était pas feinte, ne faisait pas partie d'une stratégie ; pendant qu'elle l'avait présenté et qu'il avait reçu un accueil qu'elle n'avait pas prévu, elle avait senti — avait su au-delà des doutes — qu'il ne l'avait pas anticipé non plus. Il avait été aussi étonné qu'elle, mais prompt à répondre à l'invitation de ses gens.

Ce qu'elle n'arrivait pas à comprendre était ce qu'était cette invitation précisément — et la raison pour laquelle elle avait été lancée de si bon cœur.

Ces questions la tourmentèrent toute la journée.

Quand vint le temps pour la maisonnée de se rassembler pour dîner, elle était sérieusement perturbée. Il se passait quelque chose dans son petit univers qu'elle ne saisissait pas, une force qui s'agitait et sur laquelle elle n'avait aucun contrôle. Ce qui n'était absolument pas comme avant ni comme elle aimait.

Rendue mal à l'aise par quelque chose qu'elle ne pouvait nommer, elle entra avec grâce dans la salle à manger. Richard avançait tel un félin sur ses talons, comme il l'avait fait pendant presque tout l'après-midi, pendant qu'elle lui faisait visiter sa maison. À présent la sienne.

Jetant un coup d'œil par-dessus son épaule, Catriona fronça les sourcils mentalement. La question de l'endroit où ils habiteraient était une chose dont ils n'avaient pas discuté — elle avait simplement présumé qu'ils vivraient ici. Ensemble. La dame et son époux. Elle avait cependant fait une mauvaise supposition sur un point — elle pouvait avoir tort sur cette question aussi. Cette idée ne la calma pas — en ce moment, elle avait besoin de calme.

Attirant à elle cette émotion, elle sourit à madame Broom et s'avança jusqu'à l'estrade. Rejoignant sa place au centre de la longue table, elle agita gracieusement la main pour indiquer à Richard de s'asseoir sur la chaise sculptée à côté d'elle. Chaise qui était restée contre le mur, inutile depuis la mort de ses parents.

Richard lui tint sa chaise pendant qu'elle s'installait, puis il occupa l'autre. Catriona fit un signe de tête à madame Broom, qui tapa dans ses mains afin que le premier plat soit servi. Des servantes entrèrent à la hâte, chargées de piles d'assiettes. Contrairement à ce qui se faisait dans les autres maisons nobles, au manoir, tout le monde mangeait ensemble, comme ils le faisaient depuis des siècles.

Se prélassant dans la chaise à côté de Catriona, Richard observa les gens de Catriona, étudia les manières ouvertes et décontractées qui se rapportaient à la maîtresse et à son personnel.

Il y avait de la chaleur, une camaraderie présente qu'il avait rencontrée auparavant seulement parmi les soldats ; étant donné l'isolement du val, les épreuves des longs hivers et de la température violente, c'était peut-être une bonne chose — une cohésion nécessaire.

Il approuvait.

Ce n'était pas le cas de Worboys.

Assis à une table voisine, légèrement en contrebas, le pauvre Worboys paraissait stupéfait. Grimaçant intérieurement, Richard prit note de s'attendre à sa démission. Habitué au respect strict se rapportant aux usages dans les meilleures maisons de la bonne société, la situation au manoir Casphairn ne répondrait pas aux critères élevées de Worboys.

Et Dieu seul savait à quoi ressemblait le cirage des chaussures.

— Aimeriez-vous un peu de vin ?

Tournant la tête, Richard vit Catriona soulever la carafe. Tendant le bras, il la prit et examina le liquide doré à l'intérieur.

— Qu'est-ce que c'est ?

— Du vin de pissenlit. Nous le fabriquons nous-mêmes.

— Oh.

Richard hésita, puis, réprimant une grimace, il se versa un demi-verre. Il passa la carafe à madame Broom, qui s'était glissée sur la chaise à côté de lui.

— Vous devez me dire, commença-t-elle, quels sont vos plats favoris.

Elle lui décocha un grand sourire éclatant.

— Afin que nous puissions accommoder vos goûts.

Richard lui offrit son lent sourire de Cynster.

— Comme c'est gentil à vous. Je vais réfléchir un peu à la question.

Son visage s'épanouit, puis elle se tourna de l'autre côté.

Richard pivota vers Catriona, mais elle était absorbée par son repas. Levant son verre de vin, il but. Puis, il cligna des paupières. Puis, il but encore, plus lentement, savourant le goût acidulé, les complexités du bouquet.

De l'ambroisie liquide.

Se redressant, il déposa la coupe et prit sa cuillère à soupe.

— Quelle quantité de ce vin avez-vous ?

Catriona lui lança un regard.

— Nous produisons autant de tonneaux que nous le pouvons chaque été. Toutefois, il nous en reste toujours d'année en année.

— Que faites-vous avec ce qui reste ?

Reposant sa cuillère, elle haussa les épaules.

— Je suppose que les vieux tonneaux se trouvent toujours là, dans les caves à vin. Je vous ai dit qu'ils sont considérables ; ils occupent tout l'espace sous le bâtiment principal.

— Vous pourrez me les montrer demain.

Devant son regard méfiant, il sourit.

— Vos caves à vin me semblent très passionnantes.

Elle s'éclaircit la gorge.

Un son métallique résonna dans la vaste salle. Tous se tournèrent vers l'endroit où McArdle se tenait au bout de la table centrale. Quand tous se furent tus, il leva sa coupe en l'air.

— Je propose un toast, au manoir Casphairn. Qu'il puisse prospérer longtemps. À notre dame du val, qu'elle règne longtemps. Et au nouvel époux de notre dame, monsieur Richard Cynster, une bienvenue chaleureuse au val, tout english qu'il soit.

Le rire accueillit cette dernière remarque ; McArdle fit un grand sourire et se tourna pour s'adresser directement à Catriona et Richard.

— À vous, ma dame, et à l'époux que la Dame vous a envoyé.

Des bravos enthousiastes et des applaudissements s'élevèrent partout dans la salle, résonnant sur les murs de pierres et les chevrons en hauteur. Richard tourna la tête et arqua un sourcil vers Catriona.

Sa question était claire : Catriona hésita, puis hocha la tête. Elle regarda pendant que Richard se levait avec une grâce nonchalante ; tenant sa coupe dans une main, il la souleva à la vue de tous et dit très simplement :

— Au manoir Casphairn.

Tout le monde but, tout comme lui. Baissant sa coupe, il balaya la salle du regard, mais il ne s'assit pas. Après un moment, quand l'attention revint de nouveau sur lui, sur sa silhouette autoritaire dominant la table centrale, il dit, d'une voix basse, mais voyageant facilement à travers la pièce :

— Je vous fais le même serment à vous, et au val, que j'ai déjà prêté à votre dame.

Un bref regard dirigea leur attention sur elle, puis il releva la tête et leva sa coupe.

— En tant qu'époux de votre dame, je vais honorer les manières du val et vous protéger ainsi que le val de toute menace.

Il termina son vin, puis il baissa son verre en même temps que des applaudissements éclataient de tous les côtés.

Venant du fond du cœur, le son monta et passa comme une vague dans la salle. Richard s'assit — instinctivement, Catriona posa une main sur sa manche. Il la regarda — elle croisa fugitivement son regard, puis elle sourit et détourna les yeux.

Et elle s'interrogea sur elle-même — sur ce qu'il lui avait fait ressentir — fait éprouver à tous — pendant ces quelques brefs moments, avec ces quelques mots simples. Des mots magnétiques — elle-même avait senti leur attirance, vu l'effet qu'ils avaient eu sur sa maisonnée. Ses gens lui étaient déjà très dévoués, et il avait passé le seuil à peine quelques heures plus tôt.

Pendant le reste du repas, Catriona médita sur ce fait. Elle avait fermement évité de regarder Algaria, mais elle pouvait sentir son regard noir sur elle. Et pressentir ses pensées.

Néanmoins..., elle savait, au fond d'elle, que tout ceci était écrit. Comment exactement leur mariage allait-il fonctionner, voilà ce qu'elle ne pouvait pas voir en ce moment. Elle avait reconnu que Richard était une force puissante avant même de le rencontrer, ce qui expliquait pourquoi elle avait cru qu'il n'était pas un époux convenable pour elle. La Dame en avait jugé autrement.

Mais c'était bien elle qui devait faire face à sa présence troublante.

En équilibre instable, incertaine — avec un urgent besoin de calme et de tranquillité —, elle patienta jusqu'à ce que le dessert soit desservi, puis elle écarta.

— J'ai bien peur que le voyage n'ait été plus fatigant que je ne l'avais cru.

Elle sourit à McArdle.

— Je vais au lit.

— Bien sûr, bien sûr.

Il s'apprêta à se lever pour lui tirer sa chaise, puis il sourit par-dessus sa tête et se baissa.

Catriona sentit la chaise bouger et regarda derrière. Richard se tenait dans son dos. Elle lui sourit, puis sourit à madame Broom et au reste de la table.

— Bonsoir.

Les autres hochèrent la tête et sourirent. Richard recula davantage la chaise ; elle se glissa plus loin, puis elle longea l'espace derrière les autres chaises, descendit de l'estrade et se tourna pour passer sous l'entrée en arche du couloir menant à l'escalier.

À l'instant où elle fut hors de vue de la salle à manger, elle fronça les sourcils et baissa la tête. Méditant sur son état — le malaise, le sentiment d'être à côté de la plaque qui s'était emparé d'elle au moment où elle avait passé le seuil de sa propre porte, Richard à ses côtés —, elle parcourut distraitement les couloirs, traversa le vestibule et grimpa les marches vers la galerie et coupa à travers jusqu'à sa chambre à coucher. S'arrêtant devant la porte, elle se concentra — pour se découvrir debout dans l'ombre dense. Elle avait oublié de prendre une bougie sur la table du vestibule. Heureusement, née dans la maison, elle n'avait pas besoin de voir pour trouver sa chambre. Elle tendit la main vers le loquet…

Et cria presque quand l'ombre sombre d'un bras passa devant elle, saisit le loquet et le souleva.

Main sur la gorge, elle pivota brusquement — avant même de le voir à côté d'elle, plus noire que la nuit.

— *Richard* !

Il s'immobilisa ; elle sentait qu'il plissait le front.

— Qu'est-ce qu'il y a ?

La porte s'ouvrit largement, dévoilant sa chambre familière, illuminée par les flammes bondissant dans l'âtre.

Catriona contempla l'intérieur et tenta de calmer son cœur battant.

— Je n'avais pas vu que vous étiez là.

Elle passa le seuil.

— Je serai toujours là.

Il la suivit à l'intérieur.

Catriona se tourna à toute vitesse — son cœur battait fort de nouveau quand elle l'affronta. Et elle comprit ce qu'il voulait dire.

— Ah… oui. Eh bien…

Gesticulant avec désinvolture, elle pivota et avança plus loin dans la pièce.

— Je n'y suis pas habituée, tout simplement ; avoir quelqu'un ici.

Les mots les plus vrais qu'elle n'avait jamais prononcés. Cela lui fut confirmé, alors qu'elle marchait vers le feu, jetant un regard circulaire sur l'ameublement si familier, si réconfortant et qu'elle entendit derrière elle le loquet se mettre en place. S'arrêtant devant le feu, elle se tourna à moitié et le regarda sous ses cils — il était debout à l'intérieur juste devant la porte, l'observant.

C'était son sanctuaire privé et personnel. Un endroit où il avait à présent le droit d'entrer chaque fois que l'envie lui en prenait. Encore un changement apporté par le mariage — encore un changement qu'elle devrait accepter.

— J'étais… fatiguée.

Il inclina la tête, la contemplant toujours.

— C'est ce que vous avez dit.

Sur ce, il commença à se promener d'un pas félin dans la pièce. Comme un animal sauvage évaluant sa nouvelle demeure.

Repoussant cette vision, Catriona se redressa et abandonna toutes pensées de passer une ou deux heures de calme à réfléchir à sa situation. À méditer sur son mari.

Elle pouvait difficilement réussir avec lui rôdant si près.

Elle pouvait à peine *penser* avec lui rôdant si près.

Son « je serai toujours là » n'était pas rassurant.

— Ah…

L'examinant pendant qu'il s'approchait, elle s'obligea à rencontrer ses yeux.

— Nous n'avons pas discuté de nos arrangements ici pour dormir.

Un sourcil noir se haussa.

— Qu'y a-t-il à discuter ?

La rejoignant, il baissa la tête vers elle, puis il s'accroupit pour s'occuper du feu flambant.

Baissant le regard sur sa tête, Catriona sentit sa colère se réveiller.

— Nous pourrions discuter de l'endroit où vous dormirez, par exemple.

— Je vais dormir avec vous.

Elle se mordit la langue — et se prévint elle-même contre l'imprudence de s'indigner.

— Oui, mais ce que je me demandais c'est : aimeriez-vous profiter de votre propre chambre ?

Il sembla réfléchir à cela ; il garda le silence tout en empilant des bûches, bâtissant une flambée impressionnante. Puis, il se leva ; Catriona s'arrêta juste avant de reculer d'un pas.

Richard baissa la tête vers elle, puis il jeta un regard circulaire sur la vaste pièce. Malgré le fait qu'elle contenait un secrétaire, une commode, une coiffeuse et des chaises, une penderie et deux coffres, ainsi que, bien heureusement, un imposant lit à quatre colonnes, la chambre était peu meublée. Ils pouvaient la partager confortablement et avoir encore de l'espace libre. Le coffre de voyage de Richard, posé contre un mur, se remarquait à peine.

Il plongea les yeux dans ceux de Catriona.

— Est-ce que cela vous dérange si je réponds non ?

La perplexité qui emplit ses yeux était éloquente.

— Non, bien sûr que non…

Il haussa un sourcil.

— Eh bien…

Brusquement, elle lui jeta un regard mauvais.

— Je ne sais pas !

Imprudemment, il sourit.

Elle lui assena une claque sur le torse.

— Ne riez pas ! Je ne me suis jamais sentie aussi déboussolée de ma vie !

Son sourire se fit ironique.

— Pourquoi ?

Lui saisissant la main, il se dirigea vers le lit, la traînant sans qu'elle ne résiste.

— Je ne sais pas. Eh bien… oui, je le sais. C'est vous.

Rejoignant le lit, il se tourna et s'assit, la tirant pour qu'elle se retrouve entre ses cuisses.

— Quoi, moi ?

Elle le regarda les sourcils froncés ; soutenant son regard, l'air doux et interrogateur, il mit les doigts sur les boutons de sa robe de voyage.

Après un long moment, elle grimaça.

— Non… ce n'est pas cela non plus.

Plissant le front distraitement, elle tendit la main vers l'épingle attachant sa cravate, la libéra, puis la glissa dans le revers de son manteau.

— Je ne sais pas exactement ce que c'est ; c'est simplement quelque chose de perturbant, quelque chose que je ne peux pas tout à fait identifier.

Le front toujours plissé, elle défit rapidement les extrémités de sa cravate, puis se mit à dénouer les plis.

Richard se tut et la laissa faire, puis il ôta docilement son manteau et son gilet d'un coup d'épaule avant de l'aider avec sa robe. De nouveau assis, il l'attira à lui ; l'emprisonnant entre ses genoux, il commença à défaire les lacets de sa combinaison.

Elle plissait toujours le front.

— L'accueil que l'on m'a réservé vous a-t-il étonnée ?

Elle leva la tête. Il poussa ses jupons vers le bas.

— Oui.

Elle le regarda droit dans les yeux.

— Je ne le comprends pas.

Une main dans la sienne, elle fit un pas pour sortir de la pile de jupes.

— C'était comme si vous étiez — elle gesticula — quelqu'un qu'ils avaient attendu.

Refermant les mains autour de sa taille, Richard la ramena vers lui, la serrant entre ses cuisses.

— C'est ainsi qu'ils me considèrent, je crois.

— Mais… *pourquoi* ?

Pendant une minute, il appuya son regard sur les minuscules boutons de sa chemise tout en les faisant glisser hors de leurs boutonnières. Puis, il leva la tête et croisa ses yeux.

— Parce que je crois qu'ils ont peur pour vous — et par conséquent, indirectement, pour eux. Je vous ai montré les lettres. J'imagine que si vous posiez la question, vous découvririez que plusieurs membres de votre maisonnée entretiennent leurs propres doutes à propos de vos voisins et de la menace qu'ils font peser sur le val.

Baissant les yeux, il sépara les deux moitiés de sa chemise, à présent ouverte à la taille, et il tira sur les manches. Elle frissonna quand l'air froid toucha sa chair, mais elle baissa les bras et les libéra du vêtement.

Levant la tête, il emprisonna son regard.

— Ils me voient comme un protecteur ; pour vous, pour le val et pour eux.

Le pli sur son front oscilla, puis elle grimaça.

— Je suppose que c'est ce qu'un époux est censé être.

— En effet.

Richard ferma les mains sur ses seins nus et il la sentit trembler, l'entendit inspirer. Les paupières de Catriona tombèrent lentement ; il effleura ses mamelons avec ses pouces et elle frissonna.

— La Dame m'a choisi pour vous, vous vous souvenez ?

L'attirant plus près, il l'embrassa, puis il murmura contre ses lèvres :

— Elle m'a choisi afin que je sois celui qui vous épouserait, coucherait avec vous et vous mettrait enceinte. Elle m'a choisi pour vous défendre et vous protéger. C'est ainsi que vos gens me voient ; comme celui que la Dame a envoyé pour vous.

— Hum...

Les mains se levant sur les épaules de Richard, Catriona se pencha en avant pour plonger dans le baiser suivant.

Une minute plus tard, il recula et la pressa de monter dans le lit, se dépouillant de ses vêtements pendant qu'elle se glissait entre les draps. Il la rejoignit ensuite, s'activant tout de suite au-dessus d'elle, lui écartant les cuisses largement et s'installant entre elles. Il s'ajusta en elle, puis, se posant lourdement sur sa femme, il encadra son visage avec ses deux mains et l'embrassa passionnément — tout en se poussant en elle.

Il glissa tout au fond, puis il s'arrêta et leva la tête, interrompant leur baiser.

— Je vous ai dit que je n'allais pas miner votre autorité.

Il pressa encore plus loin, puis il baissa la tête.

— Faites-moi confiance ; tout finira par se mettre en place.

Juste avant que ses lèvres ne reprennent celles de Catriona, il murmura :

— Exactement comme ceci.

Elle ne pouvait pas penser le contraire ; alors qu'elle s'installait instinctivement sous lui, souple et douce pendant qu'il la chevauchait lentement, profondément, Catriona se détendit, fit ce qu'il demandait et elle mit sa confiance en lui.

Ce n'était pas, ainsi qu'elle avait imaginé les choses. Elle avait pensé qu'elle serait la personne confiante et rassurante, infaillible dans son rôle de Dame du val, qui aurait facilité l'établissement de son époux dans sa nouvelle position. Au lieu de cela, c'est Richard qui, se glissant sans effort dans son nouveau costume, s'employait à tranquilliser son épouse sur son propre rôle.

Mais ici, dans leur lit, elle n'avait pas besoin d'être rassurée. Il avait été bon professeur, il lui avait enseigné tout ce qu'elle devait savoir pour l'aimer. Elle s'accrocha donc à lui et elle lui céda, sans se soucier de ce que l'avenir pouvait leur réserver.

Le futur était le domaine de la Dame, la nuit — cette nuit — leur appartenait.

Plus tard, beaucoup plus tard, au creux de la nuit, Richard, allongé sur le dos, contemplait sa femme endormie. Sa femme épuisée, repue de plaisirs — qui l'avait épuisé aussi et repu de plaisirs. Les minutes s'écoulaient pendant qu'il examinait son visage, sa peau ivoire parfaite, sa tignasse de cheveux roux flamboyant en bataille.

Elle était une sorcière et elle l'avait ensorcelé ; il marcherait sur des charbons ardents, vendrait son âme et bien plus encore pour elle.

Et si elle ne pouvait pas comprendre cela, ce n'était pas vraiment important parce qu'il ne le comprenait pas non plus.

Plongeant plus profondément dans le sommeil, il la prit dans ses bras et sentit sa chaleur pénétrer ses propres os. Il la sentit se tourner vers lui dans son sommeil et se blottir entre ses bras.

Pendant que son corps se détendait et qu'il glissait dans ses rêves, il lui vint à l'esprit que peu d'hommes comme lui — assez fort, assez puissant pour agir comme son protecteur — accepteraient d'épouser une sorcière pour ensuite lui donner carte blanche.

Il l'avait fait.

Il n'aimait pas penser à la raison qui expliquait cela.

C'était presque comme si cela *avait* été réglé d'avance — que la Dame l'avait en effet choisi pour elle.

CHAPITRE 11

Richard se réveilla le lendemain matin comme les deux jours précédents — à l'aube en tendant les bras vers sa femme.

Ce matin, il découvrit des draps froids.

— Que…

Soulevant les paupières et la tête, il confirma que le lit à côté de lui était bien vide. Réprimant un juron, il s'assit à moitié et survola la chambre du regard.

Aucune trace de Catriona.

Jurant librement, il rejeta violemment les couvertures et marcha d'un pas raide jusqu'à la fenêtre. Ouvrant la vitre, il repoussa les volets. L'aube naissait dans l'horizon lointain. Refermant brusquement la fenêtre sur le froid matinal, il se retourna vers la chambre. La mine terriblement renfrognée.

— Où diable est-elle allée ?

Décidé à obtenir une réponse, il enfila son pantalon en peau de daim et ses bottes, une chemise chaude et une veste d'équitation. Nouant un foulard autour de sa gorge, son pardessus sous un bras, il sortit de la pièce à grands pas.

Le vestibule et la salle à manger étaient vides ; personne ne s'y activait. Pas même une fille de cuisine nettoyant les cendres dans l'immense foyer de la cuisine. Il lui fallut trois tentatives pour trouver le bon couloir menant à la porte arrière ; enfin arrivé, il eut besoin de ses deux mains pour ouvrir la lourde porte en chêne — Catriona n'était certainement pas passée par là.

Richard s'arrêta sur le seuil et regarda de l'autre côté de la cour en pavés, jointe au reste de la cour par une large allée encerclant la résidence principale. Le soleil commençait à se lever, jetant sa lumière sur le monde, lançant ses feux grâce aux cristaux de glace parsemés comme des diamants sur la neige. Il faisait froid et le vent soufflait, mais l'air frais était revigorant, son souffle se condensant en bouffées légères devant son visage. Les écuries s'élevaient directement en face, de l'autre côté de la cour, un assemblage de constructions en pierres et en bois. Le manoir lui-même était en pierres gris foncé, avec des pignons abrupts bordant les toits en ardoise et trois tourelles pointant aux angles des murs. De forme irrégulière, le bâtiment principal était grand, mais étonnamment unifié — par le fatras de dépendances qu'il semblait être.

Tout, cependant, était propre et soigné, à sa place.

Sauf sa femme.

Grinçant des dents, Richard enfila son pardessus d'un coup d'épaule, puis il tira la porte arrière pour la fermer. Il ne voyait aucune raison pour laquelle Catriona serait partie à cheval, mais s'il ne la trouvait pas sous peu, il ferait peut-être la même chose.

Son bref tour des lieux la veille avec elle pour guide s'était limité aux salles de réception et à la galerie, la bibliothèque, la salle de billard — une surprise bien accueillie — et au bureau de son domaine. Ponctué par des présentations à un défilé constant de personnel venant le saluer, il n'avait pas vu grand-chose.

Alors qu'il avançait à grandes enjambées sur les pavés, le claquement des talons de ses bottes résonnait faiblement, renvoyé par la pierre. Au centre de la cour, il s'arrêta — saisi par la beauté des lieux. La cour était grande ; d'où il se trouvait, il profitait d'une vue dégagée des champs menant à l'entrée du val. Directement devant lui, s'élevant majestueusement dans le ciel, se trouvait Merrick, le val embrassé par ses contreforts.

Lentement, il pivota, jusqu'à ce qu'il soit en face de la maison ; de chaque côté de sa masse, il pouvait voir les champs au-delà, une terre tachetée de blanc s'étirant loin, au-delà du parc brun.

Le manoir était situé sur une élévation à peu près au centre du val. D'un côté, la rivière qui divisait le val en deux tournait autour de la base de l'élévation ; même sous la neige et la glace, Richard pouvait l'entendre murmurer. Entre la maison et la rivière, des jardins entretenus avec soin s'étendaient, des sentiers en pierres cheminant entre ce qu'il supposa être des parterres d'herbes fines et de plantes médicinales. Ce n'était pas difficile de l'imaginer sans neige, de remplacer le brun par du vert tendre, de se représenter la richesse qui serait là l'été venu. Même aujourd'hui, en dormance, hibernant sous le manteau de l'hiver, le sentiment d'une vie animée était fort.

Pour un Cynster, c'était un paysage à couper le souffle. Toute la terre qu'il pouvait voir était — sinon à lui, dans son esprit —, en tout cas sous sa protection.

Prenant une profonde inspiration, sentant le froid chanter dans ses veines, Richard pivota lentement et reprit son trajet vers les écuries. Au loin, il vit de petits points déambuler dans les champs enneigés — du bétail entrant dans des abris grossiers ou en ressortant. Il fronça les sourcils, puis il tendit la main vers le loquet de la porte de l'écurie.

Elle s'ouvrit sans bruit — en fait, elle n'était pas parfaitement verrouillée. Ses sourcils se fronçant davantage, Richard tira la porte en grand. Il était sur le point d'entrer quand un bruit de sabots lui parvint, remontant la pente au-delà des écuries.

L'instant d'après, une jument alezan à la robe rude tourna à l'angle et entra dans la cour, Catriona en selle. Elle le vit instantanément. Ses joues étaient rougies, ses boucles indisciplinées dansant au vent — ses yeux vifs furent sur leur garde dès le moment où ils rencontrèrent ceux de Richard.

— Qu'est-ce qu'il y a ?

Tirant sur les rênes à quelques mètres devant lui, elle posa la question en haletant. Richard retint une envie de rugir.

— Je vous cherchais, lâcha-t-il sur un ton sec et menaçant. Où diable étiez-vous ?

— Je priais, évidemment.

Il attrapa la bride de sa monture pendant qu'elle libérait ses jambes des étriers d'un coup de pied.

— Vous priez dehors ? Par ce temps ?

— Par *tous* les temps.

Soulevant une jambe par-dessus le cou de sa bête, elle se prépara à descendre. Il tendit les bras et la souleva pour la déposer au sol.

Et il la retint devant lui, emprisonnée entre ses mains.

— Où ?

Le regard fixé sur le sien, elle hésita, puis releva légèrement le menton.

— Il y a un cercle à l'entrée du val.

— Un cercle ?

Se libérant brusquement de sa poigne, elle hocha la tête et attrapa les rênes de sa jument.

Réprimant un juron, il tendit la main et tira pour les lui enlever, puis lui fit signe de le précéder. Elle obéit — nez en l'air, les hanches se balançant d'une manière provocatrice.

Pour son bien, Richard pria qu'il n'y ait pas de bottes de foin jonchant l'écurie. Dents serrées, il la suivit dans la chaude obscurité.

— Priez-vous souvent ? En disparaissant comme cela, avant l'aube ?

Avant qu'il ne soit réveillé ?

— Au moins une fois par semaine, parfois plus fréquemment. Mais pas tous les jours.

Richard remercia le ciel pour les petites bénédictions. Sa Dame possédait à l'évidence une certaine compréhension des besoins des hommes mortels. Attachant avec soin la jument dans le box où l'avait guidé Catriona, il se tourna pour la découvrir en train de tirer sur les sangles pour les détacher. Puis, elle tendit les bras vers la selle.

— Tenez, laissez-moi m'en occuper.

Il s'empara de la selle et la lui ôta avant de la déposer sur le mur du box. Se retournant, il la vit avec une étrille dans la main — il la prit aussi. Et se mit à brosser l'épais manteau de la jument.

Sous la lumière d'un regard vert mauvais et acéré.

— Je suis parfaitement capable de soigner mon propre cheval.

— J'imagine. Par contre, vous pourriez ne pas aimer l'autre possibilité si vous ne *me* laissez pas soigner votre cheval maintenant.

La méfiance atténua son regard furieux.

— L'autre possibilité ?

Richard garda les yeux sur le cuir poilu de la jument.

— Comme il n'y a pas de foin par terre, ce devra être le mur. Le coin près de l'auge pourrait convenir ; vous pourriez garder votre équilibre en posant un pied sur le bord, ajouta-t-il en pointant avec sa tête.

Et elle regarda — l'expression sur son visage le poussa presque à lancer la brosse.

— Mais alors — il serra fortement la brosse et insuffla toute son énergie refoulée dans chaque coup.

Se redressant de toute sa hauteur, Catriona contourna sa jument d'un pas bruyant afin de pouvoir lui jeter un regard noir, le cheval servant de rempart de sécurité entre eux.

— Pourquoi êtes-vous si… — elle gesticula furieusement — si… peu importe ce que vous êtes ?

Lèvres pressées, Richard lui décocha un regard dur et continua à brosser.

Catriona croisa les bras et releva le menton.

— Parce que je suis allée prier et que je ne vous ai pas demandé la permission ?

Elle patienta ; peu à peu, la violence de brossage s'atténua. Le visage de marbre, il lui jeta un coup d'œil par-dessus le dos de la jument.

— Pas la permission… mais j'ai besoin de savoir où vous êtes, où vous allez. Je ne peux pas vous protéger efficacement si j'ignore où vous vous trouvez.

— Je n'ai pas besoin de protection pendant que je prie ; personne dans le val n'oserait pénétrer dans le cercle. C'est une terre consacrée.

— Les gens à l'extérieur du val sont-ils au courant de cela ?

— Je suis aussi en sécurité dans le cercle qu'un archevêque dans sa cathédrale.

— Thomas Becket a été tué devant l'autel à Canterbury.

Elle hésita, puis haussa les épaules. Et releva le nez.

— C'était différent.

Avec un grognement frustré, Richard lança l'étrille, contourna la jument et coinça Catriona contre le mur du box. Les yeux ronds fixés sur les siens, d'un bleu flamboyant, Catriona repoussa héroïquement une envie folle de jeter un coup d'œil à l'auge à proximité.

— Dites-moi simplement où vous allez à l'avenir. *Ne disparaissez pas.*

Ses lèvres formant un trait mince, elle lui rendit regard noir pour regard noir.

— Si je vous réveille le matin pour vous dire où je vais, je n'arriverai pas à y aller.

Les yeux de Richard sondèrent les siens pendant qu'elle le défiait en son for intérieur de le nier.

Au lieu de cela, après un moment tendu, il hocha sèchement la tête et recula.

— Informez-moi de vos plans le soir précédent.

Sur ce, il lui attrapa le coude et l'entraîna, beaucoup moins doucement qu'il en avait eu l'intention, hors du box. Obligée de marcher rapidement à côté de lui, Catriona le dévisagea, s'efforçant de distinguer ses traits sous la lumière faible dans l'écurie.

— Très bien, acquiesça-t-elle alors qu'ils atteignaient la porte de l'écurie. Cependant, je n'ai pas besoin de protection pendant que je suis dans le cercle.

Ils sortirent dans la cour ; la lumière du matin toucha son visage — illuminant un masque sévère.

— Je vais y penser.

Il continua à la faire marcher sur les pavés en se dirigeant vers la maison. Elle ne comprenait pas cette tension qui le tenait.

— Qu'est-ce qui ne va pas ?

Rejoignant les marches de la porte arrière, elle pivota pour l'affronter.

— J'ai accepté de vous dire où je vais, alors pourquoi *ceci* ?

D'un doigt, elle donna un coup sur un biceps — contracté et aussi dur que l'acier.

Le torse de Richard se gonfla.

— Ceci, dit-il d'une voix très basse sortant à travers des dents serrées, est le résultat de ma faim.

— Eh bien, le petit-déjeuner devrait être presque prêt…

— *Mauvais* appétit.

Elle cilla — et le regarda dans les yeux. Et elle y vit briller la vérité.

— Juste ciel ! Mais…

Elle le regarda en fronçant les sourcils.

— Vous n'êtes pas *sérieux*. Qu'en est-il d'hier soir ?

— C'était hier soir. Parce que vous avez disparu, j'ai raté ma collation du matin.

— Du matin ?

Elle sentit que son visage se vidait de toute expression, elle entendit l'incrédulité résonner en prononçant faiblement :

— *Tous* les matins ?

Il avait le sourire fendu jusqu'aux oreilles — une expression distinctement sauvage.

— Disons simplement que dans un avenir proche, cela m'aiderait. Mais pour l'instant… — tirant pour ouvrir la porte, il lui fit signe d'entrer — pourquoi n'essayons-nous pas de voir si l'on peut détourner mon attention avec le petit-déjeuner ? À moins, évidemment, que vous ne soyez d'accord pour prendre des collations tout au long de la journée ?

Pendant un instant, Catriona se contenta de le dévisager, puis elle lui jeta un regard noir et rejeta la tête en arrière — et elle ignora les petites vrilles frissonnantes d'excitation glissant le long de son échine.

— Le petit-déjeuner, déclara-t-elle, et elle entra d'un pas gracieux dans la maison.

Les traits durs comme la pierre, Richard la suivit à l'intérieur.

Ils prirent le petit-déjeuner ensemble ; en passant les petites crêpes épaisses et le jambon, en partageant des toasts, en versant le café, la tension s'apaisa entre eux. Ils furent les premiers à s'installer à leur place parmi ceux qui s'asseyaient à la table principale. Madame Broom faisait des histoires, surveillant le service des plateaux ; McArdle entra plus tard qu'à l'accoutumée en clopinant. Algaria, arrivant relativement tôt, occupa une chaise à l'extrémité et garda ses pensées noires pour elle.

Confortablement installé sur la chaise sculptée qui était à présent la sienne, Richard sirotait négligemment son café et observait sa femme commençer sa journée. La désapprobation soutenue d'Algaria l'étonnait ; il avait espéré qu'elle finirait par s'en remettre et accepterait leur mariage, sinon par égard pour lui, au moins pour Catriona. Il aperçut le bref regard d'espoir que lança Catriona à la femme et sentit son soupir quand il ne lui fut pas rendu. S'il avait cru que cela serait utile, il aurait parlé à Algaria, mais elle restait sur la défensive à son égard.

— Y a-t-il eu des réponses à ces lettres que j'ai expédiées à propos du blé ?

La question de Catriona attira l'attention de Richard ; elle s'adressait à McArdle.

— Hum… oui, en fait, je crois qu'il y en a eu, répondit McArdle en fronçant les sourcils. Une ou deux, au moins.

— Bien, je vais regarder celles-là en premier, puis nous devons vraiment faire des progrès sur nos plans pour les plantations de la prochaine saison.

— Ah… Jem n'a pas encore apporté les chiffres. Ni Melchett.

— Ah non ? répliqua Catriona en dévisageant McArdle. Mais nous en avons besoin pour en faire quelque chose de sensé.

McArdle haussa les sourcils et les épaules en signe de compréhension.

— Vous savez comment c'est… ils ne comprennent pas ce que vous voulez, alors ils espèrent que vous oublierez ; et donc, ils oublient.

Poussant un soupir exaspéré, Catriona se leva.

— Je verrai cela plus tard, alors. Mais si vous avez terminé, nous serions aussi bien de commencer.

Pendant que McArdle se levait avec difficulté, Richard tendit le bras et attrapa la main de Catriona. Elle se tourna et haussa un sourcil.

— N'oubliez pas, murmura-t-il, les yeux sur elle, son pouce caressant le dos de sa main.

Pendant un instant, elle le dévisagea — et il put voir qu'elle n'arrivait pas à comprendre ce qu'il voulait lui rappeler — son accord de l'informer de ses allées et venues ou son invitation à prendre des collations en mi-journée. Puis, elle cligna des paupières. Et le regarda de nouveau.

— Je serai dans le bureau la majeure partie de la journée.

Et son tour arriva d'être incertain — mal assuré — à propos de ce qu'elle voulait dire précisément. Elle tira doucement et il relâcha sa prise et laissa ses doigts glisser hors des siens. Elle inclina la tête, puis elle se détourna.

Pendant qu'il la regardait avancer avec grâce vers la porte, il n'était toujours pas sûr de ce qu'elle avait voulu dire.

Il se décida pour faire de la bibliothèque son domaine — selon Catriona, elle seule, et Algaria à l'occasion, l'utilisait. Il y avait un énorme et vieux bureau, joliment ciré et une chaise rembourrée qui s'accommodait étonnamment bien de son grand corps.

Grâce aux efforts combinés de madame Broom et d'Henderson, un gros homme morose qui remplissait le rôle d'intendant, on lui fournit du papier, une plume et de l'encre. Worboys, venu prendre de ses nouvelles, repartit et revint avec le sceau de Richard et un morceau de cire. Après avoir envoyé une domestique chercher une bougie, Worboys jeta un regard hautain et à peine approbateur sur les volumes reliés en cuir, puis il renifla.

— Si vous avez besoin de moi, monsieur, je serai dans votre chambre. Henderson — un type assez gentil si l'on peut s'en tirer avec son accent du terroir — est en train de s'organiser pour qu'on installe une deuxième penderie. Je vais m'occuper de vos manteaux.

Avec tendresse, Richard n'en doutait pas.

— Très bien ; je ne pense pas avoir beaucoup besoin de toi dans les prochains jours, dit-il en levant les yeux sur Worboys. Nous ne recevrons pas.

Worboys se retint tout juste de grogner.

— Cela semble bien improbable, monsieur, en effet.

Sur ce commentaire à propose de sa nouvelle demeure, Worboys se retira.

Haussant les sourcils, secrètement étonné de ne pas avoir reçu la démission de Worboys, Richard se tourna de nouveau vers ses lettres.

Il réfléchit, puis il se mit à écrire un compte-rendu plus détaillé de son mariage à Devil — la tâche la plus facile qu'il affrontait. Il combla les détails qu'il avait omis dans sa brève note précédente, mais il ne vit aucune raison de s'expliquer sur ses sentiments, sur les raisons qui l'avaient poussé à sauter le pas. Il était certain que Devil, ayant déjà succombé et vivant avec l'objet de son amour depuis un an, pourrait remplir les blancs lui-même.

Et Dieu seul savait qu'Honoria, la duchesse de Devil, et Helena, la belle-mère de Richard le feraient certainement.

Scellant la lettre pour Devil, Richard grimaça et posa une nouvelle feuille blanche devant lui.

Il la fixa pendant une demi-heure. Finalement, il écrivit un résumé très prudent, minutieusement réservé, omettant des faits, mais remplie du genre d'information qu'il savait intéresser sa belle-mère. Oui, il s'était recueilli sur la tombe de sa mère.

Il lui fit une description du collier qu'elle lui avait légué et ajouta que Catriona avait de longs cheveux roux et des yeux verts.

Ce genre de choses.

Il les rédigea avec soin et espéra, sans trop y croire, qu'elle se satisferait de cela. Du moins, pendant un temps.

Avec un soupir, il signa. Il avait dit à Devil qu'ils n'assisteraient pas aux célébrations de Noël à Somersham cette année. Il savait sans avoir à le demander que Catriona préférerait rester ici et, même après seulement une nuit sous ce toit, il était d'accord. Peut-être, dans les années à venir, quand leur vie ici serait plus établie, ils effectueraient le voyage dans le sud pour ces quelques jours en famille bien remplis — lui, elle et leurs enfants.

L'idée retint son attention pendant de longs moments, puis il s'agita, scella sa missive pour Helena et se tourna vers sa dernière lettre — à Heathcote Montague, représentant d'affaires, sous contrat permanent avec tous les Cynster.

Cette lettre lui plaisait davantage — prendre des décisions, s'occuper de ses intérêts variés, donner des directives afin qu'il soit capable de gérer tout cela depuis le val — il s'agissait là d'actions positives renforçant sa récente position, son nouveau rôle.

Il signa cette lettre avec des fioritures. Imprimant son sceau dans la cire fondue, il agita la lettre pour la refroidir, puis il rassembla les trois paquets et se leva. Et il se mit en route pour découvrir qui ramassait le courrier.

Il n'y avait pas de majordome, à proprement dit. Le vieux McArdle conservait le titre de régisseur, mais d'après tout ce qu'il avait entendu, Richard se doutait fortement que Catriona effectuait le gros du travail elle-même. Henderson, en tant qu'intendant, était celui qui avait le plus de chances de s'occuper des lettres et des colis. Richard se promena dans les couloirs vers l'arrière de la résidence, passant la tête dans les petites pièces de travail, trouvant l'office du majordome, mais pas Henderson.

Décidant de placer cette affaire — ainsi que la correspondance — entre les mains toujours efficaces de Worboys, ce n'est qu'à ce moment-là qu'il se souvint du rendez-vous d'Henderson avec son valet dans la chambre principale. Richard revint sur ses pas vers l'escalier.

Quelque part dans les profondeurs de la maison, une cloche tinta.

Il se trouvait dans le couloir se dirigeant vers le vestibule quand il entendit des bruits de pas sur les carreaux, puis un fort grincement tandis que les portes d'entrée s'ouvraient.

— Bonjour, Henderson ! Et où est votre maîtresse ? Je vous prie de lui dire que je souhaite la voir immédiatement. Une affaire assez importante, j'en ai bien peur.

Les notes chaleureuses et énergiquement engageantes résonnaient clairement ; lentement, Richard s'arrêta dans les ombres de l'entrée en arche donnant sur le vestibule. De là, il pouvait voir le gros gentleman solidement bâti tendant son chapeau à Henderson — et la réticence avec laquelle celui-ci l'accepta.

— Je vais vérifier si la maîtresse est libre, monsieur.

Des yeux porcins dans un visage rond et rougi se plissèrent légèrement.

— Dites-lui simplement que c'est moi et elle sera libre, j'en suis sûr. Maintenant, allez-y, chef ; ne me laissez pas debout ici…

— Sir Olwyn.

Le ton tranquille et digne de Catriona retentit clairement dans le vestibule. Richard l'observa alors qu'étant sortie d'un pas léger de son bureau, elle prenait position directement devant l'escalier principal. Et affrontait sir Olwyn calmement.

— Mademoiselle Hennessy !

La mine renfrognée qui menaçait chez sir Olwyn disparut sous un sourire éclatant. Avec un enthousiasme trop chaleureux, il avança dans le vestibule.

— C'est un *plaisir* de voir que vous êtes rentrée, ma chère.

Catriona sourit froidement et inclina la tête, mais elle n'offrit pas sa main en guise d'accueil ; sir Olwyn réagit avec un visage encore plus épanoui.

— J'espère que votre petit séjour dans les Highlands s'est déroulé sans heurt ?

Comme s'il se rappelait seulement à ce moment-là ce qui avait occasionné son absence, son sourire s'évapora, pour être remplacé par une expression de sympathie manifestement fausse.

— Une grande perte, j'en suis sûr, votre tuteur.

— En effet.

La voix aussi froide que la neige dehors, Catriona inclina de nouveau la tête.

— Mais…

— Son fils a hérité, il paraît ?

Catriona inspira patiemment.

— Oui. Son fils Jamie est, en effet, l'héritier de mon ancien tuteur. Mais…

— Eh, bien ; il voudra accorder son attention aux choses ici et cela très rapidement, je n'en doute pas.

Feignant de nouveau l'enthousiasme, sir Olwyn regarda Catriona et secoua la tête.

— J'ai bien peur, ma chère, que je doive encore une fois élever une protestation ; du bétail du val a été trouvé en train de se promener à des *kilomètres* dans mes champs.

— Vraiment ?

Relevant les sourcils, Catriona se tourna et regarda McArdle, qui l'avait suivie dans le vestibule. Il lui rendit posément son regard, puis il produisit l'un de ses haussements d'épaules exagérés et formulant un démenti — celui qui exprimait le mépris subtil devant ces dires. Catriona se retourna vers Sir Olwyn.

— J'ai bien peur, monsieur, que vous fassiez erreur. Il ne nous manque aucune bête.

— Non, non, ma chère, bien sûr que non.

Bravant la froideur qui prévalait, sir Olwyn prit audacieusement la main de Catriona et la tapota.

— Mes hommes ont l'ordre strict de les ramener. Bien d'autres propriétaires terriens ne seraient pas aussi indulgents, ma chère ; j'espère bien que vous appréciez ma sollicitude envers vous.

Dégoulinant de paternalisme, il sourit dans les yeux de Catriona.

— Non, non ; le fait que vous perdiez du bétail n'est pas au *cœur* de l'affaire, douce dame. Le fait est qu'elles n'auraient pas dû s'éloigner en *premier* lieu et n'auraient certainement *pas* dû causer des dommages dans *mes* champs.

Parfaitement calme, Catriona, avec beaucoup de sang-froid, retira sa main.

— Que…

— Non, non ! Ne craignez rien.

Avec un rire exubérant, sir Olwyn leva une main.

— Nous n'en parlerons plus pour cette fois. Mais vous devez vraiment porter une attention particulière à la gestion de votre cheptel, ma chère. Évidemment, étant une femme, vous ne devriez pas avoir à casser votre jolie petite tête avec des problèmes semblables. Un homme est ce dont vous avez besoin, chère…

— J'en doute.

Avec une aisance paresseuse, Richard avança lentement dans le vestibule.

— Du moins, pas un autre.

Sir Olwyn le dévisagea, puis il se hérissa.

— Qui êtes-vous ?

Richard haussa un sourcil et regarda Catriona.

Avec un calme parfait, elle reporta son regard sur sir Olwyn.

— Permettez-moi de vous présenter Richard Cynster ; mon mari.

Sir Olwyn cligna des paupières, puis il roula des yeux ronds.

— Votre *mari* ?

— Comme *j'essayais* de vous le dire, sir Olwyn, pendant mon séjour dans les Highlands, je me suis mariée.

— À moi.

Richard sourit — un sourire distinctement Cynster.

Sir Olwyn le contempla d'un air dubitatif. Il articula un « oh » en silence, puis il rougit et se tourna vers Catriona.

— Félicitations, ma chère ; eh bien ! C'est toute une surprise.

Ses yeux porcins devinrent acérés, il la regarda intensément.

— *Toute* une surprise.

— En effet, dit Richard d'une voix traînante, une surprise de tous côtés, je crois.

Avançant en douceur, il s'interposa entre Catriona et sir Olwyn, prenant ineffablement sir Olwyn le bras tendu, le tournant et le guidant vers l'entrée du vestibule.

— Glean ; vous êtes bien sir Olwyn Glean, n'est-ce pas ? — peut-être… vous comprenez que je n'ai pas encore eu le temps de me familiariser avec la situation ici ; nous venons seulement d'arriver, voyez-vous… où en étais-je ? Ah, oui ; peut-être seriez-vous assez bon pour m'expliquer comment vous avez identifié le bétail errant comme venant du val ? Je comprends que vous ne l'avez pas vu vous-même ?

Se retrouvant devant la porte d'entrée, qu'Henderson avait obligeamment ouverte en grand, sir Olwyn cilla, puis il se secoua. Et il rougit.

— Bien, non… mais…

— Ah ! Vos hommes ont vérifié leur identité, alors. J'en suis si content ; ils pourront me dire de quelle ferme le bétail s'est échappé.

Sir Olwyn s'énerva.

— Bien, à ce propos…

Attirant son regard, Richard abandonna sa voix traînante.

— Bien sûr, je vais prendre des mesures pour m'assurer qu'une situation semblable ne se reproduise pas.

Il sourit, très légèrement, très intensément.

— J'espère bien que vous me comprenez.

Sir Olwyn rougit jusqu'à la racine des cheveux. Il jeta un regard ahuri à Catriona, puis il saisit le chapeau qu'Henderson tenait pour lui, le fourra sur son crâne, tourna les talons et descendit les marches à grand bruit.

Richard le regarda partir — grimper sur son cheval flamboyant et quitter la cour au petit galop.

Près de l'épaule de Richard, le taciturne Henderson hocha la tête devant le dos de Glean qui s'éloignait.

— Bon travail, ça.

Richard le croyait. Il sourit et tendit ses lettres à Henderson, puis il se retourna vers le vestibule. Derrière lui, Henderson referma les lourdes portes.

Catriona n'avait pas bougé de sa position près des marches ; Richard traversa lentement le vestibule et s'arrêta directement devant elle.

Elle le regarda droit dans les yeux.

— Notre bétail ne s'aventure pas hors du val ; je le saurais si c'était le cas.

Richard observa ses yeux, puis il hocha la tête.

— J'avais supposé, après la lecture des lettres de Glean à Seamus, que tout cela n'était que foutaises.

Il lui prit la main et la tourna vers l'escalier.

— Sir Olwyn essaie continuellement de créer des situations à partir de rien.

— Hum.

Posant la main de Catriona sur sa manche, Richard commença à monter les marches. Catriona fronça les sourcils.

— Où allons-nous ?

— Dans notre chambre.

Richard agita la main devant lui.

— Henderson et Worboys ont procédé à un peu de réorganisation ; je pense que nous devrions voir si vous approuvez, ajouta-t-il en souriant avec un charme facile. Et il y a une ou deux autres choses auxquelles j'aimerais que vous songiez.

Comme l'appétit qu'il avait aiguisé en se débarrassant de sir Olwyn.

Il était l'heure de la collation de mi-journée.

Quatre jours plus tard, alors que Catriona essayait encore de se glisser hors des bras de son mari avant l'aube, il grogna, la retint près de lui un instant, puis il la lâcha — et roula lui aussi hors du lit.

— Ce n'est vraiment pas nécessaire, déclara Catriona quand, dix minutes plus tard, elle se tenait sous la lumière faible de l'écurie et regardait Richard seller sa jument. Je suis parfaitement capable de m'en occuper moi-même.

— Hum.

Catriona lui jeta un regard noir. Elle savait que c'était inutile, mais cela apaisait sa colère, aussi confuse soit-elle.

— Vous auriez pu rester bien au chaud au lit.

Attachant les sangles, il leva la tête et croisa ses yeux.

— Il est inutile de rester bien au chaud au lit si vous n'y êtes pas.

Elle exprima à son tour son mécontentement. Rassemblant les rênes, elle mit les mains sur la selle avec l'intention d'y grimper. En un clin d'œil, il contourna la bête et arriva à côté d'elle ; la soulevant, il la posa sur sa jument.

Jeter des regards furieux, se rappela-t-elle, était un effort perdu. Elle installa ses pieds dans les étriers.

— Je serai de retour dans moins de deux heures.

Lèvres serrées, il hocha la tête et la guida dans le long corridor principal de l'écurie pour lui ouvrir la porte.

À mi-chemin, il baissa brusquement la tête — évitant une immense tête de cheval qui était soudainement apparue en haut d'un box. La tête oscilla et dansa, des yeux énormes roulant en direction de la jument, laquelle glissa et fit un écart. Catriona jura et redressa la jument.

Richard fixa l'immense cheval, sa tête considérablement plus haute que la sienne.

— D'où diable sortez-vous ?

— C'est Thunderer.

Retenant sa bête immobile, Catriona regarda le fauteur de troubles.

— Normalement, il n'est pas dans cette partie des écuries. Higgins fait des réparations dans l'autre bâtiment — c'est peut-être pourquoi il a déménagé Thunderer ici.

Le gros cheval changea de position, puis il s'ébroua et rua nerveusement. Catriona soupira.

— J'aimerais qu'il se calme. Il démolit à moitié son box chaque mois.

— Il a probablement juste besoin d'exercice.

Grimpant sur la barrière du box suivant, Richard baissa le regard sur l'imposante bête. La robe luisante tachetée de gris lui avait à l'évidence valu son nom — cela et le bruit qu'il provoquait avec ses énormes sabots, battant, se déplaçant et ruant. Richard fronça les sourcils.

— Est-ce un étalon ?

— Oui ; c'est l'étalon de la bande du val. En hiver, toutes les juments sont cantonnées de l'autre côté.

Avec un grognement, Richard tomba au sol.

— Pauvre animal, ajouta-t-il en jetant un coup d'œil à Catriona. Je sais exactement comment il se sent.

Elle renifla ; il reporta son regard sur l'étalon.

— Vous devez donner des ordres pour qu'il soit monté plus fréquemment, au moins une fois par jour. Sinon, vous en paierez le prix en bois d'œuvre et en soins pour vos palefreniers mordus.

— Malheureusement, avec Thunderer, nous devons payer et soigner. Il est impossible à monter.

Les sourcils froncés, Richard regarda sa femme, puis il revint au cheval.

— C'est un cheval magnifique, un pur-sang avec une excellente lignée. Nous avions besoin d'un étalon pour améliorer notre bande, et il était bon marché parce que le gentleman à qui il appartenait ne pouvait pas le monter.

— Hum. Cela ne veut pas nécessairement dire qu'il est impossible à monter.

Catriona haussa les épaules.

— Il a jeté à terre tous les palefreniers du val. Donc, maintenant, en hiver, il ne fait que traîner sa mauvaise humeur.

Richard lui jeta un regard acéré.

— Je peux comprendre cela.

Levant le nez en l'air, Catriona agita la main vers la porte.

— Je dois atteindre le cercle avant l'aube.

Elle ne perçut pas ce que Richard marmonna, mais il se tourna et marcha. Restant tout près de l'autre côté du corridor, elle fit avancer sa jument au pas devant Thunderer, qui hennit pitoyablement.

— Les mâles ! marmonna-t-elle.

Son propre mâle attendait, tenant la porte grande ouverte ; elle la traversa et se tourna — et croisa son regard. Et elle s'entendit lui assurer :

— Je serai bientôt de retour.

Tout à fait comme si elle promettait de s'engager à son retour dans leurs habituelles activités matinales. Comme si ses prières étaient une simple interruption. Un tressaillement de son sourcil lui révéla comment il avait interprété ses paroles impulsives ; jurant mentalement, Catriona tourna, appuya les talons sur les flancs de sa jument — et s'enfuit.

Pour l'instant. Plus tard, elle était à l'évidence vouée à fournir une autre de ses collations de mi-journée à Richard. Elle ignora soigneusement le picotement dans ses veines, qui ne devait rien à l'euphorie de sa chevauchée.

Les bras drapés par-dessus la barrière supérieure de la clôture de la cour, Richard la regarda voler à travers le paysage hivernal. Quand elle fut à mi-chemin de l'endroit où il la perdrait de vue, il glissa la main dans la poche de son pardessus et sortit une lunette d'approche qu'il avait trouvée dans la bibliothèque. Étirant le verre à sa pleine longueur, il le posa sur son œil, mit l'image au point, puis il scruta le sol couvert de neige devant Catriona.

Pas une seule trace de sabot — de pas — ne gâchait le tapis de neige.

Affichant une satisfaction sans joie, Richard baissa la lunette et la rangea. Il y avait plus d'une façon d'assurer la sécurité d'une sorcière.

Il s'était rendu à cheval à son cercle deux jours auparavant. Même lui, insensible aux superstitions locales, avait senti le pouvoir qui protégeait le bosquet d'ifs, d'ormes et d'aulnes — des arbres peu communs dans cette région. Il en avait fait le tour à pied et avait confirmé à sa propre satisfaction qu'il n'y avait pas d'autre façon possible d'approcher le cercle que de traverser l'étendue de terre qu'il venait de parcourir du regard.

Il aurait préféré être avec elle, chevaucher à ses côtés. Mais sans invitation de sa part, la protéger de loin était ce qu'il pouvait faire de mieux.

Au moins, songea-t-il, alors que cette silhouette qui filait à toute allure, sa sorcière, contournait le flanc d'un coteau et disparaissait de sa vue, ce désir de protection possessif qui l'accompagnait constamment était en partie assouvi.

Se détournant du paysage à présent vide, il s'apprêta à rentrer à la maison. Puis, il s'arrêta et revint à grands pas vers la porte.

— Où *est*-il ?

Tirant sa robe de jour par-dessus sa tête, Catriona entendit son ton grincheux et elle s'en indigna.

— C'est, je suppose, le fait de fréquenter des séducteurs.

D'avoir un séducteur pour époux.

Avec un nouveau soupir de dégoût, elle ramassa ses habits d'écuyère rejetés en pile et les laissa tomber sur une chaise.

Elle était revenue après ses prières, après une chevauchée sauvage à travers la campagne étreinte par la neige, excitée et vivifiée, pétillante d'enthousiasme à l'idée de poser les yeux de nouveau sur son séduisant mari. Lui, qu'elle avait abandonné dans l'attente.

Ridiculement impatiente d'apaiser ses frustrations.

Elle s'était attendue à le trouver dans la chaleur de la cuisine ou peut-être dans la salle à manger ou même en train de broyer du noir — sombrement sensuel — dans la bibliothèque.

Il n'était nulle part, à broyer du noir ou autrement. Elle avait cherché, mais n'avait pas été capable de le trouver.

À présent, elle était déçue.

À présent, *elle* était frustrée.

Avec un grognement étouffé, Catriona marcha d'un pas raide jusqu'à la fenêtre et écarta brusquement les tentures, puis elle ouvrit la vitre et écarta les volets en grand.

Et elle le vit.

Sa chambre était située dans l'une des tourelles installées dans les angles devant la maison ; ses fenêtres offraient une vue dégagée s'étirant sur ses terres jusqu'au col du val. Plus près, les jardins s'étendaient vers la rivière, à présent visible comme un ruban de neige bordé par des berges brunes.

Ce fut là qu'elle l'aperçut, chevauchant dans le vent le long du sentier qui suivait la rivière. Le cheval sous lui était tacheté gris, un éclair argenté sous la lumière vive du matin.

Le cœur dans la gorge, Catriona l'observa, attendant l'inéluctable dérobade, le cri, que le cheval se cabre et lui décoche une ruade — la chute inévitable.

Cela ne se produisit pas. Comme des âmes sœurs, l'homme et la bête volaient au-dessus du sol blanc en parfaite harmonie, chaque mouvement une confirmation de leur force innée, chaque ligne une preuve de la pureté de leur lignée.

Elle regarda jusqu'à ce qu'ils disparaissent sous la lumière éblouissante du soleil du matin, s'élevant comme un disque argenté à l'entrée du val.

Elle l'attendait dans l'écurie quand il y entra au petit galop. Il la vit — ses sourcils tressaillirent d'amusement, puis il descendit de sa monture. Les mains sur les hanches, elle l'observa pendant qu'il ramenait Thunderer dans son box et dessellait l'immense bête. Lui et son cheval respiraient vite, et ils souriaient tous les deux de ce sourire on ne peut plus mâle.

Réprimant son indignation, elle s'appuya contre la porte ouverte du box et croisa les bras.

— Comment avez-vous réussi ?

Occupé à étriller l'étalon à présent paisible, il lui jeta un bref regard.

— C'était facile. On n'avait jamais présenté le choix à Thunderer, c'est tout.

— Quel choix ?

— Le choix de rester enfermé ici ou de sortir pour une longue promenade avec moi sur son dos.

— Je vois. Et donc, vous lui avez simplement présenté ce choix et il a accepté ?

— Comme vous l'avez vu.

Lançant la brosse, Richard vérifia la quantité de nourriture de l'étalon, puis il la rejoignit à côté de la porte du box.

Les bras toujours croisés, elle le contempla en ruminant. Il respirait encore plus rapidement que d'habitude, son torse se soulevant et s'abaissant — et il arborait encore ce même sourire ridicule d'autosatisfaction.

Il regarda Thunderer de nouveau.

— Je vais l'emmener pour une chevauchée régulièrement, lui dit-il en baissant la tête vers elle. Simplement pour le garder en forme.

Ses yeux emprisonnèrent les siens — Catriona inspira rapidement. Ils étaient bleus — d'un bleu flamboyant —, brûlants de passion et de désir. Alors qu'elle fixait leur chaleur, la méfiance — et l'espérance — la submergea. Il n'y avait personne d'autre autour, tous les employés de l'écurie étant en train de prendre leur petit-déjeuner.

— Ah…

Les yeux collés sur les siens, elle glissa de côté, le long de la porte ouverte. Il la suivit, lentement, comme s'il la traquait. Mais, la menace ne venait pas de lui ; l'inclinaison entendue de ses lèvres disait qu'il le savait. Au lieu de cela, son regard brûlant attira à lui l'euphorie qu'elle avait ressentie plus tôt et il l'envoya chanter dans les veines de Catriona.

— Le petit-déjeuner ? réussit-elle à dire d'une voix faible.

Les yeux de Richard retinrent les siens, ses lèvres se soulevèrent en un petit sourire lent et intense.

— Plus tard.

Elle s'était glissée loin de la porte et l'avait ouverte ; il la referma d'un coup sans regarder et il continua à la suivre, à la pousser dans le box suivant. Qui était vide.

Les yeux ronds, reculant encore, Catriona regarda furieusement autour d'elle. Et se retrouva contre un mur. Elle leva les mains, beaucoup trop faibles pour le retenir. Même si cela avait été son intention.

— Richard ?

C'était clairement une question. Il répondit par des gestes. Et elle découvrit à quel point une auge pouvait être utile.

CHAPITRE 12

Décembre se poursuivit et l'hiver resserra son emprise sur le val. Les boîtes et les malles de Richard arrivèrent, envoyées du nord par Devil, livrées par un charretier impatient de remettre ses chevaux sur le chemin du retour et de rentrer pour Noël.

Avec les boîtes arrivèrent des lettres — tout un paquet. Des lettres pour Richard de la part de Devil, de Vane et de la douairière ainsi qu'une foule de billets concis émanant de ses tantes et de ses cousines qui n'étaient pas ravies de son mariage au loin. Il reçut aussi des notes de commisération de ses oncles et d'autres de sympathie écrites par ses cousins non mariés.

Pour Catriona vint une longue lettre d'Honoria, la duchesse de Devil, que Richard aurait aimé lire, mais elle ne lui en offrit jamais l'occasion. Après avoir passé une heure entière à lire attentivement la missive, Catriona la replia et la rangea. Dans son bureau. Dans un tiroir verrouillé. Richard fut tenté de crocheter la serrure, mais il ne réussit pas à s'y résoudre. Que pouvait avoir raconté Honoria, de toute façon ?

En plus de la lettre d'Honoria, Catriona eut droit à des notes parfumées de toutes les dames Cynster l'accueillant dans la famille. En revanche, elle ne reçut pas de missive de la douairière, un fait qu'elle sembla ne pas remarquer, mais que Richard nota avec une certaine inquiétude.

La seule raison pour laquelle Helena n'écrivait pas à Catriona était qu'elle prévoyait plutôt de lui parler en personne.

C'était, il supposait, un avertissement équitable.

Toutefois, le destin et la saison étaient avec lui ; la neige soufflait avec force — les cols étaient bloqués et les grandes routes impraticables.

Il était hors de danger jusqu'au dégel.

Puis, Noël arriva et il fut trop occupé avec les affaires courantes — absorber les traditions quelque peu différentes de celles qu'il connaissait, apprendre comment le val et tout le manoir célébraient l'époque de Noël — pour s'inquiéter de ce que l'avenir lui réservait.

Et par-dessus tout, à travers toute la gaîté et le rire, toutes les joies et les petites peines, il restait ce qu'il considérait comme son devoir premier — son but principal. Apprendre tout ce qu'il pouvait à propos de sa femme ensorcelante.

L'avoir dans ses bras chaque matin et chaque nuit tout en apprenant à connaître ses forces, ses faiblesses, ses petites manies, ses besoins. Apprendre comment la soutenir de la meilleure façon, comme il avait juré le faire. Apprendre sa juste place dans sa vie. Et voir comment elle s'ajustait dans la sienne.

C'était, découvrit-il, une tâche absorbante.

Un adoucissement temporaire de la température entre Noël et le Nouvel An vit apparaître trois voyageurs devant le portail du manoir. Ils se révélèrent être le père et ses deux fils adultes, des agents de différents produits alimentaires venus voir la dame du val. Catriona les reçut comme de vieilles connaissances. Présenté, Richard sourit poliment, puis il se prélassa dans une chaise placée en retrait contre le mur du bureau et il regarda comment son ensorcelante femme dirigeait les affaires du val.

Elle n'était pas, découvrit-il, une proie facile.

— Mon cher monsieur Potts, votre offre ne convient tout simplement pas. Si, comme vous le dites, le marché est si bien pourvu, nous devrions peut-être entreposer notre blé pour l'an prochain.

Catriona jeta un coup d'œil à McArdle, assis à l'extrémité de son bureau.

— Pourrions-nous faire cela, pensez-vous ?

— Oh, pour sûr, m'dame.

Comme un gnome surpris par la nuit, McArdle hocha sagement la tête.

— Il y a de l'espace dans les celliers et ils sont hauts et au sec, alors il n'y a pas de crainte qu'il devienne humide.

— Ce serait peut-être mieux, répliqua Catriona en se tournant vers monsieur Potts. Si c'est la meilleure offre que vous puissiez présenter ?

— Ah ! Eh bien.

Monsieur Potts se retint tout juste de se tortiller.

— Il est *possible* qu'en tenant compte de la qualité du blé du val, vous comprenez, nous puissions faire une certaine concession sur le prix.

— Vraiment ?

Quinze minutes de marchandage s'ensuivirent, au cours desquelles Potts fit plus d'un compromis.

— Marché conclu, déclara enfin Catriona en souriant avec bienveillance aux trois Potts. Vous aimeriez peut-être un verre de notre vin de pissenlit ?

— Cela ne me dérangerait pas, acquiesça monsieur Potts. J'ai un faible pour votre vin de pissenlit.

Richard se retint de s'indigner et prit note mentalement d'emporter un morceau de craie dans les caves à vin et de marquer tous les tonneaux restants de vin de pissenlit avec l'instruction qu'ils ne devraient pas être percés sans sa permission expresse. Puis, il se rappela qu'il devait vraiment obtenir l'approbation de sa femme pour donner un tel ordre — ce qui le mena à des pensées d'amener sa femme dans les caves à vin, ce qui mena à des pensées de…

Il fronça les sourcils et changea de position sur sa chaise. Acceptant le vin servi par l'une des domestiques, il dirigea une fois de plus son attention sur les Potts.

— Maintenant, à propos de ce bétail que vous vouliez.

L'aîné des fils Potts se pencha en avant.

— Je pense pouvoir vous procurer de jeunes génisses du côté de Montrose.

Catriona haussa les sourcils.

— Aucune venant de plus près ? Je n'aime pas les faire transporter de si loin.

— Ouais, ben. Le bétail de bonne lignée est rare ces temps-ci. Nous devons le prendre là où nous le pouvons.

Richard réprima un froncement de sourcils. Pendant qu'il écoutait la discussion — sur les sources de stock de bétail à élevage, les prix, les meilleures races sur ce marché versatile — il se déplaça sur sa chaise et se renfrogna mentalement encore plus.

D'après tout ce qu'il avait entendu, tout ce qu'il avait déjà noté, il en connaissait davantage sur les animaux d'élevage que sa sorcière. Non qu'elle manquât de connaissances en général ni de compréhension sur les besoins actuels du val — mais elle n'avait pas l'expérience de ce qui était disponible dans le vaste monde — un monde qu'elle évitait, pour de bonnes raisons.

La tentation d'intervenir et de prendre les choses en main — grandissait ; Richard l'étouffa sans pitié. S'il disait le moindre mot, les trois Potts allaient se tourner vers lui. Dès le début, les plus jeunes l'avaient regardé avec l'air d'attendre quelque chose — d'après l'expression sur leurs visages à présent, ils seraient beaucoup plus à l'aise de continuer leur discussion sur les caractéristiques de performance du bétail d'élevage avec lui. D'homme à homme. Richard se contrefichait de leurs sensibilités — il se souciait bien plus de sa sorcière.

Il avait juré de ne pas prendre le rôle de chef, de ne pas s'emparer du rôle de Catriona, de ne pas intervenir dans la façon dont elle dirigeait le val. Il ne pouvait parler en public sans son invitation. Il ne pouvait même pas aborder le sujet en privé — même là, elle pourrait interpréter cela comme un manquement à son serment.

Un serment qui, en effet, exigeait un engagement complet, un effort réel et constant de sa part pour s'y tenir. Après tout, ce n'était pas un serment qu'un homme comme lui pouvait respecter facilement. Cependant, il le respecterait — pour elle.

Donc, il ne pouvait rien dire — à moins qu'elle ne le lui demande. À moins qu'elle invite son commentaire ou ne cherche son opinion.

Et donc il restait assis là, silencieux, et il écoutait, et il mourrait d'envie de rectifier les idées de Catriona — et celles des Potts.

D'expliquer qu'il y avait d'autres options qu'ils devraient prendre en considération.

Auxquels ils devraient réfléchir.

Toutefois, sa sorcière ne jeta pas de regard de son côté — pas une fois.

Il n'avait jamais senti le poids de son serment autant qu'aujourd'hui.

La nouvelle année arriva ; la température continua d'être froide et cinglante. Entre les murs de pierres du manoir, les lampes brûlaient tout au long des journées mornes et les feux bondissaient dans chaque âtre. Ce fut un temps de calme et de paix. Les hommes se rassemblaient dans la salle à manger, faisant passer les heures en jouant aux échecs et au jacquet. Les femmes avaient toujours des tâches à faire — la cuisine, le ménage, le reprisage —, mais il n'y avait pas de sentiment d'urgence.

Tôt en début d'année, Catriona profita du calme et inventoria les tentures. Elle établit une liste de celles qu'elle voulait faire repriser ou remplacer. En quête d'une couturière, elle s'aventura dans le labyrinthe de pièces plus petites situées à l'arrière au rez-de-chaussée, son attention centrée sur la liste dans sa main.

— Hi, hi, hi !

Le gloussement enfantin la fit s'arrêter, il fut suivi d'un éclat de rire perçant.

Curieuse, elle se détourna de son chemin et suivit le son des petits rires qui se poursuivaient. Quand elle en approcha la source, elle entendit un grondement plus profond et intermittent.

Ils étaient dans l'ancienne salle des trophées de chasse. Les enfants du manoir, qui étaient nombreux, l'utilisaient comme salle de jeux, l'endroit où ils passaient la majorité du pénible hiver. Aujourd'hui, constata Catriona quand elle s'arrêta dans les ombres juste à l'extérieur de la porte ouverte, ils avaient un visiteur.

Mais alors, il pouvait bien être leur otage.

Coincé dans un immense vieux fauteuil à oreilles devant le feu, Richard était entouré d'enfants. Les deux plus jeunes avaient grimpés sur ses cuisses et se blottissaient contre lui, un de chaque côté ; deux autres étaient perchés sur ses genoux alors que d'autres encore se balançaient sur les larges bras du fauteuil. L'un d'eux était même affalé sur le dossier, presque drapé sur les épaules de Richard. Les autres l'entouraient, leurs visages levés, illuminés pendant qu'ils buvaient ses paroles. Ses histoires.

Croisant les bras, Catriona s'appuya sur le chambranle et écouta.

Écouta des récits de prouesses de jeunesse, d'effrontés et de drôles, de dangereux dragons vaincus, de véritables aventures que le destin leur avait envoyées pour façonner leurs vies.

Les histoires vécues par lui et ses cousins, elle n'en doutait pas, bien qu'il ne nommât pas les héros. Les coupables. Les démons sous des habits trompeurs.

Catriona se demanda combien des récits de Richard étaient véridiques. Elle le regarda, si largement impressionnant, sa force toujours visible même alors qu'il était aussi détendu que maintenant, et elle fut tentée de croire qu'ils l'étaient tous. Ses histoires étaient les aventures qui avaient fait de lui ce qu'il était.

Pendant de longs instants, elle resta immobile dans l'ombre, passant inaperçue alors qu'elle observait. Elle observait Richard, si imposant et fort, si profondément mâle, ouvrir la boîte à bijoux de ses souvenirs d'enfance et les sortir, un par un, comme de délicats colliers d'or brillant et d'argent martelé pour émerveiller, divertir et amuser les enfants.

Ils étaient captivés — ils étaient sous son joug. Exactement comme leurs parents. Elle avait remarqué cela dès son premier jour ici — sa capacité intrinsèque à donner de lui-même et par conséquent à inspirer le dévouement, la loyauté — sa capacité à mener les hommes. Elle n'était pas certaine qu'il reconnaissait cette qualité en lui ; elle était simplement une partie inhérente de lui-même.

Pendant qu'elle regardait, un des deux plus jeunes, pouce dans la bouche et presque endormi, commença à basculer. Sans interrompre sa récitation et sans apparemment s'en rendre même compte, Richard prit délicatement le bambin dans une main et le replaça plus sûrement contre son flanc.

Catriona resta dans l'ombre, le regard sur lui, sur eux, son esprit rempli des histoires de Richard, son cœur gonflé de lui, pendant aussi longtemps qu'elle l'osa, puis, les yeux embués elle se retira sans les déranger.

— Eh bien ! Je me disais que je te trouverais peut-être ici.

Catriona leva la tête alors qu'Algaria entrait dans la réserve et elle cligna des paupières devant l'expression d'assurance joyeuse qui illuminait le visage de sa guide d'autrefois.

— Est-ce que ça va ?

— Moi ? lui demanda Algaria en souriant. Je vais très bien. Cependant, je suis venue te poser la même question.

Catriona se redressa.

— Je vais bien aussi.

Algaria la regarda droit dans les yeux. Avec un regard qui en disait long. Quand Catriona garda un silence têtu, elle expliqua :

— Je voulais te demander si ce — elle gesticula vers la maison ; Catriona plissa les yeux — ton *mari*, rectifia doucereusement Algaria, a réussi à te mettre enceinte.

Catriona baissa les yeux sur les herbes qu'elle pilait.

— Je ne peux pas encore le dire, non ?

— Non ?

— Pas avec certitude, non.

Elle le savait en fait, bien sûr, mais la puissance absolue des sentiments qui la transperçait chaque fois qu'elle pensait à l'enfant de Richard — un minuscule grain de vie grandissant lentement en elle — la secouait tellement qu'elle ne pouvait pas se résoudre à en parler. Pas avant d'en être totalement sûre, que tout doute ou la possibilité d'une fausse couche soient écartés.

Et ensuite, la première personne à qui elle parlerait serait Richard. Ses lèvres prenant un air déterminé, elle moulut les herbes.

— Je te le dirai lorsque je serai enceinte.

— Hum ! Bien, peu importe, il semble que la prophétie de la Dame se réalisera, malgré tout. Comme toujours. Je dois admettre que je ne croyais pas que tu puisses avoir raison en décidant d'aller à lui comme tu l'as fait — c'est tellement clair comme de l'eau de roche qu'il ne doit jamais régner ici. Cependant, la Dame a ses façons de faire.

Sur un geste gracieux de dévotion envers Catriona, Algaria se déplaça pour regarder par une fenêtre haute.

— On dirait que tout se réalise à peu près comme tu l'as planifié.

Écrasant le pilon dans le mortier, Catriona fronça les sourcils.

— Que veux-tu dire par comme je l'ai planifié ?

— Eh bien, qu'il te mettra enceinte, puis qu'il partira.

Algaria se détourna de la fenêtre et rencontra le regard intrigué de Catriona.

— La seule chose que tu n'avais pas prévu est qu'il t'épouserait aussi. Vraiment, tout s'est arrangé pour le mieux. De cette façon, non seulement tu auras l'enfant, mais la protection officielle en tant que femme mariée. Et tout cela sans le trouble d'un mari ; en résidence, en tout cas.

— Mais…

Il fallut une minute entière à Catriona avant de comprendre ce qu'insinuait Algaria. Quand elle saisit, la certitude la glaça.

— Pourquoi imagines-tu qu'il s'en ira ?

Algaria sourit et lui tapota la main d'un air réconfortant.

— Tu ne dois pas croire que j'ai mal compris cette fois. Son valet est avec lui depuis plus de huit ans et il parle ouvertement de leurs plans de rentrer à Londres.

— C'est vrai ?

Catriona remercia le ciel pour la faible clarté dans la réserve — en raison des émanations, seule une petite lampe brûlait. Déposant avec précaution le pilon dans le mortier, elle agrippa le bord de la table. Et s'obligea à demander :

— Que dit-il ?

— Oh, il ne donne pas encore de détails précis. Simplement qu'ils ont apparemment l'habitude de passer l'hiver à rendre visite aux maisons des amis et connaissances, mais qu'en février, ils reviennent toujours dans la capitale. Pour la saison des réunions mondaines, si je comprends bien. Worboys régale le personnel avec des histoires de bals et de fêtes et de tous les autres divertissements qui amusent monsieur Cynster habituellement. Sans l'*annoncer* expressément, il a donné la nette impression que le mariage n'a rien changé au style de son maître.

Il s'attend à ce qu'ils soient tous les deux à Londres avant mars.

— Je vois.

S'essuyant les mains soudainement froides sur son tablier, Catriona reprit le pilon. Elle garda le regard sur sa préparation, évitant les yeux brillants d'Algaria.

— Je suis certaine que la Dame va s'assurer que tout se passe comme il se doit.

Et des arrangements qui n'avaient pas été expressément *annoncés* pourraient ne pas se réaliser après tout.

Ce soir-là, Catriona s'assit devant sa coiffeuse, peignant ses longs cheveux pendant beaucoup plus longtemps qu'elle en avait l'habitude. Assez pour que Richard entrât et, après lui avoir jeté un sourire lascif, commençât à se déshabiller.

Calmement, Catriona se brossa et l'observa dans la glace.

— Vos tantes, dans leurs lettres, parlaient beaucoup de Londres. Elles semblent s'attendre à ce que nous les rejoignions sous peu, une fois que la neige fondra.

Tout en se brossant sereinement, elle le regarda hausser les sourcils.

— Pour les bals, les fêtes, la saison mondaine.

Il grimaça. Et laissa tomber son pantalon. Et fit un pas pour s'en libérer.

Puis, il se tourna et, flambant nu, marcha d'un pas félin vers elle.

— Il ne faut pas vous imaginer que je vais insister pour que nous y allions.

— Vous ne le ferez pas ?

— Non.

Il s'arrêta derrière elle — tout ce qu'elle pouvait voir était son torse nu, les poils noirs serrés ornant ses muscles lourds. Il souleva sa chevelure, l'écartant, la faisant tomber en éventail sur ses épaules, sur ses seins.

— Je ne vous obligerai jamais à quitter le val.

Ses traits avaient embrassé une expression intense qu'elle connaissait bien à présent ; tendant la main, il lui retira la brosse et la déposa sur le meuble.

Le cœur battant dans la gorge, palpitant dans son bas-ventre, elle se leva brusquement. Les mains de Richard se refermèrent sur sa taille et la retinrent immobile ; les yeux de son mari se fixèrent sur les siens dans la glace.

— Ouvrez votre chemise de nuit.

Le vêtement qu'elle portait lui descendait seulement jusqu'aux genoux ; il était attaché sur le devant par de minuscules boutons. À peine capable de respirer, incapable d'arracher ses yeux à la vision devant elle, Catriona obéit lentement.

Un par un, les boutons furent libérés jusqu'au dernier à ses genoux. Elle se redressa et la chemise béat. Dévoilant les courbes matures de ses seins, la pente douce de son ventre, la longue ligne de ses cuisses, les bouclettes flamboyantes entre elles. Elle fixa ce spectacle, puis regarda le visage de Richard.

Et elle vit les traits durs se modifier, vit la passion les contracter.

Les mains se resserrant autour de sa taille, il la souleva.

— Agenouillez-vous sur le tabouret.

Elle s'exécuta ; il se plaça à califourchon sur les mollets de Catriona. Et lui retira sa chemise de nuit.

Les yeux de Catriona s'arrondirent brusquement ; elle ne put étouffer un halètement de surprise.

Immédiatement, il la retint, son torse chaud contre ses épaules et son dos, ses cuisses dures et râpeuses sur la peau sensible de ses fesses.

— Chut.

Tête penchée, il fourra son nez contre son oreille, une main sombre écartée sur le milieu de son ventre, un contraste frappant contre sa peau ivoire.

Secouée de tout son être, Catriona sentit ses sens s'affoler. Ils baignaient dans la lumière — en plus des deux chandeliers brûlant sur la coiffeuse, deux bougeoirs étaient installés de chaque côté, contenant tous les deux une grosse bougie allumée. Elle pouvait voir la largeur de ses épaules nettement visible derrière les siennes et les colonnes foncées de ses jambes recouvertes de poils fins de chaque côté de ses propres jambes.

Elle pouvait sentir la tige épaisse et ridée, si manifestement mâle, pressée sur la fourche entre ses fesses.

Et elle sentit — et vit — son autre main glisser de sa hanche sous le voile chatoyant de sa chevelure pour se courber fermement sur un sein, les longs doigts entourant sa chair souple.

Elle gémit doucement et laissa sa tête retomber en arrière contre son épaule. Sous des paupières lourdes, elle regarda ses doigts fléchir. Ravalant sa salive, elle humidifia ses lèvres, les vit s'entrouvrir, déjà luisante.

— Le lit ?

— Non.

Il prononça le mot dans un souffle sur la peau douce de sa gorge — il contemplait sa propre main sur elle.

— Ici.

Elle frissonna, une petite partie de son esprit cherchant désespérément à protester, le reste submergé par l'attente excitée. L'anticipation augmenta régulièrement, puis se cristallisa en excitation. En jouissance anticipée qui grimpa avec chaque lent mouvement balayant de ses mains sur sa peau tremblante, avec chaque caresse exercée, chaque contact expert.

Il ne fit rien d'autre que caresser le corps nu de Catriona, le vénéra jusqu'à ce que sa peau soit rose de plaisir sous la lueur dorée des bougies et qu'elle tremble, tellement elle avait besoin de remplir son vide.

— Penchez-vous en avant.

Sa voix était grave, un murmure rauque dans son oreille.

— Posez les mains sur la coiffeuse.

Elle obéit ; il se déplaça derrière elle. Sous des paupières alourdies, elle le vit la stabiliser devant lui, puis passer les bras autour d'elle. Écartant une main sur son estomac, il inclina ses hanches vers l'arrière ; baissant la tête, il s'ajusta en elle.

Puis, d'un coup lent qui menaça de la soulever de ses genoux, il la remplit.

L'étira. La compléta.

Entièrement enchâssé en elle, il se pencha en avant ; ses lèvres effleurèrent sa nuque, il remplit ses mains avec ses seins. Et il joua avec sa chair gonflée pendant qu'il la berçait. La berçait lentement, langoureusement jusqu'au ciel.

Jusqu'à ce qu'elle halète et gémisse et tente de se trémousser avec ses hanches — essaie de le pousser plus loin. Son rythme lent la rendait folle — elle le voulait au fond, voulait qu'il la comble avec plus de force. Plus rapidement.

Elle voulait s'envoler comme une flèche vers les étoiles.

Il se redressa ; ses mains quittèrent lentement ses seins pour se refermer sur ses hanches. Il l'ancra devant lui afin qu'elle ne puisse pas bouger — et il poussa plus profondément en elle. Cependant, il conserva son rythme lent — plus lent qu'elle le désirait.

Afin qu'elle puisse sentir chaque centimètre de ses pénétrations répétées, qu'elle prenne conscience jusqu'au bout de ses doigts de la force retenue de ses invasions. Qu'elle fût intimement consciente de la tige dure et chaude avec laquelle il la faisait sienne, de la douceur moite avec laquelle elle l'acceptait.

Elle frissonna et ferma les yeux et se resserra comme un étau autour de lui. Et elle sentit le torse de Richard se gonfler, sentit sa tension augmenter. Elle sentit sa poigne sur ses hanches solides comme l'acier et sentit le frôlement de son pouce sur sa tache de vin. Elle devait se voir clairement sous la lumière, contrastant avec l'ivoire de son derrière, si ferme, si tendu.

Une envie compulsive l'obligea à regarder, à entrouvrir légèrement les paupières et à le regarder derrière elle, son corps dur se ployant pendant qu'il l'aimait. L'obligea à étudier son visage, à y voir gravés la concentration et la passion et le dévouement à l'état pur, définissant les angles durs dorés par la lueur des bougies. L'obligea à remarquer son propre corps, superbement libertin, sa peau rougie, ses cheveux comme du feu répandu sur ses épaules et ses bras, ses seins gonflés et couronnés d'un rose foncé, ses cuisses serrées ensemble, ses hanches oscillant seulement un peu pendant qu'il la remplissait. L'obligea, enfin, à regarder son propre visage, l'expression d'abandon sensuel imprimé sur ses traits, ses yeux aux paupières lourdes, son halètement, ses lèvres entrouvertes.

Avec un doux gémissement, elle ferma les yeux fermement et le sentit augmenter le tempo, sentit qu'il commençait le long crescendo qui l'emporterait vers les étoiles.

Et quand elle les atteignit, il la retint là pendant de longues minutes incalculables, pris sur la pointe du plaisir — ensuite, il la rejoignit et son paradis fut parfait.

Une semaine plus tard, Catriona enfila sa lourde cape, prit un panier doublé de bouts de flanelle et se dirigea vers la grande grange. Il était trois heures, la lumière faiblirait sous peu. Alors qu'elle avançait péniblement dans la cour fouettée par une neige légère et tourbillonnante, le soleil, caché derrière des bancs de nuages gris, jetait sur le paysage une brume voilée d'or pâle.

Luttant contre les flocons de neige, elle tira sur la porte simple installée dans les portes principales de la grange, puis elle se glissa à l'intérieur. Déposant son panier, elle mit le loquet sur la porte, elle se tourna, marqua une pause pour laisser ses yeux s'adapter à la faible clarté, puis elle reprit le panier et se dirigea vers l'échelle du grenier.

Pour trouver la chatte de la cuisine qui, indépendamment des saisons, avait donné naissance quelque part dans le foin.

Atteignant le haut de l'échelle, Catriona remonta le panier dans un mouvement de balancier, puis elle jeta un regard circulaire sur la scène — l'étendue de balles de foin empilées presque jusqu'au toit tout le long du grenier qui s'étirait sur l'ensemble d'un côté de la longue grange.

Elle savait que la chatte et les chatons étaient tapis dans le foin quelque part. Elle ignorait comment elle le savait — c'était le cas, tout simplement. Elle savait aussi que les chatons allaient mourir d'ici au matin si elle ne les trouvait pas pour les amener dans la cuisine bien chauffée.

Avec un soupir, elle se hissa sur les lattes du grenier recouvert de foin et commença sa fouille.

Le grenier s'étendait sur toute la longueur de la grange, sur les trois sections séparées abritées dans le vaste bâtiment. Se fiant au hasard, elle choisit de commencer ses recherches dans la section la plus proche, celle au-dessus des carrosses, des charrettes et des charrues. Se frayant méthodiquement un chemin à travers les tas de foin, repoussant des balles, glissant sa main avec une confiance totale dans les tanières possibles, elle tenta de garder l'esprit sur sa quête et loin de sa préoccupation principale.

Comme d'habitude, elle échoua.

Son mari exerçait une attirance presque magnétique sur ses pensées. Sur ses sens, il maniait un pouvoir absolu — cela, elle l'acceptait. Cependant, l'intensité avec laquelle elle à méditait sur lui — sur ses plans — sur ce qu'était véritablement ses intentions — était déconcertante. Jamais avant n'avait-elle été aussi liée avec qui que ce soit, jamais avant n'avait-elle senti que son bonheur dépendait de quelqu'un d'autre.

Elle avait été sa propre maîtresse pendant des années — être celle de Richard changeait plusieurs de ses facettes, et ça, elle ne l'avait pas prévu.

Plusieurs facettes qu'elle n'aimait pas totalement — plusieurs facettes qu'elle ne maîtrisait pas.

Dans des moments de faiblesse, comme maintenant, pendant qu'elle appelait distraitement la chatte en roucoulant, alors que son esprit était pris, piégé dans une hypothèse insensée, provoquant des visions déprimantes et troublantes, elle avait renoué avec sa vieille habitude de se sermonner elle-même. De se dire, avec sévérité, que ce qui devait arriver arriverait.

Cela ne faisait que lui donner un sentiment d'impuissance accrue, lui donnait l'impression d'être sous l'emprise d'une force inconnue au-delà de son contrôle, comme si sa vie se déroulait à présent au rythme de la musique d'un joueur de flûte inconnu.

Atteignant la fin de la première section sans un signe de la chatte, elle se redressa, pressa sur les nœuds qui s'étaient formé dans sa colonne vertébrale, puis elle revint sur ses pas jusqu'à l'échelle pour aller chercher son panier. Et elle passa avec ténacité dans la section suivante — celle qui passait au-dessus des quartiers du troupeau de vaches laitières.

Elle était au centre de cette partie quand elle perçut des voix. S'arrêtant net sur ses talons, elle écouta — et elle les entendit encore, des voix basses, murmurant presque.

Intriguée, elle se leva et marcha en silence dans la dernière section du grenier.

Elle pensait confusément qu'elle pourrait tomber sur un rendez-vous galant — telle était son interprétation des murmures qu'elle devinait.

Prête à se retirer silencieusement, elle s'approcha plus près du bord du grenier. Et elle entendit Richard dire :

— Délicatement. Doucement, mon ange. Maintenant — allons-y très lentement.

Un murmure d'assentiment d'une voix légère et féminine lui répondit.

Catriona se figea. Elle devint glacée, puis elle bouillonna quand le feu de sa colère la toucha. Ce qu'elle ressentit à cet instant était au-delà de toute description —, la trahison, et comme une force furieuse qu'elle n'avait jamais sentie auparavant — tout aussi verte que ses yeux. Ce fut cette force qui attisa les flammes de sa colère pour les transformer en brasier vertueux. Les poings serrés et tremblants de rage, elle marcha au pas jusqu'au haut de l'échelle descendant dans la dernière section de la grange.

Ils entendirent ses pas — et levèrent la tête.

Pendant un instant coupé du temps, Catriona fixa sous elle son mari et la domestique dans ses bras.

La domestique de huit ans qu'il tenait en équilibre sur le dos d'un poney à la robe hirsute. Les yeux d'abord furieux de Catriona s'arrondirent, alors même qu'elle se s'imposait intérieurement de conserver des traits inexpressifs et que ses lèvres formaient un « oh ». Le soulagement la submergea ; elle chancela et dut reculer rapidement d'un pas pour s'éloigner du bord du grenier.

Le regard de Richard, fixé sur son visage, s'intensifia. Il se redressa, faisant descendre la fillette d'un mouvement fluide. Ce ne fut qu'à ce moment-là que Catriona remarqua les autres enfants entourant le manège improvisé, attendant chacun leur tour, silencieusement obéissants.

— Je, ah…

Faiblement, elle gesticula vers le grenier rempli de foin derrière elle.

— La chatte a eu des chatons.

— Tabitha ?

L'un des garçons rompit le cercle et courut vers l'échelle.

— Où ?

— Eh bien…

Énervée, Catriona s'écarta alors que tous les élèves de la classe d'équitation envahissaient l'échelle.

— Voilà le problème, voyez-vous.

Les élèves furent suivis par leur professeur qui, comme c'était son habitude, donna l'impression que le grenier rétrécissait quand il marcha sur les lattes du plancher. Catriona recula contre le mur de foin et agita la main vers le fond du grenier.

— Elle est quelque part par là. Nous devons la retrouver et amener les chatons dans la cuisine pour les garder au chaud, sinon ils mourront.

Les enfants n'attendirent plus. Ils grimpèrent avec enthousiasme sur le foin, appelant la chatte, une de leurs préférées.

La laissant avec leur professeur. Catriona lui jeta un regard furtif.

— J'ai fouillé la première section.

Tête inclinée, il l'étudiait.

— Ils vont la trouver.

Un violent éternuement fut suivi de l'écho de deux autres. Il haussa les sourcils.

— Soit cela, soit ils mourront en essayant, ajouta-t-il tout en l'observant. Êtes-vous ici depuis longtemps ?

Catriona haussa les épaules avec autant de nonchalance qu'elle en était capable et évita son regard.

— Quelques minutes, répondit-elle en désignant le grenier. J'étais à l'autre bout.

— Ah !

Se redressant, il marcha lentement vers elle. Il s'arrêta à côté d'elle, puis, sans avertissement, il la prit dans ses bras. Et il l'embrassa. Avec beaucoup de chaleur.

Émergeant quelques moments plus tard, essoufflée, Catriona le regarda en cillant.

— Pourquoi ce baiser ?

— Pour vous rassurer.

Il avait levé la tête seulement pour modifier sa prise ; alors qu'il baissait les lèvres encore une fois sur les siennes, elle tenta de le retenir.

— Les enfants, siffla-t-elle.

— Sont occupés, répondit-il — et il l'embrassa encore.

— Tabby ! Tabby !

Le cri perçant fit accourir tous les enfants dans un coin de la section centrale. Aucun ne regarda en arrière ; aucun ne vit leur dame, troublée et rouge, se libérer des bras de son époux. Aucun ne vit le sourire entendu qui courba les lèvres de Richard.

Catriona essaya de ne pas le remarquer non plus ; effaçant la vision de son esprit, elle se hâta de suivre les enfants.

Ils avaient trouvé cinq chatons, frissonnant pathétiquement, blottis les uns près des autres sur un flanc de leur mère affaiblie. Il y eut des mains volontaires pour soulever toute la famille ensemble et la déposer dans le panier doublé, qui fut ensuite transporté en procession dans le grenier, puis en bas de l'échelle par Richard, qui contribua ainsi au sauvetage. Puis il remis le précieux panier aux bons soins de la petite domestique de huit ans. Entourée par ses camarades, elle traversa la cour avec précaution, tous les enfants regroupés pour protéger la chatte et sa portée de la neige virevoltante.

La lumière avait disparu. Catriona sortit de la grange dans un monde crépusculaire. Richard tira pour fermer la porte et la verrouilla, puis il resserra la cape de Catriona autour d'elle et l'ancra sur son flanc, à l'intérieur d'un bras.

Ils suivirent le sillage des enfants.

— J'espère que les chatons s'en remettront ; ils semblaient très froids. Je suppose qu'un peu de lait chaud ne leur ferait pas de mal. Je vais aller demander à Cook…

Elle continua de parler, sans lever la tête une fois — sans croiser son regard une seule fois. Richard la tint fermement pour la protéger des coups de l'hiver et, souriant dans la neige tourbillonnante, il la guida vers la cuisine.

Il ignorait ce qui l'avait réveillé — certainement pas le bruit des pas de Catriona, car elle était aussi silencieuse qu'un fantôme. Peut-être était-ce une certitude au fond de lui qu'elle n'était pas là, dans leur lit à côté de lui, là où elle était censée se trouver.

Au chaud sous les couvertures, ses membres lourds de plaisir repu, il leva la tête et il la vit, les bras croisés avec force sur son peignoir, arpentant l'espace devant l'âtre.

Le feu était éteint, ne laissant que des braises pour jeter une lueur dans la chambre ; autour d'eux, la maison était calme, endormie.

Elle fronçait les sourcils. Il la regarda faire les cent pas et mordiller sa lèvre inférieure, quelque chose qu'il ne l'avait jamais vue faire.

— Qu'y a-t-il ?

Elle s'arrêta ; ses yeux, s'arrondissant, volèrent jusqu'à son visage.

Et à cet instant, pendant l'infime pause qu'elle marqua avant de répondre, il sut qu'elle ne le lui dirait pas.

— Je suis désolée. Je ne voulais pas vous réveiller.

Elle hésita. Quand il resta appuyé sur un coude à l'observer, elle revint lentement vers le lit.

— Rendormez-vous.

Il patienta jusqu'à ce qu'elle s'arrête à côté du lit.

— Je ne peux pas, pas quand vous marchez comme ça de long en large. Pas pendant que vous vous inquiétez.

Il le ressentait fortement, maintenant ; une profonde inquiétude qui troublait sa sérénité habituellement imperturbable.

— Qu'y a-t-il ?

Catriona soupira et retira son peignoir d'un coup d'épaule.

— Ce n'est rien. C'était le bétail d'élevage, c'est-à-dire son absence. Mais…

Elle ne devrait pas le mêler à cela.

Quand elle avait entendu sa voix, sa demande, son envie impulsive avait été de lui dire, de poser son problème grandissant sur des épaules plus larges que les siennes — de partager son fardeau avec lui. Cependant… au fond de son esprit était tapie l'idée que faire appel à lui n'était pas la bonne chose à faire. Sur un certain nombre de sujets.

Lui demander, l'inviter à participer plus activement à la gestion du val devenir délicat pour elle comme pour lui. Il y avait une frontière subtile entre offrir des conseils et des avis sages et prendre les décisions, décider du résultat final. On lui avait toujours enseigné que les hommes forts, les mâles puissants, avaient de la difficulté à faire cette distinction.

Contraindre Richard à affronter cela n'était peut-être pas sage.

Et, même s'il ne l'avait pas encore dit, s'il songeait à la quitter et à partir à Londres pour la saison mondaine, elle serait avisée de garder ses pensées pour elle. Avisée de le tenir à distance, dans cette arène, du moins. Elle ne pouvait pas commencer à se fier à lui seulement pour le voir lui faire ensuite ses adieux.

Cela ne lui avait pas échappé que lorsqu'il avait maintes fois promis de ne pas l'obliger à sortir du val, il n'avait jamais promis de rester. De demeurer à ses côtés, d'affronter les problèmes du val à ses côtés.

Elle ressentait à présent le besoin d'une épaule forte sur laquelle s'appuyer, mais ne pouvait laisser se développer ce genre de vulnérabilité. Le val était assurément sa responsabilité.

Elle fit donc apparaître un sourire et espéra qu'il était rassurant.

— C'est seulement un problème mineur du val.

Lâchant son peignoir, elle se glissa sous les couvertures. Il hésita, puis il la prit dans ses bras, l'installant contre lui.

Blottissant sa tête sur son torse, elle se força à se détendre contre lui — s'obligea à laisser ses tracas patienter.

Jusqu'à ce qu'elle puisse les gérer seule.

Elle se montrait idiote. Trop sensible.

Le lendemain matin, marchant de long en large devant la fenêtre de son bureau, Catriona se morigéna sévèrement. Elle ne savait toujours pas ce qu'elle pouvait ou devait faire à propos du bétail d'élevage — il était temps de demander conseil à Richard.

Sous la lumière raisonnable du matin, les préoccupations qui l'avaient empêchée la nuit dernière de poser la question ne semblaient plus suffisantes pour l'empêcher de prendre la voie du bon sens. Une sensibilité aussi idiote ne lui ressemblait pas.

Elle avait besoin d'aide — et elle était raisonnablement certaine qu'il pouvait la lui apporter. Elle se rappelait très clairement comment, à la résidence McEnery, elle avait été impressionnée par sa connaissance des pratiques en agriculture et de la gestion d'un domaine. C'était insensé, alors qu'elle vivait un moment difficile, de ne pas se prévaloir de son expertise.

Fronçant les sourcils en regardant vers le plancher, elle pivota brusquement et se remit à arpenter la pièce.

Il n'avait rien dit à propos d'un départ. Il lui incombait donc d'avoir la foi, au lieu de lui prêter des intentions dont il n'avait jamais parlées.

Il n'y avait aucune raison d'imaginer qu'il partirait ; elle devrait supposer qu'il resterait, pour la soutenir en tant qu'époux et non qu'il allait se hâter de partir pour aller s'amuser — seul — à Londres. Il s'était toujours comporté avec considération — elle devrait le reconnaître.

Et si lui demander conseil, l'inviter à s'investir d'avantage dans la gestion du val servait à l'attacher à lui — et à elle — ainsi soit-il.

Se redressant pour prendre une profonde inspiration, puis encore acquérir un dernier centimètre, elle glissa vers la porte.

Il était dans la bibliothèque ; de son bureau, elle emprunta un couloir secondaire au lieu de faire le grand tour par le vestibule. Le couloir menait à une petite porte installée dans le mur à côté du foyer de la bibliothèque.

Elle l'atteignit, son assurance augmentant à chaque pas, son cœur s'égayant à la pensée de lui demander ce qu'elle avait craint de solliciter la nuit dernière, de l'inviter à entrer un peu plus avant dans sa vie. Saisissant la poignée de porte, elle la tourna — alors que la porte s'ouvrait sans bruit, elle entendit des voix.

S'arrêtant, la porte seulement entrebâillée, elle hésita, puis elle reconnut le « hum » grave de Richard.

— J'imagine que je vais commencer à emballer les affaires dans quelques jours, monsieur. Je n'aime pas précipiter les choses et la fin janvier approche très vite.

Un silence s'ensuivit, Worboys reprit donc la parole.

— Selon Henderson, et Huggins, le dégel devrait se produire à tout moment maintenant. J'ose penser qu'il faudra une semaine pour dégager les routes suffisamment, mais, évidemment, plus nous voyagerons au sud, plus les grandes routes seront praticables.

— Hum.

Figée à l'extérieur de la bibliothèque devant la porte, le cœur se glaçant, l'accablement s'emparant d'elle, Catriona écouta Worboys.

— Les chambres de Jermyn Street auront besoin d'être rafraîchies, évidemment. Je me demandais… vous songez peut-être à passer voir comment se portent la douairière, le duc et la duchesse. Si c'était le cas, je pourrais continuer jusqu'en ville et ouvrir les chambres, les préparer pour votre retour.

— Hum.

— Vous voudrez être bien installé avant le bal des Richmond, naturellement. Si je puis vous suggérer…, quelques nouveaux manteaux pourraient être de mise. Et vos bottes, évidemment ; nous allons devoir nous assurer qu'Hoby se souvient de ne pas attacher ces glands. En ce qui concerne le linge de maison…

Profondément plongé dans une lettre d'Heathcote Montague, Richard laissa le monologue de Worboys lui passer par-dessus la tête. Après huit ans, Worboys savait parfaitement quand il ne lui accordait pas d'attention — et *lui-même* savait parfaitement quand son homme de confiance était pris dans un dilemme.

Dans le cas de Worboys, le dilemme était simple. Il aimait sa vie ici — et il n'arrivait pas à y croire. Il était en train d'épousseter des livres sur les étagères — en soi un acte très révélateur — tout en essayant de se convaincre qu'ils étaient sur le point de partir pour Londres. Or il savait très bien que Richard n'avait pas de telles pensées et lui-même n'avait aucune envie de déménager.

Dans ce qu'il considérait comme un trou perdu primitif, Worboys avait trouvé le paradis.

Pas une amoureuse, dans son cas, mais une maisonnée où il s'intégrait parfaitement, comme un chaînon manquant. Le manoir était inhabituel, sans les limites de préséance avec lesquelles Worboys avait vécu toute sa vie. Au lieu de cela, ces membres agissaient par amitié — et mettait tout leur cœur à servir leur dame. Un foyer où les gens devaient se fier les uns aux autres — avoir la foi et se faire confiance — simplement pour traverser les rudesses de la vie agricole et de l'isolement.

C'était un endroit où les gens se sentaient appréciés pour eux-mêmes ; la maisonnée, dans son innocence rustique, avait accueilli Worboys en son sein — et Worboys était tombé amoureux.

Il était actuellement en état de profond déni — Richard reconnaissait les signes. Il permit donc à Worboys de discourir — en fait, il ne faisait que se parler à lui-même sans convaincre personne. Chaque fois que Worboys marquait une pause et insistait pour recevoir une réponse, il lâchait un « hum » ou se raclait la gorge sans préciser son idée. Il ne voyait aucun avantage à se laisser entraîner dans une discussion sur des choses qui n'allaient pas se produire.

Sa lettre était beaucoup plus intéressante. Aiguillonné par la visite des Potts, il avait écrit à Montague, s'enquérant de la situation actuelle en ce qui concernait le bétail d'élevage dans les comtés du sud comme du nord. Il avait également demandé à Montague de localiser l'éleveur le plus respecté dans les différentes juridictions juste au sud de la frontière, non loin du val.

— Donc, monsieur.

Marquant une pause, Worboys prit une profonde inspiration.

— Si vous m'avisez lorsque vous aurez arrêté une date, je vais procéder comme nous venons d'en discuter.

Levant la tête, Richard rencontra le regard de Worboys.

— En effet. Quand je déciderai de partir, tu seras le premier à l'apprendre.

Inclinant gravement la tête, se sentant certainement beaucoup mieux après s'être libéré de ses plans inutiles, Worboys ramassa son plumeau et un pot de fleurs presque fanées et se dirigea vers la porte.

Richard attendit qu'elle se referme avant de laisser ses lèvres se retrousser. Revenant à sa correspondance, il la lut jusqu'à la fin, puis souriant encore plus, il la déposa et s'étira.

Et il nota un courant d'air. Il jeta un regard circulaire et vit la porte, si bien ajustée dans le lambris qu'il ne l'avait pas remarqué avant, laissée entrouverte. Se levant, il contourna le bureau et marcha jusqu'au panneau. L'ouvrant plus avant, il découvrit un couloir secondaire faiblement éclairé. Vide. Réprimant un haussement d'épaules, Richard referma la porte — elle pouvait avoir été laissée entrouverte depuis une semaine, pour ce qu'il en savait.

Retraversant la pièce jusqu'au bureau, il s'assit et sortit une carte géographique des comtés environnants. Un certain monsieur Owen Scroggs, éleveur de bétail hors du commun, vivait à Hexham. À quelle distance se trouvait Hexham du val ? se demandait Richard.

Si — quand — sa femme lui faisait enfin assez confiance pour demander son assistance, son soutien, il voulait détenir toutes les réponses. Toutes les bonnes réponses au bout de ses doigts.

CHAPITRE 13

En fait, il n'était pas un homme patient. Depuis qu'il avait reçu l'information de Montague, il avait guetté — attendu — l'occasion de discuter de la question avec sa femme. Pour bannir les ombres qui semblaient s'accumuler jour après jour dans ses yeux.

Cependant, quatre jours plus tard, il n'avait pas encore découvert un moment propice pour lui parler. S'appuyant paresseusement dans une entrée en arche proche de la porte du bureau de Catriona, Richard, sombrement maussade, gardait le regard sur le lambris de chêne et patientait encore un peu.

Il ressentait une aversion profondément enracinée à l'idée de discuter affaires dans leur lit. Là, elle demeurait la même, chaleureusement libertine, l'accueillant en douceur et le retenant avec force, tentant encore avec insistance d'étouffer ses cris de plaisir — il était conscient d'une profonde réticence à faire quoi que ce soit qui pourrait altérer l'ouverture d'esprit qui s'était développée entre eux dans la chambre.

Cependant, ses journées étaient occupées ; elle semblait continuellement participer à des réunions ou à des discussions ou encore à superviser la maisonnée. Et si elle ne s'activait pas à quelque chose, elle était entourée d'autres personnes — par McArdle, madame Broom ou encore pire, Algaria. Même les rares moments où il la croisait seule par hasard, elle était toujours pressée d'aller quelque part.

De plus, il commençait à s'inquiéter sérieusement à propos de sa santé. Il était trop bien à l'écoute du corps de Catriona pour ne pas sentir la tension, la fragilité qu'elle dissimulait sous un voile de sérénité. Il ne pouvait pas s'empêcher de se demander si sa grossesse, dont elle ne lui avait pas encore parlé, en était la cause — l'essoufflement soudain qui tombait sur elle et l'instabilité émotionnelle qu'elle tentait si fort de cacher.

Ces symptômes n'étaient pas présents quand elle se glissait entre ses bras chaque soir. Il ne pouvait pas s'empêcher de se demander si, pendant la journée, elle ne s'obligeait pas à trop travailler au lieu de le laisser alléger son fardeau afin de prendre soin d'elle-même — et de leur enfant.

La porte du bureau s'ouvrit ; McArdle sortit clopin-clopant.

Richard se redressa ; il attendit que McArdle disparaisse au fond du couloir, puis il marcha rapidement jusqu'à la porte du bureau. Il hésita un moment, se rappelant qu'il ne pouvait pas exiger, puis il ouvrit la porte — et entra avec langueur.

Assise derrière son bureau, Catriona leva la tête — Richard sourit avec décontraction, d'une façon charmante. Et il essaya de ne pas remarquer les nuages assombrissant ses yeux verts.

— Êtes-vous occupée ?

Catriona prit une profonde inspiration et baissa les yeux sur les papiers devant elle.

— En fait, oui. Henderson et Huggins…

— Je ne vous prendrai qu'un moment.

Les mots furent prononcés d'une voix traînante, nonchalante — rassurante. Catriona s'obligea à se caler dans sa chaise et attendit pendant qu'il avançait, élégamment désœuvré, vers la fenêtre.

— En fait, je me demandais si je pouvais vous aider, comme vous semblez si débordée ces temps-ci.

Respirant lentement pour se calmer, Catriona tourna la tête et rencontra son regard. Rapidement — avec un espoir qu'elle pouvait à peine supporter de reconnaître —, elle examina son visage. Ce n'était qu'un masque d'indifférence polie ; il n'y avait aucune trace de véritable engagement, de vraie passion — de volonté réelle d'aider. Aucune indication montrant que le val — et elle — lui importât.

Il sourit, toujours aussi charmant. Une vague de langueur soulignait ses mots :

— Il n'y a pas grand-chose à faire pour moi ici, alors j'ai beaucoup de temps libre.

Catriona lutta pour garder un air inexpressif et elle réussit. Il s'ennuyait et il pouvait voir qu'elle était occupée, alors il avait agi comme tout bon gentleman en lui offrant son assistance. Elle n'eut aucune gêne à secouer brusquement la tête et à revenir à ses lettres.

— Ce n'est vraiment pas nécessaire. Je suis tout à fait capable de gérer seule les affaires du val.

Les mots, prononcés d'un ton dur, servaient autant à se convaincre elle-même qu'à refuser son offre de *gentleman.*

Il hésita, puis il dit, une trace de dureté dans la voix :

— Comme vous voulez.

Sur un gracieux signe de tête, il sortit lentement et la laissa à ses affaires.

Le dégel arriva.

Deux matins plus tard, Richard était allongé dans le lit, écoutant l'eau s'écouler régulièrement des avant-toits. Catriona s'était glissée tôt hors de ses bras, murmurant quelque chose à propos d'un alitement, le rassurant qu'elle ne sortait pas, et que la future mère restait en sécurité à l'intérieur du manoir.

Fixant le ciel de lit rouge sombre, Richard essaya de ne pas penser à elle ni au lourd sentiment qui s'était installé dans son bas-ventre deux jours auparavant.

Et il échoua.

Réprimant une grimace, il se rappela avec irritation que l'échec n'était pas une chose à laquelle s'adonnaient les Cynster — encore moins avec une telle ampleur.

Il échouait sur tous les plans.

La nouvelle vie qu'il avait imaginée aux côtés de Catriona, autrefois si pleine de promesses et de possibilités, s'était avérée une déception. Une profonde et mortelle déception — il ne s'était jamais senti aussi désillusionné par la vie que maintenant. Il n'y avait rien pour lui ici — rien à faire, aucun rôle à jouer. L'ennui le hantait à présent ; son ancienne agitation — quelque chose qu'il avait espéré perdre pour toujours dans le presbytère de Keltyburn — grandissait.

Ainsi qu'un sombre sentiment impérieux d'inutilité — du moins, en ce lieu. Dans ce val — le val de Catriona.

Il ne la comprenait pas.

De la tombée de la nuit au chant du coq, ils étaient aussi proches que devaient l'être un homme et une femme, mais quand le matin se levait et qu'elle quittait ses bras, c'était comme si, avec ses vêtements, elle enfilait une cape invisible et devenait la « dame du val » — une femme avec une vocation, un rôle et un but dans la vie, toutes choses dont il était exclu.

Bien que les gentlemen de son statut ne partageassent pas d'habitude la vie de leurs épouses, lui, à dire vrai, s'était attendu à partager la sienne. Il voulait toujours la partager.

La perspective de participer à ses responsabilités, de tout partager comme projet commun et par conséquent de former un lien fort et constant sur une base quotidienne — constituait certainement une grande partie de l'attirance qu'il ressentait pour elle. Elle était, avait-il pensé, une femme avec qui il pouvait partager des buts, des réalisations.

Leur mariage n'avait pas jusqu'à présent pris la tournure souhaitée.

Il avait été prudent avec elle, avait soigneusement évité de faire pression sur elle — il lui avait offert toutes les occasions de lui demander son aide, son assistance. Il avait fait beaucoup d'efforts pour ne pas lui forcer la main — et il piétinait.

Pendant de longs moments, le regard fixé sur le rouge sombre au-dessus de lui, il réfléchit à l'action vers laquelle son âme de Cynster le poussait urgemment. Il pouvait, très facilement, s'emparer des rênes et guider leur mariage sur les voies qu'il voulait qu'il suive. Il n'était pas un être passif et s'employait habituellement à changer la tournure d'une situation quand celle-ci lui déplaisait.

Cependant…

Il pouvait prévoir deux difficultés. La première était qu'en prenant les rênes, il risquerait d'endommager cette même chose qu'il tentait de préserver. Il voulait Catriona en tant que partenaire de vie enthousiaste et non subissant son autorité.

Mais sa plus grande difficulté, son problème le plus insurmontable était son serment. Le serment qu'il lui avait fait — deux fois — de ne pas porter atteinte à son indépendance, de ne jamais chercher à miner son autorité. Elle l'avait accepté en se fiant à sa parole — elle lui avait fait confiance pour respecter ce serment, peu importait le reste. Lui soustraire le contrôle serait trahir cette confiance de la manière la plus accablante et la plus dommageable.

Il y avait peu de choses dont il était sûr dans leur mariage, mais il savait dans son âme qu'il ne pourrait jamais endurer le regard dans ses yeux verts s'il la trahissait ainsi.

Ce qui signifiait…

Il progressait sur un sentier étroit, très haut sur le flanc d'une montagne, bordé d'un côté d'un roc solide et de l'autre d'un précipice abrupt. Il pouvait avancer ou battre en retraite.

Poussant un profond soupir, Richard rejeta les couvertures et se leva.

Les Cynster ne battaient *jamais* en retraite.

Le concept lui était totalement étranger — cette seule idée l'offensait profondément. Il patienta donc et la coinça une fois de plus dans son bureau, à un moment où il savait qu'il pourrait lui arracher au moins deux minutes de son temps.

Après être entré sans se presser et avoir échangé un commentaire anodin sur le temps, il baissa les yeux vers elle et demanda :

— Dites-moi, ma chérie, avez-vous besoin de moi ici ?

Il désirait poser la question brutalement — voulait lui montrer à quel point elle le blessait en l'excluant de sa vie, en lui refusant la chance de donner ce qu'il sentait pouvoir offrir. Mais il ne voulait pas lui laisser voir à quel point il était vulnérable. Donc, il conserva son masque social en place et posa la question avec légèreté et une décontraction insolente. Comme si la réponse n'avait pas grande importance.

Ce qui fut exactement ainsi que Catriona l'entendit — ainsi et bien plus. Pour elle, cela annonçait son départ — le baratin poli du bourreau avant que la hache s'abatte.

Elle maintint donc elle aussi son calme comme un bouclier sur son cœur en pleurs et sourit, un peu faiblement, en retour.

— Non. Il n'y a vraiment rien que vous puissiez faire.

Baissant la tête, elle s'obligea à continuer, se contraignit à jouer le rôle qu'elle avait passé des heures à répéter — le rôle d'une femme consentante.

— J'imagine que vous prendrez la route de Londres bientôt ; Huggins a entendu dire ce matin que les routes vers le sud sont toutes ouvertes, du moins jusqu'à Carlisle.

Sa tête lui faisait mal, son estomac se retournait, mais elle poursuivit sur le même ton léger et distant.

— Vous devez être impatient de voir votre famille, j'imagine. Votre belle-mère doit attendre…

Elle s'étouffa presque, mais elle avala juste à temps.

— Et, bien sûr, il y aura les bals et les fêtes.

Elle continua à entrer des chiffres qu'elle avait commencé à reporter dans un registre — et elle ne leva pas la tête. Elle n'osait pas — car ainsi, elle ne pourrait plus retenir ses larmes, et alors, il saurait.

Il saurait ce qu'il devait ignorer. Qu'elle ne souhaitait pas qu'il parte — qu'elle voulait le garder ici, pour toujours à ses côtés.

Cependant, elle avait réfléchi à tout cela avec soin ; elle devait — il le fallait absolument — le laisser libre de la quitter. Il était inutile de l'attacher à elle — au val — avec des liens qui ne feraient que les faire souffrir.

Si elle l'avait pu, elle se serait empêchée de tomber amoureuse de lui, mais il était beaucoup trop tard pour cela. Même en sachant qu'il partait, elle ne pouvait s'empêcher de souhaiter être celle qui l'aurait changé, celle qui lui aurait permis de révéler le meilleur de lui-même et devenir l'homme qu'il pouvait être.

Son époux.

La Dame avait eu raison — il était fait pour ce rôle — le véritable rôle —, mais personne ne pouvait l'obliger à l'endosser. C'était une décision qu'il devait prendre lui-même et elle ne pouvait pas intervenir. Elle devait le laisser partir.

Et espérer, et prier qu'un jour il pourrait vouloir ce qu'elle voulait lui donner.

— Cela doit être très impressionnant, dit-elle, décidée à rendre les choses plus faciles pour eux deux, de se retrouver à Londres en bonne société, de profiter des bals et des soirées mondaines.

Elle sentit que son regard la quittait ; il s'ensuivit un moment de silence. Puis, il changea de position.

— En effet.

Elle leva la tête, mais il se contenta d'incliner la sienne, ses lèvres légèrement courbées, et il ne croisa pas son regard.

— Je crois bien que je vais prendre plaisir aux bals et aux fêtes.

Il se détourna d'elle et sortit de la pièce d'un pas aussi langoureux que toujours. Catriona fixa son dos, puis la porte quand il la referma derrière lui. Et elle s'interrogea sur ce ton, se demanda si sa propre sensibilité l'avait poussée à imaginer la profonde désolation que cachaient ses paroles.

Il avait tenté un dernier coup de dés — et il avait perdu.

Elle lui avait dit qu'il n'y avait rien pour lui ici — et il devait accepter sa décision. Et s'il avait eu besoin d'encouragement pour quitter le champ de sa défaite, son ton légèrement distant quand elle l'avait congédié, se retenant tout juste de lui souhaiter bon départ, l'avait prouvé.

Richard ignorait comment ils en étaient arrivés là — à cette situation fragile où il fallait faire un effort pour demeurer en compagnie de l'autre. Il ne le savait pas — ne pouvait pas l'imaginer — il ne pouvait même pas réfléchir de manière sensée. Il n'arrivait plus à respirer librement, il y avait un étau d'acier fermé au bas de son torse — chaque souffle était une bataille.

Comment réussiraient-ils à traverser la nuit, il n'en avait pas la moindre idée. Pour la première fois depuis qu'ils étaient mariés, elle se mit au lit plus tard que lui. Il attendit dans la faible clarté fournie uniquement par le feu mourant et se demanda si elle s'occupait vraiment de l'enfant né récemment et de sa mère ou… si elle l'évitait.

Il était peu avant minuit quand la porte s'ouvrit ; elle jeta furtivement un coup d'œil vers le lit, puis elle se dirigea vers le feu. Richard voulut lui parler — faillit l'appeler —, mais il ne trouva rien à dire.

Puis, il réalisa qu'elle n'avait pas l'intention de dormir dans le fauteuil à oreilles ; elle se dévêtait simplement devant le feu.

Il l'observa — avidement. Il laissa ses yeux se régaler de ses courbes nettement arrondies, de sa peau opaline sous la lumière vacillante des flammes. Il savoura le spectacle de son dos, les traits élégants douloureusement familiers, les sphères de son derrière, un délice remémoré. Il fixa sa longue chevelure d'or flamboyant pendant qu'elle la secouait, l'étalant sur ses épaules comme s'il pouvait imprimer la vision dans son esprit de manière indélébile.

Puis, il perdit le peu de souffle qui lui restait quand elle se tourna et nue — avec cette merveilleuse inconscience qu'elle affichait depuis le début — marcha jusqu'au lit.

Là où il était allongé dans l'obscurité.

Il se raidit — s'attendant à ce qu'elle se raidisse aussi —, prévoyant qu'elle reste à distance comme elle l'avait fait toute la journée. Au lieu de cela, elle souleva les couvertures, se glissa à l'intérieur — et glissa plus loin, directement dans ses bras.

Pendant un moment, le cœur de Richard s'immobilisa, puis il referma les bras sur elle. Elle leva les lèvres — il n'hésita qu'une seconde avant de les prendre.

De la prendre — il prit la bouche qu'elle offrait, prit le corps qu'elle donnait si librement.

S'il avait pu réfléchir, il aurait pu saisir l'occasion pour l'attacher à lui avec passion, sans pitié, avec calcul — de la faire brûler si douloureusement longtemps, devenir si atrocement chaude qu'elle n'aurait jamais été capable de lui dire adieu. Ou bien si elle le faisait, ce serait pour souffrir le martyre chaque nuit sans lui.

Il ne réfléchit pas —, et pourtant si. Il l'aima avec une telle passion, une force si condensée et émouvante qu'elle pleura. Elle pleura des larmes de joie pure, de bonheur béat trop grand pour être contenu.

Tout ce qu'il voulait était remplir son propre esprit, ses sens, son cœur et son âme d'elle — afin qu'en lui, elle soit toujours présente.

Sous lui, Catriona lui ouvrait son corps et son cœur, sachant parfaitement que cela pouvait être la dernière fois. Si elle avait pu le retenir par le désir sexuel, elle l'aurait fait — elle brûlait de son besoin de lui et elle était trop désespérée pour le cacher. Le désir, déchaîné, lui donna la force — la force de le défier sur un terrain qui avait été jusqu'ici le sien. Elle caressa, cajola et aima jusqu'au point d'inflammabilité et encore elle le poussa plus loin — elle le repoussa sur le dos et imposa ses propres caresses sauvages sur lui, déposa des baisers chauds, lèvres ouvertes partout sur son corps dur, puis, poussée par sa folie, elle le prit dans sa bouche.

Et elle sentit le frisson qui le secoua violemment, elle tira de lui un gémissement venu du plus profond de lui-même.

Elle l'aima avec abandon, avec son cœur, avec son âme. Jusqu'à ce que Richard, les mains plongées dans sa chevelure, la guidant sans pouvoir se retenir, il la serra brutalement et l'éloigna. Il s'assit brusquement, pivota soudainement derrière elle.

Et il la prit par-derrière.

Son halètement resta suspendu en l'air comme un éclair d'argent dans le noir ; elle s'arqua, se serrant fortement autour de lui — il la poussa vers le bas et s'enfonça plus profondément.

Finalement, il était plus fort — beaucoup plus fort — qu'elle.

Il la retint en bas et la fit monter à toute allure jusqu'en haut de la montagne et dans le plaisir à faire trembler la terre. Puis, il attendit que ses sens lui reviennent avant de la pousser plus loin, en haut de la pente suivante.

Tout au long de ces heures sombres, il l'aima comme il voulait et elle fut son esclave consentante. Elle voulait être tout pour lui, alors elle donna ce qu'il demandait et offrit encore plus.

Et il accepta. Il se rassasia à son corps jusqu'à ce qu'elle pense mourir, puis il la remplit sans pitié jusqu'à ce que cela se produise. Jusqu'à ce que ses sens fussent consumés dans un brasier de plaisir glorieux et qu'elle explose sous lui.

Ils jouirent ensemble encore et encore, jusqu'à ce qu'il n'y eut plus rien entre eux. Pas d'espace, pas d'émotion, pas de sentiment d'existence individuelle. Au cœur de la nuit, ils devinrent une seule âme, résultat de la fusion de deux.

L'ultime fin, quand elle arriva, les brisa tous les deux, mais pas même la force de l'implosion ne pouvait défaire ce que la nuit avait apporté.

Le retour de Richard à la vie — à la réalité — fut un voyage lent et amer.

Il ne pouvait pas concevoir comment elle pouvait être à lui comme elle l'était — si entièrement abandonnée dans ses bras, néanmoins tout à fait prête le temps venu à lui sourire gentiment et agiter la main pour le congédier.

Ses lèvres se tordant sous une autodérision cruelle, il accepta qu'il eût dû avoir tort — que malgré son expertise dans cette arène, elle était une exception. Une femme qui pouvait aimer avec son cœur et son âme sans, en fait, aimer du tout.

Il était, semblait-il, exactement comme Thunderer — un étalon dont les attributs physiques étaient appréciés.

Elle était à moitié enroulée autour de lui, allongée dans ses bras ; il leva la tête et regarda son visage, à peine visible dans l'obscurité. Elle était encore sur le chemin du retour du paradis — il pouvait le voir par l'absence de tension dans ses membres. S'allongeant de nouveau, il attendit qu'elle rejoigne le monde des vivants. Et lui.

Quand elle le fit, cependant, elle murmura seulement d'une voix endormie et se blottit plus bas, la tête sur son épaule, le bras sur son torse, une cuisse intimement coincée entre les siennes.

Richard fronça les sourcils.

— Je vais partir demain matin.

Catriona entendit les mots — les mots qu'elle redoutait d'entendre — et les ressentit dans son cœur. Elle avait déjà eu vent par son personnel des arrangements pour la préparation des valises et du carrosse. Elle hésita en se demandant désespérément ce qu'il s'attendait qu'elle lui dise.

— Je sais, murmura-t-elle enfin.

Le corps ferme sous elle se raidit un tout petit peu, puis, après une seconde, il se détendit. Son torse se gonfla.

— Bien, dit-il, le ton léger, mais grinçant, je suppose que vous n'avez vraiment besoin de rien de plus de ma part, maintenant ; du moins, pendant quelque temps.

Il marqua une pause ; quand, perplexe, elle ne dit rien, il poursuivit.

— À présent que vous portez l'enfant que la Dame a prédit que vous auriez de moi.

Son amertume résonnait clairement ; baissant la tête, se mordant la lèvre inférieure, Catriona l'accepta. Elle aurait dû lui dire.

— J'ai…

Comment lui dire que cela lui était sorti de l'esprit ?

— Oublié.

Elle poursuivit rapidement :

— C'est juste que j'ai été si…

— Occupée ?

Si préoccupée par *lui.* Sa colère surgit — une faible flamme, mais assez pour la rendre aigre. Son attention avait tellement été centrée sur lui, elle avait totalement oublié la seule chose, le seul être, qui aurait dû être au centre de sa conscience. Si elle avait besoin d'une preuve pour exprimer à quel point elle était obsédée par lui, à quel point il éclipsait complètement tout le reste dans sa vie, elle l'avait à présent.

Elle ne trouvait aucune réponse à sa réplique, elle la laissa donc passer. Lentement, elle écarta ses membres de lui et se détourna.

Seulement pour se retrouver emportée dans une morne désolation, un sentiment profond de perte. Ils avaient été trompés. Un moment qui aurait dû être si spécial, si joyeux et rempli d'amour avait plutôt tourné à l'aigre à cause des blessures émotionnelles et de l'amertume.

Elle ferma les yeux et essaya de dormir ; à côté d'elle, Richard l'imita.

La désillusion les suivit dans leurs rêves troublés.

Le lendemain matin se leva sur un jour dégagé, un vent froid faisant courir les nuages à toute allure dans un ciel bleu pâle — un matin ensoleillé apportant la promesse d'une nouvelle saison. Parfaite pour voyager.

Catriona remarqua les signes depuis le haut des marches du manoir et s'efforça de les réconcilier avec la lourdeur qui habitait son cœur.

Normalement, elle serait allée prier ce matin, mais elle avait changé d'avis. C'était la première fois de sa vie qu'elle plaçait quelque chose devant ses prières à la Dame, mais elle ne pouvait pas se refuser une dernière vision de Richard. Elle allait devoir vivre sans lui, probablement pendant des mois, jusqu'à la naissance de leur enfant. Et peut-être plus longtemps.

Devant elle, ses gens s'activaient fébrilement pour attacher fermement la dernière des malles de Richard sur le toit du carrosse — il avait laissé certaines choses, ce dont, mais elle ne l'avouerait jamais, elle était pathétiquement reconnaissante. Ces articles seraient son seul lien physique avec lui dans les mois à venir.

Refoulant ses larmes chaudes et piquantes d'un battement de paupières, elle regarda les bêtes — les beaux chevaux gris de Richard — amenées à l'avant. Son personnel, ignorant tout du drame qui se jouait, — se lança dans les préparations finales avec une innocente énergie. Ils imaginaient simplement que c'était ainsi que les choses devaient être, leur confiance dans la Dame — et en elle — était totale.

Le seul membre du personnel qui semblait un tant soit peu dérangé était, étonnamment, Worboys. Catriona étudia son visage long et s'interrogea, mais ne put tirer aucune conclusion.

Ensuite, Richard apparut venant des écuries, où il était allé faire ses adieux à Thunderer. Il marchait à grands pas sur les pavés, son pardessus fouettant le vent autour de ses bottes d'Hesse luisante. Il était comme toujours impeccablement vêtu. Pendant qu'il s'arrêtait pour donner des ordres aux palefreniers harnachant ses chevaux, elle se délecta de sa vue.

Se régala de l'expression lointaine et légèrement ennuyée sur son visage, l'air nonchalant de supériorité ineffable qui était une partie si inhérente de sa personnalité.

Il se tourna et l'aperçut, il hésita, puis il marcha vers elle ; Catriona le regarda pleinement. Pour elle, il était, tout simplement, magnifique — l'homme le plus fascinant qu'elle n'avait jamais rencontré.

Il était également la quintessence d'un séducteur agité qui se morfondait.

Le fait était affiché sur les traits durs de son visage quand ses yeux se fixèrent sur les siens, dans la position cynique de ses lèvres. Bravement, avec désespoir, conservant son voile d'assurance royal en place, Catriona sourit vaguement.

— Je vous dis adieu, alors. J'espère que vous atteindrez Londres sans encombre.

Elle leva la tête et rencontra directement son regard bleu ; cela avait été le discours le plus difficile de sa vie.

Richard examina ses yeux, les scruta à la recherche d'un signe que tout n'était qu'un rêve.

Cela lui paraissait irréel — ne pouvait-elle pas le sentir ? Cependant, plus fort encore que l'impression d'irréalité était le sentiment — la force — de l'inévitable.

Il avait paru inévitable qu'ils se marient — il avait accepté cela et espéré, dans son cœur, que de ce mariage il obtiendrait la stabilité qu'il cherchait — dont il avait besoin — depuis si longtemps. Au lieu de cela, maintenant, il apparaissait incontournable qu'il soit déçu par leur union et soit, une fois de plus, en déséquilibre, sans ancrage, à la dérive dans les flots de la vie. Sans lien avec personne.

Il avait cru — désiré — que leur mariage serait son salut. Il semblait qu'il avait eu tort ; par conséquent, il devait inéluctablement partir.

Qu'il quitte sa femme et la laisse se débrouiller seule.

Une rancœur qui ne lui ressemblait pas le remplit quand les yeux de Catriona ne lui donnèrent aucun espoir, aucun signe, aucun encouragement à changer d'avis et à rester.

— Je vais prendre congé, alors.

Les mots résonnèrent d'une amertume qu'il ne put cacher.

Elle sourit et lui tendit la main.

— Adieu.

Il baissa les yeux dans les siens, essayant de comprendre, enfin, ce qui miroitait dans les profondeurs du vert vif ; il lui prit la main — et il sentit les doigts de Catriona glisser des siens. Sentit le contact de sa paume, sentit le bout de ses doigts trembler. Et sentit — ressentit…

— Vous voilà, monsieur !

Ils se tournèrent tous les deux pour découvrir madame Broom debout derrière eux, le visage rayonnant, pratiquement entre eux. Elle tenait un panier enveloppé.

— Cook et moi avons pensé que vous seriez heureux d'avoir un peu de vraie nourriture sur la route. Mieux que c't'affreuse nourriture d'auberge.

Richard était certain que ni madame Broom ni Cook n'avaient jamais été dans une auberge de leurs vies. Cela indiquait à quel degré son cerveau fonctionnait que ce fût là la seule pensée qu'il put rassembler. Prenant le panier des mains de madame Broom, il afficha un faible sourire sorti il ne savait d'où, le remit à un valet et reporta son regard sur Catriona.

Seulement pour voir qu'elle souriait d'un air égal.

— Au revoir.

Pendant un instant, il fut prêt à refuser ce congé qu'elle lui donnait, à la tirer dans ses bras et à ne pas accepter de la laisser partir, à lui dire sans ambages comment les choses allaient se passer entre eux à partir de maintenant…

Son sourire calme, ses yeux posés — et le nuage noir de l'inévitable — l'en empêchèrent. D'une correction sans faille, il inclina la tête, puis il pivota et descendit nonchalamment les marches.

Catriona le regarda partir et sentit son cœur s'en aller avec lui. Elle sut au plus profond de son âme qu'elle ne serait jamais plus la même — plus aussi forte — sans lui.

Il s'arrêta pour parler à son cocher, puis il pénétra dans le carrosse sans un regard en arrière. Il s'installa et Worboys ferma la portière ; le carrosse bondit et se dirigea vers le bout de l'allée et dans le parc en prenant de la vitesse en chemin. Levant une main en signe d'adieu, il ne vit pas Catriona murmurer une bénédiction. Elle observa, silencieuse et immobile en haut de l'escalier, ignorant le personnel passant devant elle, jusqu'à ce que le carrosse ait disparu dans les arbres.

Ensuite, elle entra, mais elle ne se joignit pas à sa maisonnée pour le petit-déjeuner. Au lieu de cela, elle monta dans sa chambre dans la tourelle, elle ouvrit largement la fenêtre — et regarda le carrosse emportant son mari loin d'elle jusqu'à ce qu'il eut traversé le val.

CHAPITRE 14

Oh, non !

Catriona se concentra sur les tentures protégeant sa fenêtre à travers laquelle elle voyait filtrer la lumière et elle gémit. C'était le matin — *tard* en matinée.

Retombant sur ses oreillers, elle fixa le ciel de lit ; elle avait eu l'intention d'aller au cercle ce matin, pour expier son absence de la veille, mais il était trop tard à présent. Prenant une inspiration tendue, elle jeta un coup d'œil à côté d'elle dans le lit. C'était un désastre de draps emmêlés et de couvertures froissées — exactement comme le matin précédent. La cause, par contre, était très différente.

Elle avait été incapable de dormir ; ce n'était que lorsque la nuit commençait à disparaître qu'elle avait succombé à un sommeil léger et agité. Qui ne l'avait pas rafraîchie le moins du monde, ne l'avait pas préparée pour la journée à venir.

Le jour précédent s'était écoulé avec lenteur ; rien ne s'était bien passé. Elle n'avait toujours pas atteint son objectif d'acquérir du bon bétail d'élevage. Elle devait en trouver avant la prochaine saison d'accouplement — une occasion que le val pouvait difficilement manquer.

Toutefois, ce n'était pas ce qui l'avait gardée éveillée.

L'espace vide à côté d'elle en était responsable de cela.

Il l'avait contraint à réfléchir en boucle sans arrêt, à se demander s'il serait encore ici si elle avait agi différemment, un poids chaud à côté d'elle — le réconfort dans son cœur. La répétition insensée, inutile de leurs paroles, de ses propres pensées, de ses propres conclusions.

Cela ne changeait rien — il était parti.

Elle soupira, puis grimaça, se remémorant la joie manifeste qui avait transformé Algaria. Depuis que Richard était apparu dans leur horizon, Algaria avait été inquiète, puis s'était retirée en elle-même. Son départ avait fait davantage que lui faire plaisir — hier, Catriona l'avait vue renaître. Néanmoins, Catriona était certaine qu'il n'avait rien fait pour mériter la critique d'Algaria, ni même pour la contrarier ou pour corroborer les opinions qu'elle avait déjà de lui. Sauf agir avec naturel.

Cela, apparemment, suffisait. Ce n'était guère une réaction rationnelle. L'attitude d'Algaria envers Richard inquiétait à présent Catriona plus qu'avant. Il y avait peut-être un but plus profond derrière son départ, un but que seule la Dame pouvait connaître.

Cette possibilité ne rendait pas son absence plus facile à supporter.

Le vide autour d'elle pesait lourdement sur son cœur, rendant sa respiration laborieuse. Prenant avec peine un peu d'air, elle s'assit — et souhaita ne pas l'avoir fait. Pendant un long instant, la chambre tourna, puis cela cessa tout doucement.

S'obligeant à respirer régulièrement, à centrer son attention sur son souffle, elle patienta, totalement immobile, afin que la nausée passe. Il y avait, semblait-il, plus de souffrances en réserve pour elle qu'un simple cœur brisé. Quand la pièce fut stable et que les bouffées de chaleur eurent disparu, elle se leva lentement, avec précaution.

— Merveilleux, marmonna-t-elle en se rendant au lavabo. Des nausées matinales en plus.

Elle était cependant toujours la dame du val — elle avait un rôle à jouer, des décisions à prendre, des ordres à donner. Elle s'habilla aussi vite qu'elle le put, puis, faisant un détour par la réserve pour prendre quelques herbes calmantes, elle continua jusqu'à la salle à manger. De la tisane et un toast nature furent tout ce qu'elle put avaler — les arômes s'élevant des assiettes des autres lui donnaient des nausées. Elle grignota et sirota, reconnaissante pour la chaleur du thé, et elle tenta d'ignorer, d'étouffer, les odeurs et les sons autour d'elle.

Algaria le remarqua, évidemment.

— Tu es pâle, dit-elle avec un grand sourire éclatant.

— Je suis *misérable*, répondit Catriona à travers des dents serrées.

— Il faut s'y attendre.

Catriona pivota et rencontra le regard noir d'Algaria, puis elle réalisa que cette dernière parlait uniquement des conséquences de sa grossesse. Algaria n'acceptait pas — ni ne reconnaissait — que le départ de Richard fût son principal malheur. Reportant les yeux sur sa tasse, Catriona grinça des dents.

— Ne le dis à personne, pas avant que je l'aie annoncé.

— Mon petit, pourquoi ? C'est une nouvelle importante pour le val et le manoir ; tout le monde sera ravi, ajouta-t-elle avec un geste circulaire.

— Tout le monde sera *insupportable.*

Catriona pressa les lèvres ensemble, elle attendit trois battements de cœur, puis, d'un ton plus raisonnable, mais encore froid, elle déclara :

— La nouvelle est importante pour moi aussi. Je vais l'annoncer lorsque je serai prête. Je ne veux pas que les gens s'agitent autour de moi et fassent des histoires plus longtemps que nécessaire.

Dans son état actuel, son humeur ne le supporterait pas.

— Je veux seulement qu'on me laisse tranquille pour pouvoir m'occuper des affaires du val.

Algaria haussa une épaule.

— Comme tu veux. Maintenant, à propos de ces décoctions...

Elle n'avait pas cru possible qu'il lui manquât encore plus que la veille — elle avait eu tort.

Quand la journée se termina, alors que la lumière disparaissait du monde, Catriona se pencha sur son bureau, serrant avec irritation deux châles autour de ses épaules.

Elle était glacée jusqu'aux os — un froid qui venait de l'intérieur et se propageait insidieusement en elle. C'était le froid de la solitude, un frisson la touchant jusqu'à la moelle.

Tout au long de la journée, elle s'était frotté les bras ; au déjeuner, elle était allée chercher un châle supplémentaire. Rien n'aidait.

Pire, elle trouvait difficile de se concentrer, de conserver son habituel masque de sérénité en place — le visage qu'elle arborait normalement en public en tant que dame du val. Rassembler la gaîté à insuffler dans son sourire quand elle accueillit McArdle et les autres lui fut presque impossible. L'énergie était une chose qu'elle n'avait plus, plus du tout.

Et il lui fallait de l'énergie pour sourire, pour dissimuler l'engourdissement intérieur, mais soutenir son humeur habituellement enjouée était au-dessus de ses forces. Malheureusement, étant la dame du val, elle ne pouvait même pas s'inventer une maladie fictive pour expliquer son état — elle n'était jamais malade, pas de manière générale.

Mettant de côté les registres qu'elle était en train d'examiner — les registres sur l'élevage couvrant les trois dernières années — elle soupira. S'adossant sur sa chaise, elle ferma les yeux. Comment allait-elle s'en sortir ?

Elle resta assise dans la pièce assombrie et ouvrit ses sens. Toutefois, aucune aide ne vint — aucune suggestion sur la façon dont elle pourrait s'en sortir ne surgit dans son esprit.

Quand elle ouvrit enfin les yeux et se redressa, la seule chose dont elle était certaine était que la situation ne ferait que s'envenimer.

Se levant avec peine, elle se redressa, empila soigneusement les registres, puis, carrant ses épaules, levant la tête, elle se dirigea vers la porte.

Pendant qu'elle se lavait et se changeait pour le dîner, elle saisit l'occasion de s'allonger — juste une minute.

Une minute en devint trente ; quand elle rejoignit enfin la table, il était tard. Essoufflée, ne voulant rien de plus que se traîner encore jusqu'à son lit, elle offrit un sourire serein à la salle et se servit des tranches d'agneau.

Puis, elle les poussa encore et encore dans son assiette.

Elle avait envie de voûter le dos ; ce n'est qu'en se reprenant qu'elle réussit à préserver sa façade. Mais, elle ne pouvait pas manger — elle avait perdu l'appétit. Afin de dissimuler son désintérêt envers la nourriture, elle attira le regard d'Henderson.

— Qu'ont fait les enfants aujourd'hui ?

Malgré son comportement sévère, Henderson avait un faible pour les mômes du manoir.

— Il semble que le maître enseignait à certains d'entre eux à monter à cheval, alors je les ai amenés dans la grange.

Il grimaça, un spectacle déprimant.

— Je ne suis pas un bon cavalier, par contre. Je me dis qu'ils devront attendre son retour pour perfectionner leurs aptitudes.

— Hum.

Ne voulant pas s'attarder sur la pensée du temps que les enfants pourraient devoir patienter, Catriona regarda madame Broom le long de la table et désigna la tarte aux pommes fumante placée devant elle. Son parfum épicé et fruité était plus à son goût que les tranches froides qu'une servante avait vite emportées.

— Je vous félicite pour votre nouvelle recette ; les épices ajoutent un piquant agréable.

Madame Broom rayonna.

— C'tait la suggestion du maître ; ils cuisinent comme ça à Londres, y paraît, mais c'était assez facile à faire. Dommage qu'il ne soit pas ici pour en profiter ; il a dit que c'était l'une de ses préférées. Mais nous avons des pommes en abondance dans la réserve ; je vais la cuisiner encore quand il sera de retour.

Le sourire sur son visage lui parut tendu ; Catriona inclina la tête avec grâce et se tourna vers McArdle.

— Melchett a-t-il…

— *Maîtresse* !

— *Monsieur Henderson* !

— Venez *vite* !

Sur ces cris, les enfants du manoir surgirent brusquement dans la salle. Ils étaient menés, comme toujours, par Tom, le fils rouquin de Cook. Il se précipita directement à la table principale, le regard fixé sur le visage de Catriona.

— C'est la maison du forgeron, maîtresse. Elle brûle !

— Brûle ?

Se levant, Catriona baissa un regard fixe sur Tom.

— Mais…, dit-elle en fronçant les sourcils. C'est impossible.

La tête de Tom oscilla avec insistance.

— C'est *vrai*, maîtresse ! Les flammes bondissent dans le ciel.

Tout le monde se dépêcha d'aller voir. Les yeux ronds, Catriona s'arrêta sur la marche arrière et constata que Tom n'avait pas menti. La petite habitation du forgeron, coincée entre la forge et le grenier aux céréales, flambait. De violentes flammes rouges léchaient le bâtiment de bois et de pierres, l'engouffrant par l'arrière. Au-delà, hors de vue derrière la maison, se trouvait la porcherie, vide pour l'instant.

Pendant qu'ils regardaient, les flammes s'accrochèrent plus fermement et rugirent en propulsant des étincelles rouges dans le ciel. En quelques secondes, la cour des écuries fut un spectacle de confusion. Un désordre indescriptible y régnait. Des gens filaient ici, puis là, se cognant les uns sur les autres et jurant, certains courant prendre des seaux que d'autres étaient déjà allés chercher.

Inspirant avec peine, Catriona leva la tête.

— Henderson, vous et les palefreniers allez à la pompe. Huggins, vérifiez les écuries. Irons, où êtes-vous ?

Le gros forgeron, un seau dégouttant dans une main, leva le bras.

— Ici, m'dame.

— Vous, et tous les hommes, commencez à arroser le feu.

— Ouais, m'dame.

— Toutes les femmes, dans les cuisines. Emparez-vous de tout ce qui peut contenir le plus d'eau.

Elles passèrent devant elle en un flot constant ; elle entendit le fracas d'énormes chaudrons et casseroles que l'on rassemblait.

Ils aidaient tous, même Algaria — un pot de confiture profond fermement agrippé, elle lança de l'eau sur le bâtiment en feu.

Plus loin sur les pavées, le visage éclairé par la lueur criarde, Catriona supervisait leurs efforts frénétiques. Huggins arriva en haletant.

— Les chevaux et les animaux vont assez bien ; j'ai laissé deux garçons avec eux.

Les yeux sur les flammes montant au-dessus du cottage et qui s'attisèrent ensuite pour l'embraser par-derrière, Catriona retint son bras ; elle devait crier pour qu'il l'entende.

— Prenez la moitié des hommes et commencez à jeter de l'eau à l'arrière. Le foyer de l'incendie est situé là.

Huggins hocha la tête et partit. Catriona toussa quand la fumée s'éleva en tourbillons et la saisit à la gorge. Pivotant, elle survola la cour du regard — il y avait un grand groupe qui patientait autour de la pompe avec des seaux, des bacs, des chaudrons et des casseroles à la main. Il n'était pas difficile de deviner le problème. Les routes avaient été dégagées, mais le printemps n'arriverait pas avant longtemps — la majeure partie de la neige sur Merrick n'était pas encore fondue, de sorte que la rivière se trouvait encore dans son lit hivernal. Il ne sortait qu'un petit flot par la pompe, assez pour les besoins quotidiens, mais pas pour combattre un incendie.

Un rugissement provoqué par le feu dans son dos fit pivoter brusquement Catriona ; elle recula quand la chaleur la frappa comme une vague en mouvement.

Des étincelles et des cendres pleuvaient — un véritable danger pour ceux qui courraient à proximité pour lancer leur précieuse eau sur le feu. Puis vint un *crac* ! bruyant — une poutre explosa ; des débris enflammés tombèrent sur eux en pluie, poussant tout le monde à battre en retraite.

Haletant, Catriona se recroquevilla d'une manière protectrice par-dessus Tom.

— Des couvertures !

Tom leva la tête vers elle — elle secoua son épaule.

— Nous avons besoin de couvertures pour étouffer les étincelles. Va chercher les autres et ramenez les couvertures des chevaux de la sellerie.

Tom hocha la tête et partit en flèche, hurlant dans le vacarme pour que ses camarades le suivent. Ils réagirent, une bande indisciplinée filant comme un éclair jusqu'aux écuries. Ils revinrent chancelant sous le poids des lourdes couvertures tenues en équilibre dans leurs bras. Catriona en attrapa une et commença à étouffer les braises.

D'autres femmes l'aperçurent et l'imitèrent.

Huggins et sa bande avaient rejoint l'arrière de la maison ; Catriona les entendit vociférer pour obtenir de l'aide supplémentaire. Effleurant le dos de sa main sur son front tout rouge, elle regarda autour d'elle.

— Jem, Joshua ! Amenez vos seaux derrière.

Ils hochèrent la tête et changèrent de direction pour contourner la forge.

Dans la cour, tout le monde redoublait d'efforts, essayant de remplir les vides laissés par ceux qui avaient rejoint l'autre front. Cependant, la pompe pouvait seulement fournir une certaine quantité d'eau.

Jetant un regard en arrière à travers la fumée s'élevant en volutes, Catriona vit qu'Irons avait retiré sa chemise et qu'il penchait maintenant le dos au-dessus du bras de la pompe. Henderson s'était affaissé, la respiration sifflante, sur l'abreuvoir — vide à présent.

— Madame !

Catriona se tourna en réponse au coup tiré sur sa manche. Huggins, plié en deux et haletant, s'efforçant de reprendre son souffle la regarda en grimaçant.

— C'tait la pile de bois derrière la maison ; c'est là que ç'a commencé.

Il marqua une pause pour inspirer une nouvelle fois avec peine, ses yeux se braquant sur le cottage brûlant avec férocité.

— Nous pouvons arroser le tas, mais il ne reste que des cendres ou presque maintenant. Mais cela ne l'arrêtera pas. Les flammes ont bien pris sur le mur arrière, particulièrement sur ces gros linteaux tout au long de la maison.

Suivant son hochement de tête, Catriona fixa les immenses poutres en bois qui traversaient le cottage, une au-dessus de la porte et de la fenêtre, séparant le rez-de-chaussée du premier et l'autre au-dessus de la première porte, soutenant les madriers du toit. Des poutres semblables traversaient l'arrière.

— Elle va s'effondrer, ajouta Huggins en secouant la tête et en se baissant encore une fois en avant. Nous ne pouvons pas atteindre ces grosses poutres et nous n'avons pas assez d'eau même si nous le pouvions. C'est un brasier là-haut.

Catriona fixa les flammes gourmandes, puis elle prit une énorme inspiration. Elle toussa et s'assura de garder une poigne de fer sur sa raison. Et elle ignora la peur qui léchait ses nerfs.

— D'accord.

Elle serra le bras d'Huggins, lui transmettant un peu de son calme chèrement gagné.

— Dites à vos hommes de centrer leurs efforts pour sauver le grenier aux céréales et la forge. Le grenier passe en premier s'il faut choisir, ajouta-t-elle avec hésitation.

Ils n'avaient pas les moyens de perdre les céréales et les autres aliments conservés dans le grenier, leur garde-manger pour le reste de l'hiver.

Huggins hocha la tête en signe de compréhension et il s'éloigna en trébuchant pour passer les ordres de Catriona. Elle jeta un dernier regard au cottage brûlant violemment et partit à la recherche d'Irons. Elle le trouva affaissé près de la pompe ; Henderson la manipulait de nouveau. Le visage sombre, le regard sur son foyer en flammes, Irons l'écouta jusqu'au bout, puis avec une grimace remplie de douleur, il acquiesça d'un signe.

— Ouais.

Avec effort, il se leva.

— Z' avez raison. Le cottage se remplace ; le grenier aux céréales et ce qu'y a dedans, non.

Il commença à hurler lui-même des ordres ; Catriona se précipita encore une fois devant pour prendre la tête des opérations près de la maison, indiquant aux porteurs d'eau où lancer leurs chargements.

La voix rauque et s'affaiblissant, elle attrapa un chaudron d'une domestique malentendante et lui montra où lancer — à la jonction entre les murs du cottage et du grenier. Remettant le chaudron vide à la femme, elle marqua une pause, essuyant la sueur sur son front, essayant de ne pas remarquer la chaleur la submergeant…

Elle entendit un cri.

Il ne venait pas de la cour, mais du cottage.

Elle fixa le bâtiment, la pierre grossière entre les poutres brûlantes jetant une lueur rose — et elle se dit qu'elle l'avait imaginé. Pria l'avoir imaginé.

Mais il revint, un cri plaintif qui mourut sous le rugissement des flammes.

— Oh, ma *Dame* !

La main sur la bouche, Catriona pivota brusquement et chercha l'épouse du forgeron dans la foule des femmes qui se précipitaient partout. Et elle la trouva, attrapant frénétiquement les enfants plus âgés du manoir, devant scruter à travers la suie et la saleté couvrant leurs visages pour reconnaître le sien. Pendant que Catriona observait, la femme saisit une fillette proche, sa main agrippant l'épaule fine comme une griffe — elle vit la femme crier une question, vit l'enfant secouer la tête, ses propres traits se modifiant pour refléter l'horreur de la mère. Puis, la mère et sa fille regardèrent directement la maison enflammée.

Catriona n'hésita pas. Elle attrapa une couverture de cheval de l'un des batteurs fatigués et la lança par-dessus sa tête et ses épaules. Puis, elle se précipita vers la porte fermée du cottage.

Elle lutta pour l'ouvrir et fit un pas en avant…

Les flammes rugirent — un mur de chaleur frappa son dos.

Elle chancela et tomba presque ; des hurlements et des cris venant de partout lui emplirent les oreilles. Certaine du gémissement qu'elle avait perçu sous le rugissement, elle resserra sa poigne sur la couverture et rassembla son courage pour avancer encore une fois.

Avant qu'elle puisse s'exécuter, elle fut levée à bras-le-corps et déposée sans cérémonie sur ses pieds à trois mètres derrière sa position initiale. « Maudite femme stupide ! » fut le plus doux des jurons qui résonnèrent dans ses oreilles.

Abasourdie de stupéfaction, elle vit Richard lui arracher la couverture roussie. Puis, il la jeta sur sa tête et ses épaules et plongea lui-même dans le cottage.

— *Richard* !

Catriona entendit son propre cri, vit ses mains se tendre, agrippant, essayant de l'attraper pour le retenir —, mais il était déjà parti.

Dans les flammes.

D'autres coururent vers elle et se rassemblèrent autour, leurs yeux, comme les siens, collés sur la porte ouverte. Ils attendirent, tendus, prêts à se précipiter en avant au moindre signe.

La chaleur les cloua sur place. S'armant de patience. Espérant. Priant.

Catriona fut celle qui pria le plus ardemment — elle avait vu l'intérieur du cottage. Les mots « brasier infernal » étaient loin de le décrire — le mur du fond en entier et le toit étaient une masse de flammes chaudes et brûlantes.

Toutes les personnes dans la cour se turent, saisies par le drame. Dans le silence soudain et anormal se produisit un craquement bruyant et prolongé.

Puis, la poutre principale sous le devant du toit explosa.

Devant leurs yeux horrifiés, elle craqua une fois, puis encore, les flammes se propageant victorieusement à travers les vides.

Une seconde plus tard, une poutre plus basse entre le rez-de-chaussée et l'étage supérieur gémit puissamment. Ensuite, avec une folie brutale, les flammes crachèrent autour du linteau de la porte elle-même. En quelques secondes, le bois commença à luire.

Richard plongea par la porte, chancelant — un paquet enveloppé dans les bras, s'accrochant à lui, pleurant faiblement.

Tout le monde se précipita — la femme du forgeron attrapa son enfant, Irons les enlaça fermement tous les deux dans ses énormes bras et il les souleva pour les emporter plus loin. Catriona, Henderson et deux des valets saisirent Richard, haletant, toussant, s'efforçant de respirer et le tirèrent loin du cottage.

À cet instant, avec un gémissement grave et guttural comme le dernier halètement d'un animal mourant, le cottage s'effondra. Les flammes montèrent en flèche ; il y eut un rugissement assourdissant.

Puis, le feu se calma pour faire craquer sa proie et la consumer.

Ses mains nues étouffant les flammes dansant dans la chevelure de Richard et sur son col et ses épaules, Catriona n'avait pas de temps pour le cottage.

Richard n'était pas distrait de la même manière.

Fixant le four grandissant dans la forge, il réussit enfin à reprendre son souffle — il remarqua enfin ce qu'elle fabriquait. Avec un juron, il pivota et lui saisit les mains — et il vit les marques révélatrices de brûlures.

— Bon sang, femme ; avez-vous perdu le bon sens avec lequel vous êtes née ?

Piquée au vif, Catriona tenta de tirer pour libérer ses mains.

— Vous brûliez ! hurla-t-elle en lui jetant un regard noir. Qu'est-il arrivé à la couverture ?

— L'enfant avait davantage besoin de protection que moi.

Attrapant une casserole pleine des mains d'un porteur qui passait, Richard plongea les mains de Catriona, enfermées dans l'une des siennes, dans l'eau froide. Le visage noir de colère, il la traîna, les poignets encagés dans sa main, l'autre tenant la casserole remplie d'eau, jusqu'au pas de la porte arrière.

Il l'obligea à s'asseoir.

— Restez ici, ordonna-t-il en lâchant la casserole sur ses cuisses et en emprisonnant son regard. Restez très loin de ceci ; laissez-moi faire.

— Mais…

Il jura à travers ses dents.

— Bon sang ! Que croyez-vous que vos gens — ou moi — aiment mieux perdre : le grenier aux céréales ou vous ?

Il soutint son regard, puis il se redressa.

— *Restez ici.*

Sans attendre de réponse, il partit à grandes enjambées. Dans la mêlée sans but autour de la pompe.

En quelques secondes, les femmes s'éloignèrent lentement, chaudrons et casseroles en main, une expression incertaine sur le visage, pour rejoindre Catriona. Algaria se trouvait parmi elles. En réponse à son coup d'œil interrogateur, elle leva froidement une épaule.

— Il a dit que nous étions plus dérangeantes qu'utiles — que les hommes s'en sortiraient mieux à combattre le feu sans s'inquiéter de savoir si les femmes et les enfants étaient en sécurité.

Catriona grimaça ; elle avait vu plus d'un homme s'arrêter et chercher dans la foule ou quitter son poste un moment pour crier des ordres à ses enfants. Les femmes, pendant qu'elles s'approchaient, rassemblaient les enfants en chemin. Les hommes, à présent regroupés autour de la pompe, autour d'un Richard plus grand qu'eux tous, fixaient le bâtiment en flammes en écoutant intensément celui-ci qui pointait et donnait rapidement des ordres.

Avec un soupir, Catriona leva les mains hors de l'eau glacée et les examina. Puis, elle grimaça et les remit dans la casserole. Elle leva la tête vers Algaria.

— Peux-tu aller voir le bébé pour moi ?

Algaria haussa un sourcil.

— Bien sûr.

Elle marqua une pause, baissa les yeux sur Catriona.

— C'était une chose stupide à faire. Quelques brûlures mineures pourraient difficilement nuire à son âme noire.

Sur ce, elle se détourna et entra sans bruit, comme une corneille noire, dans la maison ; abasourdie, son esprit trop secoué pour réagir promptement, Catriona fixa, bouche ouverte, sa silhouette qui s'éloignait.

Puis, elle ferma brusquement les lèvres, lui jeta un bref regard mauvais et reporta vivement les yeux sur des choses plus importantes.

Pendant qu'elle observait, un groupe d'hommes se dispersa, se séparant en équipes qui se déployèrent rapidement en file pour passer les seaux, une de chaque côté du cottage et une autre filant dans les jardins secs, reliant la rivière à l'arrière du cottage. Plissant les yeux dans l'obscurité, Catriona pouvait voir des hommes remplir des seaux de neige, empilée en congères à travers les jardins, et passer les récipients le long de la ligne, acceptant les seaux vides en retour. Certains des ouvriers agricoles surgirent en courant avec des pelles, plus efficaces pour soulever la neige.

Dans la cour, deux duos de valets avançaient en titubant, chaque paire transportant l'une des grandes échelles du grenier. D'autres se précipitèrent pour aider à stabiliser les échelles sur les murs de la forge et du grenier ; elles étaient assez longues pour rejoindre les toits.

Au moment où les échelles furent en place, le premier seau rempli arrivait et fut rapidement apporté en haut d'une échelle pour être renversé sur le mur entre le grenier et le cottage.

Au centre de la cour, le visage contracté, Richard analysait leurs efforts combinés. Il espérait que sa sorcière était en train de prier sa Dame — ils allaient avoir besoin de toute l'aide qu'ils pouvaient recevoir.

La principale poussée de flammes dans le cottage s'était produite par l'entremise de la poutre centrale allant d'avant en arrière à travers le toit, soutenant des poutres secondaires qui à leur tour avaient soutenu les entretoises du toit. Tout cela avait brûlé, mais à présent les flammes se répandaient vers l'extérieur depuis le centre du cottage et dans les deux directions, léchant le bois de construction et les poutres contiguës aux murs du grenier et de la forge.

Heureusement, le grenier comme la forge étaient considérablement plus grands que le cottage coincé entre les deux ; si cela n'avait pas été le cas, les deux seraient enflammées maintenant.

Ils avaient une chance, très mince, de sauver les deux bâtiments, chacun d'une façon différente mais essentielle à la vie du manoir.

Richard entra à grands pas dans l'action devant le cottage, qui vibrait pratiquement sous les flammes à présent. Encore et encore, il jura en direction de valets ou d'ouvriers qui jetaient la charge de leurs seaux trop loin des murs porteurs.

— Nous en avons besoin là où ça compte ! rugissait-il depuis le haut de l'échelle.

S'emparant d'un seau, il se servit de sa taille haute pour envoyer son contenu se déverser sur une des poutres exposées du mur du grenier.

— C'est là, cria-t-il en pointant l'endroit, que le danger menace.

Un des dangers.

Il garda un œil acéré sur les hommes sur les échelles, intervenant pour prendre leur place lorsqu'ils faiblissaient, étant les plus vulnérables à la chaleur montante du feu. Et quand il sembla qu'ils allaient perdre la bataille pour la forge, il se rendit dans le jardin, s'empara d'une bêche, alla jusqu'à la berge et donna des coups dans la neige ramollie pour atteindre l'eau en dessous, sans se soucier de la neige fondue et froide lui glaçant les bottes.

En quelques secondes, Henderson et l'un des plus vieux valets furent à ses côtés, l'aidant à élargir le trou. Puis, ils remplirent des seaux aussi vite que des mains humaines pouvaient y arriver, envoyant la boue glacée le long des jardins. Une fois la vitesse maximale atteinte, le torse haletant, Richard revint en courant en haut de la pente, attrapant des hommes en passant, les positionnant à bras-le-corps, trop essoufflé pour parler.

Fatigués comme lui, mais tout aussi déterminés, ils comprirent ; hochant la tête, ils formèrent une autre ligne de seaux de la rivière jusque devant la forge.

Revenant en courant dans la cour, Richard s'arrêta en face du cottage seulement pour remplacer les hommes sur les échelles une nouvelle fois, puis il retourna rapidement à la pompe.

— Plus vite, ordonna-t-il quand il finit par y arriver. Il nous en faut plus.

Deux ouvriers agricoles affaiblis le regardèrent avec consternation.

— La rivière est basse, nous ne pouvons pas, bégaya l'un d'eux.

— Basse ou pas, gronda Richard, les déplaçant physiquement, la vitesse accrue va quand même en amener davantage.

Il instaura un nouveau rythme à la pompe, deux fois plus rapide.

— Tenez — il repassa le bras de la pompe aux ouvriers —, continuez comme ça.

Ils regardèrent tous les deux son visage et n'osèrent pas protester. Ils pompèrent. Plus vite. Richard attendit d'être rassuré sur leur rythme, puis il hocha la tête et jeta un coup d'œil aux quatre autres hommes se remettant de leur tour de travail.

— Si nécessaire, faites une rotation plus souvent. Mais si vous attachez de l'importance à votre peau, *ne ralentissez pas.*

Ce qu'il voulait dire exactement par là, il l'ignorait et s'en fichait, mais la menace produisit l'effet désiré. Le groupe manipulant la pompe augmenta son effort et le soutint — assez longtemps pour que cela fasse une différence vitale.

Sur la marche à l'arrière de la maison, s'appuyant contre le mur, les mains toujours dans la casserole d'eau, Catriona observait tout — le combat pour sauver les bâtiments du manoir. Elle regarda Richard exhorter les hommes à fournir plus d'efforts, leur insuffler sa propre détermination. Elle le regarda former une force cohérente avec eux, puis la diriger sur l'ennemi de la manière la plus efficace. Elle le regarda les stimuler quand ils se relâchaient, quand les flammes semblèrent prêtent à prendre le dessus. Elle les vit réagir, satisfaire chacune de ses exigences.

Elle avait envoyé toutes les femmes et les enfants à l'intérieur, donnant des ordres pour qu'on prépare de la nourriture, qu'on chauffe de l'eau. Elle avait fait tout ce qu'elle pouvait pour soutenir l'effort que Richard fournissait pour elle — pour eux.

Finalement, ils gagnèrent. Les flammes, privées de toute prise sur les bâtiments avoisinants, crépitèrent, faiblirent, puis moururent, abandonnant le cottage, à présent une ruine fumante de braises luisantes et de bois brûlé.

Ils étaient épuisés.

Richard commença à envoyer les hommes à l'intérieur, les plus vieux et les plus faibles en premier, gardant les plus forts avec lui pour finir de couvrir la scène de l'incendie. Enfin, quand seules les volutes de fumée et une puanteur âcre s'élevèrent du bâtiment, lui et Irons soulevèrent des grappins, les balancèrent en direction des extrémités des grosses poutres — et firent tomber l'ensemble de la structure dans un grand fracas.

Henderson, Huggins et une poignée de valets encore debout se servirent de fourches pour tirer, pousser et donner de petits coups sur les restes fumants éparpillés dans la cour, les étalant pour minimiser les risques d'un nouvel incendie.

Avec de lourdes haches, Richard et Irons firent peser leur poids sur ce qui restait du cottage, un de chaque côté. Une fois qu'ils eurent terminé, le cottage n'entrait plus en contact avec la forge ou le grenier aux céréales.

Les bâtiments étaient en sécurité.

Lâchant un immense soupir, Richard s'appuya contre la hache et jeta un long regard sur la scène. Irons vint se placer à côté de lui, la hache sur l'épaule. Richard regarda brièvement son visage.

— Nous allons le reconstruire, mais pas au même endroit.

— Ouais, répondit Irons en se grattant le menton. C'tait pas une bonne idée, on dirait. Le tas de bois à l'arrière n'a pas aidé non plus.

— En effet.

Richard soupira en se redressant. Et il prit note mentalement de vérifier où le tas de bois de chauffage principal du manoir était situé. Il ne se rappelait pas l'avoir vu ; il pouvait bien se trouver à l'arrière du grenier aux céréales. Ou des écuries.

— Le bois séché devrait être rangé loin des bâtiments de ferme ; nous allons devoir bâtir un autre abri plus loin au fond.

— Ouais, ce s'rait idiot de ne pas apprendre la leçon que la Dame nous donne.

Irons se redressa et regarda directement Richard en lui tendant une main pour prendre la hache.

— Je vous suis redevable.

Richard sourit avec lassitude ; il assena une claque amicale sur l'épaule large d'Irons en lui remettant l'outil.

— Remerciez la Dame.

Il se détourna. Levant la tête, il vit Catriona qui attendait — et il murmura :

— C'est pour cela que je suis ici.

Ils se rassemblèrent après coup dans la salle à manger. Tous étaient fatigués, mais trop surexcités pour aller se reposer ; l'effet de ce qu'ils avaient affronté ne les avait pas encore quittés.

Richard s'installa sur la chaise à côté de Catriona à la table principale et se servit avec bonheur de l'épais ragoût et du pain frais que Cook et ses aides s'étaient acharnés à préparer. Un repas de trente-six services offert dans la magnificence de Prinny à Brighton n'aurait pas pu se révéler meilleur. Ni même être plus apprécié.

La conversation restait minime alors que les hommes comme les femmes mangeaient, les enfants — tous sains et saufs — en équilibre sur leurs cuisses.

Ce fut Henderson qui, pendant que les assiettes étaient débarrassées et que les domestiques se hâtaient de déposer des meules de fromage sur les tables, formula à voix haute la pensée commune.

— Étrange chose, cet incendie.

Huggins, au bout de l'une des autres tables, acquiesça d'un signe de tête.

— J'peux pas voir comment c'qu'il a commencé, moi.

Ils regardèrent tous Richard. Se prélassant sur sa chaise, légèrement reculée de la table, une main reposant négligemment, inconsciemment possessive, sur le dos de la chaise de Catriona, il leur rendit posément leurs regards. Puis, il survola la salle des yeux.

— Quelqu'un sait-il quelle pourrait en être la cause ?

Des têtes bougèrent de tous côtés.

— J'ai jamais vu une chose semblable de toute ma vie, se hérissa McArdle.

— C'était du bois complètement sec ; une fois allumé, *évidemment* qu'il allait brûler. Ce que je ne comprends pas, dit Richard, c'est comment et pourquoi il s'est enflammé.

— Ouais, c'est ça, le mystère, poursuivit Henderson en hochant la tête d'un air renfrogné. Au milieu de l'hiver ; il faut le reconnaître, le temps a été sec. Et ce bois était totalement abrité. Mais…

Richard rencontra son regard.

— Précisément. Mais… quelque chose a dû provoquer l'étincelle.

— Ouais, mais quoi ?

C'était une question sans réponse. Ils en débattirent à bâtons rompus jusqu'à ce que Richard, jetant un coup d'œil à Catriona, la surprit à se redresser, à puiser dans ses réserves pour préserver sa façade. Remarquant les ombres sombres sous ses yeux, la mine défaite qui naissait, il jura dans sa barbe et se tourna vers les autres.

— Assez. Nous ne faisons que conjecturer. Dormons là-dessus et voyons ce que demain nous révélera.

Ils hochèrent tous la tête. Plusieurs membres de la maisonnée avaient déjà traîné leurs corps las hors de la salle. Sans attendre les autres, Richard posa une main sous le coude de Catriona et se leva, l'entraînant à se lever à côté de lui.

Elle cilla, hébétée et épuisée, en le regardant ; sa mâchoire se contractant, Richard rejeta son envie de la soulever d'un mouvement dans ses bras et il la soutint plutôt calmement depuis l'estrade jusqu'au vestibule. Une fois hors de vue, il glissa un bras autour d'elle ; appuyant son poids contre lui, il la guida en haut de l'escalier.

Jusqu'à leur chambre à coucher. Il s'arrêta devant la porte, pas tout à fait sûr de sa position pour la première fois de sa vie. De l'accueil qu'il recevrait. Il baissa les yeux sur Catriona ; elle rencontra son regard — comme il n'ouvrait pas, elle fronça les sourcils.

— Qu'y a-t-il ?

La même question qu'il lui avait posée — celle à laquelle elle avait refusé de répondre. Richard soutint son regard et lutta contre l'envie pressante de commettre la même erreur.

— Je…

Il marqua une pause, puis poursuivit :

— Je ferais peut-être mieux de trouver un lit ailleurs.

Son froncement de sourcils s'accentua.

— Pourquoi ? C'est notre chambre.

Son ton était rempli d'incompréhension. Avant qu'il puisse ajouter autre chose, elle ouvrit largement la porte, puis elle entra sans bruit ; les doigts accrochés sur la manche noire de suie de Richard, elle le tira à sa suite sans qu'il résiste.

Il ferma la porte.

— Catriona…

— Nos vêtements sont irrécupérables.

Elle baissa les yeux sur sa robe crasseuse, puis elle se tourna et le regarda.

— Et il nous faut nous baigner tous les deux. Et vos cheveux ont besoin d'une coupe ; ils sont sévèrement roussis à l'arrière. Venez.

Elle tira ; réprimant un soupir, Richard acquiesça. Les yeux de Catriona étaient encore ronds, leur expression hébétée — il savait reconnaître un état de choc quand il le voyait, l'entendait.

Il la suivit dans la petite salle de bain qui jouxtait leur chambre. Une heureuse surprise les attendait : de gentilles âmes s'étaient glissées à l'étage pendant qu'ils discutaient du feu et avaient à moitié rempli une grande baignoire d'eau chaude, à présent tiède. Des seaux en métal plein d'eau fumante avaient été déposés dans l'âtre où le feu, bien alimenté, les gardait chauds.

— Oh !

Catriona s'arrêta et fixa la scène.

Richard jeta un bref coup d'œil à son visage, puis il ramena un tabouret de toilette sur le côté du feu et assit sa femme dessus. Ensuite, il prit une serviette, l'enroula autour de l'anse du bac et l'ajouta dans la baignoire. Après avoir versé tous les récipients sauf deux, il vérifia l'eau ; elle était parfaite, chaude sans être brûlante, juste comme il fallait pour apaiser les muscles glacés et fatigués.

Revenant à Catriona, il lui prit les mains et la tira debout. Elle se mit immédiatement à déboutonner le gilet de Richard. Il soupira et retira ses manteaux souillés. Une fois qu'elle fut absorbée par les boutons de sa chemise, il tendit la main autour d'elle et tira pour défaire ses lacets. Elle ne le remarqua pas jusqu'à ce qu'il desserre le col et commence à faire descendre sa robe sur ses bras.

— Non, fit-elle en tentant de la relever. Vous d'abord.

— Non, dit Richard calmement, d'un ton apaisant. Nous deux ensemble.

Elle s'arrêta, puis regarda la baignoire ; il attira rapidement sa robe vers le bas et libéra ses mains. Elle soupira et avança d'un pas pour sortir de la batiste tombée en flaque et lui donna un coup de pied pour l'envoyer rejoindre les manteaux de Richard.

— Je suppose que nous pourrons y tenir.

Ce fut le cas, et très confortablement. Juste avant de le rejoindre dans l'eau parfaitement chaude, Catriona alla vers une tablette et choisit un pot, puis elle revint en saupoudrer le contenu dans la baignoire. Richard, refaisant surface après avoir rincé ses cheveux, se raidit lorsque des cristaux sifflèrent dans l'eau, puis il se détendit quand un délicieux arôme d'herbes emplit la pièce.

Après avoir rangé le pot sur la tablette, Catriona entra dans la baignoire et s'y enfonça à l'autre extrémité, puis elle prit le gant de toilette.

— Tournez-vous, lui dit-elle en gesticulant. Je vais vous frotter le dos.

Richard s'exécuta ; il ferma les yeux de bonheur pendant qu'elle frottait et pétrissait les muscles raides. Elle s'activa sur ses épaules et le haut de son dos, puis elle tendit les mains sous l'eau.

Il entendit son sifflement — un bruit de douleur retenu dans un souffle. Pivotant, il la vit secouer la main ; il s'en saisit — et il aperçut la paume brûlée. Ce qu'il dit la fit grimacer davantage.

— Allongez-vous ! Posez les mains sur le bord.

Il saisit le gant de toilette et termina rapidement ses propres ablutions, puis il trouva le pain de savon qu'elle préférait — un mélange terriblement alléchant de fleurs d'été, le parfum qu'elle portait toujours — et le fit mousser sur le gant.

Et il se mit en devoir de la laver en ignorant ses faibles protestations.

Catriona tenta de se débattre, puis elle s'abandonna. Elle était en état de choc et elle le savait — le choc de l'incendie, de son retour totalement inattendu. Le choc de le voir plonger dans le bâtiment en flammes, le soulagement de son retour sain et sauf. L'horreur de voir les flammes lécher sa chevelure, la douleur de ses paumes brûlées.

Elle ne savait pas que penser — elle ignorait comment répondre, comment réagir à tout cela.

Tout ce qu'elle pouvait faire était de se laisser porter par la vague, de fermer les yeux et d'accepter ses soins, le passage doux, régulier et lent du gant de toilette sur sa peau.

Il procéda avec beaucoup de méthode. Écartant largement les jambes de sa compagne, il s'installa entre elles ; il commença par son visage, le caressant délicatement, puis il lava son cou avant de passer à ses épaules ; ensuite, il étendit chaque bras pour le nettoyer avec amour, jusqu'au bout de ses doigts, évitant avec soin ses paumes à vif. Laissant ses mains appuyées sur le bord de la baignoire, il tendit les bras autour d'elle et caressa ses épaules, puis les longues lignes de son dos, la courbe de ses hanches, les globes de ses fesses avec de longs mouvements lents, la soulevant facilement dans l'eau. La lâchant doucement, il tendit la main vers le savon.

Sous ses paupières lourdes, elle examina son visage ; son expression était d'un calme profond, comme la surface d'un bassin insondable. Le calme était habituellement son domaine, mais devant la peur et l'agitation de la soirée, elle avait égaré sa sérénité inhérente. Elle avait perdu son calme, lui avait trouvé le sien. Ou plutôt, se corrigea-t-elle, il pouvait le montrer. Il ne portait pas de masque, pas de voile de civilité social — il était tel qu'il était. Le guerrier qui était à sa place sur un champ de bataille, au cœur de la tourmente — c'était là qu'il était le plus à l'aise. Là où il était le plus calme.

Ouvrant ses sens fatigués, elle ferma les yeux et s'abreuva sans remords de son calme et elle sentit qu'il l'apaisait. Elle le laissa imprimer son calme sur elle avec chaque caresse douce du gant de toilette plein de savon pendant qu'il lavait délicatement, amoureusement ses seins, sa taille, son ventre légèrement arrondi. Il se déplaça régulièrement vers le bas, lentement, d'une manière apaisante, lavant chaque centimètre de son corps ; quand il atteignit ses orteils, elle flottait sur une vague chaude.

Elle sentit l'eau bouger quand il mit de côté le gant de toilette, puis il s'empara de ses poignets et la tira vers le haut. Il la tira vers lui, la soulevant afin qu'elle se retrouve assise sur ses cuisses, ses jambes s'enroulant instinctivement autour de sa taille. Ses avant-bras se glissant par-dessus ses épaules, elle cligna des paupières sur ses yeux ronds quand les bras de Richard se refermèrent autour d'elle et que ses lèvres trouvèrent les siennes.

Il l'embrassa doucement, ses seins mouillés pressés contre son torse mouillé, une mince couche d'eau glissant entre leurs corps réchauffés. Malgré leur état d'excitation, ce fut un baiser apaisant. Elle répondit à son baiser, de la même façon, simplement reconnaissante de sentir ses lèvres douloureusement familières sur les siennes.

Puis, il se leva, la soulevant avec lui ; ses jambes glissèrent vers le bas et elle fut debout devant lui. Il tendit la main vers l'un des seaux laissés en attente et il la rinça, puis il répéta le geste sur lui en se servant du dernier récipient. Elle s'apprêtait à sortir, mais il la devança. Il ferma les mains sur sa taille et la souleva par-dessus la baignoire et la déposa debout sur l'épaisse serviette allongée devant l'âtre. Elle accepta la serviette qu'il lui tendait avec gratitude et ignora autant qu'elle put la rougeur qui colorait sa peau d'un rose tendre et l'évidence plus marquée de son érection.

Revigorée, elle se sécha rapidement, puis elle l'aida à essuyer son dos large. Debout derrière lui, elle réfléchit, puis elle enroula vite la serviette autour de ses hanches et l'attacha.

— Asseyez-vous, dit-elle en le poussant légèrement vers le tabouret. Je veux vous recoiffer.

Il se tourna et la regarda avec ce calme insondable dans les yeux, mais il consentit à s'asseoir. Elle trouva un peigne et des ciseaux et commença à couper, éliminant les mèches brûlées et roussies. Ensuite, elle tendit la main pour épousseter les poils sur ses épaules, s'arrêta et examina.

— Vous avez des brûlures sur les épaules !

Il les remua.

— Elles sont mineures.

— Hum ! Bien, vous pouvez rester assis ici une minute de plus pendant que je les enduis de baume.

Elle alla chercher le bon pot dans ses produits sur la tablette ; heureusement, ses propres doigts n'étaient pas brûlés, seulement ses paumes. Elle pouvait prendre des objets, étaler et malaxer ; elle fit pénétrer avec soin le baume dans ses brûlures. Puis, elle recula et examina son dos plus attentivement.

— Si vous avez fini de soigner ces brûlures, il y a une autre partie de mon anatomie qui brûle et attend de recevoir votre attention.

Le commentaire émis d'une voix râpeuse la fit se redresser brusquement.

— Oui, bien.

Rapidement, elle rangea le pot sur la tablette. Se tournant de moitié, elle gesticula vers la chambre à coucher.

— Venez au lit, alors.

Le regard de Richard s'attacha à sa main quand il se leva.

— Un instant.

Il lui prit la main et examina la rougeur vive. Il jura, lui jeta un regard noir et la tira de nouveau vers la tablette.

— Où est le baume ?

— Ça ira, pour mes mains.

— Ha ! ha !

Catriona fronça les sourcils quand il s'empara du pot.

— Qu'est-il arrivé à votre anatomie brûlante ?

— Je peux souffrir quelques minutes de plus. Tendez vos mains.

Coincée entre lui et la porte, elle dut obéir.

— C'est tout à fait inutile.

Il la regarda brièvement.

— Toutes les guérisseuses sont censées être de terribles patientes.

Elle s'indigna, mais elle retint sa langue, étonnée de découvrir comme le baume rafraîchissait et apaisait sa chair brûlée. Elle examina ses paumes pendant qu'il remettait le pot sur la tablette. La main gauche de Richard apparut ; il saisit son poignet droit et la tira en avant. Elle avança et leva la tête — et se cogna le nez sur son dos.

— Que…

Pour toute réponse, il serra son avant-bras droit sous son propre bras droit — comme dans un étau. Elle poussa sur son dos ; c'était comme pousser une montagne.

— Que faites-vous ?

En prononçant ces mots, elle sentit le contact doux de la gaze ; elle tourna vivement la tête et fouilla la tablette du regard — le rouleau de bandage qu'elle y gardait manquait.

— Richard !

Elle tenta de se tortiller et n'accomplit rien. La gaze s'enroula régulièrement autour de sa main. Elle lança un regard mauvais à son dos.

— Arrêtez !

Il n'obéit pas. Il était étonnamment adroit ; quand il libéra sa main, elle se retrouva à fixer un bandage parfaitement soigné, attaché par un nœud serré. Il tendit la main vers son autre main…

— Non !

Elle recula en dansant, la cachant derrière elle.

— Oui !

Il s'avança.

— C'est *moi*, la guérisseuse !

— Vous êtes une sorcière têtue.

Il était impossible à arrêter ; malgré ses protestations, en dépit de sa résistance active, sa main gauche fut elle aussi soigneusement recouverte de gaze, de sorte que ses doigts furent enfermés ensemble et que seuls les bouts dépassaient. Vaincue, elle fixa une main gantée, puis l'autre.

— Que… Comment…

— Vous n'avez rien à faire jusqu'au matin ; cela donnera le temps au baume de bien pénétrer.

Elle plissa les paupières dans sa direction.

— Approchez. Vous avez des cendres dans les cheveux.

Il la tira jusqu'au tabouret ; résignée, elle se laissa choir dessus et fixa les flammes pendant que, debout derrière elle, il retirait les épingles, fouillant dans la masse emmêlée qu'était devenue sa chevelure pour les trouver. Il secoua les longues tresses, puis il alla chercher sa brosse sur sa coiffeuse et commença à brosser ses cheveux.

— Remerciez Dieu — ou la Dame — qu'il n'y ait pas de mèches brûlées ou roussies. Ce n'est pas grâce à vous, par contre.

Catriona resta sagement silencieuse et se concentra sur le tiraillement de la brosse dans ses longs cheveux, sur le rythme apaisant et répétitif. Les flammes dans l'âtre brûlaient vivement ; elle ferma les yeux et sentit leur chaleur sur ses paupières, sur ses seins nus. Avec lui derrière elle et le feu en face, elle se sentait en sécurité et réchauffée. Ses sens s'étendirent, sûrs et calmes ; autour d'elle, son monde s'était stabilisé.

— Je ne m'attendais pas à ce que vous reveniez — j'ai cru que je rêvais quand vous êtes apparu dans la cour.

Elle émit cette déclaration calmement, le laissant réagir comme il l'entendait.

Les yeux sur la flamme dorée de sa chevelure, ondulant et luisant sous chaque coup de brosse, Richard respira lentement, puis il répondit :

— J'étais arrivé à Carlisle. Nous y avons passé la nuit et j'ai décidé que j'avais commis une erreur. Je ne voulais pas aller à Londres ; je ne l'ai jamais voulu.

Il n'y avait rien au sud de la frontière pour lui maintenant. Il marqua une pause, puis continua à brosser.

— Et si j'avais eu besoin d'une incitation, découvrir ce matin les manigances de Dougal Douglas en aurait été une.

— Douglas ?

— Hum. Il vit près de là et il se trouvait en ville quand j'y suis arrivé. Il a interrogé les valets d'écurie, puis il a commis l'erreur d'aborder Jessup tard ce soir-là au pub. Jessup m'a rapporté ses questions ce matin.

— Et cela vous a ramené ici ?

Lèvres pressées, Richard retint son envie impulsive d'acquiescer. Après trois longs coups, il réussit à dire la vérité.

— J'avais déjà décidé de rentrer, mais l'idée que Douglas savait que j'avais quitté le val, vous laissant, selon lui, livrée à vous-même, m'a fait louer un cheval et partir. J'ai laissé Worboys et Jessup me suivre avec le carrosse.

— Je ne vous ai pas entendu arriver et je ne vous ai pas vu à cheval.

— Personne d'autre non plus. Vous étiez trop absorbée par l'incendie, continua-t-il en donnant un coup supplémentaire à la mèche qu'il tenait. À courir dans un bâtiment en flammes.

Elle ne répondit pas. Il continua à brosser, retirant régulièrement des cendres minuscules de sa chevelure flamboyante. Sous la brosse, ses cheveux s'animaient dans les mains de Richard, comme un feu vivant. Un feu chaud, parfumé et doux.

— Resterez-vous ?

Il y avait des moments, décida Richard, où il n'aimait absolument pas être marié à une sorcière. À une femme qui pouvait conserver un comportement calme et serein, sans dévoiler ses véritables sentiments. Il ne savait jamais ce qu'elle ressentait vraiment. Sa question — certainement l'une des plus capitales qu'ils affrontaient — avait été posée comme la demande la plus poliment distante qui soit et totalement innocente. Ce qui, décida-t-il, après tout ce qu'ils avaient partagé, était trop difficile à accepter.

Fronçant les sourcils, il fixa l'arrière de sa tête brillante.

— *Cela* dépend de vous.

Elle s'attendait clairement à ce qu'il dorme avec elle — quand il habitait cette maison, il était toujours pour elle, visiblement son mari. Cependant, où se situaient les limites de son rôle à ses yeux ? *Voilà* quelque chose qu'il ignorait, quelque chose qu'il devait découvrir. Quelque chose dont ils devaient discuter.

Brusquement, il cessa de brosser. La saisissant par les épaules, il la tourna sur le tabouret, puis il s'accroupit devant elle afin que ses yeux se retrouvent au même niveau que les siens.

— Voulez-vous que je reste ?

Catriona scruta ses yeux — avec désespoir. Ils la regardaient posément, mais ne lui révélaient rien.

— Oui ; si vous en avez envie. Je veux dire…

Prenant une inspiration, son regard fixé sur le sien, elle continua de parler :

— Si vous aviez envie de rester, je serais contente, mais je ne veux pas que vous croyiez devoir le faire — que je *m'attends* à ce que vous restiez ici toujours… ou, ou… que vous en gardiez *rancœur*…

Elle gesticula vaguement.

Impatiemment, ses lèvres formant un trait mince, Richard secoua la tête.

— Ce n'est pas ma question, dit-il en emprisonnant son regard et en le soutenant sans pitié. *Voulez-vous* que je reste ?

Les yeux ronds, Catriona tenta un autre geste vers lui.

— Eh bien ! Nous sommes mari et femme… je pensais… c'est-à-dire, j'ai cru qu'il était habituel…

— Non !

Il ferma les yeux ; sa mâchoire se contracta. À travers des dents serrées, il dit :

— Catriona, je vous en prie, dites-moi : désirez-vous que je reste ?

Il ouvrit les yeux — son regard courroucé la cloua sur place.

Catriona lui lança un regard mauvais.

— Bien, *évidemment*, je veux que vous restiez ! cria-t-elle frénétiquement en agitant ses mains bandées. Je ne peux même pas dormir lorsque vous êtes absent ! Je me sens complètement misérable quand vous n'êtes pas dans les alentours. Et comment diable suis-je censée continuer si vous n'êtes pas ici, je l'ignore…

Elle s'interrompit alors que des larmes remplissaient ses yeux.

Richard les vit ; le souffle coincé dans sa poitrine se relâcha brusquement avec un énorme soupir de soulagement — il tendit les bras, l'attrapa et les enroula autour d'elle avant d'enfouir son visage dans sa chevelure. Et il respira profondément, inhalant le parfum qui lui avait tant manqué la nuit dernière.

— Je vais rester, alors.

Après un long moment de silence, elle renifla et se ramollit entre ses bras.

— C'est vrai ?

— Pour toujours.

Levant la tête, il repoussa délicatement les cheveux sur son visage et il l'embrassa. Longtemps et avec insistance.

— Venez au lit.

Ses paupières se relevèrent ; elle rencontra son regard.

— Au lit ?

Richard grimaça.

— Vos mains sont blessées, vous vous rappelez ?

Il se leva, la soulevant simultanément avec lui. Ce faisant, il perdit sa serviette ; ni l'un ni l'autre ne s'en souciait. Il la transporta jusqu'au lit, il l'y allongea doucement, libérant ses cheveux sous elle, les étalant sur les oreillers, puis, en tenant ses poignets afin qu'elle ne les oublie pas dans sa passion et les blesse, il se coucha sur elle.

Elle s'était calmée, mais elle s'arqua lorsqu'il poussa en elle, puis encore et elle l'accueillit. Il se positionna en elle, puis il but son doux halètement quand il se retira et poussa ensuite plus au fond. Quelques mouvements plus tard, elle se tortilla sous lui, inclinant ses hanches pour mieux le recevoir, levant les jambes et serrant ses flancs — l'accueillant en elle, le retenant sur elle. L'aimant.

Richard ralentit, se vautrant dans ce moment glorieux, dans les caresses intimes qu'elle lui prodiguait. Il pencha la tête et l'embrassa — elle l'attira profondément en elle là aussi.

Et ainsi ils s'aimèrent — lentement d'abord, puis plus vite, puis encore lentement quand l'envie irrésistible de savourer l'instant les reprit. Leurs corps changèrent de position et se ployèrent dans une danse plus ancienne que le monde, la dureté pressant sur la douceur, la peau rude râpant la peau lisse. Ils perdirent le fil du temps, du monde autour d'eux, de la nuit au-delà de leur lit. Les seules choses qui leur importaient étaient le plaisir de l'autre et les doux murmures de satisfaction qu'ils partageaient.

Et quand les étoiles tourbillonnantes s'écrasèrent enfin sur eux et les emportèrent hors du monde, ils étaient ensemble, ne formant qu'un, beaucoup plus profondément qu'avant.

Bien plus mariés qu'avant.

Richard, profondément plongé dans sa douceur, effondré sur elle, eut cette dernière pensée :

« Enfin, j'ai trouvé mon foyer. »

Plus tard, au creux de la nuit sans contraintes, fermement étreinte dans les bras de Richard et pourtant voguant sur la mer du plaisir repu, Catriona se remémora sa première vision de lui, se rappela sa faim dévorante — son désir lascif — et son envie inassouvie. Elle se souvint très bien de l'agitation dans son âme, de son besoin profondément ancré de trouver sa place. Elle pouvait, elle le savait aujourd'hui, satisfaire sa faim lascive — elle pouvait assouvir son autre besoin aussi. Et par conséquent, l'ancrer ici, à ses côtés, content de ce qu'elle pouvait lui donner.

Elle pouvait devenir sa cause, devenir le but de sa vie.

Sa première interprétation à son sujet voulant qu'il portât une blessure qui nécessitait le contact d'une guérisseuse avait été exacte. Il avait bien un profond besoin de quelque chose qu'elle pouvait lui donner — elle-même ; mais, pas seulement physiquement, il avait besoin de bien davantage. Il avait besoin d'elle précisément et ce besoin, une fois comblé, ne disparaîtrait jamais ; il ferait toujours partie de lui. Et si c'était ainsi, alors si elle donnait librement, elle n'avait aucune raison de craindre de le perdre.

Mais jusqu'à quel point comprenait-il — s'il continuait à combattre le destin — la volonté de la Dame ; ou accepterait-il ce qu'elle lui offrait.

Elle savait qu'il était encore éveillé, flottant toujours dans la chaleur des effets de leur amour. Elle respira lentement et prit son courage à deux mains.

— Pourquoi avez-vous décidé de revenir ?

La question à voix basse resta suspendue dans l'obscurité, une cloche sonnant doucement pour exiger la vérité. Richard l'entendit et réfléchit aux nombreuses réponses. Il était revenu à cause de la solitude qui avait secoué son âme quand, la nuit dernière, il avait dormi sans elle. Essayer de dormir sans elle — sans sa chaleur à côté de lui, sans ses membres soyeux le long des siens, le son de sa respiration, douce et basse, résonnant dans son cœur. Tenter de dormir sans le parfum de sa chevelure s'enfonçant dans ses sens, l'ancrant pour la nuit. Il n'avait pas dormi du tout.

Il était rentré encore plus vite après avoir entendu parler de Dougal Douglas, à cause du sentiment qui lui retournait l'estomac, le poussait à quitter Carlisle à toute vitesse.

À cause de la sombre certitude qu'il n'aurait jamais dû la quitter.

Une certitude qui s'était concrétisée quand, entrant dans la cour sous le fracas des sabots, ayant vu les flammes et la fumée à travers les arbres, il l'avait vu se précipiter... qu'il l'avait vue se précipiter dans un bâtiment en flammes. Il n'allait pas nier ce qu'il ressentait pour elle — la profondeur de ses sentiments pour elle — plus jamais. Il devrait apprendre à les accepter, à vivre avec — et elle aussi.

Pas ce soir, cependant. Ils étaient beaucoup trop fatigués pour affronter la réalité de leurs sentiments.

Il chercha donc une façon de répondre, une phrase qui engloberait la vérité.

— Je suis revenu parce que j'appartiens à cet endroit.

Tournant la tête, il déposa un doux baiser sur son front.

— Ma place est ici. Avec vous. À vos côtés.

Catriona ferma fortement les yeux — pour retenir les larmes de soulagement, de joie et de quelque chose d'autre. Cette dernière chose gonfla en elle, se déversa en elle, brillant plus vivement que l'or filé.

Sa place était ici — à ses côtés. Elle le savait — que grâce soit rendue à la Dame, il le savait aussi.

CHAPITRE 15

Malgré le feu et ses conséquences ou bien à cause de cela, ils dormirent profondément et se réveillèrent tôt, toujours serrés dans les bras l'un de l'autre. La tentation de célébrer la nuit et ses révélations était forte, mais…

— Je dois aller au cercle.

La tête reposant sur le torse de Richard, Catriona poussa sur le bras lourd déposé avec possessivité sur sa taille.

— J'aurais dû m'y rendre il y a deux matins de cela ; je dois réellement le faire aujourd'hui.

— Je vais vous accompagner.

Les mots sortirent avant que Richard ait réfléchi ; il se rectifia rapidement.

— Je vais vous escorter là-bas, si c'est permis ?

Toujours piégée sous son bras, Catriona se tortilla afin de pouvoir regarder son visage.

— Vous allez chevaucher jusque là-bas avec moi ?

Quelque peu méfiant — commettait-il un genre de faute de goût en matière de sorcellerie ? —, Richard acquiesça de la tête.

— Je vais attendre et rentrer à cheval avec vous.

Elle scruta ses yeux, examina son visage, puis son le sien se transforma, illuminé par un éclatant sourire.

— Oui, venez. J'aimerais cela.

Elle ne dit rien de plus avant de se précipiter hors du lit ; Richard la suivit, perplexe. Les sourires qu'elle n'arrêtait pas de lui jeter, même quand — particulièrement quand — elle pensait qu'il ne l'observait pas lui tiraillaient le cœur et le faisaient sourire également. Lorsqu'ils sortirent à grand bruit de sabots dans la cour, elle sur sa jument, lui sur Thunderer, elle était rayonnante de joie.

Il secoua la tête dans sa direction.

— N'importe qui croirait que j'ai offert de vous acheter des diamants et non seulement de me rendre avec vous sur votre lieu de prières.

Elle rit — un son si magnifique qu'il secoua son être —, fit claquer les talons sur les flancs de sa jument et s'élança sur la neige qui fondait.

Richard la suivit, faisant ralentir Thunderer pour qu'il reste tranquillement à côté de la monture de sa femme. Cela ne rimait à rien de se courser ; les petites foulées de la jument n'étaient pas de taille à lutter contre la puissance de Thunderer.

Ils se lancèrent plutôt contre le vent, soufflant comme l'éclair à travers le val dans le froid de l'aube presque levée, le bruit des sabots retentissant en rythme avec leurs cœurs, leurs souffles embués alors que l'euphorie les surprenait.

Atteignant l'extrémité du val, ils ralentirent ; Catriona prit la tête jusqu'à un affleurement de pierre qui formait une table naturelle à côté du cercle. Glissant en bas de sa selle, elle jeta un coup d'œil en bas dans le val. Le soleil se levait à présent dans le brouillard violet au-delà de l'entrée du val ; la ligne marquant la frontière entre la nuit et le jour, estompée par les nuages, s'avançait vers eux sans que rien ne puisse l'arrêter.

— Je dois me hâter.

Essoufflée, elle leva la tête brièvement vers lui quand il prit ses rênes, puis elle lança ses bras autour de lui, l'étreignant sauvagement avant de s'élancer vers l'entrée du cercle.

Il ne s'agissait pas d'un simple cercle d'arbres, mais d'un bosquet circulaire que la croissance avait rendu dense au fil des siècles. Les ombres à l'intérieur l'avalèrent pendant qu'elle courait sur le sentier faiblement éclairé. Richard l'observa jusqu'à ce que la lumière dansante de sa chevelure disparût, puis il attacha les chevaux et trouva un rocher confortable sur lequel se percher.

Il était assis sur un gros rocher recouvert de lichen en train de profiter du lever du soleil lorsqu'elle sortit au pas de course des arbres avec une telle joie imprégnant son visage que le simple fait de savoir que lui, avec la Dame, avait joué un rôle pour l'y amener, lui réchauffa le cœur. Souriant, il se leva et l'attrapa quand elle courut dans ses bras. Il l'étreignit, lui vola un rapide baiser, puis il la lança sur la selle de sa jument.

Ils revinrent dans le matin effleuré par les rayons du soleil, les appels des oiseaux résonnant autour d'eux, le froid se levant alors que le soleil perçait à travers les nuages et ranimait le paysage. Il y avait encore des bancs de neige dans les champs, mais le brun apparaissait à présent ; sous la neige, la terre se réveillait. Se réchauffait. Renaissait.

Pendant qu'ils chevauchaient côte à côte en accueillant le matin, Richard ne put étouffer l'impression que lui aussi avait vécu une saison noire et qu'il émergeait à présent dans la lumière.

N'étant plus pressés, ils avancèrent d'un pas tranquille autour du monticule peu élevé qui cachait le manoir à leur vue. Plissant les paupières devant le disque argenté du soleil, ils ne pouvaient pas voir les bâtiments, mais ils savaient qu'ils se trouvaient là.

— Woh.

Richard tira sur les rênes, cillant devant sa vision. Devant eux se tenaient deux des bœufs du val dans un piteux état. Les bêtes les regardèrent en clignant leurs tristes yeux bruns, puis elles se détournèrent et reprirent lentement leur progression. Fronçant les sourcils, Richard les regarda partir.

Il lui fallait commencer quelque part.

— Catriona…

— Je me demandais…

Elle s'interrompit et le regarda ; Richard réprima une grimace et lui fit signe de continuer.

Les mains croisées sur le pommeau de sa selle, elle fixa son regard en direction du manoir.

— Je me demandais…

Elle marqua une pause ; il vit ses lèvres se serrer.

— Si vous restez, les bals et les fêtes vous manqueront-ils ? demanda-t-elle en lui décochant un rapide regard. Nous n'en avons pas, vous savez.

— Je remercie le ciel — et la Dame, j'imagine — pour cela. Je me contrefiche royalement des bals et des fêtes, ajouta-t-il en réfléchissant à cette déclaration puis il haussa les sourcils. En fait, ils ne m'intéressent plus depuis des années.

Il rencontra le regard rond — vraiment songeur — de Catriona et il plissa les yeux.

— Et je me contrefiche aussi complètement des femmes incroyablement belles qui assistent à de tels événements.

Les yeux de Catriona scrutèrent les siens, puis ses lèvres formèrent un « oh » silencieux avant de se relever, très légèrement, aux extrémités.

Richard combattit une furieuse envie de les embrasser.

— Je reste, et vous pouvez oublier l'idée que je finirai par m'ennuyer. Il y a tout ce qu'il faut pour me garder occupé ici, ce qui m'amène au sujet que je veux discuter avec vous. Le bétail d'élevage.

Elle grimaça et remit sa jument lentement au pas.

— J'ai été incapable de trouver des bêtes convenables. Monsieur Potts attend — me presse de lui donner — l'autorisation formelle d'en acheter à son contact à Montrose, mais je sais que ce n'est pas la bonne option, que cela ne convient pas aux besoins du val.

Richard prit une longue inspiration.

— J'ai une suggestion.

Quand elle tourna rapidement la tête vers lui, il leva une main pour la faire taire.

— Je sais que j'ai juré de ne pas intervenir dans la façon dont vous gérez les affaires — dans votre manière de diriger le val — donc, si vous voulez procéder autrement…

Fronçant les sourcils, il marqua une pause, puis il attira son regard et prit une profonde inspiration.

— La vérité est que toute la situation concernant le bétail d'élevage a sérieusement besoin d'une révision. Le troupeau de bovins forme le cas le plus désespéré ; il lui faut un apport immédiat de bétail de bonne qualité. Cependant, vos moutons et vos brebis doivent aussi être triés pour éliminer les mauvais sujets, et les vaches laitières arrivent tout juste à satisfaire vos besoins. Vous devriez également songer à vous diversifier — des chèvres devraient bien s'adapter ici et des oies. Le val est un domaine raisonnablement grand et alors que vous avez bien réussi avec les cultures, le bétail d'élevage pourrait s'en tirer mieux.

Décidant que quitte à être puni, autant que ce fût pour quelque chose qui en valût la peine, il ajouta :

— Et vos bâtiments, vos clôtures et vos abris nécessitent des réparations et dans certains cas, un déplacement.

Elle le dévisagea, puis elle regarda devant, respira à fond et revint à lui.

— Je sais, dit Richard avant qu'elle puisse parler, j'ai promis de ne pas intervenir, alors je peux m'occuper de chaque problème avec vous en restant dans l'ombre.

Catriona plissa le front et tira sur les rênes pour arrêter sa jument.

— Ce n'est pas…

— Si vous préférez, je peux simplement rédiger une liste de mes suggestions et vous pouvez partir de là, ajouta-t-il en arrêtant Thunderer à côté d'elle. Ou bien si cela vous convient mieux, je peux discuter de chaque affaire avec McArdle et les autres et ensuite écrire aux différents négociants en votre nom et organiser des rencontres, puis vous pourriez…

— *Richard* !

Il la regarda d'un œil froid.

— Quoi ?

— Votre serment ! dit-elle en lui jetant un regard mauvais. J'ai déjà *constaté* que c'est stupide de refuser votre concours pour les affaires du val. Alors que le côté *spirituel* des choses — elle lança un bras en l'air, englobant le val et le cercle autour d'eux — et les questions de guérison doivent rester entre mes mains, j'ai *besoin* de votre aide pour le reste.

Il la dévisagea sans ciller.

— Vous avez besoin de moi ?

Catriona soutint carrément son regard.

— Après hier soir, vous avez besoin de le demander ?

Un long moment s'écoula.

— Mais vous ne vouliez *pas* que je vous aide ; je l'ai offert et vous avez dit que vous n'aviez pas besoin de mon soutien.

Catriona rougit, sa jument fit un pas de côté.

— J'ai cru, avoua-t-elle en soutenant son regard, que vous ne comptiez pas rester, que vous vous prépariez à vous en aller, ajouta-t-elle en fronçant les sourcils à ce souvenir. En fait, je me suis rendue dans la bibliothèque un matin pour vous demander de l'aide avec le bétail d'élevage et je vous ai entendu parler avec Worboys, établir des plans pour partir. C'était *avant* que vous m'offriez votre aide.

Richard plissa le front.

— Vous vous teniez derrière cette autre porte dans la bibliothèque ?

Catriona hocha la tête ; Richard grimaça.

— Worboys et ses plans.

Il lui expliqua brièvement.

Catriona se carra sur sa selle.

— Donc, vous n'avez jamais eu l'intention de partir ?

— Pas jusqu'au moment où vous avez fait en sorte qu'il me soit impossible de rester.

Se rappelant ce qu'elle lui avait fait ressentir, Richard plissa les yeux vers elle.

— Pensez-vous qu'à l'avenir, vous pourriez juste m'informer de ce qui se passe dans votre tête de sorcière *sans* essayer de deviner d'abord mes pensées ?

Catriona le regarda à son tour les yeux plissés.

— Je n'aurais pas besoin de deviner si vous m'aviez avoué ce que vous éprouviez, tout simplement, lui dit-elle en contemplant son visage. Vous êtes très doué pour dissimuler vos sentiments, même à moi.

— Hum. Je vais prendre cela comme un compliment.

— Ne le faites pas ; cela va devoir changer.

— Oh ?

Haussant les sourcils, il baissa les yeux vers elle, la défiant avec arrogance.

— En effet.

Catriona rencontra son regard, une détermination à l'état pur dans les siens. Les chevaux esquissèrent des pas de côté et piaffèrent — les rapprochant dans un mouvement de balancier. Elle leva les sourcils.

— Je vais conclure un marché avec vous. Une autre série de promesses.

Les sourcils de Richard tressaillirent, puis il grimaça.

— Faisons en sorte qu'elles soient plus claires que la dernière.

— Assurément ; en fait, ces promesses sont destinées à assurer notre compréhension mutuelle.

Richard la considéra avec un malaise croissant.

— Quelles sont-elles ?

Catriona sourit en le regardant et leva la main.

— Je jure devant la Dame qu'à partir de maintenant je vais toujours vous exprimer ma pensée directement, si vous me rendez la pareille.

Richard scruta ses yeux, son visage, puis il prit une inspiration, leva la main, posa sa paume contre sa paume et entremêla leurs doigts.

— Devant votre Dame, je vais jurer… — il hésita, puis il grimaça — d'essayer.

Catriona cligna des paupières vers lui, puis ses lèvres tressaillirent, se courbèrent et elle rejeta sa tête en arrière et rit. Un éclat après l'autre de son rire magnifique résonna ; faussement renfrogné, Richard tendit la main vers elle.

— Ce n'est pas drôle d'être naturellement réservé.

Elle cessa de rire sur un halètement quand elle atterrit sur la selle de Richard, face à lui.

— Réservé ? *Vous* ?

Alors que ses mains couraient sur son corps et se glissaient sous le bord de ses vêtements, ses yeux s'arrondirent encore plus.

— Vous ne connaissez pas la signification de ce mot.

Au cours des quelques minutes suivantes, il lui donna la preuve, et bien plus, de cette évaluation, jusqu'à ce qu'elle finit par haleter aussi catégoriquement qu'elle en était capable :

— *Richard.* Ce n'est pas possible sur un cheval.

Ce l'était, évidemment ; il le lui démontra avec un *élan* qui la laissa tremblante.

Ni l'un ni l'autre ne remarquèrent le rai de lumière soudain dans l'horizon lustré par le soleil — le reflet de la lunette d'approche du manoir alors qu'elle était abaissée et refermée brusquement.

À la clôture près des écuries, Algaria était debout, observant les deux silhouettes collées ensemble sur le dos de l'étalon gris. Puis le visage plus froid que la glace, elle pivota et rentra dans la maison.

Cet après-midi-là, Richard rédigea une demande de renseignements détaillée pour monsieur Scroggs d'Hexham, décrivant la race, l'âge, le sexe et le nombre de bêtes qu'il souhaitait acheter au nom de sa cliente non identifiée. Cette lettre était facile — il savait exactement comment son père ou Devil auraient formulé une telle missive. En ne précisant pas l'identité de l'acheteur ultime, il ne laissait aucun fait à l'éleveur pour avancer des hypothèses et aucune raison de gonfler ses prix.

Dans la lettre, il inclut une note à l'attention de Heathcote Montague lui demandant de transmettre la lettre. Richard scella le paquet et le mit de côté. S'emparant d'une feuille vierge, il se prépara à écrire une missive plus compliquée — une lettre à monsieur Potts. Cette lettre lui prit deux heures et cinq feuilles, et le résultat s'avéra un courrier bref d'une seule page. Il sourit en le relisant. Après avoir peiné pour découvrir le bon ton, la bonne façon dont il voulait se représenter lui-même, il avait finalement décidé d'aborder l'exercice comme s'il était le champion de Catriona, son protecteur, son bras droit. À savoir, son époux. *Elle* était la dame, mais c'était avec lui qu'on traitait pour le bœuf.

Fier de son œuvre, il se leva et alla la lui montrer.

Il la trouva comme toujours dans son bureau, absorbée par une collection de listes et de cartes géographiques détaillées. Elle leva la tête à son entrée et sourit — chaleureusement, d'un air accueillant. Richard lui sourit. Il agita la lettre devant elle.

— Pour votre approbation.

— Approbation ?

Elle le regarda fugitivement, puis elle prit la lettre et lui jeta un coup d'œil.

— Qui ? Oh ; Potts.

Lisant attentivement la lettre, son expression impassible s'adoucit pour devenir amusée, presque joyeuse. Atteignant la fin, elle gloussa et leva la tête vers Richard.

— C'est parfait ! s'exclama-t-elle en lui tendant une feuille. Tenez ; j'ai reçu ceci avec le paquet du jour.

Richard prit la lettre en question et la lut rapidement — elle émanait de Potts.

— Il se montre de plus en plus insistant, soupira-t-elle avec soulagement. Je l'avais mise de côté pour en discuter avec vous plus tard, mais la vérité est que je dois faire affaire avec Potts pour notre blé. Il est depuis toujours notre acheteur le plus actif et le plus fiable. Le décommander pour le bétail d'élevage, parce que son prix est élevé, lui rapportant ainsi une bonne commission, me met dans l'embarras.

— Cessez de vous inquiéter.

Tout en la regardant, Richard entendit l'ordre dans sa voix, mais il ne fit rien pour l'atténuer. Peut-être était-ce parce qu'elle ne tentait plus de lui cacher ses sentiments, mais il pouvait voir maintenant — et sentir — à quel point elle s'était fait du souci à propos du bétail d'élevage. Il savait que lui-même était réservé, mais avec son voile ensorcelant de sérénité apparente, elle était tout exactement comme lui. Elle leva un sourire vers lui ; il fut soulagé de noter que les nuages avaient disparu de ses yeux.

— J'ai… à présent, je peux laisser tout cela entre vos mains, lui dit-elle en inclinant la tête. Avez-vous des sources ou des achats précis en tête ?

Richard hésita, puis il sourit avec charme.

— Pas encore, mentit-il.

Il allait la surprendre — il lui était soudain venu à l'esprit qu'elle avait porté les problèmes du val sur ses frêles épaules depuis plus de six ans.

Il était temps pour elle de recevoir une ou deux surprises agréables. Comme un cadeau de noces inhabituel — un dont elle ne pourrait pas demander le prix et n'aurait donc pas à se soucier de savoir comment le val pourrait se l'offrir.

Souriant toujours, il reprit d'un petit coup sec sa missive à monsieur Potts entre les doigts de Catriona.

— Je vais déposer cela avec le courrier.

Il sortit de la pièce d'un pas tranquille, la laissant à la rotation de ses cultures, absolument certain que sa Dame allait, sinon précisément approuver, du moins fermer les yeux sur des mensonges nés d'une bonne intention.

Le lendemain, Richard fut occupé dehors, indiquant les positions des grands abris pour le bétail, celui dans le val, ainsi qu'un autre pour le troupeau. Avec Irons, Henderson et McAlvie, le gardien du troupeau — excité au point de devenir volubile, il enfonça de petits pieux dans le sol dur comme la glace, esquissant les contours des bâtiments, puis il procéda ensuite à marquer une série de cours, d'enclos et de passages entièrement reliés aux bâtiments.

— Je vois, je vois.

McAlvie hocha sèchement la tête.

— Nous pouvons les faire entrer ici, puis sortir par là à volonté et sans mélanger les groupes.

— Et nous n'aurons pas besoin de les rassembler tous d'un même côté non plus, remarqua Irons.

— C'est l'idée.

S'accordant une courte pause sur la pente s'élevant vers la maison, Richard baissa la tête sur leur œuvre.

— Ceci nous permettra de faire entrer le troupeau rapidement ; les bêtes ne s'affaibliront pas aussi sérieusement que maintenant si elles sont correctement protégées. Et nous pourrons aussi les faire sortir dès que la neige fondra. Nous pourrons les garder dans les cours jusqu'à ce qu'il y ait suffisamment de nouvelles pousses dans les prés.

— Ce qui signifie qu'elles seront plus faciles à nourrir et cela préservera les pâturages du broutage hâtif, ajouta Henderson en hochant la tête pour approuver d'un air sévère. Sage.

— Nous allons installer des barrières aussi, dit Richard, les guidant de nouveau en bas de la pente jusqu'aux champs de leur projet, de sorte qu'une fois à l'intérieur, vous serez capables de les faire sortir dans n'importe quelle cour donnant accès aux champs où vous voulez les voir courir.

Ils lui emboîtaient le pas avec enthousiasme, l'expression de McAlvie exprimant le bonheur pur.

Dans les jours qui suivirent, la nouvelle grange pour le bétail devint le centre de l'intérêt du val. Tous les ouvriers agricoles et les travailleurs du manoir se lancèrent dans sa construction avec une ardeur qui ne fit que croître avec elle — alors que sa réalisation dévoilait ses possibilités. Des personnes d'autres fermes passèrent à l'improviste — et restèrent pour aider. Les enfants, évidemment, grouillaient partout, allant chercher des clous, des outils, donnant leur avis sans qu'on leur demande. Malgré le sol dur et la difficulté d'enfoncer les fondations, la grange s'élevait rapidement.

— Ooooh !

Les yeux de McAlvie brillaient alors qu'il passait en revue le long loft courant sur toute la longueur de la grange.

— Nous allons pouvoir les nourrir simplement en poussant les moitiés de balles par-dessus le bord et dans les box en dessous.

— Pas cette année, répondit Richard de façon caustique en lui tendant un marteau et en le dirigeant vers une entretoise attendant d'être fixée. Bâtissons-la d'abord et mettons le troupeau à l'abri *avant* de commencer à rêver.

Les murs des extrémités de la grange principale s'élevèrent lentement, des roches et des cailloux remplissant les charpentes en bois. Entre-temps, les longs murs latéraux, des lattes de bois sur un cadre complexe en bois laissant la place pour des portes, des barrières, des volets et des passages prirent forme. Le son des coups de marteau résonnait dans le val ; le sentiment partagé d'un objectif commun augmentait chaque jour. Finalement, chaque homme contribua à quelque chose — enfonça au moins un clou —, même le vieux McArdle qui avait clopiné jusqu'en bas pour admirer le projet et n'avait pas pu résister.

Une distraction partagée dans une saison habituellement marquée par l'inactivité, les hommes, habitués au travail dehors, accueillirent de tout leur cœur l'occasion de s'activer et s'y plongèrent avec bonheur. « Mieux qu'les échecs », fut l'opinion générale.

Les femmes finirent par venir voir ce qui se passait.

— Miséricorde ! s'exclama madame Broom. Le bétail ne se reconnaîtra pas.

Cook toussota.

— Les bêtes auront des idées de grandeur que ça ne m'étonnerait pas.

Catriona descendit tard dans l'après-midi, juste avant que la lumière disparaisse. Algaria, habillée comme d'habitude entièrement de noir, avança sans bruit dans son sillage.

— Par ici, maîtresse.

Avec de grands moulinets du bras, McAlvie lui fit faire le tour des nouveaux quartiers de son troupeau.

— Je me dis que s'ils passent des hivers comme ça, ils reprendront leur poids d'été en quelques semaines au lieu de quelques mois.

Hochant la tête, Catriona pivota doucement, prenant la mesure de la grandeur de la structure — plus vaste qu'elle l'avait supposé.

— Combien de bêtes contiendra-t-elle ?

— Oh, elle accueillera le nombre que nous avons en ce moment très facilement.

— Hum.

Découvrant la barrière devant elle, Catriona l'ouvrit.

— À quoi servent-elles ?

— Elles serviront à diriger les occupants, répondit Richard en arrivant lentement à sa hauteur.

S'emparant de la main de sa femme, il la guida jusqu'à une échelle appuyée sur le bord du grenier.

— Montez quelques barreaux et vous verrez mieux la disposition.

Catriona grimpa et il expliqua le flot de la circulation à travers la grange.

— Comme c'est utile.

Baissant les yeux, elle lui sourit.

Richard leva les bras et la souleva pour la déposer au sol.

— Être utile, voilà ce que je fais de mieux.

Elle sourit et lui pressa la main ; ensemble, ils marchèrent lentement jusqu'aux portes principales. Le laissant sur place avec un sourire insistant et une promesse dans les yeux, Catriona rentra à la maison.

Algaria la suivit en traînant les pieds.

Catriona s'arrêta devant la clôture de la cour des écuries et regarda derrière elle à la structure pratique que son époux avait conçue à partir de matériaux et d'énergie en dormance dans le val. Un doux sourire courba ses lèvres alors qu'elle se détournait et avançait sur les pavés.

Algaria, dans son dos, se racla la gorge avec dégoût.

— Des absurdités à la dernière mode !

Comme il arrivait souvent, l'hiver refusait de céder son autorité sans un dernier gel. Il tomba littéralement du jour au lendemain, une tempête qui laissa des mètres de neige sur le val, suivi d'une vague de froid qui gela tout en place.

La grange du bétail, bien que loin d'être terminée, était assez avancée pour abriter le troupeau actuel. McAlvie, prévenu la veille par Catriona et par les articulations douloureuses de Cook, avait envoyé ses ouvriers agricoles dans tous les coins du val pour ramener le troupeau.

Tout le monde, à la fois du manoir et des fermes, avait été là pour voir le troupeau, les bêtes amaigries, aux longs poils hirsutes, arriver d'un pas... s'amener d'un pas lourd et chaloupé, beuglant et meuglant, jusqu'au manoir. Ensuite, McAlvie et ses hommes avaient dirigé les animaux en bas de la pente jusque dans leurs nouveaux quartiers ; ils y étaient entrés volontiers, avançant en file par la porte principale, les têtes levées, les yeux ronds. Ceux qui observaient avaient attendu, attentifs à tout signe de problème ; au lieu de cela, ils n'entendirent qu'un murmure de meuglements de satisfaction.

Cela s'était passé la veille ; aujourd'hui, debout à côté de la clôture de la cour des écuries, Catriona baissait les yeux sur la grange recouverte de neige. Le son de contentement s'élevait encore du bâtiment. Le troupeau était en sécurité et au chaud ; elle pouvait voir des traces de pas profondément enfoncées dans la neige menant à la grange et elle devina que les hommes de McAlvie étaient déjà sortis pour le nourrir.

Se tournant, elle regarda la scène dans la cour derrière elle. Irons était responsable de l'équipe chargée de dégager la pompe de la neige et de la glace. Richard s'activait quelque part dans les alentours ; elle pouvait l'entendre donner des ordres pour que l'on balaie un peu de neige des toits de la forge et de deux autres granges plus petites. La chute avait été importante ; d'après ce qu'elle pouvait voir, certains avant-toits couraient le risque de craquer sous le poids.

Tous les enfants avaient été strictement confinés à l'intérieur de la maison ; Catriona pouvait voir des nez pressés contre les vitres des fenêtres de la salle des trophées de chasse. Elle était cependant d'accord avec cet ordre — de temps à autre, alors que les hommes travaillaient à dégager les avant-toits, une petite avalanche se déclenchait.

Même sa présence à elle n'était que tolérée. Cela était évident d'après le pli sur le front de Richard quand il contourna la grange et la vit. Il avança vers elle à grandes enjambées.

— Je suis certain que vous devez avoir de meilleures choses à faire que vous geler votre petit derrière de sorcière ici.

Catriona sourit.

— Je vais rentrer dans une minute. Je me demandais seulement... — elle jeta un coup d'œil à la salle des trophées — comment récompenser les enfants au mieux. Ils ont été tellement gentils, aidant avec la grange, parmi d'autres choses.

Richard fronça les sourcils devant les fenêtres embuées.

— Pourquoi ne leur dites-vous pas que s'ils réussissent à *rester* gentils jusqu'à la fin du déjeuner, je vais leur donner une nouvelle leçon d'équitation ?

Catriona ouvrit de grands yeux.

— C'est vrai ?

Richard plissa les yeux en la contemplant.

— D'autres ordres m'dame ?

Catriona gloussa. Agrippant son manteau, elle s'étira, lui embrassa la joue, puis les lèvres furtivement ; ensuite, souriant avec sérénité, elle serra ses châles autour d'elle et se dirigea vers la maison.

Richard la regarda partir — observa ses hanches osciller d'une manière provocante pendant qu'elle marchait sur la neige. Puis, il prit une profonde inspiration, arracha son esprit de l'endroit où il s'était aventuré et retourna à sa tâche — celle d'être son bras droit.

À l'heure du déjeuner, il avait tout fini ; les avant-toits avaient été vérifiés, ceux qui couraient un risque avaient été balayés, le cheptel avait été compté et ne courait aucun danger, les sentiers menant aux bâtiments avaient été dégagés.

Traversant le vestibule en route vers l'étage pour aller se changer, il entendit Catriona l'appeler. Elle se trouvait dans son bureau, assise à sa place avec McArdle et un homme à l'air sévère qu'il identifia comme Melchett. Catriona leva la tête lorsqu'il entra et elle sourit, mais une inquiétude se tapissait dans ses yeux.

— Nous discutions du calendrier agricole, lui expliqua-t-elle en désignant de la main les papiers et les cartes géographiques étalés sur son bureau. Nous nous demandions si vous aviez des suggestions à nous donner.

Qui, nous ?

Conscient d'une certaine tension dans l'air, Richard fronça les sourcils et baissa les yeux sur les listes et les emplacements des champs.

— J'imagine, dit-il, que vous le savez mieux que moi.

— Nous nous disions qu'en voyant comment vous aviez tant fait pour le bétail, vous pourriez avoir quelques conseils, par exemple pour les cultures.

Melchett étudia Richard sans ciller.

Richard lui rendit son regard, puis il en décocha un à McArdle avant de le reporter sur les cartes.

— Si vous m'aviez demandé mon avis sur les cultures et les rotations dans le Cambridgeshire, j'aurais pu vous citer mes références. Mais ici ? Il y a trop de variables dans les différentes parties du pays pour réaliser des comparaisons faciles. Ce que nous faisons pousser dans le sud ne réussirait pas aussi bien ici. Le bétail d'élevage, c'est différent ; les principes d'une bonne gestion de cheptel sont les mêmes partout.

— Mais vous devez avoir quelques idées, insista Melchett. Certains principes, selon vos termes.

Résistant à l'envie de plisser les yeux et de remettre cet homme fermement à sa place au nom de Catriona, Richard endossa instinctivement son rôle de protecteur de sa femme, celui de son champion.

— La seule véritable mesure d'efficacité dans la culture maraîchère et fruitière est le rendement par acre. Si vous aviez ces chiffres, dit-il tout en regardant McArdle et en haussant les sourcils, je pourrais vous dire si vous vous en sortez bien ou si vous avez besoin de faire quelque chose de plus.

— Les rendements, les rendements.

McArdle feuilleta des pages dans un énorme registre usé déposé sur la table devant lui.

— Les voici, s'exclama-t-il en tournant le registre de l'autre côté afin que Richard puisse le lire. Pour les cinq dernières années.

Richard regarda et relut. Il s'était attendu à voir de bons chiffres — Jamie lui avait dit que le val était fertile et qu'il fournissait un bon rendement. Cependant, ce qui dansait devant ses yeux était des chiffres de production constamment plus élevés de cinquante pour cent que la meilleure norme. Et il avait grandi sur certaines des terres offrant les rendements les plus hauts en Angleterre. Il le leur dit — d'une voix teintée d'admiration.

— Ces chiffres sont sans conteste les meilleurs que je n'ai jamais vus.

Il rendit le volume à McArdle qui souriait largement à présent. Richard jeta un coup d'œil à Melchett.

— Peu importe ce que vous faites, je vous recommande fortement de continuer.

— Oh ! Ouais... si c'est ainsi que vont les choses..., fit le gros homme en se redressant.

Richard se releva et adressa un sourire à Catriona.

— Je vais vous laisser à vos affaires.

Se détournant, il ajouta :

— En passant, rappelez-moi de m'assurer que mon frère et mon cousin Vane auront une occasion de vous interroger lorsque nous nous rencontrerons.

De la porte, Richard attira le regard de Catriona.

— Ils auront très envie d'apprendre les secrets de votre réussite en agriculture.

Sur ce, il les quitta, Catriona avec les yeux ronds, McArdle affichant un grand sourire et Melchett dans une humeur beaucoup plus humble.

— Catriona.

En passant par la cuisine pour se rendre à la grange afin de surveiller la leçon d'équitation des enfants, Catriona s'arrêta et pivota pour faire face à Algaria, qui l'avait suivie dans le couloir.

— Corby vient juste d'arriver, dit-elle avec un geste gracieux vers le vestibule. Il dit que la neige a fait craquer des branches sur au moins cinq arbres du verger. Veux-tu que je lui dise de tailler ces branches et de sceller les cicatrices comme d'habitude ?

Catriona ouvrit la bouche pour acquiescer, puis elle hésita.

— Corby restera bien pour la nuit, non ?

— Oui.

— Bien, répondit Catriona en souriant. Je vais discuter de cette affaire avec Richard ; dis à Corby que nous lui parlerons ce soir.

Sur son majestueux hochement de tête coutumier, elle pivota vivement ; pressée de se joindre au plaisir dans la grande grange, elle se hâta de traverser les cuisines, le sourire rayonnant, le bonheur illuminant ses yeux.

Derrière elle, Algaria se tenait debout, silencieusement réservée, son regard noir fixé sur Catriona pendant qu'elle s'en allait en vitesse. Sa fureur étouffée vibrait autour d'elle, une colère que d'autres pouvaient sentir ; le personnel de la cuisine se tint à une distance respectueuse avec méfiance. Respirant lentement, Algaria se redressa, dompta sa colère et, les lèvres serrées, pivota et quitta les cuisines.

Laissant Cook pétrir sa pâte en soupirant et en secouant la tête.

— Merci.

Catriona déposa un baiser chaleureux sur les lèvres de Richard à l'instant où il s'installa à côté d'elle dans leur vaste lit.

— C'était pour quoi, ça ?

— Pour vos paroles gentilles à propos des rendements des cultures.

— Gentilles ?

Richard s'étrangla de rire et lutta pour l'amener par-dessus lui, assise droite, à califourchon sur ses hanches.

— Les Cynster ne connaissent pas de mots gentils quand il s'agit de terre. C'était la vérité. Vos rendements sont absolument renversants, lui dit-il tout en déboutonnant sa chemise de nuit. Et j'étais parfaitement sérieux à propos de Devil et de Vane voulant vous parler. Ils le feront. Ils seront excessivement contents que je vous aie épousée.

— Vraiment ?

— Hum.

Fronçant les sourcils, Richard lutta avec le minuscule bouton sur sa gorge.

— Ils gèrent tous les deux beaucoup d'acres. Dans le cas de Devil, étant dans le Cambridgeshire, c'est surtout des cultures maraîchères, mais Vane cultive dans le Kent du houblon, des fruits et des noix, en majorité.

— Hum.

L'étrange son, exprimant une découverte étonnée, amena Richard à regarder son visage.

— Hum, quoi ?

Elle reporta son attention sur lui.

— Eh bien, j'avais imaginé votre frère et vos cousins comme « des hommes du monde », plus intéressés par l'évaluation des profils féminins que par celle des profils des terres agricoles.

— Ah, eh bien…

Richard fit sauter le bouton localisé entre ses seins.

— Je ne dirais pas que les Cynster ne perdent jamais complètement leur intérêt envers les profils féminins.

Il dégagea le bouton suivant et ne put imaginer qu'il en allât autrement.

— La terre, par contre, constitue notre autre obsession ; tout aussi constante.

Le regard distrait, Catriona réfléchit à cela. Elle ouvrit les lèvres pour poser une question — Richard détourna son attention en ouvrant sa chemise de nuit. Il souleva largement les pans, la dénudant sous ses yeux, mais les laissant draper sur ses épaules. Les mains sur ses bras pour maintenir son équilibre, elle regarda en bas — une violente sensation de nudité la submergea, plus forte, plus excitante que si elle avait été entièrement nue. Sa peau rougit et elle picota partout. Même sur son dos et son derrière, le derrière de ses cuisses, tous encore recouverts de la fine batiste de sa chemise de nuit.

Cependant, elle était nue pour lui, complètement nue, totalement délurée, baignée dans la lumière des deux bougies qu'il avait laissées brûler, une sur chacune des tables de nuit. Son regard se délecta ; elle le sentit la balayer — sur sa gorge, sur les renflements mûrs de ses seins, devenant plus lourds jour après jour. Ses mamelons se plissèrent fortement ; les lèvres de Richard se courbèrent, d'un air trop entendu, puis il continua son examen attentif sans se presser, survolant son estomac, ferme et tremblant, les bouclettes brillantes entre ses cuisses largement écartées — qui tremblèrent encore plus quand la chaleur de son regard la toucha.

Refermant ses mains autour de sa taille, Richard la retint là, délicieusement exhibée devant lui pendant qu'il méditait sur son prochain geste. Il n'était pas pressé ; il savait, très bien, ce que sa position actuelle — assise à califourchon sur lui, exhibée, exposée devant lui — faisait éprouver à sa sorcière.

Elle fondait, s'échauffait — juste derrière ses bouclettes enflammées, elle était ouverte et vulnérable, ses genoux maintenus largement écartés.

Il était loin d'être lui-même immunisé. Il pouvait sentir la pression soyeuse de l'intérieur de ses cuisses nues se pressant de chaque côté de ses hanches, il pouvait sentir le poids tiède réchauffer son bas-ventre. Un centimètre derrière les globes fermes de son derrière, il était douloureusement rigide.

Puis, il se souvint. Se tournant, il regarda la table de nuit ; tendant la main, il attrapa la poignée du tiroir, il tira pour l'ouvrir, puis il plongea les doigts à l'intérieur.

— Worboys a trouvé ceci dans la poche de l'un de mes manteaux.

Il sortit le collier de sa mère, la chaîne en or finement ouvré parsemée de pierres rondes roses en forme de rose. Le pendentif d'améthyste sortit enfin du tiroir, se balançant lourdement au bout de la chaîne. Richard tint le collier dans ses deux mains, le secouant délicatement pour libérer le pendentif — et pendant une minute d'extravagance, il songea à s'en servir pour l'aimer. Il songea à le placer — le lourd cristal légèrement bulbeux avec ses bords lisses, les nombreuses pierres rondes mélangées, chacune avec un certain poids — à l'intérieur d'elle, à le glisser dans son fourreau chaud, pierre après pierre, chacune attirant le cristal plus large, plus lourd plus au fond, chacune faisant pression sur ses douces surfaces internes, à attirer le collier à l'extérieur, puis à le pousser dedans jusqu'à ce qu'elle crie, jusqu'à ce qu'elle tremble.

C'était une vision attirante ; qu'il mit de côté, pour plus tard. Après qu'il aurait réfléchi à toutes les possibilités, après avoir élaboré son idée pleinement, après avoir fait des plans pour extraire jusqu'au dernier bout de sensualité de l'objet. *Ensuite*, il lui en reparlerait. Mais, il était inutile de se précipiter, de rater quoi que ce soit. Il avait toute sa vie pour l'exciter.

Son sourire de Cynster lui courbant les lèvres, il leva la tête et rencontra le grand regard de Catriona.

— Pour vous.

Soulevant les bras, il fit passer le collier par sa tête, puis il releva doucement ses cheveux.

— Un cadeau de noces tardif.

Il l'avait taquinée en suggérant de lui offrir des diamants — il était assez riche pour cela et plus encore, mais… dans son cœur, il savait que les diamants ne signifieraient rien pour elle en ce moment. Toutefois, elle avait été fascinée par l'unique vision qu'elle avait eue du collier de sa mère — elle allait, il le sentait, l'aimer bien plus que tout autre parure.

Il avait parfaitement raison. Les yeux ronds et les lèvres entrouvertes, Catriona fixa le bijou alors qu'il se posait sur la peau douce de sa poitrine, puis le lourd pendentif lorsqu'il se nicha dans la vallée entre ses seins comme si c'était sa place.

C'était peut-être le cas.

De nombreuses fois, elle avait été frappée de silence devant les voies de la Dame.

Elle savait que ses yeux brillaient, que son visage rayonnait quand elle prit avec précaution le pendentif entre ses doigts et le souleva pour examiner les minuscules inscriptions gravées.

— Savez-vous ce que c'est ?

Ses mots étaient chuchotés, teintés d'admiration.

Elle sentit le regard de Richard sur son visage, pressentit qu'il était intrigué par sa réaction. En fin de compte, tirant sur la dernière mèche de cheveux pour la libérer de la chaîne, il répondit :

— C'est le collier de ma mère ; à présent le vôtre.

Catriona prit une énorme inspiration — des mots plus véridiques, il n'aurait pas pu en prononcer ; on aurait dit que la Dame s'était servie de lui pour exprimer sa décision.

— C'est un collier de disciple ; les gravures l'attestent. Elles sont identiques à celles sur mon cristal, engageant la personne qui le porte à prêter allégeance à la Dame et à ses enseignements. Mais *ce* collier vient d'une disciple très haut gradée ; plus que moi ou que toute autre dame du val auparavant.

Elle dut s'interrompre, lutter pour conserver son calme ; son cœur donnait l'impression de vouloir exploser de joie pure. Elle s'humecta les lèvres.

— Ce collier est beaucoup plus ancien que le mien.

— Je savais qu'il était différent, mais similaire.

Tendant la main vers l'autre table, Richard prit le collier de Catriona, qu'elle laissait là toutes les nuits, puis il le leva entre eux.

— Je pensais que c'était le même, mais avec les pierres inversées.

Catriona le regarda, puis inspira à fond et hocha la tête ; il participait à cela, il était son époux. Elle pouvait lui révéler les faits.

— En apparence, évidemment, il l'est. Cependant, il y a une signification plus profonde, lui expliqua-t-elle en attrapant le pendentif de son propre collier. Ceci est un quartz rose, qui signifie l'amour et celles-ci sont des améthystes — elle pointa les pierres rondes violettes enchâssées dans la chaîne — qui signifient l'intelligence. Donc, dans cet arrangement, les pierres signifient que l'intelligence motive l'amour, le quartz rose se trouvant au centre. Cependant — marquant une pause, elle se lécha les lèvres et reporta son regard sur le collier reposant à présent sur sa peau —, voici comment cela devrait être — était auparavant — avant que la réserve de cristaux d'améthyste assez gros et d'assez bonne qualité pour servir de cristaux centraux ne s'épuise.

— Donc, fronçant légèrement les sourcils, Richard suivit sa ligne de pensées, ce collier — il posa les doigts sur le collier appuyé sur sa chair et il fut étonné de sentir à quel point il était chaud — signifie l'intelligence motivée par l'amour ?

Catriona acquiesça d'un signe de tête.

— C'était la signification originale. C'est le message de la Dame, celui que chaque disciple doit comprendre et apprendre à vivre selon ce principe. L'amour est la force principale — la force motrice — derrière tout ; tous les actes intelligents devraient être régis et motivés par l'amour.

Après un moment de pause, Richard modifia sa position et mit le propre collier de Catriona de côté, puis il s'installa de nouveau sous elle, examinant son expression captivée. À l'évidence, il n'aurait pas pu lui offrir un cadeau plus significatif. Mais…

— Comment votre mère est-elle entrée en possession d'un tel collier ?

Catriona leva la tête et rencontra son regard.

— Elle devait elle aussi être une disciple.

Quand Richard haussa les sourcils, elle hocha la tête.

— C'est possible. Elle venait des Basses-Terres d'Écosse où il y avait de nombreuses fidèles de la Dame. Il se peut qu'elle ait été une descendante de l'une des plus anciennes lignées de disciples — c'est ce que suggère le collier —, mais qu'elle n'ait reçu aucune formation ou bien qu'elle ait été formée, mais qu'on l'ait obligée à épouser Seamus.

Richard s'allongea sur les oreillers et dévisagea son ensorcelante femme, fixa intensément ses yeux verts. Et il se demanda…

Les yeux de Catriona s'arrondirent légèrement.

— Les voies de la Dame s'avèrent souvent complexes et à long terme, trop élaborées pour que nous puissions les comprendre.

Lentement, son regard se posa d'une manière hypnotique sur le sien et elle se pencha en avant.

— Arrêtez d'y penser.

L'ordre tendre, imposé par une envie compulsive sous-jacente, tomba de ses lèvres ; l'instant suivant, elles touchèrent celles de Richard dans un baiser douloureusement doux. Richard frissonna intérieurement et suivit son exemple alors qu'elle déployait ses artifices ensorcelants et les entraînait tous les deux dans un désir vertigineux, plus avant dans la chaleur entre eux, tournoyant vers le ciel.

Il l'accompagnait quand elle changeait de position, se levait et le poussait profondément dans la chaleur bouleversante de son corps, dans le fourneau né de son besoin. Il se souleva avec elle pendant qu'elle le chevauchait, délicieusement pressée, sans ruse et avec un abandon non dissimulé. Repoussant délicatement sa chemise de nuit, il referma ses mains autour de ses hanches, puis il se pencha en avant et attira un mamelon gonflé dans sa bouche. Il le lapa — et reçut un cri étouffé en récompense.

Il se mit en devoir de se régaler de sa générosité, s'arrêtant de temps à autre pour contempler leurs corps qui fusionnaient, pour s'émerveiller, sensuellement hébété, alors qu'il regardait le collier de sa mère ornant à présent la peau rosie de sa femme.

Ensuite, le feu de Catriona atteignit son point d'inflammabilité et il explosa ; elle s'accrocha au sommet, son visage submergé par la sensation, puis sur un long et doux sanglot de joie, elle s'effondra sur lui.

Fourrant son visage dans sa chevelure, il l'étreignit, ancra ses hanches sur lui et s'enfonça dans sa douceur en fusion, une fois, deux fois et encore, savourant jusqu'à la moelle le sentiment de complétude qui était toujours le sien quand il s'enfouissait en elle.

Entre eux, enfermé dans la vallée entre ses seins et écrasé contre le torse de Richard, reposait le pendentif de sa mère, vibrant avec une force qui était chaude, néanmoins qui ne devait rien à la flamme du feu.

Fermant les yeux, la joue dure contre la chevelure flamboyante de sa femme, Richard inspira avec difficulté et laissa la sensation l'emporter. Exactement comme le collier de sa mère avait toujours été destiné à se retrouver ici, à résider avec sa gentille sorcière dans le val, lui, aussi, l'unique enfant de sa mère était destiné à trouver sa maison, son havre de paix, son salut, ici.

Dans les bras de sa sorcière.

En elle.

Avec un long gémissement tremblant, il s'abandonna à son destin.

— Maître !

Richard pivota brusquement pour voir un des ouvriers de la ferme à l'entrée du val traverser à la hâte la cour des écuries.

— Qu'y a-t-il, Kimpton ?

L'homme s'arrêta devant lui et mit brièvement la main sur sa casquette en guise de salutation.

— Vous nous avez demandé de rapporter tout ce qui clochait, monsieur.

— C'est vrai. Qu'est-ce qui ne va pas ?

— La barrière dans le clos sud, lui répondit l'homme en regardant Richard droit dans les yeux. C'est qu'y était bien attachée hier soir quand j'ai fait ma tournée, mais qu'était grande ouverte ce matin quand mon plus jeune est allé de c'côté.

Le regard de Richard devint attentif.

— L'a-t-il refermée ?

— Ouais, m'sieur, affirma l'homme en hochant la tête. Et j'ai vérifié aussi. Y a rien qui va pas avec le loquet.

Richard sourit.

— Très bien. Attendons de voir ce qui va se passer.

Sir Olwyn Glean arriva juste après le déjeuner.

Il lança son chapeau avec rudesse à Henderson et fonça droit vers le bureau de Catriona.

Il commença à se déchaîner à l'instant où il ouvrit la porte à la volée.

— Mademoiselle Hennessy ! Je dois réellement m'insurger…

— À qui parlez-vous, monsieur ?

Les notes de froideur dans la voix de Catriona stoppèrent net sir Olwyn ; il s'efforça un instant de respirer, puis il prit une énorme inspiration. Et il hocha la tête dans une tentative tardive de politesse.

— Madame Cynster.

Après ses activités de ce matin-là, sans parler des matins précédents, Catriona était convaincue de mériter pleinement ce titre. Majestueusement, elle inclina la tête et croisa les mains sur son registre.

— À quoi dois-je votre visite, monsieur ?

— Comme toujours, déclara sir Olwyn en se délectant, à votre bétail ! Le laisser s'éparpiller dans les alentours à fouiller à deux ou trois par champ pour trouver de la nourriture tout au long de l'hiver signifie que votre surveillance des bêtes est inefficace. Les loquets des clôtures se brisent ou ne tiennent plus aussi bien, et ensuite, que se passe-t-il ?

— Je n'en ai aucune idée — Catriona le regarda sereinement —, mais peu importe ce que c'est, si l'affaire concerne le cheptel du val, vous devriez parler à mon mari.

Elle agita la main vers la porte.

— Il est responsable des troupeaux.

— Grand bien lui fasse, rétorqua sir Olwyn, alors qu'il est à Londres.

— Oh, non, sir Olwyn, je suis beaucoup plus proche que cela.

Sir Olwyn sursauta et pivota vivement. Juste derrière lui, Richard souriait courtoisement, personnifiant jusqu'au bout des ongles un loup sur le point de prendre une grosse bouchée d'un chien errant.

Catriona lutta vaillamment pour conserver un visage neutre ; elle s'étouffa presque en ravalant un gloussement. Quant à McArdle, il baissa les yeux sur le registre fermé et ne leva plus la tête. Les bouts de ses oreilles, par contre, rougirent de plus en plus.

Continuant gracieusement à avancer dans la pièce, Richard dit d'une voix traînante :

— Qu'y a-t-il à propos du bétail du val ?

Le visage rouge, sir Olwyn bredouilla sur un ton agressif :

— Le bétail du val s'est égaré dans mes choux et a détruit la récolte.

— Vraiment ? répliqua Richard en haussant davantage les sourcils. Et quand cela s'est-il produit ?

— Tôt ce matin.

— Ah.

Richard se tourna vers Henderson, qui se tenait dans l'embrasure de la porte.

— Va chercher McAlvie, Henderson.

— Oui, monsieur.

McAlvie avait dû être déjà là en train d'attendre, car il fut de retour avec Henderson avant que le silence dans le bureau ne s'éternise.

Richard accueillit le gardien du troupeau en souriant.

— Ah, McAlvie. Nous manque-t-il des bêtes ce matin ?

McAlvie secoua sa tête hirsute.

— Non, monsieur.

— Comment le saurais-tu ? intervint sir Olwyn avec dédain. Le bétail du val vagabonde tout le temps, particulièrement en hiver.

— P' t'être avant, déclara McAlvie, toutes ces autres fois où nous avons payé pour vos choux. Ouais, et votre maïs. Mais plus maintenant.

Sir Olwyn lui jeta un regard mauvais.

— Que veux-tu dire, plus maintenant ?

— Exactement cela, sir Olwyn.

Délibérément, Richard attira son regard.

— *Plus* maintenant, ajouta-t-il en souriant. Nous avons mis en place une nouvelle procédure pour nous occuper de notre cheptel pendant l'hiver. Nous avons une grange neuve ; le troupeau en entier a été confiné dedans depuis la dernière tempête de neige, de sorte que si une bête s'était échappée, les traces de pas seraient faciles à voir. Mais, ce n'est pas le cas.

Richard sourit encore.

— Pas de traces. Si vous souhaitez accompagner McAlvie, je suis certain qu'il sera heureux de compter le troupeau avec vous et vous faire visiter nos plus récentes installations.

Sir Olwyn se contenta de le dévisager.

— Cependant, continua Richard de sa voix traînante, pour répondre à votre plainte, j'ai bien peur que si des bêtes ont endommagé vos choux, il dût s'agir des vôtres.

Le débat intérieur de sir Olwyn transpirait dans son apparence — son visage était marbré, des veines saillaient sur son front. Il réussit à ne pas lancer un regard noir, mais de justesse. Fulminant visiblement, mais arrivant tout juste à ne pas trop le montrer, il pivota sur ses talons, arracha son chapeau à Henderson, s'apprêta à se l'enfoncer sur le crâne et se souvint à temps de saluer brièvement Catriona de la tête.

Puis, il s'obligea à faire un signe d'intelligence très raide à Richard.

— Excusez-moi, gronda-t-il.

Puis, il sortit à grand bruit.

Henderson se précipita derrière lui pour ouvrir et fermer la porte d'entrée. Revenant dans le bureau, il déclara d'un ton bourru :

— Bon débarras, voilà ce que je dis !

Tordu de rire, aucun des autres ne put parler.

Catriona arriva tôt dans la salle à manger ce soir-là. Se glissant à sa place à la table principale, elle regarda pendant que sa maisonnée — ses gens — entrait en file et trouvait sa place, bavardant et riant, les visages rayonnants et souriants.

Le manoir avait de tout temps été un endroit paisible, sûr et stable ; elle était habituée au sentiment de sérénité calme qui avait toujours jeté son voile réconfortant sur cette pièce. La sérénité était encore là, mais, dernièrement, un autre élément avait été ajouté. Une certaine vigueur, une joie de vivre, une confiance enthousiaste à voir ce que le lendemain offrirait.

C'était, très certainement, une qualité masculine, devant quelque chose à la force assurée, à l'expérience et à l'énergie pure. Parfois, elle jetait presque des étincelles de vitalité rude. Pour ses sens exacerbés, expérimentés, cette nouvelle force se fondait dans la sérénité, fusionnait avec elle — principalement grâce à elle ; le résultat était une maisonnée plus joyeusement vivante, plus heureuse et satisfaite dans sa paix que jamais auparavant.

Elle savait de qui émanait cette nouvelle force ; elle ne pouvait faire autrement que se demander s'il avait conscience d'en être responsable. À cette pensée, il entra, s'arrêtant pour bavarder avec Irons et deux des hommes de McAlvie.

Ses cheveux noirs sous la lumière des bougies, son visage tellement plus dur, plus anguleux que n'importe quel autre en vue, sa grande silhouette un amalgame de force et de grâce si énergiques qu'il jetait de l'ombre sur tous les autres mâles, il était au centre de son attention, de son esprit, de son cœur.

L'objet de son amour.

Elle leva une main et toucha les cristaux jumeaux qui voyageaient entre ses seins pendant la journée. Le soir, elle portait uniquement le plus ancien — elle ne s'en séparerait jamais. Il faisait à présent partie d'elle, comme le destin en avait décidé.

Souriant sereinement, elle détacha son regard de Richard. Jetant un coup d'œil autour d'elle, elle fit signe à une domestique.

— Hilda, va dans notre chambre à coucher et assure-toi que le feu est bien alimenté.

Afin que l'air soit chaud quand ils se retireraient dans leur lit.

La domestique, assez âgée pour lire entre les lignes, sourit grandement.

— Ouais, m'dame ; je vais m'assurer que c'est tout un brasier.

Les yeux pétillants, elle se hâta de partir.

Catriona sourit. Juste un autre petit détail dont devaient s'occuper les femmes mariées. Réprimant un grand sourire, elle se retourna pour passer ses gens en revue — et profiter du spectacle de son mari parmi eux.

CHAPITRE 16

Catriona fut en retard pour le petit-déjeuner le lendemain matin, mais pas aussi tard qu'elle en avait pris l'habitude ces derniers temps. Bien que les demandes de Richard n'aient pas le moins du monde diminué, elle se sentait moins vidée, moins épuisée après les avoir satisfaites. Elle commençait peut-être à s'accoutumer à ce type de réveil.

Peu importe, son énergie était à un niveau élevé alors qu'elle descendait l'escalier, les pieds légers, le cœur léger. Souriant joyeusement, elle entra gracieusement dans la salle à manger, promenant un visage épanoui sur tous ceux qui étaient en vue. À la table principale sur l'estrade, Richard baissait la tête sur son assiette. Son cœur vogua sur une vague de joie pure ; Catriona contourna la table et alla prendre place à côté de lui.

Il sentit sa présence et tenta de se tourner vers elle — il essaya de redresser le dos, de relever la tête et de la regarder.

Catriona ralentit ; horrifiée, elle embrassa ses traits relâchés, la pâleur de sa peau.

Voûté, ses lourdes paupières tombant sur ses yeux bleus, il fit un effort héroïque pour lever le bras vers elle.

Il s'écrasa sur sa chaise.

Avec un cri peiné, Catriona se lança à genoux à côté de lui. Autour d'eux, des cris et des exclamations résonnèrent ; des chaises raclèrent le sol alors que tout le monde se relevait.

Cherchant désespérément un pouls sur sa gorge, Catriona entendit à peine.

Puis, Worboys se fraya un chemin et se mit lourdement à genoux sur l'autre flanc de Richard.

— *Monsieur* !

La douleur dans son cri trouva un écho dans le cœur de Catriona.

— Il est encore en vie.

Une panique comme elle n'en avait jamais connu s'était resserrée comme un étau sur ses poumons. Inspirant le peu d'air qu'elle pouvait, elle encadra le visage de Richard entre ses mains ; avec ses pouces, elle poussa sur ses paupières pour les ouvrir.

Elles se soulevèrent, juste assez pour confirmer ses pires craintes. Il était drogué — fortement drogué.

Elle sentit qu'il rassemblait ses forces — il cilla et la regarda directement, ses yeux centrés par la seule force de sa volonté. Puis, avec un effort encore plus immense, il tourna la tête vers Worboys.

— Va chercher Devil, demanda-t-il en léchant ses lèvres sèches. *Immédiatement* !

— Oui, bien sûr, monsieur. Mais…

Les mots de Worboys s'estompèrent alors que Richard, avec un effort si intense qu'il était pénible à regarder, tourna la tête jusqu'à ce qu'une fois de plus, il contemplât Catriona. La mâchoire se contractant, il leva une main, les doigts tendus vers elle, vers son visage…

Un spasme lui déformait les traits ; il émit un halètement étouffé et ses paupières retombèrent.

Sa main tomba aussi ; sa tête roula sur le côté.

Il s'était évanoui.

Seuls les battements lents de son cœur sous sa paume empêchèrent Catriona de gémir. D'autres s'en chargèrent, croyant au pire — elle les fit taire de quelques mots.

— Il vit encore. Vite, du vin ! Ensuite, je vais devoir l'amener dans notre lit.

Cette première nuit n'allait pas être la pire — Catriona le savait. La vie de Richard tenait à un fil — un fil qui s'effilochait régulièrement. Seul le fait qu'elle avait été là, sur place quand le poison avait commencé à faire effet, l'avait sauvé — si elle était arrivée cinq minutes plus tard, il aurait été trop tard.

Respirant avec difficulté, elle enroula ses bras autour d'elle et continua à faire lentement les cent pas à côté du lit. Il aurait fait plus chaud devant le feu, mais elle n'osait pas s'éloigner autant. Elle avait besoin de rester proche, de faire ce qu'elle pouvait rapidement quand le temps viendrait. Il n'était pas encore arrivé, mais bientôt, bientôt…

Dehors, le vent hurlait et gémissait ; elle luttait pour ne pas l'imiter. Elle avait fait tout ce qu'elle pouvait jusqu'à présent.

Avant de les laisser le déplacer, elle avait fait couler deux verres du vin léger du matin dans sa gorge avant que son instinct d'avaler le quitte. Tout au long de la journée jusqu'à la nuit, elle l'avait minutieusement amené à boire des liquides. De l'eau à l'ail, de l'eau au miel et du lait de chèvre épicé aux graines de moutarde — tous les remèdes habituels. Ses efforts avaient suffi à le tenir en vie jusqu'à présent, mais ce n'était que le début de son combat.

Cette fois, son destin reposait complètement entre les mains de la Dame.

Elle pria donc et marcha de long en large et patienta — elle attendait la crise qui devait venir, elle le savait.

Et elle essaya de ne pas réfléchir aux autres crises qui se dessinaient indistinctement à l'horizon — celles à affronter une fois qu'il serait revenu à lui.

L'idée qu'il croyait qu'elle l'avait drogué encore, cette fois avec une intention mortelle, la blessait au-delà de toute description, mais elle ne pouvait pas interpréter autrement ses mouvements, ses paroles au cours de ces instants avant qu'il perdît connaissance. Il l'avait regardée si étrangement, si intensément, si volontairement, puis il avait demandé à Worboys d'aller chercher son frère immédiatement. Ensuite, il avait essayé de la pointer du doigt.

Que la douleur qui avait traversé son visage soit provoquée par la drogue ou par la blessure causée par sa prétendue trahison, elle n'arrivait pas à en décider.

Cependant… inspirant péniblement une grande bouffée d'air, elle pressa fermement les lèvres ensemble ; chassant ses jupes de son chemin d'un coup de pied, elle continua à arpenter la pièce. Elle n'allait pas laisser la folie passagère de Richard la démoraliser. Elle n'allait pas gaspiller son temps, disperser ses énergies sur ses sentiments de blessure morale ou d'insulte envers elle — il pouvait mourir si elle ne donnait pas le meilleur d'elle-même. Si elle ne restait pas au maximum de sa force. Il pouvait mourir quand même.

Repoussant violemment cette pensée, elle se répéta à elle-même sa décision sur la manière la plus efficace de gérer l'effondrement mental de son mari. Une fois qu'il aurait repris ses esprits, elle se contenterait de lui rappeler son serment — et elle l'obligerait à lui parler et elle-même lui parlerait. Et elle continuerait à parler jusqu'à ce qu'elle ait rectifié sa pensée égarée. C'était, évidemment, absurde d'imaginer qu'elle l'avait empoisonné — personne d'autre dans la maisonnée, pas même Worboys, ne croyait cela.

Cependant, Richard était le seul à savoir qu'elle l'avait déjà drogué — elle pouvait comprendre que pendant ce moment d'étourdissement quand la drogue s'était efforcée de lui arracher son esprit, il avait pu se rappeler ce fait et avoir extrapolé sans réfléchir davantage.

Elle pouvait lui pardonner —, mais elle n'allait pas accepter de laisser son ancien méfait se combiner au brouillard provoqué par la drogue et élever un mur entre eux.

Elle parlerait jusqu'à ce que ce mur tombe.

Il y avait, par contre, un obstacle se dessinant sur son chemin — très probablement un obstacle imposant ; du moins, elle s'imaginait que son frère serait imposant. Imposant et énergique.

Puissant. Habitué à être obéi, à voir ses ordres réalisés.

Grimaçant, Catriona pivota et contourna le lit au pas, simplement pour changer de décor. De perspective.

Elle n'était pas certaine d'avoir bien agi en encourageant Worboys à transmettre l'ordre de Richard et à convoquer son frère le duc. À ce moment-là, elle était d'avis qu'elle n'avait rien à cacher, qu'il n'y avait aucune raison de ne pas affronter l'inquisition. Malheureusement, elle n'avait pas pensé à ce qui pourrait se produire si le frère de Richard — un homme connu de tous sous le nom de Devil et vraisemblablement une puissante source d'autorité — insistait pour retirer Richard de sous sa garde. Décrétait que Richard, toujours sans connaissance, serait mieux soigné à Londres.

Pouvait-elle refuser, en serait-elle capable ?

S'il était emporté ailleurs avant qu'elle puisse s'assurer qu'il comprenne qu'elle ne l'avait pas empoisonné, l'occasion lui serait-elle donnée plus tard de lui faire entendre raison — reviendrait-il s'il croyait, pour n'importe quelles raisons tordues, qu'elle était à l'origine de l'empoisonnement ?

Cette pensée tournait sans cesse dans sa tête pendant qu'elle arpentait la pièce. Et ne rimait à rien. Elle ne pouvait pas, en fait, se concentrer sur cette question, trop écrasée qu'elle était par la perspective que Richard soit emmené et privé de ses soins.

S'il l'était, il pourrait ne pas vivre.

Et elle doutait de pouvoir expliquer cela à son frère ou à quiconque n'étant pas familier avec les voies de la Dame.

Soupirant, elle s'arrêta et tendit la main pour prendre le poignet de Richard. Son pouls était encore régulier, bien que beaucoup trop faible. Une fois encore, elle révisa mentalement son traitement, chercha des moyens qu'elle n'avait pas encore essayés. Elle avait toutefois fait tout ce qu'elle pouvait — sans connaître le poison précis avec certitude, elle ne pouvait pas risquer de faire plus.

Évidemment, elle savait qui l'avait empoisonné, mais la coupable n'était plus au manoir, dans le val, pour qu'elle puisse la questionner. Il semblait qu'Algaria avait glissé la substance toxique — un poison auquel elle et Catriona seulement avaient accès — dans la tasse de Richard, puis qu'elle était partie tout de suite, soi-disant pour se rendre à son propre cottage, ce qu'elle faisait parfois, mais jamais sans en informer d'abord Catriona.

Le fait qu'Algaria n'ait pas attendu de pouvoir évaluer l'effet de sa potion suggérait qu'elle n'avait pas douté de sa réussite. Réprimant un frisson, Catriona reprit sa marche sans but et considéra les trois poisons possibles — la ciguë, la jusquiame noire et l'aconit. Tous étaient mortels, mais le dernier était le plus difficile à traiter. Elle ne pouvait pas, par contre, négliger la possibilité qu'elle ait utilisé un mélange, de sorte qu'elle avait dû combiner des remèdes pour les trois.

Elle savait que cela ne suffirait pas.

Ce qui expliquait sa présence à côté du lit, la raison pour laquelle elle serait toujours là, chaque minute jusqu'à son réveil. Jusqu'à ce qu'elle soit convaincue qu'il allait s'en sortir. Elle devait être là pour l'ancrer dans ce monde si nécessaire, si son lien avec lui s'affaiblissait trop. Elle n'avait jamais fait une telle chose auparavant, mais elle était au courant de la région qu'elle surnommait mentalement « ni ici ni là ». Cette région où la vie cessait d'avoir un sens, le seuil entre le monde véritable et l'autre.

Elle s'était tenue sur ce seuil une fois auparavant, la nuit suivant la mort de ses parents. Sa mère lui était apparue dans son sommeil : il n'y avait qu'un pas à franchir pour passer de cet état de rêve à ce qu'elle appelait « ni ici ni là ». Étant morte dans les bras d'un homme qu'elle avait profondément aimé et qui l'avait aimée en retour, sa mère n'avait pas eu de véritable raison de s'attarder ; elle était restée uniquement pour lui dire adieu.

Elle connaissait donc le chemin menant à cette région, savait qu'elle était froide avec des bancs de brouillard gris glaciaux et tourbillonnants, dangereuse en ce sens qu'elle ne présentait aucune réalité à laquelle les sens humains pouvaient s'accrocher. Quiconque y pénétrait devait se fier seulement à ses autres sens, et son lien avec qui que ce soit d'autre dans ce vide resterait fidèle que s'il existait une relation très forte entre les deux âmes — comme une mère et son enfant ou bien un mari et une femme, liés par l'amour.

Si le lien n'existait pas, alors en essayant d'atteindre Richard et de le retenir à la vie, elle risquerait de se perdre elle-même.

Elle s'en fichait — s'il mourait, la vie ne vaudrait plus la peine d'être vécue, mais elle devrait vivre quand même, sans lui. Cette pensée lui raidissait l'échine à coup sûr, enflammait sa détermination. Elle ne le perdrait pas. Et ne se perdrait pas non plus. Il lui faudrait avoir assez de foi pour eux deux — croire qu'il avait besoin d'elle autant qu'à son amour pour lui.

La première épreuve survint pendant les premières veilles du matin alors que sa respiration ralentit et qu'il glissa dans la grisaille. À genoux à côté du lit, Catriona prit une profonde inspiration et ferma résolument les yeux. Un poing serré autour des pendentifs jumeaux entre ses seins, l'autre tenant la main de Richard, elle le suivit dans le vide au-delà du monde.

Il était là, aveugle et faible toutefois, impuissant comme un chaton né la veille ; doucement, elle le fit pivoter et le ramena à la maison.

Au cours des jours et des nuits suivantes, elle lutta à ses côtés, pénétrant encore et encore dans le néant gris pour le guider sur le chemin du retour, pour lui donner sa force, sa vie afin qu'il puisse lui-même continuer à vivre.

L'effort l'épuisa. Elle aurait bien aimé la présence d'Algaria à ses côtés, mais cela était impossible, évidemment. Autour d'eux, le manoir était plongé dans le silence, feutré ; elle avait pourtant conscience d'un flot apaisant et régulier de soutien, de prières et de souhaits pour sa santé et celle de Richard. Sans lui, la vie continuait, mais c'était comme si, avec son retrait de leur monde, le sentiment aigu d'exister qu'il avait amené avait hiberné.

Madame Broom, tout comme McArdle, apportait à Catriona à manger et à boire ; Worboys offrait une assistance constante et étonnamment utile. Il connaissait la gravité de l'état de son maître ; néanmoins, après ce premier instant de faiblesse, c'est lui qui était resté le plus fidèle à sa conviction que Richard allait bientôt retrouver complètement sa vigueur.

— Ils sont invincibles, tous, dit Worboys pour la rassurer quand elle commenta sa confiance indéfectible.

Il avait poursuivi en lui relatant les succès des Cynster à Waterloo. Cela l'avait réconfortée et lui avait redonné de l'espoir, ce pour quoi elle lui sut gré. Cependant, elle était seule à savoir quelles forces dangereuses avaient été lâchées contre lui — quel puissant poison il avait ingurgité — et elle était la seule à pouvoir le guérir et le retenir solidement dans ce monde.

Catriona se réveilla le troisième matin de leur calvaire avec un soubresaut écœurant. Elle s'était endormie à genoux à côté du lit, les bras allongés sur Richard. Elle se redressa brusquement. Le cœur dans la gorge, elle fixa le visage de Richard. Son teint était celui d'une personne vivante, pâle, mais encore avec elle ; elle ne recommença à respirer qu'après avoir vu son torse se soulever superficiellement, puis s'abaisser. Avec un immense soupir de soulagement, elle retomba lentement sur ses genoux. Il ne lui avait pas échappé pendant son sommeil. Rendant grâce à la Dame, elle se leva avec difficulté en grimaçant alors que des muscles contractés protestaient. Elle boitilla jusqu'à une chaise proche et s'affaissa dessus, le regard fixé sur Richard.

Il était encore sous l'emprise du poison ; il avait encore besoin d'elle pour l'ancrer.

Catriona soupira, puis se leva péniblement et clopina jusqu'à la cloche pour sonner une domestique. Elle allait devoir partager ses tours de garde avec d'autres, des personnes à qui elle pouvait se fier, en qui elle pouvait avoir confiance pour l'appeler la prochaine fois qu'il commencerait à s'en aller.

Elle ne pouvait pas courir le risque de s'endormir et le laisser encore une fois sans surveillance.

Grâce à madame Broom et à Cook, elle dormit toute la nuit suivante — ce qui était aussi bien, car le matin lui apporta un défi qu'elle ne s'était pas attendue à affronter avant encore au moins quelques jours.

— Comment diable sont-ils arrivés si vite ?

Debout à côté de McArdle sur les marches devant le manoir, elle regardait l'énorme carrosse de voyage tiré par six puissants chevaux noirs rouler à travers le parc. Elle n'avait pas besoin de voir les armoiries dorées sur les portes du véhicule pour deviner qui leur rendait visite.

— Y ont dû circuler pendant la nuit ; impossible d'être ici maintenant autrement.

Les notes bourrues dans la voix de McArdle contenaient une trace d'approbation.

— Y doit être vraiment attaché à son frère.

Cela était la fâcheuse conclusion de Catriona — traiter avec le frère de Richard se dessinait comme un combat et elle ignorait si elle avait la force de le gagner. Réprimant une envie pressante de serrer ses pendentifs, elle se redressa ; rassemblant jusqu'à la dernière goutte de son énergie épuisée, elle leva le menton et se prépara à rencontrer son beau-frère.

Dans les faits, elle allait d'abord faire la connaissance de sa belle-sœur. Une grande et imposante silhouette déroula ses longues jambes et descendit du carrosse à l'instant où il s'arrêta, mais après un regard circulaire sur la cour, l'homme resta sur place et se retourna pour aider une dame à sortir du carrosse — il dut la soulever, car à l'évidence, elle n'allait pas attendre que le marchepied soit installé.

À l'instant où ses pieds touchèrent les pavés, elle s'avança d'un pas gracieux, le regard fixé sur Catriona. La dame était vêtue avec sévérité, mais élégance, d'une cape chaude en laine sur une robe de voyage d'un brun riche, ses cheveux châtains s'échappant d'un chignon simple. Elle était plus grande que Catriona ; ses traits étaient beaux et dans une expression réservée. Son regard était franc, l'ensemble de sa posture annonçait qu'elle était une femme habituée à commander. Catriona s'arma de courage quand la femme baissa les yeux, levant ses ourlets alors qu'elle négociait les marches. Atteignant le sommet, elle lâcha ses jupes et regarda Catriona droit dans les yeux.

— Ma pauvre chérie.

L'instant suivant, Catriona fut enveloppée d'une étreinte parfumée.

— Comme c'est épouvantable pour vous ! Vous devez nous laisser vous aider de toutes les manières possibles.

Libérée, Catriona essaya de calmer sa tête qui tournait.

— Est-ce votre intendant ?

La dame — vraisemblablement Honoria, duchesse de St-Ives — sourit avec gentillesse à McArdle.

— Oui, réussit à répliquer Catriona. McArdle.

— Je suis ravi, Votre Seigneurie.

McArdle tenta de plier son échine prise d'arthrite pour exécuter une révérence de l'ampleur requise — Honoria posa une main sur son bras.

— Oh, non, ne vous donnez pas cette peine. Nous sommes de la famille, après tout.

McArdle lui décocha un regard reconnaissant.

— Si vous n'y voyez pas d'inconvénient, ma chérie ?

La voix grave et grondante fit pivoter brusquement la duchesse.

— Oui, bien sûr, répondit-elle en regardant Catriona et en désignant de la main la présence qui l'avait suivie en haut de l'escalier

— Mon cher Sylvester. Devil, pour nous tous.

Brandissant son calme devant elle comme un bouclier, Catriona se tourna, un sourire accueillant sur les lèvres ; elle dut réprimer son envie impulsive de reculer d'un grand pas. Elle était habituée à Richard et à sa propension à surplomber les autres — Devil était pire : pire de cinq centimètres.

Elle cligna des yeux devant un visage dur qui ressemblait tellement à celui de Richard que son cœur s'arrêta, puis elle le regarda dans les yeux, d'un vert lumineux très dissemblable au bleu ardent de Richard. Par sa couleur. La position de ses traits rudes, jusque-là sévère, s'adoucit. Quand il sourit, elle vit la ressemblance réapparaître : dans le jeu des lèvres, dans cette lueur dans les yeux dont on devait se méfier. Ils étaient, très clairement, similaires à bien des égards. Elle cilla encore.

— Ah...

Malgré sa sobriété, son sourire contenait une trace du démon qu'il devait être.

— C'est un plaisir de vous rencontrer, ma chère. Je pensais que Richard devait mentir ; mais non.

Avec une grâce naturelle, il emprisonna sa main, il déposa un baiser sur le bout de ses doigts, puis, son autre bras s'étant envolé autour de ses épaules, il pencha la tête et effleura sa joue d'un baiser parfaitement chaste et étrangement rassurant.

— Bienvenue dans la famille.

Catriona fixa ses yeux.

— Mer... merci.

Elle cilla et regarda Honoria — qui attendait d'attirer son regard.

— Ne vous laissez pas troubler par cela ; ils sont tous ainsi.

Repoussant impérieusement son mari d'un geste, elle passa son bras sous celui de Catriona et la fit pivoter vers la porte.

— À l'évidence, mon bon à rien de beau-frère est encore en vie, sinon vous ne nous accueilleriez pas aussi calmement.

— En effet.

Se retrouvant dans son propre vestibule, Catriona présenta rapidement Henderson et madame Broom. Elle saisit cette occasion pour trouver et renforcer son habituelle sérénité pendant que ses parents dominateurs se délestaient de leurs manteaux.

— Madame Broom a préparé une chambre pour vous ; j'ai bien peur que vous ne découvriez que la maison n'est pas tout à fait ce à quoi vous êtes habitués. Elle est bien plus petite, évidemment, et nous respectons beaucoup moins les formalités.

— Oh, parfait.

Tendant ses gants à madame Broom, Honoria leva la tête et sourit.

— J'ai bien peur que les Cynster ne soient pas très favorables aux formalités au sein de la famille. Et en ce qui concerne le fait que ceci — avec un gracieux geste de la main, elle désigna la demeure autour d'eux — ne soit pas ce à quoi nous sommes habitués, vous devez vous rappeler que je n'étais qu'une humble gouvernante il y a à peine un an de cela.

Catriona cilla.

— Vraiment ?

Honoria contempla son étonnement.

— Richard ne vous l'a pas dit ?

Secouant la tête, elle reprit le bras de Catriona ; ensemble, elles se tournèrent vers les marches.

— C'est bien un homme ; il ne raconte jamais les choses importantes. Je vais devoir vous mettre au courant.

Derrière elles, là où Devil avançait d'un pas félin dans leur sillage, Catriona entendit :

— Humble gouvernante ? *Humble* ? Vous n'avez jamais été humble de votre vie.

Malgré ses malheurs, les lèvres de Catriona tressaillirent de plaisir ; elle ne put s'empêcher de jeter un coup d'œil à Honoria. Qui agita la main dédaigneusement.

— Ne vous occupez pas de lui ; il est le pire de tous.

Ils s'arrêtèrent au pied de l'escalier ; reprenant son sérieux, Catriona retira son bras à Honoria et se retourna pour se placer en face d'eux.

— Comme Worboys vous en a informé, Richard a été empoisonné ; avec quoi, précisément, je l'ignore, mais je lui ai administré des soins généraux et…

Sa voix trembla ; elle s'interrompit et prit une inspiration. Levant le menton, elle fixa son regard sur les yeux verts de Devil.

— Je veux que vous sachiez que je n'ai rien à voir avec cela ; je n'ai *pas* empoisonné Richard.

Ils l'observèrent tous les deux, la contemplèrent, leurs expressions neutres, leurs yeux pétillants d'intelligence. Puis, juste au moment où Catriona allait reprendre la parole — pour briser le silence — Devil tendit la main, prit la sienne et la tapota.

— Ne vous inquiétez pas, nous sommes ici pour vous aider. À l'évidence, vous êtes épuisée.

— L'avez-vous soignée toute seule ?

Le ton de la question d'Honoria exigeait une réponse.

— Eh bien, je… jusqu'à hier.

— Hum ! En fin de compte, c'est bien que nous ayons presque poussé à bout les chevaux pour arriver ici. Un membre de la famille sur un lit de malade, c'est très suffisant.

Reprenant le bras de Catriona, Honoria entreprit de monter les marches.

— Maintenant, montrez-nous où il est, ensuite vous pourrez nous dire ce qui doit être fait.

Entraînée dans l'escalier par une force irrésistible, Catriona réussit tout juste à calmer sa tête qui tournait. Elle s'était attendue à être blâmée, certainement à une raideur réservée, à au moins un peu de méfiance à son égard ; au lieu de cela, elle sentait seulement de ses nouveaux parents une vague chaleureuse de sympathie et de soutien. Elle les guida jusqu'à la chambre dans la tourelle où Richard était allongé, droit et immobile sur le lit.

Debout au pied du lit, les yeux fixés sur le visage de Richard, elle attendit pendant qu'Honoria et Devil saluaient Worboys, qui était en train de veiller son maître. Ensuite, ils la rejoignirent et ensemble ils regardèrent Richard.

— Il respire encore librement et son pouls est stable, mais il n'a pas repris connaissance depuis qu'il s'est effondré.

Catriona perçut la fatigue dans sa propre voix et sentit, encore, la main de Devil glisser autour de la sienne. Il lui pressa doucement les doigts, dans un geste réconfortant. Elle sentit le regard compatissant d'Honoria sur son visage, puis les regards échangés par-dessus sa tête.

— Je vais m'asseoir avec lui pendant quelques heures.

Devil relâcha sa main.

— Peut-être, dit Honoria, pourriez-vous me montrer notre chambre ?

Elle ne voulait pas vraiment laisser Richard, mais… Catriona se serra fermement les doigts et leva les yeux sur le visage de Devil.

— Si sa respiration commence à ralentir ou s'affaiblit, vous devez me promettre de m'appeler immédiatement. C'est important, ajouta-t-elle, les yeux fixés sur les siens pour renforcer cette idée. Il me faudra peut-être…

Elle gesticula vaguement. Devil hocha la tête et regarda le lit.

— J'enverrai Worboys ou quelqu'un d'autre au moindre signe.

Puis, il regarda en arrière, un léger sourire courbant ses longues lèvres.

— Toutefois, s'il n'est pas déjà mort, il y a de grandes chances qu'il ne mourra pas.

Son regard s'égara sur Honoria, l'expression dans ses yeux s'intensifia.

— Il y a pas mal de gens qui vous diront que les Cynster mènent des vies bénies des dieux.

Son regard réconfortant revint sur son visage pendant qu'Honoria toussotait pour s'indigner.

— En effet ! Croyez-moi, dit-elle en détournant gentiment Catriona du lit, cela ne sert pas à grand-chose de s'inquiéter pour eux, même si évidemment, nous le faisons.

Elle entraîna Catriona vers la porte.

— À présent, venez me montrer où je peux me laver ; j'ai passé tellement d'heures dans ce carrosse que j'ai cessé de les compter.

Dix minutes plus tard, calée dans un fauteuil à oreilles dans la chambre que madame Broom avait préparée pour le couple ducal, Catriona savait que, loin de prendre soin de ses invités, elle était plutôt prise en charge par eux. Elle était trop fatiguée pour résister et ils s'y prenaient si bien, si aisément. Ils lui permettaient si facilement de s'arrêter pour un moment seulement, de cesser de réfléchir pour exister, tout simplement. Elle avait besoin de se reposer — alors elle accepta, laissa le flot constant du récit descriptif d'Honoria de leur voyage vers le nord ruisseler sur elle et attendit que son invitée ait terminé ses ablutions. Ceci fait, comme elle s'y était attendue, Honoria se cala gracieusement dans le fauteuil à côté d'elle, elle se pencha en avant et lui prit les mains.

— Maintenant, dites-moi : pourquoi allions-nous selon vous nous imaginer que vous aviez quelque chose à voir avec l'empoisonnement de Richard ?

Rencontrant les yeux bleu tendre d'Honoria, Catriona hésita, puis elle soupira et ferma les yeux.

— J'ai un tantinet devancé les choses.

Ouvrant les yeux, elle regarda Honoria.

— Voyez-vous, je pense que Richard croit que je l'ai empoisonné ; cela pourrait être ce qu'il croira lorsqu'il se réveillera. J'essayais de vous préparer à cela, de tenter de vous assurer qu'il avait tort.

— Eh bien, très évidemment, il a tort, mais pourquoi est-ce qu'il penserait une telle chose ?

Catriona grimaça.

— Probablement parce que je l'ai déjà drogué une fois.

— Vraiment ?

Honoria la contempla avec plus d'intérêt que de perplexité.

— Pourquoi ? Et comment ?

Catriona rougit. Elle tenta de se couvrir, d'atermoyer, d'éviter les questions, mais elle découvrit que la duchesse de St-Ives pouvait être sans pitié. Honoria lui soutira toute l'histoire — puis, elle s'enfonça dans son fauteuil et la regarda avec admiration.

— Vous avez été très brave, déclara-t-elle enfin. Je ne sais pas combien de femmes auraient été assez téméraires pour donner un aphrodisiaque à un Cynster, et grimper ensuite dans un lit avec lui.

Catriona haussa les sourcils en signe de résignation.

— Mettez cela sur le compte d'une complète innocence.

Les lèvres d'Honoria ne s'étaient pas encore refermées ; elle lui lança un regard évaluateur, nullement dissuasif.

— Vous savez, c'est vraiment une très bonne histoire, mais j'ai bien peur que nous ne devions la garder pour nous.

Ayant maintenant compris que rien ne choquait la duchesse de St-Ives mariée au duc depuis plus d'un an, Catriona accepta le commentaire avec un sang-froid qui l'aurait étonnée une demi-heure plus tôt.

— Cependant, pour en revenir à vos craintes sur ce que pourrait penser Richard à son réveil, je crois sincèrement que vous le sous-estimez.

La tête inclinée d'un côté, Honoria regarda au loin, clairement en train de réfléchir.

— Il n'est habituellement pas obtus. Et il n'est certainement pas aveugle ; aucun d'entre eux ne l'est, bien que vous allez découvrir qu'ils essaient parfois de prétendre le contraire, ajouta-t-elle en regardant franchement Catriona. Avez-vous des raisons de penser qu'il croie que vous êtes impliquée ou n'est-ce — pardonnez-moi — simplement qu'une inquiétude de votre part ?

Catriona soupira.

— Je ne le pense pas.

Brièvement, elle décrivit les gestes de Richard avant sa perte de conscience.

— Hum, fit Honoria en plissant le front. Vous pourriez avoir tort ; il est parfaitement possible qu'il ait eu une autre raison, du genre mâle Cynster, d'envoyer chercher Devil avec autant d'insistance. Et pour vous dévisager de cette façon. Cependant, déclara-t-elle en posant les mains sur ses genoux, c'est sans importance. S'il se réveille avec une idée aussi stupide en tête, vous pouvez être certaine que je vais lui faire entendre raison sans retard.

Honoria se leva et secoua ses jupes ; avec beaucoup plus de lassitude, Catriona l'imita.

— Il n'écoutera peut-être pas.

— Il m'écoutera, répliqua Honoria en rencontrant son regard avant d'afficher un grand sourire. Ils le font tous, vous savez. C'est l'un des avantages d'être mariée à Devil. Comme il est le chef de famille, j'ai toujours la possibilité d'avoir le dernier mot.

Malgré elle, pour la deuxième fois ce jour-là, Catriona sentit ses lèvres tressaillir d'amusement.

Honoria le remarqua et sourit.

— Et maintenant, si vous voulez bien me faire l'honneur de m'écouter aussi, je pense vraiment que vous devriez vous reposer. Devil, Worboys et moi allons veiller sur Richard ; vous devez reprendre des forces au cas où il aurait besoin de vos talents de guérisseuse.

Catriona regarda Honoria dans les yeux et sut qu'elle avait raison. Elle prit une grande bouffée d'air et sentit qu'elle respirait librement pour la première fois depuis que Richard s'était effondré. Posant une main sur celle d'Honoria, elle la pressa doucement, elle cligna rapidement des paupières, puis elle hocha la tête.

— D'accord.

En souriant, Honoria lui embrassa la joue.

— Nous vous appellerons si nous avons besoin de vous.

Catriona dormit profondément jusqu'à après-midi ; elle se réveilla, toujours inquiète, mais encore plus déterminée à ramener de force son époux affaibli dans ce monde — et à sa juste place à ses côtés.

— Il est inconscient depuis trop longtemps, déclara-t-elle, marchant encore une fois de long en large à côté de son lit, le regard sur son visage endormi. Nous devons faire quelque chose pour le réveiller.

— Quoi ?

Ce fut l'unique question de Devil.

Elle était sur le point d'avouer qu'elle l'ignorait quand le mouvement furtif d'une paupière l'arrêta. Elle fixa le visage de Richard, puis elle se précipita sur le lit.

— Richard ?

Un autre mouvement fugitif, mais ferme des paupières — il tentait de réagir, mais il ne pouvait pas les soulever. Devil, tout près à côté d'elle, posa une main sur le bras de Catriona quand elle s'apprêta à reprendre la parole.

— Richard, commença-t-il d'un ton d'avertissement, maman[1] s'en vient !

1 En français dans le texte original.

La réaction de Richard fut nettement visible. Il tentait désespérément d'ouvrir les yeux, en vain. Un pli se creusa sur son front, puis s'atténua lentement alors qu'il retombait dans le néant.

— Nous pouvons le faire marcher !

Enthousiasmée de nouveau, Catriona tira sur les couvertures.

— S'il peut réagir, alors l'obliger à sc servir de ses muscles aidera à éliminer le poison de son organisme.

Devil l'aida à mettre Richard debout, mais celui-ci était encore totalement incapable de soutenir son propre poids ; même si Devil pouvait le tenir droit, il ne pouvait pas le faire marcher. Quand Catriona se glissa sous l'autre bras de Richard pour l'aider, Devil tira sur une de ses mèches de cheveux.

— Non ! s'écria-t-il en la regardant les sourcils froncés. Allez chercher Henderson.

Son visage était suffisamment implacable pour qu'elle pousse un soupir d'exaspération et sorte en courant de la chambre. Henderson arriva rapidement. L'homme s'installa sous un des bras de Richard et Devil sous l'autre ; ils commencèrent à promener Richard dans la pièce. Au début, ce ne fut pas davantage qu'un mouvement trébuchant et traînant alors qu'un pied était tiré en avant, puis tombait devant l'autre. Ils le firent marcher pendant dix minutes, puis ils se reposèrent et recommencèrent. Et ils gagnèrent une fraction supplémentaire de réaction de la part de Richard. Encouragés, ils continuèrent le traitement, marchant, se reposant, puis reprenant le mouvement.

Remarquant un tremblement des cils chez Richard quand elle parla à Henderson, Catriona s'adressa directement à lui pour l'exhorter à fournir un plus grand effort. Cependant, après un moment, il ne fit que secouer la tête avec irritation et il devint encore moins coopératif.

— Assez, dit Devil en guidant leur fardeau vers le lit. Allons dîner, puis nous recommencerons.

C'est ce qu'ils firent, obtenant une plus grande réaction, mais encore moins de collaboration. Richard voulait qu'on le laisse en paix. Il ne le dit pas, mais son intention était très claire ; il devint de plus en plus difficile à manipuler, grommelant des jurons créatifs en direction de ses persécuteurs.

Mais il marcha — il fit des allers et retours avec une maîtrise croissante de ses membres. Quand, lui-même à peu près épuisé, Devil décréta une pause et laissa Richard retomber sur son lit, il avait récupéré assez de contrôle sur ses muscles pour agripper aveuglément ses oreillers et s'installer confortablement.

Souriant pour la première fois depuis cinq jours, Catriona ramena les couvertures sur lui et le borda.

Quand elle se redressa, Devil laissa tomber un bras fraternel autour de ses épaules et l'étreignit.

— S'il est capable de se rappeler tous ces jurons français, il sera bientôt de retour parmi nous.

Le sourire de Catriona vacilla ; elle s'empara de la main de Devil et la pressa.

— Je vous remercie.

Il sourit et lui caressa la joue.

— Inutile. Il est à moi aussi, vous savez.

Sur ce commentaire énigmatique, il l'entraîna vers la porte.

— Honoria dort déjà ; elle a dit qu'elle veillerait pendant la nuit. Je vais rester ici maintenant et la réveiller vers minuit. Vous pouvez aller dormir un peu, ensuite, vous pourrez la relever le matin venu.

Catriona hésita.

— En êtes-vous sûr ?

— Absolument.

Devil tint la porte ouverte et la chassa élégamment d'un signe de la main.

— Je vous revois demain matin.

Et ce fut le cas — tôt le lendemain matin. Quand Catriona revint dans la chambre de la tourelle pour relever Honoria une bonne heure avant l'aube, elle découvrit non pas sa belle-sœur, mais Devil bâillant en faisant une patience avec des cartes étalées sur les couvertures à côté de Richard, encore comateux.

— Qu'est-il arrivé à Honoria ?

Devil leva la tête vers elle, puis il plissa les yeux devant l'horloge sur le manteau de la cheminée.

— Doux Jésus ! Est-ce bien l'heure ?

Il lui fit un sourire charmant, mais indéniablement las.

— Il semble que j'ai oublié d'appeler ma chère femme. Tant pis, ajouta-t-il en levant et en s'étirant. Je vais aller la réveiller maintenant.

Il baissa le regard sur Richard.

— Le temps file quand on s'amuse, mais il n'a jamais été très porté sur la conversation.

Avec un dernier sourire fatigué, il la quitta.

Secouant la tête avec résignation, Catriona tira le fauteuil à oreilles en place de sorte que, confortablement calée dedans, elle pouvait voir le visage de Richard. Sa barbe avait poussé, dissimulant la maigreur de ses joues ; il avait l'air de quelqu'un de très peu recommandable, affalé avec ses cheveux tombant sur son front et ses bras rejetés en arrière.

Catriona sourit et tira le panier à ouvrage à côté d'elle.

Ils le feraient de nouveau marcher après le petit-déjeuner ; elle sonnerait pour appeler Worboys afin qu'il prenne sa relève, puis elle irait chercher Henderson et Irons. Avec leur assistance, elle pourrait amener Richard à éliminer aujourd'hui les effets persistants de l'aconit.

Levant les yeux sur lui, elle écouta sa respiration, calme et régulière, aussi familière pour elle que la sienne. Rassurée, elle prit son aiguille et s'installa pour faire du reprisage.

Tête penchée, Catriona maniait son aiguille dans le fauteuil à côté du lit quand Richard réussit enfin à soulever ses paupières. Pourquoi avaient-elles été si lourdes, il ne le comprenait pas, mais elles avaient enfin obéi à sa volonté et s'étaient ouvertes.

La vue de son ensorcelante femme dans une posture domestique si touchante était incontestablement agréable ; il s'en délecta, la laissa apaiser la dernière trace de panique qui l'avait saisi quand il était parti à la dérive dans le froid gris et s'était demandé s'il allait mourir. Il n'avait pas voulu mourir, mais il avait eu si froid, il avait été si faible ; il ne s'était pas senti capable de s'accrocher à la vie.

Puis, elle était arrivée, glissant sa main chaude dans la sienne et le guidant sur le chemin du retour, hors du froid gris et dans l'obscurité chaude de leur lit. Elle non plus n'avait pas voulu qu'il meure — elle ne l'avait pas laissé partir, elle l'avait aidé à s'accrocher, à rester. Elle l'avait aidé à vivre.

Il était encore ici, avec elle ; regardant plus loin, il confirma qu'il était dans leur lit et que la lumière du matin filtrait à travers les tentures. Il prit une profonde inspiration et reporta son regard sur le visage tant aimé — et remarqua les taches sombres sous ses yeux. À cet instant, elle bâilla, levant une main pour étouffer le geste, puis elle cligna des paupières et centra de nouveau son attention sur son ouvrage.

Richard fronça les sourcils ; son ensorcelante femme était incontestablement pâle, elle avait indéniablement les traits tirés. Elle ne paraissait pas bien du tout, à présent qu'il la regardait plus attentivement.

Son front se plissa davantage.

Catriona le sentit et leva la tête ; très surprise : la première chose qu'elle vit fut le bleu de ses yeux. Son cœur s'emballa, seulement pour dégringoler une seconde plus tard. Il fronçait affreusement les sourcils. Dans sa direction. Il ouvrit les lèvres — elle l'arrêta d'une main levée.

— Non ! Laissez-moi d'abord parler. Peu importe ce que vous pensez, je ne vous ai *pas* empoisonné.

Il cilla, mais le pli sur son front reprit immédiatement sa place. Il rouvrit les lèvres.

— Je comprends que vous ayez pu arriver à cette conclusion et je peux comprendre pourquoi c'est possible, mais vous avez tort. C'est absolument ridicule d'imaginer qu'après tout ce que vous avez fait pour moi et pour le val, après tout ce qui s'est passé entre nous, je puisse soudainement faire volte-face et vous empoisonner. Si vous pensez réellement cela...

— *Non* !

Catriona cilla et découvrit que Richard ne plissait plus le front vers elle — il lui jetait un regard mauvais.

— Évidemment que je ne crois pas que vous m'avez empoisonné ! s'exclama-t-il en la parcourant du regard, pour ensuite revenir sur son visage, le regard à présent noir. Avec quelle idée insensée vous êtes-vous tourmenté l'esprit ?

Devant son silence, il jura.

— Je me suis laissé dire qu'enceintes, les femmes ont des idées étranges ; celle-ci remporte la palme.

Il la regarda plus attentivement — puis il jura encore.

— Est-ce à ce propos que vous vous êtes inquiétée jusqu'à vous rendre malade ? Que je serais assez idiot pour penser que c'était vous ?

Hébétée, quelque peu méfiante, Catriona hocha la tête. Ce qui provoqua une nouvelle série de jurons.

— Quelle idée stupide, idiote…

— Pourquoi avez-vous envoyé chercher votre frère, alors ?

— Afin qu'il soit ici pour *vous* protéger, si je n'allais pas pouvoir le faire, évidemment ! *Seigneur* !

À court de jurons, il se pencha en avant, s'empara de sa main et la tira sur le lit. Les épingles, l'aiguille et l'ouvrage de reprisage s'envolèrent dans tous les sens. Catriona haleta quand elle atterrit parmi les couvertures.

Avant qu'elle puisse réagir, il avait encadré son visage entre ses mains et il l'examinait de près.

— Vous n'avez pas pris soin de vous...

— C'est vous qui avez été empoisonné...

Elle lutta pour se libérer, pour s'asseoir ; même dans son état de faiblesse, il la retenait facilement.

— Nous réglerons cela plus tard. À l'évidence, vous n'avez pas suffisamment dormi. Les femmes enceintes sont censées dormir davantage ; j'aurais cru que vous le saviez. Vous avez du personnel et de l'aide autour de vous...

Il s'interrompit, puis il la regarda dans les yeux.

— Depuis combien de temps suis-je inconscient ?

— *Cinq jours*, lui apprit Catriona.

— Cinq *jours* ?

Richard la dévisagea, puis son regard s'adoucit et il tomba sur ses lèvres.

— Pas étonnant que je sois si affamé.

Cette fois, Catriona savait exactement de quel appétit il parlait. Elle ouvrit les lèvres — mais elle ne réussit pas à prononcer un mot. Il l'embrassa, doucement, tendrement, puis avec une voracité croissante. Catriona sentit les couvertures glisser autour d'elle, sentit les oreillers se déplacer, sentit sa main remonter sa jambe jusqu'à sa jarretière, puis caresser la peau douce au-dessus. Il se pencha vers elle, la poussant davantage dans le matelas moelleux ; elle s'accrocha au moment, le savoura brièvement avant de le frapper sur l'épaule. Avec force. Il bougea légèrement — elle réussit à lui arracher ses lèvres et à haleter.

— *Richard* ! Vous n'êtes pas assez solide !

Il leva la tête et baissa les yeux sur elle — comme si ce qu'elle venait de dire était parfaitement impossible — puis, il hésita, réfléchit et il gémit, grimaça, ferma les yeux et roula à côté d'elle.

— Malheureusement, autant cela me peine de l'admettre, je pense que vous pourriez avoir raison.

— Évidemment, j'ai raison !

Luttant pour se relever sur un coude, Catriona tira de nouveau les couvertures sur lui.

— Vous avez été à l'article de la mort — littéralement ! — pendant cinq jours. Vous n'allez pas simplement ouvrir les yeux et… — elle gesticula frénétiquement — reprendre carrément le cours de vos activités.

Il attira son regard et remua les sourcils en la regardant ; ignorant le rouge qui lui montait aux joues, elle se toussota.

— Restez là et reposez-vous.

Elle commença à s'éloigner pour sortir du lit, mais le bras de Richard autour d'elle ne céda pas. Elle regarda son visage.

— Je vais rester ici, dit-il doucement, raisonnablement, à condition que vous restiez avec moi.

Catriona plissa le front ; inexorablement, il l'attira plus près.

— Vous devez vous reposer aussi.

L'attirant vers lui, de nouveau entre ses bras, il installa la tête de Catriona sur son épaule, puis il déposa un baiser sur son front. Laissez-moi seulement vous tenir contre moi pendant que vous dormez.

C'est ce qu'il fit. Catriona, submergée par un soulagement si intense qu'il la secoua, fut émue de découvrir que ses dernières pensées conscientes avaient été pour elles, comme maintenant les premières ; elle dormit enveloppée dans ses bras, le sachant à présent en sécurité à côté d'elle.

CHAPITRE 17

Je ne suis *pas* un invalide ! Richard contempla avec dégoût la nourriture molle sur le plateau tenu en équilibre sur ses cuisses.

— Bien sûr que oui, déclara Catriona. Et Cook a cuisiné cela expressément pour vous ; c'est une experte pour remonter les gens.

— Je n'ai pas besoin de prendre des forces.

L'expression mutinée, Richard donna des petits coups de fourchette sur la masse grisâtre.

— J'ai besoin qu'on me laisse tranquille.

— Je pense que vous allez découvrir que vous vous trompez.

Richard leva la tête.

— Honoria !

Sa belle-sœur fit son entrée avec l'intention claire d'apporter son soutien à Catriona ; Richard reporta son regard sur l'embrasure de la porte et à son immense soulagement, l'ombre qu'il voulait voir assombrissait l'ouverture.

— Dieu merci. Entre, monsieur le gros bon sens.

Levant les sourcils, Devil entra lentement.

— Je ne pense pas avoir déjà été qualifié de « gros » auparavant. Il te faut un rasage, lui dit-il en souriant.

— Ne t'inquiète pas de cela ; as-tu vu comment on me nourrit ?

Devil regarda.

— Mieux vaut que ce soit toi que moi, mon frère.

— Tu dois me secourir, le supplia-t-il en pointant la masse molle. Tu ne peux pas m'abandonner à ce destin.

En se redressant, Devil regarda Catriona de l'autre côté du lit, les fixant d'un air buté, les bras croisés, et sa femme, l'air implacable, ses beaux yeux sur lui.

— Hum… en fait, dans ce cas-ci, je pense que je dois m'en remettre aux autorités supérieures.

Richard le dévisagea.

— Tu n'as jamais fait cela auparavant.

— Ah… mais tu n'étais pas marié auparavant.

Contournant lentement le lit, Devil alla prendre Honoria sous un bras et il la tourna vers la porte. Regardant en arrière, il ajouta :

— Et moi non plus. Je vais revenir après le déjeuner.

Richard lança un regard noir sur le cadre de porte vide, jeta un coup d'œil à Catriona, puis il baissa la tête sur la bouillie dans son assiette. Il en prit une pleine fourchette et mangea. Avalant, il fronça les sourcils vers sa femme.

— Je vais manger cela uniquement pour vous, vous savez.

— Bien, dit-elle avant d'ajouter, tout.

Richard obéit. La nourriture avait bien meilleur goût que son apparence suggérait — et il avait une faim de loup.

Devil et Honoria revinrent tous les deux après le déjeuner, une fois qu'il eût vidé son plateau et que Catriona l'eût emporté.

— Je dois dire que voir tes yeux ouverts constitue une grande amélioration, déclara Devil en se perchant au bout du lit. J'en avais vraiment assez de veiller sur toi pendant que tu dormais.

Richard lui adressa un grand sourire. Devil était de trois ans son aîné ; ils avaient partagé une chambre d'enfants — son commentaire revenait sur ces indicibles nuits quand, ayant peur de l'obscurité, il s'était endormi uniquement parce qu'il savait que Devil était là pour le protéger de ses monstres imaginaires.

— Vous nous avez causé un choc.

Honoria se pencha et embrassa sa joue couverte d'une barbe de trois jours.

— Au moins, vous avez eu le bon sens d'épouser une femme qui pouvait vous sauver.

Richard sourit et accepta le compliment avec grâce. Au cours de la demi-heure suivante, ils échangèrent des nouvelles de la famille, lourdement dirigées vers les talents émergents d'un certain Sebastian Sylvester Cynster, marquis d'Earith, héritier de Devil.

— Nous l'aurions emmené, déclara Honoria, mais nous ne savions pas dans quel état les choses seraient ici.

Cela, évidemment, était le signal pour que Richard leur relate les événements, ce qu'il fit en termes élogieux, tout à fait incapable de retenir sa satisfaction concernant son bonheur et sa nouvelle vie.

— À présent que vous êtes ici, je vais pouvoir vous faire visiter les lieux.

— Une fois que tu seras libéré de ton emprisonnement, répliqua Devil en hochant la tête vers le lit.

— Demain, dit Richard.

Devil grimaça.

— N'y compte pas trop. Tu ne semblais pas très solide lorsque nous te faisions faire quelques pas hier.

— Vous m'avez fait faire quelques pas ? s'exclama Richard en plissant le front, puis il secoua la tête. Je ne savais même pas que tu étais là…

Un pli lui barrant toujours le front, il jeta un regard à Devil.

— En fait, je me souviens. Est-ce toi qui m'as averti que maman[1] arrivait ?

Devil arbora un grand sourire.

— Nous faisions des tentatives pour voir si tu réagissais.

Richard frissonna.

— Tant que ce n'est pas vrai.

Il attira l'attention de Devil.

— Tu ne lui as pas dit, n'est-ce pas ?

Devil haussa les sourcils avec exagération.

— Qu'en penses-tu ?

Se levant, Honoria secoua ses jupes.

1 En français dans le texte original.

— Naturellement, nous avons laissé un mot.

Devil tourna brusquement la tête.

— Nous avons fait cela ?

Honoria le dévisagea.

— Eh bien, évidemment. Nous ne pouvions pas nous contenter de partir et ne rien dire à Helena, ni même laisser un message : c'est sa mère, après tout.

Richard gémit et retomba sur ses oreillers.

Honoria tourna les yeux vers lui.

— Elle était partie à Ashfordleighs ; elle aurait trouvé cela très étrange de rentrer à Somersham et de trouver Sebastian seul avec le personnel. Donc, j'ai simplement expliqué la situation et je lui ai dit de ne pas s'inquiéter.

Devil leva les yeux au plafond.

— Honoria…

Des cris soudain provenant de l'extérieur retentirent par-dessus ses paroles ; une seconde plus tard, le fracas de roues de carrosse et le claquement sec des sabots s'élevèrent dans la cour.

Richard gémit encore ; Devil grimaça.

Honoria les dévisagea.

— C'est impossible.

— C'est possible, lui assura-t-il.

— Ça y est, prédit sombrement Richard.

* * *

Ce l'était. Dans la cour, une cavalcade de deux carrosses avec des éclaireurs s'arrêta devant la maison.

Entendant le brouhaha alors qu'elle traversait le vestibule principal pour retourner aux côtés de

Richard, Catriona sortit sur le porche pour voir de quoi il s'agissait.

La scène dans la cour était déroutante — c'était comme si les invités londoniens d'une fête privée avaient perdu leur chemin et s'étaient retrouvés au manoir. Des cochers, des cavaliers, des valets et des domestiques se précipitaient ici et là, ouvrant des portières de carrosses et installant des marchepieds, tirant sur des sangles qui attachaient des valises et des malles à l'arrière et sur les toits des carrosses. Un grand gentleman extrêmement élégant sortit du second carrosse ; il jeta un rapide regard dans la cour grouillante d'activités — son regard s'arrêta et s'attarda sur elle avant de revenir à la scène de chaos autour du premier carrosse. Malgré sa coloration plus pâle — des cheveux bruns et non noirs — Catriona fut certaine que l'homme était un autre Cynster.

Tout comme elle était certaine que la petite femme aux cheveux poivre et sel qu'il aida à descendre du premier véhicule était la duchesse douairière de St-Ives — Helena, la belle-mère de Richard. Avec la vive énergie d'une tornade, la douairière chassa l'homme élégant de la main pour qu'il retourne à son propre carrosse, où une deuxième dame attendait pour descendre. Derrière la douairière, deux jeunes filles, leurs capuchons baissés dévoilant une opulente masse de boucles dorées, sortaient joyeusement pêle-mêle du premier carrosse. Réclamant le bras de l'un de ses valets, la douairière se dirigea droit vers le porche d'entrée, sa cape se gonflant autour d'elle.

Elle arriva devant les marches avec la force d'un assaut militaire.

— Ma chérie !

Catriona eut tout juste le temps de se préparer ; rejetant largement les bras en l'air, la douairière l'enveloppa dans une chaleureuse étreinte.

— Maintenant, vous pouvez me dire qu'il va mieux ; il va mieux, n'est-ce pas ? Mais bien sûr que oui !

Ses yeux verts pétillants, la douairière l'étreignit encore, puis elle la lâcha ; les deux mains ouvertes, elle recula et, donnant tous les signes d'une évaluation intelligente, elle la passa rapidement en revue.

— Oh, oui ! s'exclama la douairière en levant la tête, et elle attira l'attention de Catriona. Vous ferez très bien l'affaire pour lui, je pense.

Elle sourit avec éclat.

— Et vous ne le laisserez pas tomber, vous serez toujours là pour lui, oui ?

Pendant un instant, des yeux verts et des yeux noisette se rencontrèrent et se comprirent, puis la douairière rayonna. Avec une exubérance toute française, elle embrassa Catriona sur les deux joues.

— Bienvenue dans la famille, ma chère.

Émue au fond d'elle par l'amour profond qui brillait dans les yeux de la douairière, Catriona cligna rapidement des paupières.

— Merci, madame.

— Helena, déclara fermement la douairière. Je suis Helena pour les épouses de mes deux fils. Mais dites, Devil et Honoria sont arrivés, n'est-ce pas ? Et comment va Richard : mange-t-il ? S'est-il levé ? Est-ce qu'il a…

— Tante Helena, vous courez le risque de donner à la pauvre Catriona une idée très étrange de la famille.

Se tournant, Catriona aperçut l'élégant gentleman avec la gracieuse dame à son bras. Ils souriaient chaleureusement tous les deux ; il exécuta une révérence.

— Vane Cynster, ma chère ; et je vous assure que nous ne jacassons pas tous ainsi.

— Je ne « jacasse » pas, déclara Helena. Je ne fais qu'exercer le droit qu'a toute mère de s'informer de la santé de son fils.

— Mais il n'est pas sur le point de mourir, non ?

La question venait de l'une des beautés blondes, à présent alignées derrière la douairière.

— Certainement pas Richard ? demanda la deuxième jeune fille qui fixait Catriona avec d'immenses yeux bleus. Mais vous êtes guérisseuse, non ? Vous le sauveriez.

Il y avait un élément de confiance absolue dans cette dernière déclaration, prononcée avec un hochement de tête qui émut de nouveau Catriona.

La gracieuse dame soupira et toucha le bras de la douairière.

— Peut-être, Helena, pourrions-nous entrer… Je pense vraiment qu'une autre chute de neige se prépare.

Catriona recula d'un pas et fit signe à la douairière d'entrer. Quand la douairière passa majestueusement le seuil, la gracieuse dame toucha le bras de Catriona et rencontra son regard avec un sourire.

— Je suis Patience, ma chère. Récemment mariée à Vane, un autre des bandits de la famille. Et voici Amanda et Amelia et…

Elle marqua une pause pour inspirer et croiser le regard de Catriona.

— Je vous expliquerai plus tard comment tout cela est arrivé.

Ils suivirent la douairière à l'intérieur ; la scène dans le vestibule atteignit rapidement le même niveau de chaos que dans la cour. Des coffres et des malles furent transportés à l'intérieur et empilés dans les coins sous la supervision renfrognée de Henderson. Madame Broom semblait afficher la stupéfaction ressentie par Catriona ; les yeux ronds, la gouvernante s'efforça de comprendre ses instructions, puis elle partit en vitesse, appelant des servantes et des valets de pied afin qu'ils ouvrent et aèrent des chambres pour leurs plus récents invités.

Une cacophonie ne ressemblant à rien de ce que le manoir serein avait déjà vécu s'éleva dans le vestibule pendant que les deux jeunes filles vérifiaient quels cartons à chapeaux appartenaient à qui et où avait disparu le châle de la douairière ; Vane et les deux cochers discutaient avec enthousiasme avec Irons pour savoir dans quelle écurie on placerait les chevaux supplémentaires. La douairière avait découvert McArdle et elle s'informait à propos de ses membres raides comme si elle l'avait connu toute sa vie — et il répondait comme si c'était effectivement le cas. Des servantes et des valets de pied pressés s'arrêtaient ici, puis là pour poser une question avant de se précipiter pour accomplir leurs tâches.

Catriona se tenait juste à l'entrée intérieure des portes principales et elle absorbait toute la scène, elle se laissait submerger par elle. Le bruit, l'entrain, l'énorme réserve d'énergie qui enflait dans son vestibule ; c'était une force extrêmement puissante. Elle était là dans les mouvements rapides et précis de la douairière, dans son port de tête alors qu'elle l'inclinait pour mieux réfléchir aux réponses de McArdle. Là aussi dans les ordres secs de Vane Cynster, dans la grâce innée avec laquelle il bougeait, évocatrice de la force contenue. L'énergie était là également dans l'éclat qui illuminait les visages des jeunes filles et imprégnait leurs corps d'une grâce tendue rappelant les faons sur le point de bondir pour s'enfuir.

Venant s'installer debout à côté d'elle, Patience survola le vestibule du regard.

— Les Cynster sont ici ; que doit-on dire de plus ?

Mais, elle souriait. Elle se tourna vers Catriona.

— Je vous demande vraiment de nous excuser d'être descendue chez vous ainsi, mais comme vous aller devoir faire face à Helena quoiqu'il advienne, il est probablement mieux que le reste d'entre nous soit ici pour vous aider.

L'affection transparente dans le ton de la voix de Patience, dans ses yeux quand ils se tournèrent vers la douairière, dépouillait ses commentaires de toutes critiques implicites.

— Je ferais peut-être mieux, murmura Catriona, de l'amener en haut voir Richard.

Patience acquiesça d'un signe de tête.

— Faites. Cela va la rassurer. Ne vous inquiétez pas pour le reste de notre troupe, dit-elle en souriant à Catriona. Si cela ne vous dérange pas, je vais m'adresser directement à votre gouvernante s'il y a un problème ; je pense que vous devez avoir suffisamment de choses à faire.

Catriona lui rendit son sourire.

— Je vous en prie, faites.

Reportant son regard sur la douairière, elle prit une profonde inspiration.

— Il est possible que je sois occupée pendant un moment.

Sur ce, elle s'avança audacieusement dans la mêlée et rejoignit la douairière.

— Helena, si vous le désirez, je vais vous amener voir Richard ; je suis certaine qu'il est impatient de vous voir.

La douairière lui décocha un regard malin.

— Non, non, ma petite[1], c'est moi qui suis impatiente de le voir. Lui n'est qu'un homme. Il ne comprend pas ces choses-là.

En prenant le bras offert par Helena, Catriona vit les têtes des deux blondes se lever ; deux paires d'yeux bleus se fixèrent sur elles.

— Amelia ! Amanda !

Les deux têtes pivotèrent ; Patience leur fit signe. Avec un soupir et un dernier regard, elles la rejoignirent.

— Vane, tu peux voir Richard plus tard ; je veux m'occuper d'abord de nos chambres.

Le regard sur l'escalier, Catriona sourit et conduisit la douairière à l'étage pour voir son second fils.

Richard se sentait piégé — déserté par Devil et Honoria — laissé seul pour affronter sa belle-mère.

1 En français dans le texte original.

Quand la porte s'ouvrit en grand, il songea à gémir et à agir comme s'il était beaucoup plus souffrant qu'il ne l'était, mais il jeta ensuite un bref regard au halo flamboyant de sa femme et se ravisa en rejetant toute supercherie.

Seul Dieu et la Dame de Catriona savaient où cela pouvait le mener.

— Richard !

Helena — celle qu'il avait toujours connue comme sa maman[1] — fondit sur lui.

Souriant d'un air rassurant, il lui rendit son étreinte et fut ému quand il aperçut des larmes dans ses yeux. À son soulagement, elle cilla rapidement et elles disparurent, puis elle lui adressa un sourire rayonnant.

— Bon[*] ! Tu as déjà repris beaucoup de forces, je vois.

À la surprise de Richard, au lieu de prendre possession de lui, de son lit de malade et de sa chambre, dans cet ordre, elle se contenta de prendre sa main et de jeter un regard interrogateur à Catriona, debout au pied du lit.

Catriona inclina la tête.

— Il va beaucoup mieux ; il est resté inconscient pendant cinq jours, mais avec le concours de Devil, nous avons réussi à lui faire faire quelques pas afin que le poison s'élimine plus vite.

— Ce poison.

Helena inclina la tête, considérant encore Catriona du regard.

— Comment le lui a-t-on administré ?

---

1 En français dans le texte original.

Catriona regarda Richard.

— Dans son café du matin.

— Et la personne qu'il l'y a versé ? Recommencera-t-elle ?

— Non, répondit posément Catriona en soutenant le regard de Richard. L'empoisonneuse ne réside plus au manoir, ni dans le val.

— Ah ! s'exclama Helena en hochant la tête avec sagacité. Elle est partie se mettre à l'abri, c'est ça ?

Elle regarda Richard avant de lui presser la main.

— Tu vas la pourchasser, je le sais, mais pas avant d'être rétabli, n'est-ce pas ?

— J'irai parfaitement bien demain.

Richard essaya d'attirer l'attention de Catriona, mais il échoua — elle regardait Helena.

— C'est vous l'experte, bien sûr, disait son impossible belle-mère, mais la rapidité de son rétablissement dépend de ce poison, n'est-ce pas ?

— En effet.

Reportant son regard sur Richard, beaucoup trop calmement à son goût, Catriona l'informa :

— On vous a administré de l'aconit et probablement de la jusquiame noire aussi. Cependant, c'est l'aconit qui s'attarde le plus. Il affaiblit les muscles et il met beaucoup plus de temps que l'on pense à libérer ses effets. Pour la quantité que vous avez dû ingérer, cela prendrait généralement des semaines pour un rétablissement complet.

— Des semaines ?

Horrifié, Richard la dévisagea.

Elle sourit d'un air rassurant.

— Dans votre cas, vous avez, heu, une constitution très robuste. Si vous restez au lit et mangez ce que Cook vous envoie jusqu'à ce que vous puissiez vous lever et vous tenir debout par vous-même, vous pourriez bien être assez rétabli pour quitter cette chambre dans une semaine.

— Eh bien[1], ta femme a parlé. C'est elle la guérisseuse ici, et tu dois l'écouter.

Posant la main de Richard sous les draps, Helena la couvrit et elle lui tapota le bras.

— Tu seras gentil et tu te guériras rapidement, afin que je ne m'inquiète pas, d'accord ?

Richard la dévisagea, puis il regarda Catriona et vit la lueur militante dans son regard.

Avec un gémissement de celui qui souffre depuis longtemps, il s'affaissa sur ses oreillers. Il s'était fait avoir dans les grandes largeurs.

— Fichtre, pourquoi tu ne l'as pas arrêtée ?

Avec mauvaise humeur, Richard jeta un faux regard noir sur Vanc. Qui se contenta de sourire largement.

— Moi et quelle armée ?

S'installant sur un coin du lit, le dos appuyé sur une colonne, Vane haussa un sourcil résigné.

— Tu la connais depuis ta naissance.

Richard se racla la gorge.

— Et si tu avais vu ce qui nous attendait quand nous sommes arrivés à Somersham, tu me remercierais d'avoir réussi à laisser madame Hull et Webster derrière nous. En fait — Vane jeta un coup

1 En français dans le texte original.

d'œil à Devil, similairement installé de l'autre côté du lit —, je suis sûr que la seule raison qu'ils ont consenti à rester à Somersham est la présence de Sebastian là-bas.

Richard regarda Vane avec une horreur en partie feinte, puis il secoua la tête.

— Ce que je ne comprends pas est ce que vous faites tous ici.

— *Nous*, dit Vane en parlant clairement de lui-même et de Patience, rentrions d'une visite aux Beuclaire à Norwich et avions pensé nous arrêter pour annoncer notre nouvelle à Devil et Honoria.

Devil haussa les sourcils.

— Quelle nouvelle ?

— L'agrandissement de notre famille.

— Vraiment ? s'exclama Devil en affichant un large sourire, et il donna une claque sur l'épaule de Vane. Excellent. Un autre compagnon de jeu pour Sebastian.

Autant Richard, qui levait un visage radieux vers Vane et lui serrait la main, que Vane lui-même s'arrêtèrent et se tournèrent pour dévisager Devil.

— Un autre ? demanda Vane.

Devil sourit encore plus en replaçant confortablement ses épaules sur la colonne du lit.

— Bien, vous ne pensiez pas que nous nous arrêterions après un seul enfant, non ?

Ils ne le pensaient pas, mais…

— Quand ? s'enquit Richard.

Devil haussa les épaules avec nonchalance.

— Au cours de l'été.

Richard hésita, puis il haussa un sourcil et se cala dans son lit.

— On dirait que nos mères et nos tantes respectives seront dans tous leurs états. Il n'y a rien qu'elles préfèrent à un ou deux bébés.

« Ou trois. » Il garda toutefois le silence sur ce point et regarda Vane.

— Alors, que s'est-il passé lorsque vous êtes arrivés à Somersham ?

— Nous y sommes arrivés en milieu de matinée, une heure après Helena et les jumelles, avec qui elle joue les chaperons, qui rentraient d'Ashfordleighs ; nous n'avons pas eu le temps de retirer nos manteaux. Ta mère avait lu la note de Honoria et avait pris le mors aux dents avant même notre arrivée. Rien n'allait la contenter à part se précipiter dans le nord à tes côtés, au chevet de ton lit de mourant, comme elle l'a dit. Comme d'habitude, il était impossible de la contredire ; et, évidemment, je ne pouvais pas la laisser partir en hâte dans la neige avec seulement les jumelles pour l'accompagner. Eh bien, gesticula Vane, tu peux imaginer à quoi cela ressemblait. Madame Hull sur les marches avec Sebastian dans les bras déclarant que tu étais à l'article de la mort. Webster qui se retenait tout juste de se tordre les mains ensemble en offrant des suggestions inutiles sur la meilleure façon de gagner les Basses-Terres d'Écosse. Les jumelles poussant des « oh » et des « ah » tout en essayant de ne pas se remémorer la mort de Tolly. Et ta mère, au centre de la scène, jurant qu'elle lutterait pour traverser les congères sur ses mains et ses genoux pour arriver à temps à tes côtés. À temps pour quoi ? Je ne l'ai pas demandé.

»Bref, je ne les ai pas arrêtées parce que je ne le pouvais pas. Le mouvement pour se rendre dans le nord avait pris tellement d'élan avant notre arrivée que c'était au-delà de ma pauvre capacité de le faire dévier.

Richard grimaça pour exprimer son exaspération compréhensive.

— N'aurais-tu pas pu au moins laisser les jumelles là-bas ?

Vane le regarda carrément dans les yeux.

— As-tu essayé récemment de faire changer les jumelles d'avis, indépendamment ou ensemble ?

Richard cligna des paupières.

— Mais ce ne sont que des jeunes filles.

— C'est ce que je tente tout le temps de leur dire : elles semblent penser différemment.

— Hum !

Richard s'installa plus profondément dans sa prison.

— Bien, elles n'auront pas la possibilité de tenter de voler de leurs propres ailes ici : c'est aussi calme qu'un couvent.

Une heure plus tard, Catriona présidait le dîner le plus bruyant dont elle eut le souvenir. Ce n'était pas que des gens élevaient la voix ni parlaient plus haut que le ton d'une conversation polie. Mais l'injection soudaine d'élégance, de vivacité d'esprit et de curiosité Cynster avait engendré d'innombrables conversations, autant à la table principale où tous les invités étaient assis qu'aux autres tables de la salle, entièrement occupées par sa maisonnée.

Tout le monde bavardait avec animation.

La vague de bruit ne lui donna pas du tout mal à la tête. C'était réconfortant, d'une manière mal définie. Il y avait de la chaleur dans le rire, dans l'intérêt et l'attention, dans la véritable affection ouvertement affichée. Les Cynster avaient apporté dans le val un élément humain qui, pour une raison ou pour une autre, manquait auparavant. Elle n'était pas tout à fait sûre de ce que c'était, mais…

Dans son rôle habituel en tant que chef de la maisonnée, elle surveilla les plats, s'assurant que les besoins de ses invités étaient satisfaits. Tout se passa en douceur — en effet, malgré cette invasion massive, aucun problème sérieux ne se présenta.

Catriona réprima un sourire, le regard à cet instant posé sur la douairière. Tout s'était bien déroulé parce que rien n'osait aller de travers en présence de la douairière et de Honoria. Patience avait une personnalité moins forte, du moins en surface, mais elle pouvait commander lorsqu'elle le souhaitait. Elle avait très efficacement rappelé à l'ordre autant son mari que les jumelles ce matin-là.

Catriona plissa le front intérieurement. Les matriarches dynamiques et efficaces ne s'accordaient pas avec la vision qu'elle avait eue plus tôt des épouses Cynster. Se rappelant ce qui avait provoqué cette vision clairement erronée, elle attendit que Honoria, à côté d'elle, se libère, puis elle attira son attention.

— Je connais, murmura-t-elle en se penchant plus près et en baissant la voix, les circonstances essentielles de la naissance de Richard. Je ne comprends pas — son regard alla fugitivement à la douairière — comment la famille en est arrivée à l'accepter en son sein.

Honoria lui adressa un large sourire.

— C'est difficile à comprendre, à moins d'avoir précédemment rencontré Helena. Ensuite… tout devient possible, lui dit-elle en baissant la voix. Mon mari m'a dit que lorsque Richard avait été abandonné sur le pas de la porte ducale, alors qu'il n'était qu'un bébé criard de quelques mois, Helena a entendu le chahut ; avant que le père de Devil ait eu l'occasion de dissimuler l'affaire, Helena lui a simplement enlevé Richard des bras, au sens propre comme au figuré.

Elle marqua une pause et jeta un regard affectueux sur la douairière à l'autre bout de la table.

— Voyez-vous, Helena adore les enfants, mais après Devil, elle ne pouvait plus en avoir naturellement. La seule chose qu'elle désirait le plus était un autre enfant, particulièrement un second fils. Donc, quand Richard est arrivé, elle a décidé à sa manière inimitable que c'était la main du destin et elle l'a revendiqué comme le sien. À ce moment-là, elle était bien établie en tant que duchesse du père de Devil, une véritable puissance au sein de la bonne société. Très simplement, personne n'a eu le courage de la contredire ; quel en aurait été le but ? Helena aurait pu détruire socialement la plupart des gens sur un simple haussement de sourcil.

— Je suis étonnée que le père de Devil se soit montré si… conciliant.

— Conciliant ? D'après tout ce que j'ai entendu dire sur lui, je doute que ce terme lui convienne.

Cependant, il aimait sincèrement Helena ; l'incident qui a eu pour résultat la naissance de Richard ressemblait davantage à un élan de réconfort apporté à la mère de Richard qu'à une infidélité délibérée. Et donc, il lui a accordé la seule chose qu'elle lui demandait en compensation : il lui a permis de revendiquer Richard et de l'élever comme son enfant, quelque chose qui lui a sans conteste donné son plus grand et durable plaisir.

Encore une fois, Honoria regarda affectueusement la douairière. Catriona l'imita.

— Donc, conclut Honoria, la naissance de Richard est un secret de polichinelle depuis trente ans et, en vérité, personne ne s'en soucie plus. Il est simplement Richard Cynster, le frère de Devil ; et comme la famille approuve cela, au nom de quoi en discuterait-on ?

Catriona partagea un regard avec Honoria, puis elle sourit et lui toucha le bras.

— Merci de me l'avoir raconté.

Honoria lui rendit son sourire, puis elle jeta un regard circulaire, alerté par le grondement de la voix de son époux. Elle le rappela rapidement à l'ordre, donnant des coups de bâton verbaux pour défendre les jumelles. Le chef de leur maison était insatisfait de leur apparence — de quelle façon, il refusa de le clarifier.

Catriona réprima un grand sourire. Les épouses Cynster n'étaient assurément pas des personnes insignifiantes, de jolis trophées à afficher au bras de leurs maris. Avec trois autres dans la salle, elle ne pouvait pas échapper à la conclusion que, pour une raison masculine insondable et inconnue, les hommes Cynster avaient une affinité dans l'âme pour les femmes fortes.

De plus, malgré leurs occasionnels commentaires contraires, ils ne voudraient pas qu'il en soit autrement. Ils prenaient un réel plaisir à satisfaire leurs femmes ; il suffisait de surprendre l'expression dans les yeux de Devil quand ils se posaient sur Honoria ou dans ceux de Vane quand il observait Patience.

Ou dans ceux de Richard quand il la regardait.

Cette révélation mit un terme à sa réflexion — quelque chose en elle vibra. La raison pour laquelle les hommes Cynster satisfaisaient ainsi aux caprices de leurs femmes était dans leurs yeux. Leurs femmes étaient peut-être bien gâtées ; très aimées, elles l'étaient certainement.

Et, tout comme Devil aimait Honoria et Vane aimait Patience, Richard l'aimait.

C'était aussi simple que cela.

Prenant une inspiration tendue avec ses poumons soudainement desséchés, Catriona entendit à peine le flot de bruit et de bavardages autour d'elle. Sa vision était tournée vers l'intérieur.

Richard avait rempli sa promesse de jouer les seconds violons pour elle — d'honorer et de lui laisser sa position de dame du val — ce qui était un énorme compromis pour un homme tel que lui — un guerrier. Elle avait compris cela dès le début — que sans un tel compromis, leur mariage ne fonctionnerait jamais, il ne pourrait jamais être la réussite qu'ils avaient tous les deux besoin qu'il soit.

Il avait fait ce compromis parce qu'il l'aimait.

La soudaine clarté, la certitude absolue qui envahit son esprit était éblouissante, à couper le souffle.

Elle savait qu'il avait besoin d'elle, que sa place était à présent ici, d'office à ses côtés. Cependant, elle n'avait pas réalisé avant cet instant vibrant qu'il l'aimait également.

Jetant un coup d'œil à Devil, elle le vit sourire et caresser la joue de Honoria, puis se tourner pour s'adresser à Vane, mais couvrant de sa main celle de Honoria posée sur la table. Vane se prélassait dans sa chaise, une main sur le dos de Patience, ses doigts jouant distraitement avec les boucles de ses cheveux.

Richard montrait son amour uniquement par cette lueur dans ses yeux et peut-être, si elle pouvait en juger par son expérience, par son intensité dans leur lit. Il était réservé — elle savait cela avant même de le rencontrer ; il portait toujours un masque en public. Il n'affichait pas ouvertement son amour, comme les autres le faisaient si aisément, apparemment sans y penser. Elle devait plutôt être attentive à ses actes et à leurs motifs pour voir la force qui le motivait.

Elle aurait peut-être dû le voir avant, mais il ne cédait ses secrets qu'à contrecœur. Qu'il le savait ne faisait aucun doute ; comme Honoria l'avait mentionné, les mâles Cynster n'étaient pas aveugles, même s'ils faisaient parfois semblant de l'être. Il s'était montré très sûr, se rappela-t-elle, de la vouloir pour cause.

Se tournant de nouveau vers les jumelles, elle serra sa nouvelle découverte sur son cœur et, tout au long du dîner, elle la garda présente pour méditer dessus. Pour l'examiner. Encore et encore, elle observa ce petit quelque chose de spécial qui flottait ouvertement entre Devil et Honoria et entre Vane et Patience — et elle voulait l'avoir aussi pour elle.

Comment, exactement, elle réussirait cela, donner à Richard la confiance dont il avait besoin pour afficher ouvertement son amour, voilà une énigme qu'elle devait résoudre. Vraisemblablement, il s'agirait de le convaincre qu'elle le lui rendait au centuple.

Elle se jura cependant d'y arriver.

Souriant de bonheur, elle bavarda avec les jumelles — grâce à la Dame, elle avait maintenant tout le temps qu'il fallait pour influencer Richard.

Le lendemain matin, Richard était allongé dans le lit et tentait de dissimuler son irritabilité. Rester au lit à ne rien faire était son passe-temps le plus exécré, mais en ce moment, c'était tout ce qu'il pouvait faire. Rien.

Au moins, il avait réussi à enjôler sa femme afin qu'elle recommence à dormir à côté de lui ; apparemment, elle dormait dans la chambre adjacente depuis son empoisonnement afin de ne pas le déranger. Il avait été très clair qu'à présent qu'il avait recouvré ses esprits, ne pas l'avoir à côté de lui le dérangerait bien davantage. Il avait gagné cette partie, mais aucune autre.

Cela ne servait à rien de discuter — il ne pouvait pas tenir debout tout seul, encore moins marcher. Il avait essayé, subrepticement au cours d'un des rares moments où on l'avait laissé seul. Heureusement, il s'était écrasé sur le lit et non sur le plancher. Ses muscles n'étaient pas seulement faibles, mais comme son ensorcelante femme l'avait prévenu, ils ressentaient encore les effets du poison. Même le fait de garder ses paupières ouvertes exigeait un effort.

Jurant intérieurement contre celle qu'il l'avait drogué, il conserva un visage détendu et écouta les nouvelles de Vane sur leurs amis communs. Avec son habituelle compréhension instinctive, Devil s'était retenu de demander qui l'avait empoisonné, attendant qu'il ait suffisamment récupéré pour s'en informer. Bien que Richard et Catriona n'aient pas discuté de la question au-delà de leur échange devant Helena, Richard avait assuré à Devil avec une certitude absolue que l'empoisonneuse ne présentait pas de menace actuellement et que lui et Catriona allaient s'occuper du problème une fois qu'il serait pleinement rétabli.

Devil acceptait cela ; Richard savait qu'il pouvait compter sur son frère pour étouffer toute curiosité supplémentaire sur le sujet. C'était nettement une situation que lui et sa sorcière de femme allaient devoir régler seuls.

Pas maintenant, par contre.

Réprimant un bâillement, Richard sourit devant la description de Vane d'une course tenue au manoir Beuclaire. Ensuite, il laissa son regard errer derrière son cousin, là où Catriona était assise sur la banquette sous la fenêtre, occupée à repriser sans relâche, sa chevelure transformée en flamboyant brasier par le soleil entrant à flots par la fenêtre.

Au moins, rien ne clochait avec ses yeux.

Cinq minutes plus tard, précédée par des coups péremptoires, la porte s'ouvrit. Un grand personnage aux épaules larges et d'une élégance ineffable entra d'un pas nonchalant.

Son regard tomba d'abord sur Catriona — et n'alla pas plus loin.

Les extrémités de ses longues lèvres se levèrent en un sourire que Richard et Vane connaissaient bien, puis le gentleman s'avança et exécuta une révérence pour Catriona.

— Gabriel Cynster, ma chère.

Catriona tendit instinctivement sa main ; il la prit et la tira sur ses pieds sans peine, puis dans ses bras et il l'embrassa. Levant la tête, il baissa un sourire de loup sur elle.

— Le cousin de Richard.

— Un autre, commenta Vane d'un air pince-sans-rire.

Libérant en douceur Catriona et l'aidant gracieusement à se rasseoir avec un sourire irrésistible, Gabriel se tourna vers le lit et haussa un sourcil paresseux.

— Tu es ici aussi ? Si j'avais su, je n'aurais pas à moitié tué mon cheval pour arriver.

Clignant des paupières, Catriona reprit son aiguille, mais elle garda les yeux sur le tableau[1] autour du lit.

— Comment diable as-tu appris la nouvelle ? demanda Richard. Ne me dis pas que toute la société est au courant.

S'arrêtant à côté du lit, Gabriel baissa le regard sur Richard.

---

1 En français dans le texte original.

— Bien, à l'évidence, tu es encore en vie ; maman a dû s'emmêler les pinceaux. Elle maintenait catégoriquement que j'allais te trouver à l'article de la mort.

Avec grâce, il s'assit au bout du lit.

— Et en ce qui concerne le fait que la nouvelle se soit ébruitée, je ne peux pas le dire, mais cela ne m'étonnerait pas. Maman m'a écrit une série d'ordres, rédigés de manière à décourager la désobéissance et m'a prié de me rendre en hâte dans le nord. Je me trouvais à une réunion très sélecte dans un pavillon de chasse dans le Leicestershire. Comment diable a-t-elle réussi à me trouver, je n'aime pas y penser.

Vane se racla la gorge.

Richard sourit à moitié endormi.

Gabriel secoua la tête.

— C'est un jour triste celui où un homme ne peut même pas s'échapper pour une orgie sélecte, soi-disant secrète, sans que sa mère le convoque, sans même prononcer un mot.

Richard et Vane rigolèrent. Gabriel haussa les sourcils avec résignation.

Catriona secoua son ouvrage et commença à le plier.

— Je vais naturellement écrire à lady Celia pour la remercier de ses bonnes pensées.

Un silence soudain tomba sur les trois autour du lit.

— Et maintenant, déclara Catriona, Richard doit se reposer.

Les trois échangèrent un regard éloquent ; Catriona se leva et sourit à Vane et à Gabriel.

— Si vous voulez bien, messieurs ?

Elle agita la main vers la porte ; ils partirent avec des sourires charmants et sans discuter. S'activant autour du lit, elle borda Richard. Il aurait aimé pouvoir froncer les sourcils, mais il était vraiment fatigué.

— Venez-vous allonger avec moi.

Il tenta de l'attraper, mais il était beaucoup trop lent.

Elle s'échappa, leva un doigt pour l'agiter devant lui, puis elle changea d'avis et sourit. Un sourire qui adoucit son visage et fit battre le cœur de Richard, un sourire qui aurait dû sceller son destin — si seulement il avait été d'attaque.

— Plus tard, dit-elle. Quand vous irez mieux de nouveau.

Il y avait une douceur dans ses yeux, un écho de quelque chose dans son ton qui apaisa et calma son irritation. Elle tira les tentures et le laissa ; Richard s'endormit doucement, glissa dans des rêves d'orgie très privée, restreinte à deux personnes.

Le matin venu, il en avait vraiment assez. Il se sentait assez fort pendant qu'il était allongé sur le dos et détendu, mais le simple fait de lever ses bras exigeait un effort. Il ne pouvait pas faire l'amour à sa femme. Il ne pouvait pas sortir du lit.

Pour sa part, il avait besoin de pratique dans ces deux domaines.

À cette fin, il persuada Devil, si souvent son complice dans le passé, aujourd'hui resté pour lui tenir compagnie pendant que les dames prenaient l'air dans le parc, à l'aider à se lever.

— Si je pouvais seulement faire fonctionner mes jambes correctement…

Baissant vivement une épaule sous le bras de Richard, Devil l'aida à garder son poids en équilibre pendant qu'il se levait du lit.

— Essayons d'aller jusqu'au foyer et de revenir. Nous devons éviter la fenêtre : elles pourraient jeter un coup d'œil et nous voir.

Richard agrippa l'épaule de Devil et leva un pied pour faire le premier pas…

La porte s'ouvrit.

— C'est bruineux…

La douairière, devançant ses belles-filles, s'arrêta et considéra ses fils du regard — surpris en plein acte de désobéissance — avec des yeux plissés.

— Qu'est-ce que c'est que cela ?

Ils rougirent tous les deux. Le degré d'accent dans l'élocution d'Helena les prévint qu'elle n'était pas amusée.

— J'aurais pensé que vous seriez assez vieux maintenant pour avoir plus de bon sens, déclara-t-elle.

— Du bon sens ?

Son expression faisant écho à son ton sceptique, Honoria contourna la douairière. Devil remit rapidement Richard au lit et se redressa. Honoria marcha droit sur lui, elle rencontra directement son regard, puis elle s'empara de sa main.

— Venez ; je crois que vous venez d'être libéré de votre service ici. De manière permanente.

Sur ce, elle le traîna jusqu'à la porte.

Devil jeta à Richard un regard en arrière et il haussa les épaules avec impuissance.

Richard retomba sur ses oreillers avec un gémissement — alors que les deux femmes les plus importantes de sa vie fondaient sur lui.

Elles le sermonnèrent et firent des histoires autour de lui et le sermonnèrent encore, tout en le bordant tendrement. Il subit le tout stoïquement. Sur un dernier regard acéré, mais inquiet, Catriona dut partir.

Helena tira une chaise, s'empara du reprisage mis de côté par Catriona et s'installa pour le veiller.

Richard soupira.

— Je promets de ne pas réessayer de me lever — pas avant que ma femme ne m'en donne la permission.

— Tais-toi. Dors.

Le ton sévère d'Helena lui apprit qu'elle ne lui avait pas encore pardonné son imprudence.

Richard ravala un grognement. Après un moment, il dit :

— Vous n'avez jamais fait autant d'histoire avec Devil.

— C'est parce qu'il n'a jamais eu besoin qu'on le dorlote lui. Toi, oui ; à présent, tais-toi et dors. Et laisse-moi faire des histoires.

Ainsi prié, il se tut et se surprit à glisser dans un sommeil léger. Avant de succomber, il demanda :

— Que pensez-vous de Catriona ?

— C'est la femme parfaite pour toi. Elle te cajolera très bien à ma place.

Richard sentit ses lèvres tressaillir avec résignation ; il accepta son conseil, il se tut et s'endormit.

Il se réveilla quelques heures plus tard pour découvrir les jumelles, l'une perchée sur une chaise à dossier droit à gauche, l'autre sur une chaise assortie à droite, leurs yeux bleus, vifs et brillants, en train de veiller sur lui.

Abasourdi, il les dévisagea.

— Que diable faites-vous ici ?

Elles sourirent.

— Nous te surveillons.

Richard leur lança un regard noir ; il les détailla, remarquant les courbes matures qui remplissaient leurs corsages, les silhouettes sveltes dévoilées par leurs jupes de mousseline — et son regard devint encore plus mauvais.

— Vos décolletés sont trop profonds ; vous allez attraper la mort.

Elles penchèrent des regards également dégoûtés sur le lit.

— Tu es aussi désagréable que Devil.

— Et Vane.

— Presque autant que Demon ; nous l'avons dans les jambes presque partout où nous allons !

— Qu'est-ce qui cloche avec vous tous ?

Il se racla la gorge, ferma les yeux — et se retint de le leur dire.

— Nous sommes dans les Basses-Terres d'Écosse, déclara-t-il d'un ton irréfutable. Il fait plus froid ici.

Il se demanda si Catriona avait quelques châles en trop qu'elles pourraient épingler sur leurs épaules, près du cou.

Au moins, elles se trouvaient ici à proximité de lui-même, de Devil, de Vane et de Gabriel et non en train de se balader dans le sud, s'exhibant comme des agneaux potelés devant Dieu savait quels loups affamés, avec seulement Helena pour chaperon.

Gardant les yeux fermés, il s'enfonça davantage dans son lit. Il y avait peut-être un sens à toute cette folie, après tout.

CHAPITRE 18

La semaine s'écoula lentement pour Richard, confiné dans son lit et dans un tourbillon de gaieté inaccoutumée pour les autres résidents du val.

Ils n'avaient jamais rencontré des gens comme les Cynster auparavant.

Entrant dans la cour de l'écurie quatre matins plus tard, Catriona était consciente du sourire sur son visage — il faiblissait rarement ces jours-ci, malgré l'empoisonnement de Richard et ce qu'elle devrait affronter une fois que leurs invités seraient partis. Pour l'instant, tout se déroulait en douceur avec un sentiment bouillonnant, effervescent de vie. Grâce à leurs invités.

Ils étaient partout, aidant avec tout, néanmoins ils avaient réussi, avec leur délicatesse caractéristique qui en soi était impressionnante, à le faire sans gêner qui que ce soit.

Un exploit qui inspirait son respect.

En rentrant à la maison après avoir vérifié les jardins encore en dormance, elle s'arrêta pour apprécier l'activité dans la cour. Devil était là avec McAlvie et ses hommes ; à côté d'eux, Vane et Corby étaient à cheval, sur le point de partir jeter un coup d'œil sur les vergers. Vane regardait vers le bas, Devil vers le haut — tous les autres hommes ne paraissaient pas seulement plus petits, mais aussi moins vivants, sans trop savoir pourquoi. Ensuite, Devil hocha la tête et recula. Vane fit tourner sa monture ; Corby sur les talons, il sortit à grands bruits de sabots de la cour. Se détournant, Devil récupéra McAlvie ; avec les hommes du gardien de troupeau suivant dans leur sillage, ils descendirent la pente à grandes enjambées vers la grange du cheptel.

Souriant, Catriona reprit sa progression vers la maison. Devil s'occupait du bétail, Vane des vergers. Sans le moindre commentaire, ils lui avaient laissé les cultures agricoles. Ils s'étaient divisé les responsabilités de Richard entre eux et ils agissaient en son nom. Quant à Gabriel, il s'était nommé secrétaire de Richard ; il était actuellement assis avec ce dernier et s'occupait de la correspondance accumulée à propos de ses affaires. Elle n'avait pas réalisé l'ampleur des investissements de Richard jusqu'à ce que Gabriel trouvât la pile de lettres dans la bibliothèque et arrivât en trombe à l'étage en les agitant et en insistant pour que Richard s'en occupât.

Elle apprenait de nouvelles choses tous les jours.

Comme le fait que, bien que n'étant d'aucune façon impressionnables au sens général, les autres femmes du val appréciaient nettement les hommes comme les Cynster. Un groupe d'entre elles s'étaient rassemblées dans l'encadrement de la porte de la laiterie et profitaient du spectacle de Devil et de Vane. Tous les hommes Cynster provoquaient la même réaction : ils étaient toujours si élégamment vêtus et chaussés, pourtant, il était tout naturel pour eux de prendre une hache et de fendre du bois ou d'apporter leur aide pour réparer une clôture ou pour rassembler les vaches. Les femmes du coin s'étaient habituées à Richard, mais... leurs larges sourires et leurs commentaires, soufflés par la brise — « Ils sont plus nombreux encore », disait Cook ; « Oh, ciel ! », lui répondait-on avec des hochements de tête et des sourires tout en retournant à la laiterie — suggéraient qu'elles étaient loin d'être lassées de ce spectacle.

Son sourire s'élargissant, Catriona grimpa les marches et poussa la lourde porte arrière. Les Cynster, décida-t-elle, étaient tout simplement plus grands que nature.

Deux d'entre eux préparaient du pain. Dans la farine jusqu'aux coudes, Amelia et Amanda étaient debout à la table de la cuisine, gloussant avec les filles de Cook pendant que toutes pétrissaient la pâte. Toutes les filles avaient les joues rouges, les bouclettes d'Amelia et d'Amanda dansaient et leurs immenses yeux myosotis étaient brillants à force de rire. Même avec des traces de farine sur leurs nez mutins, elles étaient des beautés.

De belles jeunes filles anglaises provenant de l'une des meilleures et plus anciennes familles.

Elles pouvaient pourtant glousser mieux que quiconque. Bien que certainement inconscientes de leurs charmes, ni l'une ni l'autre des jumelles ne semblaient avoir un brin de « snobisme » dans le corps — alors qu'elles n'oubliaient jamais qui elles étaient, elles se montraient ouvertement amicales et se laissaient volontiers charmer.

Les filles de Cook étaient en admiration, mais également prêtes à se joindre au plaisir.

— Nous pourrions tresser les miches, comme ceci.

Amélia créa une tresse distinctement de travers avec sa pâte.

— Tante Helena aime le pain comme ça, expliqua Amanda, mais nous devrions peut-être essayer d'autres formes : les tresses ne seront peut-être pas aux goûts des hommes.

Souriante, Catriona continua son chemin, les laissant imaginer toutes sortes de pain de fantaisie. Ceux qui seraient présents au déjeuner auraient un nouveau sujet d'intérêt.

Entrant plus avant dans la maison, elle passa sous une entrée en arche menant à la seconde cuisine qui abritait les fours principaux du manoir. Et elle s'arrêta — stoppée net par la vue de deux derrières[1], côte à côte, une vêtue d'une robe fonctionnelle, l'autre en sergé à la mode.

— Hum, je pense que cela nécessite une touche supplémentaire de romarin.

Penchée en avant, regardant à l'intérieur d'un four à rôtir, Honoria passa la louche à arroser à Cook.

Qui hocha sa tête grise.

---

1 En français dans le texte original.

— P' t'être, p' t'être. Et possiblement une pincée de plus d'estragon et un clou de girofle ou deux. Juste pour le relever un peu, je pense.

Aucune ne l'entendit, aucune ne se retourna ; les deux continuèrent à examiner le rôti avec une totale concentration. Souriant toujours, Catriona continua sans bruit.

— J'ai toujours trouvé qu'un soupçon* de lavande dans la cire ajoute la touche parfaite. Cela rafraîchit la pièce sans être trop envahissant.

— Je suis tellement d'accord, madame. Et cela rend la cire d'abeille juste un peu plus souple, juste assez pour en retirer ce qu'il faut de plus. Puis-je vous servir un peu plus de xérès, Votre Seigneurie ?

Cachée par les ombres du couloir, Catriona regardait madame Broom remplir le verre de xérès serré entre les beaux doigts de la douairière. Une bague d'émeraudes et de diamants étincela quand la douairière exprima sa gratitude d'un geste.

— J'ai remarqué, dit-elle alors que madame Broom revenait à sa chaise, que votre argenterie a un très beau lustre. Qu'utilisez-vous pour le polir ?

— Ah, eh bien, voyons, c'est un peu un secret du val. Cependant, comme vous êtes de la famille…

Catriona repartit sans bruit en secouant la tête, consevant ce moment dans sa mémoire pour le décrire à Richard plus tard. La douairière aurait très bien pu s'asseoir dans le salon et prendre madame Broom sous son commandement ; au lieu de cela, elle avait choisi de partager un xérès avec la gouvernante dans son confortable petit boudoir. Pour mieux apprendre ses secrets.

La douairière était incorrigible.

Un sourire couronnant son visage, Catriona pénétra dans le vestibule — et se souvint de ceux qu'elle n'avait pas vus pendant son trajet dans les étages inférieurs. La tribu d'enfants du manoir. Ils étaient remarquablement absents — elle n'avait pas vu un seul petit corps, pas entendu un seul cri perçant.

Ce qui n'était pas rassurant.

Où étaient-ils ? Et que manigançaient-ils ?

Elle fit un détour par la salle des trophées de chasse — et eut sa réponse. Patience était assise sur la carpette devant l'âtre avec ses élégantes jupes largement étalées pour accueillir des chatons jouant, roulant et donnant de petits coups de patte sur des doigts et des mains. Les enfants étaient tous rassemblés autour, calmement captivés.

— Oh, regardez ! dit l'un avec émerveillement.

— Celui-ci aime mes cheveux.

— Leurs griffes sont pointues.

— En effet, les prévint Patience, et leurs dents aussi.

Elle leva la tête et aperçut Catriona ; Patience arqua un sourcil en signe d'interrogation. Catriona sourit et secoua la tête.

— Aïe !

Patience se retourna.

— Soyez prudents : ils sont très jeunes et ils ne veulent pas vous faire mal intentionnellement.

Avec le manoir aussi peuplé et pourtant en paix, Catriona se dirigea vers la réserve.

Elle y était encore une heure plus tard lorsque Patience passa la tête par la porte.

— Puis-je vous interrompre ?

Catriona sourit.

— Je vous en prie ; je rafraîchis seulement les sachets d'odeur pour le linge de maison.

— Peut-être puis-je vous être utile.

Tirant un tabouret de l'autre côté de la table où était assise Catriona, Patience s'installa et prit l'un des petits sacs en lin.

— Je vais les coudre, si vous le voulez bien.

— Vous pouvez m'interrompre n'importe quand, l'informa Catriona en poussant l'aiguille et le fil sur la table. C'est la tâche que je déteste.

Une fois qu'elles se furent mises à la tâche, Patience attira l'attention de Catriona en grimaçant.

— En fait, je me demandais si vous pourriez me recommander quelque chose pour apaiser mon estomac. Le matin, seulement.

— Ah !

Catriona sourit et s'épousseta les mains.

— J'ai une tisane qui devrait aider. C'est surtout de la camomille.

Elle avait la boîte en main.

La famille avait célébré la bonne nouvelle de Patience et Vane avec une série de toasts bruyants autour du lit de Richard quelques soirs auparavant. Honoria avait essayé de rester en retrait, prétendant qu'une deuxième grossesse était une moins grande nouvelle qu'une première — ils ne l'avaient pas laissée faire. Tout en échangeant des regards chaleureux, elle et Richard n'avaient rien dit ; tous les deux, de manière indépendante, avaient ressenti le besoin de garder leur nouvelle pour eux encore un temps — pour la savourer pleinement avant de la partager avec les autres. Déposant la boîte, elle trouva un sac en toile et le remplit de feuilles.

— Demandez à la servante de vous en infuser tous les matins et buvez-le avant de sortir du lit ; cela devrait vous soulager.

Cela fonctionnait pour elle.

Patience prit le sac avec plaisir.

— Merci. Honoria ne semble pas touchée ; elle dit qu'elle se sent seulement fatiguée pendant une semaine environ.

— Toutes les femmes sont différentes, lui assura Catriona en reprenant sa tâche qui consistait à remplir les sachets de lin d'herbes séchées.

Un silence agréable tomba sur elles, puis la porte s'ouvrit ; Honoria regarda à l'intérieur. Elle sourit.

— Vous voilà. Parfait. Je voulais vous demander si vous aviez des remèdes pour les enfants qui font leurs dents.

Tirant un autre tabouret près de la table, elle prit un sachet vide et commença à le remplir.

— Sebastian a percé ses deux premières dents, mais les autres semblent le déranger davantage. Il devient tellement grognon, et l'on peut même dire qu'il fait plus de bruit que son père.

Patience gloussa.

Catriona sourit et quitta son tabouret.

— Les clous de girofle devraient l'apaiser. J'ai un onguent déjà préparé quelque part ici.

Pendant qu'elle fouillait et trouvait le pot, puis en remplissait un plus petit pour Honoria, les deux autres s'activaient à remplir les sachets.

— En fait, dit Honoria en tendant un sachet plein à Patience, lorsque vous viendrez nous rendre visite, il faudra que je vous demande de passer notre réserve en revue. Je connais les bases, évidemment, mais je suis certaine que vous pourriez me donner quelques bonnes leçons.

— Hum.

Patience regarda les rangées bien organisées de bouteilles et de pots autour d'elle, tous pleins, tous étiquetés.

— Et quand vous en aurez fini dans le Cambridgeshire, vous pourrez venir nous voir dans le Kent.

Normalement, elle aurait instantanément répondu qu'elle ne quittait jamais le val ; mais, touchée par une envie impulsive qu'elle ne pouvait pas définir, Catriona sourit chaleureusement.

— Nous verrons.

Ils se rassemblèrent tous pour le déjeuner ce jour-là — quand le gong sonna, les trois femmes quittèrent la réserve où elles avaient passé une heure en agréable compagnie à terminer les sachets d'odeur et à comparer leurs notes sur leurs maisons respectives. Alors qu'elle avançait lentement avec sa belle-sœur et son cousin vers la salle à manger, Catriona n'arriva pas à se rappeler une expérience similaire. Elle n'avait jamais participé à une telle discussion auparavant, jamais été exposée à la chaleur des confidences partagées et des conseils généreusement offerts.

Elle ne s'était jamais sentie proche d'une autre femme comme elle se sentait maintenant avec Honoria et Patience. Encore une autre révélation de ce qui pouvait exister sans qu'elle le sache.

La salle à manger était en ce moment l'habituel centre de bruits et d'énergie. Pendant qu'elle s'installait, elle survola ses invités du regard avec une affection qu'elle n'avait jamais expérimentée auparavant. Une affection croissante.

Eux, évidemment, le prenaient simplement comme leur dû ; ils lui sourirent et lui firent même des clins d'œil, puis ils se mirent en devoir de se distraire et d'amuser tous les autres. Ils étaient tous tellement puissamment vivants, si sûrs d'eux, si naturellement confiants, néanmoins, pas snobs du tout ; les gens du manoir, les gens du val — tous ses gens — les avaient accueillis dans leur cœur.

La douairière était assise à côté de McArdle et le sermonnait pour qu'il fasse davantage d'exercice, quelque chose que Catriona avait tenté de lui laisser entendre discrètement depuis des années. La douairière ne le lui laissait pas entendre — elle le lui disait. Avec des gestes extravagants enveloppés de charme français.

Et, bien sûr, McArdle écoutait et hochait la tête pour marquer son acquiescement.

Cook et Honoria échangeaient leurs observations sur le succès de leurs efforts avec les viandes rôties, pendant que les jumelles attiraient l'attention de tous sur les pains grandement variés éparpillés sur les tables, partageant d'une manière charmante les compliments ainsi obtenus avec les trois aides-cuisinières de Cook, qui devinrent rouges comme des betteraves.

Henderson, Devil et McAlvie étaient assis à une autre table, plongés dans une discussion sur un sujet inconnu ; plus loin, Vane et Gabriel bavardaient avec Corby, Huggins et les palefreniers — à propos de chevaux, si l'on pouvait en juger par leurs gestes.

Dehors, la température était encore sèche et froide, mais à l'intérieur, le manoir brillait sous la chaleur et les rires. Souriant chaleureusement, Catriona survola sa maisonnée élargie et les bénit chacun, en silence.

Plus tard ce même après-midi, elle laissa Richard, grommelant, se reposer et sortit pour aller observer les leçons d'équitation.

Vane avait découvert les tentatives de Richard en ce sens — il en avait parlé à Devil et à Gabriel.

Les enfants étaient à présent tout excités. Ils recevaient des leçons d'équitation tous les jours, parfois deux fois par jour de leurs professeurs privés, tous d'anciens officiers de la cavalerie. Catriona avait appris ce dernier fait d'un Tom essoufflé qui lui avait plus tard été confirmé par Devil.

— Je suis probablement le cavalier le plus endurant, avait-il dit, mais Demon est le meilleur.

Il avait baissé les yeux vers elle et sourit.

— Vous ne l'avez pas encore rencontré ; c'est le frère de Vane.

Catriona était silencieusement reconnaissante à Demon de ne pas avoir accouru aussi au manoir — c'était très épuisant de s'habituer aux nombreux Cynster en même temps.

Cependant, ils étaient de très bons cavaliers — et très doués avec les enfants.

Se glissant sans se faire remarquer dans la cour, elle se percha dans un coin du puits d'eau au milieu et regarda les trois groupes dans lesquels les enfants étaient répartis. Les plus jeunes étaient avec Devil — pas du tout effrayés par lui — gloussant et riant pendant qu'il les tenait patiemment et leur apprenait comment s'asseoir, comment tenir les rênes. Le groupe un peu plus âgé, incluant Tom, était avec Vane, qui leur enseignait les rudiments de la chevauchée active. Le dernier groupe, composé de palefreniers et de jeunes ouvriers agricoles qui savaient à peu près monter à cheval mais n'étaient assurément pas au niveau des Cynster, s'exerçait sous l'œil acéré de Gabriel.

Catriona les observa un moment, essayant de comprendre le rapport qui semblait si facile entre les hommes Cynster et les chevaux, ainsi qu'avec les petits humains. En fin de compte, elle réprima un haussement d'épaules ; elle sourit et l'accepta — ils étaient, clairement, doués naturellement dans les deux sphères — c'était ainsi, tout simplement.

Et ils allaient lui manquer après leur départ, comme à tous les habitants du val.

Plus tard ce soir-là, Richard s'allongea sur un divan dans leur chambre à coucher à quelque trois mètres du lit. C'était tout ce que lui autorisaient ses forces. Au moins, sa sorcière de femme l'avait laissé sortir du lit ; il pouvait à présent se tenir debout, mais après quelques pas, sa force semblait l'abandonner.

Apparemment ravie de son léger progrès et enfin convaincue que le poison avait quitté son organisme pour de bon, Catriona lui avait monté une tisane spéciale, garantissant, lui avait-elle dit, le plein retour de ses forces. Rien d'autre, avait-elle déclaré, ne se tenait plus entre lui et un rétablissement complet.

Et la liberté. L'étendue sauvage au-delà des fenêtres.

La potion avait mauvais goût, mais Richard la but avec bonne volonté — et planifia la façon dont il allait célébrer sa vigueur une fois qu'elle lui reviendrait.

Ses réflexions furent interrompues par Devil, qui ouvrit la porte et entra sans se presser, suivi de Vane et de Gabriel.

— Pendant que nos femmes et notre estimée parente sont occupées à faire des plans, nous avons pensé monter et te témoigner notre affection, lui dit Devil dans un sourire. Comment vas-tu ?

— Mieux.

Vidant ce qui restait de la potion et avalant avec une grimace, Richard constata que c'était vrai. Il mit le gobelet de côté.

— Je me doute que je vais devoir endurer encore quelques jours de plus, mais…

— Assure-toi seulement de guérir complètement, le prévint Gabriel. Sois maudit si je dois revenir aussi loin dans le nord parce que tu as subi une rechute.

Vane rigola.

— Ta femme semble convaincue que tu seras complètement rétabli d'un jour à l'autre maintenant, et je me doute qu'elle sait de quoi elle parle.

— Hum, fit Richard en les contemplant d'un air spéculateur. En fait, je réfléchissais justement à une petite aventure, pour ainsi dire, pour célébrer mon retour parmi les vivants.

— Une aventure ?

— Petite à quel point ?

— Quel genre ?

Richard afficha un grand sourire.

— Rien de trop extravagant, mais nous n'avons pas eu de véritable excursion depuis Waterloo. Je ne sais pas pour vous, mais deux semaines au lit ont aiguisé mon appétit.

— C'est loin d'être étonnant, répondit Devil, dans les circonstances. Mais, cette petite aventure ?

Richard lui lança un coussin, qui atterrit en plein dans le mille et le fit se sentir beaucoup mieux.

— Si tu ne restes pas poli, je ne te le dirai pas. Je partirai simplement à cheval un matin et tu devras attendre mon retour.

— Partir à cheval ?

— Où cela ?

— Je promets d'être excessivement poli.

— Eh bien, commença Richard en tirant un de ses lobes d'oreilles. Il se trouve que j'aurai besoin de toi pour ce projet, du moins de quelques cavaliers de plus. Si, évidemment, tu peux prendre un peu de temps pour une petite aventure avant de reprendre la route du sud vers des climats plus cléments ?

Devil haussa les sourcils, en signe de fausse exaspération.

— Oublie les blagues : quel est le plan ?

— Catriona ?

Surprise en train de se lever de sa table de travail dans son bureau, Catriona leva la tête. Devil se tenait dans l'embrasure de la porte, Vane sur ses talons.

— Quelque chose ne va pas ? demanda-t-elle

— Non, non !

Devil entra ; Vane le suivit. Devil sourit avec candeur.

— Nous nous demandions seulement si vous pouviez prendre quelques minutes pour nous expliquer certaines choses.

Il voulait quelque chose ; Catriona le voyait bien par ce sourire. Se rasseyant calmement sur sa chaise, elle leur fit signe de s'installer dans celles qui lui faisaient face. Melchett venait juste de partir, étant passé pour l'informer que tout était prêt pour que les plantations du printemps soient faites telles qu'elle l'avait ordonné. À l'étage, Richard était avec Worboys en train de s'habiller avant sa première tentative de négocier les marches. Son monde était serein, il suivait son cours. Et les deux hommes devant elle en faisaient maintenant partie.

— Comment puis-je vous être utile ? demanda-t-elle. Peu importe, si c'est en mon pouvoir, naturellement, vous n'avez qu'à me le demander.

Le sourire de Devil s'élargit.

— C'est à propos des rendements des récoltes. Richard m'a appris ce que vous réussissez à obtenir…

— Et Corby a mentionné en passant le tonnage que vous sortez des vergers, et l'âge des arbres, se hâta de dire Vane en haussant les sourcils. Franchement, si je n'étais pas certain qu'il dise la vérité, j'aurais pensé qu'il avait inventé les chiffres.

Catriona sourit.

— Nous nous en sortons très bien, c'est vrai.

— Pas très bien, la corrigea Devil. Incroyablement bien, précisa-t-il en rencontrant son regard. Nous aimerions savoir comment vous y arrivez.

Catriona soutint son regard et réfléchit rapidement à ses choix. Elle avait dit qu'elle leur donnerait tout ce qui était en son pouvoir ; il n'y avait aucune raison qu'elle ne réponde pas à leurs questions. Sa seule inquiétude était qu'ils pourraient ne pas la croire — ou bien qu'ils n'auraient pas l'esprit suffisamment ouvert pour comprendre. Mais alors, ils étaient venus la voir pour lui poser la question. Et, en tant qu'une des disciples de la Dame, il lui incombait de répandre son message aussi largement que possible.

Prenant une lente inspiration, elle hocha la tête.

— Très bien. Cependant, vous devez garder en tête que ce que je vais vous dire est davantage une… philosophie qu'un mode d'emploi, lança-t-elle en jetant un coup d'œil à Vane. Donc, la réponse est la même pour les récoltes et les vergers, en fait, pour tout ce qui pousse. Et la philosophie est vraie pour les terres arables, qu'elles soient situées dans l'ombre du Merrick ou dans le Cambridgeshire, ou dans le Kent.

Ils acquiescèrent tous les deux d'un signe de tête.

— Donc…, lui dit Devil pour l'inciter à poursuivre.

— Donc, dit-elle, c'est une question d'équilibre.

— D'équilibre ?

— Ce que vous retirez doit être remplacé, si vous voulez pouvoir le retirer encore, précisa Catriona en se penchant en avant et en posant les bras sur sa table de travail. Chaque parcelle de terre possède certaines caractéristiques, certains nutriments qui lui permettent de soutenir des cultures de tel ou tel genre. Une fois les cultures rendues à maturité, cependant, les nutriments utilisés pour soutenir le tout diminuent dans le sol. Si l'on ensemence continuellement ce sol, il continuera à se détériorer et produira des récoltes de plus en plus pauvres jusqu'à ce qu'il ne donne plus rien. La rotation des cultures aide, mais même cela ne rend pas les nutriments au sol. Donc, si vous voulez récolter continuellement, et obtenir de bonnes récoltes, vous devez renouveler la terre, remplacer les nutriments utilisés, après chaque moisson. C'est le point essentiel, le besoin d'équilibre ; on prend, on donne.

Vane fronçait les sourcils.

— Revenez en arrière une minute. Voulez-vous dire que pour chaque culture en particulier, dans chaque champ en particulier, on doit développer une… une…

— Une compréhension de l'équilibre des nutriments en jeu ? Précisément, acquiesça Catriona.

— Cet équilibre — Devil se pencha en avant —, comment se mesure-t-il ?

Ils l'interrogèrent, elle répondit et expliqua ; Devil demanda du papier et il dessina certains de ses champs — Vane lista les fruits et les noix qu'il cultivait. Ils discutèrent et ils argumentèrent, même, mais pas une fois ils ne doutèrent ou donnèrent l'impression de rejeter ses conseils. Tout à fait le contraire, en fait.

— Je vais essayer, déclara Devil, et vous allez devoir parler à mon contremaître lorsque vous viendrez nous rendre visite.

Il plia la feuille de papier sur laquelle il avait pris des notes.

— Si nous pouvons réussir à atteindre la moitié de ce que vous faites ici, je mourrai heureux.

Contemplant sa propre feuille de notes, Vane arbora un large sourire.

— Mes hommes vont penser que j'ai perdu l'esprit, mais… ce sont mes champs, et mes profits, ajouta-t-il en levant la tête, puis il sourit à Catriona. Merci, ma chère, d'avoir partagé vos secrets.

— En effet.

Se levant en même temps que Catriona, Devil remua ses sourcils en sa direction.

— Sans aucun doute le secret de femme le plus utile que je n'ai jamais appris.

Riant, elle leur donna congé d'un geste de la main ; ils partirent en exécutant des révérences extravagantes. Se rasseyant, elle ne put effacer son sourire. Après une minute, elle ordonna son bureau, puis elle alla à l'étage pour juger de la force de Richard.

— Ah, vous voilà.

Catriona leva la tête du parterre qu'elle contemplait, là où elle espérait voir bientôt apparaître quelques pousses vertes. Gabriel se frayait un chemin entre les parterres jusqu'à elle, cherchant manifestement à voir ce qu'elle examinait dans la terre brune d'hiver.

— Y a-t-il quelque chose là ?

— Non, répondit Catriona en souriant. Je vérifiais, tout simplement. Avez-vous besoin de quelque chose ?

Il se redressa et sourit.

— Pas exactement. J'ai entendu parler des conseils que vous avez donnés à Devil et à Vane.

— Ah, je vois.

Catriona lui fit signe de la suivre pendant qu'elle déambulait sur le sentier.

— Et que faites-vous pousser ?

— Rien, du moins, pas dans ce sens, répondit-il en lui adressant un grand sourire. Je fais pousser de l'argent ; avec de l'argent.

— Oh, s'exclama Catriona en clignant des paupières. Je ne pense pas pouvoir vous donner des conseils de ce côté-là.

— Probablement pas, répondit-il affablement. Cependant, votre idée d'équilibre est très juste : en matière d'investissement, ce sont les facteurs de risque et de rendement qui créent l'équilibre.

Catriona soutint son regard.

— J'ai bien peur, dit-elle, de ne pas connaître grand-chose aux investissements.

Le sourire de Gabriel s'élargit.

— Comme la majorité des gens ; ce qui m'amène à mon sujet. À la lumière de vos excellents conseils, j'aimerais vous offrir mon aide en matière d'investissements comme je le fais pour les membres de la famille. Vos conseils nous profitent à tous, car la richesse de Devil étaye la bourse ducale familiale, et lui comme Vane investit par mon entremise, de sorte que plus ils engagent de fonds, plus nous nous enrichissons.

Il s'arrêta et lui sourit.

— Nous sommes de la famille maintenant, alors ce n'est que justice.

Catriona le fixa dans ses yeux d'un brun noisette pâle et laissa ses paroles et son sourire la réchauffer.

— Je…, hésita-t-elle, puis hocha la tête. Je pense que j'aimerais cela. Richard investit avec vous, n'est-ce pas ?

— Toute la famille le fait. Je supervise les investissements et Heathcote Montague, notre homme d'affaires commun, agit comme exécuteur, ajouta-t-il en souriant. Cela signifie que c'est moi qui m'occupe des négociations et des investissements, et c'est lui qui se charge de toutes les formalités ennuyeuses.

Catriona hocha la tête.

— Parlez-moi davantage de ce que vous faites. Comment fonctionnent vos investissements ?

Ils se promenèrent tranquillement dans les jardins pendant près d'une heure. Elle en apprit suffisamment pour avoir la certitude qu'il savait précisément de quoi il parlait.

— Très bien.

Sur un hochement de tête, elle s'arrêta à l'entrée des potagers. C'était là l'occasion d'établir le revenu futur du val pour toujours. Gabriel investirait leurs fonds supplémentaires pour elle — le revenu serait disponible pour aider le val à passer le cap les années de vaches maigres, si jamais elle venait à mourir. Elle hocha encore une fois la tête et centra de nouveau son attention sur le visage de Gabriel.

— Je vais parler à McArdle et faire transférer les fonds ; Richard saura où les diriger.

Le sourire décontracté de Gabriel illuminait son visage ; une main sur le cœur, il exécuta une révérence.

— Vous ne le regretterez pas, je le jure.

Il se redressa, les yeux pétillants.

— Bienvenue dans un autre domaine de notre famille.

Richard pénétra dans la salle à manger ce soir-là sous un chœur de vibrants encouragements. Toute la maisonnée se leva et applaudit. Sa démarche lente masquant son manque de force, il sourit et hocha la tête gracieusement, avec une expression d'affabilité amusée. Cependant, quand il rencontra le regard de Catriona en reprenant sa place à côté d'elle, elle put sentir la chaleur, la joie, l'acceptation affectueuse brûlant dans ses yeux bleus.

Elle eut un sourire ému et elle se rassit rapidement afin qu'il puisse lui aussi faire de même. Les applaudissements s'évanouirent et le premier service arriva.

Sous le bord de la table, Richard serra brièvement sa main, puis il fronça les sourcils devant le plat de service posé devant lui.

— Doux Jésus ! Est-ce du turbot ?

— Hum hum.

Rapprochant le plateau, Catriona en mit une pleine portion dans son assiette.

— Cook a dit que c'était un de vos plats préférés.

— En effet.

Déconcerté, Richard fixa son assiette, puis il regarda Catriona.

— Mais où a-t-elle pu trouver du turbot par ici ?

Catriona haussa les sourcils d'une manière hautaine.

— Nous avons nos secrets.

Tout le repas fut une succession des mets préférés de Richard — un fait qui ne lui échappa pas. Il attira le regard de Cook et il la salua, ce qui la fit rougir de façon éclatante alors même qu'elle hochait la tête avec grâce.

Il se pencha plus près de Catriona.

— J'irais la voir pour la remercier, mais…

Il grimaça.

Catriona sourit et appuya fugitivement son épaule contre la sienne.

— Vous pourrez lui parler demain ou après-demain lorsque vous passerez par les cuisines la prochaine fois.

Il emprisonna son regard et arqua lentement un sourcil noir.

— Si tôt ?

Les mots restèrent suspendus entre eux, pleins de sous-entendus. L'air autour d'eux devint plus dense, bloquant tous les autres. Catriona sentit ses poumons se contracter.

— Oh, je le pense, réussit-elle à dire, consciente de la soudaine excitation fébrile qu'elle n'avait pas ressentie depuis trop longtemps.

Le reste de la pièce disparut ; elle ne voyait que le bleu de ses yeux.

— Vous devriez être capable, heu, de vous lever pour de bon d'un jour à l'autre.

Les lèvres de Richard tressaillirent sous l'amusement ; une lueur malicieuse éclaira ses yeux.

— Vous n'avez aucune idée, dit-il d'une voix traînante, de quoi je suis capable...

Rompant le contact avec ses yeux, Catriona tendit la main vers son verre de vin et prit une gorgée très nécessaire.

— Oui, eh bien, ça y est.

— Hum. Et vous, où serez-vous ?

Sur le dos sous lui.

— Occupée, déclara-t-elle d'un ton décourageant.

— Oh, je pense que je peux le garantir, acquiesça le vilain qu'elle avait épousé.

Catriona se réveilla le lendemain matin et elle vit — et elle sut — ce que les Cynster avaient apporté dans le val. Cette certitude lui vint comme une révélation — un éclair de compréhension intuitive, une certitude limpide. Et au cours de ce même moment révélateur, elle vit leur mariage — le sien et celui de Richard — dans son ensemble, avec sa pleine signification, sa gloire dans son entier. Elle vit pourquoi la Dame avait dirigé Richard dans ses bras.

Elle y était toujours ; elle sut, à cet instant, qu'elle y resterait à jamais. Il dormait derrière elle, enroulé sur elle, sa respiration, qui soufflait doucement, lui caressant la nuque, un bras protecteur et possessif autour de sa taille.

Il avait eu besoin d'elle — afin qu'elle serve d'ancre à son âme agitée. Il avait vu dès le début qu'elle avait besoin de lui pour la protéger et soulager les fardeaux qui étaient les siens par l'entremise de ses responsabilités envers le val et il l'avait obligé à le voir aussi. Ce qu'elle n'avait pas vu — n'aurait pas pu voir — et ce qu'il n'avait peut-être pas deviné, c'était qu'elle avait besoin de plus que cela.

Elle avait besoin d'apprendre sur la famille — sur les familles régnantes ; une chose qu'elle et le val ne connaissaient pas du tout. Avec des Cynster partout, elle avait observé de premier abord l'immense énergie positive qu'ils généraient en tant que famille. Ils n'étaient pas vraiment spirituels ou religieux d'une quelconque façon, mais ils servaient un objectif, jour après jour, un geste après l'autre : la famille, à la fois les leurs propres, et la famille élargie. Bien que leurs décisions fussent habituellement franches, directes, pratiques et évidentes, elle avait été impressionnée par l'incroyable force du groupe, une puissance beaucoup plus grande que la somme de ses individus. La force découlait du simple fait qu'ils avançaient tous dans la même direction, tous centrés sur le même but ultime.

Les voies de la Dame étaient profondes.

Il n'y avait pas eu de famille nombreuse au manoir depuis des générations — la dame du val avait, selon l'usage, donné naissance à une enfant unique, une fille pour prendre ses responsabilités. Mais, les temps changeaient : il y aurait de nouveaux défis à affronter, plus grands. Des défis nécessitant davantage que l'isolement du val pour les contrer.

Levant une main sur son sein, Catriona joua avec le pendentif qui y reposait — l'héritage de la mère de Richard. Par l'entremise de leur mariage, une lignée plus ancienne que la sienne était entrée dans le val ; leur enfant — leur fille — serait la première d'une nouvelle lignée, une descendance plus importante, née de la fusion des deux.

Elle serait la première d'une nouvelle famille.

Catriona resta allongée immobile et médita sur ce fait pendant que derrière les fenêtres le soleil se levait. Alors que la terre baignait dans l'aube, elle se glissa hors des bras de Richard et le laissa ronfler doucement.

Ses révélations étaient encore très présentes dans son esprit quand, plus tard ce même matin, elle se rendit dans la réserve.

Elle y était depuis une heure quand la porte s'ouvrit et que deux visages rayonnants s'y présentèrent.

— Pouvons-nous vous poser une question ?

Souriant, Catriona fit signe aux jumelles de s'installer sur des tabourets devant la table sur laquelle elle travaillait.

— Comment puis-je vous être utile ?

— Nous avons cette question brûlante, l'informa Amanda en se tortillant sur le tabouret.

— Nous voulons savoir ce que nous devrions chercher chez un mari, déclara Amelia.

Catriona ouvrit des yeux ronds.

— C'est une grande question.

— Comme vous êtes guérisseuse, nous avons pensé que vous pourriez probablement nous conseiller.

— On nous fait défiler en ce moment, vous savez, afin que tous les gentlemen célibataires puissent nous évaluer et voir si nous pouvons leur convenir.

— Toutefois, nous avons décidé que ce n'est pas très sensé.

— Non. Nous devons décider s'ils nous conviendront.

Catriona ne put se retenir de sourire.

— Ce qui, déclara Amanda, imperturbable, signifie que nous devons décider ce que nous devrions rechercher.

Catriona hocha la tête.

— Je vois cela ; je dois dire que vous abordez le sujet d'une manière très lucide.

— Nous avons décidé que c'était la seule façon d'aborder la question — c'est pourquoi nous sommes venues vous voir.

— Nous ne pouvons pas demander à tante Helena : elle est trop vieille.

— Et Honoria s'est mariée il y a plus d'un an. Ces jours-ci, son esprit est absorbé par son rôle de duchesse et celui de mère pour Sebastian, elle ne doit pas se rappeler ce qui était important auparavant.

— Et Patience ne se sent pas bien. Et elle est plutôt... introvertie, comme si elle pensait à son nouveau bébé.

— Mais nous avons pensé que vous sauriez ; vous êtes guérisseuse et les guérisseuses savent toujours tout. En plus, vous venez tout juste d'épouser Richard, de sorte que vous devriez vous rappeler pourquoi vous l'avez fait.

Une logique indiscutable. Catriona dut en rire. Cependant, son rire était gentil et doux ; en son for intérieur, elle se sentait profondément touchée, humble et un peu émerveillée. Elle réfléchissait à la façon dont elle devait apprendre sur la « famille », comme si c'était quelque chose qu'elle pouvait étudier à distance — et maintenant les jumelles étaient ici, lui rappelant que cette « famille » n'était pas loin, elle était ici. Elle-même était déjà, déclaraient leurs yeux bleus, un noyau dans la toile géante des Cynster ; elle était acceptée, disponible pour répondre aux questions sur des sujets d'une importance cruciale pour la plus jeune génération. C'était ainsi que les familles fonctionnaient.

Prenant une inspiration, elle contempla les jumelles, lut le sérieux dans leurs yeux.

— Comme je comprends votre question, dit-elle en baissant les yeux sur la pâte qu'elle préparait, vous ne voulez pas tant savoir pourquoi j'ai épousé

Richard que ce qui est important de chercher chez un futur mari.

— Exactement.

— En bref, c'est notre dilemme.

— Donc, reprit Catriona, votre question est vraiment philosophique et dans ce sens, je peux y répondre.

Fronçant les sourcils, elle fit tourner la pâte avec le mortier et les jumelles gardèrent un silence encourageant.

— Un bon mari, déclara-t-elle, doit être protecteur. C'est souvent le point le plus facile à vérifier. S'il vous regarde en fronçant les sourcils quand vous faites quelque chose d'à peine audacieux, alors il fait attention à vous de cette façon.

Les jumelles hochèrent la tête à l'unisson.

Catriona ne le remarqua pas, concentrée sur sa pâte, concentrée sur sa réponse.

— Pour une raison inconnue, les meilleurs hommes tendent aussi à être possessifs, et cela aussi est facile à voir. Il sc rcnfrognera à la vue de tout homme célibataire autour de vous si vous ne lui accordez pas d'abord suffisamment d'attention. Le point suivant, cependant, est difficile ; vous devez vous assurer avec soin d'avoir raison. Souvent, il n'est pas évident.

Elle fit rouler son mortier dans le contenant.

— Il devrait être content de vous — et même fier de vous — telles que vous êtes. Il ne devrait pas chercher à vous changer ou à…

Elle gesticula.

— Pensez-vous que vous avez besoin de prendre des leçons de sa sœur sur la manière de vous comporter ?

Catriona regarda Amanda.

— Exactement.

Le ton d'Amanda et la lueur combative dans son regard suggéraient qu'elle s'était déjà frottée à ce problème.

— Le dernier point, que dans votre cas précis je vous suggère fortement de prendre en considération, est son attitude envers la famille.

Cela nécessitait de leur expliquer qu'elle-même n'avait pas tenu compte de cela — parce qu'elle ignorait devoir le faire. Cependant, la Dame avait ordonné leur mariage — et la Dame avait vu à ses intérêts. Interrompant momentanément sa tâche, elle étudia les jumelles.

— Vous êtes nées et avez été élevées dans une grande famille très unie ; tout le monde n'a pas cet avantage. Cependant, cela vous manquerait terriblement et vous trouveriez la vie très difficile si l'homme que vous choisissez n'accordait pas de valeur à votre famille ou au concept de la famille, comme vous.

Deux paires d'immenses yeux bleus la regardèrent en cillant ; à cet instant, elle connaissait leurs pensées. La famille ? Elles n'étaient pas conscientes d'accorder de l'importance au concept — il était là tout simplement, une constante dans leurs vies ; peut-être l'avaient-elles tenu pour acquis jusqu'à maintenant.

— Hum.

Amanda plissa le front.

— Et, bien sûr, fit remarquer Catriona, tout homme désirant épouser l'une de vous devra s'exposer à la critique de votre famille et être accepté.

Les deux filles levèrent les yeux au ciel.

— Comme si nous pouvions un jour oublier cela !

— C'est toujours une inquiétude, dit Amanda. Et si l'homme que nous désirons ne réussit pas l'examen de la famille ?

Catriona sourit et baissa les yeux sur sa pâte.

— Si celui que vous voulez satisfait ces quatre critères, je pense que vous découvrirez que les Cynster l'accueilleront à bras ouverts.

CHAPITRE 19

On ne demanda pas à Catriona de se déclarer sur la question du rétablissement complet de Richard ; le lendemain matin, il démontra le retour de sa pleine vigueur en rejoignant la table du petit-déjeuner une bonne heure avant elle.

Quand, distinctement à bout de souffle, ayant soulevé ses paupières lourdes pour découvrir qu'il était parti depuis longtemps — tout comme l'aube, Catriona s'était précipitée dans la salle à manger, elle avait été accueillie par les larges sourires affectueux des autres dames Cynster et les grands sourires entendus des hommes Cynster. Redressant l'échine, elle s'était rendue d'un pas gracieux jusqu'à la table principale ; son incorrigible époux déplia sa longue silhouette et se leva pour retirer sa chaise.

— Je me demandais quand vous alliez vous réveiller.

Les mots, murmurés sur un ton d'innocence absolue, frôlèrent son oreille quand elle s'assit ; Catriona réprima un souvenir trop net de ce qu'il avait fait pour s'assurer qu'elle ne se réveille pas.

Levant le regard, elle rencontra les yeux brillants de la douairière.

— Bon[1] ! Il est guéri, n'est-ce pas ? Donc, tout est pour le mieux et nous devons réellement retourner dans le sud ; la saison mondaine commencera bientôt et Louise voudra amener les jumelles chez les couturières.

— En effet, acquiesça Honoria.

Alors que Patience se retournait pour s'adresser aux jumelles, Honoria pivota vers Catriona.

— Je sais que vous comprendrez : je veux retrouver Sebastian. Nous ne l'avons jamais laissé pendant si longtemps.

Catriona sourit sereinement, sincèrement.

— Je vous suis tellement reconnaissante d'être venue et d'être restée si longtemps. Naturellement, vous devez rentrer. Et, de ses yeux, montrant Richard qui conversait avec Devil et Vane, vous n'avez vraiment aucun besoin de rester.

Honoria afficha un large sourire, lui pressa la main en signe d'empathie, puis elle regarda Devil de l'autre côté de la table.

— Donc, nous pouvons tous partir demain.

— C'est aussi bien, acquiesça Patience en se détournant des jumelles.

---

1 En français dans le texte original.

Son regard effleurant brièvement celui de Vane, puis de Richard, Devil s'adossa à sa chaise. Et il contempla sa femme.

— En fait, ce n'est pas aussi simple. Je vais avoir besoin d'une journée ou deux pour discuter avec Richard ; il y a certaines choses que j'ai mises en marche et je dois en parler avec lui.

— Et je veux aller jeter un coup d'œil sur les arbres dans le verger, dit Vane. Il y a des travaux de greffe auxquels vous devriez songer.

— N'oubliez pas ces fonds dont nous devons discuter avant mon départ, intervint Gabriel.

Honoria, Patience et la douairière les fixèrent depuis le bout de la table.

— Cela veut-il dire, demanda enfin Honoria, que vous n'êtes pas prêts à partir ?

Devil sourit.

— Il suffira d'une ou deux journées, répondit-il en transférant son regard limpide sur Catriona. Nous ne voudrions pas que Richard se surmène et souffre d'une rechute.

Toutes les dames se tournèrent vers Richard, qui leur rendit leurs regards scrutateurs avec un air d'innocence impuissante. Honoria réprima à peine un grognement ; elle se leva.

— Je suppose, concéda-t-elle, qu'un ou deux jours de plus ne feront pas de mal.

Honoria leva la tête au moment où Patience se glissait sur sa chaise à la table du petit-déjeuner le lendemain matin.

— Avez-vous vu Devil ?

Patience secoua la tête.

— J'allais vous poser la même question à propos de Vane.

Honoria fronça les sourcils, puis elle et Patience levèrent la tête. Entrant dans la pièce sans bruit plus lentement que d'habitude, Catriona les rejoignit. Elle s'affaissa sur sa chaise sculptée. Et elle regarda la théière. Puis, elle tendit la main pour la prendre et avec une concentration prudente, elle remplit sa tasse. Déposant la théière, elle examina la tasse pleine, puis elle tendit la main vers le sucrier et prit deux morceaux qu'elle lâcha dans sa tasse.

Honoria sourit et échangea un regard rapide avec Patience avant de se tourner vers Catriona.

— Où est Richard ?

Les yeux fermés alors qu'elle savourait son thé, Catriona secoua la tête.

— Je ne sais pas, et je ne veux pas le savoir. Pas avant d'avoir récupéré.

Honoria sourit ; Patience gloussa.

Catriona plissa le front.

— En fait, je me souviens vaguement — très vaguement, vous comprenez — de l'avoir entendu me dire qu'il serait occupé par une « affaire » Cynster aujourd'hui. J'ai supposé qu'il parlait de Gabriel, ajouta-t-elle en entrouvrant les paupières.

Elles regardèrent toutes au bout de la table les quatre places vides habituellement occupées par les cousins au petit-déjeuner. D'après les restes, il était évident qu'ils avaient déjà mis fin à leur jeûne.

Honoria fronça les sourcils.

— Ils ne sont pas dans la bibliothèque ; j'ai regardé.

Patience fronça elle aussi les sourcils.

— Ce que je ne comprends pas, c'est pourquoi Vane est parti si tôt ; il est descendu avant l'aube.

— Devil aussi.

Catriona plissa le front, puis elle secoua la tête.

— Je n'arrive pas à me souvenir.

McArdle apparut juste à cet instant, avançant lentement en clopinant. Avec ses articulations raides, il se levait toujours tard. Se dirigeant vers le bout de la table, il s'arrêta à côté de la chaise de Catriona.

— Le maître m'a demandé de vous donner ceci, maîtresse.

Les yeux complètement ouverts, Catriona prit l'unique feuille de papier et hocha la tête en guise de remerciement ; McArdle continua à clopiner. Pendant un instant, elle examina la missive ; Richard ne lui en avait jamais écrit auparavant. La dépliant, elle lut attentivement les cinq lignes — elle cilla ; ses yeux s'enflammèrent. Les lèvres prenant un pli ferme, elle déposa sa tasse de thé avec un bruit sec.

— Qu'y a-t-il ? demanda Honoria.

— Écoutez ça, dit Catriona, et prenant une profonde inspiration, elle lut : « Chère C, je te prie de dire à H. et à P. que nous sommes partis conclure une affaire. Nous serons partis quatre jours. Vous ne devez pas vous inquiéter. R. »

Elle regarda Patience et Honoria.

— Le « pas » est souligné trois fois.

Elles fulminèrent et jurèrent de se venger, puis, toutes les trois, elles se hâtèrent vers les écuries. Catriona mena la marche.

— Huggins, quand le maître est-il parti ?

Huggins se redressa, lâchant le sabot qu'il vérifiait.

— Il est parti à cheval à l'aube, m'a dit le garçon.

— Et les autres ? demanda Honoria.

Huggins toucha sa casquette pour exécuter une demi-révérence.

— Avec lui, madame la duchesse. Y avait le maître, monsieur le duc, et les deux autres messieurs Cynster, madame. Ils sont tous partis ensemble.

— Dans quelle direction ? demanda Catriona.

Huggins désigna l'est d'un signe de tête. Catriona se tourna et regarda, même si la maison lui bloquait la vue. Elle regarda de nouveau brièvement Huggins.

— Ils sont sortis du val ?

Huggins haussa les sourcils.

— J'sais pas, mais y ont pris la route par là.

— Ont-ils emporté des provisions ? demanda Patience. Des sacoches de selle, des couvertures ?

Huggins grimaça.

— Ils ont sellé leurs propres chevaux, je crois, m'dame. Y a habituellement un seul palefrenier endormi dans les écuries si tôt le matin. Je doute qu'y ait remarqué.

— Oubliez cela. Merci, Huggins.

Catriona fit signe aux autres de partir. Ensemble, elles traversèrent la cour et les potagers, là où, une fois la maison derrière elles, elles pouvaient regarder au fond du val, vers le soleil à présent bien levé. Catriona gesticula en direction de l'entrée du val.

— S'ils sont partis à l'aube, ils sont bien au-delà du val à présent.

— Bien loin de notre portée, observa sombrement Honoria.

Patience fronça les sourcils.

— À quoi jouent-ils ? Et où diable sont-ils allés ? ajouta Catriona d'un ton acerbe.

— Maîtresse ! Venez vite !

Trois jours plus tard, travaillant à sa table dans la réserve, Catriona leva la tête pour voir Tom sautillant dans l'embrasure de la porte.

— Venez voir ! Venez voir !

Tout sourire, il gesticula frénétiquement dans sa direction, puis il se précipita dans le vestibule principal.

Catriona s'épousseta les mains et partit à sa suite.

— Qu'y a-t-il ?

Patience sortit de la bibliothèque alors que les bruits de pas précipités de Tom résonnaient dans le vestibule.

Catriona leva les bras pour indiquer qu'elle l'ignorait.

— Il se passe quelque chose dehors.

Avec Patience, Catriona se tourna pour voir Honoria descendre l'escalier en hâte.

— Tous les enfants se sont précipités dans le parc. Il y a du chahut là-bas.

Elles se regardèrent l'une l'autre, puis elles pivotèrent et glissèrent sans bruit vers la porte d'entrée aussi vite que le leur permettait la dignité. Ensemble, elles tirèrent la porte pour l'ouvrir largement, puis elles sortirent sous le porche.

Le spectacle qui se présenta à leurs yeux n'évoquait pas grand-chose au début — elles étaient arrivées tout juste à temps pour voir Tom disparaître dans l'allée menant dans le parc. Ses camarades, invisibles, étaient vraisemblablement partis devant lui. Des deux côtés de la maison, d'autres membres de la maisonnée et de la ferme du manoir avançaient en flot, désertant les cuisines, les salles de travail, les écuries et les étables pour se précipiter dans l'allée.

McArdle clopina jusqu'en haut des marches, hochant la tête en direction du parc.

— Apparemment, nous avons de nouvelles recrues.

Son visage était détendu, ses lèvres se courbaient ; Catriona était sur le point de l'interroger quand elle sentit une présence dans son dos. Elle se tourna et aperçut la douairière.

Patience et Honoria se déplacèrent pour lui faire de la place ; de sa voix la plus majestueuse, Helena demanda :

— *Que* se passe-t-il ici ?

— Meuh meuh !

Le cri les fit toutes pivoter et fixer le début de l'allée du parc. Un imposant et énorme taureau arrivait cahin-caha à travers les arbres, une longue corde attachée à un anneau passé dans son museau traînant au sol. Dans son sillage, un petit groupe d'enfants, de palefreniers et d'ouvriers agricoles bruyants arrivait en se bousculant, en trébuchant et en riant, en s'interpellant et en criant avec des voix perçantes. Le taureau les ignorait ; observant le groupe sur les marches, il continuait à avancer avec bonheur d'un pas chaloupé, rejetant la tête, ses bandes de muscles lourds roulant sous sa peau. Des pattes aux sabots fendus claquant sur les pavés, il avança au petit galop jusqu'aux marches, puis, plantant ses pattes de devant largement ouvertes dans le sol, il s'arrêta en glissant. Il détailla les dames du regard, puis il dévisagea directement Catriona, leva son énorme tête, émit un cri de mammouth, secoua la tête vigoureusement avant de la baisser et de lâcher un gros grognement frémissant.

Le groupe sur les marches le fixait.

— J'l'ai !

Le plus vieil ouvrier agricole se jeta sur la corde, puis il l'enroula vers lui, la raccourcissant pour amener le taureau. Passant l'animal en revue, le garçon leva des yeux brillants vers Catriona.

— C't'une bête de première, hein, maîtresse ?

— En effet.

Catriona en connaissait suffisamment pour reconnaître un taureau de choix lorsqu'elle en voyait un.

— Mais où… ?

Levant la tête, ses yeux s'arrondirent à la vue d'autre bétail. Deux taureaux d'un an menaient le groupe, trottant avec bonheur sous l'œil vigilant de Gabriel. Ils étaient suivis par une file de vaches et de génisses, marchant tranquillement d'un air heureux, meuglant et beuglant ; Catriona avait déjà perdu le compte quand trois autres cavaliers apparurent vers la fin de la longue procession.

Devil et Vane chevauchaient de chaque côté du flot de bétail, les poussant à avancer, cherchant les retardataires, mais surveillant encore plus les enfants qui courraient à présent côte à côte avec les bêtes, les mains tendues pour caresser fugitivement les douces fourrures alors que les vaches continuaient d'avancer laborieusement, leurs têtes se balançant.

Richard chevauchait tout au bout, McAlvie à côté de ses étriers, tous les deux flanqués des hommes de McAlvie, avançant à grands pas, les yeux sur le bétail, des sourires fiers sur leurs visages. McAlvie semblait prêt à exploser d'enthousiasme. Il parlait avec animation à Richard qui, souriant, répondait avec un air indulgent.

Dès l'instant où il était apparu, Catriona ne put détourner son regard ; poussée par l'inquiétude des trois derniers jours, elle scruta sa grande silhouette d'un œil critique, mais elle ne vit aucun signe d'épuisement. Il montait facilement à cheval, ses longs membres détendus, se tenant sur la selle avec sa grâce indolente habituelle.

Il allait bien. Elle le sut avant même qu'il entrât dans la cour, levât la tête et l'aperçût. Le sourire qui courba ses lèvres, la lumière qui illumina ses yeux quand il la contempla — malgré la distance entre eux, elle pouvait sentir leur caresse — l'assura que ses trois jours d'absence n'avaient aucunement contribué à lui nuire.

— McAlvie ! s'adressa Gabriel au gardien du troupeau. Où voulez-vous ces deux-là ?

Il indiqua les jeunes taureaux, à présent rassemblés près de la foule d'un côté des marches ; McAlvie quitta Richard avec un mot et se précipita pour prendre la direction.

La cour était une mer agitée, une cohue ordonnée avec des vaches qui meuglaient, changeaient de position et piétinaient, entourées par les membres de la maisonnée et les ouvriers agricoles, souriants et pointant, bavardant et commentant, attendant de voir le déménagement du nouveau troupeau dans la grange neuve du cheptel.

Laquelle avait été construite avec suffisamment d'espace pour les abriter, se rappela Catriona.

Mais d'abord, selon la tradition du val, les bêtes devaient être baptisées. McArdle, en regard de son droit d'homme le plus âgé du val, nomma le taureau Henry. Irons déclara que l'un des jeunes taureaux était Rupert ; Henderson appela l'autre Oswald. Les femmes nommèrent leurs petits Rose et Misty, Wobbles et Goldy. Tom fronça les sourcils et se mordit la lèvre, puis il nomma sa vache Checkers.

Et cela continua ainsi ; appelée à approuver les noms un par un, Catriona hocha la tête et sourit et rit. Cependant, ses sens étaient ailleurs, essayant, à travers le bruit et l'activité, de suivre Richard. Il était descendu de cheval, mais elle ne pouvait plus voir sa tête foncée.

À sa droite, elle était vaguement consciente de Devil qui montait les marches et se voyait attaquer par Honoria. Avec des accents de voix que seule la duchesse pouvait maîtriser, sa belle-sœur demanda de savoir où ils étaient allés. Devil se contenta de sourire largement. Le regard intense, il la fit pivoter, bloquant adroitement ses tentatives, puis la poussa dans la maison — toute discussion supplémentaire allait se dérouler en privé. S'il lui fournit une réponse, Catriona ne l'entendit pas.

Derrière elle d'un côté, la douairière était en conversation animée avec McArdle, gesticulant vers le troupeau et posant des questions. Avec un petit raclement de gorge frustré, Patience releva ses jupes et fila en bas de l'escalier. Vane, tendant ses rênes à l'un des palefreniers, se tourna pendant qu'elle se hâtait vers lui.

Tendant les bras, il l'aida à avancer lorsqu'elle-même se serait arrêtée, un bras se glissant autour d'elle alors qu'il la faisait pivoter et la guidait en douceur vers les jardins.

D'après sa posture, Patience le réprimandait ; d'après celle de Vane, il n'écoutait pas.

Ses sourcils se haussant avec résignation, Catriona se redressa et survola une nouvelle fois la cour du regard. Avec les vaches toutes baptisées, McAlvie se préparait à leur faire contourner la maison et descendre dans la grange. Les gens s'agitaient partout, mais elle pouvait habituellement voir Richard aisément — il les dépassait tous. Cependant, aucune tête foncée ne ressortait. Catriona, les mains sur les hanches, un pli se formant dans ses yeux et le vide dans son cœur, élargit ses sens — un talent qu'elle utilisait rarement, car il dérangeait ceux qui, comme Cook, avaient le même talent latent de leur côté.

Richard n'était pas dans la cour devant d'elle.

— Approuvez-vous votre cadeau de noces ?

Le ronronnement grave dans son oreille, la caresse de son souffle sur la peau sensible de sa tempe apparurent simultanément avec le glissement possessif de sa main écartée sur sa taille et son ventre. Elle sursauta, puis s'immobilisa. Il la retint, ainsi que leur enfant, contre lui pendant un instant ; elle sentit sa force l'envelopper. Pendant un moment de pur bonheur, elle ferma les yeux et se laissa imprégner, puis sa main glissa sur sa hanche et il la fit pivoter.

Ses yeux s'ouvrirent brusquement.

— Mon cadeau de noces ?

Il souriait.

— Je ne vous en avais pas offert, vous vous souvenez ?

La lumière dans ses yeux était victorieuse, triomphale.

— Je n'arrivais pas à trouver quoi vous offrir, ajouta-t-il en adoucissant le regard. Une sorcière qui considère qu'un accompagnateur pour ses prières est aussi précieux que des diamants.

Souriant, il lui tapota le nez avec un doigt.

— C'était un défi de trouver quelque chose que vous apprécieriez réellement.

Une ombre tomba sur le visage de Richard ; Catriona réalisa que, avec son bras autour de sa taille, il l'avait ramenée dans le vestibule principal.

— Vous m'avez acheté un taureau comme cadeau de noces ?

Elle n'était pas absolument certaine de croire cela : le troupeau qu'il avait conduit valait une petite fortune, probablement plus coûteux encore qu'elle l'estimait. Le val n'aurait pas eu les moyens de faire ce genre d'apport à son cheptel mal en point. Un fait que son mari connaissait.

— Pas seulement le taureau : j'ai acheté tout le troupeau. N'aimez-vous pas Henry ? demanda-t-il en la regardant d'un air innocent.

Catriona étouffa un grognement.

— J'imagine que c'est un très bon taureau.

— Oh, un excellent taureau ; j'ai des garanties et des références dithyrambiques sur ses performances.

Ses lèvres ne formaient assurément pas une ligne droite. Le vestibule était désert — dehors, un cri d'encouragement s'éleva quand le nouveau troupeau entreprit sa dernière lente avancée vers sa nouvelle maison. Les lèvres de Richard se courbèrent encore plus nettement, plus malicieusement ; son bras se resserra autour d'elle.

— Pourquoi ne nous retirerions-nous pas dans notre chambre ? Je pourrai vous expliquer les détails de la réputation de Henry et vous pourriez me donner votre opinion.

— Mon opinion ?

Arquant un sourcil, Catriona rencontra son regard brillant. Ses pieds, de leur propre chef, la portaient vers les marches.

— Votre opinion ; et, peut-être, une ou deux preuves de votre affection, de votre appréciation.

Son sourire s'était fait malicieux, avec une touche d'anticipation lubrique.

— Simplement pour me rassurer sur le fait que vous aimez vraiment Henry.

Catriona le regarda dans les yeux — les bruits de la foule marchant avec le nouveau troupeau vers la grange disparaissaient au loin. Elle pouvait imaginer à quel point leur progression jusqu'au val avait été triomphale — elle avait vu des tas d'ouvriers venus des fermes parmi la foule. Et les gens du manoir leur avaient offert un accueil délirant — un accueil de héros. L'expression dans les yeux de Richard — le même air qu'elle avait brièvement aperçut dans ceux de Devil et de Vane — suggérait qu'ils s'attendaient à un accueil similaire de leurs épouses respectives.

Le regard fixé sur le sien, elle sourit quand ils atteignirent le haut des marches. Trouvant sa main, elle entremêla ses doigts avec les siens, puis, ses propres yeux étincelants, elle les tourna vers leur chambre à coucher.

— Venez, alors ; et je vais réfléchir à votre récompense.

Il la méritait.

Une fois qu'elle eût supervisé son bain, elle partagea avec lui un dîner digne d'un conquérant — lequel était arrivé, à son étonnement, sur un plateau et sans explication —, puis elle avait récompensé son mari complètement ; l'exercice la laissa entièrement nue, complètement épuisée et molle, la face contre les draps froissés de leur lit, fainéante.

Beaucoup plus tard, elle grommela :

— Où êtes-vous allés ?

Affalé, tout aussi nu à côté d'elle, Richard jeta un regard sur son visage. Elle n'avait pas encore ouvert les yeux depuis qu'il les lui avait fermés pour elle. Il s'installa confortablement sur les oreillers et profita du spectacle — celui de son dos et de son pulpeux derrière ivoire, délicieusement exposés à côté de lui.

— À Hexham.

— À Hexham ?

Un pli emmêla les sourcils de Catriona.

— C'est en Angleterre.

— Je sais.

— Vous voulez dire que ce troupeau est anglais ?

— Le *meilleur* des troupeaux anglais. Il y a un éleveur qui vit juste aux abords de Hexham ; nous sommes allés lui rendre visite.

— Lui rendre visite ?

Richard rigola.

— Je dois admettre que cela nous a plutôt donné l'impression de revivre une époque ancienne : des voleurs fonçant vers le sud pour s'emparer du bétail. Sauf que, évidemment, je l'ai payé.

Il réfléchit, puis ses sourcils tressaillirent.

— Cela dit, je ne suis pas certain que monsieur Scroggs ne décidera pas que nous le lui avons effectivement volé ; nous l'avons eu à très bon prix.

Catriona leva sa tête lourde et le dévisagea.

— Et pourquoi ?

Richard sourit.

— Les méthodes inimitables de Devil. Sa présence ici était une occasion trop bonne pour la laisser passer : c'est un maître de la négociation. Il ne fait pas précisément de pression sur les gens — pas physiquement —, mais ils ont tendance à céder du terrain. De manière plutôt imprévue pour eux.

Catriona toussota et reposa sa tête sur les couvertures emmêlées.

— Nous ne vous attendions pas avant un jour encore ; vous avez parlé de quatre jours dans votre note.

— Ah, oui.

Remarquant la force croissante dans la voix de Catriona, l'intérêt de Richard pour leur aventure diminua.

— Nous nous attendions à revenir aujourd'hui : un jour pour aller à Hexham, deux jours pour ramener le bétail, mais — il glissa au bout du lit, puis ramena une jambe en haut et se mit à califourchon sur les genoux de sa femme — nous avons pensé que si nous disions quatre jours au lieu de trois, vous vous inquiéteriez moins.

Faisant glisser ses paumes le long de ses cuisses, il agrippa ses hanches et la retourna délicatement sur le dos.

— Du moins, dit-il en se rasseyant sur ses chevilles, son regard ardent parcourant sa nudité délectable, que vous ne vous seriez pas encore mis dans un état de panique suffisant lorsque nous arriverions le troisième jour.

Si repue de plaisir qu'elle ne sentait pas un seul muscle, Catriona resta allongée sur le dos et le dévisagea.

— Vous nous avez dit intentionnellement quatre jours afin que nous ne soyons pas prêtes à... à nous occuper de vous comme vous le méritiez...

Un rapide sourire interrompit ses mots ; il plongea et l'embrassa.

— Nous voulions vous surprendre.

Pour plus d'une raison, Catriona le savait, mais alors qu'il l'embrassait encore avec insistance et laissait doucement tomber son corps sur le sien, elle ne réussit pas à rassembler assez de colère pour s'en soucier. Il s'allongea sur elle pendant qu'ils s'embrassaient, puis il se déplaça lentement d'un côté, à moitié sur elle, à moitié à côté d'elle, une cuisse sombre parsemée de poils fins coincée entre les siennes.

Appuyé sur un coude, il tourna la tête et écarta une main sur son ventre. Doucement, il le caressa, l'évalua.

— Leur avez-vous déjà dit ?

Le regard sur son visage, Catriona secoua la tête.

— Je... voulais attendre un peu : nous n'avons pas eu le temps...

— Je n'ai rien dit non plus.

La main posée lourdement sur l'endroit où leur enfant grandissait, en sûreté dans son utérus, il tourna la tête et rencontra son regard.

— Je veux y penser, voir comment tout se place, ce que je ressens, si cela... s'emboîte parfaitement avec le reste.

Il regarda de nouveau sa main ; Catriona étudia son visage, les traits sombres dorés par la lumière du feu. Puis, elle leva une main et lissa délicatement la mèche de cheveux qui retombait toujours sur son front. Il la regarda et elle sourit à ses yeux.

— Cela s'emboîte.

Son cœur se gonflant, elle soutint son regard.

— Vous, moi, notre enfant, le manoir, le val ; nous allons tous parfaitement ensemble.

Pendant un long instant, elle fut perdue dans le bleu — le bleu du ciel d'été sur le haut sommet du Merrick. Puis, elle sourit, émue, et suivit la trace de sa joue.

— C'est ainsi que le destin en avait décidé.

Le regard de Catriona tomba sur ses lèvres ; levant à moitié la tête, elle se leva — il pencha la sienne et leurs lèvres se rencontrèrent dans un baiser si douloureusement tendre, si franc, si vulnérable qu'il y avait des larmes dans les yeux de Catriona quand il se termina.

Il baissa le regard sur elle pendant un moment, puis ses lèvres se retroussèrent aux extrémités.

— Venez me montrer.

En reculant, il s'installa sur son arrière-train et la releva sur ses genoux.

— Vous montrer quoi ?

Tournant la tête, elle regarda par-dessus son épaule quand il pivota afin que le dos de Catriona soit contre son ventre.

Les yeux brûlants, son sourire se fit malicieux quand il la tira en arrière, faisant glisser ses genoux à l'extérieur des siens, attirant ses fesses sur son ventre musclé.

— Montrez-moi comment tout s'emboîte.

Il avait besoin de peu de directions sur ce point ; chaud et dur, il poussa en elle. Le corps de Catriona s'épanouit et s'ouvrit pour lui, elle poussa un doux soupir quand il glissa tout au fond de sa demeure.

Il s'installa en elle, les cuisses de sa compagne sur les siennes, ses fesses coincées contre ses propres hanches. Empalée sur lui, avec son torse contre son dos et ses bras solides autour d'elle, elle était ouverte et vulnérable ; ses seins, son ventre, les bouclettes bondissantes à sa base, les douces surfaces intérieures de ses cuisses, déjà tendues, étaient à lui afin qu'il les caresse et les pétrisse, qu'il les touche comme il le désirait.

Et il le désirait.

Retenue presque en position debout, elle ne pouvait pas beaucoup se lever sur lui ; au lieu, enfoui profondément en elle, il se balança. Lentement, langoureusement.

Catriona se mordit la lèvre pour retenir un gémissement quand ses doigts se resserrèrent autour des mamelons crispés et elle le sentit déferler lentement en elle.

Puis, il rit ; ses doigts agrippant ses hanches, il la souleva un peu, puis il plongea lentement vers le haut et la remplit. Catriona frissonna.

— Je me disais à l'instant…, lui murmura-t-il.

Jetant un coup d'œil par-dessus son épaule, elle le vit regarder vers le bas alors qu'il la soulevait légèrement encore une fois.

— Nous ne pouvons pas courir le risque de le dire à qui que ce soit encore.

Il la remplit ; Catriona prit une inspiration désespérée.

— Pourquoi pas ?

— Parce que si maman[1] le découvre, elle pourrait ne pas partir.

Il la pressa vers le bas roula les hanches sous elle. Il tendit les mains vers ses seins.

— Et autant je l'aime, autant sa présence pour une plus longue période réussirait à mettre à l'épreuve la patience d'un saint.

Il remplit ses paumes et il malaxa.

— Devil semble s'en sortir.

— Elle ne fait pas d'histoires autour de lui.

Il recommença à la bercer, un mouvement plaisamment lent. Ses mains se promenèrent sur sa peau et elle s'enflamma et devint plus chaude. Plus déchaînée.

Elle ne s'était pas encore habituée à sa manière d'aimer, à l'offrande lente et continuelle, à la montée graduelle et inexorable vers la béatitude. Si elle tentait de courir devant, il la retenait, prolongeait la délicieuse torture jusqu'à ce qu'elle ne se possédât plus — jusqu'à ce qu'elle criât lorsqu'il la laissait enfin s'envoler.

---

1 En français dans le texte original.

Elle avait eu du mal avec les cris au début. Elle avait tenté de les étouffer, de les supprimer, du moins de les restreindre à des limites acceptables — de les empêcher de déranger la maisonnée. *Il* ne semblait pas s'en soucier —, mais alors, comme Helena le disait, c'était un homme.

Cette pensée centra son esprit sur la preuve de cette réalité épaisse, lourde et rigide la remplissant, l'étirant, la complétant — elle sentit l'excitation exploser, sentit le frisson de plaisir chatoyer et croître.

Avec acharnement, elle ouvrit les yeux et se concentra — sur sa coiffeuse à l'autre bout de la pièce. Dans la glace, illuminée seulement par la faible lueur du feu, elle le vit, une présence sombre dans les ombres derrière elle, elle vit son propre corps se soulever en rythme sous son étreinte, elle vit le corps de Richard se tendre et ployer, poussant le sien.

Vers le ciel. Plus loin. Dans le royaume du plaisir où fusionnaient le physique, l'émotion et la spiritualité.

Il maintint cependant leur voyage à un rythme lent.

Prenant une bouffée d'air, ses sens complètement ouverts, son esprit à peu près dispersé, elle chercha une distraction pour l'aider à survivre à la lente désintégration de ses sens.

— Votre surnom.

— Hum ?

Il n'écoutait pas.

— Scandal, haleta-t-elle.

Elle avait entendu Devil, Vane et Gabriel s'en servir devant lui, quoiqu'avec naturel ; toutes les femmes l'appelaient Richard. Serrant le bras enveloppant ses hanches, elle laissa sa tête retomber en arrière et lécha ses lèvres sèches.

— Comment l'avez-vous reçu ?

Elle voulait le savoir depuis qu'elle l'avait entendu la première fois.

— Pourquoi voulez-vous le savoir ?

Il y avait une trace d'amusement dans sa voix — un accent taquin.

Pourquoi ?

— Parce que nous irons peut-être à Londres. Dans ces circonstances, je pense avoir le droit de savoir.

— Vous ne quittez jamais le val.

— Mais vous pourriez devoir vous rendre dans le sud pour une raison ou une autre.

Après un moment, il rit. Sa pénétration régulière sous forme de balancement n'avait pas faibli.

— Ce n'est pas ce que vous croyez.

— Oh ?

Elle s'accrochait à la raison du bout des ongles.

— Devil a inventé cette étiquette ; ce n'était pas parce que j'ai causé un scandale, mais le contraire : « Un scandale qui ne s'est jamais produit ».

Sa raison partait en lambeaux, ses sens se fracturaient — sous sa peau enflammée, ses nerfs étaient complètement tendus. Comme s'il comprenait, il nicha son nez dans son oreille.

— À cause des actes d'Helena pour faire de moi son fils, je suis un scandale qui ne s'est jamais réalisé.

— Oh !

Elle prononça cette syllabe dans un souffle — elle s'écrasa dans l'immobilité chaude quand elle haleta. Puis, elle se raidit, chaque muscle tendu comme un ressort.

Il la pencha en avant, poussa profondément en elle — et l'envoya au ciel, basculant au bout du monde.

Richard la tint devant lui, entendit son cri — et l'écouta mourir dans un sanglot. Il resta immobile — brièvement — enfoui en elle, savourant les ondes fortes de sa libération, puis il lâcha ses propres rênes, laissa son corps agir et la suivit dans son extase.

Quand elle rejoignit la table du petit-déjeuner le lendemain matin, Catriona était une preuve vivante que le fait de passer trois jours dehors avait complètement ravivé la force de Richard.

Il n'y avait rien qui clochait avec son endurance ; elle pouvait le jurer sur le nom de la Dame.

Un fait tellement évident, apparemment, que personne n'eut besoin de le demander. Tous les Cynster étaient occupés à préparer leur départ.

Si cela était possible, leur départ engendra encore plus de brouhaha que leur arrivée.

Deux heures plus tard, debout sur les marches, prête à les saluer, Catriona se tourna quand la douairière sortit en s'affairant, sermonnant McArdle jusqu'à la dernière minute.

— Un aller-retour d'ici à la grange du cheptel une fois par jour : je vais vérifier dans mes lettres que vous le faites.

La garantie de McArdle qu'il n'oublierait pas fut perdue dans le bruit de l'élégant carrosse de Vane tiré par quatre chevaux gris assortis arrivant en cliquetant au détour de la maison pour rejoindre le véhicule de la douairière et l'équipage ducal, tous deux attendant sur les pavés.

Devil et Honoria avaient déjà pris congé ; Richard se tenait à côté de Devil pendant qu'il aidait Honoria à prendre place dans leur carrosse, puis, avec un dernier mot pour Richard et un ultime sourire séducteur et un signe de la main pour Catriona, Devil monta à bord et Richard referma la portière. Il s'arrêta un instant, regardant Gabriel donner la main aux jumelles pour qu'elles montent dans le carrosse de la douairière. Son cheval était attaché à l'arrière ; Gabriel voyagerait avec elles jusqu'à Somersham, puis il escorterait les jumelles jusqu'à Londres.

Vane et Patience se rendaient également à Londres, mais ils s'arrêteraient à Somersham d'abord pour permettre à Patience de se reposer avant de rejoindre la famille de Vane dans la capitale. Richard répondit à l'au revoir de Patience quand Vane l'aida à grimper à bord du carrosse ; sur un salut, Vane la suivit.

Un valet ferma la portière — d'autres se précipitèrent autour pour vérifier les lanières et les harnais. Souriant, Richard revint lentement vers les marches à l'avant de la maison. Il arriva pour voir Helena libérer Catriona de l'une de ses extravagantes étreintes.

— Vous devez promettre de venir nous voir à l'été.

S'accrochant aux mains de Catriona, Helena la regarda dans les yeux.

— La saison, je peux le comprendre, pourrait s'avérer difficile et pas à votre goût, mais à l'été, vous devez venir, insista-t-elle en prenant les mains de Catriona. Vous ne faisiez pas partie d'une grande famille auparavant, vous avez encore beaucoup de choses à apprendre.

Catriona vit l'inquiétude dans les beaux yeux d'Helena ; souriant sereinement, elle se pencha en avant et posa sa joue sur la sienne.

— Évidemment, nous viendrons. Quand, précisément — elle libéra une main et gesticula — dépend de la Dame, mais nous viendrons, vous pouvez en être certaine.

Helena scruta brièvement ses yeux, puis son visage s'épanouit.

— Bon[1] ! C'est bien.

Sur ce, elle pressa la main de Catriona et se tourna vers son second fils.

— Viens : tu peux m'amener jusqu'à mon carrosse.

Étonné par la promesse de sa femme, Richard dissimula son inquiétude et offrit son bras avec urbanité.

Helena l'accepta ; il la guida en bas de l'escalier et sur les pavés jusqu'à l'endroit où Gabriel et les jumelles l'attendaient. Après une dernière étreinte et être restée accrochée à lui une ultime fois, Helena le lâcha ; acceptant la main de Gabriel, elle monta dans le véhicule. Gabriel la suivit et Richard ferma la portière. Helena se pencha par la fenêtre quand Catriona, qui avait avancé dans leur sillage, passa son bras sous celui de Richard.

— Vous n'oublierez pas !

1 En français dans le texte original.

Helena agita un doigt vers Catriona.

Qui rit.

— Non. Juin — juillet —, qui sait ? Mais au courant de l'été.

— Bien.

Helena leur offrit un sourire éclatant et s'installa confortablement. Le cocher fit claquer son fouet.

— Au revoir !

— Bon voyage !

Les carrosses roulèrent en douceur, le carrosse ducal en tête, suivi par celui de la douairière, le véhicule de Vane et Patience fermant le cortège. Les valets et les cavaliers chevauchaient sur les côtés, en livrée ducale. C'était une scène grandiose, un spectacle jamais vu au val auparavant ; la maisonnée du manoir était alignée dans la cour et l'allée, saluant de la main leurs visiteurs très inattendus, mais extrêmement bienvenus.

Catriona les regarda partir, agitant la main jusqu'à la descente de l'allée et qu'ils disparaissent à sa vue, consciente d'une sorte de tristesse jamais ressentie avant. Elle ne tenta pas de la chasser — c'était une des choses qu'il lui fallait apprendre. Pensive, souriant d'une manière plutôt émue, elle laissa Richard la faire pivoter ; se donnant le bras, ils revinrent lentement vers la maison.

Elle sentit son regard sur son visage pendant qu'ils grimpaient les marches. Au sommet, il s'arrêta ; levant la tête, elle rencontra son regard et le découvrit sérieux et inquiet.

Il hésita, puis il s'enquit :

— Étiez-vous sérieuse lorsque vous avez parlé d'aller à Londres ?

— Oui, affirma-t-elle en souriant d'un air rassurant. Je n'ai pas l'intention de décevoir Helena.

— Mais…

Il fronça les sourcils.

— Je pensais que vous ne quittiez jamais le val : du moins, sans un ordre légal.

— Ah, eh bien.

Son sourire s'approfondissant, elle essaya de trouver les mots pour expliquer une chose à laquelle il n'avait jamais réfléchi auparavant, une chose qu'il avait connue toute sa vie. En effet, du mal causé par son empoisonnement avait surgi un bien ; avoir sa famille ici avait ouvert de nombreuses portes pour l'avenir. Non seulement pour le val, mais aussi pour eux deux. Au lieu de cela, après avoir scruté ses yeux, elle sourit, délibérément énigmatique ; levant une main, elle dessina sa joue, puis elle s'étira sur ses orteils pour poser un baiser sur le côté de sa bouche.

— Les temps changent.

Se retournant, elle regarda vers l'entrée du val, là où une série de points sombres voyageaient sur la route. Et elle sourit.

— Il est temps pour la dame du val d'apprendre à connaître le vaste monde.

Au tournant de la route, cachant définitivement le manoir à leur vue, Devil sourit et s'installa confortablement. Un instant plus tard, il tendit un bras, attira sa femme à lui et l'embrassa profondément.

— C'était pour quoi, ça ? demanda Honoria, prête à devenir méfiante.

Elle ne croyait pas lui avoir déjà pardonné sa disparition de trois jours, mais elle n'arrivait pas à se rappeler tout à fait ce qu'elle avait dit la veille.

Il sourit d'un air d'improbable innocence.

— Parce que, c'est tout.

Le carrosse fit un bond en avant ; il jeta un coup d'œil par la fenêtre.

— Eh bien, voilà Richard bien installé.

— Hum.

Honoria ferma les yeux et s'appuya contre son épaule.

— Elle est exactement ce dont il a besoin.

Devil contempla les champs et les bois au-delà de la fenêtre, puis il murmura :

— L'endroit est aussi ce qu'il lui faut. Elle lui a offert un foyer, au bon endroit, au bon moment.

Un moment de silence s'ensuivit, puis, avec exactement le même ton, Honoria, les yeux toujours fermés, chuchota :

— Il y a des fois où je peux presque vous imaginer croire au destin.

Devil lui jeta un regard en biais, qu'elle ne vit pas. Remarquant ses yeux fermés, il laissa ses lèvres se courber, puis il regarda par la fenêtre — et il laissa sa question passer sans y répondre.

CHAPITRE 20

Ensemble, Catriona et Richard rentrèrent dans le vestibule principal.

— Excusez-moi, monsieur, dit Henderson en s'avançant. Corby se demandait s'il pouvait vous adresser un mot avant de retourner dans la ferme Lower.

— Bien sûr.

Libérant Catriona, Richard fit signe à Corby, qui attendait en retrait près du mur.

À côté de Richard, Catriona hésita, puis elle s'éloigna sans bruit. Laissant son mari conférer sur la clôture du verger, elle monta silencieusement à l'étage. Elle avait une affaire en cours à terminer.

Il avait été facile de mettre de côté la question de l'empoisonneuse de Richard pendant que sa famille — leur famille — était ici. En vérité, il aurait été difficile de s'occuper de l'affaire de manière appropriée pendant qu'ils étaient là.

Cependant, ils étaient partis à présent.

Personne n'ignorait au val qui avait empoisonné Richard. Toutefois, tous ses gens, avec leur habituelle confiance indéfectible, lui laissaient le problème entre les mains — pour être réglé comme le voulait la Dame.

C'était ainsi que les choses devaient se passer, mais elle n'avait pas hâte de s'en occuper — de voir ce qui pourrait arriver.

Atteignant le haut de l'escalier, Catriona regarda en bas, dans le vestibule où la tête foncée de Richard était penchée pendant qu'il parlait à Corby. Elle regarda un long moment, puis elle prit une profonde inspiration, redressa l'échine, les épaules et se tourna vers leur chambre.

Richard le sut dès qu'elle le quitta. Du coin de l'œil, il la vit monter l'escalier, ses pas lents et mesurés ; il la vit atteindre l'étage, hésiter en se retournant pour le voir, puis s'éloigner sans bruit.

Dès qu'il termina avec Corby, il la suivit.

Il ouvrit la porte de leur chambre à coucher et il l'aperçut immédiatement, debout au pied du lit, poussant un châle épais dans une sacoche de selle. Elle leva la tête et le vit, puis elle continua à faire son bagage.

Il ferma la porte et s'avança vers le lit, vers elle.

— Où est-elle ?

Catriona leva la tête quand il s'arrêta à côté d'elle ; elle rencontra son regard, puis elle haussa un sourcil interrogateur.

Les lèvres de Richard formèrent un mince trait.

— Algaria. C'est évident que c'est elle qui m'a empoisonné.

Catriona hésita, puis elle grimaça.

— Nous ne pouvons pas dire cela avec certitude.

— Il ne m'a pas échappé qu'à part toi, elle est la seule qui en connaisse suffisamment sur ces élixirs et ces potions que vous conservez dans la réserve pour préparer ce qui a été versé dans mon café.

— De l'aconit. Et un peu de jusquiame noire. Cependant, cela ne la condamne pas.

— Non ; mais cela fait d'elle la principale suspecte. D'ailleurs, si ce n'était pas elle, où allez-vous ? demanda-t-il doucement avec hésitation.

Les yeux sur la sacoche de selle, Catriona fit une nouvelle grimace.

Elle entendit Richard soupirer, puis elle sentit qu'il se déplaçait. Il tendit le bras devant elle pour l'appuyer sur la colonne de lit ; glissant l'autre autour d'elle, il la fit pivoter, l'emprisonna — levant les mains sur son torse, elle tourna le regard vers lui.

Il retint son regard.

— Ne me faites-vous pas encore confiance ?

Elle le regarda dans les yeux et ne vit rien d'autre que du dévouement — altruiste, totale et inébranlable ; sur un soupir, elle ferma les yeux et appuya son front sur son torse.

— Vous savez que je vous fais confiance.

— Alors, je vous accompagne. Non…

Il leva une main quand elle le regarda, la bouche ouverte pour protester.

— Considérez-moi comme votre protecteur, votre champion, votre époux. Je vais rester à vos ordres, affirma-t-il en étudiant ses yeux. Dans cette affaire, je n'agirai pas sans votre permission.

La détermination et le dévouement étaient gravés sur son visage, inscrits dans ses yeux bleus, si bleus. Catriona les scruta, puis elle prit une profonde inspiration et hocha la tête.

— Nous serons partis deux jours.

Catriona montant sa jument et Richard Thunderer, ils atteignirent l'entrée du val juste après midi. Richard suivit quand Catriona dirigea sa jument vers le nord ; il attendit qu'ils fussent en train d'avancer régulièrement au trot avant de demander :

— Où allons-nous, précisément ?

— Algaria possède un petit cottage, répondit Catriona en désignant la direction avec son menton. Il est situé presque directement au nord. Ce n'est pas si loin à vol d'oiseau, mais les pistes ne sont pas faciles.

C'était un euphémisme. Ils suivirent la route depuis le val, une voie relativement bien pavée jusqu'à ce qu'elle rejoigne la route pour Ayr. La traversant, Catriona mena la marche en haut d'une étroite piste empruntée par des moutons, la petite jument se frayant un chemin gracieusement. Thunderer renâcla — et avança d'un pas lourd dans le sillage de la jument.

À partir de là, il n'y eut que des pistes empruntées par des moutons, un chemin à peine tracé dans le sol rocailleux. Examinant la terre pauvre à travers laquelle ils passaient, Richard remarqua un champ à quelque distance, cultivé d'une plante basse. Une file de bétail émacié traversait le champ en se traînant.

Après avoir contemplé la scène pendant un moment, il reporta son regard sur les hanches de son ensorcelante femme.

— Ces champs appartiennent-ils à sir Olwyn ?

— Oui, répondit-elle en hochant la tête sans regarder autour d'elle. Au nord et au sud.

Richard regarda au sud, là où le troupeau se tenait à présent, les bêtes baissant la tête d'un air morose.

— On dirait qu'il vient de perdre encore un peu de choux.

Catriona jeta un regard circulaire, puis elle suivit celui de Richard sur le champ au loin. Elle étudia la preuve, puis elle s'indigna.

— Il ne m'a jamais écouté quand j'ai essayé de l'aider.

Survolant la morne scène autour d'eux, un contraste stupéfiant avec le val à peine à quelques kilomètres derrière eux, Richard haussa les sourcils.

— Je vois pourquoi il désirait vous épouser.

Catriona se contenta de toussoter pour marquer de nouveau son indignation.

Ils avancèrent péniblement et lentement tout au long de l'après-midi ; Richard décréta une pause, un repos forcé, sur la crête d'une petite colline. La piste serpentait autour du sommet, puis descendait dans l'ombre. Assis sous le soleil, Richard regarda le paysage rocailleux, largement aride à travers lequel ils avaient voyagé. Au loin, une brume mauve dissimulait le val. Catriona monta, s'époussetant les mains sur ses jupes après avoir donné des pommes séchées à Thunderer et à sa jument. Avec un doux soupir, elle se laissa glisser à côté de lui, s'installant contre lui lorsqu'il passa son bras autour de ses épaules.

Ils regardèrent au loin en silence. Enfin, il dit :

— C'est beau ici. Pas joli, mais majestueux. Tout est si dur, rude et rocailleux, cela rend un endroit comme le val d'autant plus merveilleux, d'autant plus précieux.

Catriona sourit et s'appuya plus lourdement sur lui.

— Oui.

Ils regardèrent encore, puis Richard demanda :

— Sommes-nous toujours sur les terres de sir Olwyn ?

— En théorie, oui ; mais il ne cultive jamais cette région. Le cottage d'Algaria est situé juste à l'intérieur de sa frontière au nord.

Posant le menton dans les cheveux de Catriona, Richard fronça les sourcils.

— Donc, sir Olwyn est le propriétaire d'Algaria ?

Catriona leva la tête vers lui.

— Eh bien, oui, je suppose que c'est vrai.

Revenant au paysage, elle ferma les mains sur celles de Richard reposant sur sa taille. Après un moment, elle soupira.

— S'il y a une chose que je sais à propos d'Algaria, c'est qu'elle devait avoir un motif très solide pour vous empoisonner. Elle ne l'aurait pas fait à la légère ; pas seulement parce qu'elle ne vous aime pas, ni même parce qu'elle croyait fermement que vous n'étiez pas le bon mari pour moi.

— Elle ne l'a jamais caché.

— Non : ce n'est pas son genre. Elle ne cache jamais ses pensées. Cependant, pour agir comme elle l'a fait, elle devait avoir une raison convaincante.

Entendant la ferveur dans sa voix, Richard l'étreignit plus fort.

— Pourquoi en êtes-vous si certaine ?

C'était une question simple, tolérante plutôt que méprisante.

— Parce que la seule raison excusable pour une disciple de la Dame de prendre la vie est de le faire au service des autres. C'est-à-dire qu'elle devait agir en défense, habituellement dans le but de protéger les autres.

— D'autres, comme vous, par exemple ?

Catriona hocha la tête.

— Moi. Ou les gens du val.

Après un moment, elle soupira.

— Toutefois, cela n'a pas de sens, parce que peu importe ce qu'Algaria pensait que vous pourriez faire, vous n'avez rien fait pour me blesser ni nuire au val. Tout le contraire, en fait.

Se tournant entre ses bras, elle contempla le visage de Richard, ses yeux bleus.

— Vous souvenez-vous de quoi que ce soit — n'importe quel acte — que vous ayez accompli depuis votre arrivée dans le val qu'elle aurait pu mal interpréter en le prenant pour une véritable menace ?

Richard vit l'inquiétude dans ses yeux et il sut qu'elle n'était pas pour lui. Il aurait apaisé même ce fardeau-là pour elle s'il l'avait pu. Cependant… encadrant son visage de ses mains, il plongea son regard au fond de ses yeux.

— Depuis le jour de notre mariage, je n'ai eu qu'un but dans la vie — votre bien-être — et cela est incompatible avec le fait de vous blesser ou de nuire au val.

Elle soupira ; tournant la tête, elle déposa un baiser dans sa paume, puis elle se tortilla et se réinstalla confortablement dans ses bras.

— Je sais. C'est ce qui me trouble autant.

Ils poursuivirent leur route alors que l'après-midi cédait lentement sa place à la nuit ; quand le froid dans l'air se fit plus intense, Catriona vira dans l'entrée d'une impasse étroite et s'arrêta devant une hutte rudimentaire. Au regard interrogateur de Richard, elle répondit :

— Nous serions arrivés en une journée si nous étions partis suffisamment tôt, mais nous ne pouvons pas continuer dans l'obscurité.

Richard ne discuta pas : la piste qu'ils suivaient à présent était à peine plus large qu'un ruban usé rocailleux à flanc de coteau et, à part le froid, il y avait des tas de ravins et d'impasses, des pièges pour les gens peu méfiants. Il descendit de cheval, puis il souleva Catriona avant de la déposer au sol.

— Quel est cet endroit ?

— C'est une vieille hutte de berger. Je doute qu'elle ait été utilisée depuis mon dernier passage.

Détachant leurs sacoches, Richard lui jeta un coup d'œil.

— Votre dernier passage ? Je croyais que vous ne quittiez jamais le val.

Lui prenant les sacoches des mains, Catriona lui fit une grimace.

— Je ne compte pas mes voyages pour les herbes.

— Vos voyages pour les herbes ?

— Au moins une fois chaque printemps et encore une fois à la fin de l'été, je voyage pour ramasser les herbes et les racines qui ne poussent pas dans le val.

Dessellant Thunderer, Richard plissa les yeux dans sa direction.

— Je prévois prendre intérêt à la botanique.

Catriona sourit. Soulevant les sacoches, elle lui décocha un regard provocateur.

— Il y a pas mal de choses que je pourrais vous enseigner.

Richard haussa les sourcils.

— Vraiment ?

Tirant sur la selle pour la retirer du dos de Thunderer, il rencontra carrément son regard.

— Pourquoi n'iriez-vous pas balayer les araignées pour les faire sortir, ensuite j'allumerai un feu, et vous pourrez m'enseigner tout ce que vous voulez.

Le sourire de Catriona s'élargit ; ses yeux pétillèrent quand elle se détourna.

— Pourquoi pas ?

Richard observa ses hanches se balancer pendant qu'elle grimpait jusqu'à la hutte, puis il afficha un large sourire et se retourna vers les chevaux.

Les premières leçons que lui enseigna sa sorcière de femme n'eurent rien à voir avec la botanique. La première chose qu'il apprit fut que malgré son apparence délicate et sa vie habituellement choyée, elle se classait parmi les plus expérimentés des adeptes des campements dans la tâche difficile de donner l'impression qu'une hutte de berger rudimentaire était confortable et chaude. En faisant apparaître un repas chaud et nourrissant de leurs sacoches de selle et des racines et des feuilles qu'elle avait ramassées avant que la lumière disparût.

Le faisant se sentir détendu et choyé.

C'était un sentiment décidément agréable.

Souriant sereinement, Catriona contempla la détente qui s'empara des muscles lourds de ses épaules, elle regarda la lueur de confort imprégner son expression. Et elle n'en sourit que davantage en elle-même.

Elle n'avait pas été sûre de l'emmener faire ce voyage avant qu'il le demande et lui jure son allégeance. Là, elle avait su que c'était la bonne voie — qu'il devait être à ses côtés quand elle affronterait Algaria dans son cottage et les vérités qui les attendaient là-bas.

Cependant, elle ne pouvait rien faire à propos d'Algaria ce soir et, peu importe ce qui se produirait avec elle, sa propre vie allait continuer — et elle avait un but, un objectif personnel, un qui était d'une importance capitale pour elle.

Elle avait besoin de montrer à Richard qu'elle l'aimait. Elle devait le convaincre de ce fait — le faire entrer dans sa tête de mule de Cynster afin qu'un jour, il ait assez confiance pour afficher ouvertement son amour pour elle. Elle ne se faisait pas d'illusions : elle savait qu'il faudrait du temps. Les hommes aussi réservés que lui ne changeaient pas leurs habitudes du jour au lendemain. Toutefois, elle acceptait d'être patiente ; elle allait persévérer.

La première chose à faire était de commencer.

Et le moment était aussi bien choisi qu'un autre.

Rangeant de nouveau les bols en bois de leur repas dans sa sacoche de selle, elle la mit de côté, puis elle s'approcha de Richard sur le tabouret rond où il était assis devant le feu, fixant les flammes. Posant les mains avec légèreté sur ses épaules, elle effleura sa joue de ses lèvres.

— Venez au lit.

Le doux murmure le fit se lever immédiatement ; il avait déjà couvert le feu. Lui prenant la main, un doux sourire sur les lèvres, Catriona le guida jusqu'à la paillasse posée dans un cadre rudimentaire dans le coin. Elle lui avait demandé d'aller chercher des branches d'épicéa afin de les glisser dans la paille sèche, puis elle avait recouvert le tout d'une couverture, en conservant deux pour les enrouler autour d'eux. La chaleur dans la hutte libérait un faible parfum piquant d'épicéa ; leurs corps chauds l'écrasant intensifieraient l'odeur.

S'arrêtant à côté du lit, il retira ses doigts de sa main et il les tendit immédiatement vers ses lacets. Déposant le châle chaud qu'elle avait drapé sur ses épaules, elle le laissa faire ce qu'il faisait si bien. Il lui retira sa robe et ses jupons, puis il contempla la chemise en batiste.

— Vous voudrez peut-être la garder.

Catriona réfléchit à ses propres plans pour la nuit et secoua la tête.

— Pas ce soir.

Rapidement, ses doigts s'envolant, elle défit les minuscules boutons, remarquant les clignements de paupières de Richard, sa soudaine raideur quand elle ouvrit son corsage. Puis, elle saisit le bord et passa sa chemise d'un coup par-dessus sa tête. Elle la laissa tomber sur un tabouret avec ses autres vêtements, puis elle attrapa une couverture qui attendait, elle la secoua et se glissa sous elle dans le lit.

Richard l'observa et cligna des paupières avant de se dévêtir et de la rejoindre en temps record. Il moucha la bougie juste avant, plongeant la pièce dans une mystérieuse obscurité trouée uniquement par les flammes dansantes. La paillasse s'inclina à côté d'elle quand il s'étira sous la seconde couverture ; c'était un mâle tout ce qu'il y avait de sombre et mystérieux lorsqu'il surgit sur un coude à côté d'elle. Et qu'il tendit le bras vers elle.

— Non.

Catriona appuya une main sur son torse quand il s'apprêta à la faire rouler sous lui. Elle se tortilla dans l'autre sens, le repoussant sur la paillasse.

— Cette fois, je veux vous aimer et non l'inverse.

Richard cilla encore et avala l'assurance qui lui était venue en bouche. Elle l'aimait toujours — elle le prenait dans son corps avec un plaisir joyeux, un besoin ensorcelant, c'était tout l'amour dont il avait besoin. Toutefois… si elle voulait l'aimer encore davantage, il serrerait les dents et le supporterait.

— Quelle forme exactement, murmura-t-il en roulant obligeamment sur le dos, votre amour va-t-il prendre ?

— Celle-ci, pour commencer.

Se positionnant rapidement sur lui, Catriona trouva les lèvres de Richard avec les siennes et elle l'embrassa — doucement au début, puis avec une plus grande assurance quand il écarta les lèvres et l'accueillit à l'intérieur, jouant le rôle qui lui revenait habituellement. Elle endossa le sien, se tortillant afin d'être plus grande au-dessus de lui pour intensifier leur baiser, pour amadouer, pour inciter et le réveiller sexuellement.

Non qu'il avait besoin d'être réveillé. Contre sa cuisse, emmitouflée dans la chaleur des couvertures, elle pouvait sentir la palpitation régulière et vibrante de son érection — dure, lourde et lui appartenant à elle seule. Réprimant un sourire, elle changea de position, l'emprisonnant entre ses cuisses, la caressant avec expertise.

Elle devint plus chaude, plus dure. Les mains de Richard, écartées sur son dos, se raidirent.

Elle se dégagea de leur baiser.

— Je veux, murmura-t-elle, déjà légèrement essoufflée, que vous me disiez ce que vous aimez.

— Ce que j'aime ?

Sa voix était comme un murmure rauque dans son oreille.

— Ce que j'aime, douce sorcière, est de sentir votre corps très serré autour de moi, tout chaud et mouillé et avide.

— Hum, oui. Mais, avant cela, insista-t-elle. Aimez-vous ceci ?

Découvrant un mamelon plat caché sous le tapis de poils serrés, elle enfouit sa tête et le lécha — avec amour.

Et elle le sentit se tendre, juste un peu, sous elle.

— Très agréable.

Les mots semblaient un tantinet tendus. En se trémoussant pour se baisser, elle s'était glissée sur son érection, à présent nichée entre ses bouclettes, vibrante sur la douceur arrondie de son ventre.

— Bien.

Se glissant avec expertise d'un côté, puis de l'autre en se servant de tout son corps tout autant que de ses mains pour le caresser, elle déposa des baisers chauds, bouche ouverte, sur son torse, sur les bandes de muscles de son abdomen, entrecoupant ses baisers avec des coups de langue bien placés et des tétées.

Sous elle, le corps de Richard se durcissait, des muscles tremblotaient avec agitation ici et là. Se rappelant en détail toutes les caresses qu'il lui avait prodiguées — et lesquelles la rendaient presque folle — Catriona décida que ce qui était bon pour l'un était aussi bon pour l'autre.

Le sifflement soudain de son inspiration quand, glissant rapidement plus bas, elle enroula les doigts autour de sa longueur rigide, puis la caressa avec les renflements chauds de ses seins, lui suggéra que son raisonnement était bon. En se souriant à elle-même, elle glissa encore plus loin, guidant exprès son imposante longueur dans la vallée entre ses seins, le long de la peau lisse du haut de sa poitrine, puis en haut, leva d'un mouvement sinueux la tête pour le caresser avec sa gorge.

Avant de tourner la tête et de le caresser avec ses lèvres.

Il sursauta ; chaque muscle de son corps se contracta. Ses mains se déplacèrent de ses épaules ; ses doigts s'enfoncèrent dans les boucles de sa chevelure.

— Catriona ?

Il paraissait abasourdi. Réprimant un sourire, Catriona était trop occupée pour lui répondre. Par contre, elle ne savait pas vraiment ce qu'elle faisait, à quel point il ressentait du plaisir, de sorte qu'après avoir embrassé, léché et tété à son goût, elle décida de s'en informer.

— Aimez-vous ceci ?

Elle déposa un doux baiser mouillé sur sa pointe palpitante.

Richard étouffa un gémissement.

— Non, mentit-il.

Mais, il fut incapable d'obliger ses doigts à agripper ses tresses et à la tirer de là.

— Oh ! Eh bien, peut-être aimez-vous ceci davantage ?

C'était le cas ; Richard abandonna et gémit quand elle referma sa bouche, douce et enflammée, autour de lui. Il supporta sa torture pendant deux minutes délicieusement destructrices.

— Catriona…

Il se releva à demi dans un mouvement explosif — pendant un instant arrêté dans le temps, poussant son membre plus profondément dans sa bouche — puis il l'attrapa, il la souleva, éparpillant les couvertures dont ils n'avaient plus besoin. Ils brûlaient tous les deux d'une chaleur intérieure.

Une chaleur intérieure qui déborda sur la chair excitée et sensible de Richard quand il mit Catriona à genoux pour qu'elle lui chevauche les hanches.

Elle le regarda en clignant des paupières.

— J'essayais seulement de vous donner du plaisir.

Il lui jeta un regard mauvais ; malgré la faible lumière, il pouvait voir son sourire ensorcelant sur ses lèvres.

— Vous me donnez du plaisir chaque fois que vous me prenez en vous, espèce de sorcière.

Ses doigts experts trouvèrent sa douceur, fouillèrent adroitement, ils la caressèrent et la préparèrent. Il ne fallut qu'un mouvement rapide pour remplacer ses doigts par son membre palpitant. Agrippant les hanches de Catriona, il l'abaissa doucement, fermant les yeux d'extase quand elle glissa doucement et l'enveloppa.

— Ceci, déclara-t-il d'une voix grave, mais faible, est ce qui me donne le plus de plaisir.

Il entendit rire sa sorcière, puis elle se leva sur lui et redescendit lentement, le serrant encore une fois. Faisant glisser ses mains sur les sphères de son derrière, il s'agrippa et l'aida à se lever — et il sentit la sueur émerger sous ses mains quand il caressa et pétrit.

Ils s'installèrent dans leur rythme lent habituel ; ce ne fût qu'à ce moment-là qu'il souleva ses paupières lourdes. De petites mains s'arc-boutèrent contre son torse ; elle le chevauchait avec bonheur, un sourire serein, assurément ensorcelant, concupiscent et entendu sur ses lèvres. Son regard était fixé sur le visage de Richard, observant, jaugeant, évaluant sa réaction à cette ultime caresse des plus intimes.

Il réussit tout juste à retenir un sourire de loup. Il était béni et il le savait.

— Si vous voulez vraiment me donner du plaisir, une chose que vous pourriez faire est de toujours venir vers moi complètement nue, avec vos cheveux libres.

Comme ils étaient actuellement, une couronne riche, vibrante autour de sa tête, faisant onduler leur feu sur ses épaules blanches et sur ses bras minces. Quand il la prit par-derrière, ils étaient comme un voile vivant, glissant sensuellement sur son dos. Il adorait sa chevelure.

— D'autres demandes ?

— Une seule. Arrêtez d'étouffer vos gémissements et vos cris.

Elle fronça légèrement les sourcils ; il sourit d'un air triomphant et elle toussota.

— C'est bien beau pour vous de le dire, mais si quelqu'un d'autre m'entendait... — elle attira son regard et plissa le front — c'est plutôt révélateur, vous savez.

Il sourit.

— Je le sais, oui, ce qui explique pourquoi j'aime les entendre ; ces petits bruits qui attestent votre appréciation.

Il agrippa ses fesses et la souleva très haut, puis il poussa profondément en elle pendant qu'il la faisait redescendre. Ses yeux se fermant, elle se mordit la lèvre pour réprimer un gémissement.

— Comme ça. Ce sont de petits bruits de plaisir, et ils sont précieux pour moi. C'est comme des trophées que je gagne pour vous avoir donné du plaisir. Comment puis-je savoir autrement que j'ai atteint la cible ? ajouta-t-il.

— Vous atteignez toujours la cible, rétorqua Catriona, les paupières encore trop lourdes pour être soulevées. Vous me donnez toujours du plaisir jusqu'à ce que je me perde.

— Possible : mais j'aimerais vous entendre l'admettre.

Ouvrant les yeux, Catriona scruta les siens tout en continuant à bouger sur lui. Puis, il la changea de position, écartant plus largement ses cuisses afin de pouvoir s'enfoncer encore plus loin en elle ; un gémissement monta dans la gorge de Catriona — cette fois, elle le laissa s'exprimer. Et elle sentit le véritable plaisir que ce son donna à Richard.

— Très bien.

Se penchant en avant, elle l'embrassa, laissant leurs lèvres affamées festoyer. En reculant, les yeux fermés sous la concentration pendant qu'il bougeait avec plus de force sous elle, elle murmura :

— Je vais essayer.

Ce ne fut pas difficile, particulièrement en regard du lieu où ils se trouvaient, avec personne à des kilomètres pour entendre ses cris. Toutefois, il se réjouit de sa promesse et il en tira pleinement avantage.

Il engrangea tout un bagage de trophées ce soir-là.

Grâce à l'affection croissante de Richard pour les aménagements de la hutte de berger, ils n'atteignirent le cottage d'Algaria qu'en milieu d'après-midi.

Elle les avait vus venir. Elle se tenait dans l'embrasure de la porte quand ils arrivèrent à cheval, Catriona juste un peu en avant. Algaria rencontra le regard de Catriona, puis, délibérément, elle serra les mains devant elle et baissa la tête. Se tournant, elle rentra dans le cottage en laissant la porte ouverte.

Richard descendit de sa monture, puis il souleva Catriona et la déposa au sol. Elle marqua une pause, retenue entre ses mains, puis elle rencontra son regard.

— Souvenez-vous de votre promesse.

Il grimaça.

— Je ne l'oublierai pas. Je suis votre bras droit, votre protecteur. Je vais suivre votre exemple.

Il désigna la maison de la main.

Prenant une profonde inspiration avant de se redresser, Catriona le guida à l'intérieur.

C'était un petit cottage de deux pièces, une au rez-de-chaussée et l'autre à l'étage, avec la cuisine aménagée dans un appentis au fond et une petite table appuyée sur le côté. S'arrêtant sur le seuil pour laisser ses yeux s'adapter, Catriona jeta un regard circulaire sur la pièce et aperçut Algaria debout, les mains serrées devant elle, la tête encore baissée dans une attitude repentante, de l'autre côté de la table en bois blanc, dos à l'âtre froid.

Catriona avança dans la pièce jusqu'à ce qu'elle se tienne du côté opposé de la table, en face d'Algaria. L'ombre de Richard bloqua temporairement la lumière, puis elle sentit sa présence dans son dos.

Levant une main, elle la tendit à travers la table.

— Algaria…

— Si tu m'aimes, laisse-moi parler.

Lentement, Algaria leva la tête. Elle regarda d'abord Richard, debout en silence près de l'épaule de Catriona, puis elle déplaça son regard noir sur le visage de Catriona.

— Je sais à présent que ce que j'ai fait était mal, mais à ce moment-là, cela semblait juste ; ce que la Dame exigeait de moi. Cependant, c'est moi et non toi qui as commis une erreur en interprétant ses signes. J'ai mal agi et je regrette profondément la douleur et la souffrance que j'ai causées.

Elle prit une inspiration, le regard fixé sur celui de Catriona et elle pressa fermement les mains ensemble.

— Je demande ta compréhension et je vais me soumettre à ton jugement.

Baissant sa tête fière, elle regarda le sol.

Catriona attendit un moment, puis elle demanda :

— Qu'est-ce qui t'a fait comprendre que tu avais tort ?

Algaria leva la tête et le regard qu'elle décocha brièvement à Richard était loin d'être affectueux, mais il contenait un respect qui était absent auparavant.

— Il a survécu, dit-elle et regarda Catriona. Si tu savais la quantité d'aconit que j'ai versé dans sa tasse…

Elle pressa les lèvres ensemble, jeta un autre rapide coup d'œil à Richard.

— Même ton intervention n'aurait pas dû être capable de le sauver. Pourtant, il a survécu. L'intention de la Dame est claire : elle n'aurait pas pu parler avec plus de force.

Catriona hocha la tête.

— Comme tu le dis. Cela lui a pris du temps pour récupérer, néanmoins chaque jour supplémentaire rendait sa survie plus remarquable.

Algaria inclina la tête et regarda encore une fois au sol.

— Il est clair que la Dame souhaite qu'il soit ton époux ; les erreurs de mon jugement ne pourraient être plus évidentes.

Elle leva la tête et rencontra posément le regard de Catriona.

— Je suis sincèrement contrite — sa respiration était tendue — et je suis prête à accepter la sentence que tu rendras.

— Pourquoi ? demanda Catriona. Pourquoi as-tu cru qu'il était nécessaire d'éliminer Richard, particulièrement en sachant que tu agissais à l'encontre de mes désirs ?

Algaria grimaça. Le regard qu'elle jeta à Richard contenait une trace d'excuse.

— Parce que je le croyais responsable du feu.

— Quoi ?

Catriona sentit Richard se déplacer derrière elle, mais fidèle à sa parole, il garda le silence.

— Il était à Carlisle — du moins en train de rentrer à cheval — au moment où l'incendie s'est déclaré.

Algaria leva une main.

— Sois patiente avec moi ; je savais que c'était ce que l'on nous avait dit. Cependant — elle marqua une pause et prit une profonde inspiration —, si tu te souviens, trois jours après l'incendie, nous commencions à manquer de tanaisie et j'ai offert d'aller vérifier la parcelle au sud des bois.

Catriona hocha la tête ; Algaria regarda Richard.

— Ce petit lot dans les bois produit toujours des pousses plus rapidement que le parterre principal au manoir lui-même.

Richard inclina la tête ; Algaria poursuivit :

— De ce côté du parc vit un vieil homme connu de nous sous le nom de Royce. Vous et lui, Richard, maintenant que j'y repense, ne vous êtes pas encore rencontrés : c'est un genre d'ermite, l'hiver.

— Il est merveilleux avec les animaux, particulièrement avec les agnelles qui accouchent, intervint Catriona. Il vit dans une petite hutte du côté sud du parc.

— J'ai vu Royce ce jour-là quand je suis partie à la recherche de tanaisies ; il faisait soleil et il étirait ses membres raides. Il s'est assis sur un rocher et il a parlé. Bien qu'il vive seul, il adore bavarder avec les gens, alors j'ai attendu et j'ai écouté. Il a parlé de l'incendie seulement en passant ; il avait raté toute cette excitation. Il n'avait pu voir la fumée à cause du parc, il en a entendu parler seulement plus tard. Ce qu'il a dit, par contre, était qu'un jour où il était venu au manoir pour chercher des os pour faire du bouillon, il a vu un étranger en rentrant chez lui, un grand gentleman aux cheveux foncés montant un cheval sombre. Cet homme a traversé le parc, mais ne s'est pas rendu jusqu'au manoir. C'était en fin d'après-midi, presque le soir ; l'étranger a attaché son cheval dans le parc, il a pris quelque chose dans la poche de la selle, puis il a longé la route jusqu'au manoir lui-même et l'a contourné par la forge. Il n'a pas vu que Royce l'observait. Royce a pensé que c'était étrange, mais… — Algaria grimaça — il a supposé que l'homme, c'était vous. Plus tard, le gentleman est revenu, il est monté à cheval et il est parti dans le val ; cette fois, Royce était assez proche pour voir que l'homme avait des yeux bleus.

Elle marqua une pause et rencontra les yeux indéniablement bleus de Richard.

— Je savais que Royce avait eu ses os le jour de l'incendie ; c'est moi-même qui les lui ai remis. Il ignorait quand l'incendie avait éclaté, de sorte qu'il ne savait pas que vous étiez arrivé qu'à la nuit noire.

— Vous avez pensé que c'était moi ?

Levant le menton, Algaria acquiesça d'un signe de tête.

— J'en suis arrivée à la conclusion que pour raffermir votre emprise sur Catriona, on vous verrait partir, puis vous seriez revenu plus tôt que tout le monde le croyait, vous auriez allumé le feu, attendu qu'il s'embrase, puis seriez arrivé à cheval pour sauver la situation.

Elle contempla Richard ; ses lèvres se pressèrent.

— Si cela avait été votre plan, d'après tout ce que j'ai vu ensuite, il aurait fonctionné.

Richard réfléchit, puis il hocha la tête.

— Je peux prouver que ce n'était pas moi. Deux des hommes de Melchett m'ont vu arriver à cheval dans le val et nous avons brièvement discuté ; nous pouvions déjà voir la fumée s'élever.

Il pouvait se rappeler ce moment de panique terrible très nettement.

Algaria agita une main dédaigneuse.

— J'accepte sans question que mon interprétation a été mauvaise : autrement, vous seriez mort. Ce n'était pas vous que Royce a vu.

— Donc, qui était-ce ? s'enquit Catriona.

Algaria leva les épaules ; au même instant, le visage de Catriona s'éclaira.

— Dougal Douglas ! s'écria-t-elle en pivotant brusquement pour regarder Richard. Ce doit être lui.

Richard grimaça.

— Il répond à la description générale, mais les hommes grands aux cheveux foncés et aux yeux bleus ne sont pas si rares, même dans les Basses-Terres.

Il marqua une pause, le regard fixé sur celui de Catriona.

— Algaria est arrivée à une conclusion erronée, nous ne devrions pas commettre la même erreur.

Il étudia le visage de Catriona — il pouvait presque voir son intransigeance, ses ruses de sorcière en action. Il réprima un soupir.

— Mais… je sais que Dougal Douglas était au courant de mon départ du val. Il pensait que je me dirigeais vers le sud, que je serais bien engagé sur la route de Londres quand midi sonnerait ce jour-là.

Catriona plissa les yeux et toussota.

— Je sais que c'était Dougal Douglas.

Reportant son regard sur Algaria, elle haussa les sourcils.

— Donc, tu as empoisonné Richard parce que tu le croyais responsable de l'incendie ?

Algaria se redressa.

— Oui.

Catriona réfléchit — médita sur Algaria et sa discipline rigide, sa fierté inflexible. Elle songea à Richard, une force vitale à côté d'elle, les battements de son cœur aussi familiers pour elle que les siens. Ils étaient tous les deux chers à son cœur, les deux ayant tellement à donner. Elle et le val avaient besoin d'eux. Se redressant, elle se tourna vers Richard.

— Vous avez entendu la même chose que moi, vous en connaissez autant que moi. C'est votre vie qu'Algaria a cherché à prendre ; en tant que mon époux et protecteur, je vous donne le droit de la juger et de lui imposer une sentence.

Elle regarda Richard dans les yeux, puis, sans un autre regard pour Algaria, elle se tourna et quitta le cottage.

Laissant Richard fixer du regard Algaria de l'autre côté de la table en bois blanc.

Algaria qui se raidit et leva le menton fièrement, son regard noir incandescent. Elle était encore une force puissante — il le sentait —, mais s'attendant au pire. Néanmoins, la vieille sorcière ne le supplierait jamais de lui pardonner ni ne demanderait à être épargnée.

Il n'était pas enclin à se montrer clément, mais… il avait survécu — et lui et son ensorcelante femme étaient beaucoup plus proches, plus fusionnés qu'ils étaient auparavant. Elle lui faisait assez confiance pour remettre le destin de sa guide entre ses mains.

Et, malgré le fait qu'il n'était pas du tout à l'aise avec Algaria, elle s'était conduite d'une manière assez semblable à ce qu'il aurait pu faire lui-même dans une situation similaire — mais pas en se servant de poison. Un poing bien visé aurait été davantage son style.

Cependant, que faire avec elle ? Quelle sentence possible pouvait-il échafauder ? La réponse surgit dans son esprit avec une telle vigueur, une telle force qu'il sourit.

Ce qui rendit Algaria nerveuse ; il sourit encore plus largement.

— Après mûre réflexion, déclara-t-il, j'ai décidé que l'acte de contrition le plus approprié, la pénitence la plus convenable, serait pour vous de revenir au val, d'agir comme bonne d'enfants pour toute notre progéniture.

Être responsable des gosses Cynster — oh, oui — c'était parfait. Et il éprouverait tant de plaisir à contribuer à sa punition — et elle désapprouverait tellement le plaisir qu'il trouverait dans le processus.

— Et, ajouta-t-il, s'il se trouve que vous avez du temps de libre, vous devrez le consacrer à diminuer le fardeau de notre dame en la soulageant de ses taches de guérisseuses.

Il sourit, plutôt content de lui-même.

Algaria haussa les sourcils.

— C'est tout ?

Richard hocha la tête ; elle ne connaissait rien des Cynster — elle ignorait le destin qui l'attendait. Quand le visage d'Algaria s'illumina de soulagement, il ajouta rapidement :

— Tant que vous êtes très certaine de ne pas décider encore une fois de vous débarrasser de moi.

— Quoi ? Aller à l'encontre des désirs exprimés par la Dame ? C'est une erreur que je ne commettrai sûrement pas deux fois, précisa-t-elle en agitant la main avec dérision.

— Bien.

Richard s'agita et lui désigna la porte.

— Je vais donc vous laisser faire la paix avec notre dame.

Il était assis, en train de se détendre sur un rocher à l'arrière du cottage, loin du vent, quand Catriona sortit à sa recherche. Elle arriva dans son dos et glissa les bras autour de ses épaules et l'étreignit.

— Votre sentence était inspirée ; elle est tellement soulagée. En fait, elle est presque heureuse. Je l'ai même vu sourire.

Richard lui pressa le bras.

— Si cela vous fait plaisir, j'en suis content.

Il regarda vers les collines accidentées devant eux.

— En fait, je songeais à inviter Helena à venir nous rendre visite, peut-être en novembre. Elle pourra raconter à Algaria toutes les histoires sur nos mauvais coups à moi et à Devil et tous les autres, pour la préparer à ce qui s'en vient.

Catriona gloussa, puis elle reprit son sérieux.

— En passant, je me suis souvenue, et Algaria aussi, que Dougal Douglas avait l'habitude de venir au val lorsqu'il était jeune. Algaria dit que sa famille était très enthousiaste à l'idée de nous marier, lui et moi.

— Vraiment ?

Malgré sa voix paresseusement traînante, Richard établissait déjà des plans pour aller voir Dougal Douglas. Une fois qu'il aurait déterminé qui avait enflammé le cottage du forgeron, il avait pleinement l'intention de se livrer à des représailles.

— Bien.

Avec un soupir, Catriona se redressa.

— Nous allons passer la nuit ici, puis nous repartirons tôt demain. Nous devrions atteindre le val avant le crépuscule.

— Bien.

Richard se leva, tout à coup impatient d'être à la maison, de ramener sa sorcière de femme là où était sa place. Pivotant, il prit Catriona par le bras et ils s'avancèrent lentement vers le cottage.

— Personne à Londres ne croira jamais cela : moi, assis pour dîner avec non pas une, mais deux sorcières.

— Pas des sorcières.

Faisant semblant de le gronder, Catriona lui donna de petits coups de doigts dans les côtes.

— Deux disciples de la Dame, l'une d'elles portant votre enfant.

Richard sourit.

— Je me vois réprimandé.

Relevant légèrement le visage de sa femme, il l'embrassa — un baiser qu'elle lui rendit très gentiment. Ensuite, Algaria les appela depuis le cottage et Catriona se dégagea.

Les sourcils légèrement haussés, Richard prit soin de dissimuler ses pensées soudaines ; quand Catriona lui prit le bras et le tira vers le cottage, il ne résista pas.

Le lendemain matin, ils quittèrent le cottage d'Algaria à l'aube, Catriona ayant encore sommeil, Algaria de mauvaise humeur, Richard affichant un grand sourire. Les attitudes des trois étaient liées ; Algaria avait cédé son lit à l'usage de Catriona, jetant des regards mauvais sur la façon dont Richard lui souhaita une bonne nuit et rejoignit Catriona en haut. Algaria avait dormi sur la vieille installation au rez-de-chaussée — cependant, cela n'était pas la raison pour laquelle elle n'avait pas bien dormi.

Richard avait donné suffisamment de raisons à son ensorcelante femme, malgré sa désapprobation, de gémir et sangloter son plaisir pendant la moitié de la nuit.

Il était, ce matin, de très bonne humeur.

Maintenant le rythme de Thunderer à un pas tranquille, il suivait la jument de Catriona et le vieux cheval gris d'Algaria. Les deux femmes chevauchaient côte à côte, discutant herbes et potions.

Richard sourit — et il se demanda si les sorcières parlaient parfois d'autres choses.

Conjecturant vaguement, il avançait lentement avec une agréable satisfaction, le regard fixé sur les hanches oscillantes de sa femme…

Pfuit ! *Poc* !

Thunderer se déroba et hennit ; Richard tira brusquement sur les rênes. Devant, Catriona et Algaria tournèrent en rond, leurs visages se vidant de toute expression sous le choc quand elles regardèrent en arrière et virent ce qu'il fixait.

Un carreau d'arbalète.

Il avait filé droit devant, à trois centimètres à peine de son torse, puis il avait frappé une roche et ricoché. Il était maintenant dans la bruyère, brillant méchamment dans la douce lumière matinale.

Ses poings se serrant sur les rênes, Richard releva brusquement la tête et jeta un regard circulaire autour de lui. Algaria et Catriona suivirent son exemple, fouillant visuellement les pentes sous elles et sur leur gauche.

— Là !

Algaria pointa un fuyard à cheval.

Catriona se leva sur ses étriers pour regarder.

— C'est ce diable de Dougal Douglas !

— Cette peste d'homme !

Calmement, Richard scruta la longue vallée sous eux.

— Attendez ici !

Sur cet ordre sec, il fit pivoter Thunderer et donna des coups de talons sur les flancs de l'animal. L'énorme bête plongea en avant, parfaitement heureuse de courir à tombeau ouvert en faisant un boucan de tous les diables sur la bruyère, bondissant par-dessus de petits ruisseaux, sautant par-dessus des roches. Ils descendirent dans la vallée en ligne droite pour intercepter Douglas qui s'enfuyait, ressemblant à un châtiment qui tombait du ciel sur le malfaiteur.

Ils se croisèrent comme Richard l'avait prévu : lui était à cheval sur Thunderer plus haut sur la pente que Douglas sur son cheval noir. Sautant en bas de la selle de Thunderer, il attrapa Douglas et roula sans faire aucune tentative pour retenir sa victime, plus attentif à atterrir lui-même sans se blesser. Il réussit à éviter de se frapper la tête sur des pierres. Et il aperçut Douglas, encore immobile à quelques mètres plus loin, secouant la tête d'un air sonné. Les lèvres de Richard se retroussèrent. En grondant, il se releva à toute vitesse.

Si Douglas savait ce qui l'avait frappé — soit ce qui l'avait fait tomber de sa selle ou qui l'avait tiré sur ses pieds par le col comme un vieux chiffon, puis avait enfoncé un poing solide dans son bas-ventre —, Richard, lui, ne le savait pas et ne s'en souciait pas. Avoir été visé par un carreau d'arbalète lui donnait une certaine liberté, considérait-il.

Ils étaient à peu près de la même taille, de la même carrure — ce n'était pas étonnant que le vieil ermite ait pensé que Douglas était le maître de maison. Richard n'éprouvait pas de remords à lui faire goûter un peu de sa recette maison — comme ils la préparaient au sud de la frontière. La première poussée élima sa fureur ; agrippant un Douglas à terre par le col encore une fois, il le tira de nouveau debout.

— Est-ce vous, s'enquit Richard en se rappelant plusieurs incidents qui n'avaient pas, selon lui, été suffisamment expliqués, qui avez laissé les barrières des enclos ouvertes et qui avez brisé les branches dans le verger ?

Haletant et sifflant, Douglas cracha une dent.

— Diable, vieux ; on devait lui montrer qu'elle avait besoin d'un homme autour.

— Ah, bien, dit Richard en reculant son poing. À présent, elle m'a.

Il retint Douglas en équilibre, puis il le frappa encore.

Il lui accorda un moment, puis il le tira une troisième fois sur ses pieds. Et il le secoua jusqu'à ce que ses dents — celles qui lui restaient — cliquetassent. Fermant le poing sur le col de Douglas, il le souleva juste un peu avant de s'enquérir très gentiment :

— Et le feu ?

Se balançant et s'étouffant, Dougal Douglas roula les yeux, battit faiblement l'air de ses bras, puis, obligé, haleta avec désespoir :

— Personne n'était censé être blessé.

Pendant un instant, Richard vit rouge — la lueur rouge du feu quand il était arrivé à cheval dans la cour — la gueule rouge qui avait rugit et s'était ouverte en grand quand il avait vu sa femme, ses cheveux aussi lumineux que les flammes, jeter une couverture sur sa tête et se précipiter dans cette violence.

— Catriona s'est presque retrouvée au piège dans le brasier.

Son ton était lointain, même à ses propres oreilles ; recentrant son attention sur le visage de Dougal, il vit une véritable peur dans les yeux de l'homme.

Douglas blêmit — il se débattit avec frénésie. Catriona arriva à cheval à temps pour voir Richard plonger un poing dans l'estomac de Dougal Douglas. Le diable se plia en deux ; Catriona tressaillit quand le poing de Richard commença par se relever dans un mouvement de balancier, puis, avec tout son poids pour l'appuyer, il l'écrasa sur la mâchoire de Douglas. Dougal Douglas retomba en arrière dans la bruyère. Et il ne bougea pas.

Richard l'observa, mais ne vit aucun signe de retour à la vie. Secouant ses doigts, il pivota. Et aperçut Catriona. Il soupira.

— Fichtre, femme : ne vous ai-je pas dit… ?

Les yeux de Catriona s'arrondirent brusquement.

— Richard !

Richard pivota vivement — juste au moment où Dougal Douglas se relevait pour plonger sur lui, un couteau dans son poing. Aussi rapide que l'éclair, Richard fit un pas de côté et attrapa le poignet de Douglas.

Crac !

— Aïe !

Dougal Douglas tomba à genoux, en tenant délicatement son poignet cassé.

— Espèce de *démon* !

Brusquement, Richard se retrouva poussé d'un côté ; Catriona, les mains sur les hanches et ses yeux verts flamboyant, s'interposa entre Dougal Douglas et lui.

— *Comment osez-vous* ?

Un feu et une colère verte se déversèrent sur Dougal Douglas.

— Vous avez déjà été le bienvenu en tant qu'ami dans le val et c'est ainsi que vous récompensez la miséricorde de la Dame ? Vous conspirez contre moi et le val. Pire encore ! Vous tentez de faire du mal à l'époux que j'ai choisi, celui que la Dame m'a enfin envoyé. Vous êtes un ver maléfique, un crapaud dégoûtant ! J'ai bien envie de vous transformer en anguille et de vous laisser ici à haleter jusqu'à la mort ou encore mieux, être picoré à mort par les oiseaux. Ce serait une fin convenable pour vous, un paiement juste pour vos actes impensables.

Elle s'arrêta pour reprendre son souffle ; Douglas, à genoux devant elle, se contentait de la dévisager.

— Fichtre, espèce de femme stupide ; cet homme est un maudit *english* !

— Un english ? Qu'est-ce que cela a à voir ? C'est un homme ; bien plus un homme que vous ne le serez jamais.

Elle s'avança d'un pas ; les yeux fixés sur les siens, Dougal Douglas se recroquevilla.

Catriona pointa un doigt directement sous son nez.

— Entendez-moi bien, dit-elle d'un ton puissamment hypnotique. Si jamais vous commettez encore des actes contre moi, le val ou mes gens — et particulièrement contre mon époux —, ces bijoux que vous cachez sous votre escarcelle se dessécheront, se ratatineront jusqu'à ce qu'ils aient la taille d'un noyau d'abricot. Ensuite, ils tomberont. Et en ce qui concerne le reste de votre appareil, si jamais vous allez seulement jusqu'à entretenir de sombres pensées contre les disciples de la Dame, il deviendra noir aussi. Et il se flétrira. Et si vous parlez en mal de qui que ce soit dans le val ou même ayant un lien avec le val, alors pour chaque mauvaise parole, il vous poussera un furoncle, sur cette partie de votre corps qui a plus de volonté que votre cerveau.

Elle marqua une pause pour souffler ; Richard tendit les bras, il referma ses mains sur ses épaules et la souleva pour la déplacer. Il la déposa juste derrière lui, un peu à côté, puis il pencha le visage afin qu'il soit à la hauteur du sien et il murmura :

— Je pense qu'il a compris votre message. Vous continuez et il pourrait s'évanouir.

Il jeta un coup d'œil à Dougal Douglas qui les observait tous les deux comme un lapin pris au piège, atterré et le visage blême. Richard sourit et se retourna vers sa femme.

— Bien que je prenne plaisir à votre performance, laissez-moi faire le reste, dit-il en emprisonnant son regard rond. C'est mon travail de vous protéger, vous vous souvenez ?

— Hum !

Elle croisa les bras sur sa poitrine et elle jeta un regard mauvais sur Dougal Douglas, mais elle consentit à garder le silence et à rester immobile.

Richard se tourna pour examiner leur malfaiteur.

— Puis-je suggérer, dit-il, qu'avant que ma femme continue à donner des détails sur le sort qui vous attend, que vous vous donniez la peine de partir ?

Le soulagement sur le visage de Douglas était clair ; il s'apprêta à se lever. Richard l'immobilisa d'un doigt levé.

— Cependant, assurez-vous de rester hors de notre chemin et du val à partir de maintenant. Sous peine de la colère de la Dame. De plus, juste au cas où vous seriez enclin, une fois bien loin d'ici, à oublier à quel point la Dame peut être violente, vous feriez bien de méditer sur cette menace plus mortelle.

Toute trace d'une expression quittant immédiatement le visage de Richard, il soutint calmement le regard de Dougal.

— Tous les détails de vos récentes interventions nuisibles dans le val, tous les faits ainsi que les récits des témoins seront acheminés à mon frère, Devil Cynster, duc de St-Ives. Si un préjudice inexplicable frappait quiconque dans le val de Casphairn, la faute vous en sera attribuée. Et les Cynster viendront à votre poursuite.

Il marqua une pause avant d'ajouter d'une voix encore calme et basse :

— Vous devriez aussi garder à l'esprit que nous avons des siècles d'expérience qui se passent de permission, et nous arrachons rapidement notre vengeance — et plus tard, nous gardons l'air innocent.

Laquelle des menaces Dougal Douglas trouva la plus intimidante, cela aurait été difficile à dire. Richard le chassa d'un geste de la main. Tenant délicatement son poignet, il trébucha en se relevant, puis il bondit pour attraper son cheval, qui avançait lentement en descendant dans la vallée.

Richard entendit un son étrange à côté de lui — quelque chose entre un grognement et une toux. Il se demanda si sa sorcière de femme lançait son sort sur Dougal Douglas, mais il décida qu'il n'avait pas besoin de le savoir— ne voulait pas le savoir.

Il siffla et Thunderer arriva d'un pas tranquille, ragaillardi par sa chevauchée rapide. Pivotant, Richard vit Algaria arriver au trot, guidant la jument de Catriona. Drapant un bras autour des épaules de Catriona, il la mena vers la jument.

— C'est très dommage que nous ne puissions pas faire porter des accusations par le juge ; mais c'est impossible.

Catriona s'arrêta et leva la tête, attendant que Richard la lève sur sa selle.

— En effet, acquiesça Algaria. La dernière chose dont nous avons besoin est d'attirer l'attention des autorités sur le val. Toutefois, vos menaces combinées devraient le retenir.

Elle considéra Richard avec une réelle approbation.

— Votre dernière menace était un coup de génie. Peu importe les sorts que jette Catriona, les hommes comprennent toujours mieux les menaces d'ordre légal.

Richard sourit et il déposa Catriona sur sa selle — et s'abstint de faire remarquer que sa menace n'était pas précisément juridique — plutôt le contraire, en fait — une distinction qu'il était certain que Dougal Douglas comprenait. Cependant, plus pertinents encore étaient les sorts de Catriona qui amèneraient l'homme à réfléchir à deux fois. Un équipement qui se ratatinait, puis tombait, devenu noir, des furoncles — ce qu'elle aurait pu inventer d'autre, il n'aurait pas voulu l'entendre.

La pensée le fit frissonner quand il se lança sur sa selle ; sa femme le remarqua et elle lui jeta un regard interrogateur — il sourit et secoua la tête.

Puis, il fit claquer ses rênes et ils se dirigèrent vers la maison — pour rentrer au val de Casphairn.

Plus tard ce soir-là, bien installé au chaud dans leur lit, apaisé et repu et tranquillement heureux, Richard baissa les yeux sur la tête rousse de sa femme, confortablement nichée sur son torse. Levant une main, il souleva une mèche flamboyante sur sa joue.

— Dites-moi, murmura-t-il en faisant attention à garder une voix basse pour ne pas rompre le charme, quand vous fulminiez contre Dougal Douglas, étiez-vous en colère au nom de la Dame ou du vôtre ?

Catriona toussota et se tortilla pour s'installer plus loin dans ses bras, se pressant contre lui, l'étreignant fermement.

— C'était la troisième fois que je craignais de vous perdre ! Si vous voulez tout savoir, je n'ai même pas pensé à la Dame. Ni à ses décrets. Quoique dans ce cas, c'est vraiment la même chose. Toutefois, ce n'est pas parce que c'est elle qui donne des ordres que je n'ai pas d'opinions. Elle vous a envoyé à moi, vous m'étiez destiné. Mais c'est moi qui ai accepté de vous épouser. Et à présent, vous êtes ici et vous êtes à moi.

Elle resserra ses bras autour de lui.

— Je ne vous lâche plus. Je vous veux à mes côtés, et je n'ai aucune intention de laisser qui que ce soit se mettre en travers de nous, ni sir Olwyn, ni Dougal Douglas, ni Algaria ni personne !

S'allongeant de nouveau sur les oreillers, Richard sourit dans l'obscurité. Après un moment, il murmura :

— En passant, je suis seulement à moitié english. L'autre moitié vient des Basses-Terres.

Son ensorcelante femme changea de position, s'écartant de lui.

— Hum… intéressant.

Un moment plus tard, elle demanda :

— Quelle moitié ?

Une semaine plus tard, Richard fut secoué comme si sa vie en dépendait — littéralement — par sa sorcière de femme.

— Réveillez-vous, allez !

Obligeamment, il tendit les bras vers elle.

— Non, non ! Pas cela ! Nous devons nous lever ! Sortir du lit, je veux dire.

Elle le démontra en bondissant de sous les couvertures chaudes, laissant entrer un courant d'air glacial.

Richard gémit fugitivement et entrouvrit les paupières. Il cilla dans la profonde pénombre.

— Par la Dame ! Il fait nuit noire ; que diable se passe-t-il avec vous, sorcière idiote ?

— Je ne suis pas idiote. Levez-vous, c'est tout ! Je vous en prie ? C'est important.

Il gémit encore, avec plus de chaleur — et il se leva.

Catriona le poussa et l'incita à s'habiller et à descendre. Serrant une manche pour le tirer dans la salle à manger et sur l'estrade et contourner la table pour se rendre au mur derrière. Elle s'arrêta et pointa une énorme vieille épée longue suspendue au mur.

— Pouvez-vous la prendre ?

Richard la regarda, puis sa femme, puis il tendit les mains vers l'épée.

Elle était lourde. Quand il l'abaissa et ferma confortablement sa main autour de la poignée, il sut qu'elle n'était pas seulement vieille, mais ancienne. Il n'y avait pas de fourreau. Il n'eut toutefois pas le temps de s'attarder sur l'arme parce que sa femme le poussait à avancer.

Ils se rendirent aux écuries et il sella leurs montures endormies pendant qu'elle tenait l'épée en équilibre devant elle. Puis, ils montèrent à cheval et il souleva l'épée ; ils partirent pour le cercle dans l'air frais juste avant l'aube.

— Attachez les chevaux, dit Catriona quand il la déposa au sol. Puis, apportez l'épée.

Richard lui jeta un regard, mais il obéit. Elle se tordait les doigts et les relâchait, son regard allant furtivement encore et encore sur le trait de lumière montant lentement sur le val. Autant qu'il puisse en juger, elle avait amplement le temps et néanmoins… sa sorcière de femme était nerveuse.

À l'instant où il en finit avec les chevaux et qu'il souleva l'épée, elle saisit son autre main et le traîna urgemment vers le cercle. Elle ne lâcha pas sa main quand ils atteignirent l'endroit où il s'asseyait habituellement en l'attendant. Elle ne s'arrêta pas avant qu'ils soient debout à l'entrée même du cercle.

Ce n'est qu'à ce moment-là qu'elle libéra sa main et pivota pour le regarder en face.

Catriona regarda le val en bas, le trait de lumière progressant lentement ; dans son dos, elle pouvait sentir la puissance dans le cercle commencer à se réveiller, à se déployer dans l'attente de la première caresse du soleil. Il faisait froid et l'air était glacé, mais la journée serait belle. Prenant une profonde inspiration, sentant la puissance séculaire dans ses veines, elle leva la tête vers Richard.

Et elle sourit, inconsciente que la lumière de son amour imprégnait son visage d'un éclat qu'il trouva merveilleux. Éblouissant. Un éclat pour lequel lui, le guerrier, aurait été capable de remuer ciel et terre.

— J'ai beaucoup de raisons de rendre grâce.

Sa voix était claire, calme, néanmoins vibrante.

— En tant que partenaire que j'ai choisi et accepté, en tant que mon mari et mon amant, c'est votre droit d'entrer dans le cercle sacré et de me protéger pendant que je prie. Mon père avait l'habitude de monter la garde auprès de ma mère.

Elle marqua une pause, les yeux fixés sur le bleu des siens.

— Voudriez-vous vous charger de cette responsabilité pour moi ?

C'était une offre qu'elle devait faire — c'était sa reconnaissance finale qu'il avait sa place à ses côtés — toujours à côté d'elle, même ici, dans l'épicentre de sa vie. Ils étaient destinés l'un à l'autre et nulle part ailleurs s'appartenaient-ils davantage qu'ici, devant la Dame.

Ils ne faisaient qu'un et ce serait toujours ainsi, autant l'un avec l'autre qu'avec le val.

Ceci, elle le savait au-delà de tout doute, était leur destin.

Richard s'immobilisa. Incapable de réfléchir, il ne pouvait que ressentir — sentir — la puissance qui le tenait. Et elle. Il n'avait aucune envie de rompre avec elle, de la rejeter, de lutter contre ses liens ; au contraire, il l'accueillit de tout son cœur. Il respira lentement et s'émerveilla de l'ivresse dans l'air.

— Oui, ma dame.

Penchant la tête, il effleura ses lèvres des siennes, puis recula.

— Mon ensorcelante femme.

Il soutint son regard pétillant pendant un instant, puis il gesticula avec l'épée.

— Montrez la voie.

Ils pénétrèrent dans le cercle juste au moment où le soleil les toucha, les baignant de sa lueur dorée. Il la suivit à l'intérieur, à elle jusqu'à la mort, le guerrier prévoyant qui avait trouvé sa cause.

ÉPILOGUE

1 mars 1820, Albemarle Street, Londres

Et voilà toute l'histoire.

S'appuyant dans sa chaise avancée vers la table, Vane leva sa chope de bière pour porter un toast.

— Richard et Catriona : toutes les belles de Londres peuvent dire adieu à Scandal.

— Hum !

Vautré avec indolence à l'autre bout de la table, Demon Harry, resplendissant dans un peignoir de soie marine brodée de paons, contempla son frère aîné avec un sang-froid apparent — et un malaise sous-jacent.

— Comment va Patience ?

Vane sourit.

— Elle s'épanouit.

La vue du bonheur évident de son frère poussa Demon à changer de position sur son siège.

— Maman, évidemment, est aux anges[1] à propos de la naissance imminente.

— Hum, oui, c'était attendu.

Demon se demanda si cela détournerait son attention de lui — il doutait de pouvoir se fier là-dessus.

— Et il y a les préparatifs d'une immense célébration au cours de l'été : Richard et Catriona se sont engagés à venir et bien sûr toutes les tantes et les parents et amis voudront les voir, ainsi que les nouveau-nés.

Demon fronça les sourcils. Il avait raté quelque chose.

— Les ?

Le sourire de Vane refit surface.

— Devil, encore ; qui d'autre ? Honoria va accoucher à peu près en même temps que Patience, de sorte que ce sera toute une fête estivale.

Des bébés et des épouses partout. Demon voyait la scène dans sa tête.

L'ayant mis au courant des dernières nouvelles, Vane entendit des craquements à l'étage et, un sourcil haussé au-dessus d'un sourire compréhensif, présenta ses excuses et s'en alla. Mais au lieu de retourner en haut, pour se gâter encore avec les charmes féminins du corps affriolant qu'il avait laissé affalé dans son lit, Demon resta à table à réfléchir à tout ce que lui avait dit Vane — glacé, de plus en plus, par l'ombre du destin imminent.

Ce qui prouvait bien qu'on ne pouvait pas y échapper.

---

1 En français dans le texte original.

Demon tambourina sur la table avec ses ongles bien manucurés ; il allait devoir faire quelque chose à propos de cette situation. La situation dans laquelle il se trouvait maintenant.

D'abord Devil, puis Vane et maintenant Richard. Qui serait le suivant ?

Il n'en restait que trois : lui, Gabriel et Lucifer — lui-même était le plus âgé. Il n'y avait aucun doute dans son esprit qui était celui que ses tantes et leurs connaissances allaient s'attendre à voir au pied de l'autel la prochaine fois.

Les risques augmentaient — à un point qu'il n'aimait pas.

Cependant, il avait déjà fait son serment — à lui-même. Il s'était juré de ne jamais se marier — de ne jamais mettre sa confiance, sa foi, son cœur entre les mains d'une femme. Et l'idée de se limiter à une seule femme sexuellement dépassait son entendement. Comment les autres y arrivaient — Devil, Vane et aujourd'hui Richard — il ne pouvait le concevoir. Ils ne l'avaient certainement pas fait avant. C'était l'un des mystères de la vie qu'il avait depuis longtemps décidé de ne pas éclaircir.

La question devant lui à présent, en ce frais matin ensoleillé, était de savoir comment éviter le destin — un destin qui se refermait régulièrement sur lui.

Sa position n'était pas bonne. Il était ici, à Londres, la saison mondaine sur le point de commencer, sa mère et ses tantes en ville, avec l'odeur du sang les poussant à l'action…

Une action draconienne était requise.

Une retraite stratégique vers une terre plus sûre.

Cessant brusquement de marquer le rythme sur la table, Demon leva la tête.

— Gillies ?

Un moment plus tard, un visage peu avenant apparut dans la porte.

— Oui, m'sieur ?

— Attelle les chevaux. Nous partons pour Newmarket.

Gillies cilla.

— Mais ?

Délibérément, il leva les yeux au plafond.

— Et la comtesse ?

— Hum.

Demon leva la tête, puis il sourit et se leva, serrant bien la ceinture de son peignoir.

— Donne-moi une heure pour satisfaire la comtesse ; puis, soit prêt à partir.

Newmarket et la sécurité assurée n'étaient qu'à quelques heures, mais une fois là-bas, il serait privé de son habituelle ration de séducteur — autant satisfaire son appétit avant de partir.

Alors qu'il grimpait les marches deux par deux, Demon sourit. La comtesse n'était pas une menace : et Newmarket était un lieu sûr.

Il était bien parti pour être le premier Cynster de toutes les générations à enfin échapper au destin — et au piège qu'il tendait à tous les Cynster.

VOUS AVEZ AIMÉ CE LIVRE ?

Découvrez le premier tome de la série *Cynster*

Angleterre, 1818

Quand Devil, membre le plus controversé de la famille Cynster, est pris dans une situation compromettante avec Honoria Wetherby, une courageuse gouvernante, il va surprendre tout le monde en demandant la main de la jeune femme. Personne n'avait jamais pensé que ce débauché puisse un jour se marier !

Et alors que les mères de la bonne société pleurent l'union du célibataire le plus convoité d'Angleterre, les cousins de Devil commencent à prendre des paris sur la date du mariage...

Cependant, Honoria n'a pas l'intention de se plier aux desiderata du duc et de l'épouser pour l'unique raison qu'ils se sont trouvés tous les deux sans chaperon. Elle rêve d'aventures : résoudre le meurtre d'un jeune cousin Cynster pour commencer, puis partir découvrir l'Afrique. Mais c'est sans compter sur son désir grandissant pour Devil, qui risque de mettre en péril ses projets...

Découvrez le deuxième tome de la série *Cynster*

Angleterre, 1819

Vane Cynster est un séducteur sans scrupules. Il croit avoir trouvé au manoir Bellamy le refuge idéal pour le prémunir contre les chasseuses de mari londoniennes. Cependant, une rencontre avec l'irrésistible Patience Debbington lui tourne la tête... Si bien qu'il songe sérieusement à faire de la belle sa promise.

Toutefois, Patience n'est pas sur le point de succomber aux propositions arrogantes, présomptueuses et sensuelles de Vane. Assurément, ses baisers la troublent, mais son infidélité est à prévoir — exactement comme pour tous les autres hommes — et, malgré ses promesses, elle ne lui confiera pas son cœur.

Cependant, un serment de ne pas céder à la tentation peut-il résister lorsque la passion exige le contraire ? Et quand des événements étranges finissent par troubler le quotidien de la maisonnée, il est temps que Vane prenne les choses en main...

Achevé d'imprimer en Espagne
par BlackPrint CPI Ibérica S.L.
Sant Andreu de la Barca (08740)
Dépôt légal : mars 2017